Robert Corvus
Grünes Gold

PIPER

Zu diesem Buch

Die Söldner des Klingenrauschs kennen keine Gnade – genauso wenig wie die Dämonen, denen sie in ihren Tempeln huldigen. Als die Baronie Klataal die Elitekrieger anheuert, um ihre Siedlungen gegen menschenfressende Waldstämme zu verteidigen, scheint es zunächst ein einfacher Auftrag für die Kampfherren des Klingenrauschs zu sein. Doch diese Annahme bezahlen die Krieger mit ihrem Blut. Denn die Wälder Arzulans bergen tödliche Geheimnisse. Was hat es mit dem Herz des Waldes auf sich, von dem man sich Legenden erzählt? Die Söldner wollen dieses dunkle Wunder finden – und den Stahl ihrer Klingen hineinstoßen …

Robert Corvus, 1972 geboren, lebt in Köln. Der Diplom-Wirtschaftsinformatiker war in verschiedenen internationalen Konzernen als Strategieberater und Projektleiter tätig. Corvus ist Metalhead, Kinofan und Tänzer. Mit der Trilogie »Die Schattenherren« und dem Einzelroman »Schattenkult« etablierte er sich auf der dunklen Seite der Fantasy. Zuletzt erschienen sein Science-Fiction-Roman »Feuer der Leere« sowie sein High-Fantasy-Epos »Drachenmahr«. Die »Schwertfeuer-Saga« ist seine neuste epische Fantasyserie.
Weiteres zum Autor unter: www.robertcorvus.net

Robert Corvus

GRÜNES GOLD

DIE SCHWERTFEUER-SAGA III

Mit vier Illustrationen von Timo Kümmel

PIPER

Entdecke die Welt der Piper Fantasy:

Piper Fantasy.de

Von Robert Corvus legen im Piper Verlag vor:
Die Schattenherren (Serie)
Schattenkult
Grauwacht
Drachenmahr
Feuer der Leere
Rotes Gold. Die Schwertfeuer-Saga 1
Weißes Gold. Die Schwertfeuer-Saga 2
Grünes Gold. Die Schwertfeuer-Saga 3

FSC
www.fsc.org
MIX
Papier aus verantwortungsvollen Quellen
FSC® C083411

Originalausgabe
August 2017
ISBN 978-3-492-28128-7

Umschlaggestaltung und -abbildung: www.buerosued.de
Illustrationen: Timo Kümmel
Satz: Satz für Satz, Wangen im Allgäu
Gesetzt aus der Dante
Druck und Bindung: CPI books GmbH, Leck
Printed in Germany

GRÜNES GOLD

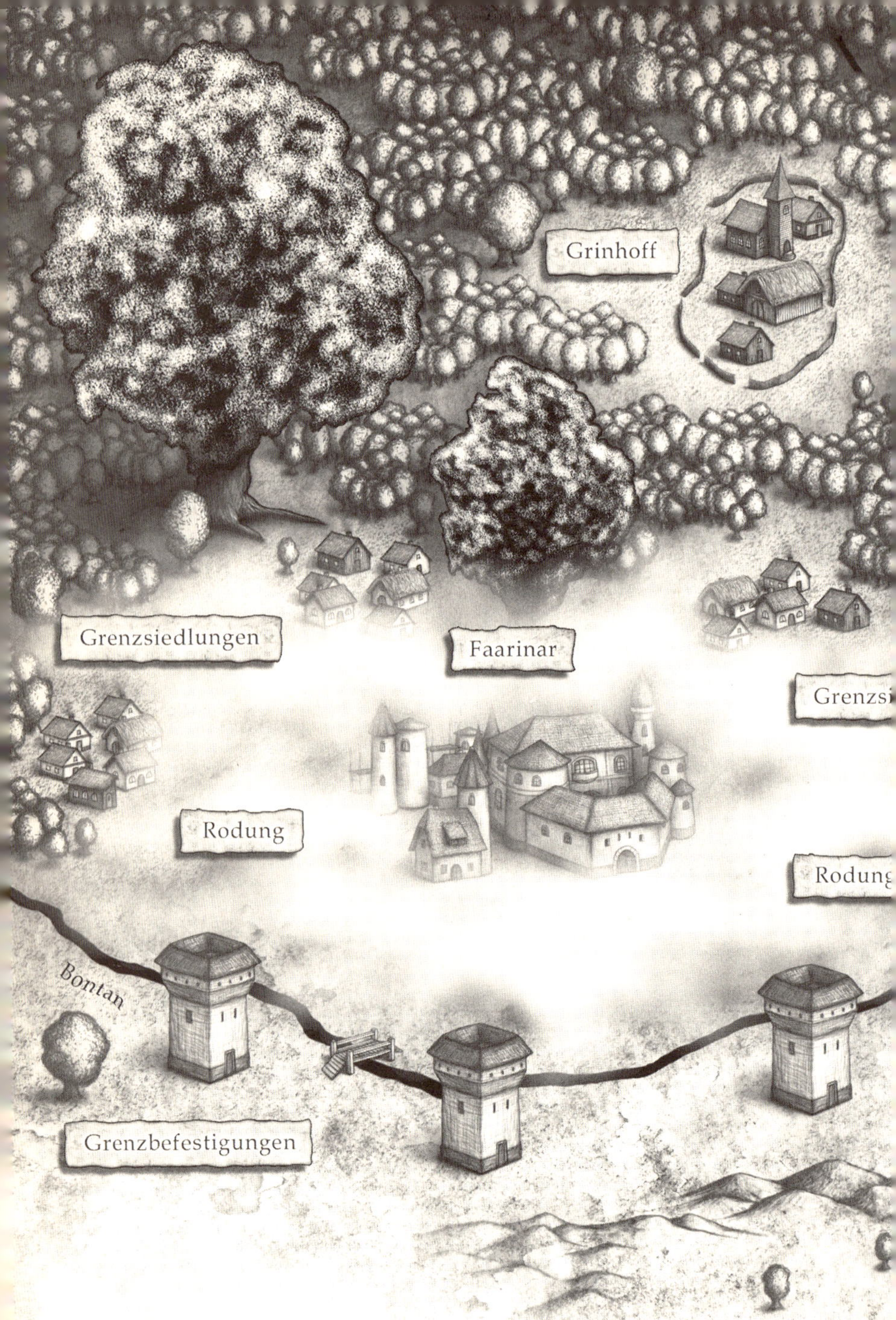

Die Baronie Klataal

Das Urwaldland
Arzulan
Baumriesen
Grenzbefestigungen
Klaaholt

Die Altstadt von
Faarinar
Fürstenpalast
Tuchmarkt
Kuppelbau

Das Stadtgebiet von Faarinar

1. Rauch

Gonter sah sich selbst über die Straße aus glühendem Eisen schreiten. Zumindest nahm er an, dass er eine der dunklen Gestalten war, die dort unten marschierten. Die Kolonne erstreckte sich sowohl vor als auch hinter ihm, bis sich der gelbrot leuchtende Weg in der Dunkelheit verlor. Das war keine ungeordnete Menge, sondern eine feste Formation. Rotten zu fünfundzwanzig Kämpfern, Banner zu vier Rotten und Kampfgruppen, die sich aus mehreren Bannern zusammensetzten, mit kleinen Lücken zwischen den Verbänden. Knapp viertausend Helme stark verlegte der Klingenrausch an den Einsatzort seines nächsten Kontrakts, geleitet von Silber, Abenteuerlust und Dämoneneid.

Der Marschtritt hallte in die Finsternis hinaus, die sich rings um den Glutpfad erstreckte. Die Legion marschierte in gleichmäßigem Tempo, ohne Rast. Es gab weder Hunger noch Durst noch Erschöpfung oder Schmerz, wenn man von dem qualvollen Sehnen absah, endlich ein Ziel zu erreichen, gegen das man die Waffen schwingen konnte. Die Lust der Dämonen, die den Glutpfad geöffnet hatten, durchdrang die Krieger.

Gonter wusste, dass am Ziel keine klare Erinnerung mehr an den Marsch über die rot glühende Straße bliebe. Man wusste nur noch, wie man in das steinerne Dämonenmaul getreten war, man hatte eine nebulöse Ahnung vom endlos scheinenden Weg, und das Nächste, was die Erinnerung greifen konnte, war die Ankunft. Aber er fragte sich, ob nicht doch etwas von dieser Erfahrung, von diesem finsteren, alles Leben verachtenden Drängen in den Kriegern zurückblieb.

Die vordersten Rotten schritten in eine sich rasch verdichtende Wolke aus Qualm, immer mehr der dunklen Gestalten verschwanden vom Glutpfad, während die übrigen unbeirrt weitermarschierten.

Etwa ein Drittel der Legion war bereits fort, Rauch trübte Gonters Sicht, als er plötzlich das Gefühl hatte, aus großer Höhe zu fallen. Vier Herzschläge lang schien sein Magen unsicher, ob er an seinem Platz bleiben oder in den Brustkorb rutschen sollte.

Dann fiel er auf sein linkes Knie, sein Oberkörper sackte vornüber und schlug auf den rechten Oberschenkel. Das Kettenhemd rasselte, der Schild zog an seinem linken Arm, die Faust schloss sich fest um die Haltestange, der eisenverstärkte Rand drückte sich in weichen Boden. Gonters Lunge war vollständig geleert, wider besseres Wissen tat er einen tiefen Atemzug.

Er roch den Holzrauch, der in seiner Kehle kratzte und ihn zum Husten reizte. Er war nicht der Einzige, dem es so erging. Ringsum husteten die Krieger, Hunderte, Tausende von ihnen. Die Maultiere, von denen auf dem Glutpfad nichts zu sehen gewesen war, schrien verängstigt.

Der Glutpfad … die Erinnerung an diesen Weg durch dämonische Gefilde verblasste bereits. Da war ein langes, gerades, gelbrotes Etwas, wie eine Eisenstange, die man in einer unbeleuchteten Schmiede bearbeitete. Dunkle Punkte waren darauf, wie Schlacke oder Asche, aber gleichmäßiger, und alles flimmerte … Oder war dieses Bild nur eine Täuschung?

Das spielte keine Rolle. Die Weibel brüllten schon, damit die Söldner Aufstellung nahmen. Flüche schollen durch den Rauch, Stahl klirrte, unartikulierte Schreie zeugten davon, dass wohl nicht alle so glücklich angekommen waren wie Gonter. Aber das brauchte ihn nicht zu interessieren. Er musste jetzt seine Rotte sammeln.

Er atmete nun flacher, um den Husten zu beruhigen. Der Rauch biss in seine Augen und ließ sie tränen. Gonter tastete nach der Laterne, löste sie vom Haken an seinem Gürtel, stellte sie ab und legte den Hebel um, der das Windglas hochschob. Er blinzelte, damit er genug sah, um den Feuerstein richtig zu handhaben, den er zusammen mit dem Stahlplättchen aus dem

Täschchen fingerte. Den Docht hatte er schon vor dem Abmarsch vorsorglich mit Zunder eingerieben.

Der Lärm ringsum wurde lauter. Immer mehr Krieger beendeten den Marsch. Gonter hustete kräftig, um gleich ebenso entschlossen rufen zu können wie die anderen Offiziere.

»... Schildreihe bilden!«, schrie jemand zur Linken. »Doppelte Höhe!«

Stirnrunzelnd schlug Gonter Funken aus dem Stahl. Dieser Befehl war seltsam. Er bedeutete, dass die Krieger ihre Schilde mit ihren Nebenleuten überlappen sollten. Die erste Reihe hockte sich ab, die zweite lehnte sich über sie und legte die eigenen Schilde obenauf, sodass sich zwei Reihen übereinander ergaben. Eine sehr defensive, unbewegliche Aufstellung, völlig ungeeignet, um die Truppe zu inspizieren.

Knisternd stieg ein Flämmchen aus dem Docht. Gonter schloss das Glas der Laterne, bevor er Feuerstein und Stahl verstaute.

Er kam nicht dazu, das Täschchen zu verschließen. Etwas kreischte von links heran und prallte gegen seinen Schild. Halb fiel, halb sprang es über seinen gebeugten Rücken. Etwas scharrte metallisch über das Kettenhemd.

Instinktiv riss Gonter den rechten Arm hoch.

Er erhielt einen Schlag darauf. Im Qualm erkannten seine tränenden Augen nur einen Schattenriss mit grob menschlichen Formen, aber einem Kopf mit spitzen Ohren, der halslos in die Schultern überging.

War das ein Kamerad, den der Marsch den Verstand gekostet hatte?

Jedenfalls holte der Schatten nochmals aus, und er war bewaffnet! Er schwang etwas Längliches in der Rechten, das in einer Verdickung endete, vielleicht eine Keule oder einen Streitkolben.

Gonter wich vor ihm zurück, so weit es seine hockende Position erlaubte, und duckte sich gerade rechtzeitig hinter den Schild, um den dumpf dröhnenden Schlag damit abzufangen.

Nun ergaben die Schreie, das Klirren und die Befehle um ihn

herum einen völlig neuen Sinn: Der Klingenrausch wurde direkt bei seiner Ankunft in der Baronie Klataal angegriffen! Noch bevor sich der Rauch verzog, stürzte sich der Gegner auf die Söldner.

Statt zu versuchen, in der Hocke das Langschwert zu ziehen, griff Gonter das Fußgelenk des Angreifers. Nirto hatte ihm eingeschärft, dass die Rituale des Fechtbodens etwas für Narren waren, wenn es um Leben und Tod ging. Mit einem entschlossenen Ruck riss Gonter den Mann von den Beinen.

Er schlug der Länge nach hin.

Gonter zog sich über ihn und drückte ihn mit dem Schild nieder, auf den er sich mit vollem Gewicht legte. Der Gegner ächzte darunter und trat um sich. Er schlug auch mit seiner Waffe, einer Keule, die in einem wie eine Pranke geformten Korpus mit kupfernen Krallen auslief. Seine Schulter war jedoch zwischen Schild und Boden eingeklemmt, sodass der Hieb harmlos über Gonters Helm kratzte.

Gonter zog seinen Dolch und stieß dreimal am Schild vorbei auf den darunter liegenden Gegner ein. Er fühlte, dass die Waffe eindrang, hörte Schreien und Gurgeln.

Die Tritte erlahmten, die Keule entfiel der zitternden Hand.

Gonter steckte den Dolch zurück, drückte sich hoch und löste sich vom Gegner. Im Stehen zog er sofort das Schwert, das Eivora ihm bei seiner Ernennung zum Rottmeister überreicht hatte. Die Klinge war lang und dünn, aber kurz vor dem Griff weitete sie sich zu geschliffenen Zacken. Auch die mit einem Dämonenhaupt verzierte Parierstange bog sich in mehreren Spitzen nach vorn. Ein guter Fechter wie Gonter vermochte mit einer solchen Waffe eine gegnerische Klinge zu fangen und den Kontrahenten durch eine entschlossene Drehung zu entwaffnen.

Gegen den Mann, der sich vor Gonter auf dem Boden wand und Blut hervorwürgte, brauchte man keinen Schutz mehr. Er würde nie wieder aufstehen. Der Dolch war in den ungeschützten Brustkorb gedrungen, der violett bemalte Oberkörper war nackt. Auch sein Gesicht war mit dieser Farbe bedeckt, die vorquellenden Augen leuchteten darin wie helle Kiesel auf dunklem Sand. Er trug eine Kappe aus Wolfspelz, die Ohren des Tiers standen über seinem Kopf auf, Fellstreifen fielen bis über seine Brust und ein breiteres Stück auf seinen Rücken. Ein Gürtel mit einer grünen Schnalle hielt eine Hose aus schwarzem Leder.

Die Kampfgeräusche schwollen zu einem Tosen an. Befehle wurden gebrüllt, das Klirren von Stahl trieb durch den Rauch, in dem Gonter riesige Säulen ausmachte, der Form nach die Stämme von Baumriesen. Dazwischen bewegten sich Krieger. Auch diese wurden schon nach wenigen Schritt zu Schatten im Qualm. Einige bildeten geschlossene Einheiten, was sie zu vielköpfigen Monstrositäten machte, aus deren Leib Piken und Schwerter drohten. Manche standen im Kampf mit Gegnern wie jenem, der sich auf Gonter gestürzt hatte. Andere taumelten noch desorientiert nach dem Marsch über den Glutpfad.

Gonter war jetzt ein Rottmeister, er musste Ordnung in die Reihen seiner Krieger bringen! Er wischte über die vom Qualm tränenden Augen und bückte sich, um die Laterne aufzuheben.

Sein Gegner war noch immer nicht tot. Er drückte beide Hände auf die Dolchwunden und hustete Blut, wobei er sich zur verletzten Seite krümmte.

Ob er große Schmerzen litt? Wünschte er sich Erlösung von seinen Qualen?

Gonter sah auf sein Schwert, dann wieder in das violette Gesicht des Sterbenden. Die Augen starrten in den Qualm, den Kampf um sich herum schien der Mann nicht mehr wahrzunehmen.

Gonter trat seine Keule weg und ließ ihn liegen. Sollte er seinen letzten Handel mit den Göttern oder den Dämonen schließen, zu denen sich seine Seele auf den Weg machte.

»Hierher!« Gonter hob die Laterne, deren Bügel er mit derselben Hand hielt wie den Schwertgriff. »Dritte Rotte Sturmbanner – zu mir!«

Hustend näherte sich Bol, der kräftigste Krieger unter seinem Kommando. Gonter brauchte ihn nicht über die Lage aufzuklären, ein Streifen dunklen Bluts zog sich bereits über seinen

Eisenharnisch. Er hatte auch schon einige Söldner gesammelt, Bol war einer der vier Weibel in Gonters Einheit.

»Dritte Rotte!« Gonter schwenkte die Laterne.

Itena, der die kantig geschnittene Augenklappe ein verwegenes Aussehen verlieh, brachte ihre Leute heran. Dazu gehörten seit dem Iljuga-Feldzug auch Eilan und Iskon, zwei Kämpfer aus den Salzzacken, die weit gebogene Sicheln als Waffen führten. Die Nackentücher ihrer Helme lagen normalerweise auf den Schultern, aber wenn ein Sandsturm kam, ließen sie sich auch über Mund und Nase ziehen. Hier im Qualm leisteten sie gute Dienste.

»Gruppe vollständig«, meldete Itena.

»Mir fehlt noch einer«, sagte Bol.

Auch Mehols Gruppe traf ein.

Gonters Rotte war auf Sollstärke gemustert, jeder der Weibel befehligte fünf Krieger. Gemeinsam mit Gonter als Rottmeister kam man damit auf fünfundzwanzig, was angesichts der Kampferfahrung der Söldner ausgereicht hätte, die Garde einer Kleinstadt zu überwältigen.

Aber hier standen sie keinen geordneten Reihen gegenüber. Der Rauch machte die Lage unübersichtlich und der Körper war jetzt, da der Geist in ihn zurückgekehrt war, erschöpft vom Marsch über den Glutpfad, als hätte er einen ganzen Tag lang volles Gepäck geschleppt. Gonter brauchte vier Herzschläge, um zu begreifen, dass der Lärm, der sich von links näherte, seiner Rotte galt.

»Schilde hoch!«, brüllte er, ließ die Laterne fallen und befolgte seinen eigenen Befehl.

Wie in zahllosen Übungen durchgespielt, bildeten die Söldner blitzschnell Kampfgruppen. Jeder fand einen Kameraden, der ihn deckte. Wer einen Schild trug, stellte sich in die erste Reihe.

Die Gegner waren eine kreischende Masse, die mit wilder Wucht gegen den Schutz prallte. Der Schaft eines Speers schlug auf Gonters Helm, sein Schädel dröhnte, die Sicht wurde kurzzeitig dunkel.

Gonter wusste, dass vor ihm keine Kameraden stehen konnten. Blind stieß er das Schwert neben dem Schild nach vorn.

Er traf jemanden, ein helles Jaulen kündete von Schmerz, aber das hielt die kopflose Masse nicht auf. Ein Gewitter von Schlägen donnerte gegen die Schilde.

Gonters Sicht klärte sich. »Halten!«, befahl er und richtete sich auf, um kraftvolle Hiebe über den Schild zu führen.

Er wählte keinen speziellen Gegner. Solange er nur kräftig genug zuschlug, erzielte er immer Wirkung. Die Angreifer standen eng. Sie alle waren violett bemalt, viele trugen grünen Schmuck in Lippen und Nasenflügeln. Echte Rüstungen hatten nur wenige angelegt, Felle waren häufig, auch einen Umhang aus bunten Federn machte er aus.

Gonter zerbrach einen Speer, hackte in einen Arm, trennte ein Ohr ab und knackte einen Schädel. Neben ihm schrie Itena unartikuliert. Eigentlich kämpfte sie ungern mit einem Schild, sie verließ sich lieber auf ihre Beweglichkeit, aber in dieser Lage kam sie nicht ohne den Schutz aus. Mit ihrem Degen stach sie tief, unter der Deckung hindurch, und traf Knie, Waden und Füße. Bol dagegen nutzte seine Kraft immer wieder, um eine Lücke in die anbrandenden Gegner zu drücken, sie zurückzuschleudern und seinen Speer in die Gestolperten zu bohren. Insgesamt wanderte die Stellung von Gonters Rotte mal ein wenig vor, dann wieder zurück, aber sie hielt.

Posaunen schollen über das Gefechtsfeld und forderten die Legion auf, sich beim Feldzeichen zu sammeln. Aber wo sollte das sein? Gonter spähte in den Rauch, der sich immerhin so weit hob, dass die ausladenden Baumkronen zu sehen waren. Das niedrige Gesträuch war abgebrannt, doch den Riesen des Waldes hatte das Feuer nicht mehr angetan, als ihre Rinde anzusengen.

Gonter sah eine Standarte, aber sie zeigte die drei Blitze des Zauberbanners. Wo war die Faust, die einen Turm zerschlug? Oder noch besser der Schmiedehammer im Flammenmeer?

Er entdeckte sie nicht. Also vertraute er darauf, dass sich das

Zauberbanner in die richtige Richtung bewegte, und zeigte mit dem Schwert dorthin. »Vorrücken!«

Bol brüllte und warf sich nach vorn, die anderen versuchten, Schritt zu halten.

Die Gegner hatten jedoch so viel Respekt vor dem Hünen gelernt, dass sie eine Gasse bildeten, die sich gleich hinter ihm wieder schloss. Jetzt war Bol umringt.

»Eilan!«, rief Gonter. »Hol ihn raus!«

Aber der Sichelkämpfer hackte auf die Gegner ein, die seinen Kameraden Iskon bedrängten. Die Kampflinie zerfaserte, die Söldner boten mehrere Angriffspunkte.

»Eilan! Zu Bol!«

Der Gerufene trennte eine Hand ab und bohrte die Spitze seiner Sichel gleich darauf in einen Oberschenkel. Ob er den Befehl gehört hatte, war nicht zu entscheiden.

Mehol tat, was nötig war. Der aschblonde Weibel hatte seinen Helm verloren, was ihn jedoch nicht hinderte, seine Gruppe zu einem Keil zu formieren und damit zu Bol durchzudringen. Der Hüne blutete an der Wange, aber es schien nur ein Kratzer zu sein.

Itena klopfte auf Gonters Schulter, um ihn auf etwas aufmerksam zu machen. »Xerohn scheint eine Verteidigungsstellung zu errichten!«

In der Tat standen mehrere Hundert Hellebardiere drei Reihen tief zwischen den Baumriesen. Sie wandten Gonters Rotte den Rücken zu, aber er erkannte, wie die Stangenwaffen mit den Axtblättern immer wieder vorstießen.

Er sah dem Zauberbanner hinterher, das fünfzig Schritt entfernt im Rauch tanzte, kaum noch auszumachen.

»Dritte Rotte!«, rief er. »Zu den Hellebardieren!«

In dieser Richtung trafen sie nicht auf Widerstand, und ihre bisherigen Gegner schienen keine Lust auf eine Verfolgung zu verspüren. Sie waren noch immer ein wilder Haufen von wenigstens fünf Dutzend Kämpfern, die meisten Männer, aber sie sprangen nun durcheinander, schleuderten verkohltes Holz und fauchten zu den Söldnern herüber.

Xerohns Hellebardiere brachten den Gegner zum Stehen, ihr Wall aus wirbelnden Klingen wich keinen Fußbreit, und niemand von ihnen ließ sich hinreißen, einen angeschlagenen Angreifer zu verfolgen. Gonter führte seine Rotte zu einem unförmigen Felsbrocken, der doppelt mannshoch aufragte. Auf diesem unebenen Grund konnten die Hellebardiere ihre Formation nur schlecht zur Geltung bringen.

»Das ist kein Fels«, erkannte er im Näherkommen überrascht.

Es war eine gigantische Wurzel, die sich hier auf zehn Schritt Länge aus dem Boden drückte. Sie gehörte zu einem so riesigen Baum, wie Gonter ihn noch nie gesehen hatte. Seine komplette Rotte hätte sich an den Händen fassen müssen, um ihn zu umspannen. Der Stamm verlor sich im Rauch, die Krone war nur als dunkler Schatten auszumachen.

Nichtsdestotrotz behinderte die Wurzel die Formation der Hellebardiere. Die Krieger des Sturmbanners, die gewohnt waren, in lockerer Aufstellung zu kämpfen, kamen in einem solchen Geländeabschnitt wesentlich besser zurecht.

Die Weibel nutzten die Kampfpause, in der sich keine Gegner in unmittelbarer Nähe zeigten, um die Verletzten zu versorgen. Niemand war so schwer verwundet, dass er nicht mehr hätte kämpfen können, aber fünf Söldner fehlten noch. Gonter hoffte, dass sie im Chaos bei der Ankunft ihre Einheit noch nicht gefunden und sich vorübergehend einem anderen Verband angeschlossen hatten.

Er überlegte, ob er Eilan zurechtweisen sollte, weil er den Befehl ignoriert hatte, Bol herauszuhauen. Der Mann, mit dem er sich vor der Festung Sirsche in den Salzzacken duelliert und dessen Leben er geschont hatte, führte einen Schleifstein entlang der Sichelklinge. Sowohl der Innen- als auch der Außenbogen waren scharf, was einerseits jeden Hieb gefährlich machte, aber andererseits schnell zu Scharten im dünnen Metall führte.

Gonter schüttelte den Kopf. Zwar hatte Eivora ihm eingeschärft, dass Disziplin, Befehl und Gehorsam für jedes Heer unverzichtbar waren, aber das musste bis nach der Schlacht warten. Möglich, dass der nächste Angriff diese Überlegungen überflüssig machte.

Er war nicht der Einzige, den der Riesenbaum beeindruckte. Mehol versuchte mit furchtsamem Blick, den Verlauf der Äste nachzuvollziehen. Im Rauch waren sie nur zu erahnen, aber das reichte, um zu erkennen, dass sie dicker waren als die Stämme der hundertjährigen Bäume, die im Garten vor dem Palast von Gonters Mutter standen.

Die Attacke kam schnell, und diesmal wurde sie nicht nur von schlecht gerüsteten Wilden vorgetragen. Hunde oder Wölfe, so genau ließ sich das nicht bestimmen, begleiteten die Violetthäutigen. Klaffende Schnitte zeugten davon, dass sowohl die Menschen als auch die Tiere bereits im Gefecht gewesen waren, vielleicht an einer anderen Stelle des Sperrgürtels, den die Hellebardiere hielten. Wohl wegen der schlechten Erfahrungen mit drei Reihen hackender und stoßender Klingen schickten sie sich nun an, die Wurzel zu stürmen.

»Achtung!«, rief Gonter, obwohl seine Leute selbst wussten, was zu tun war. Sie griffen ihre Waffen und suchten sich einen festen Stand in Einkerbungen und halbwegs ebenen Bereichen des Untergrunds, wobei sie sich so stellten, dass sie sich gegenseitig nicht behinderten, aber unterstützen konnten.

Die Biester waren schneller als ihre Herren. Ihre Krallen fanden genug Halt, um sich hochzureißen. Geifer flog aus den Fängen, das Nackenfell – lang wie eine Mähne, aber borstig – sträubte sich.

Gonter war versucht, dem ersten Wolf das Schwert tief ins kläffende Maul zu stoßen, entschloss sich dann aber doch für einen waagerechten Hieb, damit die Klinge nicht stecken blieb.

Jaulend kratzte das Tier über die Borke, während es zu Boden stürzte.

Sofort sprang ein anderes an seinen Platz.

Gonter schmetterte ihm den Schild entgegen, er spürte die Wucht, mit der der Schädel dagegenprallte. Ein Stich unter dem Schutz hindurch drang in den weichen Bauch der Bestie. Der Druck ließ nach.

Ein Stein aus einer Schleuder traf Gonters Bein. Der Knochen vibrierte. Gonter biss die Zähne zusammen, er durfte nicht wanken.

Ein Speer schlug in seinen Schild, die Spitze drang zwei Zoll weit durch. Sie konnte ihn nicht ritzen, aber das Gewicht der langen Waffe zog nun seinen Schutz herunter.

»Zurück!«, rief Itena neben ihm.

Er folgte ihrem Rat und machte auf dem unebenen Holz zwei tastende Schritte rückwärts. Dadurch konnte die Kameradin den Speerschaft fassen, ohne ihre eigene Stellung aufzugeben. Sie ruckte zweimal, dann war die Waffe frei. Erst jetzt sah Gonter, dass die Spitze nicht aus Eisen bestand, sondern aus einem gelben Material. Itena schleuderte den Speer auf die Angreifer, die die Wurzel heraufkletterten, und durchbohrte eine Schulter.

Gonter sah, dass einigen Gegnern Schaum vor dem Mund stand. Ihre Wunden schienen sie nicht zu spüren. Ein Mann mit einem dunkelbraunen Wolfsschädel auf dem Kopf blutete heftig aus der Seite, und doch stürzte er sich brüllend auf die Söldner.

In dieser Lage war der Rang ohne Bedeutung, sie alle waren Kameraden in einer Kampflinie. Mit Äxten, Schwertern und Speeren hackten, schlugen und stachen sie auf die Gegner ein. Oft reichte ein Treffer in Wade oder Fuß, um den Angreifer straucheln und zu Boden stürzen zu lassen.

Immer wieder drangen auch die Wölfe vor. Einer von ihnen wühlte sich durch die Lücke zwischen zwei Schilden, seine Fänge schlossen sich um Mehols eiserne Armschiene. Die Zähne kamen nicht durch, aber er rüttelte so heftig, dass er dem Kameraden die Schulter auskugelte.

Gonter verhinderte Schlimmeres, indem er sein spitzes Schwert in die Gurgel der Bestie stieß.

Das tiefe Dröhnen der Hörner tönte durch die Luft, die inzwischen eher feucht als rußig war, obwohl es nicht regnete. Der Rauch sammelte sich in den Baumkronen. Ringsum ragten Stämme auf, und nicht nur der Riesenbaum wies einen erstaunlichen Wuchs auf. Mehrere Bäume waren so gewaltig, dass zehn Söldner eine Kette hätten bilden müssen, um sie zu umschließen. Von den kleineren Gewächsen dagegen waren bestenfalls verschmorte Reste übrig. Die Asche lag dick auf dem Boden, wirbelte bei jedem Schritt der Angreifer auf und klebte auf ihrer violetten Haut. Gonter roch Schweiß und Blut.

Plötzlich zogen sich die Gegner zurück. Die Leichen von Menschen und Wölfen ließen sie liegen, den Schwerverwundeten, die ihnen nicht zu folgen vermochten, gaben sie den Gnadenstoß. Auch ein verletzter Hellebardier, der aus der Kampflinie gerissen worden war und bis jetzt das Glück gehabt hatte, im Getümmel unbeachtet zu bleiben, starb unter dem Hieb einer Krallenkeule, die sein Gesicht zerschlug.

Obwohl die Sicht deutlich besser war als bei ihrer Ankunft, setzten das Dämmerlicht zwischen den Bäumen und die aufwirbelnde Asche ihr Grenzen. Die Wilden waren bald nicht mehr auszumachen.

Itena grinste Gonter heftig atmend an. Ihr verbliebenes Auge blitzte wie ein Saphir, in dem sich das Spiegelbild einer Flamme brach. Ihr Pferdeschwanz hatte sich geöffnet, das schwarze Haar fiel in verklebten Strähnen auf ihre Lederrüstung. »Die haben fürs Erste genug, Prinz.« Sie tippte die Zungenspitze in das Blut an ihrer Degenklinge.

Gonter wusste nicht, wer mit der Marotte begonnen hatte, ihn »Prinz« zu nennen. Die Söldner kokettierten mit seiner Abstammung, obwohl Adel in ihren Reihen nichts zählte.

Der Frieden war trügerisch. »Dritte Rotte – Wunden versorgen!«, befahl Gonter. »Waffen überprüfen!«

Auch die Hellebardiere ordneten ihre Aufstellung neu. Befehle und Meldungen wurden die lange Linie entlang von Weibel zu Weibel gerufen. Während die Kämpfer von Gonters Rotte ihrer Erregung durch Flüche und begeisterte Erzählungen des Geschehenen Luft machten, wechselten die Krieger mit den Stangenwaffen kein überflüssiges Wort. Ein Blick in ihre Gesichter zeigte Stolz und Konzentration.

»Kameraden!«, rief ein Hellebardier herauf, dessen Klinge die

Ziselierung einer dornigen Blume zierte. »Wir verlegen zu einer besseren Kampflinie.« Er deutete in die Richtung, die bislang in ihrem Rücken gelegen hatte. Seine Gefährten machten sich bereits auf den Weg.

»In Ordnung!«, bestätigte Gonter. »Wir kommen mit.« Es wäre ohnehin Wahnsinn gewesen, allein die Stellung halten zu wollen. Zudem mussten sie ihre Einheit finden.

Erfreulicherweise gab es noch immer keine ernsthaften Verwundungen in der Rotte. Sie zogen mit den Hellebardieren zu einem lang gestreckten Abhang. Er war nicht tief, kaum mehr als drei Schritt, aber recht steil. Gonter erkannte sofort den Vorteil dieser Geländeformation für die Hellebardiere. Für gewöhnlich stellten sie die Stangen auf und ließen die geschliffenen Blätter ihrer Waffen schräg nach vorn und oben zeigen. Ein Gegner, der sich den Hang herab näherte, lief damit genau in den Wirkungsbereich der Hellebarden.

»Habt ihr das Sturmbanner gesehen?«, fragte Gonter die Kameraden. »Unser Feldzeichen?«

Eine Söldnerin mit einem breiten Bronzering im Ohr bestätigte und zeigte weiter in die Richtung, in die sie verlegt hatten.

Dort standen die Bäume weniger dicht, der Himmel war heller.

Gonter führte seine Rotte dorthin, und tatsächlich sammelten sich die Einheiten des Klingenrauschs auf einem freien Feld. Die Pikeniere standen in großen Pulks, die mit etwas Vorstellungskraft riesigen Igeln ähnelten. Ein Reiter hielt das Feldzeichen der Legion, einen Hammer inmitten von Flammen. Über dieser Standarte hockte Garallo, eine Eisenfigur, die einen spitzzahnig grinsenden Dämon darstellte. Knapp dahinter entdeckte Gonter auch die Abbildung des Turms, in den eine Faust schlug – Grün auf Schwarz.

Hinter ihnen erschollen wieder die Kriegshörner der Wilden. Aber das war jetzt die Aufgabe der Hellebardiere, Gonters Rotte begab sich zum Sturmbanner, um ihre Befehle abzuholen. Dort fanden sie auch drei Söldner aus ihren Reihen, die im Chaos den

Weg zu ihnen nicht gefunden und sich stattdessen bei der übergeordneten Einheit eingefunden hatten.

Nirtos Rotte führte das Feldzeichen. Der grauäugige Mann, der Gonter in den vergangenen Wochen die schmutzigen Tricks eines Kampfs jenseits ehrenhafter Vereinbarungen beigebracht hatte, schaute ihm grimmig entgegen. Das war sein üblicher Gesichtsausdruck, er war immer wütend auf die Welt.

»Schön, dich zu sehen«, sagte Gonter trotzdem.

Nirto spie aus. »Kann ja nicht so schlimm sein dort vorne, wenn sogar du ohne eine Schramme davonkommst.«

»Wie ich sehe, ist die Schneide deiner Axt noch trocken«, gab Gonter zurück. »Heute keinen Durst auf Blut?«

Ein schiefes Grinsen brachte Bewegung in die Bartstoppeln auf Nirtos Wangen. »Zum Eingewöhnen schicken wir unseren Gegnern immer zuerst die Anfänger. Wir wollen sie nicht sofort mit echten Kämpfern erschrecken.«

»Verstehe.« Es tat gut, den Schild abzustreifen und auf den Boden zu stellen. »Wo ist Eivora?«

Nirto wandte den Kopf und nickte schräg hinter sich.

Die Kampfherrin des Sturmbanners war eine kleine Frau, aber davon ließ man sich besser nicht täuschen. Obwohl sie mit ihren fünfundzwanzig Jahren jünger als Gonter war, hatte sie ihr halbes Leben auf dem Marsch und auf Schlachtfeldern verbracht. Die zierliche Gestalt setzte der Durchschlagskraft ihrer Hiebe Grenzen, doch mit der kleinen Armbrust, die sie um den linken Unterarm geschnallt trug, schoss sie aus der Drehung heraus auf eine Entfernung von zwanzig Schritt einen Apfel vom Baum.

Gonter ging zu ihr. Er salutierte, indem er die Faust gegen die Brust schlug.

Sie erwiderte den Gruß mit einem Lächeln, in dem grimmige Zufriedenheit lag. Das leichte Kettenhemd klirrte. Ihr schwarzes Haar war so glatt, dass es an einen Helm erinnerte, die nach vorne abstehenden Spitzen ähnelten sogar einem Wangenschutz.

»Dritte Rotte vollzählig bis auf zwei Krieger«, meldete er. »Ich schätze, sie suchen uns noch.«

Eivora nickte knapp. »Verletzte?«

»Nur Kratzer. Wir sind voll einsatzfähig.«

»Gut. Wenn dieser Empfang ein Vorgeschmack auf das ist, was uns in Klataal erwartet, werden wir reichlich zu tun bekommen.«

Vor ihrem Abmarsch hatte man den Kontrakt anders eingeschätzt. Garnisonsdienst galt als ruhige Beschäftigung, auch wenn man eine Grenze zu einer Wildnis voller Kannibalen hin sichern sollte. Die Entlohnung war allerdings auffällig hoch. Sie wurde bei jedem Neumond fällig, und Expeditionen in den Wald bezahlte ihr Dienstherr zusätzlich.

Befehle wurden gerufen, Bewegung kam in die Pikeniere.

»Sucht euch einen Platz hundert Schritt weiter im Hinterland«, befahl Eivora. »Kommt wieder zu Kräften und haltet euch bereit.«

Bestätigend schlug er gegen die Brust.

Sie presste die Zähne aufeinander, als sie ihren Helm aufsetzte. Aglix, ihr Feuersalamander, huschte in den Kragen der Lederrüstung, die sie unter dem Kettengeflecht trug. Sie schloss die obersten Haken.

Aus dem Wald klangen Schreie und das Klirren von Stahl herüber.

Eivoras blaue Augen glänzten wie gebrochenes Eis. Gonter sah ihr an, dass sie sich inmitten der Kampfvorbereitungen wohlfühlte. Er konnte das Zucken ihrer Mundwinkel ebenso deuten wie das leichte Beben ihrer Nasenflügel. Immerhin war er vor ein paar Wochen noch ihr Liebhaber gewesen. Er wusste, dass sie alles, was sie tat, voller Energie anging. Sie hielt nie etwas zurück.

Gonter führte seine Rotte zwischen den Bogenschützen hindurch, die hinter den Pikenieren Aufstellung nahmen. Er überlegte, wo er seine Krieger am besten lagern ließ, um den Fernkämpfern zur Hilfe kommen zu können, sollten die Pikeniere geworfen werden.

Die Hellebardiere zogen sich so geordnet zurück, wie wohl nur Kampfherr Xerohn es seinen Leuten einschleifen konnte.

Wenn sich die ersten beiden Reihen nach hinten bewegten, hielten die dritte und vierte stand und ließen Lücken, die gerade groß genug waren, um die Kameraden durchzulassen. Diese bezogen zehn Schritt weiter erneut Stellung, sodass immer abwechselnd verteidigt und bewegt wurde.

Auf diese Weise erreichten die Krieger langsam, aber ohne Blöße die Pikeniere, die ihnen auf den letzten zwanzig Schritt entgegenkamen. Sie drangen jedoch nicht weiter gegen die Wilden vor, die einer brodelnden Masse gleich aus dem Wald drängten.

Den Grund dafür erkannte Gonter, als Kampfherrin Jakena ihre sechshundert Bogenschützen Salven schießen ließ. In einem dichten Schwarm stiegen die Pfeile auf, erreichten den Scheitelpunkt ihrer Kurve über den eigenen Nahkämpfern und hagelten dann auf die Gegner herab. Die Schreie der Verwundeten und Sterbenden gellten noch, als die nächste Salve bereits loszischte.

Die Violetthäutigen flohen Hals über Kopf zurück in den Wald.

An der rechten Flanke lösten sich einige Hundertschaften Pikeniere und nahmen im Laufschritt mit nach vorn gesenkten Spitzen die Verfolgung auf.

Gonter sah sich um, aber die anderen Einheiten des Klingenrauschs hielten ihre Position. Die Bogenschützen verlagerten ihren Beschuss in die Mitte und nach links, um die eigenen Kameraden nicht zu treffen, aber sie fanden ohnehin kaum noch Ziele.

Das Feldzeichen mit Faust und Turm schwenkte in einer kreisförmigen Bewegung. Die Rotten des Sturmbanners sollten sich sammeln.

Als Eivora den Helm abnahm, sah Gonter die Zornesfalten auf ihrer Stirn. »Was ist los?«, raunte er ihr zu. »Wir haben doch mit geringen Verlusten gesiegt?«

»Ja«, knirschte sie. »Und unsere Verluste würden auch unerheblich bleiben, wenn sich Razonn besser beherrschen würde. Ich hoffe, seine Pikeniere rennen nicht in eine Falle.«

Verstehend nickte Gonter. Die zehn Kampfherren des Klingenrauschs waren gleichrangig, seit dem Tod des legendären Kester gab es keinen Flammenbringer, der alle befehligt hätte. Für gewöhnlich sprachen sie sich ab, doch letztlich traf jeder seine eigenen Entscheidungen.

Eivora räusperte sich, bevor sie sich an ihr Banner wandte. »Wir rücken langsam vor! Zuerst sichern wir unsere Verwundeten, dann erst plündern wir die Leichen unserer Gegner. Unsere eigenen Gefallenen nehmen wir auf dem Rückweg mit.«

Gemeinsam mit den drei anderen Rottmeistern bestätigte Gonter den Befehl.

»Und trödelt nicht!«, rief Eivora. »Wir haben höchstens noch zwei Stunden Tageslicht.«

Erst jetzt fiel Gonter auf, dass es auch hier, außerhalb des Waldes, nicht hell war. Ein grauer Nebel lag über dem Land, und er roch nicht nach dem Qualm des Feuers, das den Klingenrausch gerufen hatte.

Mit einem scharfen Knall schlug Atirions Rechte gegen seinen metallenen Harnisch. Söldner grüßten einander mit der Faust auf der Brust, aber der Kampfherr, der die Stabseinheit des Klingenrauschs befehligte, besaß keine rechte Hand mehr. Stattdessen ragte eine scharf geschliffene Stoßklinge aus dem Unterarm.

Eivora trat hinter ihm in das Turmzimmer. Ihre Waden waren vom langen Aufstieg verhärtet. In diesem Land schätzte man offensichtlich hohe Bauten, überall in Faarinar standen Gerüste, auf denen Steinmetze arbeiteten. Die Stadt selbst erhob sich auf einem Hügel über der nebelgefüllten Ebene.

Auch Eivora schlug die Faust an die Brust. Dabei lächelte sie, Aglix' Füße kitzelten an ihrem Hals, und der Schwanz des Feuersalamanders strich über die Härchen an ihrem Nacken.

Brono erhob sich von einer Steinbank, die zwischen zwei hohen Fenstern aus der Wand hervorkam, und erwiderte den Gruß. Der beleibte, aber dennoch erstaunlich agile Krieger diente als Rottmeister im Sturmbanner. Eivora hatte ihm das Vorauskommando anvertraut, das die Avatar und das Feldzeichen in die Baronie ihres neuen Auftraggebers gebracht hatte. Eine Reise von über zwei Monden, in Rorgator lag Schnee auf dem Ascheland, wenn der Wind nicht gerade die schmelzende Hitze der Vulkane hinübertrug. Der Klingenrausch hatte die Zeit genutzt, um seine Reihen zu füllen und die Ausrüstung zu ergänzen. Nach der Zahl der Helme war die Legion so kampfstark wie selten zuvor.

Allerdings sind viele dabei, die noch nie unter unserem Feldzeichen marschiert sind, warnte sich Eivora vor überzogener Zuversicht. Grüne Rekruten waren trotzdem die wenigsten. Eine Eliteeinheit wie der Klingenrausch akzeptierte beinahe nur solche Bewerber, die bereits andernorts Kampferfahrung gesammelt hatten.

Bronos Äußeres konnte nicht nur wegen der Leibesfülle täuschen. Er pflegte sein Haar mit einer Hingabe, die man sonst nur bei den Betreibern von Etablissements fand, vor denen rote Lampen hingen. Es lag in sorgfältigen Locken, und Wachs gab dem Bart die Form eines Keils. Wer jedoch in seine grauen Augen sah, erkannte sofort, dass er die Ruhe von jemandem besaß, der in vielen Kämpfen gestanden und dem Tod oft begegnet war. »Willkommen in Faarinar.«

Zu seiner dunklen Stimme hätte ein hallendes Gewölbe gepasst, aber dieses Turmzimmer vermittelte den Eindruck von Leichtigkeit. Es war eine hohe, runde Kuppel. Die einzigen Sitzgelegenheiten waren die Steinbänke zwischen den sieben Fenstern, auf jeder davon mochten drei Ungerüstete Platz finden. Neben Brono hätte nur noch eine zierliche Frau wie Eivora sitzen können.

Aglix gluckste an ihrem Ohr.

Sie schmunzelte. *Für einen Feuersalamander wäre natürlich auch noch Platz.*

Ihre Schritte klackten auf dem Mosaikboden. Tausende Steinchen formten Bilder von Lauten, Flöten, Harfen und Leiern. Die Musikinstrumente schwebten in einem blauen Himmel mit vereinzelten Schäfchenwolken, und zwischen ihnen schlängelten sich bunte Stoffbänder.

»Hier ist es angenehm kühl«, stellte Eivora fest.

Aglix verschwand im Kragen der Lederrüstung, die sie unter dem leichten Kettenhemd trug.

»In dieser Baronie gilt: je höher, desto besser«, bestätigte Brono ihre Vermutung. Sein Kampfhammer, eine mächtige Waffe mit einem schwarz schimmernden Eisenkopf, lehnte an der ockerfarbenen Wand. An zwei Stellen des Schafts gaben Rillen den Händen Halt am roten Eschenholz. Bronos wuchtige Hiebe zertrümmerten so manche Rückenpanzerung, wenn er seinen Gegner mit einer schnellen Bewegung überraschte und hinter ihn kam.

Eivora hörte zu, während Atirion Brono über die Beschaffenheit des Landes befragte, über die Marschtauglichkeit des Geländes und die Witterung. Offenbar regnete es hier jeden Tag, manchmal sogar zweimal, aber niemals länger als eine Stunde. Der Niederschlag tat der Wärme keinen Abbruch. Das würde den Söldnern nichts ausmachen, sie waren die Hitze aus Rorgator gewohnt.

Die sieben Fenster des Turmzimmers zogen sich beinahe bis zur Spitze, sodass sie sich dort fast berührten. Mehr noch als ihre Höhe von über zehn Schritt beeindruckte Eivora die Wölbung. Oben bogen sie sich nach innen, um die Kuppelform nachzuvollziehen. In der Metropole der Söldner arbeiteten die Handwerker auf den Baustellen bevorzugt mit Stein und Metall. So zerbrechliches Werk zu schaffen, es auf diese Höhe zu transportieren und passgenau einzusetzen, bewies eine hohe Meisterschaft. Jede der unterschiedlich getönten Scheiben war aus einem Stück gefertigt. Nachträglich hatte man Öffnungen hineingeschnitten, mit Bleirahmen verstärkt und kleinere Fenster eingesetzt, die sich öffnen ließen. Durch sie drang der Lärm der in dieser Stadt allgegenwärtigen Bautätigkeit herein. Die Hammerschläge, das Knarren der Flaschenzüge und das Gebrüll der Vorarbeiter hätten mühelos ein Gefecht unten in den Gassen übertönt. Aber natürlich war das eine unbegründete Sorge, ein

Angriff hätte alle friedlichen Arbeiten sofort zum Erliegen gebracht.

Eivora betastete die grünliche Glasscheibe, hinter der die Morgensonne über dem Nebel stand. Das Material war kühl, und auch wenn es im Innern ein paar Lufteinschlüsse gab, bot es ihren gleitenden Fingerkuppen keinen Widerstand.

»Faarinar war ein unbedeutender Fürstensitz, bis Horold den Thron von Klataal bestieg«, erklärte Brono gerade. »Danach wurde es wichtiger, weil sich der neue Baron für den Jade interessiert, den sie aus dem Urwald von Arzulan holen.« Er zeigte auf den einzigen Einrichtungsgegenstand des Turmzimmers.

In der Mitte, wo in einem ebenerdigen Raum vielleicht ein Springbrunnen gesprudelt hätte, erhob sich ein Kunstwerk, das ebenfalls den Eindruck vermittelte, es spiele mit der Schwerkraft. Feine Stangen und Drähte hielten viele Hundert grüne Steine. Manche waren so klein wie Kiesel, die in einen Schuh rutschten, andere glichen Münzen oder waren als Tropfen geformt. Der leichte Windzug bewegte die Bestandteile des unregelmäßigen Gebildes, das Atirion um Haupteslänge überragte, wobei der Jade so leise klackte, dass das Geräusch dem Knistern von Regen auf einem Strohdach ähnelte.

»Dieser Palast hier«, fuhr Brono fort, »ist eines der wenigen Gebäude, das schon ein paar Jahrzehnte steht. Eigentlich ist Faarinar eine Kleinstadt am Rande der Baronie, ein trotziges Zeichen, dass man auch jenseits des Bontan Territorium beansprucht.«

»Und wir sind hier, weil sich dieser Anspruch nun ausdehnt«, stellte Eivora fest.

Ihr Interesse wanderte von den Fenstern zum Kunstwerk in der Raummitte. Zwar konnte sie nicht erkennen, was es darstellen sollte – es ähnelte grob einer Tanne, war dafür jedoch zu unregelmäßig geformt –, aber sie sah die Stäbe im Innern funkeln. Bestanden sie etwa aus Silber? Ihr Glänzen glich dem der Münzen, die sie im Keller ihres Turms hortete.

»Die Hauptstadt ist noch immer Klaaholt«, setzte Brono seinen Bericht fort, »aber da sich Baron Horold seit einem halben Jahr hier aufhält, zieht es die Höflinge ebenfalls nach Faarinar.«

»Und jeder von denen will seinen eigenen Palast«, vermutete Atirion.

»Mit einem möglichst hohen Turm.« Brono grinste, wodurch die Spitze seines Kinnbarts wippte.

»Das wird den Stadtfürsten doch sicher freuen«, meinte Eivora.

»Er ist verschwunden.« Das schwarze Leder seiner Rüstung knirschte, als Brono die Arme auf dem Rücken verschränkte. Vor der Brust verstärkte eine ovale Eisenplatte die Panzerung. Die in jedem Windzug schwebende Weste aus luftiger weißer Seide bildete einen gewagten Gegensatz dazu, aber niemand erdreistete sich, den gewichtigen Rottmeister bei der Auswahl seiner Kleidung zu beraten. »Zu gierig geworden, wenn ihr mich fragt«, meinte er. »Er ist in den Urwald aufgebrochen, um sich eine ertragreiche Jademine zu sichern, die es dort angeblich gibt. Aber er kam nicht mehr zurück.«

»Er hätte eben auf uns warten sollen«, versetzte Atirion.

»Gut möglich, dass sein Verschwinden Baron Horold veranlasst hat, fähige Klingen anzuheuern«, meinte Brono.

»Waren die beiden befreundet?« Eivora glaubte nun wirklich, dass die Stangen aus Silber bestanden. Sie suchte nach einer Stelle, an der sie die Jadescheibchen auseinanderschieben könnte, um das Metall zu berühren.

Brono zuckte mit den Achseln, wodurch die Schulterstücke seines Harnischs klapperten. »Das kann ich nicht sagen. Horold scheint mit sehr vielen Leuten befreundet zu sein und zugleich mit niemandem.«

»Der Preis der Macht.« Eivora wusste, wovon sie sprach. In dieser Hinsicht lagen Welten zwischen ihrem früheren Leben und ihrem jetzigen, in dem sie eine Kampfherrin war.

Schritte auf der Treppe kündigten ihren Auftraggeber an.

Baron Horold war ein dünner Mann, der besonders hager wirkte, weil er so groß war. Sein weit geschnittenes, kleidartiges Gewand umschlackerte ihn wie ein loses Segel einen Mast. Es bestand aus rotem glänzendem Stoff, in dem Splitter von Edelsteinen funkelten. Die gezackte Krone auf seinem länglichen Kopf war so dünn aus Jade geschnitten, dass Licht durch den Stein drang und die Äderung betonte.

Eivora schätzte, dass Horold noch keine drei Jahrzehnte gesehen hatte. Es hätte sie überrascht, wenn er fünf Jahre älter als sie gewesen wäre. Die Augen lagen so tief in den Höhlen, dass sie ihre Farbe nicht sofort erkannte. Mehrere Muttermale sprenkelten die mit einer Vielzahl von Ringen geschmückten Hände und die freien Stellen des Gesichts. Das blonde Haupthaar des Barons war ebenso schütter wie der Bart. Sein breites, aber dennoch unsicheres Lächeln brachte die Wangen in Bewegung wie einen abgewetzten Teppich, auf dem jemand ausrutschte.

»Der Überfall auf Eure Truppen stimmt mich untröstlich!« Horolds Stimme war überraschend tief, beinahe wie die von Brono. Er breitete die Arme aus, die Ringe funkelten.

Hinter ihm betraten drei Krieger den Raum. Ihre Rüstungen setzten auf Beweglichkeit, hart gepanzert waren nur Rumpf und Schultern. Die Harnische waren offensichtlich auf zeremoniellen Gebrauch ausgelegt, die Umrisse der Metallplatten drückten sich durch den roten Stoff. Jadeschmuck an der Brust mochte auf Verdienste oder einen Rang hinweisen. Ärmel und Hosen waren schwarz, ebenso wie die Stiefel.

Unwillkürlich versuchte Eivora, die Kämpfer einzuschätzen. Als zwei von ihnen neben der Tür Posten bezogen, ließen sie die Knie leicht gebeugt und stellten die Füße hüftbreit auseinander. Eine neutrale Position, die Bewegungen in jede Richtung erlaubte. Die Gesichter waren aufmerksam, aber nicht nervös. Seltsam erschienen die Waffen, beide hielten jeweils drei Stäbe in der rechten Hand, zwei davon aus Holz, einer aus Eisen. Eivora entdeckte keine Schneiden oder Spitzen an den schrittlangen Stangen.

Der dritte Krieger hatte ebenfalls drei Stäbe dabei, trug sie aber in einem kleinen Bündel, das über seine rechte Schulter ragte, ähnlich, wie ein Bogenschütze Pfeile in einem Köcher mit sich führte. In den Händen hielt er einen kopfgroßen Beutel aus grünem Samt.

Baron Horold blieb mit ausgebreiteten Armen stehen. Ob er erwartete, dass sich jemand an seine dürre Brust warf?

Der Gedanke erschien Eivora dermaßen absurd, dass sie ein aufsteigendes Lachen in einem Räuspern verbarg.

»Ich bin ratlos«, er klatschte in die Hände, »wie es den Wilden gelingen konnte, Eure Legion direkt bei ihrem Auftauchen anzugreifen.«

»Das fragen wir uns auch«, entgegnete Atirion trocken.

Horold betrachtete die Klinge, die aus dem Arm des Kampfherrn ragte, und wrang die Hände. Die Ringe an seinen Fingern klackten.

»Wir haben ein Sicherungskommando in den Wald geschickt«, berichtete der Baron. »Fünfhundert Mann. Für unsere Verhältnisse ist das recht viel. Sie wurden an zwei Stellen aufgerieben, und der Feind schlüpfte durch.«

Eivora lüpfte eine Braue. »Haben sie alle Krieger getötet, die Feindkontakt hatten?«

»Nein.« Horold schüttelte den Kopf. »Aber ich werde die Überlebenden selbstverständlich hinrichten lassen. Meine Leoparden werden sie zerfleischen, zur Abschreckung für alle, die glauben, ihren Auftrag nicht ausführen zu müssen.«

»Exempel sind wichtig, um die Disziplin aufrechtzuerhalten«, gestand Eivora zu. »Aber es wäre mir sehr recht, wenn wir die Überlebenden verhören könnten.«

Horolds Augen verengten sich. »Aus welchem Grund?«

»Unsere Gegner haben niemanden auf dem Schlachtfeld zurückgelassen. Wir haben keine Gefangenen. Es ist jedoch wichtig, dass wir möglichst schnell lernen, mit wem wir es an der Grenze zu tun bekommen.«

Der Baron überlegte kurz. Dann schwappte wieder das Lächeln über sein Gesicht. »Wenn ich Euch eine Freude damit mache und es unserer Sache dient, will ich Euch gern ein paar von ihnen überlassen.«

»Gibt es hier Räumlichkeiten, die sich dafür eignen?«

»Ihr meint Kerkerzellen?«

»Die wären uns sehr recht«, stimmte Eivora zu.

»Ich fürchte, dem Stadtfürsten verdarb das Geschrei der Gefangenen den Appetit. Dieser Palast hat kein Verlies.«

»Aber in Faarinar muss es eine Möglichkeit geben, jemanden festzuhalten.«

»Gewiss.« Horold kratzte durch seinen Bart. »Den Schuldturm.«

»Vielleicht könnte mein Rottmeister«, sie deutete auf Brono, »ihn inspizieren?«

»Natürlich, wir …« Horold drehte sich dem Soldaten mit dem Beutel zu, der ihm seine Last übergab. »Mein guter Feilas wird Eurem Mann gern alles zeigen.«

Der Krieger, in dessen Haar sich das erste Grau mischte, nickte Brono zu. Eivora sah jetzt, dass die Stäbe, die er auf dem Rücken trug, durch kurze Ketten miteinander verbunden waren. Sie bildeten eine Gliederwaffe mit drei Segmenten. Das mittlere bestand aus Eisen und eignete sich somit, eine Klinge zu blocken. Die äußeren waren aus Holz, womit man Gewicht sparte und Schnelligkeit gewann. Sie war neugierig darauf, diese Waffe im Einsatz zu sehen.

Ein stummer Blick in Bronos Augen, während er seinen Kampfhammer an sich nahm, genügte, um ihn zu ermahnen, die Räumlichkeiten nicht nur daraufhin zu prüfen, ob man dort jemanden nachdrücklich befragen konnte. Die Möglichkeiten, die die Legion dafür besaß, erforderten lediglich ein paar Fackeln zur Unterstützung der Argumente. Aber ein Kerker war naturgemäß eine gut geschützte Anlage, und sie brauchten einen solchen Ort, um den Blitzstein zu lagern. Neben dem Schwertfeuer war dieses Artefakt der wertvollste Besitz der Legion. Zuletzt war es in Ygôda zum Einsatz gekommen, wo es die titanische Stadtmauer zertrümmert hatte.

Während Feilas und Brono sie verließen, setzte sich Horold auf das Mosaik und stellte den Beutel vor sich ab. Mit einem Zug löste er die Kordel, die ihn verschloss.

»Es würde mich schmerzen, wenn ein Groll aus diesem unglücklichen Beginn zurückbliebe.« Er hob einige Jadescheiben aus dem Beutel und ließ sie klappernd zurückfallen. »Ich hoffe, dieses Geschenk wird Euch versöhnen.«

Das Geräusch weckte Aglix' Neugier, vielleicht erinnerte es den Lurch an die Silbermünzen, aus denen Eivora Hügel und kleine Burgen für ihn baute. Er huschte aus dem Kragen und auf ihre Schulter.

»Was Ihr den erschlagenen Feinden abgenommen habt, dürft Ihr selbstverständlich auch behalten.«

Eivora versicherte sich mit einem Blick zu Atirion, dass dieser zustimmte, bevor sie nickte. »Das ist sehr freundlich von Euch.« *Jedenfalls, was den Jade betrifft, den Ihr mitgebracht habt. Dass uns die Beute aus allen Kämpfen zusteht, ist bereits im Kontrakt niedergelegt.* Vielleicht sollte sie das von seinen Unterhändlern gesiegelte Dokument in allen Einzelheiten mit ihm durchgehen. Aber im Moment gab es Dringlicheres.

Es schien unpassend zu stehen, wenn der Auftraggeber auf dem Boden saß. Die beiden Kampfherren ließen sich ihm gegenüber nieder.

»Wenn es Euch recht ist«, begann Atirion, »wäre uns daran gelegen, möglichst bald die Versorgung der Truppe zu klären.«

»Was ist dabei unklar?«, fragte Horold.

»Unsere Vorräte reichen für eine Woche«, erläuterte der Kampfherr der Stabseinheit. »Danach müssen wir viertausend Krieger aus dem versorgen, was Eure Baronie hergibt.«

»Dann wird es geschehen.«

»Das entspricht der Bevölkerung einer Stadt.« Eindringlich sah er ihren Dienstherrn an.

Eivora verstand seine Sorge. So manches Heer hatten keine gegnerischen Kämpfer, sondern der Hunger besiegt. Zwar machte ein voller Magen träge, aber eine oder zwei Wochen auf halben Rationen nahmen die Kraft. So etwas würde der Klingenrausch keinesfalls zulassen. Die Legion hatte sich schon mehrfach ihre Verpflegung zusammengeplündert. Wenn möglich im Feindesland, aber der Urwald gab vermutlich kaum etwas her. Ein Plünderzug durch die Ländereien des Auftraggebers sorgte jedoch erfahrungsgemäß für schlechte Stimmung, zumal die Söldner gewohnt waren, deutlich mehr als das zu nehmen, was sie zum Überleben brauchten.

»Wir führen Karrenzüge mit Gemüse und Herden von Vieh nach Faarinar heran.« Horold klang beleidigt. »Zudem haben wir Bauern angesiedelt. Gerodeter Wald gibt im ersten und zweiten Jahr fruchtbaren Boden.«

»Wir brauchen einen kontinuierlichen Strom«, mahnte Atirion. »Die Versorgung darf nicht abreißen.«

Horolds Hand wischte durch die Luft. »Mein Kämmerer wird sich darum kümmern.«

Atirion wollte nachsetzen, aber Eivora glaubte, dass sie in diesem Punkt nicht weiterkämen. Sie zog die Karte des Einsatzgebietes aus ihrer Umhängetasche, entfaltete sie und breitete sie auf dem Mosaik über der Darstellung einer Harfe aus. »Ich würde gern die Lage besprechen und die Stationierung unserer Banner durchgehen.«

Der Unterhändler hatte diese Karte mit nach Rorgator gebracht. Sie zeigte nur den nordwestlichen Teil der Baronie, die Hauptstadt Klaaholt war gerade noch am unteren Rand zu sehen. Etwa in der Mitte verlief das blaue Band des Bontan. Früher hatte er wohl die Grenze zum dicht bewaldeten Arzulan gebildet, wovon noch einige Festungen am Südufer zeugten. Inzwischen erstreckte sich jedoch ein gerodetes Gebiet nördlich des Flusses. Ein wenig südlich der Mitte dieses zwanzig Meilen durchmessenden Areals befand sich Faarinar.

»Mein Rottmeister sagte uns«, begann Eivora, »dass dieser Ort schon ein paar Jahrzehnte besteht.«

Horold zog den größten Ring von seinem Mittelfinger. Ein protziger Smaragd funkelte in einer Goldfassung. Er legte das Schmuckstück auf die Stelle der Karte, an der die Stadt eingezeichnet war. »So ist es«, bestätigte er. »Auch wenn Faarinar dieser Tage rasch anwächst. Viele glauben, ich wollte es dauerhaft zu meinem Regierungssitz machen.«

»Liegen sie damit richtig?«

Der Baron schmunzelte. »Ich habe mich noch nicht entschieden. Ich denke wenig über solche Dinge nach.«

Eivora fragte sich, worüber ein Herrscher nachdachte, wenn nicht darüber, wo er das Zentrum seiner Macht errichtete. Aber das ging sie nichts an, solange die Legion wie vereinbart den Sold erhielt. Und da konnte sie für den Beginn nicht klagen, wenn sie auf den gut gefüllten Beutel mit Jademünzen sah.

»Wie Atirion ausgeführt hat, ist die Versorgung einer Legion eine anspruchsvolle Aufgabe«, sagte sie. »Wir empfehlen deswegen, die Truppe aufzuteilen, solange wir nicht gegen ein entscheidendes Ziel vorrücken. Sowohl Atirions Einheit als auch Teile des Sturmbanners und des Zauberbanners könnten wir hier stationieren. Damit können wir die anderen Standorte koordinieren und unsere Krieger schnell verlegen, sollte das notwendig werden.«

Manche Auftraggeber waren zu misstrauisch, um Söldnerkontingente in der eigenen Stadt zu dulden, aber Horold nickte. »Zum Zauberbanner zählt auch diese«, mit einer unbestimmten Geste wedelte er über seiner linken Schulter, »Avatar, nicht wahr?«

»Fiafila-Ignuto.« Eivora nickte.

»Sie ist eine sehr ... interessante Frau.«

»Wie meint Ihr das?«

»Meine Höflinge sprechen gern über sie.«

Das konnte sich Eivora gut vorstellen. Jemand, dem ein Homunkulus aus der Schulter wuchs, regte die Vorstellungskraft an.

Sie wusste nicht, wie lange die Avatar in einer zurückgezogenen Position bleiben konnte. Sie vermochte als Einzige das Schwertfeuer zu beschwören, das die Stellungen der Gegner offenbarte. Je nachdem, wie sich dieser Kontrakt entwickelte, mochte sie an der Front gebraucht werden. Vorerst würde sie es aber genießen, in der Hügelstadt über dem Nebel zu bleiben. Der Homunkulus hasste Nässe.

»Die anderen Banner verteilen wir auf die Grenzsiedlungen«,

erläuterte Eivora. »Pikeniere und Hellebardiere, Bogenschützen und Armbruster.«

Horold zog weitere Ringe ab und legte sie auf die markierten Ortschaften, hinter denen der Kartenzeichner die Bäume des Urwalds angedeutet hatte.

»Wir haben auch sehr gute Schanzknechte«, fuhr Eivora fort, »die Eure Befestigungen ... Was ist das?«

Horold legte einen Ring auf eine Position nördlich von Faarinar, in den Wald hinein.

»Grinhoff«, erklärte er. »Diese Siedlung haben wir erst vor eineinhalb Monden gegründet. Dort wohnen nun einige der edelsten und wagemutigsten Söhne und Töchter meiner Baronie. Sie liegen mir sehr am Herzen.«

»Ich ... verstehe.« Eivoras Blick huschte über die Karte. Grinhoff war isoliert, aber das mochte dem veralteten Stand der Zeichnung geschuldet sein. »Ist die Rodung weiter fortgeschritten?«

»Selbstverständlich. Wir brauchen Äcker.« Er zwinkerte Atirion zu. »Nicht nur Söldner wollen essen.«

»Gibt es Verbindungswege?« Eivora zeigte auf die nächstgelegenen Ortschaften.

»Noch nicht. Da wir mit Eurer Unterstützung rechnen durften, haben wir uns zu einem kühnen Vorstoß in die Wildnis entschlossen.«

Eivora deutete unbestimmt über die Waldfläche. »Was haben wir dort zu erwarten?«

Horold grinste wie ein Junge. Er nahm den Beutel mit den Jademünzen und kippte sie über dem nördlichen Teil der Karte aus. Als er sprach, war seine Stimme jedoch ernst, ein Raunen, als vertraue er jemandem ein Geheimnis an. »Alle unsere Träume warten dort auf uns.«

Erwartungsvoll sah er die Söldner an.

Dann brach ein Kichern aus ihm heraus.

»Die Wilden nutzen den Jade ohnehin nicht!«, rief er. »Oder nur den gelben, weil sie ihn leichter bearbeiten können als Metall. Es ist eine Ungerechtigkeit, dass diese Schätze auf ihrem

Land nutzlos im Dreck liegen. Denkt Euch: Dort gibt es Flüsse, die mit grünem Stein gesäumt sind, wie andernorts mit Kies.« Er gluckste. »Ihr versteht, es wird kein Problem mit Eurer Bezahlung geben.«

Eivora blickte in die Augen des Barons. In den Schatten ihrer Höhlen glaubte sie, blaue Iriden zu erkennen.

Sie hatte oft in die Augen von Wahnsinnigen geschaut. Rorgators Dämonenkult brachte Massen davon hervor, und auch, wenn eine Stadt fiel, entglitt manchen der Verstand. Bei Horold erkannte sie kein fiebriges Glühen und auch kein unruhiges Zucken. Dennoch machte er den Eindruck, nicht gänzlich Herr seines Geistes zu sein.

»Ich denke, ich werde mich persönlich um die Sicherung Grinhoffs kümmern«, versprach sie, »damit Euren Lieben nichts zustößt.«

»Sehr schön.« Horold sammelte seine Ringe ein und erhob sich.

»Wegen der Versorgung der Truppen …«, setzte Atirion an.

»Mein Kämmerer«, beschied der Baron. »Ich werde ihn zu Euch schicken und er wird alles zur Zufriedenheit regeln.«

In der Tür drehte er sich um und winkte ihnen zum Abschied. »Es war eine Freude, Eure Bekanntschaft zu machen.«

»Das Vergnügen ist ganz unsererseits«, beteuerte Eivora.

Er nickte. Seine Wachen folgten ihm hinaus.

»Ein überhasteter Rückzug«, befand Atirion.

Eivora machte sich daran, die Jademünzen zurück in den Beutel zu schaufeln. »Denkst du, er lügt? Dass er nicht wollte, dass wir ihm auf die Schliche kommen?«

Atirion benutzte seine linke Hand, um ihr zu helfen. »Zweifelst du am Reichtum des Waldes?«

»Wenn der Jade den Wilden gleichgültig ist – wieso verteidigen sie ihn?«, überlegte Eivora. »Für uns ist jeder Krieg von Vorteil, aber selbst wenn Horold sich wenig für die Regierungsgeschäfte interessiert, müsste er doch Berater haben. Man braucht nicht schlau zu sein, um vorzuschlagen, etwas, das für die Gegenseite wenig Wert hat, billig zu kaufen. Jedenfalls billiger, als man eine Elitelegion anheuern kann. Vielleicht würden sogar ein paar Wagenladungen Branntwein reichen, damit die Wilden den Jade selbst aus dem Wald tragen.« Sie zog den Beutel zu. »Ich frage mich, ob es um etwas anderes geht.«

»Wir sind in ein Land der Schrecken gekommen«, röchelte der Mann. Seine Angst verursachte Atemnot, und doch war er der mutigste der Gefangenen. Er hielt sich an den Gitterstäben fest, während die anderen weit hinten an der Wand im Schatten kauerten.

Der Homunkulus bemerkte Fiafila-Ignutos Neugier. Er fachte die Flamme der Fackel an, die sie in der linken Hand hielt. Auf einer gewissen Ebene verstand die Frau, wie der dämonische Begleiter, der aus ihrer Schulter wuchs, das tat. Aber sie hätte es nur unvollkommen in Worte fassen können. Die menschliche Sprache war auf Beschreibungen von Dingen ausgelegt, die man sehen, hören oder berühren konnte. Auf mystische Mächte traf das nicht zu.

Die gelbroten Flammen loderten höher, das trockene, pechgetränkte Holz der Fackel prasselte, als wollte es dagegen protestieren, schneller aufgezehrt zu werden. Ignuto entfaltete knisternd seine Ohren. Er genoss es, Widerstand zu brechen.

Der Mann am Gitter war vielleicht vierzig Jahre alt, er stand vorgebeugt wie viele Menschen, denen die tägliche Arbeit den Rücken krümmte. Seine Gefährten ähnelten ihm, drei Männer, die das dürftige Stroh an der Wand zusammengeschoben hatten, um halbwegs weich zu liegen. Einer hatte den Armstumpf am Ellbogen abgebunden, der Verband war das Sauberste an seiner Leinenkleidung.

Hier unten war Fiafila-Ignutos Fackel die bei Weitem hellste Lichtquelle. In einer Wand der Zelle öffnete sich ein eckiges Loch, das man mit zwei Händen abdecken konnte. Fiafila-Ignuto vermutete, dass es ein Barmherzigkeitsschacht war. Außerhalb von Rorgators Dämonentempeln hatte sie noch keinen Kerker von innen gesehen, aber davon gehört, dass man in vielen Städten die Verurteilten festsetzte und sie auf ihre Hinrichtung, ihre Verstümmelung oder im besten Fall darauf warten ließ, dass ihre Verwandten sie auslösten. Das konnte lange dauern, und die Obrigkeit hatte oft kein Verlangen danach, Münzen für die Verpflegung des Gesindels auszugeben. Also überließ man es mildtätigen Bürgern, entbehrliche Nahrungsmittel in Löcher außen am Schuldturm zu werfen, von wo aus sie zu den Elenden hinabrutschten.

»Eine dumme Sitte«, meldete sich die Stimme des Homunkulus in ihrem Kopf. *»Was, wenn die milde Gabe in einer Feile besteht?«*

Selbst wenn die Gitter nicht wären, käme hier niemand so leicht raus. Sie sah die sich nach oben hin verengenden Wände des zentralen Raums hinauf. Sie erinnerten sie an einen Brunnenschacht, nur, dass man hier unten auf keine Quelle stieß, sondern auf fünf Zellen, die Gittertüren von dem runden Raum trennten. Es gab weder Leiter noch Treppe. Hier herunter kam man mit einer Gondel, deren Kette oben, im Erdgeschoss, über eine Winde lief. Sie stand jetzt in der Mitte des Raums, den Eivora abging, wobei sie mit ihrer Laterne in die Zellen leuchtete. Bis auf jene, vor der Fiafila-Ignuto stand, waren alle leer.

»Ich schätze, die jungen Burschen in dieser Stadt werden die Gnadenlöcher auch gern für ihre Notdurft nutzen.« Sie spürte das Vergnügen des Homunkulus.

Der Gefangene am Gitter löste mit sichtlicher Mühe den Blick von der dämonischen Kreatur. Er glitt über Fiafila-Ignutos menschliches Gesicht, aber was er dort sah, schien ihn zu beunruhigen. Sie wusste, dass ihre linke Gesichtshälfte trotz der Steinsalbe immer weiter verbrannte. An den ersten Stellen wuchs die Haut schon nicht mehr nach, das Fleisch darunter verhärtete. Ihr Haar trug Fiafila-Ignuto inzwischen kurz. Trotzdem verschmorte es an der linken Seite zu Stoppeln. Sie verspürte Bedauern bei der Erinnerung daran, wie weich es sich früher um ihren Hals gelegt hatte, gleich einem Schal aus Samt.

Der Mann sah zu Eivora hinüber. Ob er verstand, dass sie eine Kampfherrin war, eine der zehn, die den Klingenrausch befehligten? Die den Zorn von viertausend der gefährlichsten Krieger der Welt auf ein Ziel einschwören konnten? Oder täuschten ihn ihre geringe Körpergröße und die zierliche Gestalt? Er konnte nicht wissen, dass sie bereits mit vierzehn ihren ersten Gegner getötet hatte.

»Beruhige dich, wir reden doch nur.« Eivora hielt ihre Stimme zurück. Sie vermochte über den Schlachtenlärm hinweg ihr Banner in Stellung zu brüllen. »Wie heißt du?«

»Erl.« Seine zitternden Hände verlegten den Griff ein wenig die Gitterstäbe hinab, und er schob das Gesicht noch ein paar Zoll vor.

Eine Ratte huschte durch den Halbschatten. Für Eivora war sie zu langsam. Ihr Stiefel erwischte den Nager in vollem Lauf. Fiepend flog das Tier in die Zelle.

»Haltet das Viech gut fest«, riet Fiafila-Ignuto. »Frischfleisch ist hier unten rar.« Die Worte fühlten sich richtig an, obwohl sie ihr fremd vorkamen.

Die Männer an der Wand bewegten sich, aber sie versuchten, vom angeschlagenen Tier fortzukommen.

»Sie ekeln sich noch.«

»Wir hatten einen unfreundlichen Empfang«, eröffnete Eivora. »Noch bevor wir unsere Reihen ordnen konnten, waren die Wilden über uns.«

Erls Lippen zitterten, aber er erwiderte nichts.

»Dein Baron sagt, du gehörtest zu jenen, die unser Aufmarschgebiet sichern sollten. Wieso hast du uns so enttäuscht?«

»Wir wussten nicht, wann ihr kommen würdet«, flüsterte er. »Junker Welmon hat uns in den Wald geführt, immer tiefer hinein …« Er schluckte.

Das Interesse des Homunkulus verlagerte sich auf die Angst des Gefangenen. Sie schmeckte säuerlich und erfrischend. Die nun nicht mehr beachtete Fackel brannte wieder niedriger.

»Die Wildnis ist voller Schatten«, flüsterte Erl. »Aber sie sind nicht nur grau und dunkel. Die Sonne fällt durch die Blätter. Das Licht wird grün. Ich habe nie so viele unterschiedliche Arten von Grün gesehen. Manche habe ich wiedererkannt, wie das Laub daheim, die reifen Äpfel oder das Gras auf einer Sommerwiese. Oder wie der Jade im Schmuck des Junkers oder im Knauf seines Schwerts. Aber da gibt es auch ein anderes Grün. Es schmerzt in den Augen, wenn man es ansieht. Manches Moos auf den Steinen hat diese Farbe oder Teiche tief im Wald. Man weiß sofort, dass es giftig ist. Keiner von uns hat dieses Wasser getrunken, noch nicht einmal Junker Welmon, obwohl er seinem Locken noch mehr verfallen war als wir.«

»Man könnte meinen, ihr wäret hier ebenso fremd wie wir.« Fiafila-Ignuto schmeckte die Angst nicht nur, sie sah sie auch in seinem Gesicht.

Erl wagte nicht mehr, sie anzusehen, wie der Homunkulus amüsiert bemerkte. »Wir sind Wehrbauern. Eigentlich bestellen wir unsere Felder. Einen Teil der Pacht bekommen wir dafür erlassen, dass wir dem Junker zu Diensten sind, wenn er in den Krieg zieht. Aber das hier war unrecht. Es ist kein echter Krieg. Niemand greift uns an.«

»Dein Baron hat entschieden, dass dein Land den Jade aus dem Wald braucht«, erinnerte Fiafila-Ignuto.

»Was ist denn das – unser Land?«, fragte er tonlos. »Wer von uns soll etwas vom Jade bekommen? Und wozu? Ich brauche einen neuen Ochsen, keinen Schmuck.«

»Was ist mit dem Nebel?«, wollte Eivora wissen. »Seit wir hier sind, ist es neblig.«

»Nicht im Wald.« Sachte schüttelte er den Kopf. »Es gibt dort Nebel, aber die Bäume trinken ihn. Deswegen sind es nur einzelne Schwaden. So lange, bis die Wilden heulen und ihre Trommeln schlagen.«

»Sie benutzen Trommeln?« Eivora sah die Avatar an.

Fiafila-Ignuto nickte. Sie erinnerte sich an das dumpfe Dröhnen, nachdem sie die Legion herbeigerufen hatte. Aber diese Geräusche waren weit entfernt erklungen, und dann hatte schon der Stahl geklirrt.

»Ihr seid ebenfalls auf den Gegner getroffen«, stellte sie fest.

»Sie kamen mit dem Nebel«, berichtete Erl. »Wir wussten schon lange nicht mehr, wo wir waren. Der Junker hat uns zu tief in den Wald geführt.«

»Wie viele wart ihr?«, fragte Eivora.

»Eine Hundertschaft.« Erls Blick verlor sich in der Erinnerung. »Ich kannte sie alle. Von den Dorffesten. Oder weil wir zusammen einen Dachstuhl gezimmert haben. Der Müller war auch dabei, er war hier viel freundlicher, als wenn ich ihm mein Getreide gebracht habe.«

»Und die Wilden? Wie viele waren es?«

»Ich weiß es nicht.« Er schauderte. »Sie kamen aus dem Nebel. Schreiend, violette Haut ... ein Pfeil hat unseren Bannerträger getroffen, hier ...« Er berührte seine linke Wange, »... und hinten ist er wieder rausgekommen. Der Bannerträger war sofort tot, und dann ist lange gar nichts passiert. Wir haben uns alle angesehen und gewartet, nur gewartet. Auch der Junker. Als wenn die Leiche nicht mitten zwischen uns gelegen hätte. Aber sie war da, sie starrte mit offenen Augen. Und dann kamen die Wilden. Mit Keulen und Messern aus Gelbjade.«

»Gelbjade?«, fragte Fiafila-Ignuto interessiert. Vor ihrer Ankunft in Klataal hatte sie nur grünen Jade gekannt. Erst bei den Erkundungen mit dem Vorauskommando hatte sie gelernt, welche Vielfalt dieser Stein aufwies. Sie konnte sich vorstellen, dass einige Sorten hart genug waren, um Klingen daraus zu fertigen, wenn man sie geschickt brach.

»Wir haben solche Waffen aus gelbem Jade gefunden«, warf Eivora ein. »Als wir das Schlachtfeld abgegangen sind.«

Leider hatten sie keinen der Wilden gefangen nehmen können. Das lag auch an dem Befehl, den Xerohn an seine Hellebardiere ausgegeben hatte. Seine Leute befolgten jede Anweisung wörtlich, und wenn er wollte, dass sie die Gegner töteten, kamen sie dem ausnahmslos nach.

Fiafila-Ignuto bedauerte das. Die Gefallenen hatten sie neugierig gemacht. Wenn ein Mensch seine Zähne spitz feilte, verursachte das jeden Tag Schmerzen. Daraus sprach eine faszinierende Hingabe. Sie hätte sich gern mit so jemandem unterhalten. Oder mit dem Kämpfer, aus dessen rechtem Zeigefinger statt eines Nagels eine gekrümmte Kralle gewachsen war. Die Avatar vermutete darin eine Missbildung, die ihn wohl von Geburt an geplagt hatte.

»*Die größere Plage hatte wohl seine Mutter*«, meinte der Homunkulus. »*Denkst du, er hat ihr den Bauch aufgeschlitzt? Wie ein Küken, das aus seinem Ei bricht?*«

Noch interessanter hätte Fiafila-Ignuto es gefunden, wenn diese Kralle nachträglich entstanden wäre. Manche Dämonenpriester versuchten, den Feuerherren ähnlicher zu werden, indem sie ihre Körper mit Brandeisen traktierten. Aber das war eine plumpe Anbiederung. Wie elegant dagegen wäre es, tatsächlich Krallen wachsen zu lassen? Oder gar Hörner? *Wer sagt, dass man von Wilden nichts lernen kann?*

»*Was wild ist, lebt*«, dozierte Ignuto. »*Zivilisation ist wie ein Käfig. Wer darin sitzt, mag gefüttert werden und es trocken haben, aber er stumpft ab.*«

In ihren Gedanken schwelgend, hatte sie einen Teil von Erls Bericht versäumt. »… durch den Urwald gestolpert, die ganze Nacht hindurch. Wir müssen im Kreis gelaufen sein, denn wir sind wieder auf unsere Kameraden gestoßen. Auf das, was von ihnen übrig war.« Er starrte ins Leere. »Mit der Kleidung haben die Wilden nichts anzufangen gewusst, aber das Fleisch …«

»Sind sie wirklich Kannibalen?«, fragte Eivora mit Ekel in der Stimme.

»Die Schenkel mögen sie am liebsten«, hauchte Erl in tonlosem Entsetzen. »Sie waren alle weg. Bei manchen haben sie auch das Gesicht zerschnitten. Die Wangen …« Er betastete sich. »Wie bei manchen Fischen, da sind die Wangen auch eine edle Speise.« Mit offenem Mund schüttelte er den Kopf. »Wir haben geschrien, vor Angst genauso wie vor Wut. Sie haben sich zurückgezogen, und wir wollten unsere Freunde begraben, aber keiner hat es über sich gebracht, sie anzufassen. Junker Welmon hat dann gesagt, wir müssten uns jetzt selbst in Sicherheit bringen. Die Wilden würden nicht ewig satt bleiben.«

Fiafila-Ignuto spürte Abscheu und Belustigung in sich, und sie wusste, dass diese Belustigung vom Homunkulus kam. Manchmal widerte er sie an.

»Ich weiß, dass ich sterben muss.« Erls Blick gewann seinen Fokus zurück. »Man hat uns gesagt, dass sich die Leoparden des

Barons auf uns freuen. Aber ich werde lieber von einem Tier gefressen, als von …« Er verstummte.

»Wir könnten ein gutes Wort für euch einlegen«, bot Eivora an.

»Ich bin ein einfacher Mann, aber ich bin nicht dumm.«

»Es macht keinen Spaß, wenn sie sich mit ihrem Schicksal abgefunden haben«, beschwerte sich Ignuto.

»Was geschieht mit meiner Frau?« Wieder zitterten Erls Lippen.

»Vielleicht quälen wir besser sie als dich.«

Fiafila-Ignuto staunte über ihre eigenen Worte. Sie mochte es nicht, wenn sich der Homunkulus so direkt ihrer Zunge bemächtigte, aber der Geschmack von Erls Schrecken spülte ihren Ärger davon. Er war so köstlich, so prickelnd wie eine saure Stachelbeere. Sie straffte ihre Schultern. Die Komponenten ihrer dornenbesetzten Rüstung knackten, und auf der linken Seite regte sich Ignuto. Er streckte seinen kleinen Körper, und die Wärme, die von ihm ausging, nahm zu.

Das Geräusch der Kette lenkte sie ab. Oben im Wachraum betätigte jemand die Winde, vermutlich Brono und seine Krieger. Die Gondel löste sich vom Boden und bewegte sich aufwärts.

Fiafila-Ignuto erinnerte sich an ihre Einschätzung dazu, dass man hier unten auch festsaß, wenn man sich nicht hinter Gittern befand. Eivora konnte sehr gut klettern, aber der Raum verengte sich nach oben hin, wie ein stumpfer Hohlkegel. Das Loch in der Decke durchmaß zweieinhalb Schritt, gerade genug, damit die Gondel hindurchpasste.

Sie sah Eivora an. Die Kampfherrin wirkte ruhig. Sie vertraute ihren Leuten, und Kampfgeräusche hatte es nicht gegeben.

»Wir sind zwar enttäuscht von euch«, erklärte Eivora dem Gefangenen, »aber ihr seid nicht unsere Gegner. Wir haben keinen Vorteil davon, dir etwas anzutun, oder gar deinem Weib.«

»Ihr geht jeder Sinn für Genuss ab«, klagte Ignuto. *»Sie denkt immer nur an Silber.«*

Eivora hakte ihre Daumen hinter das Gehänge mit ihrem Kurzschwert und dem Köcher, in dem sie die Armbrustbolzen mitführte. »Was wollte euer Junker überhaupt hier? Werfen die Äcker in eurer Heimat zu wenig Ertrag ab?«

»Die Ernten sind gut wie nie«, widersprach Erl. »Aber mit Getreide kann man sich schlecht schmücken, und auf den Bällen der Edlen lässt sich damit nicht angeben. Junker Welmon unterlag in der Minne, und Baron Horold riet ihm, sein Glück in Arzulans Wald zu suchen. Grüner Jade … der Adel ist verrückt danach!«

»Und den gibt es nur hier?«

»Das meiste davon. Horold will so viel wie möglich. Er hat den Edlen, die hierherkommen, Parzellen versprochen. Welmon wollte eine reiche Mine finden und für sich beanspruchen. Dazu muss er der Erste sein, der sein Banner dort aufrichtet.«

Die Kette rasselte auf der Winde, als die Gondel wieder herabkam. Zwei Frauen standen darin. Die eine trug die rote Robe des Zauberbanners, auf der mit schwarzem Faden gezackte Symbole gestickt waren. In der Kapuze verhüllte ein Tuch ihr Gesicht, sodass nur ein Sichtschlitz blieb, aber da sie die Gewohnheit pflegte, einige Strähnen ihres kupferfarbenen Haars auf die Brust fallen zu lassen, bestand kein Zweifel, dass es sich um Prekesta handelte. Der Homunkulus schien die Heroldin des roten Risses mit anderen Sinnen wahrzunehmen. Die kleine Gestalt, die mit der Hüfte aus Fiafila-Ignutos linker Schulter wuchs, lehnte sich so weit wie möglich zurück und entfaltete die an Fledermausschwingen erinnernden Ohren, während sie zur Gondel aufsah.

Fiafila-Ignutos Magd begleitete Prekesta. Yra stand am Übergang vom Mädchen zur Frau, über der Brust warf ihr Gewand schon unübersehbare Falten. Die spitze Nase und das schmale Gesicht gaben ihr etwas von einem Mäuschen. Das schwarze Haar widerstand jedem Zähmungsversuch, die Locken standen zu allen Seiten ab, sodass ihr Kopf wie ein weicher Ball oder eine Baumkrone aussah.

Zwischen den beiden stand eine mit Eisenbändern verstärkte

und mit drei Schlössern gesicherte Truhe. Trageholme liefen durch Eisenringe.

»Man hat uns zu einem Fest eingeladen«, sagte Prekesta, noch bevor die Gondel aufsetzte. »Ein neuer Palast wird eingeweiht. Das könnte unterhaltsam werden.«

Fiafila-Ignuto fragte sich, ob Prekesta die »Einweihung« wörtlich meinte. Wollte der Eigentümer das Gebäude dem Schutz der Götter anvertrauen?

Sie spürte sich schmunzeln. In diesem Fall könnte der Besuch einer Avatar und einer dämonischen Gesandten tatsächlich für einige pikante Situationen sorgen.

»Ich muss zurück zur Grenze«, lehnte Eivora ab. »Wir müssen dringend die Siedlungen sichern.«

»Und was ist mit dir?«, wandte sich Prekesta an Fiafila-Ignuto.

»Das Zauberbanner nimmt vorerst Quartier in Faarinar.« Sie überlegte, ob sie sich ein neues Kleid anfertigen lassen sollte. Vielleicht verbrannte sich der Schneider die Finger am Homunkulus, wenn er Maß nahm.

Ihre gute Laune verflog, als sie den Blick bemerkte, mit dem ihre Magd Prekesta den Vortritt ließ. Yras Bewunderung stand unverhohlen darin.

Genau wie bei Kort, dachte Fiafila-Ignuto. *Autoritäten sind ihre Schwäche. Sie verfällt ihnen zu leicht.*

»Das wäre kein Problem, wenn du sie endlich brechen würdest«, versetzte der Homunkulus. Ihm passte nicht, dass aus dem verschüchterten Mädchen eine Frau wurde, die ihren eigenen Weg suchte.

Doch Fiafila-Ignuto verspürte noch immer den Drang, Yra zu beschützen. Sie erinnerte sich daran, wie sie zitternd auf ihrem Schoß gelegen hatte, auf einem Felsen im Schimmersee. Sie hatte das Mädchen aus dem Wasser gezogen, ihm das Leben gerettet. Und auch wenn Yra jetzt ihre Kraft erprobte, bestand kein Zweifel, dass sie sofort wieder ein Opfer werden würde, wenn die Avatar ihre schützende Hand von ihr zöge.

»Warum tust du es dann nicht? Nur für eine Woche. Danach kommt sie zurückgekrochen und ist weniger aufmüpfig.«

Eivora schloss Erls Zelle auf. »Kommt heraus!«, rief sie. »Es gibt etwas zu tun.«

Es erfüllte die Avatar mit Stolz, dass die Gefangenen mehr Abstand zu ihr als zu Eivora hielten. Sie senkte die Fackel, damit ihr Schein die eisernen Stacheln beschien, die sich aus ihrer Rüstung bogen.

»Bringt die Kiste hier hinein.« Eivora öffnete die gegenüberliegende Zelle.

Zweifelnd betrachtete Erl das Behältnis. Es war einen halben Schritt breit, ebenso hoch und nur wenig länger. »Sind da drin die Instrumente, mit denen ihr uns martern wollt?«

»Aber nein!« Prekesta trat so schnell an ihn heran, dass sein Zurückstolpern nicht ausreichte, um zu verhindern, dass sie über seine Wange strich. »Wie könnten wir denn so grausam sein?«

»Man hat schon Verurteilte den Pfahl schnitzen lassen, auf den man sie gesteckt hat …« Nicht nur Furcht lag in seinen Worten. Da war auch …

»Faszination«, erkannte Ignuto. *»Die Heroldin des roten Risses spielt mit seinen Gefühlen. Erl erfährt, wie es sein mag, im Rausch der Tat zu schwelgen.«*

»Wenn man so etwas tut«, schwärmte Prekesta, »muss man gut achtgeben, dass man den Pfahl nicht zu spitz macht. Er bohrt sich sonst zu rasch durch die Gedärme. Eine Stunde, dann ist es vorbei. Vielleicht noch schneller, wenn er auf dem Weg vom Anus zur Schulter die Lunge oder gar das Herz zerreißt.«

Erl sträubte sich nun nicht mehr gegen ihr Streicheln.

»Ein stumpfer Pfahl ist besser. Der dringt nur langsam vor«, sie brachte ihr verhülltes Gesicht nah an ihn heran, »ganz langsam, aber mit unwiderstehlicher Kraft. Immer tiefer. Der Beschenkte soll das Eindringen doch spüren.«

Der Homunkulus erinnerte sich an die lederüberzogene Stange, die Prekesta früher bei Plünderungen benutzt hatte, um den besiegten Männern zu zeigen, wie sich eine Schändung anfühlte. Ob sie jetzt daran dachte?

»Wenn der Pfahl dick und stumpf ist«, sie entfernte sich ein

Stück und patschte ihm auf die Wange, eine Mischung aus Tätscheln und leichter Backpfeife, »zerstört er die Organe nicht, sondern drückt sie zur Seite. Dadurch kann der Genuss drei Tage lang währen.«

Erl röchelte.

»Genug geschäkert!« Eine eckige Münze tanzte zwischen Eivoras Fingern. Aglix saß auf ihrem Unterarm, die daran gebundene Armbrust gab ihm guten Halt. Das dreieckige Köpfchen des schwarz-gelben Lurchs ruckte hinter dem Silberfunkeln her. »Die Kiste muss hier rein.« Sie zeigte auf die offene Zelle.

Die vier Männer traten an die Holme. Für das kurze Stück hoben sie die Last nicht auf die Schultern, sondern trugen sie am langen Arm.

»Gut«, befand Eivora. »Und jetzt zurück in euer neues Heim.«

Ob sich gefangene Krieger wohl auch so einfach hätten herumkommandieren lassen? Oder hätten sie versucht, ihre Gegnerinnen zu überwältigen? Immerhin befand sich die Gondel noch unten. Man hätte an der Kette hinaufhangeln können.

Aber oben warten unsere Leute.

»Man müsste ihnen damit drohen, uns die Kehlen durchzuschneiden.«

Unwillkürlich griff Fiafila-Ignuto an ihren Dolch, eine schwere, flammenförmige Klinge. Aber sie wäre sich albern vorgekommen, wenn sie als Einzige eine Waffe gezogen hätte.

»Wäre Nirto in Gefangenschaft, würde er sicher etwas versuchen.«

Aber die hier sind anders als Nirto. Mehr Bauern als Kämpfer. Schon das fremde Land ängstigt sie.

Die drei Gefangenen, die sich in der Zelle fern vom Gitter gehalten hatten, kehrten ohne zu zögern zurück, aber Erl verharrte bei Prekesta.

»Der Same ist gepflanzt«, meinte Ignuto vergnügt. *»Die Faszination des Bösen keimt in ihm.«*

»Haben unsere Vögelchen eigentlich schon gesungen?« Prekesta löste das Tuch vor ihrem Gesicht.

Unwillkürlich hob Fiafila-Ignuto die Fackel, damit der Feuerschein auf das fürchterliche Antlitz fiel. Es wirkte, als sei die

Haut zu schwarzen Graten zusammengeschmort, zwischen denen sich nun das rohe Fleisch zeigte. Aber es konnte keine gewöhnliche Verbrennung sein, denn Brauen und Wimpern waren unversehrt. Auch bewies das boshafte Grinsen, dass Prekestas Mimik nicht eingeschränkt war.

Erl schrie.

2. Stellung

»Wasserflasche!«, verlangte Gonter.

Seine Krieger lösten die Behältnisse von den Gürteln oder zogen die Trageschlaufen über den Kopf. Einige reckten verkorkte Blechflaschen in die Höhe, manche einen kleinen Schlauch, andere einen ausgehöhlten Flaschenkürbis. Wichtig war nur, dass jeder von ihnen etwas hatte, in dem er Wasser mitnehmen konnte. Durst führte zu Kopfschmerz und Erschöpfung, und Wunden mussten ausgewaschen werden, bevor man sie verband. Gonters Leute wussten das besser als er, sie hatten mehr Feldzüge mitgemacht. Aber er war der Rottmeister, die Inspektion der Einheit gehörte zu seinen Aufgaben.

»Feuerstein!«

Die Wasserbehälter wanderten zurück an ihre alte Position. Die meisten Krieger nutzten einen kleinen Beutel oder ein Täschchen direkt am Gürtel, um Feuerstein, Stahl und ein wenig Zunder mitzuführen. Jetzt holten sie diese kleinen, aber wichtigen Ausrüstungsteile hervor und hielten sie hoch.

Gonter schritt die Formation ab, um sicherzugehen, dass niemand einen Kiesel vorzeigte, um ihn zu täuschen. Die vier Gruppen seiner Rotte standen in jeweils einer Reihe von fünf Kriegern hinter ihrem Weibel. Diese vier Sektionen bildeten einen Halbkreis, in dessen Innerem sich Gonter als Rottmeister bewegte.

»Helm!«

Kaum jemand trug einen Helm auf dem Kopf, wenn es keinen speziellen Grund dafür gab, wie etwa aktiven Wachdienst. Die Krieger lösten ihn vom Gürtel und hoben ihn hoch.

Im Sturmbanner war jeder Söldner für seine eigene Ausrüstung verantwortlich. Es gab Helme mit und ohne Visier, spitze und runde Formen. Am Ende kam es nur darauf an, dass der Kopf geschützt war.

»Decke!«

Das Feldlager der Legion lag auf einigen Hügeln, wo der Boden trocken war. Für die Luft galt das jedoch nicht. Der Nebel wallte zwar weniger dicht als in den Niederungen, aber auch hier trieben Schwaden. Hinter den Kriegern endete die Sicht in grauen und weißen Schlieren, die Haare klebten feucht.

Wenn sie marschierten, konnte diese Witterung ein Problem werden. Normalerweise legte man wenigstens zwei Drittel der Decke unter sich, weil der Boden die Wärme viel schneller aus dem Körper zog als die Luft. Bei der Besprechung der Rottmeister hatte Salvaya erwogen, jeden Krieger eine zweite Decke mitführen zu lassen, um der Nässe vorzubeugen. Aber wie lange mochte das gut gehen? Vollgesogene Wolle wog schwer, und zusätzliches Gewicht verringerte die Reichweite auf dem Marsch.

»Schleifstein!«

Auch die Bewaffnung blieb den Söldnern überlassen. Das Sturmbanner bildete keine festen Kampfformationen, jeder brachte seine persönlichen Stärken ein. Dennoch gab es in Gonters Rotte niemanden, der keine Stahlklinge geführt hätte, ob diese nun zu einem Speer, einer Axt oder einem Schwert gehörte. Daher brauchte jeder eine Möglichkeit, die Waffe scharf zu halten und Scharten auszubessern.

»Seil!«

Jede Gruppe führte ein Seil mit, um die Krieger über steile Hindernisse zu bringen oder Gefangene zu sichern. Bol hatte sogar zwei an seine Leute ausgegeben. Eines war mit einem Wurfanker versehen, dessen Haken sich mittels eines Gewindes arretieren und zusammenlegen ließen.

»Licht!«

Für die Erkundung von Gemäuern und Höhlen oder unwegsamem Gelände in der Nacht brauchte jede Gruppe eine Fackel oder eine Laterne. Gonter befürchtete allerdings, dass die Abwesenheit von Licht in diesem Land nicht das hauptsächliche

Hindernis für die Sicht war. Die violett bemalten Gegner waren unvermittelt aus dem Nebel gekommen und rasch wieder darin verschwunden.

»Wo ist das Öl?«, fragte Gonter Quatina, die in Bols Gruppe für das Licht verantwortlich war.

Über die linke Wange der Söldnerin lief eine feine Narbe, wie eine Naht in einem Kleid. Die dünne Kerbe setzte sich sogar am Hals fort und verschwand unter ihrer Lederrüstung.

Sie hielt zwar eine Laterne in die Höhe, aber kein Fläschchen mit Reserveöl. »Es muss auf dem Wagen sein.«

Die Rotte verfügte über einen Lastkarren mit einem Maultier. Bei einem regulären Marsch transportierte man darauf den Großteil der Ausrüstung. Das Öl gehörte jedoch zum Gepäck für den schnellen Marsch, das man auch mitnahm, wenn man auf Erkundungstrupp unterwegs war.

Gonter war neu in seinem Kommando. Er wollte nicht als Offizier erscheinen, der kleinlich auf die Vorschriften achtete. »Bist du sicher, dass du genug davon hast?«

Wenn sich die Banner erst aufteilten, wäre es schwieriger als hier im gemeinsamen Feldlager, vom Tross Nachschub zu erhalten. Die Marschbefehle trafen bereits ein. Das Zauberbanner verlegte in die Stadt Faarinar. Die Flüche der Söldner, die das Schwertfeuer den Hang hinunterschleppten, um den Eisentisch auf einen Ochsenkarren zu wuchten, hallten bis hier herauf.

»Kein Problem«, bestätigte Quatina. »Wir haben genug Öl.«

Unschlüssig schürzte Gonter die Lippen. Sollte er sie losschicken, um das Fläschchen zu holen? Quatina gehörte zu den Neuen, dies war ihr erster Kontrakt im Klingenrausch. Vielleicht wusste sie nicht, was bei einer Inspektion gebraucht wurde.

»Was soll das denn heißen?«, blaffte Itena herüber. Die Weibelin mit der Augenklappe wirkte amüsiert, nicht verärgert, aber ihre Stimme duldete dennoch keinen Einwand. »Wenn dein Rottmeister dich nach etwas fragt, dann zeigst du es ihm! Bei einer Inspektion werden keine Märchen erzählt.«

»Wieso Märchen?«, nahm Bol seine Kriegerin in Schutz. »Wir haben mehr als genug Öl auf dem Wagen.«

»Ach.« Itena stützte eine Hand auf die Hüfte. Die Feuchtigkeit machte das Leder ihrer Rüstung dunkel, nahm ihm aber nichts von seiner Geschmeidigkeit. Die schlanke Gestalt bog sich, als wollte sich Itena anlehnen. Das schuf eine interessante Rundung. »Und wenn wir irgendwo im Wald eine dieser Minen erkunden sollen, marschiert ihr mal eben zehn Meilen zurück ins Lager und holt, was ihr braucht? Und wir warten so lange, weil wir ja nichts Besseres zu tun haben? Ist das deine Art, deine Gruppe zu führen, Riesensäugling?«

Bol gehörte zu den kräftigsten Männern in der gesamten Legion, aber Itena machte er keine Angst. Als er die buschigen Brauen zusammenzog, lachte sie.

»Was mischst du dich überhaupt ein?«, fragte er. »Leitest du jetzt die Inspektion?«

»Beruhigt euch«, bat Gonter. »Quatina, du kommst nachher zu mir und zeigst mir das Öl.«

Itena verzog den Mund. Das hätte zu einem schmollenden Mädchen gepasst, wenn sie nicht zugleich herausfordernd das Kinn Richtung Bol gereckt hätte.

»Wie steht es um die Zelte?«, fuhr Gonter fort.

Die Unterkünfte waren auf dem Hügel aufgeschlagen, eines für jede Gruppe und ein fünftes, um die Ausrüstung vor der Witterung zu schützen, in dem auch Gonter schlief. Sie standen etwas weiter auseinander, als Gonter lieb gewesen wäre. Zwar hatten die Klataaler die Gegend gerodet, aber sie hatten viele Baumstümpfe im Boden gelassen.

»Vollständig«, meldete Bol als Erster. Mehol, Itena und Aster bestätigten für ihre Gruppen.

»Feldamboss?«

»Hier!« Itena zeigte auf Gort, einen kräftigen Mann, der auf eiserne Armschienen vertraute und den Rumpf nur mit einer Stofftunika bedeckte. Der kleine Amboss war für notdürftige Ausbesserungsarbeiten gedacht. Es gab nur einen für die Rotte, umfangreichere Arbeiten übernahm der Tross.

»Kornmühle?«

Ein Krieger in Mehols Gruppe reckte den Kasten mit der Kurbel in die Höhe.

Gonter überlegte, ob er etwas vergessen hatte. Vielleicht wäre es doch klug gewesen, die Liste mitzunehmen, die er in seinem Zelt auswendig gelernt hatte. Aber das hätte jedem vor Augen geführt, wie unerfahren er war.

Itena nickte ihm lächelnd zu. Das Band ihrer Augenklappe lief an der linken Seite über ihren markanten Wangenknochen, bevor es unter dem nassen schwarzen Haar verschwand.

»In Ordnung!«, rief Gonter. »Einer aus jeder Gruppe hält sich in Rufweite unserer Zelte. Wegtreten!«

Murmelnd nahmen die Krieger die Gegenstände auf, die sie während der Inspektion abgelegt hatten, und entfernten sich zu zweit oder dritt.

Gonter hielt Eilan zurück. »Du nicht.«

Fragend sah ihn der Mann aus den Salzzacken an. Er trug nun dunklere Kleidung, aber um den Helm hatte er noch immer das weiße Tuch gewunden, das über seinen Nacken und die Schultern fiel. In seiner Heimat konnte man sich damit vor Sandstürmen schützen, indem man es vor das Gesicht zog.

»Ich habe ein neues Schwert.« Gonter schloss die Faust um den Griff der Waffe, die er bei seiner Ernennung zum Rottmeister erhalten hatte. Die Klinge stammte aus der Sammlung Zigûns, des vorigen Herrn des Sturmbanners, den Gonter nie kennengelernt hatte. »Du kannst mir helfen, mich damit vertraut zu machen.«

Eilan runzelte die Stirn. »Du weißt doch bestimmt, wie man Angriffe und Paraden einübt.«

Gonter grinste. »Es bringt mir nichts mehr, in die Luft zu schlagen. An das Gewicht der Waffe habe ich mich gewöhnt.« Sie war leichter als das Schwert, das er vorher geführt hatte. Die Klinge war dünner, und durch die Aussparungen, die zu den zahlreichen Zacken führten, kam sie mit weniger Material aus. Ob das der Bruchfestigkeit guttat, war einer der Zweifel, die bei Gonter blieben.

»Also ein Übungskampf?«, fragte Eilan.

»Seit unserem Duell vor Sirsche weiß ich, dass du geschickt mit dem da bist.«

Gonter zeigte auf die Sichel, die Eilan in einer Scheide auf dem Rücken trug. Der Griff befand sich an seiner linken Hüfte, er konnte die gebogene Klinge mir einer runden Bewegung ziehen, ganz anders als ein gerades Schwert.

Das Misstrauen stand noch immer auf Eilans Gesicht. »Na gut«, sagte er dennoch. »Gleich hier?«

»Gehen wir ein Stück«, schlug Gonter vor. »Es soll kein Schauspiel für die Rotte sein.«

»Du willst nicht, dass sie sehen, wie du im Dreck landest.« Eilan grinste.

Gonter zuckte mit den Achseln.

Sie gingen in den Nebel hinein, Richtung Trosslager. Dort klangen die Schmiedehämmer, niemand würde unruhig, wenn etwas mehr Metall klirrte. Sie suchten sich einen Platz unter einer Buche, die man wohl nicht gerodet hatte, weil ihr Stamm zu dick war. Man hätte ein Gespann mit sechs Ochsen gebraucht, um sie aus dem Boden zu ziehen. Einige ihrer ausladenden Äste streckten sich schwarz und kahl in den Nebel, als wären die Blätter auf die Suche nach den Bäumen gegangen, von denen nur noch Stümpfe geblieben waren.

Eilan hatte die Sichel bereits in der Hand, als Gonter sich zu ihm umdrehte. »Also, was machen wir?« Der Mann aus den Salzzacken stand leicht in den Knien, die Waffe an seiner rechten Seite.

Gonter zog das Schwert. Ein Dämon mit spitzen Ohren zierte den Übergang vom Griff zur Klinge, die in einem Stück mit der Parierstange geschmiedet war. Selbst aus dieser ragten geschliffene Zacken nach vorn. Ein gewöhnliches Schwert setzte auf Einfachheit, gerader Stahl mit Schneide und Spitze. Gonters Waffe hatte neunzehn Spitzen, wenn er auch die kleineren mitzählte. Die meisten befanden sich nahe am Griff, wo sie einem Gegner die Faust aufreißen konnten, wenn sich die Schwerter verbissen und die Klingen bis zum Handschutz aneinander entlangrutschten. Vorn gab es Widerhaken, die eine Stichwunde vergrößerten, wenn er den Stahl frei zog.

Eilans Sichel dagegen war ein beidseitig geschliffener, spitz auslaufender Bogen mit einem Durchmesser von knapp einem Schritt. Besonders tückisch wurde die Biegung bei abfallenden Schlägen. Dann musste man die Sichel weit vom Kopf weg parieren, sonst ragte sie so weit über die Deckung, dass sie trotz des Blocks traf. Das lederumwundene Griffstück konnte Eilan mit einer oder beiden Händen führen.

»Keine festen Formen«, bestimmte Gonter. »Spielen wir ein wenig.«

Er schwang einen lockeren Angriff, eher eine Begrüßung als ein Versuch, Eilan zu treffen.

Dieser war jedoch auf der Hut. Er parierte entschlossen. Mit hellem Klang traf der Stahl aufeinander.

»Ist das mit scharfen Klingen nicht etwas gefährlich?«

Gonter zuckte die Achseln. »Ich denke, du verstehst dich darauf, einen Hieb rechtzeitig abzustoppen. Schließlich können wir niemals zulassen, dass ein Kamerad verletzt wird.«

Gonter schlug eine Kreuzkombination.

Eilan wich zurück, war aber zu langsam. Offenbar unterschätzte er die Entschlossenheit des Rottmeisters. Die Schwerthiebe drängten seine Paraden immer enger vor den Körper, und als der Stich zum Hals vorstieß, kam die Sichel zu spät.

Die Schwertspitze verharrte unter Eilans Kinn.

»Das sind wir doch – Kameraden, nicht wahr?«, fragte Gonter.

»Natürlich.« Ohne den Blick von den Augen seines Gegners zu wenden, drückte Eilan das Schwert von seinem Hals fort.

»Wirklich?« Gonter griff mit einem hohen Bogen an.

Eilan parierte.

Das Schwert schlug Funken aus dem Stahl der Sichel, während es an der Krümmung abrutschte. Das Metall kreischte.

Eilan stieß vor.

Gonter wich zurück und parierte dabei so nah am Griff, dass er beinahe Eilans Finger getroffen hätte.

Aber dem schenkte sein Gegner keine Beachtung. Er wirbelte um die eigene Achse, das Tuch an seinem Helm flatterte, und er schraubte sich in einen tiefen Stand. Die Sichel schnitt unter Kniehöhe durch die Luft.

Gonter brachte seine Waden mit einem Sprung in Sicherheit. Er hatte die Buche vergessen, noch immer fiel er oft in die Gewohnheiten zurück, die er sich auf einem Fechtboden angeeignet hatte, wo es keine Hindernisse gab. Sein Rücken prallte gegen den Stamm. Kurz wurde ihm schwarz vor Augen.

Er blinzelte.

Abwartend stand Eilan ihm gegenüber.

»Wieso greifst du nicht weiter an?«, fragte Gonter.

Eilan grinste. »Ich will dich schließlich nicht aufschlitzen.«

»Weshalb nicht?«

Er runzelte die Stirn. »Du bist ein Kamerad.«

»Ist es für dich solch ein Unterschied, ob du selbst einen Kameraden aufschlitzt oder zulässt, dass ein Gegner das für dich übernimmt?«

Gonter löste sich vom Baum. Die Männer umkreisten sich. Auf halbherzige Vorstöße verzichteten sie, solche Albereien hatten sie nicht nötig.

»Ich habe dir den Befehl erteilt, Bol rauszuhauen.«

»Das konnten andere übernehmen«, erwiderte Eilan. »Ich habe mich um Iskon gekümmert.«

»Aber das war nicht der Befehl.«

Eilan presste die Zähne aufeinander, bevor er antwortete. »Er brauchte mich nötiger, und es ist doch alles gut gegangen. Bol lebt.«

»Aber nicht wegen dir, sondern trotz deiner Eigenmächtigkeit.«

»Eigenmächtig war wohl eher Bol selbst, als er vorgestürmt ist.«

»Zum Wohl der Rotte.«

»Ich habe ebenfalls meinen Teil geleistet.«

»Nein, nicht deinen Teil. Dein Teil wäre gewesen, Bol beizustehen. Das war dein Befehl.«

Eilans Fuß stieß gegen eine Wurzel.

Gonter warf sich nach vorn. Der Stahl krachte aufeinander. Einmal, zweimal, ein Dutzend mal. Die Aussparungen machten das Schwert leicht und damit schnell, und das dunkle Metall war flexibel genug, um nicht zu brechen. Doch das hatte auch einen Preis. Bei harten Paraden geriet es in Schwingung, die Spitze zitterte dann wie ein Pfeil, der in eine Holzscheibe schlug.

Sie lösten sich voneinander.

Gonters Puls pochte schnell. Schweiß vermischte sich mit dem Nebel, der einen Wasserfilm auf seinem Gesicht bildete.

»Ich werde immer zu Iskon stehen«, verkündete Eilan, »so wie er zu mir. Unsere Mütter haben uns dasselbe Salz in die Augen gestreut, um sie zu röten, als wir unseren Platz im Rat der Tränen einnahmen. Ihr habt uns aus unserer Heimat geführt, und wir werden die Jahre ableisten, die euer Silber gekauft hat. Aber eines Tages werden wir zurückkehren und die Salzzacken befreien.«

Inzwischen hatten sich einige Söldner um sie versammelt, um dem Kampf zuzusehen.

»Die hier«, Gonter zeigte auf die Umstehenden, »sind jetzt nicht weniger deine Kameraden als Iskon. Besser, du begreifst das schnell.«

Eilan lachte auf. »Silber ist kalt, aber Salz brennt. Ihr werdet nie …«

Gonter leitete seinen Angriff durch eine Finte zum Bauch ein. Mit dem neuen Schwert war er so schnell, dass er den Kontakt zur hinabsausenden Sichel vermeiden konnte. Er riss die Klinge zurück und führte einen diagonalen Hieb.

Eilan parierte, doch er musste zurückweichen und seine Waffe ungünstig eng führen.

Gonter trieb ihn auf den Baum zu.

Eilan erkannte seine Absicht und wich aus. Geschickt nutzte er den Stamm, um seine rechte Flanke zu decken.

Gonter tänzelte zur Seite.

Offenbar fühlte sich der Krieger aus den Salzzacken in seinem Stolz bedrängt. Mit einem Aufschrei schlug er einen weiten Bogen.

Gonter verkürzte die Distanz, sodass seine rechte Schulter gegen die Brust des Gegners stieß. Das Schwert hielt er mit beiden Händen.

Die Sichel traf die Klinge knapp vor der Parierstange.

Mit einem kurzen Ruck riss Gonter eine der Aussparungen um die gegnerische Waffe. Er wirbelte um die eigene Achse.

Der Stahl verkantete. Eisern hielt Gonter den Griff gefasst.

Mit der Kraft seines hünenhaften Körpers hebelte er die Sichel aus Eilans Fäusten. Ein Schütteln, und die Waffe fiel zu Boden.

Gonter riss das Schwert hoch.

Eilan schützte den Kopf mit seinen Händen, aber der war nicht Gonters Ziel.

Er sprang an Eilans Seite und rammte den Knauf des Schwerts auf dessen Schulter.

Schreiend brach der Gegner in die Knie.

Gonter trat zwei Schritte zurück und senkte die Waffe.

Eilan rieb sich die getroffene Stelle. »Das war dumm von dir«, quetschte er heraus. »Jetzt kann ich den Arm nicht mehr richtig bewegen. Ich bin nicht mehr voll einsatzfähig.«

»Das warst du vorher auch nicht«, versetzte Gonter. »Ein Krieger, der keine Befehle befolgen kann, ist nicht viel wert. Wir müssen als Einheit …«

Er hielt inne, als er Eivora bemerkte.

Mit spöttischem Lächeln und verschränkten Armen stand die kleine Frau unter den Zuschauern. Aglix wippte mit dem schwarz-gelben Köpfchen, als wollte der Feuersalamander ihm einen Gruß zunicken.

»Du schlägst dich noch immer gern, Prinz.« Auch Eivora machte es Spaß, ihn mit dieser Anrede zu necken. »Gern und gut, wie ich sehe.«

»Eine kleine Übung innerhalb meiner Einheit.«

»Ich verstehe. Es ist gut, wenn ihr in Form seid. Sammle deine Rotte, wir verlegen gemeinsam mit zwei Bannern der Schanzknechte in den Urwald hinein, zu einer Siedlung namens Grinhoff.«

»Hol mir Wein«, wies Fiafila-Ignuto ihre Magd an. »Und lass dir Zeit in der Nähe der beiden. Ich will wissen, worüber sie sprechen.«

Baron Horold war in der Festgesellschaft nicht zu übersehen. Er war von einer Traube anderer Gäste umgeben, und er überragte die Umstehenden um eine Kopflänge. Er unterhielt sich mit dem Herrn des gerade fertiggestellten Palasts, einem Haarschneider namens Gilion, der offensichtlich auch der eigenen Kopfzier höchste Aufmerksamkeit widmete. Größtenteils war das schwarze Haar halb fingerlang geschnitten und umhüllte den Schädel wie eine Kugel aus Samt, auf dem das Kerzenlicht rot schimmerte. Zwei mit Silberdraht umwickelte Haardornen stießen jedoch über den Ohren nach außen, und eine mehrfach gedrehte Locke stieg erst gleich dem Schmuck eines Einhorns über seiner Stirn an, um dann keck vor der Nase zu wippen.

»Die stehen so eng, dass ich gar nicht an die beiden rankommen werde«, wandte Yra ein.

»Lass dir eben etwas einfallen«, befahl Fiafila-Ignuto.

Sie selbst konnte sich nirgendwo unauffällig bewegen. Jeder starrte auf den Homunkulus, der aus ihrer Schulter wuchs. Bei ihrer Ankunft in Faarinar hatten einige versucht zu erkennen, wie man die so lebensechte Kreatur dort befestigt hatte. Manche mochten Ignuto auch für ein Haustier halten, ein Äffchen ohne Fell vielleicht, dem man Hörner auf den kahlen Kopf geklebt hatte. Solange er sich nicht bewegte, konnte man sogar vermuten, bei der steinfarbenen Gestalt handele es sich um eine leblose Figur. Aber wenn die Fledermausflügeln ähnelnden Ohren sich entfalteten, wenn er mit den Klauen grapschende Bewegungen in Richtung des Betrachters machte oder sich die Wülste über den bösen Äuglein zusammenzogen, sahen die meisten doch lieber weg.

Mit wiegendem Gang bewegte sich Yra durch den mit hellem Parkett ausgelegten Saal.

»Sie wird keck, weil ihr niemand Grenzen aufzeigt«, meinte der Homunkulus. *»Du solltest ihr die Widerworte nicht durchgehen lassen.«*

Sie tut doch, was ich ihr auftrage.

»Nur widerstrebend. Sie will keine unauffällige Lauscherin sein, obwohl das unser Wunsch ist. Es gefällt ihr, wenn sie Blicke auf sich zieht.«

Das ließ sich schwerlich leugnen. Es hatte sogar Tränen wegen des Kleids gegeben, das sie heute hatte anlegen müssen. Es hatte keinen Ausschnitt, fiel bis zu den Knöcheln und war eigentlich nicht dazu gedacht, Rundungen zu betonen. Um immerhin Letzteres zu gewährleisten, behalf sich Yra mit einem breiten Band, das sie so eng um die Taille geschlungen hatte, als wollte sie ein Insekt nachahmen.

Der Saal war annähernd rund, die Nischen sollten wohl einmal Statuen oder andere Kunstwerke aufnehmen. Mehrere Ausgänge führten hinaus auf Balkone. Abgesehen von der Menschentraube um den Baron und den Hausbesitzer hielten sich die meisten Gäste am Rand, wo man nierenförmige Tische aufgestellt hatte. Wenn es eine Etikette gab, die festlegte, wer sich auf einer Liege, einem Sessel oder einem Stuhl niederließ, erschloss sie sich Fiafila-Ignuto nicht.

Prekesta lag wie hingegossen auf einem mit schwarzem Samt bezogenen Möbelstück, das ansonsten vier Personen Platz geboten hätte. Sie trug den vollen Ornat des Zauberbanners, eine rote Kutte, die mit mystisch wirkenden Zeichen bestickt war, eine Kapuze und den Gesichtsschleier, hinter dem ein paar Strähnen ihres kupferfarbenen Haars hervorkamen. Verglichen mit ihrem unverhüllten Aussehen, wirkte sie damit geradezu harmlos, was auch erklärte, wieso sich eine Handvoll Klataaler zu ihr gesellt hatte.

Eine Wendeltreppe verband alle Stockwerke. Ihre Stufen schraubten sich in der Saalmitte wie eine gedrehte Säule empor, über diesem Raum mochte sich noch ein Turmzimmer anschließen. Viel weiter hinauf konnte es aber nicht mehr gehen, beim Aufstieg hatte Fiafila-Ignuto fünf Geschosse überwunden.

Die einheitliche Kleidung der fünf Frauen, die jetzt heraufkamen, verriet, dass es sich um eine Gruppe handelte. Mit leichtem Ärger registrierte Fiafila-Ignuto, dass Yra ihnen mehr Aufmerksamkeit schenkte als dem Baron und dem Haarschneider. Sie trugen eine feminine und doch eine gewisse Härte ausstrahlende Mischung aus Rock und Hose. Der blaue Stoff bildete eine Art Ballon um Hüfte und Oberschenkel, ging dann aber in Hosenbeine über, die eine Lederschnürung eng um die Waden band. Die weißen Schuhe sahen weich aus, sie umschmiegten die Füße, sodass man die Bewegung der Zehen sehen konnte. Ein Tuch umhüllte die Brust, die Zipfel hingen am Rücken hinab, bei jedem Schritt bewegten sie sich wie Schleier. Schultern und Bauch blieben frei, was den grünen Jade im Nabel betonte. Alle trugen das Haar in einem langen Zopf, selbst die Älteste, die bereits ergraut war. An Schminke wurde nicht gespart, violette Farbe betonte die Lider und lief schwingenförmig bis zu den Schläfen aus, die Lippen leuchteten kräftig blau.

Baron Horold klatschte in die Hände. »Ah, das wird ein Augenschmaus!« In seinem Gesicht stand Vorfreude.

»Wenn er jetzt stumm glotzt, kann Yra nichts mehr erlauschen!«, klagte der Homunkulus. *»Sie hätte sich beeilen müssen.«*

Fünf Männer folgten den Frauen. Alle schätzte Fiafila-Ignuto auf Anfang zwanzig, die geölte Haut ihrer gebräunten Oberkörper glänzte. Sie trugen weiße Pumphosen und gingen barfuß. An den Halsringen waren sie als Sklaven zu erkennen. Jeder von ihnen hatte ein Bündel Stöcke dabei. Fiafila-Ignuto vermutete darin eine Waffe, auch wenn sie nicht wusste, wie man sie verwendete.

Die Kapelle, die bisher eine leicht dahinplätschernde Musik gespielt hatte, ohne die Gespräche zu behindern, verstummte. Gastgeber Gilion schuf mit einer ausladenden Geste eine Gasse in dem Pulk, der ihn und den Baron umstand, und stolzierte auf die Frauen zu. Zwei Schritt vor der Grauhaarigen blieb er stehen, schob einen Fuß zurück und verbeugte sich mit ausgebreiteten Armen so tief, dass die Stirnlocke bis auf Kniehöhe hinabtauchte.

»Ich bin geehrt, dass die Schwestern vom eleganten Streich meine kleine Feier besuchen.«

»Paläste wie der Eure lassen Faarinar erblühen, wie es der Baronin gefällt«, gab die Frau huldvoll zurück.

Ein Mann trat an Fiafila-Ignutos rechte Seite. »Und das Silber«, raunte er, »das der größte Haarkünstler des Landes ihnen zahlt, wird den Schwestern noch besser gefallen.«

Der mit Rüschen verzierten Kleidung nach zu urteilen, gehörte der Mann dem Adelsstand an. Mit seiner dürren Gestalt, vor allem dem Kopf, bei dem sich die Haut so eng um den Schädel zog und die Augen tief in ihren Höhlen lagen, ähnelte er Xerohn, dem Kampfherrn der Hellebardiere. Er war jedoch kaum älter als Fiafila-Ignuto, sie schätzte ihn auf dreißig Jahre.

»Bevorzugt Ihr herb oder lieblich?« Er hielt ihr zwei gefüllte Weingläser entgegen.

Sie nahm dasjenige mit dem dunkleren Getränk. »An Eurer Kopfzier hat unser Gastgeber sicher keine Freude.«

Schmunzelnd strich er über die Stoppeln, durch die nicht nur die Kopfhaut zu sehen war, sondern auch das hellrote Blutschwämmchen, das an der linken Schläfe begann und sich beinahe bis zum höchsten Punkt zog. Seine gebogene Form mit den kleinen Ausläufern erinnerte an Eivoras Feuersalamander.

»Ihr dagegen stellt ihn sicher vor eine Herausforderung«, meinte er.

Früher hatte Fiafila-Ignuto viel Wert auf ihr langes Haar gelegt. Sie nahm einen Schluck Wein. Die Säure zog die Haut in ihrem Mund zusammen. Die Hitze des Homunkulus verbrannte ihre linke Gesichtshälfte, und auch das Haar schmorte dort ab. Deswegen schnitt Yra es nun insgesamt kurz.

Der Haarschneider stand jetzt wieder neben dem Baron, die anderen Gäste achteten darauf, ihnen nicht den Blick zu versperren.

Die Frauen nahmen die Stangenbündel an sich. Da sie sie entfalteten, erkannte Fiafila-Ignuto, dass es sich um mit kurzen Ketten verbundene Segmente handelte. Zwei hatten drei Glieder, zwei fünf. Die letzte Waffe bestand aus einem Metallstab und zwei längeren Ketten, an denen Sichelklingen befestigt waren.

Die Kapelle spielte ein lebhaftes Stück, die Männer mit den freien Oberkörpern wiegten sich in den Klängen von Lauten, Becken und Flöten und hantierten dabei mit Melonen und Knollen.

»Sind das Kämpferinnen oder Tänzerinnen?«

»Beides«, flüsterte ihr Gesprächspartner ihr zu. »Der Orden der Kriegstänzerinnen stellt seit Jahrhunderten die Leibgarde der Baronin.«

»Horolds Gemahlin? Wo ist sie?«

»Die Dame Gikela befindet sich nicht hier. Man erwartet sie erst nächste Woche in Faarinar. Man sagt, ihr Lager ist wärmer, wenn sie fern ihres Gatten nächtigt. Aber der Voraustrupp ist bereits eingetroffen.«

»Und sichert ihr das erste Silber«, vermutete Fiafila-Ignuto.

»Der Hofstaat ist kostspielig. Eine angemessene Prachtentfaltung ist wichtig.«

Fiafila-Ignuto nahm noch einen Schluck. Sie spürte bereits, wie der Wein sie wärmte.

Die Frauen umkreisten die Männer mit geschmeidigen Bewegungen. Sie setzten die Füße so bedächtig, als würden sie über ein Seil tanzen. Yra benutzte die Ellbogen, um ihren Platz in der ersten Reihe zu verteidigen, als sie begannen, ihre Waffen durch die Luft zu schwingen.

»Es braucht sicher Geschick, sich nicht selbst damit zu treffen.«

»Es erfordert viel Übung …«, er zeigte mit dem Glas in der Hand auf die Kriegstänzerin mit den Sichelklingen, »… und die Bereitschaft, Rückschläge zu ertragen.«

Über die bronzefarbenen Arme der Frau liefen helle Striche. Ob das Narben von Schnitten waren? Interessiert entfaltete der Homunkulus die Ohren.

»Hier gibt es viele seltsame Dinge«, meinte Fiafila-Ignuto.

Er lachte auf, beugte sich vor und starrte auf den Homunkulus. »Ihr seid auch nicht frei von Merkwürdigkeiten.«

»Bildet er sich ein, er könnte mit dir anbandeln?«

Und was wäre so schlimm daran? Sie nahm die Schultern zurück und drückte die Brust heraus. Sie war doch nicht mehr zu einem Schneider gegangen, sondern begnügte sich mit einem roten Kleid, das Yra für sie angepasst hatte. An der linken Schulter gab es eine umsäumte Aussparung, die Platz für ihren Begleiter ließ. *Bist du eifersüchtig?*

»Ich finde es nur erbärmlich, welche Bedeutung du deiner Erscheinung zumisst.«

Das hat Chastro auch getan. Denk nur an seine Dornenrüstung.

»Das ist etwas ganz anderes, als sich in eine Wolke des Wohlgeruchs zu hüllen.«

Im Zauberbanner diente neuerdings eine Duftmischerin, die Fiafila-Ignuto mit Veilchenextrakt überzeugt hatte. *Bei Hofe sollte man nicht nach Qualm stinken. Schließlich wollen wir Kontakte knüpfen.*

»Zu solchen Gecken? Wer ist das eigentlich?«

»Wie heißt Ihr?«, fragte Fiafila-Ignuto.

Gegen ihren halbherzigen Widerstand zog er ihre Hand an seine Lippen und hauchte einen Kuss darauf. »Junker Welmon, empfehle mich.«

»Welmon? Ich hörte von Eurem Ausflug in den Urwald.«

»Von den Gefangenen …« Er verzog den Mund.

»Ja. Der Wortführer heißt Erl, glaube ich.«

»Ich verstehe nicht, wieso Ihr sie nach ihrem Versagen verschont. Ein so weiches Herz hätte ich bei Söldnern nicht erwartet.«

»Er kann froh sein, dass der Baron ihn nicht auch in den Kerker geworfen hat.«

Das ist eben der Unterschied zwischen Adel und einfachem Volk.

Die Tänzerinnen schritten über den freien Platz in der Mitte des Saals, wirbelten umher, duckten sich und schlugen die ganze Zeit mit ihren rasselnden Waffen. Fiafila-Ignuto fand schon erstaunlich, dass sie sich nicht gegenseitig trafen, aber sie schienen genau zu wissen, was sie taten. Gerade machte die Grauhaarige einen weiten Satz auf die Männer zu, hielt ihren dreigliedrigen

Stab an einem äußeren Segment fest und ließ die beiden anderen nach vorn schwingen. Das äußerste Ende traf eine Melone, die ein Sklave vor seinem Gesicht bewegte, mit solcher Wucht, dass sie platzte.

Die Menge raunte.

»Habt Ihr so etwas in Eurer Heimat noch nicht gesehen?«, erkundigte sich Welmon.

Rorgator bot vielfältige Vergnügungen, und sicher waren auch Klingentänze darunter, aber Fiafila-Ignuto wohnte erst einige Monde dort. Sie schüttelte den Kopf, zum Teil aus Verwunderung über sich selbst und die Veränderung, die sie hinter sich hatte. Von einer mildtätigen Priesterin des Windgottes zur Feldgeistlichen einer Elitelegion, die Dämonen Gold opferte …

»Großer Zauber liegt in Tänzen wie diesen«, raunte Welmon.

»Zauber?«, zweifelte Fiafila-Ignuto.

»Ramm einem Magier einen Dolch in die Brust, und ein Heuchler verreckt«, meinte der Homunkulus verächtlich.

»Sie sind hoch geachtet und etwas sehr Besonderes«, erklärte Welmon.

»Ihr habt viele Besonderheiten in Klataal«, sagte sie. »Ich hörte von Schamanen, die sich in Tiere zu verwandeln vermögen.«

Welmon nahm einen Schluck und sah zu den Tänzerinnen hinüber. »Schenkt nicht jedem Gerücht Glauben.«

»Diese Schamanen sollen im Urwald leben. Jede Information über unseren Gegner kann nützlich werden, und bisher haben wir nur Gerüchte über die Wilden.«

»Wild sind sie wirklich.« Er grinste. »Aber muss das immer schlecht sein?«

»Nein!«, antwortete sie, ohne nachzudenken und so heftig, dass sie sich selbst darüber wunderte.

Wild zu sein … frei zu sein …

Sie spürte die Wärme, die der Wein in ihrer Brust entfachte, und sah zu einem der Durchgänge, die auf einen Balkon hinausführten. In dieser Höhe fand der Wind kein Hindernis. Es musste wundervoll sein, in einem Sturm dort draußen zu stehen und zu spüren, wie die Böen an Haar und Kleidung zogen.

»Nur eine Närrin würde das tun«, schalt sie der Homunkulus. *»Leicht könnte es uns in die Tiefe reißen.«*

Ja, unvernünftig wäre es … und dennoch verlockend! Fiafila-Ignuto lachte auf.

»Wie gefallen Euch die Tänzer?«, fragte Welmon. »Sind es nicht wohlgestaltete Männer?«

»Eher Knaben als Männer«, urteilte Fiafila-Ignuto. Ihre Bewegungen waren leicht und weich, keiner von ihnen trug Narben oder andere Spuren von Kampfverletzungen. »In Rorgator könnten sie sich nicht behaupten.«

Die Musik war jetzt ein heftiges Scheppern und Schreddern, und die Waffen schlugen immer in die Mitte, wo sich die Sklaven drängten und beständig neue Früchte aus einer Truhe nahmen.

»Man hat sie nicht erzogen, um sich zu behaupten«, erklärte Welmon, »sondern dazu, andere zu erfreuen.«

Einer legte einen Apfel auf einen Kristallkelch, den er auf seinen Kopf stellte. Die Sichelkette zertrennte die Frucht, ohne dass sich das filigrane Trinkgefäß bewegte.

»Man sagt, bei den Söldnern seid auch Ihr Frauen freimütig, was das Spiel der Geschlechter angeht.«

»Wollt Ihr Euch etwa anbieten?« Sie musterte die hagere Gestalt. Er war etwa so männlich wie ein Besenstiel.

»Nicht mich …«, er lachte, »aber … diese Tänzer gehören mir. Trefft gern Eure Wahl.«

»Er hat im Urwald versagt, und jetzt hat sein Baron ihm aufgetragen, sich anderweitig nützlich zu machen«, vermutete Ignuto. *»Er soll sich bei uns einschmeicheln und unsere Gunst erwerben.«*

Dann will ich nicht unfreundlich sein. »Ich nehme den mit der hellen Strähne im Haar.«

»Alw, eine gute Wahl. Ihr könnt auch gern einen zweiten haben.«

»Ich begnüge mich zunächst mit einem.« Eigentlich war Fiafila-Ignuto so rasch auf das Angebot eingegangen, um den Homunkulus ein wenig zu necken, aber zu ihrer eigenen Verwunderung merkte sie nun, dass sich die Wärme in ihrem Körper ausdehnte. Sie fühlte keine Zuneigung zu dem Sklaven …

»Das wäre auch gänzlich unangebracht!«

… aber sie wollte ihn besitzen. Nein … *benutzen!*

Sie leerte ihr Glas.

»Vielleicht kennt Ihr noch eine weitere edle Frau in Euren Reihen, der ich eine Freude machen könnte?«, erkundigte sich Junker Welmon. Er sah zufrieden aus, offenbar hatte er auf diesen Verlauf des Abends gehofft.

»Wie wäre es mit Eivora?«, schlug Fiafila-Ignuto vor. »Sie ist eine Kampfherrin.« Und sie hatte sich auf dem letzten Feldzug von Gonter getrennt.

»Ich habe sie kurz vor ihrer Abreise gesprochen«, sagte Welmon. »Sie wollte keinen Lustknaben mit an die Front nehmen, wie sie sich ausdrückte.«

Fiafila-Ignuto hörte kaum zu. Ihre Aufmerksamkeit galt dem Jüngling, der ihr versprochen war. Ihrer Beute.

»Was ist mit dieser Prekesta?«, erkundigte sich Welmon. »Ich habe gehört, dass man mit Hochachtung von ihr spricht, auch wenn mir noch unklar ist, welche Position sie bekleidet.«

»Ja, Prekesta.« Sie spürte, wie die Vorfreude des Homunkulus durch ihre Adern spülte und ihre Oberlippe zitterte. »Eine gute Wahl.« Sie sah hinüber zur Heroldin des roten Risses, die sich noch immer verschleiert auf der Liege rekelte.

Flammen fauchten aus Ignutos Äuglein. *»Der Lustknabe wird den Schreck seines Lebens bekommen, wenn er sie hüllenlos erblickt.«*

Aglix erkundete seinen eigenen Wald. Er bestand aus fahlweißen Pilzen, die am Stamm einer Eiche emporwucherten. Die leicht gebogenen Krallen an den dünnen Zehen fanden guten Halt in der rauen Rinde, sodass er mühelos nach oben huschte. Eivora sah seine gelbe Zeichnung im Schatten der Pilzhüte in drei Schritt Höhe.

Es hätte ihr Spaß gemacht, dem Lurch auf seiner Kletterpartie zu folgen. Die Eiche, deren Stamm die Pilze überwucherten, gehörte zu den Baumriesen dieses Waldes. Sie ragte turmhoch in den Himmel, vom Wipfel hätte Eivora sicher weit über den Wald blicken können. Ihre Äste waren dicker als die Stämme der meisten Buchen, Erlen und Linden, die hier wuchsen.

Das wurde ihr zum Verhängnis. Die Schanzknechte des Klingenrauschs waren auf der Suche nach starkem, geradem Bauholz, und dabei war ihre Wahl auf einen der Äste gefallen. Die helle Schnittfläche wirkte wie ein in stummer Anklage aufgerissenes Auge, das herab auf die Söldner starrte, die mit Äxten die Zweige vom am Boden liegenden Ast schlugen. Als handele es sich bei der Eiche um ein fühlendes Lebewesen und bei dem Ast um einen abgetrennten Arm.

Eivora schüttelte den Kopf und ging zwischen den Kriegern hindurch. »Ich darf mich von diesem Wald nicht verrückt machen lassen.«

Eigentlich bestand dazu auch kein Anlass. Wie Erl gesagt hatte, war es hier nicht neblig wie in der gerodeten Ebene. Auch das Unterholz aus Büschen und Farnen stand nur locker, was ebenfalls an den Baumriesen liegen mochte, deren Kronen das Licht abfingen, sodass hier unten selbst zur Mittagsstunde eine Dämmerung aus grünen Schatten über allem lag. Merkwürdigerweise gediehen dennoch Bäume von der Größe, wie Eivora sie gewohnt war. Oft standen sie in Gruppen beisammen, Haine von Buchen oder Birken, getrennt durch Flächen, auf denen hüfthohes Gras wuchs. Als bildeten die Bäume Inseln in einem Meer aus Halmen.

Eine dieser Bauminseln, eine Gruppe besonders gerade gewachsener Linden, gab es nun nicht mehr. Auch ihre Stämme erschienen den Schanzknechten brauchbar, um die Befestigung von Grinhoff zu verstärken. In der vergangenen Nacht hatten die Wilden die Siedlung überfallen und ein solches Gemetzel angerichtet, dass den Söldnern ein Zug fliehender Bürger entgegengekommen war. Sie berichteten davon, dass einige Wilde ein kannibalisches Gelage auf dem Dorfplatz veranstaltet hatten. Ihre Opfer hatten angeblich noch gelebt. Der Anblick der entschlossenen Söldner hatte die Bürger jedoch bewogen, sich dem

Befehl ihres Junkers zu beugen und nach Grinhoff zurückzukehren.

Nun galt es, dieses Vertrauen zu rechtfertigen. Gleich zu Beginn des Garnisonsauftrags wollte Eivora den Wilden klarmachen, dass nun eine Macht auf das Schlachtfeld marschiert war, mit der sie sich besser nicht anlegten. Der Erfolg der vergangenen Nacht durfte sich für die Angreifer nicht wiederholen, die kommende musste sie Respekt lehren. Diesmal würden sie keine Wehrbauern mit Dreschflegeln und Spießen empfangen, sondern ein Banner Hellebardiere. Zweihundert Schanzknechte sorgten dafür, dass die Befestigung den Ansturm der Angreifer in die Klingen der Stangenwaffen leiten würde. Eivora hatte nur Gonters Rotte mitgenommen, das musste reichen, schließlich galt es, noch andere Siedlungen zu schützen. Dem widmeten sich auch die Kampfherren Xerohn und Oraneta, sodass Eivora die einzige Angehörige des Führungskreises der Legion in Grinhoff war.

Auch aufgrund dieser Verantwortung begleitete sie den Holztrupp. Sie wollte lernen, was seine Heimat über den Gegner verriet. Wie dachte jemand, der in einem solch mächtigen Wald aufwuchs?

Sie sah zu Gonter hinüber, der gerade seine Weibel abging. Die vier Gruppen seiner Rotte waren an unterschiedlichen Stellen positioniert, um bei Bedarf sofort einzugreifen. Am Baumschlag beteiligten sie sich nicht, sie waren zum Schutz der anderen hier und mussten im Falle des Falles ausgeruht sein.

Gonter war als Prinz aufgewachsen, stets gut genährt, was wohl zu seiner kräftigen Gestalt beitrug. Ausgezeichnete Fechtlehrer hatten ihn ausgebildet, aber dass ein echter Kampf kein Spiel mit festen Regeln war, hatte er erst im Klingenrausch gelernt. Seinen Edelmut hatte er nicht gänzlich abgelegt, und Eivora wünschte sich, dass er das auch nie täte. Sie erinnerte sich an die Sanftheit, mit der er sie als Geliebter behandelt hatte. Manchmal hatte sie sich wie ein wunderschönes Bildnis gefühlt, das er verehrte … Wie ein Traum, der sie nicht war, aber das hatte etwas in ihr geweckt, das sie bis dahin nicht gekannt hatte.

Eivora schüttelte den Kopf. Ihre Liebelei war vorbei. Jetzt war Gonter ein Rottmeister, mehr nicht. Dabei half ihm sicher, dass er zum Herrschen erzogen war, aber manche höfische Sitte mochte ihm hier draußen im Weg stehen. Trotz Nirtos Ermahnungen tat er sich noch immer schwer, einen Vorteil zu nutzen, wenn er glaubte, ihn unehrenhaft erlangt zu haben.

Diese Schwäche teilen die Kannibalen bestimmt nicht, überlegte Eivora. *Aber dafür haben sie sicher andere. In einem Waldland wie diesem wird es wohl kaum Städte geben, die Handwerker ernähren. Keine Schmieden oder nur die einfachsten. Also auch keine gut angepassten Rüstungen.*

Beim Überfall während des Aufmarschs des Klingenrauschs waren tatsächlich Fell und Leder der beste Schutz gewesen, den ihre Gegner aufgeboten hatten.

Aber wer ungeschützt in der Wildnis lebt, braucht scharfe Sinne. Schon allein, um nicht zum Opfer von Raubtieren zu werden. Er wird sich gut verbergen und seinerseits Verborgenes aufspüren können.

Wobei es leicht war, die Schanzknechte zu entdecken. Beständig hallten die Axtschläge, und auch die Rufe, mit denen sich die Arbeiter verständigten, waren nicht eben leise. Hinzu kam das Wiehern der Kaltblutpferde, die beim Transport des Holzes helfen würden.

Nein, unauffällig waren sie wahrlich nicht.

Wurden sie bereits beobachtet? Wären die Wilden beeindruckt von der Effizienz, die sie sahen? Ob sie in der Lage waren, einen so gewaltigen Ast wie den der Eiche in einer Höhe von sieben Schritt über dem Boden abzusägen? So etwas wie das zerlegbare Gerüst der Schanzknechte kannten sie sicher ebenso wenig wie die geschwungene Zweimannsäge.

Ein Windstoß drückte in die Krone der Eiche. Hier unten spürte man nichts davon, die warmfeuchte Luft blieb unbewegt, aber das Laub rauschte und Wellen liefen durch die unzählig vielen Blätter.

Eivora kehrte zurück zum pilzbewachsenen Stamm. »Aglix! Komm her!«

Einige bleiche Hüte wackelten, dann kam der Feuersalamander zum Vorschein. Er hielt eine Nacktschnecke im Maul, die sich träge wand.

»Wie willst du die denn runterschlucken?« Eivora erschien sie viel zu groß.

Aglix' Köpfchen ruckte auf und nieder, als wollte er mit seiner Beute winken.

Seufzend zog sie ihr Brotmesser, hockte sich hin und nahm die Schnecke entgegen. Sie drückte das schleimige Tier gegen die Rinde und durchtrennte es mit einem schnellen Schnitt.

Der Feuersalamander sprang vor, schnappte eine Hälfte, warf den dreieckigen Kopf in den Nacken und schlang sie hinunter, wobei sich sein Mäulchen mehrfach öffnete und schloss.

»Immer noch ein ganz schöner Brocken, was?«, fragte Eivora.

Jemand schrie.

Eivora fuhr auf, drehte sich zur Quelle des Geräuschs und spannte gleichzeitig die Sehne an der kleinen Armbrust, die sie an den linken Unterarm gebunden trug.

Die anderen Söldner reagierten ähnlich. Augenblicklich endete die Arbeit an den Stämmen. Wer noch keine Axt in der Hand hielt, zog seine Waffe, man setzte die Helme auf. Die Weibel riefen die Krieger zusammen, damit die Kameraden einander Deckung gaben. Abgelegte Schilde wurden aufgenommen.

Eine Gruppe zog sich in die Mitte des Areals zurück, in dem sich die Söldner aufhielten. An der Art, wie sie sich bewegte, erkannte Eivora, dass man jemanden trug.

Sie nahm Aglix auf und eilte dorthin.

Die Söldner kannten sie, sie brauchte nicht zu fragen, damit der Weibel ihr Meldung machte. »Drei oder vier Gegner, mehr nicht. Sie waren weg, bevor wir reagieren konnten.«

Der Kamerad, der getragen wurde, hatte einen Schlag ins Gesicht abbekommen. Es sah nach einem Klauenhieb aus, mehrere parallel verlaufende Risse in der rechten Gesichtshälfte. Eivora dachte an die wie Tatzen geformten Keulen der Angreifer im Aufmarschgebiet.

Sie beugte sich über den Verwundeten. »Das wird schon wieder!« Sie drückte die Lederrüstung über seiner Schulter. »Das Auge haben sie nicht erwischt.«

»Ich bin eben ein Glückskind.« Der Mann kicherte.

Ein Söldner holte eine aufgerollte Leinenbinde hervor. »Jetzt wird's dunkel.« Er begann, den verletzten Kopf zu umwickeln.

Da die Arbeit an den Stämmen zum Erliegen gekommen war, hörte man die Hammerschläge aus dem Westen. Eine halbe Meile in diese Richtung lag Grinhoff, wo man an der Palisade und anderen Befestigungen arbeitete.

Eivora wandte sich an den Weibel, einen hochgewachsenen Mann, dem Härchen oben an den Ohrmuscheln wuchsen, ähnlich wie bei einem Luchs. Sie erinnerte sich jetzt auch an seinen Namen, er hieß Oril. »Denkst du, es war nur eine unbedachte, schnelle Aktion? So etwas wie eine Mutprobe?« Für alle Fälle legte sie einen Bolzen in ihre Armbrust.

»Schwer zu sagen. Ich habe …« Unvermittelt gaben seine Beine nach.

Gemeinsam mit einem Kameraden fing Eivora ihn auf und legte ihn auf den Boden. Erst jetzt entdeckte sie den dünnen Stachel, der aus seinem Hals ragte.

»Mir ist …« Oril sprach, als hätte er eine Kartoffel im Mund. »Ich fühle keine …«

Eivora beugte sich vor. Das war kein Stachel, sondern ein winziger Pfeil! An seinem Ende sorgten drei schmale Federn für Stabilität im Flug. Dort, wo er im Hals steckte, saß eine Kugel, die nach Bast aussah.

»Bleib liegen!«, befahl Eivora.

»Gonter!«, rief sie. »Umgebung sichern!«

Bestätigend schlug er die Faust an die linke Schulter.

Seine Weibel eilten zu ihm – die schlanke Itena mit der Augenklappe, der riesige Bol, Aster, deren ins Haar geflochtene Bronzeringe leise klirrten, und Mehol, der sich die Zeit mit Schwertübungen vertrieben hatte. Mit klaren Gesten wies er ihnen die Bereiche zu, in die sie ihre Gruppen führen sollten.

Eivora versicherte sich, dass man sich um den Krieger mit der Wunde im Gesicht und Oril kümmerte, und lief zu Gonter. Bis sie bei ihm ankam, waren die Weibel schon auf dem Weg. Sie bewegten sich geduckt, die anderen Söldner hockten verborgen hinter Büschen und Gras. *Sehr gut. Wir wollen es den Bogenschützen nicht zu leicht machen.*

Sie kauerte sich neben Gonter.

»Wir bilden einen Kreis und halten Sichtkontakt zueinander«, erklärte er. »Wenn die Schanzknechte marschieren, bewegen wir uns mit. Am Kopf und am Ende der Marschformation stehen wir etwas dichter.«

Eivora nickte zustimmend. »Achte darauf, dass sich niemand zu weit entfernt. Vor allem dürft ihr euch nicht zu einer Verfolgung hinreißen lassen. Dann können sie euch in die Falle locken, das wollen sie nur.«

»In Ordnung. Was ist mit dem Holz?«

Eivora lauschte, aber bis auf den Wind in den Bäumen und die entfernten Baugeräusche aus Grinhoff war nichts zu hören. »Wir werden versuchen, möglichst viele Stämme mitzunehmen«, entschied sie. »Aber wenn wir echten Ärger kriegen, lassen wir sie zurück.«

Vorsichtig stand Gonter auf und sah sich um. »Wenn das alles ist, kümmere ich mich um meine Leute.«

Sie fasste seinen Unterarm. Unter dem rauen, aber flexiblen Kettenhemd fühlte sie seine kräftigen Muskeln. »Schlag zu, wenn sie dir die Gelegenheit geben.« Sie bohrte ihren Blick in seine blauen Augen. »Versuch nicht, deine Gegner zu schonen, Prinz. Besser lebendig als edel.«

Er legte die Linke um die Schwertscheide, damit sie nicht zwischen seine Beine geriet, und lief los.

Die Schanzknechte schienen ebenfalls gewillt, den Ertrag ihrer Arbeit zu sichern. Zwar bewegten sie sich geduckt, führten aber die Pferde an die Stämme heran, auch wenn diese noch nicht vollständig entastet waren, und banden das Holz an die Ketten. Sie befestigten auch kleine Rollen und Kufen unter den Stämmen, damit sie sich leichter ziehen ließen.

Die Pferde spürten die Unruhe. Sie wieherten, ein Grauschimmel stieg und trat mit den Vorderläufen aus.

Eivora sah nach den beiden Verletzten. Der Krieger mit der Gesichtswunde hockte schon wieder. Obwohl der Verband seinen halben Kopf einhüllte, schien er guter Dinge. *Manchmal kommt der Schmerz erst mit Verzögerung.*

Oril ging es schlechter. Er lag noch auf dem Boden, seine Augenlider flatterten, und er reagierte nicht, als sie seinen Namen rief.

»Wieso steckt der Pfeil noch in seinem Hals?«, fragte Eivora.

»Er lässt sich nicht so leicht herausziehen«, antwortete der Krieger, der sich um den Weibel kümmerte, kleinlaut. Immerhin hatte er ihm ein Stück Stoff unter den Kopf geschoben.

Eivora fasste das Geschoss mit den Fingerspitzen und zupfte daran. Es ließ sich bewegen, aber die Haut kam mit. »Widerhaken, schätze ich.«

Ihre Achtung vor den Wilden wuchs. Man brauchte einiges Geschick, um so filigrane Pfeile herzustellen. Weder mit einem Bogen noch mit einer Armbrust konnte man sie verschießen. Sie vermutete ein Blasrohr.

»Ich brauche eine scharfe Klinge.« Sie sah in die Runde der Krieger, die unter dem Befehl des Weibels standen.

»Sollten wir ihn nicht besser zu einem Feldscher bringen?«, fragte der mit dem Kopfverband, gab ihr aber ein kleines, gebogenes Messer, wie man es zum Häuten benutzte.

»Der Pfeil selbst ist nicht schlimmer als der Stich einer Hornisse«, erklärte Eivora. »Der holt keinen gesunden Mann von den Füßen. Sieh dir Oril an. Sicher ist die Spitze vergiftet.«

Sie zog weiter an dem Geschoss und benutzte das Messer, um so weit ins Fleisch zu schneiden, dass es den Haken keinen Widerstand mehr bot. Eivora hielt den Atem an. Von der Luftröhre war die Trefferstelle mehrere Zoll entfernt, aber das brachte sie in die Nähe der rechten Halsschlagader. Mehrfach hatte sie miterlebt, wie das Blut stoßweise aus einer Wunde an dieser Stelle gespritzt war.

Ihre Hand zitterte dennoch nicht, noch nicht einmal, als Aglix neugierig ihren Arm hinunterlief. Sie schnitt und zog, und als sie dachte, sie hätte den Übeltäter gelöst, erkannte sie, dass die

Spitze länger war als vermutet und weitere Widerhaken besaß, wie eine winzige Säge, deren Zacken zu mehreren Seiten abstanden.

Oril stöhnte, weiße Speichelbläschen erschienen an seinen Mundwinkeln. Seine Stirn glänzte von Schweiß.

»Haltet seinen Kopf fest!«, forderte Eivora.

Blut trat aus, es schimmerte grünlich, ebenso wie die Pfeilspitze. Aber es kam nicht in Stößen, die große Ader war unverletzt.

Ein dumpfes Geräusch hallte durch den Wald. Ein ähnliches antwortete von der anderen Seite, dann erklang das erste nochmals. Trommelschläge. Rasch kamen weitere hinzu.

Endlich löste sich der Pfeil. Die gezackte Spitze machte ein Viertel der Gesamtlänge aus. Sie bestand nicht aus Metall, sondern aus gelbem Stein, an dem Blut und eine grüne Flüssigkeit herunterrannen.

Eivora gab das Geschoss weiter. »Wickel es in einen Lappen und pass auf, dass du dir nicht die Haut ritzt. Verbindet seinen Hals und macht euch marschbereit. Wir müssen hier weg.«

Sie stand auf. »Lasst die Stämme zurück, die ihr noch nicht gesichert habt!«, rief sie. »Wir brechen auf!«

Die Schanzknechte gruppierten sich und rückten ab. Ihre Rottmeister sorgten dafür, dass die Söldner eng beieinanderblieben. Zwei Pferde zogen den Ast der Rieseneiche, das wertvollste Beutestück.

Auf dem Rückweg nach Grinhoff stieg Nebel aus dem Boden. Erst sah er aus wie eine Schicht sich bewegender Watte, dann wie Tau auf den Halmen, dann wie dünner Rauch. Als sie in den Bereich vor der Palisade gelangten, den die Schanzknechte vollständig gerodet hatten – einen dreißig Schritt breiten Streifen, in dem die Bögen der Verteidiger ihre Wirkung entfalten sollten –, waren die Schwaden so dicht, dass Eivora die Söldner an der Spitze der Marschformation nicht mehr erkennen konnte. Die Trommeln dröhnten jetzt, und Eivora war darauf gefasst, jeden Moment das Klirren von Stahl zu hören.

Aber dazu kam es nicht. Sie erreichten den ersten Posten der Hellebardiere.

So also sieht das Schwertfeuer aus der Nähe aus.

Midalin sah über die Schulter, als bestünde die Möglichkeit, dass sich jemand in dem kleinen Raum versteckt hielt. Dafür hätte er jedoch in den Kaminschacht kriechen müssen. Die Söldner hatten beinahe alle Möbel aus der Küche des Hauses entfernt, das sie einer Bürgerfamilie abgekauft hatten. Ein helles Rechteck an der Wand markierte die Stelle, wo der Geschirrschrank gestanden hatte. Natürlich hatte man auch den Tisch hinausgebracht, an seiner Stelle stand jetzt das Schwertfeuer.

Das Artefakt war ebenfalls wie ein Tisch geformt, sogar wie eine Tafel, an der eine zwölfköpfige Gesellschaft hätte speisen können, aber es war aus Eisen geschmiedet. Die Beine machten den Eindruck, als seien verschiedene Schichten hinabgelaufen und wie bei einer Kerze erstarrt.

Bratz, ihr Beo, beäugte Midalin kritisch von der hölzernen Stange herab, auf der er sich niedergelassen hatte. Sie hatte wohl dazu gedient, das Kochgeschirr aufzuhängen.

Midalin nahm die Öllampe von der Kommode, auf der sie die Leckereien drapiert hatte. Ein frugales Mahl wurde am frühen Nachmittag nicht erwartet, aber sie hoffte, die Avatar mit Süßspeisen zu erfreuen. Plätzchen waren darunter und ebenso in Honig getunkte Trauben. Dazu zwei Karaffen mit Fruchtsaft und frisch geschöpftem Brunnenwasser. Fiafila-Ignuto hatte ausrichten lassen, dass sie keinen Wein wünschte. Wahrscheinlich brauchte sie einen klaren Kopf für das anstehende Ritual.

Die Aufregung schnürte Midalin den Hals zu. *Echte Zauberei.* Sie schluckte. Das hier hatte nichts mit dem Mummenschanz zu tun, den der Möchtegern-Priester des lachhaften Dämonenkults vollführt hatte, dem sie viel zu lange aufgesessen war.

Mit scheuer Sehnsucht betrachtete sie das Schwertfeuer. Dafür war sie zum Klingenrausch gekommen.

Nun ja, ganz freiwillig war sie nicht hier. Sie strich über die rote Robe des Zauberbanners. Das Kleidungsstück fühlte sich ungewohnt an, und im Licht der Öllampe schien es unpassend frisch zu leuchten. Mehr wie ein selten getragenes Festgewand als wie eine Kutte, die man zur täglichen Arbeit anlegte. Die schwarzen Zeichen darauf gaben ihm eine mystische Aura. Midalin hatte sich noch nicht getraut, Kampfherrin Iskala zu fragen, ob ihnen zauberische Kraft innewohnte.

»Bienchen!«, schrie Bratz so laut, dass Midalin zusammenschrak.

Verärgert starrte sie den Vogel an. Hatte er den roten Schnabel früher auch schon so oft in die Höhe gereckt? Oder tat er das nur, um die beiden Brandstellen an Brust und Bauch zu entblößen und Midalin so ihr schlechtes Gewissen in Erinnerung zu rufen? Seit dem Kontakt mit dem Brandeisen wuchsen an diesen Flecken keine Federn mehr, stattdessen hatte sich rissiger Schorf auf die Haut gelegt.

»Du kannst froh sein, dass du noch lebst«, murrte Midalin, obwohl sie natürlich nicht ganz unschuldig an der Entstellung des Vogels war. Nun ja, eigentlich wäre es sogar nie zu den Verbrennungen gekommen, wenn sie den Beo nicht als Opfertier ausgewählt und ihn den heißen Eisen der Dämonenverehrer ausgeliefert hätte. Aber jeder beging einmal Dummheiten, und immerhin hatte sie den Vogel später aus dem Erdloch befreit. *In dem ich ihn zuvor selbst vergraben habe*, gestand sie sich ein. *So ganz unberechtigt ist seine Anklage nicht ...*

»Bienchen!«, schrie Bratz.

»Beim Imker hast du schon genug geräubert. Nimm das hier.« Sie knipste eine Rispe von den Trauben ab und hielt sie dem Vogel hin.

Skeptisch beäugte Bratz die Speise. Das Flämmchen der Lampe glänzte rotgelb im Honig. Obwohl die Sonne draußen schien, war es die hellste Lichtquelle im Raum. Die Fensterläden waren vernagelt, das Schwertfeuer hätte zu viel Aufmerksamkeit auf sich gezogen. Am liebsten hätte man es wohl in einem massiveren Gebäude untergebracht, aber der Schuldturm eignete sich nicht dafür. Der Flaschenzug hätte das Gewicht des Artefakts nicht gehalten, und die Treppe war zu eng gewunden, um es in die oberen Stockwerke zu bekommen. Deswegen wich man auf das Haus nebenan aus und bewachte dieses durch die besten Kämpfer des Zauberbanners. Diese trugen Rüstungen aus Eisen und Leder, nicht die Kutten, die für die Einheit üblich waren. Überhaupt, so hatte Midalin gelernt, führte das Zauberbanner viel Kleidung mit. Oder besser: viele Verkleidungen. Kampfherrin Iskala hatte ihr bereits eröffnet, dass die Informationsbeschaffung eine der wichtigsten Aufgaben war, und dafür bewegte man sich am besten unerkannt.

»Und echte Magie?«, hatte Midalin hoffnungsfroh gefragt.

Daraufhin war ein Grinsen auf Iskalas Gesicht erschienen. Midalin schauderte bei der Erinnerung daran, wie sich das Licht im Rubin auf der Stirn der Kampfherrin gebrochen hatte. Jedenfalls hatte sie Midalin zur Avatar geschickt.

Bratz stieß ein schrilles Pfeifen aus und hackte nach der Hand, die ihm die Trauben anbot.

Gerade noch rechtzeitig zog Midalin sie weg.

Der Beo fing seinen Schwung mit flatternden Flügeln ab und fand sein Gleichgewicht wieder. »Bienchen!«

»Du bist und bleibst ein garstiges Vieh.« Sie legte die Trauben zurück.

Ein fetter Brummer brachte ihnen mehr Interesse entgegen als der Vogel. Er ließ sich auf den Früchten nieder.

Midalin wedelte ihn fort. Bratz hätte vielleicht lieber gehabt, wenn sie ihn gefangen und ihm kredenzt hätte, offenbar stand ihm heute der Sinn nach Insekten. Aber da sollte sich der faule Geselle selbst anstrengen.

Midalin interessierte sich mehr für das Schwertfeuer. Es hieß so, weil die Klingen gefallener Helden in die Tischplatte eingeschmiedet waren. Man hatte sich keine Mühe gegeben, sie einzuebnen, deutlich hoben sich die Umrisse hervor. Wenn Midalin die Lampe im passenden Winkel hielt, warfen sie weite Schatten.

Welches Schwert wohl dem legendären Kester gehört hatte?

Es war als letztes hinzugekommen, der Flammenbringer war erst vor ein paar Monden gefallen. Es musste also eines sein, das nicht von anderen überdeckt wurde … Vielleicht das etwas breitere? Nach allen Erzählungen, die Midalin über ihn gehört hatte, war Kester ein besonders kräftiger Krieger gewesen.

Geister sollten in diesem Artefakt gebannt sein. Midalins Herz schlug schnell. *Echte Magie …*

Durfte sie es wagen, das Schwertfeuer zu berühren? Fühlte es sich anders an als profanes Eisen? Spürte man vielleicht ein Kribbeln, wenn man über einen solchen Hort der Macht strich?

Sie zuckte zurück, als sich die Tür öffnete.

Midalin hielt den Atem an. Zum zweiten Mal sah sie die Avatar aus der Nähe. Das erste Mal war bei ihrem Eid auf die Legion gewesen, und da hatte die Aufregung ihre Wahrnehmung benebelt.

Den Rubin in Iskalas Stirn mochte ein besonders geschickter Kunsthandwerker angebracht haben, doch das Wesen, das aus Fiafila-Ignutos linker Schulter wuchs, war eindeutig widernatürlich. Das war kein Tier. Ein Tier hätte fressen müssen, aber der Homunkulus hatte keinen Mund. Die Wülste über den kleinen, tiefschwarzen Augen beherrschten das Gesicht. Darüber bogen sich zwei Hörner, und an der Seite des Kopfs hingen die Ohren wie erschlaffte Flügel herab. Die Nüstern verengten sich, als die steingraue knapp zwei Handspannen große Gestalt die Ärmchen verschränkte. Jedenfalls konnte man knapp zwei Handspannen vom Körper des Dämonenabkömmlings sehen, er wuchs mit der Hüfte aus der Schulter seiner Trägerin. Wenn zutraf, was man munkelte, besaß er keinen Unterkörper. Stattdessen bohrten sich Wurzeln in den Brustkorb der Frau.

»Nimm meinen Mantel!«, forderte diese jetzt.

Midalin spürte, wie sie rot wurde. Sie hatte den Homunkulus angestarrt und gar nicht bemerkt, dass die Avatar ihr den Umhang hinhielt. Hastig nahm sie das Kleidungsstück entgegen.

Sie stach sich an den Dornen, die auch am Unterarm aus der Rüstung der Avatar herausragten, und unterdrückte gerade noch einen Schrei, auch wenn das Reißen, mit dem der Ärmel ihrer Robe nachgab, kaum zu überhören war.

Fiafila-Ignuto sah sie an, sowohl der Homunkulus als auch die Frau. Sie trug ihr schwarzes Haar kurz. Rechts war es immerhin noch lang genug, um Strähnen zu bilden, auf der dem Homunkulus zugewandten Seite dagegen gab es nur Stoppeln. Dort war die Haut grau.

»Du bist diejenige, die mir das Duftwasser für die Feier gemischt hat«, erkannte Fiafila-Ignuto. »Wie ist noch dein Name?«

»Midalin, Herrin.« Heute hatte auch sie selbst einen besonderen Geruch aufgelegt, mit einer Note von Rauch. Sie hoffte, das gefiel der Avatar.

»Wie kommt eine Duftmischerin ins Zauberbanner?«

»Ich habe meinen Meister vergiftet.«

»Und das konnte Iskala beeindrucken?«

Midalin fröstelte bei der Erinnerung daran, wie die Kampfherrin im Laden auf und ab gegangen und alle Hinweise zusammengesetzt hatte. Die Lage der Leiche … die Anordnung der Speisen auf dem Tisch … das Schnupftuch … Im ersten Moment hatte Midalin vermutet, Zauberei sei bei ihren Schlussfolgerungen im Spiel, aber inzwischen gestand sie sich ein, dass sie sich zu sicher gefühlt und zu viele Spuren hinterlassen hatte.

»Sie findet es wohl besonders«, sagte Midalin vorsichtig, »wenn die Vergiftung mit einem Duft gelingt. Dafür habe sie Verwendung, meint sie. Bei Speisen oder Getränken werden die Menschen eher misstrauisch, dort suchen sie sofort. Und die Beweise sind weniger flüchtig.« *Das wären sie bei meinem Meister auch gewesen, wenn ich das Schnupftuch nicht überreichlich getränkt hätte. Solche Sachen hat er mir natürlich nicht beigebracht. Ihm ging es ja nur darum, mir zu zeigen, wie ich Schaden für seine Kundinnen vermeide.*

»Du hast ein Gesicht wie eine Puppe«, befand die Avatar. »Ich nehme an, dein Meister wollte etwas zu grob mit dir spielen?«

»Nein. Er wollte sein Geschäft für sich behalten.«

»Und wieso bist du jetzt Söldnerin und nicht Duftmischerin anstelle des Duftmischers?«

Vorsichtig zuckte Midalin mit den Achseln. »Mir wurde gesagt, diese Frage würde niemandem gestellt, der den Eid auf Garallo ablegt«, wagte sie vorzubringen.

Iskala hatte diese Verlockung von *echter Magie* ausgestrahlt, etwas, das Midalin schon lange suchte. Sie war auf Scharlatane hereingefallen, davon hatte sie genug. Und nun bot sich die Möglichkeit, von Menschen zu lernen, denen die Gesetze der Natur lediglich Vorschläge waren, die man auch ablehnen konnte. Die Tore zu Reichen aufstießen, die Sterblichen verwehrt sein sollten. Aber das jemandem wie der Avatar zu gestehen, die so unendlich viel tiefere Einblicke genoss, wäre ihr peinlich gewesen.

Fiafila-Ignuto bestätigte es mit einem Nicken und der Andeutung eines Lächelns. »Gut, fangen wir an. Meine störrische Magd zieht es vor, ihre Zeit in anderer Gesellschaft zu verbringen, und ich bin es müde, mich mit ihr herumzuärgern. Außerdem ist es mir ganz recht, wenn jemand anderes lernt, ihre Aufgaben zu übernehmen. Dann kommt sie sich nicht mehr unersetzlich vor. Also: Hilf mir, das Schulterteil zu lösen.« Sie zeigte auf die linke Seite, unter den Homunkulus.

Midalin kannte sich nicht mit Rüstungen aus, und das Licht war schlecht. Sie brachte die Öllampe näher heran und tastete über die Komponente. Sie wölbte sich vom Hals bis über die Schulter, wo sie in einem Dorn auslief, der so aussah, als könnte er einen Harnisch durchbohren. Ein Gewimmel aus mehreren Dutzend Stacheln ragte in unterschiedliche Richtungen heraus.

»Gib mir das!« Fiafila-Ignuto nahm ihr die Öllampe ab. »Die Schnallen befinden sich auf der Innenseite.«

Das Schultersegment lag über dem oberen Brustteil der Rüstung. Auch dieses spickten gerade und gebogene Dornen unterschiedlicher Länge. Behutsam schob Midalin die Fingerspitzen unter die Kante.

Die Avatar drückte die linke Schulter ein Stück vor, sodass sich die Öffnung vergrößerte.

Midalin ertastete einen Ledergurt.

»Herz des Waldes!«, schrie Bratz.

Midalin zuckte zusammen, und Fiafila-Ignutos freie Hand ruckte zu ihrem Dolch. Ein Eisendorn zerriss nun auch den rechten Ärmel von Midalins Kutte.

»Das ist nur mein Vogel!«, rief sie. »Er heißt Bratz.«

Obwohl sie die Waffe in der Scheide ließ, hatten die Schritte, mit denen Fiafila-Ignuto zur Kommode ging, über der Bratz saß, etwas von einem Raubtier, das sich seiner Beute näherte. Sie neigte den Kopf nach rechts, als sie den Beo betrachtete, der sich jetzt tief niederhockte und den Kopf auf den Rumpf zog. Er plusterte auch sein Gefieder ein wenig auf, als schäme er sich plötzlich für die Brandnarben.

Grüne Flammen fauchten aus den Augen des Homunkulus.

Bratz flatterte auf, kreiste unter der Decke und ließ sich auf einem Geweih nieder, das über der Tür festgeschraubt war. Er pfiff zaghaft.

Fiafila-Ignuto stellte sich wieder vor Midalin.

Fasziniert betrachtete sie den Homunkulus. Die Augen waren jetzt wieder tiefschwarz, nichts zeugte von den grünen Flammen.

Ja, bei diesen Leuten werde ich endlich wahre Magie finden.

Ihre Finger wanderten beinahe ohne ihr Zutun unter dem Schultersegment umher, fanden die Schnallen und lösten sie. Midalin hob die Panzerung ab, wobei sie versuchte, den Homunkulus nicht zu berühren. Das gelang nicht ganz, die Öffnung, die für ihn gelassen war, erwies sich als zu eng für die Ohren. Die Kreatur schien es jedoch nicht zu stören, dass die Hautlappen angehoben wurden. An den Händen fühlte Midalin die Hitze, die die Dämonenbrut verströmte.

Fiafila-Ignuto gab ihr die Öllampe zurück und zog den Dolch. Es war eine Ritualwaffe ohne Parierstange mit langer, gewellter Klinge. Diese setzte die Avatar am Übergang zwischen menschlichem und dämonischem Fleisch an, während sie sich mit der linken Hand auf das Schwertfeuer stützte und sich weit über den Eisentisch beugte.

Neugierig brachte Midalin das Licht näher. Die Frau war sehr hellhäutig. Wie Krampfadern traten Wülste aus der Schulter hervor und liefen in den grauen Körper des Homunkulus.

Die Avatar setzte einen Schnitt. Ein Rinnsal hellroten Bluts troff auf das Eisen.

Enervierend brummte die dicke Fliege, die Midalin von den

Trauben verscheucht hatte, durch den Raum. Diesmal ließ sie zu, dass sich das haarige Viech auf die Früchte setzte und sich am Honig gütlich tat. Sie wollte nichts verpassen.

Die Wunde versiegte, Fiafila-Ignuto richtete sich auf.

Das Blut auf dem Eisentisch warf Blasen.

Es kochte, ohne ein Feuer in der Nähe!

Midalin schauderte und lächelte zugleich.

Mehr und mehr Trommeln begleiteten das Sinken der Sonne, die ihren höchsten Punkt nun deutlich überschritten hatte. Dennoch hätten die ursprünglich weißen Nebelschwaden für Eivoras Gefühl nicht so rasch dunklere Grautöne annehmen dürfen. Wegen der warmen Luft fühlte sich Eivora wie in einer Waschküche.

Aglix schnalzte neben ihrem Ohr.

»Für unsere Avatar wäre das hier nichts, stimmt's, Winzling? Viel zu nass …«

Mehr Sorgen machte ihr die Sichtweite, die kaum noch zwanzig Schritt betrug. Da half es nichts, dass sie die Ebene vor der Siedlung so großflächig gerodet hatten. Dreißig Schritt entfernt, am Waldrand, hätten sich die Gegner in aller Ruhe sammeln können, wenn Eivora keine Doppelstreifen ins Vorfeld geschickt hätte. Sie gingen die Umgebung ab und würden Alarm schlagen, sobald ihnen etwas verdächtig vorkam.

Eine Hundertschaft Schanzknechte kostete sie diese Maßnahme. Die fehlten jetzt beim Ausbau der Befestigung.

Dennoch hallten weiterhin Axt- und Hammerschläge durch den Ort. Einhundert weitere Schanzknechte waren noch bei der Arbeit, die Gefangenen aus Faarinar halfen ihnen. Eivora hatte sie mitgenommen, und ihr Wunsch, die Männer weiter über den Gegner auszufragen, war nur einer der Gründe dafür. In Faarinar hätte man sie wohl doch noch den Leoparden vorgeworfen, und das erschien Eivora nicht angemessen. Sie hatten Befehle befolgt, und diese Befehle hatten zu einer Niederlage geführt. Zuerst hätte der Junker bestraft werden müssen, der sie angeführt hatte. Aber Welmon schützte sein Adel. Ein Krieger

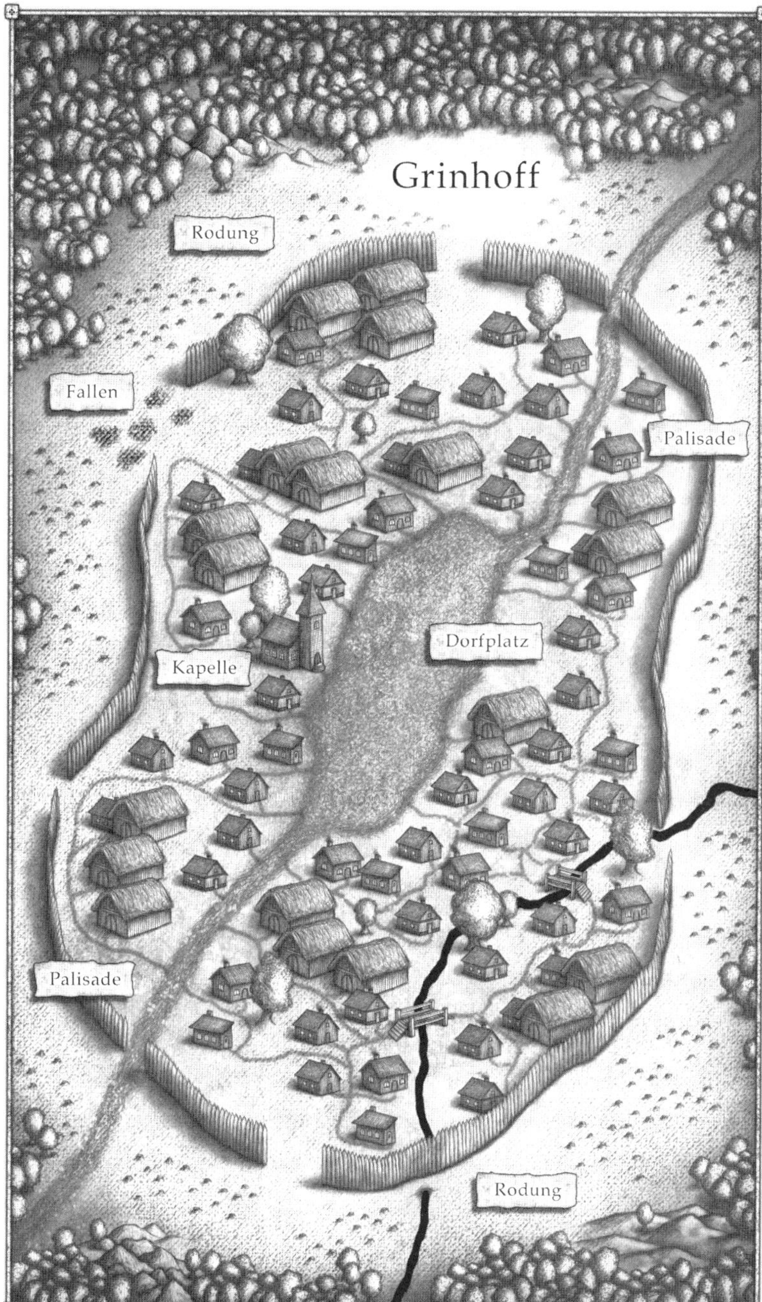
Grinhoff
Rodung
Fallen
Palisade
Dorfplatz
Kapelle
Palisade
Rodung

war dieser dürre Kerl jedenfalls nicht. Vor ihrem Aufbruch hatte er ihr einen Lustknaben ins Bett legen wollen, das war wohl die Art, wie er sich seine Position erkämpfte.

Sie fand Erl und seine Gefährten an der Palisade, wo sie Stützbalken anbrachten, die verhindern sollten, dass Angreifer die Pfähle umdrückten. Zum Teil verankerte man sie in flachem Winkel im Boden, zum Teil nutzte man auch Hauswände oder andere stabile Konstruktionen, um sie daran abzustützen. In diesem Abschnitt eignete sich eine gewaltige Buche, deren Krone im Nebel nur zu erahnen war. Die Schanzknechte hatten entschieden, sie in die Verteidigungsstellung einzubeziehen, da man dem Gegner keine Deckung lassen wollte, es aber zu aufwendig gewesen wäre, diesen Baum zu fällen. Der dunkle Stamm durchmaß mehr als vier Schritt.

Zwei Hellebardiere bewachten einerseits die Gefangenen, standen aber vor allem bereit, um einen Angriff der Wilden abzuwehren, der hier auftreffen mochte. Einer der Stützpfosten war mit einem Seil umwickelt, sodass er genug Halt bot, um auf die kleine Plattform oben an der Palisade zu gelangen. Für einen vollständigen Wehrgang fehlte bislang die Zeit.

Einer der Söldner stand oben und sah ins Vorfeld hinaus. Der Nebel machte ihn zu einem Schattenriss, die axtartige Spitze seiner Waffe verbarg er ganz. Man hätte meinen können, dort hielte ein Herold in würdevoller Reglosigkeit ein Banner, während der Fürst seiner Stadt nahte.

In gewisser Weise war es auch so. Eivoras Vater hatte sie gelehrt, dass man einen Gegner mit demselben Respekt behandeln musste wie einen Ehrengast.

Der zweite Hellebardier grüßte mit der Faust an der Brust.

Eivora erwiderte die Geste. »Alles in Ordnung?«, fragte sie halblaut.

»Sie machen sich gut.«

Natürlich hatten die Söldner auch ein Auge darauf, dass die Gefangenen nicht etwa das Bollwerk schwächten, um ihren Gegnern einen leichteren Zugang zu verschaffen. Selbst beteiligten sie sich jedoch nicht an den Arbeiten, für den Fall eines

Kampfes mussten sie ausgeruht sein. Einige von ihnen schliefen sogar, um später diejenigen abzulösen, die jetzt Dienst taten. Nur so konnte man eine Stellung auf lange Zeit halten.

Eivora lauschte auf die Trommelschläge. Sie wurden nicht nur zahlreicher, sondern auch vielfältiger. Helle Töne mischten sich mit dumpfem Dröhnen, rasche Folgen mit unerbittlichen Schlägen, bei denen der nächste erst erklang, wenn der vorige vollständig verhallt war. Inzwischen drangen sie von Norden, Osten und Süden heran. Auch wenn Geräusche in einem Wald trogen, nahm Eivora an, dass sie auf wenigstens drei Seiten eingeschlossen waren. Möglicherweise hatten die Kannibalen Grinhoff sogar vollständig umzingelt und hätten sie abgefangen, wenn sie über den vermeintlich sicheren Pfad nach Südwesten abgerückt wären.

»Du hast doch gesagt«, wandte sich Eivora an Erl, »dass sie auch Trommeln geschlagen haben, als sie euch angegriffen haben. Klang das so wie jetzt?«

Erl achtete darauf, dass seine Gefährten den Pfosten in sicherem Griff hatten, bevor er losließ und sich Eivora zuwandte. Natürlich war er größer als sie, beinahe jeder Erwachsene war das, aber sein leichter Buckel glich ein wenig davon aus. »Es waren nicht so viele«, er verwirbelte mit gespreizten Fingern eine Schwade, »aber sie haben auch den Nebel gebracht.«

»Den mögen sie wohl.«

»Ihr scheint keine Angst zu haben, Herrin.«

Eivora nahm Aglix von der Schulter und ließ ihn von einer Hand auf die andere laufen. »Kein Jäger schlägt Trommeln, wenn er einen Löwen erlegen will. Sie brauchen sie, um sich selbst Mut zu machen.«

»Eine merkwürdige Art, die Dinge …«

Vor der Palisade erklang ein Horn.

Sofort spannte Eivora die Sehne ihrer Armbrust.

»Kommt hinter den Baum«, forderte sie die Gefangenen auf.

»War das ein Alarmsignal?«, fragte Erl.

Sie nickte bestätigend und stieg über den Stützbalken zum Hellebardier auf die Plattform hinauf. Der Mann wirkte ruhig und konzentriert. Er trug ein Kettenhemd und führte neben seiner Hauptwaffe auch einen etwas klobigen Dolch, der an seiner Hüfte hing. Vor einem Pfeil aus dem Nebel schien er sich nicht zu fürchten.

»Woher kam das?«, fragte Eivora.

Der Krieger zeigte schräg nach rechts.

Eivora versuchte, in den grauen Schleiern etwas zu erkennen. Ihre ständige Bewegung narrte das Auge. Hier, wo keine Bäume standen, wehte der Wind und schob sie mal in eine Richtung, dann wieder in eine andere.

Hinter der Palisade fanden sich weitere Söldner ein, bald waren dort fünf Hellebardiere und sechs Schanzknechte versammelt. Letztere waren uneinheitlich bewaffnet, mit einem Kampfhammer, aus dem ein gebogener Dorn ragte, mehreren kurzen und einem langen Schwert, Äxten, die wohl eigentlich für die Holzbearbeitung gemacht waren, und zwei Bögen. Eivora überlegte, die Fernkämpfer auf die Plattform zu holen, wo sie Ziele bekämpfen könnten, bevor diese das Bollwerk erreichten. Aber noch regte sich dort draußen nichts.

Drei kurze Hornstöße erschollen. *Falscher Alarm.* Wahrscheinlich waren sich nur zwei Streifen begegnet und hatten sich im Nebel für Gegner gehalten.

Eine gewisse Anspannung hatte sich des Hellebardiers neben ihr wohl doch bemächtigt. Sein Kettenhemd rasselte leise, als er die Schultern entspannte.

Die zusätzlichen Bewaffneten zogen sich wieder zurück, Eivora stieg den Schrägbalken hinunter. Bevor sie den Boden erreichte, sah sie, dass sich Bannerherr Torbun an der Palisade entlang näherte. Der schlanke Offizier mit den unendlich langen Fingern befehligte das Hellebardierbanner, das Xerohn nach Grinhoff kommandiert hatte, unterstand aber in dessen Abwesenheit Eivora.

Er grüßte mit der Faust. Die Hellebardiere waren in jeder Hinsicht sehr korrekt, ihr Kampfherr duldete keine Schlampigkeit. Der Respekt gebot, dass sich Eivora Torbun gegenüber ebenso verhielt.

»Wir werden die Sicherung vor Einbruch der Nacht nicht abschließen können«, meldete er.

»Das dachte ich mir. Wie siehst du die Lage?«

»Die Wilden werden wieder angreifen, schon allein, um unsere Stärke zu prüfen.«

Aus den Häusern der Siedlung stöhnten die Verletzten der vergangenen Nacht. Die Keulen der Wilden hatten reiche Ernte gehalten, und wer nur von Hieben getroffen war, zählte zu den Glücklichen. Hilflos zuzusehen, wie sich ein Kannibale an der Hand oder einem aus dem Schenkel geschnittenen Stück gütlich tat, konnte den Verstand kosten.

Das Festmahl mochte weitere Stämme angelockt haben. Aber mit den Söldnern würden sie diesmal auf erfahrene Krieger treffen.

»Eine auffällige Lücke an der Nordflanke haben die Schanzknechte mit Stolperfallen veredelt.«

Eivora dachte an abgedeckte Löcher, in die ein anstürmender Angreifer trat, sodass er sich den Knöchel verstauchte oder gar brach. Bestimmt waren auch ein paar niedrig gespannte Stricke dabei und dahinter senkrecht eingegrabene Tonscherben, die bei den schlecht gerüsteten Wilden zweifellos tiefe Schnitte verursachen würden. Möglicherweise sogar ein paar Fangeisen, mit denen man Bären nachstellen konnte. Eivora war einmal dabei gewesen, als man einem Mann das Bein abgenommen hatte, nachdem eine solche Falle ihm die Knochen im Unterschenkel zersplittert hatte.

»Hoffen wir, dass sie die Stelle im Nebel finden.«

»Wir haben ein paar Laternen aufgestellt. Vielleicht halten sie uns für dumm genug, dass wir auf diese Weise versuchen würden, unsere Sicht auf einen Schwachpunkt im Gefechtsfeld zu verbessern.«

»Sehr gut.«

»Leider haben wir weitere Lücken«, berichtete Torbun weiter. »An einer fließt immerhin ein Bach, das wird sie verlangsamen, aber drei sind völlig offen und so breit, dass sie im Nu eine Hundertschaft zwischen die Häuser bringen könnten. Ein paar

Fallgruben davor, mehr war auf die Schnelle nicht zu machen. Ich habe jeweils eine Rotte zugeordnet, die die Lücke schließen wird, sobald sich dort etwas regt. So lange stehen sie in Deckung, ich will nicht, dass man sie als Zielscheiben benutzt.«

»Ihm da oben sollten wir auch einen Schild besorgen.« Eivora zeigte auf den Hellebardier auf der Plattform.

Torbun nickte. »Ich kümmere mich darum. Wegen dieser Lücken … wenn wir uns in Schlachtreihen dort aufstellen, wird niemand durchkommen, aber wir sind unbeweglich. Ich könnte Ausfalltrupps gebrauchen, die den gegnerischen Fernkämpfern den Spaß am gründlichen Zielen verderben.«

»Das hört sich nach einer Aufgabe für uns an. Ich habe nur eine Rotte hier. Wenn wir die teilen, bleibt für jede deiner Lücken eine Gruppe. Reichen dir sechs Krieger?«

»Damit wäre ich zufrieden, aber wir haben noch ein anderes Problem.«

Seine Spinnenfinger zogen eine Pergamentrolle aus der Innentasche seines Umhangs. Das Blatt war mit einer Kartenskizze bemalt, keine künstlerische Arbeit, sondern grobe Symbole und mit Kohle gezogene Linien, die sie zueinander in Beziehung setzten.

»Da draußen treiben sich noch welche von unseren Schützlingen rum.«

»Klataaler?«, fragte Eivora überrascht.

»Sie sollten eigentlich schon wieder hier sein, vielleicht sind sie auch tot. Sie wollten den Tag nutzen, um sich nach Jadevorkommen umzusehen. Darum sind sie ja schließlich hier.«

»Wieso gingen die ohne Schutz?«

»Weil sie abmarschiert sind, als wir ankamen. Wir hatten uns noch nicht orientiert.«

»Weshalb haben sie nicht gewartet?« Eivoras Finger spielten mit der Silbermünze in ihrer Tasche. »Die Wilden hatten gerade unter ihnen gewütet … Die Gefahr muss ihnen bewusst gewesen sein.«

»Sie wollten uns nicht dabeihaben«, folgerte Torbun. »Mir hat man auch gerade erst berichtet, dass sie überhaupt fort sind.«

»Sie misstrauen uns.« Eivora sah zur Palisade, als könnten ihre Augen das Holz und den Nebel durchdringen, um zu erkennen, was dort draußen vorging. »Und sie holen etwas sehr Wertvolles.«

Die Trommeln dröhnten in einem fort.

»Jade?«, schlug Torbun vor.

»Vielleicht«, sagte Eivora zögernd. »Aber das muss dann ganz besonderer sein.« In grüner Färbung benutzten die Klataaler den Stein als Schmuck, in gelber verwendeten die Wilden ihn für ihre Klingen. Fand man im Urwald weitere Varianten?

Eivoras Armbrust war noch immer gespannt. Da die Führungsrille für den Bolzen leer war, löste sie den Abzug aus. Die Sehne knallte dumpf. Die Nässe schadete der Waffe.

»Uns kann egal sein, was unser Auftraggeber dort draußen treibt«, entschied sie. »Mir gefällt der Gedanke, dass wir nicht nur hier drin hocken und abwarten, sondern uns auch ein bisschen umsehen. Denkst du, ihr kommt mit den Schanzknechten als Ausfalltrupps aus?«

»Das Sturmbanner wäre besser, aber es wird schon reichen. Wir nehmen auch die Wehrbürger dazu, um die Wachposten zu besetzen.«

»Wo sind unsere Jadejäger?«

»Irgendwo in dieser Gegend, hat man mir gesagt.« Er deutete auf einen Bereich nordöstlich von Grinhoff. Sein Zeigefinger war so lang wie Eivoras ganze Hand.

Sie nahm ihm die Karte ab. »Schick Gonter her.«

Torbun schlug die Faust gegen sein Kettenhemd und ging.

Die wesentlichen Geländemerkmale auf der Zeichnung waren die Riesenbäume. In diesem Land waren sie Landmarken wie andernorts Hügel. Es gab auch einen Fluss, aber der lag so weit im Osten, dass Gonters Rotte keine Probleme damit bekäme.

Eivoras Puls beschleunigte sich, als sie daran dachte, dass sich eine Gelegenheit ergeben könnte, den Wilden ihren unfreundlichen Empfang heimzuzahlen. Gern hätte sie Gonter begleitet, aber ihr Platz war in Grinhoff. Die Siedlung zu halten war wichtiger, als den Trupp Klataaler sicher nach Hause zu bringen.

Sie steckte die Rechte in die Tasche und befühlte den runden Jebolontaler. Die seltenste Silbermünze in ihrem Besitz …

Gonter war als Söldner unerfahren, aber sie hatte ihn auf Nirtos Rat hin zum Rottmeister gemacht, und jetzt musste sie ihm vertrauen. Vielleicht war es gut, wenn sie ihn allein ins Gefecht schickte.

Obwohl … er wäre ja nicht allein. Vierundzwanzig Krieger würden ihn begleiten, von denen die meisten wesentlich häufiger auf Leben und Tod gekämpft hatten als er.

Erl arbeitete wieder mit seinen Leuten an der Befestigung. Sie nagelten einen weiteren Stützbalken an die Riesenbuche. Erl sah sich dabei um, als erwarte er, dass ihn jeden Moment ein Kannibale anspringen würde.

»Beunruhigen dich die Trommeln?«, neckte Eivora.

Er strich die vor Nässe klebenden Haare aus den Augen. »Viel Schlaf werde ich heute wohl nicht finden.«

»Das stimmt, denn du wirst meine Leute hinaus in den Wald begleiten.«

Ungläubig wandte er ihr das linke Ohr zu. »Doch nicht etwa jetzt, mit all den Totschlägern dort draußen?«

Eivora lachte. »Sorge dich nicht, die schlimmeren Totschläger stehen diesmal auf deiner Seite. Du wirst mit meiner Rotte ausrücken.«

»Ich kämpfe nicht für Euch!«, rief Erl. »Ich bin kein Söldner.«

Eivora zuckte mit den Achseln. »Niemand zwingt dich, eine Waffe mitzunehmen.«

Sie lauschte auf die Trommeln.

»Aber ich an deiner Stelle«, fuhr sie fort, »würde es tun.«

Er schürzte die Lippen. »Ich könnte mich gegen Euch wenden.«

»Gegen fünfundzwanzig Krieger, von denen dich jeder im Halbschlaf besiegen würde? So dumm bist du nicht.«

»Oder in den Wald fliehen.«

Sie hob den Zeigefinger schräg nach oben und deutete über die Palisade hinweg, als wäre es nötig, Erls Aufmerksamkeit auf das an- und abschwellende Dröhnen zu lenken.

Grinsend schüttelte sie den Kopf.

Fiafila-Ignuto fragte sich, ob sie nicht doch Yra hätte zwingen sollen, ihr beim Schwertfeuer zu Diensten zu sein. Diese Duftmischerin zeigte zwar mehr Respekt als die aufmüpfige Magd, aber der Topf mit dem Leichenfett beunruhigte sie sichtlich. Das hübsche Ding war unerfahren.

Aber in dem, was ich hier mache, hat ohnehin niemand Erfahrung. Jedenfalls keiner, der nicht in Rorgators Dämonentempeln wohnt.

Sie würde abwarten, wie sich Midalin an diesem Nachmittag schlug, und dann entscheiden, ob sie künftig noch einmal auf ihre Dienste zurückgreifen wollte.

In den vergangenen Wochen hatte Fiafila-Ignuto erhebliche Fortschritte im Verständnis des Schwertfeuers gemacht. Sie durchdrang es nun auf eine Weise, die dem Homunkulus Ehrfurcht abnötigte.

Auf der Suche nach Antworten sog sie den Rauch ein, der von ihrem Blut aufstieg, das auf dem Eisen des Artefakts kochte. Sie fühlte die eingeschmiedeten Klingen unter ihren Fingern, sah sie aber nur undeutlich. Seit das Leichenfett brannte, überlagerten jene Bilder, die sich in ihrem Verstand formten, diejenigen, die ihre körperlichen Augen erfassten. Um sich herum sah sie Feuer. Flammenwände ragten empor, bildeten ein Labyrinth, über dem schwarze Flugechsen kreisten.

Ein Geruch wie von Hühnerbrühe überlagerte alles. Es fiel schwer, dem Duft von Lorbeer zu folgen, der Fährte, die ihr Blut durch diese Welt zog, die bei jedem Besuch anders aussah, aber immer in Flammen stand.

»Es ist leichtsinnig, so oft in dieses Reich vorzustoßen.«

Der Mahnung des Homunkulus fehlte die Glaubwürdigkeit, Fiafila-Ignuto schmeckte seinen eigenen Genuss. Er liebte alles, was brannte.

»Man kann auch lustvoll zu Tode kommen.«

Und weil ich das nicht will, muss ich verstehen, was letzte Nacht geschehen ist.

Sie hatte den Lustknaben, Alw, mit auf ihr Zimmer genommen. Schon das war ausgesprochen ungewöhnlich. Sie lebte erst wenige Monde unter den Söldnern, ihre Scheu, die Geschlechtlichkeit schrankenlos auszuleben, hatte sie noch nicht abgelegt. In einem Ritual im Glühenden Tempel hatte sie einen Akt vollzogen, der angeblich den Dämonen gefiel. Es war dabei geblieben, dass man sich über die nackten Körper gestrichen hatte. Lust hatten ihr die Hände auf ihren Brüsten und zwischen ihren Beinen nicht bereitet. Und außerhalb des Tempels hatte sich niemand der Frau genähert, der ein Homunkulus aus der Schulter wuchs und deren Zorn schon wegen ihrer Stellung in der Legion zu einer Auspeitschung führen konnte. Aber sie hatte sich von Eivora beraten lassen, was einen sanften Lustknaben anging. Sie wollte sich lieber von einem Menschen einführen lassen, den sie bezahlte, als ihr erstes Mal den Dämonen zu opfern. Offensichtlich hatte er sich Mühe gegeben, doch hinterher fand sie, dass sie zu viel von dieser Angelegenheit erwartet hatte.

Aber gestern Abend hätte sie sich vor Geilheit beinahe über den Boden gerollt.

»Ein gut aussehender Mann, eine günstige Gelegenheit … so ungewöhnlich ist das nicht.«

Mag sein. Aber die Art, wie es geschehen ist … das war nicht ich.

»Und wer soll es dann gewesen sein?«

Das versuche ich ja gerade, herauszufinden.

Sie hatte … seltsame Dinge mit diesem Mann getan. Dass sie ihren Körper hingegeben und seinen benutzt hatte, um ihre Lust zu stillen, beunruhigte sie kaum, obwohl die Heftigkeit der Begierde leise Sorge in ihr weckte. Hätte sie sich zurückhalten können, wenn es notwendig gewesen wäre? Aber sie hatte verlangt, dass er sie an den Hüften fasste und hochhob, und dabei hatte sie die Arme ausgebreitet und auf so seltsame Art geschrien, dunkel grollend. Sie hatte gefaucht, das Fenster aufgerissen und sich nackt in den Wind gestellt, als wollte sie sich der ganzen Stadt zeigen.

Die Avatar war nicht nur Frau, sondern auch Homunkulus, und das erklärte sicher, dass sie Gelüste entwickelte, die ihr früher ferngelegen hatten. Aber Ignutos Sehnen richtete sich auf Feuer, auf Schmerz und auf Macht. Auch das, was sie erfüllt hatte, war von solchen Elementen durchdrungen gewesen, aber es hatte zudem etwas sehr Animalisches gehabt. Ein ungerichteter Rausch, schwer in Worte zu fassen.

Vielleicht ist doch etwas dran an diesen Zaubertänzen, dachte sie. *Alw hat mit den Frauen getanzt. Möglich, dass er auch selbst etwas von dieser Zauberei beherrscht und mir den Verstand verwirrt hat.*

»Weshalb hätte er das tun sollen?«

Weil sein Herr ihm aufgetragen hat, mir eine unvergessliche Nacht zu bereiten, schlug sie vor.

»Selbst wenn es so wäre … wieso glaubst du dieser Magie in den Flammen nachspüren zu können?«

Weil in der Welt des Mystischen alles miteinander zusammenhängt. Unser Blut ist magisch, und wenn ich recht habe, wird in Faarinar Magie gewirkt, und vielleicht wirkt Alws Zauber noch in mir nach. Der Saft, der uns am Leben hält, wird uns führen. Meine Frage lebt auch in ihm.

Ihr Verstand wandelte durch brennende Schluchten. Manche Abzweigungen ignorierte sie, anderen folgte sie, immer geleitet vom Lorbeerduft. Sie schmeckte Ignutos Anerkennung. Auch der Homunkulus wusste von niemandem, der die Welt jenseits des Greifbaren auf diese Art erforschte.

Fiafila-Ignuto stutzte. Durch den Schleier der Flammenwelt sah sie, dass sich ihr Blasen werfendes Blut auf dem Schwertfeuer bewegte. Bisher hatte sie diesem Umstand keine Beachtung geschenkt, auch wenn sie seltsam fand, dass die Flüssigkeit nicht der Schwerkraft folgte, sondern auch Grate in der rauen Oberfläche überwand.

Nun aber fiel ihr auf, dass die Struktur der eingeschmiedeten Klingen in etwa den Hügeln und Senken glich, auf die sie bei ihrer Wanderung durch die Flammenwelt traf. War das Schwertfeuer also mehr als nur ein Fokus magischer Kraft, der ihr den Eintritt in diese Wahrnehmung ermöglichte? Hatten die Flammenwände, die sie umgaben, ebenfalls eine Entsprechung im Artefakt?

Angestrengt musterte sie die roten und gelben Zungen, die so hoch emporloderten, dass sie in der wirklichen Welt weit aus dem Hausdach geschlagen wären. Bildete sie es sich nur ein, oder zogen schattenhafte Gestalten darin?

Eine wuchs an, kam anscheinend näher – Fiafila-Ignuto überlegte, ob die Flammenwand dick genug war, um das zu ermöglichen, oder ob es sich um eine Täuschung innerhalb der Illusion handelte – und gewann an Kontur. Ein weiblicher Körper mit unverkennbaren Rundungen, auf einer Schulter eine Erhebung. Ein kleines Wesen, ein Homunkulus.

Sah sie ein Spiegelbild?

Aber dann hätte sich die dämonische Kreatur auf der anderen Seite befinden müssen, und auch das Haar war zu lang.

Nein, das war sie nicht. Das war …

»Wilania-Pressito! Ich grüße dich«, murmelte sie.

»Und ich verfluche dich«, entgegnete der Schatten im Feuer, der nun ebenso groß war wie Fiafila-Ignuto, jedoch ein Umriss ohne Gesicht blieb, der sich nun bläulich färbte. Die Stimme ähnelte jener von Wilania-Pressito, als sie noch gelebt hatte, aber ein Prasseln begleitete sie. *»Weißt du, was du mir angetan hast?«*

»Nichts, was du nicht auch leichten Herzens mit mir angestellt hättest, wenn es für dich von Vorteil gewesen wäre.«

»Ich verstehe nicht«, sagte Midalin in der echten Welt. »Was soll ich tun, Avatar?« Unschlüssig hob sie den Topf mit dem Leichenfett.

Fiafila-Ignuto winkte ab. Schon die Konzentration, die sie aufbieten musste, um ihre fleischliche Hand zu bewegen, war ihr lästig.

»Was für ein Vorteil?«, höhnte Wilania-Pressito. *»Du hast mich ans Schwertfeuer gebunden. Denkst du, das macht mich zahm?«*

Fiafila-Ignuto runzelte die Stirn.

Der Geist der anderen Avatar lachte. Ihre bläulich-durchscheinenden Arme bewegten sich.

Um Fiafila-Ignuto herum fauchten Flammen empor. Plötzlich umgab sie ein Ring aus Feuer.

»Na, wo ist dein sicherer Pfad jetzt?«, höhnte Wilania-Pressito.

Fiafila-Ignuto drehte sich um die eigene Achse. Feuer, überall nur Feuer.

»Möglich, dass es nur eine Illusion ist«, gab Ignuto zu bedenken.

Was ist hier keine Illusion? Diese Welt existiert nur in meinem Kopf.

»Ich nehme an, dass du diejenigen Flammen, die Wilania-Pressito dir vorgaukelt, unbeschadet durchschreiten kannst.«

Und welche sind das?

»Erinnere dich, wie es vor ihrem Blendwerk ausgesehen hat.« Er half ihr, indem er das Bild beschwor.

Zögernd schob Fiafila-Ignuto einen Fuß vor. Der Lorbeerduft war jetzt unwichtig, sie wählte die Stelle, an der sie den breitesten Ausweg vermutete.

Sie tippte mit der Fußspitze in die Flammen.

Nichts geschah.

Vorsichtig schob sie das Bein vor. Sie spürte nichts, und als sie es zurückzog, war es unverletzt.

»Was denkst du, wie weit du auf diese Art kommst?«, fragte Wilania-Pressito.

Und wie weit kannst du mir folgen?

Fiafila-Ignuto machte einige Schritte. Die Illusion des Feuers wich zurück, loderte aber weiterhin in kurzem Abstand vor ihr. An der rechten Seite brannte eine Feuerwand, die offenbar echt war – soweit das auf irgendeinen Bestandteil dieser Welt zutraf.

Sie ging weiter.

Wilania-Pressito folgte ihr.

Zeig mir einen sicheren Weg, forderte sie den Homunkulus auf.

»In diesem Bereich sind wir noch nicht gewesen. Hier habe ich keine Erinnerung.«

Fiafila-Ignuto streckte eine Hand aus und bewegte sie kreisförmig um sich herum. Sie spürte, wie die Hitze ab- und zunahm. Angenommen, die andere Avatar könnte zwar ihre Sicht, nicht aber ihr Gespür täuschen, könnte sie sich auf diese Art vortasten.

Sie versuchte es, und es erwies sich als mühselig. Sie kam nicht einmal halb so schnell vorwärts wie zuvor, und wenn sie sich gleichzeitig vom Lorbeerduft hätte leiten lassen, wäre sie noch langsamer geworden.

»Du hast mich hier gebunden«, gestand Wilania-Pressito hasserfüllt zu, *»aber es wird nicht zu deinem Vorteil sein. Was wird die Legion sagen, wenn sie bemerkt, dass du dich plötzlich mit ihrem wichtigsten Artefakt schwertust?«*

Das wäre in der Tat gefährlich! Der Hauptzweck des Schwertfeuers lag darin, in einer Schlacht die Bewegungen der Truppen zu veranschaulichen. Jede Verzögerung brächte dem Gegner einen Vorteil. Die Kampfherren würden kein Verständnis dafür aufbringen.

»Ich merke, du erkennst das Problem«, fuhr Wilania-Pressito fort. *»Jetzt, da Kesters Schwert eingeschmiedet ist, wird man große Siege erwarten. Stattdessen wird die Avatar herumstottern, und das Bild wird undeutlich sein.«* Sie lachte.

»Was verlangst du?«

»Gib mich frei!«

Das ist unmöglich. Das Ritual ist unumkehrbar.

»Nichts ist unumkehrbar. Streng dich an!«

»Das können wir nicht tun«, wandte Ignuto ein. *»Wir würden Kesters Bindung verlieren.«*

Das weiß ich selbst!, fauchte sie in Gedanken.

Diese Sache war ein echtes Problem.

»Bienchen!«, schrie plötzlich jemand. »Lecker! Bienchen!«

Fiafila-Ignuto machte einen Schritt weg von dem Geschrei, aber nicht nur mit ihrem fleischlichen Körper, sondern auch in der Flammenwelt. Hitze sengte über ihren rechten Arm.

Schreiend fuhr sie vom Schwertfeuer zurück. Die Vision verblasste und mit ihr die Erscheinung von Wilania-Pressito. Ihre Sinne kehrten ganz in ihren Körper zurück.

Entschuldigend sah Midalin sie an. Ihre großen Augen saßen in einem Gesicht, das wie aus Porzellan modelliert wirkte. Goldblonde Locken rahmten es ein und ringelten sich hinunter bis auf den roten Stoff ihrer Kutte, unter der sich kleine Brüste gefällig wölbten. Inzwischen hatte sie einige Kerzen aufgestellt, was den Raum einigermaßen erleuchtete. Der schwarze Vogel mit dem roten Schnabel saß auf ihrem angewinkelten Unterarm. Er war wohl schon alt, einige Federn färbten sich grau.

»Er frisst gern Insekten«, erklärte Midalin.

»Und er schreit offensichtlich gern.«

»Herz des Waldes!«, rief der Beo. »Herz des Waldes!«

»Und was meint er damit?«

»Das weiß ich nicht«, gestand Midalin. »Das muss er hier in der Stadt aufgeschnappt haben. Manchmal braucht er etwas nur einmal zu hören und behält es für immer im Gedächtnis. Nur die Sachen, die ich ihm beibringen will, merkt er sich nie.« Schmollend verzog sie das Gesicht.

»Frag sie, ob er auch ein Rezept für einen Geflügelbraten auswendig gelernt hat«, schlug Ignuto vor.

Ihr stand der Sinn nicht nach billigen Scherzen, außerdem war sie satt vom Fasan, den Junker Welmon mit besten Empfehlungen geschickt hatte. Aber das Schwertfeuer hatte ein wenig Appetit geweckt, da waren ihr die Trauben auf der Kommode willkommen.

Sie griff danach, doch Midalin fiel ihr in den Arm.

Die Frau schrie auf, weil sie sich an den Dornen der Rüstung stach, und Bratz flatterte kreischend davon.

Fragend sah Fiafila-Ignuto sie an. »Was soll das?«

Midalin leckte das Blut von ihren Fingern und wickelte dann den Ärmel um die kleinen Schnitte. Er war zerrissen, beim Abnehmen des Schultersegments hatte sie sich ungeschickt angestellt. Mit der freien Hand zeigte sie auf die Kommode. »Ich glaube, mit den Trauben stimmt etwas nicht.«

Stirnrunzelnd betrachtete Fiafila-Ignuto die Früchte. »Sie sehen reif aus, und der glänzende Überzug ist wohl Honig.«

»Ja. Bratz wollte sie nicht fressen, und das hätte mich schon aufmerken lassen sollen. Er wechselt zwar seinen Geschmack dreimal am Tag, aber er ist auch ein echter Leckerschnabel. So etwas würde er sich nicht entgehen lassen.«

»Denkst du, sie sind vergiftet?«

»Frag die hier.« Sie trat an die Kommode und zeigte auf eine dicke Fliege, die mit den Beinen nach oben zwischen den Trauben lag. »Die war weniger wählerisch als Bratz, und das ist ihr schlecht bekommen.«

Da sie die Handschuhe abgelegt hatte, die zu ihrer Rüstung gehörten, wollte auch Fiafila-Ignuto den Brummer nicht berühren, aber sie betrachtete ihn aus der Nähe. Sie erkannte die Honigtröpfchen, die an seinen Füßen klebten. Als sie ihn anpustete, rutschte er ein Stückchen von ihr fort, ohne sich zu regen.

Fiafila-Ignuto richtete sich auf und suchte den Vogel, der wieder seinen Platz auf dem Geweih eingenommen hatte und sein Gefieder putzte.

»Kluger Bratz«, sagte sie anerkennend.

»Herz des Waldes!«, schrie er.

Je tiefer Gonter seine Rotte in den Wald führte, desto besser wurde die Sicht. Es schien, als tränken die Bäume den Nebel und zögen ihn so aus der Luft. Dennoch war Eile geboten, der Tag war weit fortgeschritten, die Dämmerung würde nicht mehr lange auf sich warten lassen. Dann würden die grünen Schatten grau werden, und in der Dunkelheit könnte man unter den Baumkronen sicher nichts mehr sehen, das Sternenlicht wäre zu schwach. Fackeln waren auch keine Möglichkeit, damit würden sie sich zu Zielscheiben machen.

Erl schwitzte heftig. Nervös sah er sich um. Der Großteil der Trommeln dröhnte hinter ihnen, die Wilden sammelten sich wohl bei Grinhoff, wo auch der Nebel besonders dicht war. Offenbar war etwas dran an Erls Vermutung, dass sie die Schwaden heraufbeschworen. Aber auch vor den Söldnern und seitlich von ihrer Marschrichtung erklangen die mal hellen, mal dumpfen Schläge. Die Gegner waren überall. Ob sie Verstärkung aus den Tiefen des Urwalds heranführten?

»Ich bin kein Söldner.« Erl fuhr sich mit dem Ärmel über die Stirn. »Ich weiß nicht, was ich hier soll.«

Itena zuckte mit den Achseln. Durch die Bewegung der schmalen Schultern rutschte einer der langen Zöpfe, zu denen sie ihr schwarzes Haar heute geflochten hatte, auf den Rücken. »Bis dir etwas Besseres einfällt, würde ich an deiner Stelle einfach versuchen, am Leben zu bleiben«, riet sie.

Ratlos starrte Erl sie an. Er fragte sich wohl, ob das ein Scherz sein sollte. Dadurch, dass sein Rücken ein wenig krumm war, sah er besonders niedergeschlagen aus.

Der Späher, den Gonter auf den Baum geschickt hatte, kam Ast um Ast tiefer und sprang auf den mit weichem Moos bewachsenen Boden. »Die Riesenerle steht in dieser Richtung.« Er streckte den linken Arm aus und zeigte mit der flachen Hand. Auf seiner hellen Lederrüstung hatte die Rinde grünen Abrieb hinterlassen.

Gonter studierte die Kartenskizze. Zwar hatten sie bislang immer ihren Weg von einem Riesenbaum zum nächsten gefunden, aber leider war der Maßstab ungenau. Einmal hatten sie vierhundert Schritt marschieren müssen, um die Entsprechung von zwei Zoll zurückzulegen, und ein anderes Mal wenigstens sechshundert. Konnte er dennoch eine Abkürzung wagen, statt sich von einer Wegmarke zur nächstliegenden vorzuarbeiten?

»Hast du auch die Buche gesehen?«, fragte er den Krieger.

Dessen selbstzufriedenes Lächeln gefror. »Ja, sie steht … ein bisschen weiter rechts.« Er zog seinen Arm ein wenig herum.

»Erzähl keinen Unsinn, Janz!«, schnauzte Itena ihn an. »Wenn du dir nicht sicher bist, klettere gefälligst noch einmal hoch und sich nach!«

»Von der Buche war keine Rede, als ihr mich hinaufgeschickt habt!«, verteidigte er sich.

»Na und?« Die dünnen Narben, die unter ihrer Augenklappe hervorkrochen, traten hell hervor, als Itena das Kinn hob. »Jetzt interessieren wir uns dafür.«

Ergeben griff Janz die Kletterkrallen, spitze Eisenhaken, die mit Lederriemen an seinen Handgelenken befestigt waren. Damit zog er sich erneut den Stamm hoch.

»Ich bin mir noch gar nicht sicher, ob wir den kürzeren Weg riskieren sollen«, gestand Gonter ihr flüsternd. »Vielleicht sollten wir bei unserem Plan bleiben.«

»Deine Entscheidung, Prinz«, gab Itena ebenso leise zurück.

»Ich meine nur, weil die Dunkelheit hereinbricht …«

»Du bist der Rottmeister«, stellte die Weibelin klar. »Du befiehlst, wir folgen. Du solltest keinen Zweifel aufkommen lassen, dass du genau das erwartest.«

Solche Ratschläge gab sie ihm manchmal, schließlich war er neu als Offizier. Zum Beispiel fand sie es schlecht, dass er Eilan diszipliniert hatte. Damit hatte er Aster geschwächt, die Weibelin, die in der Befehlskette zwischen den beiden Männern stand. Die Krieger konnten den Eindruck gewinnen, dass der Rottmeister ihr nicht zutraute, ihre Gruppe unter Kontrolle zu halten.

Gonter studierte wieder die Karte. »Schau auch, wie weit die Buche weg ist!«, rief er zu Janz hinauf.

Wenn Eivora mit ihnen gekommen wäre, hätte sie flink wie ein Eichhörnchen die Bäume hinaufklettern können. Sie war gut darin. Aber ob sie es auch getan hätte? Gonters Vater, König Harlef, legte großen Wert darauf, dass der Anführer befahl und möglichst wenig selbst tat. Er meinte, es schade dem Sinn für die Hierarchie, wenn man sich gemein mit dem Fußvolk machte. Darin lag mehr als bloße Eitelkeit. Eine schwache Befehlskette konnte zu tödlichen Verzögerungen führen, wenn in einem Gefecht schnelle Entscheidungen und ihre sofortige Umsetzung nötig wurden. Dem hätte Itena sicher zugestimmt.

Ein Rascheln in der Krone kündigte Janz' Rückkehr an. Mit einem dumpfen Geräusch landete er auf dem Moos.

»Eine Meile«, verkündete er, »diese Richtung.«

Das stimmte nicht ganz mit der Skizze überein. Der Zeichner hatte sich von einem Wegpunkt zum nächsten orientiert.

Sollte Gonter seine Rotte teilen? Zwei Gruppen zur Erle schicken, die anderen beiden zur Buche? Das wäre jeweils ein Dutzend Söldner … Genug, um sich in einem Gefecht gegen die Wilden zu behaupten, bis die anderen zur Hilfe kämen?

Zweifelnd sah er zu den Baumkronen auf. Grün, überall Grün, das Laub brachte unzählige Schattierungen davon hervor …

»Was überlegst du?«, fragte Itena leise genug, damit niemand von den Umstehenden es mitbekam.

»Wir wissen nicht, ob die Klataaler, die wir suchen, noch leben«, fasste Gonter seine Gedanken zusammen. »Wenn sie mit dem Jade zurück nach Grinhoff unterwegs sind, werden sie dem Gegner im Belagerungsring in die Arme laufen. Oder sie bleiben hier draußen, dann verzögern sie das Zusammentreffen, aber auf Dauer wird es sich nicht vermeiden lassen. Also finden wir sie besser möglichst schnell. Aber wenn wir zu rasch vorstoßen, könnten wir an ihnen vorbeimarschieren, ohne …«

Bol näherte sich zwischen den Haselbüschen. Die Gruppe des hünenhaften Weibels versah gerade die Vorfeldsicherung, damit der Rest der Rotte ausruhen konnte.

»Kampfgeräusche«, meldete er knapp und zeigte mit dem gestreckten Arm grob in die Richtung, die Janz für die Buche angegeben hatte. »Fünfhundert Schritt.«

»Das sehen wir uns an«, beschloss Gonter. »Abmarsch!«

Die Söldner setzten die Helme auf, lockerten die Waffen in den Scheiden, schnallten die Rucksäcke über und brachen gruppenweise auf. Sie sprachen nur das Nötigste. Gonter spürte ihre Anspannung. Sie wussten, dass bald Blut fließen würde, und wahrscheinlich wäre auch das von Söldnern darunter. Gut möglich, dass man den Kameraden, der jetzt neben einem ging, heute das letzte Mal sah.

Gonter achtete auf die Trommeln. Er hatte nicht den Eindruck, dass sie sich ihnen näherten, die Schläge klangen beständig durch den Wald.

»Nebel«, keuchte Erl mit bleichem Gesicht.

Zuerst waren es nur dünne Schlieren, die in den Zweigen des Buschwerks Halt zu suchen schienen, aber sie wurden rasch dichter. Das erschien Gonter unnatürlich, denn sie bewegten sich nicht in eine Senke, sondern einen sanften Anstieg hinauf. Normalerweise stieg der Dunst aus Gewässern oder feuchtem Boden auf. Aber hier bot der Humus den Tritten festen Halt.

»Denkst du, die Wilden rufen ihn herbei?«, fragte Gonter.

»Ich verstehe nichts von Zauberwerk.« Erl krampfte die Faust um den Schaft der Axt, ohne sie aus dem Gürtel zu ziehen.

»War es auch so, als sie euch überfallen haben?«

»Die Trommeln klangen näher«, antwortete er mit rauer Stimme und weit geöffneten Augen.

Eivora hatte ihm den Wehrbauern mitgegeben, damit er seine Erfahrung mit Gonter teilte. Aber Erl war kein abgebrühter Söldner, der auch dann noch den Überblick behielt, wenn neben ihm Kameraden einen Arm verloren oder ein Pfeil so eng an seinem Kopf vorbeizischte, dass die Befiederung in seine Wange schnitt. Der Kampf mit den Kannibalen war für ihn ein Albtraum, der nun drohte, sich zu wiederholen.

Ein unartikulierter Schrei drang von hügelaufwärts durch den Nebel. Metallisches Klirren folgte ihm, dann weitere Rufe und mehrstimmiges Knurren. Schließlich ein heller Ruf, der forderte, eng zusammenzubleiben.

Gonter beschloss, sich an die Lektionen zu halten, die er von den anderen Söldnern, vor allem von Rottmeister Nirto, gelernt hatte. »Marschgepäck ablegen!«, befahl er. Das würde ihre Beweglichkeit erhöhen. Wenn sie siegten, konnten sie die Rucksäcke mit dem Proviant, den Zeltplanen und der anderen Ausrüstung wieder aufnehmen. Wenn nicht, wäre fehlendes Kochgeschirr wohl ihre geringste Sorge.

»Nichts überhasten«, riet Itena, während die Söldner ein letztes Mal ihre Rüstungen überprüften und sich kampfbereit machten. Ihr Gesicht zeugte von Ernst, aber auch von Zuversicht. »In unübersichtlichem Gelände kann man ein Gefecht nicht in den Einzelheiten lenken. Da kommt es darauf an, die Truppe vorher gut zu positionieren. Dann muss man den Dingen ihren Lauf lassen.«

Voraus war der Nebel so dicht, dass Fernkampfwaffen uninteressant wurden. Nach zehn Schritt zielte man nur auf indifferente Schatten, in fünfzehn hätten die Schwaden auch einen Riesen verborgen.

»Am liebsten würde ich von mehreren Seiten angreifen«, teilte Gonter Itena seine Überlegung mit. »Mit unseren vier

Gruppen könnten wir den Gegner vielleicht einschließen. Aber wir wissen nicht, wie groß der Hügel ist.«

Die Weibelin schob die Zöpfe unter ihren Helm. »Sag den Gruppen, die du am weitesten rechts- und linksherum schickst, sie sollen nach einhundert Schritt haltmachen und aufsteigen. Wenn der Hügel kleiner ist, kriegen wir die Wilden in die Mitte. Wenn nicht, greifen wir sie immer noch an den Flanken.«

»Das ist ein guter Rat.«

Gonter schickte Mehol und Bol aus. Itena befahl er ein Stück nach rechts, er selbst blieb bei Asters Gruppe. Er wollte in Eilans Nähe sein. Dessen Schulter war nach der Waffenübung noch immer geprellt, Gonter fühlte sich verantwortlich, persönlich darauf zu achten, dass die Folge seiner Disziplinierungsmaßnahme dem Mann aus den Salzzacken nicht zum Verhängnis wurde.

Aster ließ sich durch seine Anwesenheit nicht von der Aufgabe ablenken, die Kampfbereitschaft der fünf Söldner unter ihrem Kommando zu überprüfen. Die Frau mit den ins braune Haar geflochtenen Bronzeringen ging von Krieger zu Krieger, kontrollierte den Sitz der Rüstungen und inspizierte die Waffen. Sie befahl, eine Schraube am Griff eines Rundschilds nachzuziehen, und wies Iskon, den zweiten Kämpfer aus den Salzzacken, an, das Nackentuch seines Helms in den Kragen seines Lederpanzers zu stopfen, damit es ihm nicht ins Gesicht wehte und die Sicht nahm.

Gonter lauschte auf die Kampfgeräusche, die von hügelaufwärts zu ihnen drangen. Bislang konnte es nur ein Vorgeplänkel sein. Er hörte Schreie und Waffengeklirr, aufgeregte Rufe und Knacken von Holz, dann aber einige Zeit nur noch die Trommeln in der Ferne, bevor der Lärm von Neuem einsetzte. Spielten die Wilden mit den Klataalern? Oder gelang es diesen, sich immer wieder vom Gegner zu lösen, womöglich im verzweifelten Versuch, den Ausweg aus einer Umklammerung zu finden?

Gonter wurde unruhig, ermahnte sich aber, die erfahrene Weibelin nicht zu stören. Die Söldner stellten sicher, dass sie keinen Vorteil aus der Hand gaben und bestmöglich vorbereitet in die Schlacht zogen. Erst als Aster ihm zufrieden zunickte, machte sich die Gruppe an den Aufstieg in den Nebel hinein.

Früher als erwartet erklang der Kampfruf des Klingenrauschs: »Hammerschlag!«

Damit war nicht mehr an eine vorsichtige Annäherung zu denken. Ohne ausgesprochenen Befehl beschleunigten die Söldner den Schritt. Die meisten zogen ihre Waffen, obwohl sie dadurch eine Hand weniger freihatten, um Strauchwerk aus dem Weg zu drücken.

Die Schreie nahmen zu, und auch das Krachen aufeinandertreffender Waffen hallte durch den Nebel. Gonter holte mit dem Schwert aus – aber vor ihm tauchte nur ein mannshohes Bäumchen aus dem Dunst auf, dessen Form ihn genarrt hatte. Er eilte weiter, immer bedacht, den Kontakt zu den anderen zu halten, ohne ihnen so nahe zu kommen, dass er sie versehentlich treffen könnte. Itena behielt recht: In einer solchen Situation konnte kein Kommandant den Überblick gewinnen, den er gebraucht hätte, um den Kampf der Rotte zu koordinieren. Jetzt musste sich beweisen, was die täglichen Waffenübungen taugten.

Wieder machte Gonter einen verdächtigen Schatten aus.

Und diesmal bewegte er sich!

Gonter rammte einen Fuß nach hinten in den Boden, um festen Stand zu gewinnen, und nahm das Schwert auf Bauchhöhe zurück, zum Stich bereit.

Der Schatten gewann Kontur, wurde zu einem Mann mit einer Stoffkappe, die die Ohren bedeckte, und einem Kurzschwert mit prächtigem Griff. Die gedrehten Parierstangen sahen zerbrechlich aus. Der Mann atmete heftig, die blaue Tunika hing ihm aus der Hose.

»Klataaler!«, rief Gonter. »Nicht angreifen.«

Verdattert blieb der Mann vor ihm stehen und glotzte ihn an. Seine Wangen waren schlecht rasiert.

»Wir sind die Söldner, die euch schützen sollen«, erklärte Gonter. »Wo steht der Gegner?«

Der Blick des Mannes glitt erst zu Gonters gezacktem Schwert, dann wanderte er ziellos durch den Nebel.

»Ich verstehe. Weiter vorrücken!«

Die Söldner ließen ihn stehen.

Die Kampfgeräusche wurden lauter. Jetzt gab es keine Unterbrechungen mehr.

Sie erreichten eine Lichtung, was zwar wegen des Nebels die Sicht nur unwesentlich verbesserte, aber wenigstens eine freie Bewegung ohne störende Vegetation erlaubte. Gonter stieg über eine Leiche, einen Mann mit violett bemalter Haut, der den Schädel eines Bären anstelle eines Helms trug.

»Hammerschlag!«, erklang der Kampfruf ganz in der Nähe.

Endlich traf die Gruppe auf die Gegner. Wie viele es waren, ließ sich unmöglich sagen. Gonter sah kämpfende Gestalten im Nebel. Manche drängten sich aus seinem Sichtbereich, andere tauchten in den Schwaden auf. Die Wilden erkannte man daran, dass sie kaum etwas anderes als Felle trugen und vornehmlich Keulen schwangen, während die Klataaler Tuniken und manchmal sogar Lederpanzer angelegt hatten und mit Klingen bewaffnet waren. Nur einer von ihnen wirbelte mit einer dreigliedrigen Waffe um sich. Dieser schien nach Gonters Eindruck der erfahrenste Kämpfer zu sein.

Ihm fehlte jedoch die Muße, weiter zuzusehen. Zwei Wilde stürzten sich auf ihn.

Gonter lief zu schnell, um rechtzeitig eine brauchbare Kampfhaltung einzunehmen. Also duckte er sich unter einem Keulenhieb und warf sich mit seinem ganzen Gewicht gegen die Beine eines Angreifers. Zwar fiel Gonter, und die Waffe des zweiten traf das Kettenhemd über seinem Rücken, aber der Gegner stürzte auch. Während Gonter vorbereitet war und sich mit den Händen abfing, fiel der andere unkontrolliert und hart.

Noch im Liegen stieß Gonter zu. Das Schwert durchbohrte den Gefallenen.

Der andere kreischte hell. Gonter sah die daumengroßen rasselnden Nussschalen, die er an Lederschnüren um seine Waden gebunden hatte, bevor ein Tritt sein Gesicht traf.

Schmerz ist ohne Bedeutung für jemanden, der leben will, erinnerte er sich an Nirtos Lektion.

Er wollte mit seinem Schwert zuschlagen, aber die Widerhaken hielten es im Leib des Erstochenen. Gonter ließ es los und benutzte den gepanzerten Arm als Keule.

Die raue Härte eines Kettenhemds konnte schmerzhaft sein. Er riss die Haut über dem Schienbein des Gegners auf und brachte ihn zu Fall.

Nach dem Tritt tränten die Augen, was Gonters Sicht trübte, aber seine Orientierung reichte aus, um sich über den Gegner zu ziehen. Er sah etwas auf sich zukommen und riss schützend den Arm hoch.

Der Keulenstab traf die Rüstung über Gonters Elle.

Er wälzte sich auf den Gegner, dessen Wangen von Jadeschmuck durchbohrt waren. Sein Körpergewicht würde ausreichen, um ihn lange genug am Boden zu halten, damit Gonter seinen Dolch ziehen konnte.

Doch der Wilde zappelte mit erstaunlicher Kraft.

Gonter rammte den Ellbogen in seine Geschlechtsteile.

Das lenkte ihn ab, wie sein helles Schreien bewies.

Gonter zog die kurze Klinge und stieß sie in die Flanke des Mannes.

Der bäumte sich auf, aber Gonter drückte ihn unbarmherzig zurück.

Noch zweimal stieß er zu. Warmes Blut quoll über seine Faust.

Der Wilde lag jetzt still.

Um Gonter herum lärmte das Gefecht.

Auf allen vieren kehrte er zu seinem ersten Gegner zurück und riss sein Schwert frei, bevor er sich aufrichtete.

Überall, so weit der Nebel die Sicht freigab, wurde gekämpft. Gonter befand sich in einer winzigen Welt, angefüllt mit Gewalt und Gefahr.

Er sah Eilan, dessen Sichel von unten so tief in den ungeschützten Bauch eines Wilden schlug, dass die Spitze die Lunge durchbohren musste. Aber der Bewegung fehlte die Eleganz, mit der Eilan sonst kämpfte. Die Schulter machte ihm zu schaffen.

Auf dem Weg zu ihm zerschlug Gonter den Rücken eines Gegners, der mit einem Klataaler rang. Er kämpfte die in ihm aufsteigende Scham nieder. Die Fechtlehrer, die ihm früher beigebracht hatten, ein Schwert kunstvoll zu schwingen, hätten sich nach dieser ehrlosen Tat angewidert von ihm abgewandt. Aber hier ging es nicht um Ehre, sondern um den Sieg. *Siegen bedeutet leben*, hörte er Nirtos Stimme. *Zögern heißt krepieren.*

Mit einem weiten Sprung kam Gonter gerade noch rechtzeitig neben Eilan, um einen Stoßspeer aus der Bahn zu schlagen, der ihn anderenfalls aufgespießt hätte.

Dem Wilden, der die Waffe führte, hämmerte er den Schwertknauf ins Gesicht.

Knackend brach die Nase, der Jadeschmuck fiel heraus.

Gonter ballte die Linke zur Faust und hieb sie in den nackten Bauch. Das gab ihm die Zeit, die er brauchte, um mit dem Schwert auszuholen.

Der Violetthäutige krümmte sich.

Gonter schlug ihm die Klinge in den Hals.

Das Blut spritzte aus der Wunde, gurgelnd ging der Gegner zu Boden und ließ seine Waffe fallen.

Gonter rammte das Knie gegen seine Brust, damit er umfiel. *Niemand ist gänzlich besiegt, solange er sich noch bewegt.*

Aber es gab gefährlichere Gegner, auch für Eilan. Zwei Keulenschwinger stürzten sich kreischend auf ihn.

Gonter versuchte, sie beide mit einer waagerechten Parade abzufangen. Dazu musste er einen Ausfallschritt machen und sich vorbeugen.

Das brachte sein Gesicht beinahe in die Bahn einer weit geschwungenen Sichel. Knapp vor seiner Nase zischte sie vorbei und trennte die Hand eines Wilden ab, die samt Keule davonflog.

Erschrocken sah sich Gonter nach demjenigen um, der die gebogene Klinge führte.

Es war Iskon, der zweite Mann aus den Salzzacken. Natürlich, die beiden kämpften immer gemeinsam.

Ein irre klingendes Geschrei ließ Gonter herumfahren.

Es kam von Erl, der mit seiner Axt und einem kurzen Messer wie ein Tollwütiger um sich schlug, obwohl sich gar kein Gegner in unmittelbarer Nähe befand. Das Blut an den Waffen und auf seiner Tunika bezeugte jedoch, dass er bereits Kontakt mit den Wilden gehabt hatte. Jedenfalls hoffte Gonter, dass der Wehrbauer in seinem Wahn keinen Verbündeten angefallen hatte.

Ein Keulenhieb traf schmerzhaft Gonters Flanke. Zwar verhinderte das Kettenhemd, dass die eingearbeiteten Krallen aus Gelbjade eine Wunde schlugen, aber die Wucht reichte aus, um eine Rippe knacken zu lassen.

Gonter stolperte zur Seite. Er brachte das Schwert zwischen sich und seinen Gegner.

Itena sprang neben ihn. Die drahtige Frau stieß ihren Degen vor und durchbohrte den Hals des Wilden, der kraftlos zusammensackte.

Gonter nickte. »Danke.« An der Rippe spürte er ein Stechen, wenn er Luft holte.

Schalkhaft grüßte Itena mit der blutigen Degenklinge vor dem Gesicht, wie man es in Fechtschulen tat.

»Vorsicht!«, schrie Gonter.

Aus den Schwaden stürzte sich ein Violetthäutiger auf Itena, dessen spitze Zähne kupfern glänzten. Seine Hände steckten in Handschuhen, die aus den Tatzen eines Raubtiers gefertigt waren und in messerlangen Krallen ausliefen.

Gonter stieß Itena zurück, was einen brennenden Schmerz durch seine Brust jagte, und warf sich dazwischen.

Der Gegner prallte gegen ihn. Geifernd schnappte er mit seinen Metallzähnen nach Gonters Gesicht.

Gonter schmetterte ihm den Unterarm in den Mund. Knirschend gruben sich die Fänge in das Kettengeflecht.

Als Gonter den Arm zurückzog, riss er einige der Zähne aus ihrer Verankerung. Der Gegner heulte auf.

Gonter stieß ihn fort. Jetzt hatte er genug Platz für das Schwert. Sein Hieb ließ einen weiten Schnitt in der Brust aufklaffen.

Itena gab dem Gegner mit einem tiefen Stich in den Bauch den Rest.

Heftig atmend sahen sich die beiden Söldner an. Itena grinste, und Gonter fühlte, dass er dasselbe tat.

Helle Schreie forderten die Wilden zum Rückzug auf. Binnen weniger Herzschläge verschwanden sie im Nebel, nur die Toten ließen sie zurück.

Auch aufseiten der Klataaler gab es Verluste, und der Klingenrausch hatte Verwundete. Erl hatte sich nur einige oberflächliche Schnitte eingehandelt. Er konnte kaum fassen, dass er nun schon beim zweiten Gefecht mit den Kannibalen davongekommen war.

Gort, den besten Schmied der Rotte, hatte es dagegen schlimmer erwischt. Eine Krallenkeule hatte seine rechte Gesichtshälfte in einen blutigen Brei verwandelt, und auch sein rechtes Bein sah schlecht aus. Es war nicht auszumachen, wo die lederne Hose endete und die Gliedmaße begann.

Gonter holte einen Wasserschlauch von einem erschlagenen Esel, um die Wunde mit seinem Inhalt auszuwaschen. Die Flüssigkeit war grünlich gefärbt, wie Erl es von einem Teich berichtet hatte, auf den er im Urwald gestoßen war. Gonter zögerte, fuhr dann aber fort, das Blut abzuspülen. Zischend sog Gort die Luft ein.

Gonter hielt inne und sah den Krieger an. »Der Dreck muss raus«, erklärte er, »und wir müssen uns die Sache ansehen, bevor wir die Wunde nähen.«

Mit zusammengebissenen Zähnen nickte Gort.

»Ich schneide seine Hose auf«, kündigte Itena an und zog ihren Dolch.

Ein Klataaler mit einer Lederrüstung, in die ein Wappen mit einem gelben Adler eingeprägt war, eilte herbei. »Das könnt Ihr nicht benutzen!«, protestierte er.

»Was?«, fragte Gonter.

Er zeigte auf den Wasserschlauch. »Das da! Wo hast du das her?«

Gonter deutete auf den Esel. »Was ist damit?«

»Es ist nicht gut dafür.«

»Wieso nicht?«

Der Mann sah sich um. »Irik! Bring Wasser!«

»Wir haben doch Wasser«, wandte Gonter ein. »Hier ist noch genug drin.«

Itena schnitt jetzt das Hosenbein entlang.

»Ich habe mich nicht vorgestellt.« Der Mann deutete auf das Adlersymbol. »Ich bin Torias von Kaltmühl.«

»Gonter«, antwortete er und schluckte seinen früheren Titel hinunter. »Ich bin der Rottmeister dieser Schar.«

»Wir sind euch zu Dank verpflichtet«, gestand Torias.

Er mochte dreißig Jahre alt sein, auch wenn seine tief in den Höhlen liegenden Augen aussahen, als hätten sie mehr gesehen. Gonter vermutete, dass ein ausschweifendes Leben sie erschöpfte.

»Ihr habt uns aus höchster Not gerettet«, fuhr Torias fort. »Aber dieses Wasser haben wir in unserer Verzweiflung aus einem Tümpel geschöpft, als wir uns verirrt hatten. Es wird deinen Kameraden gewiss krankmachen, wenn du es in die Wunde gießt.«

Stirnrunzelnd betrachtete Gonter den Schlauch.

»Wir haben besseres«, beteuerte Torias. »Das letzte Quellwasser, das wir noch mitführen.«

Sein Gefährte brachte einen Flaschenkürbis.

»Hier, nimm das«, bat Torias und legte schon Hand an den Schlauch.

Gonter sah keinen Grund, wieso das angebotene Wasser schlechter sein sollte als das im Schlauch, das tatsächlich getrübt aussah. Allerdings misstraute er auch der Erklärung des Klataalers. Er bestand mit zu großem Nachdruck auf dem Austausch.

»Gonter?«, fragte Itena.

Widerstrebend gab er den Schlauch frei und spülte die Verletzung mit dem Inhalt des Kürbisses aus. Die Wunde ging tief, der Knochen schimmerte durch, und es war kein sauberer Schnitt. Ein Brocken Fleisch war beinahe herausgerissen. Gonter bezweifelte, dass Gort das Bein je wieder würde benutzen können. Immerhin schien aber keine große Ader zerrissen zu sein.

»Verbindet es«, befahl er. »Stillt die Blutung! In Grinhoff versorgen wir ihn richtig.«

Er ging zu Torias und seinen Männern, die die Last des toten Esels unter sich aufteilten.

»Ich hoffe, dass wir das Brackwasser nicht brauchen werden.« Gonter zeigte auf die Schläuche. »In ein paar Stunden sollten wir zurück bei unseren Leuten sein.«

Skeptisch blickte Torias nach oben. Auch dort endete der Blick im Nebel, der nun schnell dunkler werdende Grautöne annahm. »Die Nacht bricht herein.«

»Und da wir euch nun gefunden haben, ist das unser Vorteil«, meinte Gonter. »Die Dunkelheit wird uns helfen, durch den Belagerungsring zu kommen.«

»Dann greifen die Kannibalen das Dorf an?«

»Hörst du die Trommeln nicht?«

Torias nickte. »Wir nehmen das Wasser dennoch mit. Für den Fall, dass wir den Weg verlieren.«

»Aber die Last macht uns langsamer«, gab Gonter zu bedenken.

»Besser langsam als verdurstet.«

Gonter nickte bedächtig. Er bezweifelte, dass man in diesem Land innerhalb einer Nacht verdursten konnte.

»Wie sieht es beim Jadevorkommen aus?«

Torias blinzelte. »Eine Enttäuschung. Es ist beinahe erschöpft, nur ein paar kleine Steine haben wir am Flussbett gefunden. Kaum der Rede wert.«

Das mochte erklären, wieso Gonter keine Säcke oder Truhen sah.

Aber er glaubte es nicht. In Erwartung eines reichen Fundes hätten die Klataaler Vorkehrungen für den Transport treffen müssen.

Waren die zusätzlichen Lasttiere an die Wilden verloren gegangen? Oder verbargen sie sich noch im Nebel?

Gonter wäre überrascht, sie zu finden. Er war bei Hofe aufgewachsen, wo man öfter mit der Zunge als mit Stahl focht. Er kannte die Finten und Paraden, die man mit dieser Waffe schlug, und er hätte sich sehr täuschen müssen, wenn Torias nichts vor ihm zu verbergen suchte.

Aber Gonter war jetzt ein Söldner, und auch wenn es ihn kränkte, dass ihm ein Mann misstraute, dem er gerade das Leben gerettet hatte, durfte das keinen Einfluss auf seinen Auftrag nehmen. »Wir brechen auf, sobald wir die Verwundeten versorgt haben.«

3. Wesen

Midalins Zeltkameraden vergnügten sich in den Kneipen Faarinars oder waren mit Aufträgen in der Stadt unterwegs, deswegen war sie allein in ihrem Zimmer im Schuldturm. Jedenfalls wenn man von Bratz absah, der von ihrem an der Wand hängenden Degen anklagend mit dem rechten Auge auf sie herabstarrte. Er hielt den Kopf schräg und gleichzeitig emporgereckt, damit die beiden Brandstellen in seinem Gefieder gut sichtbar waren.

Midalin tastete über ihren Bauch. Fühlte er sich härter an als sonst?

Ihr Blick schweifte über die leeren Feldbetten. Eigentlich blödsinnig, dass man »Zeltkameraden« sagte, obwohl sie doch in einem festen Gebäude Quartier genommen hatten. Das war natürlich eine Ausnahme, üblicherweise nächtigte man zu sechst in einem Zelt, wenn man auf einem Feldzug war. Midalin bezweifelte, dass ihr das gefallen würde, sie fror leicht. Aber dass andere Menschen Respekt vor Söldnern hatten, das gefiel ihr. Und die Aussicht darauf, echte Magie zu erlernen. Eine Kostprobe davon hatte sie ja vorhin auf dem Schwertfeuer gesehen.

Natürlich war sie keine Avatar. Zweifelnd betrachtete sie die Tiegel, Kolben und Dosen, die geordnet auf dem Tisch standen. Ihre Kameraden hatten sie schon damit aufgezogen, dass das alles wohl dem Erhalt ihrer puppenhaften Schönheit galt. Ganz falsch war das auch nicht, schließlich hatte sie sich bei den Ingredienzien ihres Meisters bedient, und dessen gefragteste Ware hatte nun einmal aus Wohlgerüchen bestanden. Stinksalben kauften nur Lausbuben, und die konnten nicht viel zahlen.

Wieder trat Midalin ans Fenster und sah hinaus. Draußen war es jetzt dunkel, die Sterne kamen heraus, und der Vollmond stand im Osten. Trotzdem wurde noch an vielen Stellen der Stadt gehämmert, Flaschenzüge quietschten, und Fackeln verrieten die Position von Baustellen. Die Edlen Klataals konnten nicht abwarten, endlich ihre Türme zu beziehen.

»Lecker!«, rief Bratz.

Ja, die Trauben, von denen Midalin am Mittag genascht hatte, waren schmackhaft gewesen. Wieder tastete sie über ihren Bauch und schalt sich eine Närrin. Sofort, als sie das Gift in der Süßspeise der Avatar bemerkt hatte, hätte sie ein Brechmittel anrühren sollen. Stattdessen hatte sie darauf vertraut, dass ihr schon schlecht werden würde, wenn etwas an den Trauben nicht gestimmt hätte. Diese Zuversicht schwand, obwohl sie keine Anzeichen an sich entdeckte. Oder wurde ihr Bauch doch hart?

Sie hatte damit gerechnet, dass Kampfherrin Iskala schneller in den Turm zurückkehren würde. Ihrer Befehlshaberin hatte Midalin natürlich nicht in einen Eimer würgend begegnen wollen. Verdammte Eitelkeit! Jetzt ließ die Anführerin des Zauberbanners auf sich warten, und in Midalins Gedärm arbeitete womöglich das Gift, das die Avatar hatte töten sollen.

Hoffentlich war es doch im Honig gewesen, nicht in den Trauben.

Das ist auch wahrscheinlicher, versuchte sie sich zu beruhigen. *Schließlich ist der Brummer auf dem Honig gelandet. Und in einen Honigtopf kann man viel leichter etwas einrühren.*

Ihr Bauch gluckerte. Der Gedanke an Süßspeisen weckte ihren Appetit.

»Schluss jetzt!«, ermahnte sie sich selbst. Entschlossen schritt sie zum Tisch, nahm einen leeren Tiegel, gab Krötwurz, Gallblatt und getrocknete Flitzbeere hinein und zerstampfte das Gemisch mit einem Stößel. *Das Ganze in zwei Teile Essig und fünf Teile heißes Wasser, die Nase zuhalten und runter damit. Das leert den Magen …*

Wütend über sich selbst knallte sie den irdenen Tiegel auf die Tischplatte. *Es ist sieben Stunden her, dass ich die Trauben gegessen habe. Davon wird nichts mehr in meinem Magen sein.*

Sie wischte über ihre Stirn und besah ihre Handfläche. Sie glänzte vom Schweiß, aber der mochte ebenso gut von der Aufregung kommen wie von ungutem Wirken in ihrem Blut.

»Feigling!«, rief Bratz. »Bienchen!«

Tatsächlich sorgte sich Midalin. Sie war Söldnerin geworden, um Dinge zu tun, die einen Unterschied machten, vielleicht sogar über Leben und Tod entschieden. Mit ihren eigenen Händen, die doch auch zu etwas anderem taugen mussten, als Salben und Wässerchen anzurühren.

Heute hatte sie einen Unterschied gemacht. Ihre Aufmerksamkeit hatte der Avatar das Leben gerettet … wenn man es so sehen wollte. Oder man betrachtete das Geschehen so, dass man ihr anlastete, das Gift nicht früher bemerkt und die Speise überhaupt erst in den Raum gebracht zu haben. Im Grunde war es pures Glück, dass der Brummer der Versuchung nachgegeben hatte. Wenn Fiafila-Ignuto gleich bei ihrem Eintreffen von den in Honig getunkten Trauben gekostet hätte, wäre die Sache übel ausgegangen.

Würde Iskala sie loben oder in eine Zelle werfen? Weit hätte sie es ja nicht, schließlich befand sich Midalin schon im Schuldturm. Die Treppe hinunter, dann mit der Gondel in die Tiefe abgelassen … und sie wäre hinter Gittern angekommen. Nicht nur im Gefängnis aus lästigen Erwartungen und Konventionen ihres Meisters und der Duftmischerkunst, sondern hinter unnachgiebigen Eisenstangen.

Oder lauerte dort unten noch anderes?

Soweit Midalin wusste, hatte Eivora alle Gefangenen mit sich genommen, aber dennoch galt ein striktes Verbot, sich im Keller umzusehen. Ob das einen anderen Grund hatte als den, dass man sich dort unten einen Knöchel brechen und vergessen werden konnte? Wie weitläufig mochten die Zellentrakte sein? Bei manchen Dämonentempeln Rorgators munkelte man, dass die Verliese viel mehr Raum einnähmen als der über der Erde sichtbare Teil. Und eine Söldnerlegion wie der Klingenrausch mochte seltsame Kreaturen mit sich führen … Vielleicht noch schrecklichere als den Homunkulus, der aus Fiafila-Ignutos Schulter wuchs. Waren auf den Lastkarren Wesenheiten verstaut, die man nur aus ihren Käfigen ließ, um ihren unbezähmbaren Hass auf die Feinde zu hetzen?

Midalin sah nochmals hinaus auf die Stadt. Ein Nachtwächter zog mit einer Laterne am Turm vorbei. Ob er sich über das hell erleuchtete Fenster wunderte?

Sollte sie einige der Kerzen löschen?

Es hatte sie beruhigt, sie zu entzünden. Jetzt brannten zwei Dutzend davon. Diese Verschwendung konnte man ihr vorwerfen.

Wieder gluckerte ihr Bauch.

Sie zog das Tuch von einem Korb und schnitt ein dreieckiges Stück aus dem Möhrenkuchen, der darunter lag. Leider war er schon lange kalt, aber als sie ihn nahe genug vor die Nase hielt, duftete er so süß, dass ihr das Wasser im Mund zusammenlief. Und er enthielt bestimmt keinen Honig.

Oder?

Misstrauisch besah sie den Kuchen. Bis auf das Stück, das sie herausgeschnitten hatte, war er unversehrt. Also hatte noch niemand davon gegessen ... Niemandem wäre aufgefallen, wenn etwas damit nicht stimmte.

»Bienchen!«, forderte Bratz.

Midalin wandte sich dem Beo zu. Während er skeptisch zu ihr herunteräugte, wechselte ihr Blick zwischen dem Kuchenstück und dem ergrauenden Vogel hin und her. Ihr Magen gluckerte.

»Na komm!« Sie musste sich strecken, um den Kuchen in Bratz' Reichweite zu heben. »Lecker Möhrchen!«

»Bienchen!«, widersprach er.

»Ich habe keine Insekten für dich«, gestand Midalin. »Aber in dem Kuchen sind süße Karottenstückchen. Die werden dir bestimmt schmecken.«

Der rote Schnabel ruckte an das Gebäck heran. Bratz blinzelte, zog den Kopf ein Stückchen zurück, spreizte die Flügel ein wenig, trippelte von einem Fuß auf den anderen und kam wieder näher.

Midalins Arm begann zu kribbeln. Sie hielt den Kuchen ein bisschen tiefer.

»Herz des Waldes!«

»Wo hast du das nur aufgeschnappt?« Bratz' Anfälle von Gelehrigkeit überraschten Midalin immer wieder. »Herz des Waldes« war ein vergleichsweise langer und komplizierter Begriff, man hätte erwarten sollen, dass es Geduld erforderte, dem Beo eine solche Lautfolge beizubringen. Aber vor ihrer Ankunft in Klataal hatte er das nie gesagt, also hatte er es wohl hier aufgeschnappt. Midalin erinnerte sich nicht, ihn während der paar Tage, die sie in der Baronie waren, lange genug allein gelassen zu haben, damit sich jemand ausgiebig mit ihm hätte befassen können.

Auch das kannte sie schon von früher: Endlos hatte sie sich gemüht, ihn ihren Namen sagen zu lassen, aber er weigerte sich störrisch. Den Namen eines Lehrlings dagegen, dessen Hand sie unter ihren Rock ließ, konnte der garstige Vogel ihrem Meister gar nicht schnell genug ins Ohr schreien.

Bratz streckte sich hinter dem Kuchen her, wobei er die Flügel ausbreitete, um auf dem Degen das Gleichgewicht zu bewahren. Sein Schnabel klappte auf und zu, als hoffte er, schon jetzt ein Karottenstückchen schnappen zu können.

Bei den Honigtrauben hatte er das Gift bemerkt. Also war der Kuchen wohl sauber.

Midalin zog das dreieckige Stück weg und biss hinein.

Bratz kreischte protestierend.

Das fluffige Gebäck schmeckte sehr süß. Midalin kaute genüsslich.

Beiläufig sah sie aus dem Fenster. Iskala nahte mit ihren Begleitern. Alle trugen die roten Kutten des Zauberbanners, aber während die anderen die Kapuzen übergezogen hatten, tanzte der Fackelschein über den Kopf der Kampfherrin. Sie war unverkennbar, der Schädel war geschoren, was den Rubin in ihrer Stirn noch betonte. Nur über dem Nacken spross ein Gewimmel von Zöpfen.

Midalin verschluckte sich und hustete. Sie suchte nach einem

Platz, wo sie das angebissene Kuchenstück ablegen konnte, fand aber auf die Schnelle nichts und ließ es einfach zwischen die Tiegel auf den Tisch fallen. Sie wischte die Hände an der Kutte ab und eilte hinaus auf den Gang.

Iskala und die anderen kamen bereits die Treppe herauf, Midalin hörte ihre Schritte und das Gemurmel.

Sie zog ihr Gewand zurecht. Es passte nicht richtig, an den Schultern war es zu weit. Im Zauberbanner tauschte man die Kutten häufig, sie wurden nicht als persönlicher Besitz betrachtet, und kaum jemand war so zierlich wie Midalin.

Iskala bemerkte sie sofort, als sie auf den Absatz trat, der den Gang mit der Wendeltreppe verband. »Ah, da bist du ja.«

Was hatte das zu bedeuten?

Ein paar Krümel kratzten in Midalins Hals, aber sie wollte nicht husten und versuchte, ruhig zu atmen.

In dem Raum, den sie gerade verlassen hatte, schepperte etwas. Hoffentlich stellte Bratz keinen allzu großen Unfug an!

Die meisten Kameraden setzten ihren Weg nach oben fort. Nur ein Mann mit einer Laterne begleitete die Kampfherrin zu Midalin. Sie erkannte ihn an der ungewöhnlichen Waffe, einer weit geschwungenen Sichel, die in einem schwarzen Lederfutteral an einer Kette hing, die er quer über die Schulter trug. Nartim war erst kurz vor Midalin zum Klingenrausch gestoßen, er stammte aus einer Region namens Salzzacken, auf die er sehr stolz war. Beim letzten Feldzug hatte er noch gegen die Söldner gekämpft, jetzt war er einer von ihnen. Midalin verstand die Hintergründe nicht, aber im Moment waren sie auch unwichtig.

Iskalas Iriden waren ebenso rot wie der Rubin in ihrer Stirn, sie träufelte einen Saft in die Augen, um diesen Effekt zu erzielen. Ihrem Blick verlieh diese Farbe etwas Sengendes, als sie auf Midalin herabstarrte.

»Ich hoffe, du hattest einen schönen Tag.« Midalin unterdrückte ein Husten.

»Schön«, erwiderte Iskala gedehnt, »war an diesem Tag bislang gar nichts. Prekestas Exzess …« Unwillig schüttelte sie den

Kopf. »Sie hat sich einfach nicht in der Gewalt! Ich wurde einbestellt. Und das wegen eines Sklaven!«

Man erzählte sich, die Heroldin des roten Risses sei sehr grausam mit dem ihr überlassenen Lustknaben verfahren. Der Besitzer, ein klataalscher Adliger, war darüber wohl nicht erfreut. Seine Vorhaltungen hatten die Laune der Kampfherrin offensichtlich nicht gehoben.

Am liebsten hätte sich Midalin in Luft aufgelöst, aber sie wusste, dass die Sache nur schlimmer wurde, wenn sie ihr Geständnis hinauszögerte. »Ich habe etwas zu berichten …«

»Gift«, fiel Iskala ihr ins Wort. »Ich weiß Bescheid. Fiafila-Ignuto hat es mir erzählt. Noch so ein unschöner Vorfall.«

Ein Mordanschlag … ein *unschöner Vorfall*?

Um den Hals endlich freizubekommen, räusperte sich Midalin nun doch. Sie versuchte, ihre Gedanken zu sortieren. Das Scheppern aus dem Raum war dabei wenig hilfreich.

»Ich konnte mich noch nicht damit befassen«, erklärte Iskala. »Aber du hattest ja Zeit, darüber nachzudenken. Hast du einen Verdacht, wer dahintersteckt?«

Nartim hob die Lampe an, sodass ihr Licht hell in Midalins Augen schien.

»Die Trauben können es nicht gewesen sein, ich habe selbst davon gegessen.« Unwillkürlich legte sie eine Hand auf ihren Bauch. »Also steckt das Gift wohl im Honig.«

»Wo ist der?«

»An den Trauben.«

Der Blick aus den roten Augen befeuerte die Erkenntnis, dass Midalins Antwort wenig geistreich war.

»Ich habe sie selbst hineingetunkt«, fuhr sie schnell fort. »Ich habe auch schon das Töpfchen gesucht, das ich vom Imker geholt hatte, aber es ist weg.«

»Was soll das bedeuten – weg?«

»In der Küche kann ich es nicht mehr finden, und niemand weiß, wo es abgeblieben ist. Jemand wird es weggeworfen haben, es war beinahe leer.«

Nachdenklich sah Iskala zur Decke, obwohl diese im Dunkeln lag. Aber vielleicht hielt die Kampfherrin des Zauberbanners Zwiesprache mit der Finsternis?

Midalin schauderte.

»Erzähle mir von dem Imker.« Iskala sah sie nicht an. Midalin war unsicher, ob ihr das gefiel.

»Er heißt Eligon. Ich glaube, er war froh, als ich gegangen bin. Bratz … mein Beo hat nach seinen Bienen geschnappt.«

»Der schwarze Vogel mit den gelben Streifen an den Augen und dem roten Schnabel?«

»Ja, genau der. Bienchen sind … ich meine, er frisst besonders gern Bienen.«

Wie um zu beweisen, dass er gehört hatte, dass man von ihm sprach, rumorte Bratz wieder im Zimmer.

»Was hat er bei diesem Eligon angestellt?«

»Dort gibt es Bienenkästen, die man wohl an den Waldrand bringt und für ein paar Tage dort aufstellt.« Midalins Hände fuhren durch die Luft, während sie sich möglichst genau zu erinnern versuchte. »Die Bienen fliegen dann aus und sammeln die Süße von besonderen Blumen, das gibt einen speziellen Geschmack. Bratz hat es geschafft, einen dieser Kästen zu öffnen. Oben sind drei Metallhaken, die hat er alle aufgemacht und …«

Iskalas roter Blick glitt zurück in Midalins Augen. »Er hat also einen Aufruhr verursacht, den der Imker so schnell nicht vergessen wird.«

»Ich habe ihm ein Silberstück über den Preis des Honigs hinaus gegeben«, verteidigte sich Midalin. »Er kann sich nicht beklagen.«

»Eine großzügige Bezahlung. Das ist noch ein Grund, wieso er sich an deinen Besuch erinnern wird.«

Midalin hatte das Gefühl, einen Fehler gemacht zu haben. Dabei war der Ärger doch wieder einmal von Bratz ausgegangen! Wenn der Beo nicht gewesen wäre, hätte sie einfach den Honig gekauft, und nichts Ungewöhnliches wäre geschehen.

»Also …« Iskala lehnte sich mit dem Rücken an die Wand. »Wir gehen davon aus, dass der Honig vergiftet war. Nun müssen wir herausfinden, wo das Gift herkam und wer uns damit schaden wollte. Vielleicht war es der Imker selbst, aber welchen Grund sollte er dafür haben?«

Midalin wartete darauf, dass Iskala weitersprach.

Die Stille wurde unangenehm.

»Ich habe dir eine Frage gestellt«, sagte Iskala.

»Mir?« Heute kam sich Midalin besonders tumb vor.

»Im Zauberbanner denken wir«, erklärte Iskala. »Immerzu. Denken, denken, denken. Auch, wenn es anfangs ungewohnt ist und schwerfällt. Also: Was *denkst* du, welchen Grund könnte der Imker Eligon haben, uns Gift unterzumischen?«

Midalin kaute auf ihrer Unterlippe. »Eigentlich kann er keinen Grund dafür haben. Er kennt uns ja gar nicht.«

»Nartim?«, wandte sich Iskala an den anderen Neuling. »Was ist deine Meinung?«

»Jeder weiß, dass wir mit Dämonen im Bunde stehen. Das mag vielen missfallen.«

»Ich merke, bei dir besteht noch Hoffnung, dass der Kopf nicht bloß zur Zierde auf den Schultern sitzt.«

Midalin merkte, dass sie errötete. Sie hasste es, wenn man ihr unterstellte, dass sie nur hübsch war und sonst kein Talent besaß. Schon der Duftmischer hatte sie immer hinter den Verkaufstresen gestellt, weil er meinte, dort brächte sie seinem Geschäft mehr als im Laboratorium.

»Es muss nicht der Imker gewesen sein!«, rief sie, bevor sie platzte. »Es waren noch mehr Kunden anwesend. Einer von denen könnte uns beobachtet und etwas in den Honig gegeben haben, während Bratz uns abgelenkt hat.«

Langsam wandte Iskala den Kopf und blickte nun wieder Midalin an. »Wie fühlt sich das an, wenn sich ein Gedanke im Hohlraum zwischen den Ohren formt? Aufregend, wenn es das erste Mal geschieht, oder?«

Midalin überlegte, ob das ein Lob oder eine Beleidigung war.

»Beschreibe mir diese anderen Kunden«, forderte Iskala sie auf.

»Adlige, würde ich sagen. Zumindest einige von ihnen.«

»Wie kommst du darauf?«

»Sie trugen Wappen auf der Kleidung.«

»Das tun Gardisten auch.«

»Aber dafür waren die Tuniken zu fein genäht. Mit weiten Ärmeln.« Midalin hob einen Arm und deutete mit der anderen Hand die Länge der Zipfel an. »Ungeeignet für die Arbeit und hinderlich beim Kampf.«

»Was noch?«

Sie versuchte, sich zu erinnern. Zwei Männer waren aus einer Tür gekommen, hinter der eine Treppe abwärts in einen Keller geführt hatte, vielleicht ein Lagerraum. Midalin hatte sich gewundert, was so gut gekleidete Leute dort unten gemacht hatten, aber dann hatte Bratz den Bienenkasten bearbeitet und damit ihre Aufmerksamkeit in Beschlag genommen.

»Auch eine Magd war dort«, berichtete Midalin. »Ziemlich dick. Mit einer Haube und einer Schürze, die eine Tasche vor dem Schoß hatte.«

»Und was hast du getragen?«, wollte Iskala wissen. »Deine Kutte?«

»Nein, ich hatte ein graues Kleid an. Ich sollte doch kein Aufsehen erregen.«

»Na, das hat ja hervorragend geklappt.« Iskala löste sich von der Wand. »Wir müssen herausfinden, woher das Gift stammt, und der Imker ist unsere beste Spur.«

»Wenn es ein Adliger war«, plapperte Midalin los, »dann könnte er sich vom Baron ungerecht behandelt fühlen. Vielleicht will er uns schwächen, um Horold zu treffen.«

»Sehr schlau«, versetzte Iskala.

Midalin biss sich auf die Zunge. Offensichtlich schätzte die Kampfherrin es nicht, unterbrochen zu werden.

»Jedenfalls müssen wir uns beim Imker umsehen, ohne dass er merkt, dass wir vom Klingenrausch kommen. Die Roben können wir also nicht tragen. In Bürgerkleidung können wir dich auch nicht mehr schicken.« Sie musterte Midalin von Kopf bis Fuß. »Nach dem Aufruhr, den du dort veranstaltet hast, wird er sich auf jeden Fall an dich erinnern.«

Sie sah Nartim an.

»Da du schon alles gehört hast, muss man dir ja nicht mehr viel erklären. Du wirst Midalin begleiten.«

»Wieso soll sie überhaupt mitkommen?«, begehrte Nartim auf. »Sie kann mir doch den Weg beschreiben.«

»Wer weiß, wohin die Spur vom Imker aus führt? Ihr geht zu zweit«, bestimmte Iskala. »Morgen, eine Stunde nachdem er seinen Laden öffnet. Und jetzt«, sie seufzte, »kümmern wir uns um unsere neuen Botenjungen.«

Nartim begleitete sie die Treppe hinauf. Da er die Laterne trug, blieb Midalin im Dunkel zurück. Vor Iskalas Ankunft waren ihr die Schatten im Gang weniger tief erschienen.

Schnell huschte sie zurück in ihr von Kerzen erleuchtetes Zimmer.

Bratz hockte im Korb mit dem Kuchen. Überall in seinem Gefieder steckten helle Krümel. Auf der Jagd nach den Karottenstückchen hatte er offenbar das gesamte Gebäck zerlegt.

»Bienchen!«, triumphierte er.

»Alle, die wir lebend vorgefunden haben, konnten wir nach Grinhoff bringen«, schloss Gonter seinen Bericht ab. »Vor unserem Eintreffen haben die Klataaler jedoch erhebliche Verluste erlitten. Bei uns gibt es mehrere Leichtverletzte und einen, um den ich mir Sorgen mache. Gort, unser Schmied. Sein Bein sieht fürchterlich aus. Möglich, dass wir es abnehmen müssen.«

Die drei Offiziere sahen ihn ernst an. Sie standen in der Küche eines Hauses am Dorfplatz, das die Söldner wegen seiner zentralen Lage requiriert hatten. Die Kapelle wäre besser gewesen, ihr Innenraum war geräumiger, aber die Dämonenpaktierer aus Rorgator dort einzuquartieren, hätte die Frommen unter den Klataalern zu sehr gereizt.

Einige der großen Ringe an Eivoras Kettenhemd waren verbogen. Sie trug kein engmaschiges Geflecht, sondern verwendete das Eisen nur als zusätzlichen Schutz über dem Leder. Auch das war nicht besonders dick, Gonter wusste, dass sie auf ihre Beweglichkeit vertraute.

Links neben ihr stand Torbun, der Bannerherr der Hellebardiere. Er war etwas kleiner als Gonter, überragte Eivora aber noch immer um mehr als einen Kopf. Er schien sein Äußeres der Stangenwaffe annähern zu wollen, die er bevorzugt führte. Der Kinnbart, der schmale Schädel, die Finger, die wirkten, als habe ein Foltermeister sie auf doppelte Länge gezogen – alles unterstrich den Eindruck, sein Körper mühe sich, jegliche Breite zu vermeiden.

Igrul dagegen war nicht nur stämmig, sondern pflegte auch seinen Kugelbauch, der sich unter der Kernlederschürze vorwölbte. Trotzdem wirkte der Bannerherr nicht fett. Schultern, Unterarme, sogar die dicken Finger sprachen von Kraft. Der braune Bart ergoss sich auf seine Brust wie ein wuchernder Busch. Er befehligte einhundert von den Schanzknechten, die Grinhoff befestigten.

»Was für einen Eindruck hast du vom Belagerungsring?«, fragte Eivora.

»Wir sind auf ein paar vereinzelte Trupps gestoßen.« Gonter zuckte mit den Achseln. »Jeder davon eine Handvoll stark. Die meisten haben sofort Reißaus genommen. Mit den anderen sind wir schnell fertiggeworden.« Er dachte an die Schreie in der Nacht, an das Klirren des Stahls. Die Auseinandersetzungen waren immer nur kurz, aber heftig aufgeflammt, ihren Rückmarsch hatten sie kaum verzögert.

»Hier in Grinhoff haben sie kurz nach Einbruch der Dunkelheit angegriffen.« Eivora steckte ihre Finger durch die verbogenen Ringe ihrer Rüstung. »Erfolglos.«

Inzwischen musste Mitternacht vorüber sein. Draußen ging ein schwacher Regen nieder, aber es war zu wenig, um den Boden schlammig zu machen.

Sie grinste zufrieden. »Seit wir sie zurückgeschlagen haben, werden die Trommeln leiser.«

Gonter legte den Kopf schräg. Sie mochte recht haben. Man hatte die Siedlung schnell hochgezogen, wie alle Häuser Grinhoffs bestand auch dasjenige, in dem sie sich befanden, aus Holz. Die Geräusche drangen beinahe ungehindert herein, auch das Hämmern der Schanzknechte, die wohl die Nacht hindurch die

Befestigungen ausbessern und erweitern würden. Die Trommeln jedoch … sie waren noch dort draußen, aber Gonter erschienen sie tatsächlich weniger zahlreich.

»In Ordnung.« Eivora nickte. »Lass deine Leute ausruhen. Ihr habt eure Aufgabe gut erfüllt.«

»Etwas wäre da noch …«, meinte Gonter.

»Ja?« Aufmerksam blickten ihre blauen Augen ihn an.

Unwillkürlich wurde er sich wieder bewusst, wie zierlich ihre Gestalt war. Auch die Rüstung verbarg diesen Umstand nicht gänzlich. Er erinnerte sich, wie kräftig und doch weich ihr Körper war, und an ihre vom Schweiß rutschige Haut, wenn sie vor Erregung gebebt hatte. Er schluckte.

»Unsere Auftraggeber misstrauen uns.« Er ließ den Blick lieber zwischen den beiden Männern wandern, die brachten ihn nicht auf dumme Gedanken. »Ich zweifle daran, dass die Klataaler auf der Suche nach Jade waren. Sie hatten kein Werkzeug dabei, um etwas aus dem Boden zu graben, und nichts, um Edelsteine zu transportieren.«

»Vielleicht war ihre Suche nur vergeblich?«, schlug Igrul vor.

Gonter schüttelte den Kopf. »So wirken sie nicht. Der Kampf gegen die Wilden hat sie mitgenommen, sie haben Freunde verloren, aber mir scheint, sie haben gefunden, was sie finden wollten.«

»Und was sollte das sein?«, fragte Igrul.

Gonter dachte an die Wasserschläuche, aber ihm fiel keine Flüssigkeit ein, die es wert gewesen wäre, sein Leben dafür zu riskieren. »Ich weiß nicht.« Ratlos zuckte er mit den Achseln.

Aglix warf einen großen Schatten, weil er in der Nähe einer Öllampe den Nachtfaltern auflauerte und im passenden Moment vorsprang, wodurch sein gestreckter Körper das Licht verdeckte. Immerhin war der Feuersalamander diesmal erfolgreich. Seine Beute flatterte lautlos, aber er hielt ihren Leib fest in seinem spitz zulaufenden Maul.

»Sie haben uns auch erst von dieser Expedition in den Urwald berichtet, als klar war, dass sie in Schwierigkeiten steckten«, ergänzte Torbun. »Man könnte meinen, dass ihnen am liebsten gewesen wäre, wenn wir nichts davon erfahren hätten.«

Bedächtig schüttelte Eivora den Kopf. Durch die Bewegung wippten die neben ihr Kinn fallenden Spitzen ihres schwarzen Haars. »Sie haben keinen Grund für diese Verschwiegenheit. Uns kann gleich sein, was sie aus dem Wald holen. Sie bezahlen uns, und wir kämpfen für sie.«

Igrul strich über seinen Bart. »Ich nehme an, sie sind keine Söldner gewohnt.«

Eine Weile schwiegen sie.

»Geben wir ihnen ein wenig Zeit.« Eivora ging zu Aglix und nahm den gelb-schwarzen Lurch auf. »Wir gehen jetzt die Stellungen ab, und du«, sie nickte Gonter zu, »hast dir ein paar Stunden Schlaf verdient.«

Gemeinsam traten sie hinaus auf den Dorfplatz, wo sie sich trennten.

Gonter beeilte sich, zu dem Lagerhaus zu kommen, in dem die Ausrüstung seiner Rotte und damit auch sein Nachtquartier untergebracht war. Zwar war er schon nass, aber der leichte Regen war ihm trotzdem unangenehm. Er schalt sich dafür, keine Lampe mitgenommen zu haben. Die Gassen waren so dunkel, dass er Gefahr lief zu stolpern.

Seine Rippen schmerzten kaum noch, wie er mit grimmiger Genugtuung feststellte. Die Wilden hatten ein paar tiefe Wunden geschlagen, aber an seinem Kettenhemd hatten sie sich die angefeilten Zähne ausgebissen. Die Entscheidung, zugunsten der Beweglichkeit auf den Schild zu verzichten, war bei Gegnern, die keine Stahlwaffen verwendeten, richtig.

Als Gonter das Tor aufzog, das groß genug war, um einen Karren passieren zu lassen, bemerkte er den warmen Lichtschein einer Laterne. Räumte hier so spät noch jemand etwas um? Oder benötigten die Schanzknechte das Werkzeug, das ebenfalls hier lagerte?

Er hörte jedoch keine Geräusche außer dem Regen, den Arbeitern und den fernen Trommelschlägen.

»Wer da?«

Er zog das Tor hinter sich zu.

Da er keine Antwort bekam, fasste er an sein Schwert und bewegte sich langsam an den Regalen entlang auf die Lampe zu. Die auf ein Fass gestellte Laterne passte nicht zu einem Hinterhalt. Überhaupt schien es der Art der Wilden zu widersprechen, sich einzuschleichen und einem Offizier aufzulauern. Sie griffen als kreischende Horde an.

Ob jemand etwas geholt und dann ein Licht vergessen hatte? Vielleicht eine Gruppe von Schanzknechten, die mit mehreren Laternen unterwegs war …

Gonter sah Feuchtigkeit auf dem gestampften Lehmboden, die von Fußabdrücken herrühren mochte. Auch er selbst tropfte. Aber er sah keine Möglichkeit herauszufinden, wie alt die Spuren waren.

Vorsichtig lugte er um das Regal, in dem die zusammengelegten Zeltbahnen lagerten.

Jemand lag in seinem Feldbett. Er drehte ihm den Rücken zu, Gonter sah nur den schwarzen Schopf.

Ein Betrunkener, der sein eigenes Lager nicht gefunden hatte? Zu sehr abgefüllt, um Gonters Ruf zu hören?

Aber dafür schien die Kleidung zu ordentlich abgelegt zu sein. Dunkles Leder, darauf ein weich aussehendes Unterhemd, ein Degen in einer mit Bronze verstärkten Scheide … Moment! Diese Waffe kannte er.

Itena drehte sich um und grinste ihn an. »Ich sehe nicht ein, dass wir beide in einem kalten Bett schlafen sollen.« Einladend hob sie die Decke. Sie war nackt bis auf die Klappe, die ihr linkes Auge bedeckte. »Wir können uns doch kameradschaftlich wärmen.«

Unwillkürlich tat Gonter einen halben Schritt zurück. Er wollte den Blick abwenden, aber die Laterne tauchte den schlanken Frauenkörper in warmes Licht. Itena war etwa in Gonters Alter, Mitte zwanzig, und man sah dem Spiel ihrer Muskeln an, dass sie die Waffenübungen ernst nahm und auch bei langen Märschen der Gruppe voranging, der sie als Weibelin vorstand. Ihre kleinen Brüste waren wohlgerundet, die Hüften hatten einen aufregenden Schwung, und das schwarze Dreieck ihrer Scham sah verlockend weich aus.

Räuspernd drehte Gonter sich weg. »Ich denke, wir schlafen besser jeder im eigenen Bett.«

Seine Handflächen kribbelten. Er glaubte, Itenas erhärtende Warzen darin zu spüren. Mehrfach hatte er sich vorgestellt, wie sie unter ihrer Rüstung aussah, wie er sich jetzt eingestand. Wenn sie sich zur Seite gebeugt hatte oder im Wald über einen umgestürzten Baum gestiegen war … ihr Körper war so biegsam! Sicher, im Einsatz wirkte sie wie eine Feuerdämonin, aber er glaubte, dass sie zwischen den Laken ein ganz anderes Feuer zeigen würde. Es lag mehrere Wochen zurück, dass er sich von Eivora getrennt hatte … Zein hatte ihm eine Hure im *Blinden Haudegen* empfohlen, und Gonter war mit ihr aufs Zimmer gegangen, aber dort hatte ihn die Lust verlassen. Er hatte die Rothaarige dafür bezahlt, dass sie ihn nicht verriet.

Doch die Vorstellung, Itenas Lust zu erkunden, erregte ihn. Die Anzeichen waren unverkennbar. Sein Hals wurde trocken, er räusperte sich.

Stoff raschelte. Gonter wagte nicht, sich der Weibelin wieder zuzuwenden. Stattdessen zog er sich ein Stück weit hinter das Regal zurück.

Der Grund für seine Trennung von Eivora, ermahnte er sich, lag darin, dass sie die Offizierin und er der Untergebene war. Auch Itena und ihn trennte die Befehlskette. Es würde eine Menge Schwierigkeiten bringen. Die anderen Weibel würden vermuten, dass er die schlanke Frau bevorzugte. Und Gonter würde sich selbst verdächtigen, genau das zu tun. Das mochte dazu führen, dass er in einem entscheidenden Moment zu lange zögerte, einen Befehl zu erteilen. Auch wenn er bezweifelte, dass Itena besondere Rücksichtnahme erwartete

Er hörte ihre nackten Füße auf dem Boden. »Bist du sicher, Prinz?«, schnurrte sie.

Er wandte sich ihr zu – und hielt den Atem an. Lasziv lehnte sie am Regal. Sie trug ihr Hemd – und nur ihr Hemd. Durch ihre Körperhaltung verlief der Saum von ihrer linken Hüfte knapp unter dem Bauchnabel her zu ihrer rechten Flanke. Ihre dunkle Scham blieb ebenso unbedeckt wie die langen, wohlgeformten Beine.

Gonter versuchte sich abzulenken, indem er sich auf die hellen Narben konzentrierte, die von Schnitten in den Oberschenkeln zeugten. Es misslang.

»Wir sollten ruhen«, sagte er mit rauer Stimme. »Wir wissen nicht, wann der nächste Angriff kommt.«

Sie grinste. »Wenn du meinst …«

Erst jetzt sah er, dass sie ihren Schurz in der rechten Hand hielt. Langsam beugte sie sich vor, um ihn anzuziehen, blieb mit dem Blick ihres einen Auges aber bei ihm. Dadurch gewährte sie ihm freie Sicht in den Ausschnitt ihres Hemds, auf die Brüste, die durch die teilweise Verhüllung und die Schatten wie etwas wirkten, das unbedingt entdeckt werden wollte.

Gonter presste die Zähne zusammen und versuchte, seinen rasenden Herzschlag zu beruhigen.

»Du bist merkwürdig.« Mit schwingenden Hüften kam Itena auf ihn zu und legte ihm die flache Hand auf die Brust. »Das gefällt mir.«

Gonter hätte nicht erwartet, dass er einmal froh darüber sein würde, dass der Kettenpanzer ihn vor einer zärtlichen Berührung schützte, aber jetzt war er dankbar dafür, ihre Finger kaum zu spüren. Itenas Duft stieg jedoch in seine Nase. Er roch die Anstrengung des Tages an ihr, aber da war auch eine süßliche Note. Sie hatte sich auf ihn vorbereitet …

Der Blick aus ihrem grünen Auge wanderte begehrlich über seine Brust, seinen Hals, sein Gesicht. Sie legte den Kopf in den Nacken und öffnete die Lippen ein Stück weit. Die Zöpfe hatte sie gelöst, das lange Haar fiel offen über ihren Rücken.

Gonter hörte nichts außer dem Dröhnen seines Herzschlags. Obwohl Itena von der Kälte der Nacht gesprochen hatte, in der man sich wärmen müsse, schwitzte er.

Sie lachte und drehte sich so schnell um, dass ihr Haar herumwirbelte und über sein Gesicht strich. Sie ging mit langen Schritten, bei denen sich ihr nur vom Schurz bedecktes, rundes Gesäß so bewegte, dass kein Zweifel daran bestehen konnte, dass sie eine hervorragende Reiterin war.

Gonter fühlte sich zugleich verlassen und erlöst, als sie hinter dem Regal verschwand, um ihre restliche Kleidung anzulegen. *Ich bin ein Rottmeister*, dachte er. *Sie ist meine Weibelin. Ich entscheide mich richtig.*

Er hatte gehofft, dass er sie in der Rüstung wieder als eine Kriegerin sehen würde, die ihm unterstand. Aber so leicht ließ sich nicht vergessen, was sie ihm gezeigt hatte. Er wusste nun um die Formen, die der Lederpanzer schützte. Hatte sie das Gehänge für den Degen mit Absicht so locker gebunden, dass die Waffe bei jedem Schritt schwang und so den Blick auf die Rundung ihrer Hüfte lenkte?

Keck lächelte sie ihn an, als sie an ihm vorbeiging. »Wenn du es dir anders überlegst, Prinz …« Sie öffnete das Tor. Der kalte Wind trieb den Regen herein. »… dann zögere nicht zu lange. Du hast recht, der nächste Angriff kann jederzeit kommen, und vielleicht steht einer unserer Namen bereits auf einem Pfeil.« Sie trat hinaus und schloss das Tor.

Er zwang sich, ihr nicht nachzueilen.

Stattdessen kleidete er sich aus und versuchte dabei, sich nicht vorzustellen, dass ihre Hände ihm mit den Schnallen des Kettenhemds oder gar der Verschnürung seiner Hose hätten helfen können. Vielleicht hätte sie sich mit dem Knoten schwergetan und ihre Zähne zur Hilfe genommen … danach dann ihre Lippen und ihre Zunge, nicht für die Hose, aber für …

Er legte sich in sein Bett und drehte die Lampe aus. »Ich habe alles richtig gemacht«, versicherte er sich selbst.

Itenas Wärme war noch in der Decke, und ihr Duft neckte seine Nase.

»Alles richtig gemacht«, murmelte er. »Ich Trottel.«

Ungeduldig ging Midalin auf und ab, den Eingang der Imkerei ständig im Blick. Das weiße Gebäude hatte zwei Stockwerke, der Putz um die Tür herum war wie ein Bienenkorb gestaltet. Das Türblatt aus braunem Holz wirkte darin wie ein gähnendes

Loch, aus dem die emsigen, schwarz-gelb gestreiften Bewohnerinnen entkommen könnten. Tatsächlich verfolgten einige Bienen Midalin hier auf der Straße, als hielten sie die junge Frau für eine Blume, der man den Nektar stehlen könnte.

Wo bleibt Nartim nur?

Wie lange war ihr Kamerad überhaupt schon in der Imkerei?

Midalin prüfte den Sonnenstand. Als sie gekommen waren, hatte das Himmelslicht genau über dem Kopf des Standbilds geleuchtet. Die Statue zeigte Baron Horold, den »Wohltäter Faarinars«, wie die Schrifttafel im Sockel ihn pries. Midalin war dem Herrscher Klataals noch nicht begegnet, schloss aber aus Erzählungen, dass er beinahe so hager war wie Kampfherr Xerohn. Das Steinbildnis dagegen zeigte zwar strenge, aber keineswegs skeletthafte Züge. Der Mann stand aufrecht und legte die Hand zwischen die Ohren eines übergroßen Leoparden, der neben ihm saß, sich über die spitzen Zähne leckte und auf den Betrachter herabstarrte. Midalin fand, dass die Raubkatze wesentlich besser getroffen war als der Mann. Die Pupillen ... die Fleckenzeichnung ... die Krallen ... sogar Schnurrhaare hatte der Bildhauer angebracht. Ob sie aus Draht gezogen waren? Stein konnte man doch unmöglich so filigran bearbeiten.

Jedenfalls stand die Sonne jetzt ein wenig rechts von der Statue, aber diese Erkenntnis nützte Midalin nichts, weil sie sich nicht gemerkt hatte, wo genau sie bei ihrer Ankunft gestanden hatte. Außerdem war sie schlecht darin, die Zeit an solchen Dingen abzulesen, sie war auf eine Stundenkerze oder Sanduhr angewiesen. In Rorgator war der Himmel schließlich fast immer von Asche verdeckt. Sie genoss das klare Blau, in dem er sich hier präsentierte.

Die Tür öffnete sich, aber nur ein feiner Herr mit blau gefärbten Locken kam heraus. Von Nartim keine Spur.

Missmutig nahm Midalin ihre Wanderung wieder auf. Ein paar Frauen schwatzten am Brunnen neben dem Standbild, ein Bettler mit verkrüppelten Füßen hockte im Schlamm, den der morgendliche Regen zurückgelassen hatte.

»Vorsicht!«, rief ein Bauarbeiter, der gemeinsam mit einem Helfer einen Balken schleppte. »Eine Gasse! Zur Seite!«

Midalin trat zurück neben die Statue. Der Baulärm kam in Faarinar niemals zum Erliegen. In jeder Richtung sah man Gerüste, obwohl die Häuser selten mehr als drei Stockwerke hatten. Aber wer es sich leisten konnte, versah sein Domizil mit einem Turm.

Nicht nur Adlige, auch Handwerker und Künstler waren unter diesen Wohlhabenden. Midalin wusste, dass man die Offiziere des Klingenrauschs zur Einweihungsfeier eines Palastes geladen hatte, der einem Haarschneider gehörte. Er musste reiche Kunden haben.

In dieser Straße standen vorwiegend Wohnhäuser. Zehn Schritt weiter gab es eine Schankstube, dort hatte der Bettler gesessen, bis der Wirt ihn mit Tritten verscheucht hatte. Sollte Midalin sich einen Tisch suchen?

Das passte jedoch nicht zu ihrer Tarnung. Sie trug das graue Kleid und die Schürze einer Magd, dazu Holzschuhe, in denen ihre Füße schmerzten. So jemand gönnte sich wohl weder ein Mahl noch ein Glas Wein, für das man mit Silber zahlen musste.

Aber war es weniger verdächtig, wenn sie die ganze Zeit hier auf und ab ging? Vielleicht wäre es günstiger, wenn sie so täte, als ob sie an der Statue auf jemanden wartete.

Tue ich ja auch. Auf Nartim.

Besser wäre, sie sähe so aus, als warte sie auf einen Botenjungen, der eine Nachricht für ihre Herrin brachte. In Rorgator benutzte man vertrauenswürdiges Gesinde dazu, Botschaften auszutauschen, von denen niemand im Haus etwas wissen sollte. Wieso hätte es in Faarinar anders sein sollen?

Also blieb sie jetzt bei Baron Horold und seinem Leoparden und spähte die Gasse mal in die eine, dann in die andere Richtung hinauf. Sie stellte jedoch fest, dass die Bienen noch frecher wurden, wenn sie sich nicht bewegte. Eine wäre ihr sogar ins Nasenloch geflogen, wenn sie nicht empört geschnaubt hätte.

Sie hatte nicht erwartet, Bratz so schnell zu vermissen. Wenn der Beo hier gewesen wäre, hätten die »Bienchen« entweder mehr Respekt gezeigt, oder sie wären in seinem Magen gelandet. Aber sie hatte den Vogel ungeachtet seiner gekreischten Protestrufe in seinem Käfig zurückgelassen.

Endlich kam Nartim aus dem Laden. Er sah ungewohnt aus und fühlte sich selbst sichtlich unwohl. Das lag allerdings anscheinend weniger an der Wolltunika, die ihm bis zu den Knien reichte, oder der Leinenhose darunter, sondern am Fehlen der Sichel, die er sonst ständig trug. Wie bei vielen Kriegern war er gewohnt, eine Hand an der Waffe abzustützen, als müsse er sich versichern, dass niemand sie ihm gestohlen habe. Nun griff die Linke neben seiner Seite ins Leere.

In der Rechten hielt er einen Tontopf, verschlossen mit einem rot-weiß gemusterten Tuch, das eine Schnur straff um die Öffnung spannte.

Er entdeckte Midalin sofort und kam direkt auf sie zu.

Sie verschränkte die Hände, um nicht auffällig mit den Fingern zu zappeln. »Was hast du herausgefunden?«, zischte sie ihm entgegen.

»Eligon führt unheimlich viele verschiedene Honigsorten. Es kommt darauf an, von welchen Blüten die Bienen die Pollen sammeln. Der Waldhonig ist teurer als früher, weil er weiter hinausfahren muss, um zu den Bäumen zu kommen.«

Fragend sah Midalin ihn an.

»Weil sie jetzt alles roden«, erklärte er.

»Jaja. Und sonst?«

»Es gibt klaren Honig und undurchsichtigen, hellen und dunklen, gelben und braunen …«

»Ja, und weiter?«

»Ich habe eine billige Sorte genommen.« Er löste die Schnur und zog das Tuch so vorsichtig vom Honigtopf, als fürchte er, der süße Inhalt würde bei der ersten Gelegenheit herausspringen.

»Jetzt hör endlich auf mit dem Honig!« Nur mühsam dämpfte Midalin ihre Stimme. »Was ist mit dem Gift? Und mit der Kundschaft?«

Nartim schien enttäuscht, dass sie seinen Kauf nicht würdigte. Wahrscheinlich dachte er, er hätte das größte Schnäppchen des gesamten Feldzugs gemacht und würde mit einem Orden dafür belohnt, die Legionskasse geschont zu haben.

»Die Kunden sind so, wie du sagst«, berichtete er zögerlich. »Reiche Leute und Knechte, einfache Bürger, ein Gelehrter, der so hochgestochen spricht, dass man ihn nicht versteht … ganz Faarinar kauft da ein. Das hat Eligon auch gesagt: Er hat den besten Honig weit und breit.«

Midalin verdrehte die Augen. »Wenn man nicht alles selbst macht …«

»Wie meinst du das?«

Sie wedelte mit der Linken, bückte sich und nahm etwas Schlamm auf. Er fühlte sich kalt und ein bisschen eklig an. Dennoch schmierte sie ihn auf ihre Hände und in ihr Gesicht.

Der Imker hatte Nartim offensichtlich eingewickelt. Midalin kannte das, mit tumben Kunden war sie ebenso verfahren. Man schwatzte ihnen die Ladenhüter auf und gab ihnen dabei das Gefühl, dass sie einen gewieften Händler über den Tisch zogen. In ihrem Fall waren sie mit Duftsalben nach Hause gegangen, die kaum intensiver rochen als Wasser, und Eligon hatte Nartim Honig aus dem hintersten Regal angedreht.

»Dein Schätzchen hier lässt sich nicht mehr aufs Brot streichen«, erklärte sie. »Der kristallisiert schon aus.«

Nartim glotzte in das Töpfchen.

»Da, vom Rand aus nach innen.« Midalin zeigte es. »Die durchsichtigen Bröckchen, die so aussehen wie Zucker. – Erkennt man mich noch?«

Er sah in ihr dreckverschmiertes Gesicht. Hoffentlich glich sie jetzt einer hart arbeitenden Magd, bei der niemand einen zweiten Blick riskieren wollte.

»Dein Haar …«, gab er zu bedenken.

Midalin seufzte. Musste sie nun auch noch die blonde Pracht verschandeln? Zweifelnd sah sie auf den Matsch. Wenn sie genug davon hineinrieb, würde man die Farbe sicher nicht mehr erkennen …

Aber es gab noch eine andere Möglichkeit. Sie nahm ihre

Schürze ab und faltete den grauen Stoff zu einem rechteckigen, mehrlagigen Tuch zusammen. Dieses schlang sie um ihren Kopf und stopfte die Strähnen darunter.

»Na?«

Nartim nickte anerkennend. »Und was soll das?«

»Wir gehen noch mal rein. Ich muss mich selbst umsehen. Du lenkst den Imker ab. Beschwere dich über den verzuckerten Honig.«

»Aber er hat ihn mir zum halben Preis überlassen!«

»Ja, sicher. Nachdem er den Preis vorher vervierfacht hat.« Immer dieselbe List …

Midalin ging voran. Im Verkaufsraum umfing sie sofort der intensive Geruch der Wachskerzen, die der Imker ebenfalls anbot. Er formte auch kleine Figuren, die Löwen, Leoparden, Schlangen und Frösche darstellten. Ein halbes Dutzend Kunden besah die Honigtöpfe auf den Tischen und die Waren in den Regalen. Imker Eligon, ein grauhaariger Mann in weißer Kleidung, beriet gerade eine Dame, deren leuchtend rote Weste mit Silberfaden in verschlungenen Symbolen bestickt war.

Mit einer knappen Handbewegung schickte Midalin Nartim zum Ladenbesitzer. Sie selbst wandte sich von ihm ab, damit er sie nicht doch noch wiedererkannte.

Auch im Laden summten Bienen. Eigentlich sollten sie wohl von ihren Kästen aus durch die kleinen Öffnungen in der Wand nach draußen fliegen, um dort Nektar zu sammeln. Die meisten taten das auch, ein vielleicht fünfjähriger Junge beobachtete fasziniert das muntere Kommen und Gehen. Wegen dieser Attraktion standen die Kästen, die Bratz' Interesse geweckt hatten, wohl auch im Innern des Ladens. Die meisten Körbe waren aber im Hof aufgebaut, den man durch die gelben Scheiben sehen konnte.

Der Verkaufsraum nahm nahezu die gesamte Grundfläche des Hauses ein. Ins Obergeschoss gelangte man über eine steile Treppe, die an einer Falltür endete.

Nachdenklich sah Midalin sich um. Wenn gestern einer der Kunden den Honig vergiftet hatte, würde sie hier nicht fündig, denn heute waren natürlich andere im Laden. Sie konnte nur weiterkommen, wenn der Imker der Täter war. Gab es Hinweise darauf, dass er sich den Göttern in besonderer Weise verbunden fühlte und deswegen einen solchen Hass auf die Söldner empfand, dass er sie vergiften wollte?

Sie betrachtete die Malereien, die sich an den Wänden knapp unter der Decke entlangzogen. Die Wellenlinien schlossen Blätter und Tierköpfe ein, Bären, Luchse, Wölfe … Nichts davon brachte Midalin mit Göttern in Verbindung, aber wer wusste schon, welche Wesenheiten man in Klataal verehrte?

Aus dem Augenwinkel schielte sie zu Eligon hinüber. Wenn er für das Gift verantwortlich war, erwartete er vielleicht Gerüchte darüber, dass jemand bei den Söldnern gestorben war. Er konnte sich denken, dass Midalin den teuren Honig für eine hochstehende Person besorgt hatte.

Aber er ging ganz im Gespräch mit der Dame in der roten Weste auf.

Vielleicht hätte Midalin etwas erreicht, wenn sie ihre Tarnung aufgegeben und ihn direkt angesprochen hätte. Die Konfrontation mochte ihn überraschen und zu einer vorschnellen Reaktion verleiten.

Doch damit hätte sie gegen Iskalas Befehl verstoßen. Sie sollten sich umsehen und nach Hinweisen Ausschau halten.

Aber wo wären die zu finden?

Ein starkes Gift mischte man nicht ohne Übung zusammen. Wenn der Imker der Täter war, beschäftigte er sich schon lange damit. Wahrscheinlich hatte er ein Laboratorium.

Zweifelnd sah Midalin zur Stiege.

Nein, sie konnte unmöglich die steilen Stufen hinaufsteigen, ohne bemerkt zu werden und Verdacht zu erregen.

Aber es gab noch eine weitere Möglichkeit, und je länger Midalin darüber nachdachte, desto wahrscheinlicher erschien sie ihr: der Keller. Sie tat, als betrachte sie die der Größe nach geordneten Kerzen in einem Regal, während sie daran entlang zur Tür schlenderte, die sich geöffnet hatte, bevor Bratz' Interesse an den Bienenkästen erwacht war.

Mit angehaltenem Atem griff sie den runden, geriffelten Türknauf.

Niemand protestierte, niemand hielt sie zurück.

Mit einem schnellen Blick über die Schulter versicherte sie sich, dass weder ein Kunde noch der Imker in ihre Richtung sahen. Nartim allerdings beobachtete sie. Er stand mit dem Honigtopf in der Nähe des Ladenbesitzers und wartete, dass er an die Reihe kam.

Midalin nickte ihm zu, zog die Tür auf und schlüpfte hindurch, um sie sofort hinter sich zu schließen. Sie zog den Kopf zwischen die Schultern, weil ihr das Klacken, mit dem das Blatt gegen den Rahmen schlug, so laut vorkam.

Nach zwei Herzschlägen wagte sie wieder zu atmen.

Vor ihr führte eine hölzerne Treppe nach unten. Sie war breit genug, damit man sie zu zweit nebeneinander begehen konnte. In dem rötlichen Lichtschein, der auf die untersten Stufen fiel, waren Schnitzereien auf den Trittflächen zu erahnen. *Eine ungewöhnliche Stelle für solche Kunst*, dachte Midalin. Zwar mochten sie rutschigen Sohlen Halt geben, aber sie waren bereits ausgetreten, sodass die Darstellungen undeutlich wurden.

Sie zog die Holzschuhe aus und stellte sie an der Tür ab. Vorsichtig stieg Midalin abwärts. Eine Stufe ließ sie aus, weil das Holz knarrte, als sie das Gewicht darauf verlagerte.

Das Licht flackerte nicht, wurde aber in ruhigen Zügen heller und dunkler. Es mochte von einem Kohlebecken kommen, wie man sie benutzte, um Schalen über lange Zeit zu erhitzen. Manchmal brauchte man das, um eine Paste abzukochen. Auch bei den Ölen, mit deren Duft Midalin experimentiert hatte, war das zuweilen nötig.

Ihr Herz schlug schneller. War sie auf der richtigen Spur? Würde sie das Laboratorium eines Giftmischers betreten?

Sicher würde Iskala sie dafür loben, aber Midalin wusste trotzdem nicht, ob sie sich darüber freuen sollte. Wenn der Imker tatsächlich ein Mörder war, würde er bestimmt alles unternehmen, um einer Entdeckung zu entgehen. Zwar würde Nartim sie schützen, aber dessen bevorzugte Waffe lag in seinem Quartier.

Sie erinnerte sich daran, dass bei ihrem ersten Besuch zwei Männer durch die Tür gekommen waren, die sie gerade benutzt hatte. Musste sie also damit rechnen, hier unten jemandem zu begegnen?

Sie lugte um die Verkleidung, die die Treppe nach rechts abschirmte.

Ein Labor war das hier nicht.

Auch kein gewöhnlicher Lagerraum, obwohl die Ansammlung von Holzmasken, federverzierten Speeren, Keulen, die in Krallenhänden ausliefen, und verdrehten Ästen dem näherkam als einem Zimmer, in dem man mit feinem Gerät arbeitete. Ein dicker Teppich lag auf dem Boden, von der Decke hing an vier Ketten ein Geflecht aus schwarzem Metall, in dem ein Kristall ruhte, größer als ein Kürbis. Er pulsierte langsam in einem roten Licht.

Ob er verzaubert ist? Midalins Handgelenke pochten. *Oder findet man so etwas in den Jademinen unter der Erde?*

Midalin sah einen kniehohen Tisch, einige Sessel, eine Liege, mehrere Regale mit Flaschen und Gläsern, aber keinen Menschen. Die Wand gegenüber der Treppe war mit den Artefakten bedeckt, die vermutlich von den Wilden stammten. Offenbar sammelte Eligon im Urwald nicht nur Nektar.

Die Regale nahmen den Großteil der Wand zur Linken ein, aber rechts führte der Raum weiter.

Der Teppich verschluckte jedes Schrittgeräusch. Unter ihren nackten Füßen fühlte er sich so weich an wie das Fell eines Schafs.

Hier unten war es kälter als auf der Straße. Vom Leuchtkristall ging keine Wärme aus. Midalin sah jedoch, dass in einiger Entfernung, wohin sein Schein nicht reichte, eine Laterne auf einem Schemel stand. So weit setzte sich der Raum nicht fort, im Halbschatten erahnte sie die abschließende Wand, ebenfalls mit allerlei Fetischen bedeckt. Darin öffnete sich ein Gang, und in diesem befand sich die Lampe.

Mit einem mulmigen Gefühl im Bauch betrachtete Midalin eine Knochenflöte. Ihre Form glich verdächtig einem Schienbein. Symbole waren hineingebrannt, sie zeigten Tatzen und Krallen. So etwas hatte man auch bei den Schwindlern benutzt, die sie in diesen angeblichen Dämonenkult gelockt hatten. Mit wahrer Magie hatte das nichts zu tun. Aber dieser Umstand änderte nichts daran, dass man einen Toten seiner Gebeine beraubt hatte. Sie schluckte.

Midalin trat einen Schritt zurück und ließ den Blick über das Sammelsurium schweifen. Eine gewisse Kunstfertigkeit war den Masken mit den geschlitzten Augen oder dem Pfeil mit der Spitze aus gebrochenem Stein nicht abzusprechen, aber der vorherrschende Eindruck war der von ungezähmter Wildheit.

»Herz des Waldes«, murmelte sie.

Bratz musste hier unten gewesen sein. Hier, in diesem Raum, hatte er den Begriff aufgeschnappt, und als die Männer nach oben gegangen waren, war auch er entschlüpft und hatte sich nach der Aufregung im Keller ein paar Bienchen gönnen wollen. Dass er überhaupt hier heruntergekommen war, sah dem neugierigen Beo ähnlich. Bestimmt hatte er einen kurzen Moment genutzt, in dem sich die Tür geöffnet hatte.

Midalin sah zum Kristall auf. Ob er das Herz des Waldes war? Oder hatten die Männer hier unten über etwas anderes gesprochen?

Sie studierte die im Schatten liegende Wand. Masken, Federschmuck, aber auch eine Stange mit Bügeln, an denen Kleidung hing, die ihr auf den ersten Blick normal erschien. Sogar Schnallenschuhe standen darunter.

Unsicher lugte sie in den weiterführenden Gang.

Wenn sie schon einmal hier war …

Der Keller war viel größer, als sie gedacht hatte. Sofort hinter der Einmündung, noch vor der Laterne, verzweigte sich der Gang. Gab es etwa ein unterirdisches Geflecht, das Faarinars Häuser verband? Die vielen neuen Gebäude, die seit der Ankunft des Barons errichtet wurden, waren davon sicher nicht erfasst, aber die Alteingesessenen mochten ihre Geheimnisse hüten.

Wenn sich Midalin recht entsann, war Faarinar bis vor Kurzem ein entlegener Außenposten gewesen, von Wildnis umgeben. Sicher war der Urwald den Bewohnern als beherrschende Kraft erschienen, die über ihr Wohl und Wehe bestimmte. Möglich, dass sie ihn wie eine Gottheit verehrten und jetzt entsetzt davon waren, dass der Baron der Wildnis ihre Schätze mit solcher Gewalt entriss. Wenn Söldner kamen, um ihm dabei zu helfen, waren sie natürlich nicht willkommen … Ja, alles fügte sich zusammen.

Midalin war aufgeregt, aber auch stolz. Sie folgte dem Gang zur Laterne.

Hier bestand der Boden aus festgetretenem Erdreich. Er fühlte sich kalt und hart an. Zur Linken war eine Wand aus Ziegeln gemauert, zur Rechten aber fügten Bruchsteine kleine Kammern. Gitter schlossen sie zum Gang hin ab. Das Dämmerlicht reichte nicht aus, um sie zu beleuchten, aber soweit Midalin erkannte, waren sie leer.

Nur in der Zelle, vor der die Laterne auf dem Schemel stand, hockte ein riesiger Affe. Sein Fell war schwarz, das Gesicht dunkles Leder, die Nase platt, unter der zitternden Lippe kamen gewaltige Hauer zum Vorschein. Midalin wich an die gegenüberliegende Gangwand zurück, obwohl das Tier ruhig in einer Ecke saß.

Midalin tastete über ihre Brust. Sie fühlte ihren Herzschlag.

Sie konnte sich vorstellen, dass ein Schausteller, der mit einem solchen Tier übers Land zog, viele Neugierige anlockte. Er mochte so manche Münze von Damen bekommen, die sich ansonsten in ihren Palästen langweilten. Aber wenn das Eligons Absicht gewesen wäre, hätte er den Affen in seinem Hof angekettet, um ihn bestaunen zu lassen. Das hätte ihm viel mehr Aufmerksamkeit gebracht als die ein- und ausfliegenden Bienen.

Wieso also sollte er ihn hier unten verstecken?

Sicher war es aufwendig und vor allem gefährlich gewesen, ein solches Monstrum einzufangen. Oder hatte man es als Kind aus dem Urwald entführt?

Aber dann hätte man es über viele Jahre füttern müssen, um

es auf diese Größe zu bringen. Welcher Gewinn stand dem gegenüber?

Die Neugier besiegte die Scheu. Midalin löste sich von der Wand und näherte sich dem Gitter. Sie nahm sogar die Lampe auf und leuchtete zwischen den Stäben hindurch, um besser sehen zu können.

Plötzlich sprang der Affe auf und stieß ein markerschütterndes Gebrüll aus. Er packte das Gitter und rüttelte daran, Bröckchen lösten sich aus der Decke, Steinstaub rieselte herab.

Vor Schreck ließ Midalin die Laterne fallen. Sie schepperte auf den Boden, zerbrach aber nicht.

Mit eiligen Schritten hastete sie den Weg zurück, den sie gekommen war. Sollten andere die Rätsel lösen, die dieser Ort barg!

Als sie den Raum mit dem Leuchtkristall erreichte, wagte sie, sich umzudrehen.

Sie schrie auf.

Unmittelbar vor ihr stand ein Mann, der sie böse anfunkelte. Er musste aus dem abzweigenden Gang gekommen sein. Sein Haar war verfilzt, aber die edle Kleidung schloss aus, dass dieser Umstand auf Armut zurückzuführen war. Vielmehr war die Frisur kunstvoll in Zöpfe gelegt, zwei davon trotzten der Schwerkraft und stachen unter den Ohren nach vorn.

»Hast du dich verlaufen?« Das Licht einer intensiv duftenden Wachskerze, die er in einem bronzenen Halter trug, schuf bewegte Schatten auf seinem Gesicht.

»Ja«, presste Midalin hinaus.

»Warum bist du dann nicht wieder nach oben gegangen, als du deinen Irrtum bemerkt hast?«

»Ich weiß nicht, ich …« Sie fingerte das Lederetui, in dem sie ihr spezielles Schnupftuch transportierte, aus der Seitentasche ihres Kleides.

»Ich mag keine schnüffelnden Mägde«, grollte er.

Midalin atmete tief ein und aus.

Der Mann grinste. Er mochte ihr Verhalten für ein Zeichen ihrer Aufregung halten.

Das war auch nicht ganz falsch, aber vor allem brauchte sie viel Luft in der Lunge.

Das Lederetui war mit Öl behandelt, damit es das Schnupftuch dicht abschloss. Jetzt öffnete sie es und zog den klammen Stoff heraus.

Der Mann runzelte die Stirn, aber schon schwankte er und blinzelte benommen.

Schnell drückte Midalin das Tuch gegen seine Nase.

Seine Hand ruckte zu einer Abwehrbewegung hoch, aber er beging den verständlichen Fehler einzuatmen.

Kraftlos sackte er zusammen. Sein Kopf stieß gegen die Wand.

Midalin stopfte das Tuch ins Etui und trat gleichzeitig die Kerze aus, die dem Betäubten entfallen war. Die Hitze brannte unter ihrer nackten Sohle, ihre Lunge kribbelte, und Funken tanzten vor ihren Augen, aber sie zwang sich, zunächst die Schnalle sorgfältig zu schließen, bevor sie wieder atmete.

Der süßliche Geruch lag noch immer in der Luft. Sofort merkte Midalin, dass sie träge wurde. Sie wankte zur Treppe. Die Holzstufen sahen unglaublich weich aus, sie luden dazu ein, sich daraufzusetzen und einzuschlummern. Und erst der Teppich unter ihren Füßen …

Sie beherrschte sich, nicht zur Liege zurückzublicken. Stattdessen konzentrierte sie sich auf ihren Atem und zwang sich die Treppe hinauf. Die rechte Hand hielt sie hinter ihrem Rücken, weit weg von ihrer Nase. Der Geruch haftete daran.

Sie musste nach draußen, schnell. Dann konnte alles gut gehen. Der Betäubte hatte sich zwar den Kopf an der Wand angeschlagen, aber er mochte die Beule als Beweis dafür sehen, dass Midalin nicht allein gewesen wäre und ihr Gefährte ihm einen Knüppel über den Schädel gezogen hätte. Welcher Mann gestand sich schon gern ein, dass eine zierliche Frau ihn außer Gefecht gesetzt hatte?

Sie dachte an die Holzschuhe, entschied aber, dass sie sich damit nicht belasten durfte, drückte die Tür auf und taumelte in den Laden. Gerade noch brachte sie die Geistesgegenwart auf, den Durchgang hinter sich zu schließen. Die anderen Menschen nahm sie nur verschwommen wahr. Sie torkelte zum Ausgang und kicherte, weil sie vermutete, dass sie jeder, der sie sah, für eine Trunksüchtige halten musste.

Beinahe wäre sie in den Matsch gefallen, schaffte es jedoch gerade noch, die Füße rechtzeitig voreinanderzuwerfen, sodass sie mit einem Gang, der sicherlich einem springenden Storch ähnelte, die Statue vom Baron und seinem Leoparden erreichte, an der sie sich festhalten konnte. Sie atmete so tief wie möglich, aber der süße Geruch blieb in ihrer Nase. Ihr wurde übel.

»Was ist denn mit dir los?«, fragte Nartim, der plötzlich neben ihr stand. Immerhin stützte der Kamerad sie unter der Achsel.

»Weg!«, würgte sie. »Wir müssen weg!«

Er führte sie die Straße entlang, sie drängte ihn in eine Seitengasse.

Mit weit geöffnetem Mund atmete sie tief ein und aus. Die Übelkeit schwand.

Nartim legte einen Arm um ihre Schultern. Offenbar fürchtete er, sie müsse sich übergeben. »Hast du etwas herausgefunden?«

Sie nickte. Vorgebeugt starrte sie auf ihre nackten Zehen, über die der Matsch der Straße quoll. »Ich hoffe, Iskala wird zufrieden sein.«

Der Nebel war fort, die Wilden hatten sich tief in den Urwald zurückgezogen. Ihre Trommeln klangen von Ferne herüber, aber nicht mehr aus allen Richtungen, sondern nur noch aus Nordosten. Gemeinsam mit Bannerherr Torbun nutzte Eivora das Licht des frühen Vormittags, um das Gefechtsfeld rund um Grinhoff abzuschreiten. Zwei Hellebardiere begleiteten sie, die beiden hatten ihr einen verstörenden Fund gebracht.

Eivora trug den abgetrennten Arm mit sich herum, als fürchte sie, er könne sich in Luft auflösen, sobald sie ihn aus der Hand gab. Das hätte sie noch mehr an ihrem Verstand zweifeln lassen, als dieser greifbare Beweis des Unglaublichen es bereits tat.

Die Beilklinge einer Hellebarde war scharf genug, um Muskeln, Sehnen und Knochen mit einem einzigen Hieb zu durchtrennen, vor allem, wenn dieser den Radius voll ausnutzte, den eine Stangenwaffe bot. Der glatte Schnitt durch den Oberarm zeugte davon, dass der Söldner, der dies zuwege gebracht hatte, sein Handwerk beherrschte.

Die Gliedmaße war ausgeblutet, nach dem Gefecht hatte sie wenigstens fünf Stunden hier draußen gelegen, bevor die Doppelstreife sie entdeckt hatte. Die Haut war bis über die Hälfte des Unterarms violett bemalt. Dann aber spross ein dichter, drahtiger, grauschwarzer Pelz heraus, der viel mehr mit der Behaarung eines Wolfs gemein hatte als mit der eines Menschen. Die Pranke jedoch passte weder zum einen noch zum anderen.

Man konnte gekrümmte Finger darin erahnen, aber der Daumen stand ihnen nicht gegenüber, sondern lief parallel und erreichte beinahe die Länge des Zeigefingers. Die Muskeln der einzelnen Fingerglieder waren so groß, dass sie wie Schwellungen aussahen. Eivora bezweifelte, dass sich die Hand schließen ließ. Das wäre ohnehin wenig ratsam gewesen, die kegelförmigen, gebogenen Krallen hätten den Träger verletzt. Anders als Fingernägel wuchsen sie nicht oberhalb der Kuppen. Das letzte Glied ging vollständig in sie über.

Wieder einmal versuchte Eivora, sie gleich Fingerhüten abzuziehen, aber sie waren fest verwachsen. Die Pranke war kein Handschuh, keine seltsame Waffe. Dies war eine Gliedmaße, und sie war zur Hälfte menschlich. Was jedoch die andere Hälfte anging, schien ein Albtraum Gestalt angenommen zu haben. Solches Gezücht hätte Eivora allenfalls in einem Dämonentempel vermutet.

Es war erstaunlich, wie anders man die Umgebung Grinhoffs ohne den Nebel wahrnahm. Eivora hatte sich gestern bei mehreren Gelegenheiten zwischen den Rodungs- und Bautrupps hier draußen bewegt. Sie erinnerte sich an die im Kern morsche Eiche, die sie umgesägt hatten, und die Versuche, das Buschwerk niederzubrennen. Es war zu feucht gewesen, mühsam hatten sie es aus dem Boden reißen müssen. Jetzt sah sie das zernarbte Feld vor der Palisade, die allmählich zu einer ernst zu nehmenden Befestigung anwuchs. Es wirkte wie ein Acker, auf dem ein betrunkener Bauer den Pflug immer wieder neu angesetzt hatte. Der Boden war voller Löcher, wo man Wurzeln entfernt hatte, und Wellen, wo das zu umständlich gewesen war. Furchen durchzogen ihn für ein paar Schritt, um dann an einem Stein zu enden. Weite Areale waren zertreten, wo eine Formation von Hellebardieren die Stiefel ins Erdreich gerammt hatte, um einem Ansturm der Wilden mit dem Wall ihrer Klingen ein tödliches Hindernis entgegenzusetzen.

An manchen Stellen konnte man auf diesem Boden marschieren wie auf einer Straße, aber oft sank Eivora knöcheltief ein. Der Regen hatte die aufgerissenen Areale morastig gemacht. Das wurde schlimmer, als sie in eine Senke am Rande der Rodung stiegen.

Hinter einigen niedergetretenen Sträuchern erreichten sie einen Tümpel. Das Wasser war ungewöhnlich blau, als sei es gefärbt, und Schlingpflanzen trieben darin.

»Hier haben wir den Arm gefunden.« Einer der beiden Hellebardiere, die Torbun und Eivora begleiteten, zeigte auf einen moosbewachsenen Fels, der halb im Wasser verschwand.

Beiläufig bemerkte Eivora, dass sein tropfenförmiger Helm einen Riss abbekommen hatte. Xerohn wäre nicht froh gewesen, wenn er das gesehen hätte. Der Kampfherr bestand auf tadelloser Ausrüstung und erwartete von seinen Leuten, dass sie Schäden sofort ausbesserten. Ob der Mann deswegen so aussah, als sei ihm mulmig zumute?

Aber seinem Gefährten, dem der kleine Finger der linken Hand fehlte, schien es ebenso zu gehen. Es lag wohl doch daran, dass Eivora einen abgetrennten Arm mit sich herumtrug, der in einer Klaue auslief.

Sie betrachtete den Tümpel. Er durchmaß etwa zwanzig Schritt, genau ließ es sich nicht sagen, weil das unregelmäßig geformte Ufer keine klare Grenze zwischen Wasser und Land bot. Die Vegetation wucherte aus dem Teich und dem Schlamm. Schnaken tanzten in der Morgensonne.

Vorsichtig stieg Eivora auf den Felsen. Wie erwartet, machte das Moos ihn rutschig. Sie stellte die Füße schräg, um auch seitlich eine weite Standfläche zu haben, beugte sich leicht vor und sah ins Wasser. Aglix krabbelte auf ihre Schulter, als wolle der Feuersalamander ihr bei der Suche helfen.

Sie erahnte, wie sich der Stein unter der Oberfläche fortsetzte. Träge bewegten sich die Pflanzen. Von dem Wesen, dem der Arm gehört hatte, sah sie nichts.

»Habt ihr hier gekämpft?«, fragte sie.

»Wir selbst nicht«, antwortete der mit dem Riss im Helm. »Andere Rotten – vielleicht.«

»Ich werde das herausfinden«, versprach Torbun.

Eivora nickte, obwohl diese Frage wahrscheinlich keine Rolle spielte. Genauso gut konnte der Verletzte den Arm ein Stück mitgeschleppt haben, in der verzweifelten Hoffnung, ein Feldscher könnte ihn wieder anbringen. Was voraussetzte, dass er die Verletzung überlebt hatte, trotz des Blutverlusts. Oder ein Tier hatte den Arm hierher gezerrt und dann liegen lassen, weil man es gestört hatte.

Eivora zeigte auf etwas Helles, das ein paar Schritt weiter träge im Wasser schwankte. »Was ist das?«

Torbun runzelte die Stirn. »Herausholen!«

Sofort senkten die Hellebardiere ihre Waffen. Die axtartige Klinge lief nach vorn in einem Stoßdorn aus, darunter erweiterte sich eine Schneide wie bei einem Beil, und gegenüber davon bog sich ein Reißhaken. Letzterer kam zum Einsatz, wenn man einen weiten Hieb über den Gegner hinweg führte. Dann konnte man die Waffe zurückziehen und den Haken dabei in den Rücken des Kontrahenten bohren. Besonders gegen Reiter war das eine bewährte Methode.

Jetzt fanden die Haken jedoch Halt im Kettenhemd eines gefallenen Kameraden und zogen ihn aus dem Wasser. Sein Körper war bereits aufgequollen, und Fische hatten an ihm genagt. Gestorben war er aber daran, dass etwas Stumpfes mit großer Wucht die linke Gesichtshälfte zerdrückt hatte.

»Es ist Abblin«, meldete der mit dem beschädigten Helm. Seine Stimme zitterte.

»Wir nehmen ihn mit zurück«, bestimmte Torbun.

Ein Vermisster weniger, ein Gefallener mehr, dachte Eivora. Sie umrundete den Teich, was wegen der Vegetation mühsam war, aber sie wollte sichergehen, dass der Körper des seltsamen Wesens sich hier nicht finden ließ. Ihre Begleiter folgten ihr stumm.

Als sie wieder bei Abblins Leiche ankamen, stand Wurota daneben. Eivora kannte den Melder, sie hatte ihn in der Nacht ein paar Mal eingesetzt. Er trug eine leichte Lederrüstung, ein Kurzschwert hing an seiner Seite, und aus irgendeinem Grund hatte er sich drei schwarze Striche auf die linke Wange gemalt. Sie nahm sich vor, ihn danach zu fragen, was für eine Bewandtnis es damit hatte, aber jetzt war seine Nachricht wichtiger.

Er grüßte mit der Faust. »Bannerherrin Xanixta ist eingetroffen.«

»Ah!« Erfreut rieb sich Torbun die Hände mit den überlangen Fingern. »Dann kommen wir endlich hier weg.«

Eivora hob die Hand. »Nicht so schnell. – Ich nehme an, sie hat ihr Banner mitgebracht?«

»So ist es«, bestätigte Wurota, »aber sie hatten auf dem Weg hierher ein bisschen Ärger. Ein paar Verletzte, und schon beim Abmarsch waren sie nicht auf Sollstärke. Achtundsiebzig Kampffähige, sagt Xanixta.«

»Grinhoffs Befestigung ist jetzt viel besser«, meinte Torbun. »Achtundsiebzig werden reichen, um uns zu ersetzen.«

»Ihr bleibt hier«, versetzte Eivora.

Torbun glotzte sie an. »Aber Xanixta ist doch unsere Ablösung.«

»Jetzt nicht mehr.«

»So lautet Xerohns Befehl.« Torbun straffte sich. »Du bist nicht unsere Kampfherrin, Eivora. Du bist keine Hellebardierin.«

»Ich spreche mit Xerohn.«

»Soweit ich weiß, befindet er sich in Faarinar.«

»Dorthin werde ich auch gehen.«

»Du?«, stieß er hervor. »Es ist vereinbart, dass *wir* die Klataaler nach Faarinar eskortieren.« Eine Delegation der Dörfler hatte um Schutz ersucht, um Verwundete und Reichtümer in Sicherheit zu bringen.

»Denkst du, ihr könntet das besser als das Sturmbanner?« Eivora straffte die Schultern, achtete jedoch darauf, ihre Hand vom Kurzschwert fernzuhalten. Torbun hatte zwar seine Hellebarde in Grinhoff gelassen, trug aber einen Dolch, dessen Klinge nur geringfügig kürzer war als die von Eivoras Waffe – und die Hellebardiere wären auf seiner Seite, wenn es hart auf hart käme.

Aber das würde Eivora verhindern. *Ein Offizier führt mit seiner Ausstrahlung*, hatte ihr Vater gelehrt. *Er darf keinen Zweifel an seiner Sicherheit und Überlegenheit aufkommen lassen. Seine Aura ist das Einzige, was ihn vor dem Zorn und der Angst von tausend Untergebenen schützt.*

»Wir haben Bannerstärke.« Zufrieden bemerkte Eivora, dass Torbun mit weniger Nachdruck sprach als zuvor. »Ihr habt nur eine Rotte. Gerade mal ein Viertel.«

»Es wird reichen«, stellte Eivora fest. »Und denke daran, dass Xerohn der Art zugestimmt hat, wie wir den Klingenrausch führen: Jeder Kampfherr kann für die gesamte Legion entscheiden, und er ist nur den anderen Kampfherren gegenüber verantwortlich. Ich bin die einzige Kampfherrin in zehn Meilen Umkreis«, sie sah ihn fest an, »und ich habe entschieden, *Bannerherr*. Die beiden Hellebardierbanner bleiben gemeinsam mit den Schanzknechten hier und sichern Grinhoff. Die Eskorte nach Faarinar übernehme ich mit meinen Kriegern.«

Torbun schwieg, aber sie sah in seinen Augen, was er dachte: *Feigling*. Er glaubte, dass es Eivora nach den Kämpfen der Nacht und dem Fund des unheimlichen Arms mit der Angst zu tun bekam. Dass sie so rasch es ging, vor allem vor der Abenddämmerung, möglichst weit vom Schauplatz des nächsten Angriffs entfernt sein wollte.

Eivora war versucht, Gonter das Kommando für den Rückmarsch zu übertragen und selbst hier auszuharren. Aber ihre Finger krallten sich in das kalte Fleisch der abgetrennten Gliedmaße. Das hier war wichtiger, es konnte die gesamte Strategie des Klingenrauschs ändern. Offenbar hatten sie es mit einem andersartigen Gegner zu tun als in jedem der neunundneunzig Kontrakte zuvor. Sie könnte Gonter den Arm mitgeben, aber sie wollte den daraus resultierenden Beratungen beiwohnen. Und die meisten Kampfherren würde sie in Faarinar treffen. Die Stadt lag zentral im Einsatzgebiet, dort befanden sich Schwertfeuer und Blitzstein, von dort aus dirigierte Atirion den Nachschub.

Ihre Zähne knirschten, aber sie sprach kein Wort mehr und stapfte Richtung Grinhoff. Die Führung der Legion war wichtiger als ihr Stolz.

4. Faszination

»Beschreibt uns die Ornamente!«, forderte Tegla.

Midalin kannte sie zu schlecht, um sagen zu können, ob sie die Geduld mit ihr und Nartim verlor. Vielleicht war sie immer zornig. Oder Midalins hübsches Äußeres ärgerte sie.

Wenn die Rottmeisterin einmal Schönheit besessen hatte, so war sie im Alter von ihr gewichen. Tegla hatte etwa ein halbes Jahrhundert gesehen, sie besaß einen scharfen Verstand, aber einen formlosen Körper. Sie war nicht fett, sie strahlte sogar etwas von der Härte einer Kämpferin aus, doch wenn die Ärmel der roten Kutte zurückrutschten, entblößten sie jene schwabbelige Weichheit, die sich einstellte, wenn man die Spannkraft verlor.

Sicher stand das auch Midalin bevor, in zwei oder drei Jahrzehnten, und manchmal blickte sie dem mit grimmiger Freude entgegen. Es würde sie davon erlösen, immer nur als Puppe betrachtet zu werden, die hübsch lächeln konnte. Meistens aber fürchtete sie sich davor, im Alter nicht mehr beachtet zu werden.

»Knapp unter der Decke im Verkaufsraum ziehen sich verschlungene Linien«, berichtete Nartim. »Sie schließen Darstellungen von Tieren ein, Füchse zum Beispiel.«

»Keine ganzen Tiere«, stellte Midalin klar. Sie ärgerte sich, dass sich Nartim als erfolgreicher Kundschafter inszenierte. Dabei hatte sie die wesentlichen Entdeckungen gemacht! »Die Abbildungen zeigen nur die Köpfe von Luchsen, Bären und anderen Tieren des Waldes.«

»Und im Keller?« Teglas Blick war von einer Aufmerksamkeit, die nirgendwo haften blieb. Er erfasste zu gleichen Teilen Nartim, Midalin und sogar Bratz, der sich auf dem Metallgeflecht der Gondel das Gefieder putzte.

»Dort unten zeigen die Wandmalereien hauptsächlich Blätter«, erinnerte sich Midalin. »Aber die meisten davon sind zugestellt oder mit Masken und Fetischen verhängt.«

Tegla nickte bedächtig. Die Rottmeisterin trug fahlorangefarbene Schnüre im langen, ergrauenden Haar. Knoten zierten sie in unterschiedlichen Abständen. Im Zauberbanner munkelte man, dass sie eine Schrift bildeten, Beschwörungen von Dämonen, die sie schützen sollten. Es hätte zu Tegla gepasst. Ihr besonderes Talent lag in der Verschlüsselung von Nachrichten und dem Entziffern von Geheimzeichen.

»Könnt ihr diese Symbole aus dem Gedächtnis aufmalen?«, fragte sie.

»Nein!«, rief Midalin schnell, bevor Nartim eine voreilige Zusage herausrutschte. »Wir würden sie allenfalls ungefähr treffen.«

Tegla verzog den Mund. Ob sie unzufrieden war? Hätte sich ein Krieger aus ihrer Rotte die Malerei besser eingeprägt?

Midalin sah die anderen an, die sich hier unten, im Keller des Schuldturms, versammelt hatten.

Der blinde Aros war ein zweiter Rottmeister im Zauberbanner. Er war ein Mann von dreißig Jahren. Das schwarze Haar trug er sehr kurz, vielleicht, weil die milchigen Augen seinen Sitz nicht in einem Spiegel überprüfen konnten. Trotz seiner Blindheit war er eitel, als einer von wenigen tauschte er niemals seine Kutten mit anderen Angehörigen des Zauberbanners. In seine Ausfertigungen waren Fäden eingearbeitet, die einen gefälligen Faltenwurf erzwangen. Er war auch der Erste gewesen, der Midalin um exquisites Duftwasser gebeten hatte.

Seine linke Hand ruhte auf der Schulter Hulons, eines Elfjährigen, der ihn führte und erledigte, wozu man unbedingt Augen brauchte. Er schlug den Jungen oft, auch jetzt war die rechte Wange dunkel verfärbt. Nartim hatte von dem Gerücht erzählt, dass Aros den Knaben in Wirklichkeit gar nicht nötig hatte. Finsterste Zauberei, gewirkt an Rorgators Magmaschlünden, habe ihm die Sicht zurückgegeben. Midalin war aufgefallen, dass sich der Rottmeister auch ohne seinen Führer erstaunlich gut zurechtfand, sogar in einer ungewohnten Umgebung wie Faarinar. Ob wirklich nur ein außergewöhnlich feines Gehör der Grund dafür war? Oder beherrschte er doch echte Magie? Der Gedanke erzeugte ein wohliges Schaudern auf Midalins Rücken.

Ganz gewiss verstand Fiafila-Ignuto etwas von der dunklen Kunst. Die Avatar trug wieder ihre Stachelrüstung, der Homunkulus hatte die an Fledermausflügel erinnernden Ohren halb entfaltet.

Auch Prekesta, die Heroldin des roten Risses, sollte von den Dämonen berührt worden sein. Die schlanke Frau trug zusätzlich zur Kutte Samthandschuhe und einen undurchsichtigen Schleier. Gemeinsam mit der Kapuze verhüllte er sie so gründlich, dass nur ein Streifen für die Augen frei blieb, und der lag vollständig im Schatten. Midalin fürchtete sich davor, ihr entstelltes Gesicht zum ersten Mal zu sehen. Zugleich verleitete ihre Neugier sie dazu, immer wieder hinüberzuschielen, in der Hoffnung, dass das Licht der beiden Laternen so fiel, dass man zumindest den schmalen Hautstreifen sehen könnte, den das Gewand unbedeckt ließ. Man sagte, sie sei bei lebendigem Leibe verbrannt, und auch ihre Seele habe der Qualm aus dem Reich der Dämonen geschwärzt. Man hatte sie wohl schon vorher als grausame Frau gekannt, aber was sie dem Lustknaben angetan hatte, war selbst für Iskala eine Überraschung gewesen.

Yra, die Magd der Avatar, stand zwischen den beiden mystischen Frauen. Sie war die Jüngste hier unten, vierzehn vielleicht. Ihr Kraushaar umgab ihr Gesicht wie eine schwarze Aureole. Ob sie so ernst schaute, weil sie Midalin als Konkurrenz sah? Immerhin war Midalin, nicht Yra, vorgestern bei Fiafila-Ignuto gewesen und hatte sie vor dem Gift bewahrt.

Das Zauberbanner hatte noch einen dritten Rottmeister, Kalein, aber dessen Einheit war in eines der klataalschen Dörfer näher am Wald abkommandiert, sodass er nicht an der Besprechung teilnehmen konnte.

Die vierte Rotte führte Iskala selbst. Ihr oblagen Spezialaufgaben wie der Schutz der Avatar und Hilfe beim Einsatz des Schwertfeuers. Auch Midalin und Nartim waren ihr zugeordnet. Sie wusste nicht, ob es ein Vorteil war oder Gefahr mit sich brachte, direkt der Kampfherrin zu unterstehen. Bei dieser Besprechung jedenfalls verhielt sich Iskala neutral. »Schau dir die Zeichnungen beim Imker selbst an«, befahl sie jetzt.

Tegla nickte knapp.

»Gibt es noch Fragen?« Iskalas rote Augen huschten über die Versammelten.

»Es wäre schön, wenn der Vogel sprechen würde«, meinte Fiafila-Ignuto.

Wie Midalin befürchtet hatte, dachte Bratz seit dem Beginn des Treffens gar nicht daran, die Worte von sich zu geben, die er im Keller des Imkers aufgeschnappt hatte. Stattdessen verlangte er nach Bienchen, klagte über Hitze, obwohl es hier unten kühl war, und pries das »Sternensehnen« an, das teuerste Wässerchen im Sortiment von Midalins verschiedenem Meister.

Fiafila-Ignuto stellte sich vor den Beo. »Na los, sag schon!«

Misstrauisch beäugte Bratz den gepanzerten Handschuh, der sich ihm mit ausgestrecktem Zeigefinger näherte. Er mochte es nicht, wenn ihm jemand durch die Federn wuschelte, es sei denn, derjenige fütterte ihn gleichzeitig mit Honigbienen.

Zu Midalins Entsetzen hackte der Vogel auf Fiafila-Ignutos Handrücken ein.

Das tat er so geschickt, dass er sich nicht an den spitzen Metalldornen verletzte. Der rote Schnabel klang auf dem Metall wie das Hämmern eines Spechts.

Midalin hielt die Luft an. Bratz hatte auch sie bearbeitet, drei frische Blutblasen an ihrer linken Hand waren die Strafe dafür, dass sie ihn gestern in den Käfig gesperrt hatte. Seit der Sache mit dem Brandeisen nahm er es besonders übel, wenn sie ihn seiner Freiheit beraubte.

Fiafila-Ignuto griff nach ihm.

Bratz stieß sich nach hinten ab und flatterte auf. »Bienchen!«, kreischte er und flog den Schacht empor, wobei er um die Kette kreiste, die die Gondel mit der Winde verband.

Unangenehmes Schweigen breitete sich aus.

Midalin atmete flach, als könnte sie der Aufmerksamkeit

der Offiziere entgehen, wenn sie stillstand und kein Geräusch machte. *Mein Vogel hat ein Gefäß der Dämonen angegriffen!*

Jetzt hatte er sich aus dem Staub gemacht, also war nur noch seine Herrin für eine Bestrafung greifbar. Ob man sie in eine der Zellen sperren würde? Platz genug dafür gab es, seit Eivora die Gefangenen mit sich genommen hatte. Hinter den Gittertüren lauerte nicht nur Dunkelheit, sondern auch Vergessen. Wenn Iskala zu dem Schluss kam, Midalin verrotten zu lassen, gäbe es niemanden, der für sie sprechen würde. Sie kannte kaum jemanden in der Legion. Nartim schien gewillt, sich die Erkenntnisse um den Waldkult und das Gangsystem unter der Stadt als sein Verdienst anerkennen zu lassen. Ihm konnte nur recht sein, wenn Midalin verschwand. Und der verdammte Bratz war wieder einmal ganz groß darin, sie in Schwierigkeiten zu bringen, würde aber sicher keine Feder in Unordnung kommen lassen, um ihr wieder herauszuhelfen. Sie hätte das garstige Vieh schon vor langer Zeit rupfen sollen!

»Nartim, Midalin …«

Iskalas Stimme war undeutbar. Sie sah an der Kette hoch. Hielt sie nach Bratz Ausschau?

»… verlasst uns jetzt«, fuhr die Kampfherrin fort. »Wir wollen allein beraten.«

Laut hörbar atmete Midalin aus.

Sie stiegen in die Gondel und betätigten die Lederschnur, die mit einem Glöckchen oben an der Winde verbunden war. Kurz darauf spannte sich die Kette, und sie lösten sich vom Boden. Die beiden Laternen blieben unter ihnen zurück. Für Midalin war es wie ein Aufstieg aus dem Schlund eines Ungeheuers.

Zu ihrer Überraschung entdeckte sie Bratz auf dem angewinkelten Arm eines breitschultrigen Mannes, der neben den Söldnern stand, die die Winde betätigten. Er war an die zwei Schritt groß, sein Kinn war kantig, und als er aufsah, strahlte aus den blauen Augen derselbe Stolz, der auch im Flug der Adler lag, die über Rorgator kreisten. Das brünette Haar lag offen auf den Schultern.

»Gonter!«, rief sie.

In gewisser Weise hatte die Bekanntschaft mit ihm den Ausschlag gegeben, Iskalas Ruf in den Klingenrausch zu folgen. Gemeinsam mit einer Kameradin hatte er jenen Zirkel von stümperhaften Dämonenverehrern zerschlagen, dem Midalin auf den Leim gegangen war. Es hatte sie beeindruckt, wie die beiden Söldner mit einem Dutzend Paktierer aufgeräumt hatten. Seither war sie ihm allerdings nicht mehr begegnet.

Sie wollte ihn warnen, weil er ohne schützende Handschuhe Bratz' Nacken kraulte, aber erstaunlicherweise schien der Beo das zu genießen. Sein Schnabel lag auf der Brust, verborgen im aufgeplusterten Gefieder, und er pfiff leise vor sich hin. Midalin erinnerte sich nicht, dass er jemals eine solche Behandlung zugelassen hätte. Von ihr natürlich ohnehin nicht, aber auch nicht von ihrem Meister, der ihn beinahe wie ein eigenes Kind verwöhnt hatte.

»Ist das dein Vogel?« Gonter streckte eine Hand aus, um ihr aus der Gondel zu helfen. »Dann bist du wohl die neue Giftmischerin.«

»Ja …« Zögernd nahm sie die angebotene Hilfe an und zog sich hinaus. Sein Arm war so fest, als wäre er aus Stein gemeißelt.

»Offenbar ist es dir gut ergangen, seit wir uns das letzte Mal begegnet sind.«

Bei ihm störte sie nicht, dass er sie ansah, als sei sie ein filigranes Schmuckstück. Im Gegenteil, sie fühlte sich von diesem Blick geschmeichelt. Sie strich sogar ihre Locken hinter das Ohr – sie wusste, dass den Männern gefiel, wie sich dadurch der Ausschnitt über ihren Brüsten bewegte.

Nur, dass ich eine bis zum Hals geschlossene Kutte trage und kein Kleid, fiel ihr ein.

»Brombeere!«, schrie der Beo und hackte nach Midalins Arm.

Sie hatte ausreichend Übung, um ihn schnell genug wegzuziehen, und Bratz fand es auf Gonters Arm anscheinend so gemütlich, dass er keine Anstalten machte, seinen Platz zu verlassen.

»Er will wohl weiter gekrault werden.« Schmunzelnd steckte der Krieger den Zeigefinger ins Nackengefieder.

Tatsächlich setze der Beo sein leises Flöten fort.

Midalin bemerkte, dass sie Gonters markantes Gesicht schon eine ganze Weile anstarrte. Verlegen senkte sie den Blick. Er fiel auf die kleinen Wappenzeichen, die auf Brusthöhe in das Kettenhemd gehakt waren. Eines zeigte das Schmiedewerkzeug in den Flammen, das für den Klingenrausch stand, ein eher lieblos gemaltes die zehnstrahlige Sonne von Klataal und das letzte Grün auf Schwarz eine Faust, die einen Turm zertrümmerte.

»Du dienst im Sturmbanner?«, fragte sie. »Steht ihr nicht an der Front?«

»Eigentlich schon, aber Eivora will sich hier mit den Kampfherren treffen.«

Wieso fiel Midalin keine geistreiche Bemerkung ein? Sie spürte, wie sie errötete. »Und«, presste sie hervor, »wie ist die Lage?«

»Wir werden mit den Wilden fertig, in der Nacht haben sie die Belagerung Grinhoffs abgebrochen. Vorher haben sie uns allerdings zugesetzt.«

Midalin fragte sich, welcher Gegner diesem Hünen gefährlich werden könnte. Er war stark, sie wusste, wie gut er kämpfte, und er wirkte so zuversichtlich. Und das Schwert an seiner Seite war furchterregend, obwohl es in der Scheide steckte. Aus der Parierstange ragten scharf aussehende Zacken.

Gonter blinzelte, als fiele ihm etwas ein. Sein Gesicht wurde ernster als vorher. »Ich brauche jemanden, der sich mit Gift auskennt. Einen Weibel von den Schanzknechten hat es schlimmer erwischt, als wir zunächst angenommen haben.«

Midalin straffte sich. Sie war froh, dass es etwas zu tun gab, und noch dazu etwas, in dem sie gut war. »Hat das Gift etwas mit Honig zu tun?«

»Nein, es war ein Giftpfeil. Sehr klein, deswegen haben wir ihn unterschätzt.«

»Die Wilden scheinen sich mit Gift auszukennen«, murmelte Midalin.

»Du auch«, entgegnete er.

»Wer sagt das?«

»Ich.« Er lächelte wieder, wie bei seiner Begrüßung. »Du siehst aus wie jemand, der seine Kunst versteht.«

Sein Respekt wärmte ihre Brust. Er schätzte sie wegen ihres Könnens! »Ich brauche ein paar Sachen für die Analyse«, erklärte sie. »Ich gehe sie sofort holen.«

»Herz des Waldes!«, schrie Bratz.

Eivora liebte das Gefühl von geprägtem Silber an ihren Fingern. Genüsslich zog sie die Hand durch den kleinen Schatz, den sie in einem Kistchen mit auf den Feldzug genommen hatte, und freute sich auf den Hort, der sie bei ihrer Rückkehr nach Rorgator erwartete. Sie hob ein paar Münzen an und ließ sie zurückklimpern.

Der Geruch von Steinstaub lag in der Luft. Der Turm, in dem sie einen Raum bezogen hatte, war unfertig. Wenigstens war das Dach regendicht. Wenn die Wolken, die in dieser Nacht die Sterne verdeckten, ihre Schleusen öffneten, würde sie trocken bleiben.

Eivoras Finger schlossen sich um einen lugosischen Tral. Die Prägung der sechseckigen Münze zeigte auf einer Seite einen Apfel, auf der anderen ein Schwert, das über einem Schild lag. Sie hauchte auf das Silber, zog den Ärmel über den Daumen und polierte die Münze. Das Licht der drei Kerzen, die den Raum erhellten, schimmerte kalt darauf.

Zufrieden lächelnd fügte sie den Tral dem Aufbau auf der Tischplatte hinzu. Ihre Münzen bildeten Türmchen und einen Bogen, der nur hielt, weil Eivora sie so geschickt aufeinandergelegt hatte, dass sie gegeneinanderdrückten. Ein bisschen wie ein echtes Gewölbe. Den Tral stellte sie auf eine Kante in eine Reihe mit anderen eckigen Münzen. Mit ein wenig Vorstellungskraft ähnelten sie einer Marschkolonne, die an den Türmen vorbei zum Tor zog.

Dort wartete Aglix auf sie. Der Feuersalamander hockte schon eine Weile unbewegt, als wolle er sich in das erstarrte Panorama der Münzen einfügen.

Sie hörte jemanden auf der Treppe.

Mit leisem Bedauern löste sie sich von ihrem Schatz und ging die wenigen Schritte zur Kommode, wo der längliche Kasten stand, in dem sie den abgetrennten Arm transportierte. Vorhin hatte sie ihn Iskala gezeigt, die davon ebenso beunruhigt war wie Eivora selbst. Morgen Früh würden sich die in Faarinar anwesenden Kampfherren zur Beratung treffen. Einem solchen Gegner war der Klingenrausch noch nie begegnet, und auch wenn sich die Söldner bislang in jedem Scharmützel behauptet hatten, war es immer gefährlich, ahnungslos auf ein Schlachtfeld zu gehen. In dieser Besprechung würden sie auch entscheiden, wie viel von ihrer Beunruhigung sie ihrem Auftraggeber mitteilen würden. Eine Elitelegion bezahlte man schließlich in der Erwartung, dass sie jeder Lage Herr wurde.

Auf dem Kasten lag das Gehänge mit Eivoras Kurzschwert, davor die kleine Armbrust, die sie um den Unterarm schnallen konnte, und der Köcher mit den Bolzen. Sie entschied, dass sie die Waffen nicht zu gürten brauchte. Wenn tatsächlich jemand Unfreundliches in ihr Zimmer käme, hätte Eivora sie trotzdem schnell im Zugriff. Vermutlich war es ohnehin nur ein Bote, der eine Nachricht brachte.

Aber da irrte die Kampfherrin. Der junge Mann war ganz offensichtlich kein Krieger. Sein Haar war gewachst, die Fingernägel waren oval gefeilt, die Augenlider mit dunklem Strich nachgezogen. Er trug eine helle Stoffhose, ein blauer Schal hielt das Hemd an der Hüfte zusammen. Es hatte weder Knöpfe noch eine Schnürung und fiel so weit, dass es den Blick auf seinen Oberkörper erlaubte. Offenbar schabte er seine Haut, Eivora entdeckte kein einziges Haar. Und auch keine Narbe, weder auf der Brust noch an den Händen, am Hals – wo der Sklavenring ihn nicht bedeckte – oder im Gesicht, das eine zerbrechlich wirkende Nase zierte.

»Lass mich raten: Du bist einer von diesen Lustknaben.« Sie blieb bei ihren Waffen stehen. Obwohl er so aussah, als würde er in Tränen ausbrechen, wenn man ihm gegen den Arm schnippte, mochte er eine unschöne Überraschung in seinem abgedeckten Korb transportieren. »Schickt dich Junker Welmon?«

»Ja, Herrin.« Auch seine Stimme war weich. »Mein Name ist Beliar. Ich hoffe, Ihr weist mich nicht zurück.«

Eivora runzelte die Stirn. Ein Lustsklave, der benutzt werden wollte?

»Was hast du da mitgebracht?«

Beliar stellte den Korb auf einer freien Stelle auf dem Tisch ab, vorsichtig darauf bedacht, die Silbermünzen nicht umzuwerfen. Aglix huschte ihm entgegen und reckte das Köpfchen hoch, obwohl er zu winzig war, um in den Korb zu lugen. Vielleicht hoffte er, gefüttert zu werden.

Der Sklave löste das Tuch. Eine verkorkte Weinflasche und mehrere kleine Gefäße kamen zum Vorschein. Er nahm einen Tiegel heraus.

»Ich vermute, Ihr habt einige harte Tage hinter Euch.«

»Es gab härtere«, versetzte Eivora.

Er verbeugte sich unterwürfig. »Das kann ich mir denken.«

Sie seufzte. »Ist das alles? Sollst du mir diese Präsente bringen? Oder hast du noch eine Nachricht? Sonst lass mich allein.«

»Ich hatte gehofft, Euren Füßen Linderung verschaffen zu dürfen.«

»Meinen Füßen?«

»Und, wenn Ihr erlaubt, den Muskeln, die Euch so treu dienen. Ich beherrsche die Kunst der entspannenden Hände.«

Je länger Eivora ihn betrachtete, desto sicherer war sie, dass keine Gefahr von ihm ausging. Männer wie ihn fand man auch in Rorgators Freudenhäusern. Die Söldnerinnen gingen oft wenig pfleglich mit ihnen um. Die meisten hatten ein paar Nasenbrüche hinter sich, wenn sie die Hälfte des dritten Lebensjahrzehnts erreichten. So alt schätzte sie Beliar, höchstens ein paar Jahre älter als sie.

»Du willst also meine Muskeln kneten?«, vergewisserte sie sich.

»Wenn Ihr es erlaubt.«

Seine schüchterne Art gefiel ihr, und jetzt, da sie davon sprachen, fühlte sie Verspannungen in den Beinen. *Wieso soll ich mir keine Annehmlichkeit gönnen?* Sie setzte sich auf die Bettkante, zog die Stiefel aus und wickelte die Fußlappen ab.

Er kniete sich vor sie und öffnete den Tiegel. Darin befand sich eine weiße Salbe, die er mit den Fingern der Linken aufnahm und zunächst an ihren Knöcheln verteilte. Sie war angenehm kühl. Sanft, aber doch mit kundigem Druck rieb er sie in die Haut.

Eivora stöhnte wohlig.

Erschrocken sah er zu ihr auf. »Tue ich Euch weh?« Durch die Lidstriche wirkten seine Augen besonders groß.

»Mach weiter«, befahl sie, vielleicht eine Spur zu hart. Aber bei einem Sklaven brauchte sie sich nicht zu entschuldigen.

Er widmete sich den Füßen, dann jedem einzelnen Zeh. »Soll ich Euch die Nägel feilen?«

»Wieso? Sie sind doch kurz genug.«

»Natürlich, Herrin, aber vielleicht wäre Euch eine angenehme Rundung lieber.«

Sie lachte auf.

Wieder sah er sie erschrocken an.

Sie winkte ab. »Wenn ein Mann in meinem Schlafzimmer von ›angenehmen Rundungen‹ spricht, meint er normalerweise etwas anderes. Aber es ist schon gut. Lass meine Nägel, wie sie sind, und mach mit dem Kneten weiter.«

Vielleicht verstand er sie absichtlich falsch. Statt sich mit den Füßen zu beschäftigen, schob er nun ihre Hosenbeine hoch und salbte die Unterschenkel.

Sie überlegte, ob sie ihn zurechtweisen sollte, aber schon beschäftigten sich seine Finger mit ihrer rechten Wade. Es schmerzte leicht, wenn sie in den Muskel drückten, aber umso angenehmer war es, wenn sich das Fleisch entspannte. Zudem wurde es warm, was an der Salbe liegen mochte, obwohl sich diese beim Auftragen kalt anfühlte.

Beliar hielt ihre Kniekehle fest und zog an ihrem Fußgelenk. Dann legte er die flache Hand über den Ballen, winkelte ihren

Fuß an und drückte sanft die Zehen aufwärts. Sie spürte die Spannung in ihrer unteren Wade.

Vorsichtig stellte er ihren Fuß ab und küsste ihr Knie.

»Was hast du vor?«, fragte sie.

Wieder sah er sie unsicher an. »Ich kann Euch auch ein Mädchen besorgen, wenn Euch das lieber ist. Nur, bitte, habt Erbarmen und schickt mich nicht weg!«

»Wieso zitterst du?«

»Ich will nicht, dass mir geschieht, was Urlim zugestoßen ist. Eher stürze ich mich gleich hier in den Tod.«

Mit einer Schnelligkeit, die nicht zu seiner bisher gezeigten Ruhe passte, sprang er auf und rannte zum Fenster, das er weit aufriss. Dann jedoch blieb er stehen und blickte sie bettelnd an.

»Wer ist Urlim«, fragte Eivora, »und was ist ihm zugestoßen?«

»Ihr habt ihn abgelehnt.«

Aglix hockte jetzt an der Tischkante und starrte zu Beliar hinüber.

Sie erinnerte sich an den ersten Lustsklaven, den Junker Welmon ihr angeboten hatte. Er war ungelegen gekommen, sie hatte bereits ihre Sachen für den Aufbruch nach Grinhoff gepackt. Eigentlich kam auch Beliar ungünstig, sie wollte morgen beim Treffen der Kampfherren ausgeschlafen sein.

»Die meisten Knaben überleben den Kummer, wenn ich sie zurückweise«, meinte sie.

Freudlos lachte Beliar auf. »Mein Herr hat Urlim an die gnädige Prekesta weitergegeben.«

Eivora ahnte Schlimmes. Man konnte Prekesta mit vielen Attributen versehen, von denen »verrückt«, »grausam« und »jähzornig« zu den freundlicheren zählten. »Gnädig« klang weder nach der Söldnerin, die Eivora von früher kannte, noch nach der Heroldin des roten Risses, zu der sie geworden war.

»Komm her«, befahl sie Beliar. »Meine andere Wade kann auch Entspannung gebrauchen.«

Gehorsam nahm er seinen Hocksitz wieder ein und widmete sich dem linken Bein. Seine Finger versahen ihr Werk mit angenehm spürbarer Erfahrung, auch wenn er nicht wagte, sie anzusehen.

»Urlim kam aus dem Turm.« Seine Stimme bebte. »Die es gesehen haben, sagen, der Wahnsinn stand in seinem Gesicht. Sie erzählen auch, dass Rauch von seinen Händen aufstieg, weil er ein Kohlebecken darin hielt.«

»Hat er die Lappen nicht dick genug um die Henkel gewickelt?«

»Er trug es in den bloßen Händen.«

Eivora setzte zu dem Einwand an, dass kaum jemand den Schmerz aushielt, sich die eigenen Hände zu verbrennen. Sie hielt sich zurück. Prekesta verstand sich darauf, Regungen in anderen zu verstärken, bis sie ganz den Willen desjenigen übernahmen, den sie zum Ziel ihrer Kraft auserkor.

»Und seine Haut glänzte. Das sagen alle, die dabei waren. Sie hat nass geglänzt …« Beliar schluckte. »Urlim hat das Becken abgestellt, sich im Schneidersitz davor niedergelassen und begonnen, die glühenden Kohlen mit bloßen Händen herauszunehmen. Er hat sie geschluckt, eine nach der anderen.«

Eivoras Bauch verkrampfte sich. An ihren Waden wirkten Beliars Finger weiter ihre Kunst.

»Bis ein Kohlestück zu groß war, um es zu schlucken.« Tränen tropften auf Eivoras Füße. »Er würgte es wieder aus, und die Glut entzündete das Öl, mit dem er übergossen war. Er wurde eine lebende Fackel. Die Menschen eilten herbei, mit Wassereimern und mit Sand haben sie versucht, ihn zu löschen. Er war stumm, sagen sie, hat nicht geschrien. Kein Laut. Jemand kam mit einer nassen Decke, drückte ihn zu Boden und wälzte ihn, bis die Flammen endlich erstickt waren. Urlim war aber tot. Seine Haut … schwarz und aufgeplatzt wie ein Braten, den man zu lange über dem Feuer dreht …«

»So etwas vermag Prekesta nicht«, flüsterte Eivora.

Beliar widersprach ihr nicht. Er drückte die Finger in ihre Waden, hielt sie dort kurze Zeit und wanderte weiter. Es fühlte sich gut an, aber Eivoras Gedanken beschäftigten sich mit dem geschilderten Ereignis.

Sie wollte nicht weiter in den Lustsklaven dringen, zumal er ohnehin nicht dabei gewesen war. Sicher berichtete er, was er selbst gehört hatte, und das mochte übertrieben sein. Aber auch, wenn sich der Vorfall weniger dramatisch zugetragen hatte, gab es gewiss einen wahren Kern. Urlim hatte sich umgebracht, und zwar auf äußerst unangenehme Art.

Doch Prekesta konnte niemanden zu etwas verleiten, das nicht schon in ihm war! Sie vermochte lediglich, einen Keim sprießen zu lassen, der bereits im Herzen wurzelte. Was sollte das bei Urlim gewesen sein?

Beliar schob seine Hände in Eivoras Hosenbeine und drückte nun ihre Oberschenkel. Als er ihren Gürtel löste, wollte sie ihn zurückhalten, aber sie entschied, dass ihr die Entspannung guttat und sie noch immer jederzeit abbrechen konnte. Er war unglaublich geschickt. Die erst kürzlich ausgeheilte Axtwunde sparte er aus.

Wenn Beliars Schilderung im Wesentlichen zutraf, musste Urlim eine Todessehnsucht in sich getragen haben. Das kam unter Sklaven, vor allem jenen, die körperlich zu Diensten waren, häufiger vor als bei anderen Menschen. Aber es erklärte noch nicht die absurde Folter, der er sich unterzogen hatte.

Allerdings gehörten Feuer und Glut zu den Vorlieben der Dämonen, deren Botschaft Prekesta in die Welt trug. Ob sie in Urlim so etwas wie Geltungsbedürfnis gefunden hatte? Den Wunsch, im Mittelpunkt des Interesses zu stehen? Das wäre möglicherweise ein Ansatz gewesen. Sicher war niemand achtlos vorübergegangen, als er die Kohlen geschluckt hatte.

Eivora bedauerte, dass sich Beliar von ihr löste und zum Tisch ging. Er entkorkte die Weinflasche aus seinem Korb und wickelte einen Kristallkelch aus einem Tuch. Eine hellrote Flüssigkeit gluckerte in das Glas.

Sie lächelte, als er damit zu ihr zurückkam.

Er nahm den ersten Schluck, bevor er das Getränk an sie weitergab.

Eivora kostete. Der Wein war so lieblich wie der Sklave. Sie schob die Hand unter sein Hemd und strich über die glatte Haut.

Er hockte sich hinter sie auf das Bett und knetete ihre Schultern. Die Muskeln brannten, aber jedes Mal, wenn er locker ließ, merkte sie, dass sie weiter entspannte.

Eivora wollte ihn fortschicken, schließlich stand morgen eine wichtige Besprechung an, aber Beliars Hände waren so unerträglich sanft, und sie waren überall: an ihren Armen, an ihren Rippen, sie kreisten auf ihrem Rücken, glitten an ihrer Hüfte hinab. Und jetzt drückte er seinen warmen Körper an sie!

Eivora verlagerte ihren Sitz, spreizte leicht die Schenkel.

Aber Beliar sparte ihre Scham aus. Nur den Ansatz der krausen Haare streichelte er.

Sie legte den Kopf zurück. »Bist du unten auch kahl?«, flüsterte sie.

Er küsste ihren Hals, ihre Wange, ihr Ohr. Seine Hände wanderten ihren Rumpf herauf, tanzten die große Narbe an ihrem Bauch entlang, tasteten sanft über die untere Rundung ihrer Brüste, entfernten sich dann aber wieder.

Sie hob die Arme. Er zog ihre Tunika aus.

Eivora ließ zu, dass er ihr das Glas abnahm und sie sanft in eine liegende Position drückte.

Er schmiegte sich an sie. Zufrieden spürte sie seine Erregung. Sie schloss die Augen und genoss seine Nähe. Schmunzelnd stellte sie sich vor, wie sie ihn zureiten würde. Sie brächte ihn schon ins Schwitzen! Aber vorerst konnte er sie ruhig noch eine Weile verwöhnen. Seufzend öffnete sie die Lippen.

Endlich schmeckte sie seine Zunge. Auch sie schien schüchtern, sie zog sich schnell zurück.

Eivora stieß einen protestierenden Laut aus.

Statt weicher Lippen drückte sich jedoch etwas Kleines, Hartes auf ihren Mund. In dem kurzen Moment, in dem Eivora ihrer Verwirrung nachgab, schmeckte sie etwas Zuckersüßes. Unwillkürlich schluckte sie.

Sie stieß Beliar fort und fuhr auf.

Er fiel auf den Rücken und sah sie entsetzt an.

Sofort war sie auf ihm.

Er schrie, weil sie ihr Knie in sein erregtes Gemächt rammte. Ein gläserner Flakon entfiel seiner Linken.

Eivora griff seinen Hals, den Kehlkopf zwischen Zeigefinger und Daumen. Mit der anderen Hand nahm sie das Fläschchen. Es war beinahe leer, nur ein kleiner Rest einer grünen Flüssigkeit war noch darin.

»Was ist das?«, knurrte sie.

»Es wird diese Nacht unvergesslich machen, Herrin!« Seine Stimme kippte.

»Hast du mich vergiftet?« Sie drückte so weit zu, dass er röchelte. »Rede! Wenn das Gift ist, nehme ich dich mit!«

»Kein Gift …«, ächzte er.

Sie atmete heftig. Bis zum Magen hinunter brannte eine Hitze, als hätte sie eine halbe Flasche Branntwein geleert. Aber benommen fühlte sie sich nicht, eher schon angeregt. Sie ließ ein wenig lockerer, damit er weitersprechen konnte.

»Traumsaft …« Er hustete. »Das ist unverdünnter Traumsaft. Aus den Erträgen, die Ihr aus Grinhoff hierher gebracht habt.«

»Ich habe keinen Traumsaft …« Eivora hielt inne. Sicher meinte er die Klataaler, die sie eskortiert hatte. Etwas stümperhaft hatten diese versucht, die Wasserschläuche, die ihr Maultier transportiert hatte, unter einer Pferdedecke zu verbergen. »Wie bist du darangekommen?« Das Feuer sickerte jetzt auch in ihre Adern. Das fühlte sich gut an. Sehr gut sogar.

»Niemand ist dafür gestorben«, beteuerte Beliar. »Auch wenn sicher jemand für diesen Verlust wird bezahlen müssen.«

Eivora lachte. Was war das für ein dämonisches Gebräu? Sie fühlte sich so stark!

Sie gab den Lustsklaven frei und stand auf. Mit ausgebreiteten Armen drehte sie sich um die eigene Achse.

Aglix sah sie an. Sein Kopf ruckte auf und nieder.

Sie konnte nicht mehr aufhören zu lachen. Es wurde immer lauter und klang immer mächtiger, und bald fühlte es sich an, als würde sie aus vollem Halse schreien. Der Schein eines großen Feuers schien einen wilden Tanz auf den Silbermünzen auszuführen. Sie wusste, dass das nicht sein konnte, in diesem Zimmer brannten nur ein paar Kerzen.

Aber die Kammer war ohnehin viel zu eng für sie, ebenso wie ihr gesamtes Leben. Draußen, hinter dem offenen Fenster, wartete die ganze Welt in ihrer unbändigen Wildheit. Eivora stürzte sich hinaus.

»Holt mich in zwei Stunden wieder ab«, befahl Fiafila-Ignuto.

Lachend wrang Gilion die Hände. Der Haarkünstler, dessen Fest die Avatar besucht hatte, trug heute nicht die mit Silbergespinst verstärkten Dornen. Die langen Strähnen an beiden Seiten seines Kopfes fielen in eng gedrehten Locken auf seine Brust. Dort hob sich ihr Schwarz deutlich vom leuchtenden Rot ab. Vielleicht hatte er dieses Hemd angelegt, weil er um die Verbundenheit seiner Kundin zum Feuer wusste.

»Wir werden schwerlich zwei Stunden brauchen.« Er bog die Stirnlocke zur Seite. Offenbar hatte er etwas hineingerieben, das dafür sorgte, dass sie nicht zurückfiel, sondern wie geknetetes Wachs schräg abfallend verharrte.

»Ich bin sicher, wir finden ein anregendes Konversationsthema.« Fiafila-Ignuto drehte sich zu Yra und den beiden Kriegern um. »In zwei Stunden«, bekräftigte sie.

Ihre Magd nickte bestätigend und knickste, wobei die Laterne in ihrer Hand quietschte.

»Sie sollte sie doch ölen«, rügte Ignuto. *»Wir müssen sie disziplinieren. Wenn man Ungehorsam in kleinen Dingen durchgehen lässt, nährt man ihn, bis er zu einem großen Problem wird.«*

Bei Yra?, dachte Fiafila-Ignuto amüsiert. *Sie ist ein harmloses Mädchen. Gönnen wir ihr, dass sie das zuweilen vergisst.*

Die beiden Krieger und die Magd begaben sich auf den Rückweg. Jetzt, in der Dunkelheit, machten die Baustellen nicht mehr ganz so viel Lärm wie tagsüber, aber vollständig ruhig wurde es in Faarinar nie. Fiafila-Ignuto steckte sich Watte in die Ohren, wenn sie sich schlafen legte.

»Ich bitte Euch, tretet ein!« Gilion stellte sich mit dem Rücken an die geöffnete Tür und wies einladend nach innen. Sein Kugelbauch drückte sich bei dieser Haltung vor, aber die dunkelrote Weste und die weißen Kordeln lenkten davon ab.

Fiafila-Ignuto wartete, bis er die Tür geschlossen hatte, bevor sie die weite Kapuze zurückschlug und den Mantel ablegte. »Habt Ihr Euren Dienern heute freigegeben?«

»Ich habe sie bei der Einweihung meines neuen Domizils stark beansprucht.« Gilion streckte die Arme aus, um das weite Kleidungsstück in Empfang zu nehmen. »Wir werden ganz unter uns sein.«

Fiafila-Ignuto lächelte ihn an. »Wohin?«

Er faltete den Umhang zusammen, ohne dass der Stoff den Boden berührt hätte. »Wenn Ihr mir bitte folgen wollt …«

Als er die Wendeltreppe hinaufzusteigen begann, befürchtete Fiafila-Ignuto bereits, dass er beabsichtigte, sie ganz oben, im Festsaal, zu frisieren, um sie neuerlich mit der Höhe seines Turms zu beeindrucken. Zu ihrer Erleichterung bog er jedoch schon auf dem ersten Absatz zu einem innen liegenden Zimmer ab. Hier gab es keine Fenster, aber Löcher in der Decke, die wohl für die frische Luft sorgten. Leere Nischen warteten auf Kunstwerke.

»Ich schätze, er hat sich beim eiligen Bau seines Turms so verausgabt, dass er kein Silber mehr für angemessenen Schmuck aufbringen kann.«

Fiafila-Ignuto schmunzelte, sprach die Vermutung des Homunkulus aber nicht aus. Sie wollte Informationen vom Hausherrn, da wäre es nachteilhaft, ihn gleich zu Beginn ihres Besuchs gegen sich aufzubringen.

Einem Sessel mit Kopfstütze stand ein großer Spiegel aus polierter Bronze gegenüber. Daneben brannten zwei dicke Kerzen auf hüfthohen Ständern, kleinere bildeten einen Kreis, der den Sessel und einen hohen Hocker, der hinter der Lehne stand, einschloss. Ein Pult erinnerte sie an die Ablagen, die Lektoren in Tempeln für die heiligen Schriften verwendeten, aus denen sie vortrugen. Darauf lagen Scheren, Zangen und Metallstäbe mit Windungen und Zacken, deren Zweck sich Fiafila-Ignuto nicht erschloss.

»Im Glühenden Tempel hätte man bestimmt Verwendung dafür.«

Sie drängte die Bilder von nachdrücklichen Befragungen, die der Homunkulus aus seiner Erinnerung holte, zurück.

Der abgeschrägte Teil des Pults ging in eine gerade Ablagefläche über, auf der Phiolen mit bunten Flüssigkeiten, Tiegel und ein milchiger Kristall standen.

»Ich wusste nicht um das vielfältige Instrumentarium, das Ihr für Eure Kunst benötigt«, gestand Fiafila-Ignuto. Sie zog ihr weites Kleid zurecht – sein Rot ähnelte der Farbe von Gilions Hemd – und ließ sich im Sessel nieder.

Seufzend legte der Haarschneider ihren Mantel in einen der Stühle, der wohl für die Begleitung seiner Kunden gedacht war. »Es ist eine Qual. Ich habe als einfacher Barbier begonnen, auf den Plätzen von Klaaholt, neben den Schuhputzern. Da reichte mir eine einzige Schere! Und jetzt – das hier …«

Im Spiegel sah Fiafila-Ignuto, wie er auf das Pult blickte, als er sich auf den Hocker setzte.

»Ihr wollt mir nun aber nicht weismachen, dass Ihr damals glücklicher wart?«

»Ich gebe zu: Ein Dach über dem Kopf bietet einige Annehmlichkeiten.« Er schüttelte ein Tuch aus und schwenkte es so herum, dass es vor ihrer Brust zwischen seinen Händen hing. Dabei fiel es so weit, dass es ihre Knie bedeckte und sogar noch ein Stück auf dem Boden lag. »Es wäre gut, wenn wir das hier um Euren Hals legen könnten … wegen der Haare.«

Sie lachte beim Anblick seines ratlos wirkenden Spiegelbilds. Für gewöhnlich breitete er das Tuch wohl über die Schultern, um es dann am Nacken zu befestigen. Aber für gewöhnlich wuchs seinen Kunden wohl auch kein Homunkulus aus der Schulter.

Er räusperte sich. Auf der rechten Seite legte er den Schutz eng um den Hals, links entschied er sich, das Tuch jenseits des steingrauen Wesens herumzuführen. Dabei kam er dem Homunkulus zwangsläufig nah.

Ignuto legte seine krallenbewehrten Händchen auf Gilions Handrücken.

Der Haarkünstler schrie auf und zog den Arm zurück.

»Ja, er ist ein wenig heiß«, sagte Fiafila-Ignuto milde. »Lasst mich das machen.« Sie griff das Tuch von unten, führte es herum und reichte es ihm an. Auch sie spürte die Hitze.

Gilion nahm den Zipfel und befestigte ihn mit einer Nadel. Danach legte er vorsichtig ein kleines Tuch zwischen den Homunkulus und den menschlichen Hals.

Ignuto gefiel das nicht. Er zupfte daran herum.

»Lass das«, forderte Fiafila-Ignuto.

Gilion kam nach vorn und steckte das lose Ende fest.

»Es ist klug von Euch, dass Ihr mich nächtens empfangt«, lobte Fiafila-Ignuto.

Abschätzend sah er sie an. Seine Wangen glänzten, er ölte sie wohl, nachdem er sie schabte. »Was mit Urlim geschehen ist, hat für unvorteilhafte Aufmerksamkeit gesorgt.«

»Ihr sprecht offen.«

»Zwischen einem Barbier und seinen Kunden gibt es keine Heimlichkeit.« Er ging zurück zu seinem Platz.

»Sicher habt Ihr schon viel gehört, während Ihr Haare geschnitten habt.«

»O ja.«

»Ich nehme an, der Vorteil aus diesen Informationen hat ebenso dazu beigetragen, dass Ihr nun einen solch schönen Turm bauen könnt, wie Euer Geschick mit der Schere.«

»Das will ich nicht abstreiten. Seid Ihr deswegen gekommen? Wegen der Informationen?«

»Auch. Aber es lässt sich nicht bestreiten, dass mein Haar schon einmal in besserer Form war.«

Seit Fiafila-Ignuto den Homunkulus trug, ließ sie es von Yra schneiden. An der linken Seite stand es in kurzen Büscheln ab. Wenn Ignuto aktiv war, hätte seine Hitze ohnehin alles verschmort, was länger als ein Zoll war. Aber das sollte für Gilion keine unüberwindliche Herausforderung darstellen, er selbst trug sein Haar ja mit Ausnahme der Locken an den Seiten und vor der Stirn kurz.

»Ich sehe das Problem.« Sichtlich bekümmert legte er die Fingerkuppen der linken Hand auf ihren Hinterkopf und drehte ihn leicht hin und her, wobei er das schwarze Haar aufmerksam musterte. Rechts war es etwas länger, dort fiel es immerhin noch auf die Schulter, wenn sie den Kopf neigte. Früher hatte es beinahe bis zur Hüfte hinabgereicht.

»An was habt Ihr gedacht?«, fragte er.

»Ich gebe mich ganz in Eure kundigen Hände.«

»Nun, wir könnten …« Seine Finger huschten über die linke Seite, wobei sie die Haarspitzen kaum berührten. »Das dürfte noch kürzer werden. Wie die Wangen eines Mannes, der sich zwei oder drei Tage nicht rasiert hat.«

»Dann würde man die Haut hindurchschimmern sehen.«

»Ganz recht. Hat sie diese Farbe hier?« Er strich an ihrer Wange vorbei.

»Nein. Das Grau rührt von der Steinsalbe. Sie schützt vor Verbrennungen.«

»Heller also. Das ist gut. Sehr gut …« Rechts wickelte er eine Strähne um seinen Zeigefinger. »Nein, keine Locken … und keine Schnecke.«

Fiafila-Ignuto beobachtete sein Gesicht im Spiegel. Er wirkte nicht mehr ängstlich, sondern beinahe schon entrückt.

»Man sagte mir, für gewöhnlich tragt Ihr eine Rüstung mit vielen Dornen?«

»Meistens, ja.«

»Dornen …« Gilion zupfte an den Strähnen herum. Sie fielen sofort wieder herunter, wenn er sie losließ, aber er schien dennoch das Werk zu sehen, das in seinem Geist Gestalt annahm. »Dornen könnten gelingen. Ihr müsstet nach dem Waschen etwas Kraftwasser auftragen.«

»Macht mich das stark?«, scherzte sie.

»Es kräftigt Euer Haar, damit es die Form hält. Wir können es auch mit Farbe kombinieren. Rot vielleicht … nein, das wäre zu offensichtlich. Blau, ich rate zu einem kräftigen Blau.«

»Blau ist gut.«

»Was soll der Unsinn?«, meldete sich Ignuto. *»Der Helm wird diese alberne Künstelei zerdrücken.«*

Ich trage selten einen Helm. Nur in einem Gefecht.

Dass sich Gilion um ihre Schönheit bemühte, tat ihr unerwartet gut. Es erinnerte sie an die Zeit, als solche Fragen noch von großer Bedeutung gewesen waren. Eine Tempelvorsteherin repräsentierte ihren Kult, sie musste auf ihr Aussehen achten. Im Klingenrausch dagegen war sie *die Avatar*, die dämonische Wesenheit auf ihrer Schulter verdeutlichte alles, was ihre Stellung ausmachte.

»*Wir sind nicht hier, um uns verschönern zu lassen!*«, mahnte der Homunkulus. Der Giftanschlag beunruhigte ihn. Er wollte herausfinden, welche Machtgruppen in dieser Baronie agierten und wen man töten musste, um diese Bedrohung zu beseitigen.

Innerlich seufzte Fiafila-Ignuto, aber ihr Begleiter hatte recht. »Was halten Eure Kunden davon, dass jetzt Söldner in der Stadt sind?«

»Wie erwähnt«, er träufelte Öl auf eine Schere, »ist man entsetzt über das, was dem armen Lustknaben zugestoßen ist. Jeder glaubt, dass es mit der verschleierten Frau zu tun hat.«

Sei froh, dass du Prekesta nie unverschleiert gesehen hast.

»Noch haben die Menschen Angst.« Probeweise öffnete und schloss Gilion die Schere. »Aber aus Angst kann nach meiner Erfahrung schnell Wut werden. Wut betäubt die Furcht, das fühlt sich angenehm an, wenn man erst einmal über die Schwelle getreten ist.«

»Seid Ihr auch wütend?«

Er schmunzelte in den Kupferspiegel. »Jedenfalls vertraut Ihr mir genug, um mich mit spitzen Instrumenten in Eure Nähe zu lassen.«

Die Schere, mit der er gerade hantierte, eignete sich ebenso gut für einen Stich in den Hals wie ein kleines Messer.

»Meine Magd weiß, dass ich bei Euch bin«, erinnerte sie, »und sie wird in weniger als zwei Stunden zurück sein.«

»Vorher könnte ich aus der Stadt fliehen.«

»Dafür seid Ihr zu gierig.« Sie grinste. »Ihr müsstet das lukrative Geschäft zurücklassen, dessentwegen Ihr nach Faarinar gekommen seid. Nicht zu vergessen Euren Turm.«

Er begann an der linken Seite zu schneiden. Sie spürte die Kühle des Metalls nahe an ihrer Kopfhaut.

»Und wenn ich mit meinem Leben und all seinen Reichtümern abgeschlossen hätte?«

»Ihr habt nicht die Augen eines Selbstmörders. Euer Baron hat uns gerufen, und er würde Euch strafen. Seine Leoparden ängstigten die Gefangenen, die wir verhört haben.«

Gilion hielt inne. »Da habt Ihr recht.« Sie sah ihn schaudern, und Ignuto schmeckte seine Angst. »Vor allem Lor, der Große mit dem schwarzen Fell …«

»Ein Panther?«

»Ja, er ist der Anführer von Horolds Raubkatzen. Er bestimmt, wie lange sie mit ihren Opfern spielen, und er frisst zuerst. Immer nur einen Bissen, aber bevor er den getan hat, rührt keiner der Leoparden die Beute an.«

»Wart Ihr bei einer Fütterung zugegen?«

»Mehrfach.« Er schnitt weiter. »Ihr habt einen angenehmen Duft aufgelegt.«

Sie hatte sich entschlossen, Midalins Geschenk zu verwenden, weil es zum Kleid passte. Es freute sie, dass der Haarkünstler sie als Frau wahrnahm, aber sie würde sich dadurch nicht vom Thema abbringen lassen.

»Wenn Euch der Baron zu solchen Ereignissen einlädt, vermute ich, dass Ihr Euch gut mit ihm versteht.«

»Baron Horold selbst ist nie zugegen, wenn die Strafen vollstreckt werden.«

»Nicht?«, hakte Fiafila-Ignuto überrascht nach.

Gilion schüttelte den Kopf. »Er zieht sich zurück und betet für die armen Seelen, auf dass die Götter ihre Verfehlungen nicht zu schwer gewichten mögen.«

»Aber außer Euch gibt es noch weitere Zuschauer, nehme ich an.«

Immer mehr Strähnen ihres Haars fielen auf das Tuch. Sie ähnelten den Federn von Midalins Vogel. *Als wäre ich in der Mauser.*

»Es gilt als Gunstbeweis«, räumte Gilion ein. »Wer das Ohr des Barons hat, wessen Stimme bei Hof gehört wird, der ist zugegen. Auch Horolds Vater ist oft dort, obwohl kein Geheimnis ist, dass er diese Art der Hinrichtung missbilligt.«

»Er lebt noch? Hat er zugunsten seines Sohns abgedankt?«

»Vor zwei Jahren. Curlon leidet an Bluthusten, der ihn immer wieder für Wochen aufs Lager wirft. Er kann nicht mehr herrschen. Aber jetzt ist er auf dem Weg hierher.«

»Tatsächlich?«

»Um seinen Sohn zu beraten und vor übereilten Entscheidungen zu bewahren, sagt man.« Die Schere wechselte auf die andere Seite. »Er bringt seine Vertrauten mit. Auch Mandrua, den Hofschamanen.«

»Das klingt interessant.«

»Ihr werdet Euch sicher viel zu sagen haben. Jedenfalls, wenn Mandruas Verstand nicht gerade wandert.«

»Welchem Gott dient er?«

»Dem Urwald. Er ist ein Wilder.«

»Und dennoch lebt er bei Hofe?«

»Curlon hat immer auf die Stimme des Waldes gehört.«

»Horold legt darauf wohl weniger Wert.«

Gilion setzte die Schere kurz ab, um mit den Achseln zu zucken. »Er nimmt sich, wonach es ihn verlangt. Viele sagen, dass man den Wilden, die die Schätze des Urwalds nicht zu nutzen verstehen, mit zu viel Rücksicht begegnet ist.«

Fiafila-Ignuto war zufrieden mit ihrer Entscheidung, den Haarkünstler aufzusuchen. Den Kampfherren, die morgen Früh zusammenkommen würden, hätte sie einiges zu erzählen.

Eivora war heiß, und zugleich war ihr kalt. Eine Empfindung, die sie nicht verstand und der sie nachspürte.

Die Hitze brannte in ihr, in ihrer Brust, auch in ihrem Kopf. Dort glühte etwas – wie Magma, das tagelang unter der trügerisch fest wirkenden, schwarzen Gesteinskruste darauf lauern konnte, dass jemand einbrach. Auch von dieser Hitze ging Gefahr aus, das spürte Eivora, und zugleich gab sie ihr Macht. Wie eine Klinge, an der man sich schneiden konnte, die aber auch Überlegenheit verlieh, wenn man sie beherrschte.

Die Kälte kam von außen. Als wäre der Wind neidisch auf ihre Wärme und versuchte, sie aus ihrer Haut zu ziehen. An den Beinen und im Unterleib hatte er wohl schon Erfolg gehabt, sie fühlten sich klamm an.

Unzufrieden brummelte Eivora. Ihr Verstand kam in Gang, allmählich streifte sie die Müdigkeit ab, war aber noch nicht bereit, die Augen aufzuschlagen. Stattdessen rekelte sie sich, um eine bequemere Position zu finden.

Der Untergrund fühlte sich seltsam hart an. Lag sie etwa auf dem Boden? Aber sie hätte doch aufwachen müssen, wenn sie aus dem Bett gefallen wäre! Sie neigte nicht zu übermäßigem Trinken, und wenn sie sich an die vergangene Nacht erinnerte …

Sie kicherte. Wie war noch der Name dieses Lustknaben?

Beliar, genau.

Eivora hielt die Lider geschlossen und genoss die Erinnerung an seine magischen Finger. Sie hatten sich so gut angefühlt! So geschickt, ihr Verlangen dadurch zu steigern, dass er die besonders sensiblen Stellen aussparte …

Er hatte ihr Wein gegeben, aber das war doch nur ganz wenig gewesen. Das hätte niemals ausgereicht, um ihre Erinnerung zu trüben.

Was war geschehen?

Stirnrunzelnd rückte Eivora ein Stück nach links.

Der Untergrund war nicht nur hart, er war auch uneben. Wie eine erstarrte Welle.

Unzufrieden drehte sie sich auf die Seite.

Ihre Hand tastete ins Leere, ihr Körper drohte, von ihrer Unterlage zu kippen.

Eivora riss die Augen auf – und starrte in einen Abgrund. Der Boden lag zehn Schritt unter ihr!

Gerade noch fing sie sich ab, indem sie den Arm zurückwarf und damit die Bewegung ihres Körpers umkehrte. Sie fiel zurück auf den Rücken.

Über ihr rauschte eine gewaltige Baumkrone im seichten Wind. Wäre Eivora nicht bereits auf die Riesen in Arzulans Urwaldgestoßen, hätte sie angenommen, sie selbst sei geschrumpft. Die Äste waren dicker als die Stämme der meisten Bäume. Ihre Zweige teilten sich mehrfach, bis sie dünn genug wurden, um Blätter zu tragen. Im Grunde wuchs ein kleiner Ulmenwald aus dem zentralen Stamm.

Immerhin war der Ast, auf dem sie sich befand, so breit, dass sie sich schon dumm anstellen musste, um herunterzufallen. Vorsichtig setzte sich Eivora auf.

Sie war nackt. Verwirrt putzte sie Brocken verkrusteter Asche von ihrer Haut. Das Feuer, aus dem diese Überreste stammten, hatte wohl genau dort gebrannt, wo sie aufgewacht war. Auch der Ast war angekohlt, ebenso ein Bereich des Stamms, und die Zweige direkt über ihr waren nur noch kümmerliche laublose Stummel.

Eivora betastete ihren Bauch und ihre Schenkel. Ihr Körper war unversehrt, sie entdeckte keine Verbrennungen, und außer dass sie fröstelte, war ihr nichts unangenehm.

»Wie bin ich hierhin gekommen?« Sie strich eine Strähne aus dem Gesicht. Auch in ihrem Haar ertastete sie Asche, aber es hatte keinen Schaden von der Hitze genommen, die hier gewütet haben musste.

Sie hörte einen Schrei, doch das war nur eine Erinnerung. Es war weder ein Laut des Schmerzes noch der Wut, eher schon der Freude und des Triumphs. Wer hatte ihn ausgestoßen? Beliar? Sie selbst? Jemand anderes?

»Hier oben werde ich jedenfalls nicht herausfinden, was geschehen ist«, erkannte sie. Das unverbrannte Laub um sie herum war zu dicht, als dass sie viel von der Landschaft gesehen hätte.

Sie stand auf. Der breite Ast bot beinahe so sicheren Halt wie eine Brücke. Die glatte Ulmenrinde am Stamm war dagegen eine Herausforderung. Aber Eivora hatte oft an den Berghängen Rorgators geklettert. Die Erfahrung lehrte sie Geduld, und so wählte sie nicht den geraden Weg nach unten, sondern stieg oft zur Seite, sodass sie sich dem Boden auf einem Zickzackkurs näherte. Die letzten zwei Schritt sprang sie. Federnd kam sie auf.

Ihre Hoffnung, der Anblick der Umgebung würde ihr helfen, sich daran zu erinnern, wie sie auf den Baum gekommen war, wurde enttäuscht. Leichter Nebel lag über der Landschaft, in der Stümpfe aus dem gerodeten Boden ragten. Aus einigen sprossen schon wieder dünne Triebe. Sie würden wohl nie heranwachsen, eine Schafherde tat sich nicht nur am Gras, sondern auch an den frischen Zweiglein gütlich. Die Tiere standen weit verteilt im Nebel, die meisten waren schmutzig weiß, einige braun.

»Von euch kann mir auch keiner sagen, wo ich bin«, murmelte Eivora missmutig.

Die Sicht reichte hundert Schritt weit. Eine Richtung war so gut oder schlecht wie jede andere, und wenn sie sich bewegte, wurde ihr wenigstens warm. Zwar sah sie keine Zeichen von Besiedelung, aber die Rodung deutete darauf hin, dass sie sich im Gebiet nördlich des Bontan befand. Selbst wenn sie Faarinar verfehlte, müsste sie also früher oder später entweder auf den Fluss oder auf den Waldrand treffen. Wenn sie daran entlangging, käme sie irgendwann zu einer Siedlung und damit auch zu einer Stellung des Klingenrauschs.

Nur kann das gut und gerne einen Tag dauern.

Wenn sie Glück hatte, traf sie vorher auf eine der Straßen, die Faarinar mit dem Rest der Baronie verbanden oder die der Klingenrausch für den Nachschub nutzte.

Ich habe schon Glück, wenn ich überhaupt noch in Klataal bin, korrigierte sie sich.

Aber dafür sprach immerhin der riesige Baum. So etwas hatte sie nirgendwo sonst gesehen.

Eivora wunderte sich darüber, wie wenig sie beunruhigt war. Sicher, sie hatte so manche brenzlige Situation überstanden, und letztlich konnte es eine Söldnerin jeden Tag erwischen. Aber dass sie nackt im Nirgendwo aufwachte, ohne zu wissen, wie sie dorthin gekommen war, passierte ihr doch zum ersten Mal.

Ob sie jemand betäubt und hierher getragen hatte?

Ein Windhauch traf sie von vorn. Unwillkürlich breitete sie die Arme aus. Die vorbeiströmende Luft löste ein Glücksgefühl von großer Freiheit aus. Als könnte sie sich vom Boden abstoßen und mit dem Wind davonfliegen. Oder auch gegen ihn, ihre Kraft mit ihm messen, wie ein Schwimmer in der Strömung. Die Hitze in ihrer Brust wurde stärker, strömte jetzt auch in ihre Arme, brannte machtvoll in ihren Muskeln. Ein seltsamer Laut entrang sich ihrer Kehle. Sie unterdrückte ihn nur mit Mühe. Flammen in hellem Gelb und Orange legten sich über ihre Sicht.

Sie blieb stehen und atmete tief ein und aus, bis ihre Orientierung zurückkehrte. Die Feuchtigkeit des Nebels kühlte ihre Haut.

Warum sollte sie sich eigentlich verbergen? Sie war schließlich nicht auf einer Erkundungsmission unterwegs.

»Ist hier jemand?«, rief sie.

Eivora wandte sich in die Richtung, in der ein paar Schafe mähten und träge über das Gras stapften. Von dort näherte sich ein junger Mann mit einem Hirtenstab, dessen gebogenes Ende er benutzte, um die besonders einfältigen Tiere aus dem Weg zu drücken. Er trug einfache Kleidung aus braunem Leinen, eher ein zurechtgeschnittener Sack als eine Tunika, und einen breitkrempigen, speckigen Hut.

»In welcher Richtung liegt Faarinar?«, fragte Eivora.

Zwei Schritt vor ihr blieb er stehen, stützte sich auf seinen Stab und sah sie lüstern an. Er war bestimmt noch keine zwanzig Jahre alt, sicher war er noch unverheiratet und sah selten unbekleidete Frauen.

Eivora hielt die Arme nicht mehr wie Flügel ausgebreitet, aber noch immer abgespreizt. Sie überlegte, ob sie ihre Scham verdecken sollte, aber das wäre ihr wie ein Zugeständnis vorgekommen.

»Wurdest du oft geschlagen?«, fragte der Jüngling.

Eivoras Narben waren auch unter Söldnern ein ungewöhnlicher Anblick. Einen Stich, wie er ihren Bauch durchstoßen hatte, überlebten die wenigsten. Aber sie wollte kein Schwätzchen mit diesem grünen Jungen halten.

Um etwas Brauchbares aus ihm herauszubekommen, musste

sie dafür sorgen, dass er wieder mit seinem Kopf dachte und nicht mit seinen Eiern. »Gib mir deine Tunika!«, forderte sie.

Das Einzige, was sich an ihm bewegte, waren die Augen, die sie wollüstig musterten.

Seine Hose wäre ihr zu groß, überlegte Eivora. Aber die Leinentunika des Jungen könnte sie wie ein kurzes Kleid benutzen. Er trug eine Tasche an einem Gurt, der quer über die Brust lief, und am Gürtel hing ein kleines Messer. Sicher hatte er auch irgendwo etwas zu trinken. Hirten verbrachten oft viel Zeit abseits der Dörfer, dort, wo Gras wuchs, das noch nicht zertrampelt war.

»Ich bin Eivora!«, donnerte sie mit ihrer Befehlsstimme, um ihn aus seiner Starre zu reißen. »Kampfherrin des Sturmbanners im Klingenrausch!«

»Und ich bin Kolbert«, stellte sich der Hirte grinsend vor.

Eivora ballte die Hände zu Fäusten. Am liebsten hätte sie dem Burschen eine Tracht Prügel verabreicht, aber er war größer und sicher fast doppelt so schwer wie sie. Zudem war sie unbewaffnet, und überhaupt taugte sie nichts im Nahkampf.

Schnaubend wandte sie sich um und ging los.

Die Sicht drehte sich vor ihren Augen. Plötzlich kam es ihr vor, als blicke sie wieder vom Ast des Riesenbaumes oder gar von einem Turm auf die Erde hinunter. Sie hörte den seltsamen Triumphschrei, sie spürte den Wind an ihren Armen zerren und zugleich die Hitze, die in ihrem Innern brannte.

Verblüfft blieb sie stehen.

Als der Schwindel nachließ, stand der Bengel kichernd neben ihr. Er roch nach seinen Schafen. Eine raue Hand schabte über Eivoras Seite und näherte sich ihrer Hüfte.

Sie schlug sie weg und setzte ihren Weg fort.

»Ich glaube, dein Herr hat gern harte Spiele mit dir gespielt!«, rief er ihr nach. »Du bist ihm wohl langweilig geworden, und er hat dich weggeschmissen. Jetzt gehörst du mir!«

Grob packte er ihren Ellbogen und warf sie zu Boden.

Das hatte sie ihm nicht zugetraut! Wie wenig Respekt man doch genoss, wenn man keine Rüstung trug.

Aber das bedeutete nicht, dass man aufhörte, eine Kriegerin zu sein, und diese Lektion würde sie dem Kerl erteilen! Sie warf sich herum und verpasste ihm einen Schlag gegen die Brust.

Wieder nahmen ihr züngelnde Flammen die Sicht. Jetzt hörte sie auch das Rauschen eines starken Windes, das gegen das Prasseln eines Feuers ankämpfte. Ein heller Triumphschrei drang hindurch. Sie spürte Widerstand und fühlte, wie sie sich dagegen warf, ihn brach und als Siegerin vorwärts stürmte. Und sie verspürte Freiheit, als hätte sie ihr ganzes Leben unsichtbare Fesseln getragen und sie erst jetzt zerrissen, um zu ihrer Bestimmung aufzusteigen. Als läge ein Netz von Täuschungen hinter ihr, als würde sie sich aus der Erbärmlichkeit eines niederen Daseins erheben.

Ihr Herz pochte wild, sie atmete heftig. Dadurch kam der Geruch von Schaf in ihre Nase.

Der Hirte lag auf ihr. »Halt still!«, keuchte er. Das Messerchen in seiner Hand zitterte vor ihrem Gesicht. Die andere Hand beschäftigte sich mit seinem Gürtel oder seiner Hose, sie spürte seine Beine an ihren nackten Schenkeln. »Alle lachen über mich, aber du bist mein Geschenk! Ich werde für dich sorgen, dich aufpäppeln, und du wirst mir dafür zu Diensten sein, wann immer ich will!«

»Was du brauchst«, knurrte sie, »ist eine ordentliche Tracht Prügel.«

Sie bog die Finger zu Krallen und schlug ihm die Hände ins Gesicht. Rechts, links und wieder rechts und wieder links. Ihre Nägel rissen Striemen, sie lachte.

Er schrie, konnte sich aber nicht entscheiden, ob er davonlaufen, sein Messer gebrauchen oder sie niederdrücken sollte. So benutzte er nur unbeholfen den Unterarm, um sein Gesicht zu schützen.

Eivora brachte ihre rechte Hand hinter seine Deckung und schlug die Finger in seine Augen.

Aufschreiend kippte er von ihr hinunter.

Sie stand auf und sicherte sich seinen Stab.

Er kam auf die Beine, starrte sie angsterfüllt an und wollte weglaufen, aber die Hose hatte sich so weit gelöst, dass sie um seine Knie hing. Er strauchelte und fiel hin.

»Du hast dich mit der Falschen angelegt, Trottel«, knurrte Eivora. Sie war ganz ruhig, überhaupt nicht unbesonnen, wie sonst so oft, wenn sie in einem Nahkampf stand. Sie erinnerte sich sogar an einen Griff, den Nirto ihr gezeigt hatte. *Das ist doch eine gute Gelegenheit auszuprobieren, was passiert, wenn man ihn bis zum Ende durchzieht.*

Der Hirte scheiterte bei dem Versuch, wieder aufzustehen, seine Hose war jetzt ein Knäuel um seine Fußgelenke. Er wand sich auf dem Boden, um von ihr wegzukommen, und benutzte dabei die Ellbogen, um seine Bewegung zu beschleunigen.

Eivora holte ihn dennoch mühelos ein. Sie trat auf seinen Rücken, packte den linken Unterschenkel und riss ihn zu sich hoch. Den Stab fixierte sie mit Fuß und Schulter, um das Bein ihres Gegners sodann dagegen zu hebeln.

Das Geräusch, mit dem das Knie brach, war eine Mischung aus Knacken und Reißen. Der Schrei des Hirten gellte in den Nebel hinaus.

Eivora ließ ihn los.

Ein paar Schafe mähten fragend.

Das Messer hatte ihr Gegner verloren. Noch so etwas, das einem Krieger niemals passiert wäre.

»Hilf ein bisschen mit!«, forderte sie den weinenden Jüngling auf. »Dreh dich auf den Rücken und setz dich auf.«

Er jammerte unverständlich, folgte aber ihrer Anweisung.

Sie zog die Tunika über seinen Kopf. Immerhin war der Boden hier nicht allzu schlammig. Obwohl er sich durchs Gras gezogen hatte, war der Stoff einigermaßen sauber. Sie verknotete ihn an der Schulter, damit er nicht an ihr hinunterrutschte. Zufrieden stellte sie fest, dass die Tunika ihr bis zu den Waden reichte.

»Mein Knie!«, wimmerte er. »Ich kann nie wieder gehen …«

»Das hättest du dir vorher überlegen sollen.« Sie nahm sein Messer an sich.

»Ich kann nie wieder …«

»Das Gelenk mag steif bleiben, doch eine gute Krücke wird dir helfen. Schafe laufen ja nicht besonders schnell. Aber wenn ich dich lieber erlösen soll …« Sie hob die kleine Klinge.

Seine Augen wurden groß. »Nein! Ich will leben! Töte mich nicht!«

»Na gut.« Sie nickte. »Was sagtest du noch, in welcher Richtung Faarinar liegt?«

Er starrte sie an, wohl, um sicherzugehen, dass sie ihm nicht doch noch die Kehle durchschnitt.

Sie verbarg das Messer hinter ihrem Rücken.

Er schluckte und sah sich um. Die Sonne war als verschmierter Fleck im Nebel zu erahnen, der Riesenbaum war eine unverkennbare Wegmarke. Zitternd zeigte er nach rechts. »Drei Meilen in diese Richtung.«

»Besten Dank.« Eivora musterte seine Schuhe, aber sie waren zu groß. »Und einen schönen Tag noch.«

5. Orientierung

Die Tür war nur angelehnt. Behutsam schob Gonter sie auf.

»… müde«, sagte Oril gerade. Das Bett des vom Giftpfeil getroffenen Weibels stand am offenen Fenster, die Vormittagssonne malte ein helles Viereck auf die Wolldecke, unter der er schwitzte.

Midalin blickte auf, bemerkte Gonter und lächelte, wodurch die Wangen zu Wölbungen auf ihrem ohnehin runden Gesicht wurden. Schnell sah sie wieder auf den Kranken.

»Das ist ein gutes Zeichen.« Sie prüfte die Lage des Schweißtuchs auf Orils Stirn. »Die Arznei wirkt. Schlaf ruhig.«

Bratz, der schwarze, an einigen Stellen ergrauende Vogel mit dem roten Schnabel und der gelben Federzeichnung an den Augen, näherte sich mit schwankendem Gang über das Kopfende des Betts dem Kissen.

Midalin schob ihn mit dem Handrücken zur Seite.

»Feigling!«, kreischte er und flatterte, blieb aber auf dem Bett.

»Na, na.« Gonter trat ans Krankenlager, nestelte eine blaue Beere aus seinem Beutel und hielt sie ihm hin.

Misstrauisch drehte Bratz den Kopf zur Seite und brachte sein rechtes Auge nahe an die angebotene Leckerei. Er ruckte herum, sodass sein Schnabel die Beere beinahe berührte, verharrte einen kurzen Moment und schnappte dann so schnell zu, als befürchte er, Gonter könnte die Frucht im letzten Augenblick wegziehen. Er legte den Kopf in den Nacken, öffnete und schloss den Schnabel ein paarmal und schluckte die Kugel so hinunter. »Bienchen!«

Gonter lachte. »Die habe ich leider nicht, aber vielleicht willst du mit einem Platz auf meinem Arm vorliebnehmen?« Er beugte sich vor und winkelte den Ellbogen an.

Bratz hüpfte auf das Kettenhemd.

»Wirklich erstaunlich«, fand Midalin. »Eigentlich ist er ein garstiger Geselle. Selbst bei denen, die er gut kennt.«

»Vielleicht haben wir noch nicht genug Zeit miteinander verbracht.«

Bratz plusterte sich auf und begann, sein Gefieder zu putzen. Zwei Stellen an seiner Brust waren nackt und schorfig, sie sahen nach Brandverletzungen aus. Gonter wusste, dass auch Tiere oft zu Opfern des Dämonenkults von Rorgator wurden. Wenn er sich recht erinnerte, hatte Midalin bei ihrer ersten Begegnung, bevor sie eine Söldnerin gewesen war, ebenfalls einen Vogel dabeigehabt. Vielleicht war das Bratz gewesen. Er fragte lieber nicht.

Orils Augen waren geschlossen, er atmete gleichmäßig.

Gonter bedeutete Midalin, mit ihm zur Seite zu kommen, soweit es der kleine Raum gestattete. »Wie geht es ihm?«

»Wirklich besser.« Midalins Blick blieb beim Kranken. »Ich habe ihm etwas gegeben, das ihn träge macht. Ihr Söldner seid mir sonst zu aktiv.«

»*Wir* Söldner«, korrigierte Gonter lächelnd.

Eine leichte Röte huschte über Midalins Wangen. »Ja, *wir* Söldner. Aber Oril soll sich möglichst wenig bewegen, damit sich das, was vom Gift noch übrig ist, nicht in seinem Körper verteilt. Es dürfte ohnehin nur noch ein kleiner Rest sein. Gestern hat er vier Flaschen Wasser getrunken, das wird das meiste ausgespült haben.«

»Schwitzt er wegen des Giftes so stark?«

»Nein, wegen der Decken. Und ich habe ihm eine Arznei gegeben, die das noch befördert. Auch das soll das Gift aus dem Körper treiben.«

»So ein kleiner Pfeil und so eine große Wirkung«, wunderte sich Gonter.

»Wir können von Glück sagen, dass sie diese Waffe nicht häufiger einsetzen.«

»Das Gift muss selten sein.«

»Beschreibe mir noch einmal den Pfeil.«

Gonter spreizte Zeigefinger und Daumen. »Ungefähr so lang. Eine Spitze aus Gelbjade, mit Widerhaken versehen. Ein Pfropfen in der Mitte, was wohl bedeutet, dass man ihn mit einem Blasrohr verschießt. Am Ende eine filigran gearbeitete Befiederung.«

»Das klingt danach, dass nur wenig Wucht dahintersitzt.«

»Eine Rüstung wird er bestimmt nicht durchschlagen.«

»Wenn wir in den Urwald gehen, werde ich meine Kapuze überziehen«, nahm sich Midalin vor. »Das könnte so etwas abhalten.«

»Das ist ein kluger Gedanke!« Gonter neckte Bratz, indem er das gerade geputzte Gefieder mit dem Zeigefinger wieder durcheinanderbrachte. »Ich werde Halstücher an meine Leute ausgeben lassen.«

»Bei diesem Gerede von zusätzlicher Kleidung wird mir richtig warm.« Midalin zog ihre Kutte über den Kopf und legte sie auf den einzigen Stuhl im Raum. »So ist es schon besser.«

Ihre kurzärmelige Tunika lag enger um ihre sanften Rundungen als die Kleidung des Zauberbanners. Sie war hellblau, der knöchellange Rock etwas dunkler.

Midalin war etwa eine Handbreit größer als Eivora, Gonter reichte sie bis zum Kinn. Ihr von blonden Locken umrahmtes Gesicht mit der Stupsnase, den vollen Lippen und den grünen Augen war wie gemalt.

»Süß.«

»Was ist süß?«, fragte sie.

Die Feststellung war ihm herausgerutscht, bevor er darüber nachgedacht hatte. Er merkte, wie er seinerseits errötete, und suchte nach einer Ausrede.

»Süßigkeit ist Gift«, sagte er schnell und fingerte am Beutel mit den Beeren. »Das erzählen jedenfalls zwei meiner Krieger, Eilan und Iskon. Die Süße ist der Tod. Beim Honig hatten sie damit doch auch recht, oder? Ich frage mich, ob das Pfeilgift wohl auch süß …«

»Herz des Waldes!«, schrie Bratz, der sich wohl ungenügend beachtet fühlte.

Gonter kraulte den Hinterkopf des Vogels. Er räusperte sich. »Ich habe gehört, dass du dir als Spionin die ersten Meriten verdienst.«

Wieder überhauchte eine leichte Röte Midalins Wangen.

Gonter konnte sich nicht helfen, er fand sie wirklich unsagbar süß. Und sie roch stets so angenehm. Auch heute umwehte sie ein Veilchenduft, allerdings mit einer rauchigen, interessanten Note.

»Ich lerne gerade, dass das Leben als Söldnerin auch im Zauberbanner schnell gefährlich werden kann«, gestand Midalin. »Es wäre wohl eine gute Idee, wenn ich üben würde, mit meinem Degen umzugehen.«

Gonter grinste. »Ich habe eine hervorragende Degenfechterin in meiner Rotte.«

»Ich dachte eigentlich«, stieß sie hervor, »vielleicht könntest du …« Sie schluckte. »… vielleicht könntest du mich unterrichten.«

Er lachte. »Itena ist den Degen besser gewohnt als ich.«

Sie knabberte auf ihrer Unterlippe.

»Bei ihr kannst du dir abschauen, wie man schnell und agil kämpft«, fuhr er fort. »Und ohne viel Kraft.«

Nachdenklich musterte sie seinen Oberarm. »Da hast du wohl recht …«

Bratz flog auf und flatterte zum Fensterrahmen.

Gonter räusperte sich. »Ich sehe, Oril ist bei dir in besten Händen. Wenn du Zeit hast, wirst du uns in unserem Quartier finden.« Der Klingenrausch hatte inzwischen mehrere Häuser in der Nähe des Schuldturms requiriert.

In der Tür zwinkerte er Midalin zu. »Vielleicht kann ich ja zuschauen und den einen oder anderen Ratschlag geben.«

»Das wäre schön.« Diesmal lächelte sie, ohne zu erröten.

Der Stadthügel Faarinars erhob sich über die Ebene, in der die Nebel wallten. Die Gipfel hatten sich einige Edle für ihre neuen Türme gesichert. Eivora vermutete, dass der Untergrund dort schlechter für die Errichtung von Gebäuden geeignet war, sonst hätte man sie bereits früher besiedelt. Dass man eines der Bauwerke bereits mit einem klobigen Gerüst abstützte, bestätigte ihre Vermutung.

Etwa eine Stunde war sie unterwegs, als sie sich durch eine enge Gasse dem kleinen Platz vor dem Schuldturm näherte. Sie erkannte jedoch, dass hier kein Durchkommen war, zu eng drängte sich die Menge.

»Was geht hier vor?«, fragte sie einen dicken Mann mit einer grauen Haube, die auch seine Wangen bedeckte.

»Die verfluchten Söldner!«, zischte er. »Sie sollen aus der Stadt verschwinden!«

Das kratzige Leinengewand, das sie dem Hirten abgenommen hatte, war ihr zwar viel zu weit, ließ den Mann aber offensichtlich vermuten, sie gehöre nicht zu den angeheuerten Kriegern. »Was haben sie denn angestellt?«, fragte Eivora.

»Du bist wohl neu hier, Kind?«

Wegen ihrer Körpergröße hielten sie viele für jünger, als Eivora tatsächlich war, vor allem, wenn sie keine Rüstung trug. Dennoch ärgerte es sie. Sie ballte die Linke zur Faust und genoss die Hitze, die sich von Neuem in ihrer Brust ausweitete. Flämmchen züngelten durch ihr Sichtfeld.

»Sie haben einen Knaben verbrannt.« Der Mann sah jetzt wieder zum Schuldturm, obwohl er dort wegen der Menge sicher nichts erkennen konnte. »Haben Dämonen auf ihn gehetzt.«

»Wie sahen die denn aus?«

»Schaurig.« Die Stimme des Mannes klang jetzt tiefer. »Du kennst sie doch von Bildern. Spitze Zähne in den Mäulern, Flügel wie Fledermäuse. Das Blut der Gerechten, die sie gequält haben, tropft ihnen aus hundert Wunden und schreit ihre Klage gegen sie zum Himmel.«

»Also war überall auf dem Platz Blut?«

Mit gerunzelter Stirn sah er sie an. »Es ist verbrannt. Sie haben das Blut auf den guten Jungen gespuckt, und dann fing es an zu brennen. Der arme Knabe hat geschrien, dass die Fenster zitterten.«

Bis auf die Tatsache, dass Urlim verbrannt war, hatte diese

Schilderung wenig mit Beliars Bericht gemein. Außerdem kannte Eivora solche Dämonen nur aus Legenden. Aber natürlich konnte sie nicht ausschließen, dass es einen zweiten Vorfall gegeben hatte. »Wann ist denn das …?«

Unwillige Rufe wurden laut, und die Aufmerksamkeit ihres Gesprächspartners richtete sich nach vorn. Unruhe kam in die Menge, Eivora wurde zur Seite gedrückt.

»Macht Platz!«, verlangte ein Büttel, auf dessen Waffenrock die Sonne Klataals prangte. Das kurze Schwert ließ er in der Scheide, aber mit dem Knüppel teilte er aus, um den Weg für die Nachfolgenden freizumachen.

Eivora nutzte ihre kleine Gestalt, um sich in eine Lücke zwischen zwei Männern zu drücken und so außer Reichweite der Schläge zu kommen.

Mehrere Büttel führten einen dürren Kerl ab, der in einem fort schrie: »Dämonen! Sie haben Dämonendiener in unsere Stadt geholt! Sie wollen uns nicht schützen! Vertreibt sie, oder eine Zeit großer Qual wird anbrechen, wenn sie uns ihren Herren überantworten!«

»Weitergehen!«, forderte ein Büttel die Menge auf. »Hier gibt es nichts mehr zu sehen! Wer in einer halben Stunde noch hier herumsteht, für den finden wir einen Platz im Kerker!«

Murrend zerstreute sich die Versammlung.

Eivora ging das letzte Stück zum Turm. Zwei Hellebardiere hielten neben dem Eingang Wache. Ihre Helme und die Klingen ihrer Stangenwaffen glänzten in der Sonne. Die Überreste von faulem Gemüse auf ihren Kettenhemden schienen sie nicht ihrer Beachtung für wert zu halten. Sie reagierten erst, als Eivora ihnen zunickte, und auch dann bewegten sie nur die Arme, um grüßend die Faust gegen die Brust zu schlagen.

Im runden Innenraum standen vier Söldner, die bei den Armbrustern Dienst taten. Eivora kannte zwei von ihnen aus der Zeit, als ihr Vater sie selbst bei Pirlitu eingeteilt hatte. »Hinar«, grüßte sie nickend, »Leter.«

Leter buk für sein Leben gern Pasteten, aber er würzte sie so eigenwillig, dass sie außer ihm niemandem mundeten. Auch jetzt hielt er ein dampfendes Teigküchlein in den Wurstfingern. Eivora sah ihm an, dass er nach einer passenden Bemerkung zu ihrem Aufzug suchte, verspürte aber keine Lust, sich ihm zu erklären.

»Sind die anderen Kampfherren schon unten?«, fragte sie, bevor er ansetzen konnte.

»Seit gerade eben. Sie haben erst abgewartet, wie das Spektakel draußen ausgeht.«

»Dann komme ich ja noch rechtzeitig.«

Zwei Söldner traten an die Winde und begannen, die Gondel nach oben zu kurbeln.

Das helle Rasseln der Kette erinnerte Eivora an etwas, aber sie versuchte vergeblich zu greifen, was es war. Kurze, helle Laute … etwas Hartes schlug auf Metall … oder auf Stein? Ja, sie spürte Fels unter ihren weit gespreizten Füßen, und ihre Krallen schabten darüber.

Sie rollte die Zehen ein, noch immer war sie barfuß, aber natürlich waren die im Turm ausgelegten Steinplatten so hart, dass sie nicht eindrang.

Auch mit den Krallen war sie nicht eingedrungen, aber ihre Zehen waren länger gewesen, wie Finger, und sie hatte nicht fünf davon gehabt, nur vier, und einer hatte den anderen gegenübergestanden. Das hatte ihr besseren Halt gegeben. Überhaupt war sie sicher gewesen, frei und sicher zugleich. Das Feuer loderte majestätisch vor ihren Augen.

»Eivora?«, rief Leter. »Träumst du?«

Sie blinzelte. Der Metallkorb stand jetzt oben, am Rand des Loches.

Sie stieg hinein, die Krieger hoben die Gondel ein paar Zoll an, schwenkten sie über die Öffnung und ließen sie dann ab.

Vier Kampfherren standen unten versammelt, vier Fackeln beleuchteten sie mit so rotem Licht, dass es wirkte, als hätte man sie mit Wein übergossen. Iskala hatte die Hände in die Ärmel ihrer Kutte geschoben, der Rubin in ihrer Stirn lag im Schatten, sodass er aussah wie ein Klumpen getrockneten Blutes. Atirion schälte mit der Klinge, die ihm die rechte Hand ersetzte, einen Apfel. Das half ihm, kluge Gedanken zu fassen, sagte er. Im Vergleich zu Xerohn war er füllig. Der Kampfherr der Hellebardiere gönnte sich nichts, was er als überflüssig erachtete, und auch sein Körper schien beweisen zu wollen, mit wie wenig man auskommen konnte. Der Kopf wirkte beinahe skelettiert.

»Wo hast du denn gesteckt, Kleine?«, rief Pirlitu, noch bevor die Gondel aufsetzte.

Eivora schwang sich über das Gitter und umarmte die schwarzhäutige Anführerin der Armbruster.

»Hast du dich mit einem Bauernjungen zwischen seinem Vieh vergnügt?«, spottete Pirlitu. »Du stinkst wie ein ganzer Stall.«

»Das ist jetzt unwichtig«, beschied Iskala. »Hauptsache, du bist da.«

Atirion zeigte auf den geöffneten Kasten, in dem der Arm mit der Pranke lag. »Wir haben uns erlaubt, das hier aus deinem Zimmer zu holen.«

Eivora schwankte, obwohl Pirlitu ihr nur kameradschaftlich gegen die Schulter schlug, als sie die Umarmung löste. Sie sah das Fenster in dem Raum, den sie im Turm bewohnte. Sie sprang darauf zu … Nein, sie sprang hinaus! Und sie fiel … nur ein paar Schritt weit. Dann stieß sie einen hellen Triumphschrei aus, und die Luft knallte unter ihren … Flügeln. Sie spürte den Wind, und sie sah den Widerschein von Feuer auf den Dächern Faarinars. Sie brannte … Ihre … Federn … loderten gelb und orangefarben und rot. Wieder schrie sie, flog durch einen Schwarm Krähen, die ihr panisch auswichen.

»… der Meinung«, sagte Atirion gerade, »dass wir verhindern müssen, dass sich diese Erkenntnis unkontrolliert verbreitet. Das wirft zu viele Fragen auf, die wir nicht beantworten können. Bislang wissen wir nur, dass unser Gegner andere Dinge aufbietet als Pfeile und Klingen.«

Eivoras Herz pumpte Hitze durch ihre Adern. Sie fühlte sich großartig. *Ein Feuervogel! Ich war ein Feuervogel!* Diese seltenen Tiere brüteten in den Kratern von Rorgator. Manche Priester störten sich an ihnen und bezahlten für ihre Eier und ihre Köpfe, aber es war gefährlich, ihre Basaltnester auszunehmen. Sie nutzten das Feuer als Waffe, und manchmal fielen sie sogar über das Vieh im Ascheland her.

Eivoras Verwandlung ging die anderen nichts an. Sie wollte dieses Geheimnis nicht teilen. Jedenfalls nicht, bevor sie selbst ihre Gedanken sortiert hatte. Und auch dann würde sie es zuerst mit jemandem besprechen, dem sie vertraute. Aber wer sollte das sein? Pirlitu? Gonter? Seit sie eine Kampfherrin war, wurde es einsam um sie. Am besten, sie ließ sich nichts anmerken.

»Diesen Arm können wir in einer Kiste begraben«, warf sie, um Lässigkeit bemüht, ein. »Aber das Gedächtnis der Krieger, die gegen solche Kreaturen gekämpft haben, können wir nicht einfach austauschen.«

»Dann sollen die Krieger an der Grenze bleiben.« Xerohns Fistelstimme passte nicht zu seiner Härte, aber niemand war so wahnsinnig, das zu äußern. »So gesehen war es klug, dass du Torbuns Banner in Grinhoff gelassen hast, obwohl ich anders befohlen habe.«

Eivora nickte selbstsicher. Zumindest bemühte sie sich, so zu wirken, obwohl ihr Erlebnis und vor allem die Erkenntnisse, die ihr nun dazu kamen, sie innerlich aufwühlten.

Ein Feuervogel! Es war so unglaublich, und doch erklärte es, wie sie auf den Baum gekommen und wie die Brandstellen auf dem Ast entstanden waren. Sie erinnerte sich an die Freiheit. Nicht nur das Fliegen, sondern auch das Wegfallen von allen Grübeleien. Sie war einfach nur das gewesen, was sie im innersten Kern ausmachte, ohne Abwägungen, ohne Rücksichten und Ängste. Ohne Schwäche.

»Aber kannst du auch für die Verschwiegenheit im Sturmbanner garantieren?«, setzte Xerohn nach.

Sie hob das Kinn. »Nicht nur deine Hellebardiere kennen den Wert von Disziplin.«

Trotz des warmen Fackelscheins, der auf seinem knochigen Gesicht lag, war Xerohns Blick so kalt wie ein Stück Eisen, das über Nacht im Schnee gelegen hatte. »Es gibt schon Gerüchte in den Kneipen.«

»Die Krieger sehen, was sie sehen.« Eine Spur Ungeduld lag in Iskalas Stimme. »Auch diesen Arm. Gut möglich, dass es noch mehr solcher Wesen in der Schlacht gab. Die Kämpfer werden davon reden, unsere und auch die der Klataaler. Man kann die Wahrheit nicht ersticken.«

»Man kann den Leuten zeigen, dass es unklug ist, zu viel zu schwatzen«, schlug Xerohn vor.

Seine Worte hingen in der Stille. Eivora stellte sich vor, was für eine Demonstration er im Sinn hatte. Sie traute ihm zu, ein paar Schwätzer an ihren Zungen vom Schuldturm zu hängen, bis diese abrissen.

»Das wird das Gerede nur bestätigen«, widersprach Iskala. »Klüger wäre es, dafür zu sorgen, dass die Wahrheit niemanden interessiert.«

Fragende Blicke richteten sich auf sie.

»Wenn Tiermenschen nur ein Gerücht unter vielen wären. Wenn wir streuen würden, dass Dämonen in unseren Reihen kämpfen. Dass die Erde aufbricht, wenn wir ein magisches Beil hineinschlagen.« Ihre roten Augen richteten sich auf Eivora. »Dass flammende Vögel über die Stadt fliegen.« Sie sah wieder weg. »Dass die Bäume nachts ihre Wurzeln aus dem Boden ziehen und umherwandeln. Und Pfeile ihren eigenen Willen entwickeln, um ihre Ziele zu finden, egal, in welche Richtung der Schütze schießt.«

»Und wer soll diese Märchen glauben?«, zweifelte Xerohn.

»Niemand«, erkannte Eivora. »So, wie auch niemand glauben wird, dass dort draußen Menschen herumlaufen, denen Pranken statt Hände wachsen. Jedenfalls so lange nicht, bis wir wissen, wie wir sie am besten vernichten.«

Iskala hatte ihr klar gezeigt, dass sie Bescheid wusste, aber seltsamerweise beunruhigte sie das nicht. So stark, wie sie sich derzeit fühlte, hätte sie wohl auch eine gegnerische Tausendschaft vor dem Turm nicht nervös gemacht.

»Das ist eher ein Wandschmuck als eine Waffe.« Mit einem abfälligen Ausdruck in ihrem Gesicht gab Itena den Degen zurück.

Midalin trug Wildlederhandschuhe, dünn genug, um das Gefühl in ihren Fingern zu erhalten, aber so fest, dass sie die Waffe an der Klinge entgegennehmen konnte, ohne Gefahr zu laufen, sich zu schneiden. »Chanz hat gesagt, es ist guter Stahl.«

»Chanz ist tot.« Mit ihrem eigenen Degen vollführte Itena einige weite Schwünge, die Luft zischte.

Midalin stellte sich vor, was passieren würde, wenn die einäugige Söldnerin sie mit einem solchen Schlag an der Schulter träfe. Ob die Waffe wohl genug Wucht hätte, das Schlüsselbein zu zerteilen? Mit einem mulmigen Gefühl rieb Midalin über die Stelle unterhalb des Knochens, wo der Stahl vielleicht im Fleisch stecken bliebe. Das Kernleder des Harnischs, den sie auf Anweisung der Lehrerin angelegt hatte, fühlte sich starr an. *Ich komme mir vor wie in einem Fass.*

»Du kannst eine von den Übungswaffen nehmen.« Itenas Degen zischte herum und verharrte plötzlich, sodass die Spitze auf ein Waffengestell zeigte, in dem allerlei Nachbildungen hingen. Einige waren mit Flachs umwickelt, andere aus Holz oder stumpfem Metall gefertigt.

»Ich soll doch lernen, mit meinem eigenen Degen zu kämpfen.«

»Den da wirst du ohnehin nicht lange behalten«, meinte Itena. »Aber wenn du unbedingt damit vorliebnehmen willst, dann fass ihn wenigstens am Griff an, nicht an der Klinge. Du weißt doch, an welchem Ende man einen Degen in die Hand nimmt?«

Midalin biss sich auf die Unterlippe. Sie hasste Itena jetzt schon. An allem mäkelte sie herum. An ihrer Waffe, an ihrem Kleid, sogar an ihrem Duftwasser – und dass sie Bratz mitgebracht hatte, passte ihr auch nicht. Na gut, sie konnte auch nicht ahnen, dass der Beo noch garstiger wurde, wenn man ihn einsperrte.

Jetzt saß der Vogel auf dem Rand eines Futtertrogs, in den Midalin den Beutel mit den Früchten gestellt hatte. Sie hatte ihn in der Hoffnung mitgebracht, dass Bratz halbwegs ruhig blieb, wenn er erst futterte und dann vollgefressen und aufgeplustert verdaute. Wenigstens das lief bislang wie gewünscht.

Itena lockerte ihre Schultern, während sie den Gang zwischen den Stellplätzen für die Maultiere und Pferde der Söldner entlangschritt, als wäre sie die Flammenbringerin, die Befehlshaberin der Legion. Dabei befanden sie sich in einem Stall, es roch nach Stroh, und das Dach war undicht, sodass die Finger aus Sonnenlicht offenbarten, wie viel Pflanzenstaub in der Luft trieb.

Midalin fasste den Degen, wie ein Kamerad es ihr in Rorgator gezeigt hatte. Eigentlich hielt man ihn nur mit Daumen, Zeige- und Mittelfinger, für die es spezielle Ausformungen hinter dem knöchernen Handschutz gab. Die Hauptstange des Griffs drückte sie mit kleinem und Ringfinger gegen den Ballen. Sie hatte das noch nicht oft gemacht und musterte ihre Haltung kritisch. Wenigstens war der Handschutz recht groß, man hatte ihn aus einem Schulterblatt gefertigt. Die an der Innenseite hineingebrannten Runen waren mit brauner Farbe ausgemalt.

»Wir beginnen mit der Aufstellung.« Itena setzte einen Fuß in einem weiten Schritt vor. Der vordere Fuß zeigte gerade nach vorn, der andere schräg nach hinten. Die Knie beugte sie so weit, dass ihre Hüfte merklich absackte. »Mach das nach. Natürlich nur, wenn es dein Kleid erlaubt.«

Midalin verdrehte die Augen. Für die Übungsstunde hatte sie selbstverständlich ein weites Kleid gewählt, sie war ja nicht dämlich. Sie hatte sogar erwogen, eine Hose anzuziehen, aber sie trug eigentlich nie Hosen, und was nützte es, wenn sie beim Üben anders angezogen war als in den Situationen, in denen sie das Geübte anwenden musste? Außerdem glaubte sie, dass Gonter der fließende Stoff besser gefiel als etwa Itenas lederne Hose, die zwar die gefällige Form ihrer Beine offenbarte, der Vorstellungskraft aber keinen Raum ließ. *Nur ist Gonter dummerweise nicht hier.*

Midalin machte die Position nach und hob auch den Degen schräg an, wie sie es bei Itena sah. Den linken Arm nahm sie nach hinten, obwohl sie sich fragte, was er dort nützte.

»Das Knie weiter nach vorn«, forderte Itena. »Es soll über dem Fuß sein.«

Midalin gehorchte. Zwar mochte sie diese Frau nicht, aber sie war hier, um zu lernen.

»Jetzt bewegen wir uns nach vorn. Den hinteren Fuß ein Stück heranziehen, dann den vorderen weitersetzen. So.«

Midalin machte es nach. Auf diese seltsame Weise durchquerten sie den Stall der Länge nach. Dabei kam sie sich vor wie eine Krabbe.

»Jetzt rückwärts«, kündigte Itena an. »Vorne abstoßen … den hinteren Fuß zurück … den vorderen nachziehen. Und …«, sie patschte mit der flachen Seite ihres Degens auf Midalins Oberschenkel, »… immer schön tief stehen.«

Ihre Muskeln brannten, aber Midalin biss die Zähne zusammen. Keinesfalls wollte sie, dass Itena Gonter erzählte, sie sei eine Memme. Außerdem wäre sie über das, was sie hier lernte, vielleicht bald schon froh.

Klar, wenn ich wie eine Krabbe gehe, wird das jeden, der mir ans Leder will, so erheitern, dass er vor Lachen umfällt.

»Wann kommt denn der Degen an die Reihe?«, fragte sie.

»Eigentlich reicht es für den Anfang, wenn du dich an das Gewicht gewöhnst.« Itena löste sich aus ihrer Stellung.

Endlich konnte Midalin die Knie durchdrücken. Sofort ließ das Brennen in den Oberschenkeln nach.

»Aber wenn du unbedingt willst …«, Itena stellte sich ihr gegenüber, »… können wir auch ein bisschen spielen.« Etwas veränderte sich in ihrem Gesicht, das ganz und gar nicht auf »spielen« hindeutete. Als ob ihr verbliebenes Auge sich mit Midalin verband. Als gäbe es niemand anderen mehr auf der Welt. Dieser Blick und die Härte in Itenas Gesicht vermittelten Midalin den Eindruck, dass die andere nur noch eines wollte: sie zerstören.

Midalin schluckte. Ihre Schläfen pochten, aber Stolz regte sich in ihr. Wohl das erste Mal bei diesem Treffen nahm Itena sie ernst.

Sie hob den Degen und begab sich, dem sofort wieder einsetzenden Schmerz zum Trotz, in eine tiefe Stellung.

»Nirto würde dir raten, deine Aufmerksamkeit nirgendwo anhaften zu lassen.« Itena sprach jetzt leise. »Auf einem Schlachtfeld steht man gegen viele Gegner. Wenn man sich auf einen konzentriert, können alle anderen einem den Garaus machen.« Sie rückte vor.

Midalin wich zurück. Sie versuchte, den Abstand zu halten. »Aber das ist falsch?«, vermutete sie.

Knapp schüttelte Itena den Kopf. »Nicht falsch. Wenn du auf Leben und Tod kämpfst und hinterher davon erzählen kannst, hast du etwas richtig gemacht.«

»Aber dennoch stimmst du nicht mit Nirto überein?«

»Es gibt viele Arten, etwas richtig zu machen.« Sie tänzelte zurück. Obwohl sie tief blieb, sah das bei ihr so leicht aus wie der Flug eines Schmetterlings.

Midalin eilte ihr nach, aber Itena war zu schnell für sie. Deswegen gab Midalin ihre tiefe Stellung auf.

So kam sie rascher vorwärts, aber als Itena die Richtung änderte, hatte Midalin Schwierigkeiten zu reagieren. Itena schlug gegen ihren Degen, sie nahm die Klinge zurück, noch einmal klang Stahl auf Stahl, zweimal, dreimal. Itenas Attacken drängten Midalin in die Defensive. Ihre Arme waren bald so eng an ihrem Körper, dass die Ellbogen den Rumpf berührten, und ihre Beine schienen einander plötzlich im Weg zu stehen. Beinahe wäre sie gestolpert.

Grinsend ließ Itena von ihr ab. »Ein tiefer Stand hat Vorteile.«

Auf der Lippe kauend, stellte sich Midalin auf. Sie überlegte noch, ob Füße und Knie sich genau in der Position befanden, die Itena vorgemacht hatte, als diese schon wieder angriff.

Diesmal kreiste ihr Degen um Midalins Klinge.

Der Stahl sang. Der Griff schien ein Eigenleben in Midalins Hand zu entwickeln, er zuckte wie ein Fisch, der ihr entgleiten wollte. Entschlossen packte sie zu.

Mit einem dumpfen Geräusch stieß Itenas Degenspitze gegen den knöchernen Handschutz.

Beide Kämpferinnen verharrten.

Itena richtete sich auf. »Das ist seltsam. Ich hätte den Sold eines Mondes darauf gewettet, dass das Ding bricht. In diesem Knochen scheint mehr zu stecken, als man ihm auf den ersten Blick ansieht.«

»Oh ja«, hauchte Midalin.

Die Runen auf der Innenseite des Handschutzes waren nicht mehr braun. Sie leuchteten in hellem Orangerot.

Echte Magie ..., war der einzige Gedanke, den Midalin zu fassen vermochte.

»Komm rein!«, beantwortete Eivora das Klopfen.

Beliar riss die Tür auf und stürzte in ihr Gemach. Sofort warf er sich auf den Boden und bedeckte ihre Füße mit Küssen. Er hatte Glück, dass sie inzwischen gebadet hatte.

»Ich bin überglücklich, dass Ihr noch lebt, Herrin!«, stieß er hervor.

»Das bezweifle ich«, versetzte sie kühl.

Unentwegt küsste er ihre Füße und streichelte nun auch ihre Waden.

Bei der angenehmen Erinnerung daran, wie geschickt der Lustsklave seine Hände einzusetzen vermochte, lächelte Eivora. Aber sie war entschlossen, sich nicht erweichen zu lassen. Kalt glänzend tanzte eine Silbermünze durch ihre Finger.

»Du hast wohl gehofft, ich würde irgendwo in der Wildnis umkommen«, vermutete sie. »Es hätte gelingen können. Beinahe wäre ich tief genug gestürzt, um mir alle Knochen zu brechen, und kurz darauf glaubte ein Landstreicher, mich unter seinen Willen zwingen zu können.« Sie fragte sich, ob sich der Hirte wohl irgendwohin hatte schleppen können, wo man sich des gebrochenen Knies annahm.

»Ich bin entsetzt, das zu hören!«, rief Beliar.

»Was? Dass ich in Gefahr war oder dass ich der Gefahr entkommen bin?«

»Ich wollte Euch nur zu Gefallen sein, das müsst Ihr mir glauben!«

»Ich muss gar nichts.« Sie löste ihre Beine aus seiner Umklammerung, ging zum Tisch und legte die Münze mit einem harten Klacken ab. Neugierig sah Aglix von dem Hort herunter, zu dem sie ihren kleinen Silberschatz zusammengeschoben hatte.

»Du hast niemandem davon berichtet, was in diesem Zimmer geschehen ist.«

Er blieb auf den Knien, richtete seinen Oberkörper aber zitternd auf und sah sie an. Durch die Striche auf den Lidern wirkten seine Augen sehr groß. Wieder musste er sich viel Zeit für seine Körperpflege genommen haben, Eivora entdeckte kein Härchen auf Wange oder Brust.

Sie schlenderte zu ihrem Kurzschwert und nahm die gebogene Waffe auf. »Niemand wusste, dass ich fort war. Also hat auch niemand nach mir gesucht, um mir zu helfen.«

Er setzte an zu sprechen, ihm entrang sich aber nur ein Röcheln. Seine Nase war so schlank … Wie sie wohl aussah, wenn man sie brach? Ob sie zu einem formlosen Brei wurde, wenn man ein paar Mal in sein Gesicht trat?

»Da du auch nicht geflohen bist, hast du wohl gehofft, ich würde nicht zurückkehren.«

»Nein, ich …« Beliars Stimme versagte, und Tränen sammelten sich in seinen Augen.

»Möglich wäre auch, dass du einfach nur ein Feigling bist.« Sie zog das Kurzschwert und legte die Scheide beiseite. Das Kerzenlicht schimmerte auf der mit Waffenöl polierten Klinge. »Dass du so viel Angst hattest, dass du weder ein noch aus wusstest.«

»Ja!«, rief der Sklave. »Ganz so verhält es sich. Und ich konnte doch gar nicht wissen, was geschehen würde!«

»Nicht? Du warst es doch, der mir den Trunk verabreicht hat.«

»Aber der Traumsaft wirkt bei jedem unterschiedlich«, jammerte er. »Dass Ihr Euch in einen Vogel verwandelt habt … das ist sehr selten!«

Eivora runzelte die Stirn. »Erzähle mir, was du gestern Nacht gesehen hast.«

»Nicht viel«, gestand er. »Ihr seid auf das Fenster zugesprungen, mit der Geschmeidigkeit einer Raubkatze. Aber noch bevor Ihr es erreicht habt, sprossen helle Federn aus Euren Armen. Es ging sehr schnell. Ich habe Euch nachgesehen, aber da wart Ihr schon ein brennender Vogel.«

Verwirrung stand in seinem Gesicht, als zweifelte er an seiner eigenen Erinnerung. In dieser Gegend gab es wohl keine Feuervögel, sie bauten ihre Nester nur in Vulkanen. Wenn sich Eivora recht erinnerte, hatte sie diese Tiere niemals außerhalb von Rorgator gesehen.

Sie betrachtete die Spitze des Kurzschwerts und stellte sich vor, wie sie den Stahl zwischen Beliars Rippen stieß. »Dachtest du, ich würde eine Raubkatze werden?«

»Oder ein Lurch.«

»Ein Kriechtier?«, fragte sie scharf.

Er hob die Hände, als wolle er sich gegen einen Schlag schützen. Hätte Eivora wirklich das Kurzschwert benutzt, hätte das nur dazu geführt, dass sie ihn mit dem ersten Hieb verstümmelt und mit dem zweiten niedergestreckt hätte.

»Wegen Eures Begleiters«, jammerte er. »Ich dachte, Euch würde eine besondere Seelenverwandtschaft mit ihm verbinden.«

Verwundert betrachtete Eivora Aglix.

Der Feuersalamander hechelte.

»Ich habe nicht bemerkt, dass das Fenster offen stand«, gestand Beliar.

»Du hast es selbst aufgerissen, du Idiot.« Eivora schüttelte den Kopf. »Außerdem: Wenn ich mich in eine Raubkatze verwandelt hätte oder in ein anderes Tier mit Klauen oder Reißzähnen – wäre es dann nicht gefährlich für dich gewesen, mit mir in einem Raum zu sein?«

»Mich hat überrascht, dass die Verwandlung so rasch geschieht«, sagte er. »Ich dachte, ich könnte den Raum rechtzeitig verlassen und die Tür schließen.«

Dieser Plan erschien Eivora haarsträubend naiv. Die Tür war nicht besonders dick, und sie wies auch keine Eisenbänder oder sonstigen Verstärkungen auf. Selbst ein Wolf könnte sie zerlegen, wenn er wütend genug war. »Ziemlich viele Unsicherheiten. Du kennst dich nicht gut aus mit diesem ... Traumsaft?«

»Nein, Herrin.«

»Du warst wohl noch nicht oft dabei, wenn ihn jemand getrunken hat.«

Trotz seiner Angst lachte Beliar auf. »Unverdünnt wird Traumsaft so gut wie nie genommen. Man mischt ihn in edlen Wein, damit er die Träume anregt.«

»Aber du hast mir den reinen Saft besorgt.«

»Ja, Herrin«, antwortete er zögerlich.

»Nun, dann tu das noch einmal.« Die Wärme in ihrer Brust hatte über den Tag nachgelassen. Jetzt, da die Sonne untergegangen war, fühlte sich Eivora ermattet und sehnte sich nach der Stärke zurück, die sie während der Wirrnisse der vergangenen Stunden verspürt hatte.

Beliar erbleichte. »Das ist unmöglich, Herrin.«

»Stell dich nicht so an! Was einmal gelungen ist, kann nochmals gelingen.«

»Der Edle Torias war außer sich vor Wut, als er das Fehlen des Traumsafts bemerkte! Er hat getobt und jeden geschlagen, der in seine Nähe kam. Er wird sich nicht noch einmal übertölpeln lassen.«

Die Wut fachte die Hitze in Eivoras Brust wieder an. Ein gutes Gefühl. Mit dem Kurzschwert in der einen Hand, die andere geballt, näherte sie sich dem Sklaven. »Treib kein Spiel mit mir, oder du wirst es bereuen«, drohte sie. »Du weißt doch, was mit Urlim passiert ist! Soll ich auch dich Prekesta zum Geschenk machen?«

Beliar hielt es nun doch nicht mehr auf den Knien. Er sprang auf. »Ich werde mein Möglichstes tun! Ich werde mich selbst übertreffen!«

»Das hoffe ich – für dich!«

Sie gab den Weg zur Tür frei, und er floh aus dem Raum.

»Du wirst ihn doch nicht beschädigen?« Midalins Besorgnis stand überdeutlich in ihrem puppenhaften Gesicht, fand Fiafila-Ignuto.

»So heiß, dass es den Knochen zerstört, brennt das Feuer nicht«, entgegnete die Avatar.

Der Degen lag von seiner Scheide entblößt auf dem Schwertfeuer. Öl, das man aus Leichen von den Schlachtfeldern gewonnen hatte, sammelte sich in den Rillen, die die eingeschmiedeten Schwerter in der eisernen Tischplatte bildeten. So ergab sich keine gleichmäßige Lache unter Midalins Waffe, sondern ein Netz von mit Flüssigkeit gefüllten Niederungen.

Fiafila-Ignuto beugte sich vor und setzte einen Schnitt an ihrer Schulter.

»Ich hasse es, wenn du das machst.«

Unser Blut öffnet den Weg in die Geisterwelt.

»Bestimmt können wir auch das von anderen verwenden.«

Wenn du mir einen Avatar auftreibst – möglicherweise.

»Es gibt doch so wunderliche Kreaturen in Arzulans Urwald. Einige davon haben bestimmt Verbindungen zum Jenseits.«

Die meisten haben wir uns selbst ausgedacht. Fiafila-Ignuto schmunzelte. Nie hatte sie so viel Spaß mit dem Zauberbanner gehabt wie bei dem von Iskala einberufenen Treffen, in dem sie die wildesten Gerüchte ersonnen hatten, um sie in Faarinar in Umlauf zu bringen.

»Der Prankenarm ist echt.«

Ja, das stimmt. Sie sah zu, wie ihr Blut auf das Eisen tropfte. Im Öl bildete es sofort verästelte Schlieren, wie eine missgestaltete Blume.

Fiafila-Ignuto richtete sich auf, drückte ein Tuch auf den Schnitt und nickte Midalin zu.

Die zierliche Blondine benutzte ihre Kerze, um das Öl zu entzünden. Sofort breiteten sich grüne Flämmchen durch die Kanäle unter dem Degen aus.

Die Waffe lag mit der Spitze und dem Handschutz auf. Die Klinge war unspektakulär, einen Schritt lang und vielleicht noch etwas dünner, als für einen Degen üblich. Der Griff sah für Fiafila-Ignuto seltsam aus, was aber auch daran liegen mochte, dass sie noch nie mit einem Degen gekämpft hatte. Die Stange, um die man die Hand schloss, war mit Leder umwickelt, was sie weniger rutschig machte. Ob auch die kurzen, gebogenen Metallstreben einen festeren Halt gaben?

Merkwürdig war in der Tat der Handschutz. Weder Glocke noch Korb, sondern ein Knochen, ähnlich geformt wie ein Schulterblatt, aber dünner. Die Innenseite zierten kantige Runen, die sich jetzt in sattem Braun absetzten, aber nach Midalins Beteuerung aufgeflammt waren, als Itenas Degen den Schutz getroffen hatte. Sie hatten versucht, diesen Effekt zu wiederholen, indem Fiafila-Ignuto mit dem Dolch auf den Knochen geschlagen hatte, aber das hatte keine Veränderung gebracht.

»Sie will sich nur wichtig machen«, murrte der Homunkulus.

Sie musterte Midalin. Die junge Frau kaute auf ihrer Unterlippe. Das nervte nicht nur den Homunkulus, sondern auch Fiafila-Ignuto.

Vermutest du dieses Geltungsbedürfnis, oder schmeckst du es in ihren Gedanken?

»Gieße ein bisschen Lampenöl über die Metze und zünde sie an, dann sage ich dir etwas zu ihren Gedanken.«

Fiafila-Ignuto überging den Vorschlag, lehnte sich auf den Eisentisch und beobachtete ihr Blut unter den Flammen.

»Die Runen haben geglüht«, flüsterte Midalin neben ihr eindringlich.

»Das glaube ich«, gab die Avatar murmelnd zurück. Ihre Aufmerksamkeit glitt bereits hinüber in die Welt des Feuers und der Geister. Am Rande nahm sie die durchscheinenden blauen Gestalten mit den Fangzähnen, den geschlitzten Pupillen und den Hörnern wahr. Diese Wesenheiten waren an das Schwertfeuer gebunden, in einer Schlacht erkundeten sie die Position der Truppen. Bei der Erforschung dessen, was im Degen stecken mochte, waren sie keine Hilfe.

Mach dich gefälligst nützlich, forderte Fiafila-Ignuto den Homunkulus auf.

Mit einem trockenen Knistern entfaltete er seine Ohren.

Das Schwertfeuer schien anzuwachsen, während Fiafila-Ignuto schrumpfte und sich ihrem eigenen Blut unter dem Degen näherte wie eine Fliege, die dort landen wollte. Die Unebenheiten durch die eingeschmiedeten Klingen wurden zu einer eisernen Landschaft mit Schluchten und Hügeln, deren Hänge in Flammen standen.

Zunächst ragte der Handschutz wie eine weißgelbe Steilwand vor ihr auf, aber in dem Moment, als Fiafila-Ignuto ein Gefühl für ihre Körperlichkeit in der Geisterwelt gewann, veränderte sich sein Aussehen. Er wurde zu einer Burg, errichtet aus einer Vielzahl von Knochen. Schädel waren darunter, Hüften, Rippen, Schenkel. Im Dunkel der Schießscharten lauerten Runen wie jene, die im Handschutz eingebrannt waren, aber es waren viel mehr. Fiafila-Ignuto kniff die Augen zusammen und öffnete sie wieder. Sie erkannte diese Schriftzeichen nicht auf die Art, wie sie mit ihren körperlichen Augen sah. Sie glühten nicht, wie Midalin es beschrieben hatte. Überhaupt hoben sie sich nicht von den Schatten im Innern der Schießscharten ab. Eigentlich hätte Fiafila-Ignuto sie gar nicht wahrnehmen dürfen, aber sie waren unübersehbar. Wie der Blick eines Mörders, den man in seinem Rücken spürte.

»*Aberglaube*«, spottete Ignuto.

Und was ist dann diese Festung hier vor uns? Eine Illusion?

»*Möglich. Eine Projektion deiner Wünsche vielleicht. Keinesfalls so etwas wie Magie. Übernatürliches Wirken geht von Dämonen aus, etwas anderes ist mir noch nicht begegnet.*«

Und was ist mit dem Blitzstein? Sie dachte daran, wie das Artefakt beim Unwetter über Ygôda die Einschläge geleitet hatte, bis die titanische Stadtmauer eingebrochen war.

»*Eine Ausnahme*«, gestand der Homunkulus widerstrebend zu.

Vielleicht ist dieser Degen eine weitere Ausnahme.

»*Leg einen Magier auf einen Feuerrost über heißem Magma und ein Scharlatan verkohlt.*«

Fiafila-Ignuto schritt um die Burg herum. Hier in der Geisterwelt hatten Entfernungen und Abmessungen kaum Bedeutung. Zwar vermittelte die Festung den Eindruck eines massiven Bollwerks, aber zugleich erschien sie wie ein übergroßer Spielstein. Sie hatte einen quadratischen Grundriss, an jeder der vier Ecken ragte ein kantiger Turm empor. Das Tor nahm beinahe eine komplette Seite ein. Die geschlossene Zugbrücke glich einem Maul, wo es mit der Mauer abschloss, stachen Knochen wie schiefe Zähne vor. Die linsenförmigen Öffnungen schräg über dem Tor verstärkten den Eindruck eines monströsen Gesichts. Tatsächlich glaubte Fiafila-Ignuto, aus ihnen beobachtet zu werden. Auch dort flimmerten Runen in den Schatten.

Um die Burg herum loderten grüne Flammen wie die Steilwände einer Schlucht. Einmündungen hätten Fiafila-Ignuto den Weg entlang der Pfade durch die Geisterwelt gestattet, aber sie trat näher an die Burg.

Die Gebeine waren zu Quadern gepresst. Manche ragten heraus, sodass man sie eindeutig als Hüften oder Ellen und Speichen erkennen konnte, aber die Masse war so ineinander gedrückt, dass Fiafila-Ignuto nur anhand der Schattierungen einzelne Knochen erahnte. In der Welt der Menschen wäre das Material unter solchem Druck gesplittert, vielleicht auch zu einer Art Mehl zerrieben. Hier nicht.

Von den Vorsprüngen abgesehen, war die Oberfläche glatt wie Stein. Und sie fühlte sich kalt an, Fiafila-Ignutos Hand klebte sogar daran fest. Sie kannte das von Metall im Winterfrost. Der Gegensatz zwischen der Feuerhitze in ihrem Rücken und der Kühle, die sie berührte, jagte ein Schaudern durch ihren Körper.

»Dieses Bauwerk ist … feindlich«, sann Ignuto.

Es hat Midalin geschützt.

Sie trat zurück, ging auf die Seite mit dem Tor und betrachtete es. Die spitzen Knochen liefen in Bruchkanten aus, und einige waren so groß oder so seltsam geformt, dass Fiafila-Ignuto bezweifelte, dass sie von Menschen stammten.

Was hältst du davon?

»Ein gefährlicher Ort. Wir sollten nicht hier sein.«

Sie lächelte. *Genau diesen Eindruck will man vermitteln, wenn man ein Geheimnis hütet. Ich schätze, da drin werden wir etwas finden, das uns überraschen wird.*

»Und wie willst du da hineinkommen? Das Tor sieht massiv aus.«

Eivora würde uns wohl raten, zu klettern.

Probeweise trat sie an die Mauer und steckte die Fingerspitzen in eine Fuge. Statt mit Mörtel war sie mit den Knöchelchen von Fingern und Zehen gefüllt. *Es könnte gelingen.*

Etwas traf sie brennend am Rücken und schleuderte sie zur Seite.

Violette Flammen fauchten aus den Äuglein des Homunkulus.

Wilania-Pressito stand ihnen gegenüber. Durch die blaue Gestalt der Avatar mit dem langen Haar auf der rechten Seite hindurch sah Fiafila-Ignuto das grüne Feuer lodern.

»Du hättest nicht zurückkommen sollen!«, zischte Wilania-Pressito. Im Gegensatz zum letzten Mal hatte sie ein Gesicht. Zähnefletschend beugte sie sich vor und reckte Fiafila-Ignuto die Hände entgegen, wobei sie die Finger krallenartig bog.

»Ich bin die Avatar des Klingenrauschs!« Der Schlag in den Rücken schmerzte noch immer. »Das Schwertfeuer ist mein, und du wirst mir gehorchen!«

Ohne dass Wilania-Pressito die Füße vom Boden gelöst hätte, schoss sie auf Fiafila-Ignuto zu.

Diese war zu verwirrt, um sofort zu reagieren.

Der Oberkörper ihrer Gegnerin streckte sich auf ein Vielfaches seiner Länge. Die Arme schlossen sich um Fiafila-Ignuto und schleuderten sie ins Feuer.

Aufschreiend taumelte Fiafila-Ignuto zurück. Schmerzhaft krachte sie gegen die Wand der Küche, in der das Schwertfeuer aufgestellt war. Ihr Körper fühlte sich an, als stünde sie auf einem Scheiterhaufen. Sie musste mehrfach blinzeln, um in die greifbare Welt zurückzufinden.

Midalin sah sie besorgt an. »Was ist mit dir?« Hinter ihr brannte noch immer das Leichenöl unter dem Degen.

»Nichts«, behauptete die Avatar mit rauer Stimme. *Sie hat uns aus dem Schwertfeuer geworfen! Was, wenn das auch in einer Schlacht passiert?*

»In einer Schlacht tauchen wir nicht in die Geisterwelt ein«, erinnerte der Homunkulus, aber auch er wirkte verunsichert.

Wenn sie uns den Zugang zum Schwertfeuer verwehrt? Fiafila-Ignuto atmete heftig. *Was dann?*

Wenigstens klang das Gefühl zu brennen rasch ab.

»Was hat es mit meinem Degen auf sich?«, fragte Midalin. »Hast du etwas herausgefunden? Liegt echte Magie in den Runen?« In ihrem Puppengesicht stand so viel Hoffnung wie in dem eines Straßenkindes, das zur Armenspeisung in den inneren Tempel eingelassen wurde.

Der Gedanke an Mildtätigkeit missfiel dem Homunkulus. Ein unangenehm süßer Geschmack breitete sich in Fiafila-Ignutos Mund aus.

»Möglich«, beantwortete sie Midalins Frage. »Ich weiß nicht.«

»Dämonenbrut!«, rief Bratz gedehnt. Der Beo saß auf dem Geweih, seinem Lieblingsplatz in diesem Raum. »Sternensehnen! Bienchen!«

Midalin ignorierte ihren Vogel. »Bestimmt weben die Runen einen Schutzzauber.«

Das hielt auch Fiafila-Ignuto für wahrscheinlich. Die Knochenburg mochte die Abbildung einer starken Wehr in der Geisterwelt sein. Aber die Kälte gab ihr zu denken. Als stünden die Runen des Degens gegen das dämonische Feuer.

»Das wäre schlecht«, meinte Ignuto.

Beinahe alles, was mit den dämonischen Schutzherren Rorgators zu tun hatte, denen auch die Söldner verpflichtet waren, hing mit Feuer zusammen. Durfte man daraus schließen, dass eine gänzlich andere Macht den Degen geschaffen hatte?

»Wir sollten Prekesta hinzuziehen«, überlegte Fiafila-Ignuto laut. »Sie hat starken Kontakt zum Übersinnlichen.« *Und vielleicht kann sie uns auch mit Wilania-Pressito helfen. Irgendetwas stimmt mit ihrer Bindung an das Schwertfeuer nicht.*

Midalin setzte zu einer weiteren Frage an, hielt aber inne. Stirnrunzelnd betrachtete sie Fiafila-Ignutos Rücken. »Was ist passiert?«

»Was meinst du?« Sie langte nach hinten und tastete über ihr dünnes Leinenhemd. Es fühlte sich nass und warm an, und als sie die Hand vor ihr Gesicht hob, glänzte der Kerzenschein auf ihren blutigen Fingern.

»Der Schlag in unseren Rücken!«, erkannte Ignuto entsetzt. *»Wilania-Pressito kann unseren Körper in der greifbaren Welt verwunden!«*

6. Streit

»Wo du stehst, ist Urlim verbrannt!«, keifte die Alte.

Gonter griff an sein Schwert, aber er wusste, dass er niemals ein wehrloses Großmütterchen niederstrecken würde.

Wobei sie sich gar nicht benahm wie eine schwache alte Frau, die einem Söldner in voller Rüstung gegenüberstand, hinter dem sich noch dazu eine Gruppe von sechs Hellebardieren bereithielt. Machte ihr die Menge in ihrem Rücken Mut? Dort standen fünf Dutzend Bürger, vom Schreinermeister bis zur Wäscherin. Die Äußerungen ihres Unwillens brandeten Gonter entgegen wie das Rauschen der Rauchsee an den Klippen vor Rorgator.

Vielleicht hatte sie aber ohnehin schon mit ihrem Leben abgeschlossen. Gonter hätte sich nicht gewundert, wenn sie ein Jahrhundert miterlebt hätte. Ihr Rücken war krumm wie der einer Katze, ihre Hände fleckig und ihr braungraues Gesicht zerknittert. Sie stützte sich auf einen lackierten Stock mit einem Jadeknauf, eine Kostbarkeit, die nicht zu ihrem Kleid passte, dessen Farben bereits verblassten.

»Urlim war ein guter Junge!«, keifte die Alte. »Der Beste!«

Für einen kurzen Moment überlegte Gonter, ob sie wohl die Dienste des Lustsklaven in Anspruch genommen hatte, verwarf den Gedanken aber sofort wieder. »Vorsicht«, riet er. »Ich will dir nicht wehtun.«

»Hört ihr das?«, rief die Alte schrill. »Mir wollen sie nicht wehtun, aber Prulum haben sie die Zunge herausgerissen!«

Das war der Aufwiegler von gestern. Baron Horold hatte ihn so bestraft, dass er nie wieder aufrührerische Reden würde schwingen können. Sein Beispiel schreckte die Bürger jedoch nicht ab.

»Dämonenbrut!«, schrie die Menge. »Besatzer!« »Blutwerker!«

»Wir sind hier, um euch zu schützen!«, rief Gonter. »Wir sind nicht eure Gegner!«

»Beweist es! Zieht ab!«, rief jemand.

Die Alte hob ihren Stock und stocherte damit gegen Gonters Brust. »Ihr breitet euch immer weiter aus! Bald habt ihr die ganze Stadt übernommen.«

Das war übertrieben, aber ein Körnchen Wahrheit lag in dieser Behauptung. Gonters Rotte war in Faarinar eingerückt, beinahe das komplette Zauberbanner war hier, ein Banner Hellebardiere, fast zwei Banner Armbruster, große Teile der Nachschubtruppe … Der Schuldturm reichte bei Weitem nicht aus, um alle unterzubringen, und inzwischen gab niemand mehr freiwillig Gebäude in der Nähe her. In der Menge standen bestimmt auch Bürger, denen man ihr Eigentum genommen hatte und die es frühestens wiederbekämen, wenn der Klingenrausch abzog.

»Sprecht bei eurem Baron vor!«, schlug Gonter mit lauter Stimme vor. »Er hat uns gerufen, mit ihm werden wir auch beraten, wo wir unser Lager aufschlagen.«

»Beraten?«, keifte die Alte. Es strengte sie wohl zu sehr an, den Stock erhoben zu halten, sie stützte sich wieder darauf ab. »Diener gehorchen ihrem Herrn, sie beraten sich nicht mit ihm. Also seid ihr keine Diener, sondern seht euch selbst als Herren? Wer herrscht in Faarinar?«

Dies war nicht der rechte Zeitpunkt, um einem Mob zu erklären, dass der Klingenrausch immer seine eigene Kommandostruktur behielt. Eine Elitelegion ließ sich zwar anheuern, um gegen einen Gegner ins Feld zu ziehen, aber auch von ihrem Auftraggeber ließ sie sich nicht vorschreiben, wie sie das zu tun hatte. Baron Horold könnte den Klingenrausch der Stadt verweisen, aber dafür, wo er dann Stellung bezog, konnte er allenfalls Vorschläge machen. Die zusätzlichen Kosten müsste er tragen, und Faarinar verlor bestens ausgebildete Verteidiger für den Fall eines Angriffs, der ohne Vorwarnung aus dem Nebel erfolgen mochte.

»Wir kämpfen unter eurem Banner!« Gonter tippte gegen das kleine Sonnensymbol an seinem Kettenhemd. »Wir helfen euch, mit den Wilden fertigzuwerden.«

»Wir werden seit Jahrhunderten mit den Wilden fertig!«, gab die Alte zurück. »Mein Mann hat Saft aus den Bäumen gezapft, er kannte sich aus. Ihm ist nie etwas im Wald zugestoßen. Wir hier wissen, wie man mit dem Wald lebt! Nur die Neuen verstehen es nicht. Sie denken, sie können sich …«

Sie verstummte und sah an Gonter vorbei.

Unter Kämpfern war das eine abgeschmackte List. Wenn sich der Gegner umwandte, um zu sehen, was Aufmerksamkeit erregte, schlug man zu.

Aber die alte Frau war keine Kriegerin. Gonter wagte einen Schulterblick.

Prekesta stand im Tor des Schuldturms. Noch wartete sie im Schatten, aber Gonter erkannte sie sofort am kupferfarbenen Haar, das über die Robe fiel. Es war so hell, als würde es von innen heraus leuchten.

Beunruhigenderweise war das wohl keine Sinnestäuschung; auch das Gesicht war deutlicher zu erkennen, als es die Schatten eigentlich erlauben sollten. Prekesta trug weder Schleier noch Kapuze. Die Kraterlandschaft ihrer Stirn und der Wangen mit den verbrannten Graten und dem rohen Fleisch dazwischen war zu erahnen.

»Ist sie das?« Aufgeregt stocherte die Alte mit dem Stock auf dem Pflaster. »Ist das die Hexe, die den bedauernswerten Urlim …«

Prekesta trat ins Freie. Ruhig, beinahe schon bedächtig, schritt sie zwischen den Hellebardieren mit ihren blitzenden Waffen hindurch.

Das verschmorte und doch nicht verbrannte, mit nach wie vor voller Mimik ausgestattete Gesicht war nun in schonungsloser Offenheit zu sehen. Entsetztes Schweigen drückte auf die Menge, und auch Gonter hielt den Atem an.

»Der Pöbel kommt uns mit wahrlich großer Wut im Bauch besuchen.« In der Stille verstand man Prekesta gut, obwohl sie nur halblaut sprach. »Doch Wut entsteht selten aus dem Nichts.«

Gerade weil ihre braunen Augen unverletzt waren, wirkten sie in dem geschundenen Fleisch unnatürlich. Die Hitze, der sich diese Frau ausgesetzt hatte, hätte sie bei jedem anderen Menschen verdampft oder zumindest erblinden lassen. Bei ihr hingegen waren sogar die Brauen unversehrt.

»Wut hat eine Grundlage«, fuhr Prekesta fort. »Not. Ungerechtigkeit. Hoffnungslosigkeit. Angst.« Sie lachte, als hätte sie etwas besonders Niedliches gefunden. »Ja, Angst. Halten wir uns an die Angst.« Sie senkte die Stirn, und ihr Lächeln verschwand.

Die Alte schleuderte den Stock davon und hob die zitternden Hände, vermochte jedoch nicht, sie vor die Augen zu legen. Die Faszination des Grauens stand in ihre faltige Miene geschrieben, sie musste Prekesta weiterhin ansehen. Sie wimmerte, eine einzelne Träne löste sich.

In der Menge schrien Menschen, mehrere gleichzeitig, und es breitete sich rasch aus. Gonter sah einen dicken Mann, der sich mit Schlägen den Weg vom Platz bahnte. Andere folgten seinem Beispiel. Die Bürger kreischten und rannten, als gingen die Söldner mit gesenkten Hellebarden auf sie los.

Prekesta lachte lauter und klatschte in die Hände.

Die Alte stolperte, ihre schwachen Beine gaben nach, ihre Knie prallten hart auf das Pflaster.

In die ängstlichen Rufe mischten sich Schreie des Schmerzes. Eine Frau wurde an eine Wand gequetscht, ein Kind fiel. Sein Vater versuchte, es von den trampelnden Füßen wegzuziehen. Das Grauen übermannte ihn jedoch, er ließ los und rannte, so schnell er konnte, wobei er schrie, als hätte ihn ein Pfeil durchbohrt.

»Verdammt, was tust du?«, rief Gonter und lief zu dem Kind.

Manche Bürger waren so panisch, dass sie offensichtlich gar nicht mehr wussten, wohin sie rennen sollten. Sie kamen Gonter entgegen.

Das Kind schrie und weinte. Es versuchte aufzustehen, aber ein Mann in schwarzer Hose trat ihm auf den Rücken.

Gonter bahnte sich nun mit rücksichtslosen Ellbogenstößen seinen Weg. Da er ein Kettenhemd trug, riss er dadurch blutige Striemen in die Gesichter, die er traf, und eine Rippe knackte. Dennoch beachtete ihn niemand. Alle schrien verängstigt durcheinander.

Gonter ließ sich vor dem Jungen auf die Knie nieder und schützte ihn, indem er sich weit über ihn beugte.

Man rempelte ihn an, mehrere Menschen fielen über ihn, aber er war so schwer, dass er das Kind wirkungsvoll abschirmen konnte. Zu seiner Erleichterung schrie und weinte der Knabe. Das bedeutete, dass er lebte.

Die Rufe und die Tritte auf dem Pflaster entfernten sich. Der Junge wimmerte.

Gonter sah, dass der Platz beinahe leer war. Nur zwei Männer zogen sich noch über den Boden in eine Gasse, sie konnten ihre Beine offenbar nicht mehr benutzen. Die alte Wortführerin lag reglos.

Behutsam nahm Gonter den Knaben auf und erhob sich mit ihm auf den Armen. Das Kind zitterte und versuchte halbherzig, sich ihm zu entwinden.

Prekesta trat schwungvoll in den Rücken der liegenden Greisin. Abgesehen davon, dass der Körper unter der Wucht des Trittes bebte, regte er sich nicht.

Die Heroldin des roten Risses kicherte wie ein Mädchen. »Das Herz der Vettel war wohl zu schwach für solch einen Schreck.« Sie legte den Kopf schräg und lauschte auf die Rufe, die noch immer zwischen den Häusern zu hören waren. »Sie werden noch lange schreien«, prophezeite sie mit verträumter Stimme. »Ihre Albträume werden sie viele Nächte lang aus dem Schlaf reißen.«

Gonter zwang sich, ihr direkt ins Gesicht zu schauen. Ein wahrhaft schrecklicher Anblick, bei dem man sich vorstellen konnte, dass der Tod selbst vor ihr zurückgeschreckt war, obwohl er sie eigentlich zu sich hätte nehmen müssen.

»Ich weiß nicht, ob dein Erscheinen ein guter Einfall war.«

Wieder lachte Prekesta leise. Sie tätschelte die Wange des zitternden Jungen. »Was der Kleine hier wohl dazu meint? Willst du dich seiner annehmen, Prinz, oder gibst du ihn seinen ungezogenen Eltern zurück?«

Ohne die Antwort abzuwarten, griff Prekesta hinter ihre Schultern und warf die Kapuze über ihren Kopf. Den Schleier befestigte sie im Umdrehen. Mit ebenso bedächtigen Schritten, wie sie gekommen war, kehrte sie in den Turm zurück.

Das Metallgeflecht der Gondel setzte auf, Fiafila-Ignuto und Yra stiegen aus. Die Magd war mit Fackeln, zwei Lampen und einem Korb voller Ölfläschchen beladen wie ein Maultier. Dass sie sich so abschleppte, war die Strafe dafür, dass sie so spät von Prekesta zurückgekehrt war. Sie stand zu ihrer Verehrung für die Heroldin des roten Risses.

Fiafila-Ignuto hatte vorgefühlt, ob Prekesta ihr bei dem Problem mit Wilania-Pressito helfen könnte. Sie hatte nur schnippische Antworten bekommen, die darauf abzielten, dass die Avatar das Schwertfeuer doch wohl im Griff haben müsse. Letztlich hatte sie ihre Bitte überhaupt nicht vorgetragen, stattdessen hatten sich die beiden Frauen gestritten.

Fiafila-Ignuto ging voran. Aus einer der fünf Zellen im Keller des Schuldturms drang Licht, und die Gittertür stand offen.

»Auch wenn sie eine Kampfherrin ist, sollte sie uns nicht einfach herzitieren!«

Wir können Verbündete gebrauchen, falls wir die Kontrolle über das Schwertfeuer verlieren sollten.

»Das wäre kein Problem geworden, wenn Eivoras Blut Kester an das Artefakt gebunden hätte. Sie versteht nichts von diesen Dingen. Niemals hätte sie uns so viel entgegensetzen können wie Wilania-Pressito.«

Das mag sein, aber wenn wir sie getötet hätten, wäre Kester selbst zu unserem Feind geworden. Fiafila-Ignuto lächelte zur Begrüßung. *Außerdem ist sie eine Freundin.*

Widerliche Süße füllte ihren Mund. Freundschaft war eine Regung, die dem Homunkulus missfiel.

Eivora grüßte mit der Faust an der Brust. Sie trug ihre Rüstung, ein Kettenhemd mit großen Ringen über einem leichten Lederpanzer. An diesem Aufzug musste jeder erkennen, dass er eine erfahrene Kriegerin vor sich hatte. Noch deutlicher stand diese Tatsache in ihrem Gesicht.

Eine weit aufgedrehte Laterne stand auf dem Boden und beleuchtete den gut gebauten Lustsklaven. Zwei Ketten verbanden seinen Halsreif mit Eisenringen in den Wänden, ansonsten war er ungefesselt.

»Das stimmt nicht, in seinem Geist ist er gefangen«, widersprach der Homunkulus.

Erkennst du seine Gedanken?

»Ich sehe seine Augen.«

In der Tat war sein wässriger Blick ganz anders als der von Eivora. Ihm fehlte die Entschlossenheit, er zuckte hin und her.

Yra stellte ihre Last in einer Ecke ab.

Eivora ging unter einer der gespannten Ketten hindurch, sodass sie in seinen Rücken kam. Er trug eine weite Hose aus weißem Stoff, der Oberkörper war nackt.

»Du hättest früher reden sollen, Beliar«, warf Eivora ihm vor. »Schließlich sagst du doch, dass du mich glücklich machen willst. Jetzt ist unsere Avatar hier. Sie machen andere Dinge glücklich, als du es von den Frauen gewohnt bist, denen du sonst dienst.«

Fiafila-Ignuto erinnerte sich an die Nacht mit Alw, dem Lustsklaven, den man ihr überlassen hatte. Es war eine seltsame Zusammenkunft gewesen, aber nicht frei von den Vergnügungen, die Männer Frauen bereiteten. Im Gegenteil, zum ersten Mal hatte sie ihre Lust so hemmungslos eingefordert.

»Züchtige Priesterin«, spottete Ignuto.

Er hatte nicht unrecht. Im Windtempel von Abidia hatte sie zu keusch gelebt, um dem Drang ihrer Geschlechtlichkeit nachzugeben. Und in Rorgator … Erst war sie eine Gefangene gewesen, dann eine Avatar, der man sich nicht nahte. Der Respekt schuf Distanz, und die aus der Schulter wachsende Kreatur machte auch Männern Angst, die sich bedenkenlos auf eine gegnerische Kampflinie warfen. *Es war erst unser drittes Mal, und das auch nur, wenn man dieses Ritual im Glühenden Tempel mitzählt*, wurde ihr mit einiger Verwunderung bewusst.

»Deines, nicht unseres.« Der Homunkulus beschwor Erinnerungen seines früheren Trägers herauf. Chastro war nicht eben prüde gewesen.

»Yra ist wohl auch kein Kind von Traurigkeit mehr.« Dies war einer der seltenen Momente, in denen der Homunkulus mit Anerkennung von ihr sprach.

Allmählich ist es wohl falsch, von ihr als Kind zu denken.

Sie war etwa vierzehn Jahre alt. Fiafila-Ignuto kam es so vor, als wenn sich die weiblichen Merkmale mit jedem Tag deutlicher an Yras Körper ausprägten. Damit einher ging auch ein gesteigertes Interesse. Sie warf den jungen Söldnern verheißungsvolle Blicke zu, und jetzt streichelte sie mit den Fingerspitzen über die sorgfältig geschabte Brust des Sklaven.

Der Homunkulus faltete die Ohren auf. Durch ihn schmeckte Fiafila-Ignuto die chaotische Mixtur der Gefühle, die in Beliar miteinander rangen. Die Angst dominierte, in ihr Prickeln mischten sich die Schärfe eines Machtrauschs, dessen Ursprung der Avatar noch unklar war, und zaghaft die Würze der Erregung, die Yras Berührung hervorlockte. Was sonst noch in ihm vorging, ergänzte eine schwer bestimmbare Mischung in dem Geschmack, der sich in Fiafila-Ignutos Mund ausbreitete.

»Vielleicht bist du bei unserer Avatar mitteilsamer als bei mir, was den Traumsaft angeht.« Eivora verschränkte die Arme.

Die Geschichte, die ihr die kleine Frau erzählt hatte, war unglaublich. Fiafila-Ignuto versuchte, ein Anzeichen zu entdecken, das darauf hindeutete, dass sie zu einem Feuervogel geworden war. Krallen an den Fingern, ein stechender Blick, eine Veränderung in ihrer Stimme – irgendetwas. Aus Ignutos Gedächtnis kannte sie diese Tiere, auch wenn sie sie noch nie mit ihren menschlichen Augen gesehen hatte. *Zu schade, dass ich nicht dabei war.*

»Wenn es überhaupt passiert ist.«

Es gibt mehrere Zeugen.

»Die haben nur einen brennenden Vogel über den Dächern fliegen sehen. Wenn das alles nicht nur Einbildung ist.«

Das war, bevor Iskala Gerüchte gestreut hat, um die Wahrheit über den Klauenarm zu verbergen.

»Und wenn schon. Menschen bilden sich zu allen Zeiten alles Mögliche ein.«

Und was, wenn wir hier auf echte Magie stoßen?

»Du hörst dich an wie Midalin. Konzentrieren wir uns auf das Naheliegende!«

Fiafila-Ignuto spürte ein leichtes Ziehen in der Schulter, weil sich der Homunkulus vorbeugte, und ging einen Schritt auf den Angeketteten zu. »Also«, fragte sie lauernd, »was weißt du über diesen Traumsaft?«

Beliar schwitzte, obwohl es hier unten kalt war. Yra etwa hatte eine Gänsehaut. Sie hatte einen Ausschnitt in das Kleid geschlitzt, das sie als Magd trug.

Das Prickeln von Beliars Angst nahm zu. Fiafila-Ignuto nahm sein Kinn in einen harten Griff und zwang ihn, ihr in die Augen zu sehen. »Der Traumsaft«, erinnerte sie.

Da seine Hände nicht gefesselt waren, konnte er damit nach Fiafila-Ignutos Arm greifen. Eine unkluge Handlung, er stach sich an den Dornen ihrer Rüstung und zuckte zurück.

Der Homunkulus übermittelte ihr undeutliche Bilder. Sie flossen ineinander, zeigten schwankende, halb nackte Menschen, die sich aneinander festhielten. Oder tanzten sie? Männer waren ebenso darunter wie Frauen. Sie hielten sich in einem Saal mit Marmorsäulen auf. Purpurne Stoffbahnen spannten Baldachine auf oder hingen ohne erkennbaren Zweck im Raum. Ein Jüngling mit schwarzem Lockenhaar trug einen goldenen Lorbeerkranz auf dem Kopf. Er stolperte trunken in einen Haufen Kissen. Ein anderer wälzte sich wie ein Schwein in Bratenplatten und Fruchtschalen. Grunzend trommelte sich eine danebenstehende Frau auf die Brust, einige Zuschauer lagen sich lachend in den Armen.

Zeig mir das Schwein, forderte Fiafila-Ignuto.

»Die Erinnerung ist zu undeutlich.«

Sie kniff die Augen zusammen, obwohl die Wahrnehmung des Homunkulus nichts mit ihren körperlichen Sinnen zu tun hatte. Der Mann, der sich in den Speisen suhlte, erschien, als bewege er sich hinter einem Schleier. Er war dick, sein Bauch hing durch. Seine Nase war sehr rund. Aber was war mit dem Mund?

Er erschien breit wie ein Maul, und bogen sich etwa Zähne aus dem Unterkiefer?

Das Blickfeld schwenkte. Beliar beobachtete jetzt zwei Männer, die sich schamlos mit einer fülligen Frau vergnügten.

Unwillkürlich kam Fiafila-Ignuto ihre Nacht mit dem Lustknaben in den Sinn. Sie fühlte sich abgestoßen und drehte sich weg.

»Was fasziniert Baron Horold so sehr am Urwald?«, fragte Eivora drängend. »Gewinnt man dort den Traumsaft? Du hast ihn doch Torias von Kaltmühl gestohlen, und der kam aus den Tiefen der Wildnis!«

»Man sagt, der Traumsaft fließe aus dem Herzen des Waldes«, schluchzte Beliar. »Aber ich weiß nicht, ob das stimmt. Es mag nur eine Redensart sein. Ich bitte Euch, Ihr Herrinnen, tut mir nicht weh!«

Fiafila-Ignuto merkte auf. »Herz des Waldes« … das war es doch, was Midalins Vogel immerzu schrie. Sie glaubten, dass er diesen Begriff in den geheimen Räumen unter der Stadt aufgeschnappt hatte. *Es gibt eine Verbindung zwischen denen, die sich dort unten zusammenfinden, und dem Traumsaft!* Sie sah wieder zu Beliar.

Offenbar war sich der Sklave bewusst, dass diese Befragung übel für ihn enden könnte. Seine Augen waren weit aufgerissen, die Hände hielt er jetzt um die Ketten geschlossen, und er atmete heftig.

»Was ist mit diesen Tiermenschen?« Sinnend ging Eivora auf und ab. »Wir haben einen Arm gefunden, der in einer Pranke endet. Ist das auch eine Auswirkung des Traumsafts?«

Bei Eivora hat die Wirkung nur eine Nacht angehalten. Er hätte sich längst zurückverwandeln müssen.

»Vielleicht wäre das geschehen, wenn er noch mit dem Körper verbunden wäre.«

Wir sind etwas Bedeutendem auf der Spur. Wenn er dazu etwas sagen kann, wird uns das Respekt in der Legion einbringen.

Fiafila-Ignuto fasste ihn bei den Schultern, zog ihn so nahe heran, dass sich ihre Gesichter beinahe berührten, und starrte in seine Augen. Die Pupillen waren so sehr geweitet, dass nur noch haardünne, braune Ringe sie einfassten.

Beliar dachte ebenfalls an einen Ring, an ein Rund, von Marmorblöcken eingefasst, aber im Freien. Die Sonne schien auf den Sand, Beliar befand sich irgendwo oberhalb, auf einer Sitzbank. Dort unten zerrissen Leoparden einige Menschen, ihre Schreie hallten überlaut in den Ohren, ebenso wie das Knurren der Raubkatzen. Die größte von ihnen hatte gänzlich schwarzes Fell. Ihre weißen Fänge leuchteten im grellen Mittagslicht, das auch auf die roten Blutlachen schien. Das Monstrum bewegte sich mit würdevoller Kraft, man sah die Muskeln unter dem Fell. Die Krallen hinterließen tiefe Abdrücke.

»Rede«, riet Fiafila-Ignuto, »oder sollen wir dich dem Panther zum Fraß vorwerfen?«

»Ich weiß nichts!«, beteuerte Beliar. »Ich bin nur ein Sklave! Niemand erzählt mir von wichtigen Dingen.«

»Sklaven bleiben oft unbemerkt.« Eivoras Feuersalamander kletterte über ihre Finger, von einer Hand zur anderen. »Einen Sklaven beachtet man ebenso wenig wie einen Tisch. Was hast du belauscht?«

Beliar starrte auf Ignuto. Er konnte nur noch brabbeln, die Angst, die im Mund der Avatar prickelte, nahm ihm die Fähigkeit, gezielt in seinem Gedächtnis zu forschen.

»Wir sollten ihm helfen, sich zu konzentrieren.«

Fiafila-Ignuto nickte. »Feuer wird helfen.«

Sofort entzündete Yra eine Pechfackel. Sie schien auf diesen Moment gewartet zu haben. »Am besten, wir übergießen ihn mit Öl.«

Das hat sie bei Prekesta gelernt, dachte Fiafila-Ignuto.

»Ja«, sagte der Homunkulus anerkennend. *»Ihre Zeit mit der Heroldin des roten Risses ist wahrlich nicht verschwendet.«*

Sie schmeckte seine Begeisterung und die Vorfreude auf die Qual des Sklaven, aber in ihr regte sich etwas anderes. Sie dachte an die wilde Vereinigung mit Alw. Gerade eben noch hatte sie sich davon abgestoßen gefühlt, jetzt empfand sie es, als betrachte sie die Erinnerung einer Fremden. Aber sie war keine Fremde. *Ich bin immer noch ich.*

Aglix saß nun auf Eivoras Schulter. Die Kampfherrin nahm zwei Ölfläschchen aus dem Korb und entleerte sie über Beliar, der rückhaltlos weinte.

»Warte!«, rief Fiafila-Ignuto.

Sichtlich überrascht hielt Yra, die sich schon mit der Fackel näherte, inne. Auch Eivora sah sie fragend an.

»Wenn wir dich anzünden«, sagte sie zu Beliar, »wird das sehr wehtun. Möglich, dass du stirbst. Aber wahrscheinlich nicht sofort. Tage, vielleicht Wochen voller Schmerzen lägen vor dir. Und deine Schönheit würde auf immer verbrennen, selbst wenn du überleben solltest. Junker Welmon würde dich verstoßen, du wärest ein Bettler.«

»Ich sage Euch alles!« Er blinzelte, weil das Öl in seine Augen lief. »Alles, was ich weiß!«

Fiafila-Ignuto legte ihm eine Hand auf die Schulter. »Das ist eine sehr kluge Entscheidung.« Sie ließ ihn die Dornen spüren, ritzte seinen Hals aber nur leicht. »Wie war das, als du den Traumsaft gestohlen hast? Auf diesen Gedanken bist du doch bestimmt nicht allein gekommen?«

Beliar schluckte.

Vielsagend sah Fiafila-Ignuto zu Yras Fackel.

»Eligon!«, rief Beliar. »Er hat mich dazu angestiftet!«

»Wer ist das?«, schnappte Eivora.

»Der Imker«, kam Fiafila-Ignuto dem Sklaven zuvor. »Midalin hat seltsame Dinge in seinem Keller gefunden.«

»Er ist vernarrt in den Wald!«, berichtete Beliar. »Masken, Schmuck, Waffen aus gelbem Stein … er und seine Freunde sammeln solchen Tand. Er wollte, dass ich den Traumsaft stehle und Eivora verabreiche.«

»Wieso stehlen? Konnte er dir nicht selbst welchen geben?«

»Er ist kostbar! Selten! Und Torias … sie mögen ihn nicht. Er ist neu, ein Emporkömmling. Keiner von ihnen. Er wird in Ungnade fallen, nun, da er nicht abliefert, was er versprochen hat.«

»Wem sollte er den Traumsaft bringen?«

»Das weiß ich nicht!«

Die Avatar musterte ihn genau. »Er weiß wirklich nicht mehr«, behauptete sie.

»Hast du alle seine Gedanken gesehen?« Eivora stellte die leeren Ölfläschchen auf den Boden. »Bist du sicher?«

»So ein Unsinn!«, fauchte der Homunkulus. *»Erst im Feuer werden wir Gewissheit erlangen.«*

Fiafila-Ignuto schluckte. *Ich bin nicht die Sklavin deiner Gelüste*, dachte sie konzentriert. *Ich will keinen Unschuldigen verbrennen.* Es fühlte sich richtig an, als sich die Worte in ihrem Kopf formten. So richtig, wie schon lange nichts mehr, was sie getan hatte.

»Was liegt dir an diesem Bengel? Dir kann doch gleich sein, wenn er leidet!«

»Das ist es aber nicht«, flüsterte sie. »Er ist ein Mensch.«

»Ich verstehe dich nicht«, sagte Eivora.

Fiafila-Ignuto räusperte sich. »Dieser Panther, der die Opfer in der Arena zerrissen hat … ich glaube, das war Lor …«, sagte sie halblaut. »Beliar hat ihn in seiner Erinnerung gesehen. Es ist nur so eine Ahnung, aber … Gilion, der Haarkünstler, hat Angst vor ihm.«

»Ist das der, der dich frisiert hat?«

Fiafila-Ignuto nickte knapp. »Das Tier gehört Baron Horold, und anscheinend hat er Lor mit nach Faarinar gebracht, um ihn auch hier mit Verurteilten zu füttern. Ich denke, dort werden wir mehr herausfinden als bei diesem Bedauernswerten.«

»Bedauernswerten?«, wiederholte Yra ungläubig.

»Mach die Fackel aus und wisch das Öl von ihm ab!«, befahl Fiafila-Ignuto scharf.

Eivora überlegte, nickte aber schließlich. »In Ordnung. Wir behalten ihn trotzdem hier unten. Dann kann er uns nicht davonlaufen, und wir können später auf ihn zurückkommen.«

Yra kam der ihr aufgetragenen Pflicht nach. Als sie fertig war, fasste sie Beliar im Nacken und küsste ihn. Nicht so, wie man einen Freund küsste. Fiafila-Ignuto sah, wie sie ihre Lippen auf seine presste und den Mund öffnete.

Kichernd löste sich Prekestas Schülerin vom Gefangenen.

Das fahle Licht der Nacht fiel in den Hof mit den Bienenkörben vor der Imkerei. Ihre Schattenrisse erinnerten Eivora an Grabsteine.

Zein klemmte den Nagel zwischen zwei Pflastersteine und bog ihn mit dem Fuß um. Er nahm ihn auf und betrachtete die Krümmung im Mondlicht. »Das sollte passen«, murmelte der sehnige Mann.

Eivora lehnte an der Hauswand neben der Tür, der sich Zein nun zuwandte. Auf der anderen Seite wartete Nirto mit der Axt in der Hand. Trotz der Dunkelheit sah sie dem Rottmeister an, dass er die Tür am liebsten eingeschlagen hätte. Niemand wusste, warum er ständig wütend war.

Zein führte den Nagel ins Schlüsselloch ein und bewegte ihn mit zufriedenem Brummen hin und her. Ein metallisches Klacken kündete davon, dass er den Riegel zurückzwang. Er schob die Tür auf.

Eivora löste den Sicherungsring an ihrer Armbrust.

Die drei Söldner glitten in den dunklen Verkaufsraum. An der zum Hof führenden Wand standen weitere Bienenkästen, drei Stück, wenn Eivora die Schatten richtig deutete. Die kleinen Bewohnerinnen schliefen wohl. Die Fenster bildeten graue Flächen im Schwarz der Wände. Sie sah Regale und Tische und roch Kerzenwachs.

Nirto schloss die Tür, Zein stellte sich vor den Haupteingang, der zum Platz mit dem Standbild führte. Eivora schritt durch den dunklen Raum. Sie verzichtete darauf, ihr Kurzschwert zu ziehen. Hier war niemand.

Ihre Augen gewöhnten sich, sie erkannte die Tiegel, in denen sich vermutlich Honig befand. Dutzende waren in den Regalen aufgereiht, dazu Wachsfiguren und Kerzen. Sie fand die aufwärts führende Treppe, die man ihr beschrieben hatte, und die Tür, hinter der es wohl in diesen ominösen Keller ging. Sie drehte den Knauf, zog sie ein Stück auf und lauschte.

Nichts.

Sie schloss sie wieder.

Sie nahm eine der Kerzen, rieb etwas Zunder aus dem Täschchen an ihrem Gürtel um den Docht, schlug ihren Feuerstein gegen das Stückchen Stahl und wiederholte das, bis ein Funke den Zunder traf. Knisternd entzündete sich die Kerze. Sie brannte hell und ruhig.

Entlang der Decke zog sich ein Rankenmuster mit Tierköpfen. Rottmeisterin Tegla aus dem Zauberbanner wusste nichts damit anzufangen, also fragte Eivora besser jemanden, der sich damit auskannte.

»Imker!«, rief sie. »Wach auf! Du hast Besuch!«

Da sie beide Ausgänge besetzt hatten, konnte er nicht mehr entkommen. Sie hoffte, dass er sich einsichtig zeigte, aber auch auf die andere Möglichkeit war sie vorbereitet. Sie wollte Gewissheit, bevor sie morgen den Baron träfe, und würde nicht ohne Antworten gehen. Möglicherweise waren diese nur mithilfe von Unfreundlichkeiten zu bekommen. Dafür waren Nirto und Zein die Richtigen, auch wenn die beiden nicht gerade froh waren, dass sie schon wieder etwas zu tun bekamen, wo sie doch erst heute aus einem der Grenzdörfer nach Faarinar zurückgekehrt waren. Um Knochen zu brechen, eigneten sie sich wesentlich besser als Gonter, obwohl der Prinz kräftiger war. Für zielführende Befragungen fehlte ihm die richtige Einstellung.

Mit quietschenden Angeln öffnete sich die Tür oben an der Treppe. Ein Mann mit grauem Schnurrbart leuchtete mit einer Kerze in einem bronzenen Halter. »Wer da?« Er trug ein helles wadenlanges Nachthemd.

»Komm runter«, bestimmte Eivora. »Ich will nicht schreien.«

Er zögerte.

Krachend schlug Nirtos Axt in den mittleren Bienenkasten.

Sofort erhob sich wütendes Summen.

Er schlug noch einmal zu. Holzsplitter flogen durch den Raum.

»Was macht ihr da?«, rief der Imker.

Nach dem nächsten Schlag verkantete Nirto die Axt, ein Spalt knackte längs am Bienenkasten auf. Insekten schwirrten heraus.

Der Imker kam fünf Stufen herunter, hielt sich am Geländer fest und beugte sich vor, um besser zu sehen, was vor sich ging.

Ein weiterer Axthieb reichte aus, um den Kasten vollends aufzubrechen. Ein Teil polterte zu Boden. Eine Wolke aus Bienen erhob sich. Das Kerzenlicht fiel auf die Waben.

»Lasst das!« Der Imker hastete die restlichen Stufen herab. »Was wollt ihr?«

Eivora hielt ihn an der Brust fest. Sie merkte sofort, dass er kein kräftiger Mann war, obwohl er noch nicht das Alter erreicht hatte, in dem die Muskeln erschlafften.

»Wir wollen nur mit dir reden«, sagte sie. »Du heißt Eligon, nicht wahr?«

Er nickte, sah aber nicht sie an, sondern starrte zu Nirto hinüber, der ungerührt zwischen den summenden Bienen stand.

Der fahlblonde Rottmeister grinste, was aber nicht dazu führte, dass die tief eingegrabene Zornesfalte von seiner Stirn verschwunden wäre. »Ich habe mich immer schon gefragt, was in so einem Bienenkasten drin ist.«

»Man hätte ihn auch mit den Haken aufmachen können«, stammelte Eligon.

»Interessant.« Nirto wechselte die Axt in die andere Hand. »Kann man das bei deinem Kopf auch, wenn man nachsehen will, was drin ist?«

»Wieso? Ich …« Seine Stimme versagte.

»Dafür brauchen wir keine Axt.« Eivora tätschelte seinen Rücken. »Mit Feuer sind wir viel geschickter.«

Entgeistert sah Eligon sie an.

»Ich habe viel von deinem Keller gehört«, behauptete Eivora. Rottmeisterin Tegla hatte sie genauestens über die vorigen Erkundungen des Zauberbanners informiert. »Plaudern wir unten.«

»Dort ist niemand.«

»Sehr schön. Zein wird hier oben bleiben und aufpassen, dass keine ungehobelten Kerle in deinen Laden einbrechen und etwas kaputtmachen.«

»Das wollen wir auf jeden Fall vermeiden.« Zeins Grinsen entblößte einen langen Augenzahn.

Eivora öffnete die Tür und machte eine einladende Geste. »Nach dir.« Zwar hatten die Kameraden nichts davon erwähnt, aber man sollte nie ausschließen, dass ein Rückzugsort mit Fallen gesichert war.

Über die angerauten Stufen erreichten sie einen Raum, den ein Kristall mit an- und abschwellendem Licht beleuchtete. Darunter stand ein niedriger Tisch. Eivora und Eligon setzten sich einander gegenüber, während Nirto zielstrebig dorthin ging, wo nach der Beschreibung der Kameraden ein Gang einmündete. Eivora erahnte ihn nur, das Licht reichte nicht so weit. Dafür beleuchtete es an der Wand gegenüber der Treppe eine Vielzahl von hölzernen Masken, ein ausgestopftes Äffchen, primitive Waffen und eine aus einem roten Stein gebrochene Statuette. Sie ähnelte ein wenig Garallo, der Figur, die oben auf der Standarte des Klingenrauschs hockte. Es lag wohl an den spitzen Zähnen.

»Werdet Ihr mich umbringen?« Die Angst stand in Eligons Gesicht. »Dann tut es bitte schnell.«

»Fürchtest du dich vor Schmerzen?«

Er schluckte. »Wer tut das nicht?«

Immerhin wusste er, welchem Umstand er diesen Besuch zu verdanken hatte, er fragte nicht danach. Der Lustknabe hatte also die Wahrheit gesagt, was seinen Auftraggeber anging.

»Ihr wolltet mich nicht töten.« Eivora legte den Unterarm so auf ihren übereinandergeschlagenen Beinen ab, dass die Armbrust auf ihr Gegenüber zielte. »Also reden wir.«

Eligon starrte den Bolzen an. »Ich habe gehört, dass Eure Erfahrung nicht ganz so verlaufen ist, wie wir es erhofft haben.«

»›Ihr‹ seid wohl diejenigen, die sich hier treffen.« Eivoras Geste umfasste den Raum. »Ich nehme an, in den Zellen«, sie zeigte dorthin, wo Nirto verschwunden war, »stecken keine Tiere.«

»Im Moment sind sie leer.«

»Du weißt, was ich meine.«

Sein Blick zuckte zu ihrem Gesicht, kehrte aber sofort zur Waffe zurück, als könnte er damit das Geschoss aufhalten, wenn sich Eivora entschloss zu schießen. »Derzeit hat sich niemand verwandelt.«

Ihre Erleichterung darüber, dass er diese Geschehnisse indirekt bestätigte, überraschte Eivora. Offenbar hatte sie doch noch Zweifel an ihrem Verstand gehegt, was ihren Flug in Gestalt eines Feuervogels anging. »Und was hast du dir von meiner Verwandlung erhofft?«

»Niemand konnte mit diesem brennenden Vogel rechnen …«

Eivora bedauerte, dass ihre Erinnerung verblasste. Sie wusste noch um das flammende Gefieder, um den Wind, der ins prasselnde Feuer fuhr. Sie sah die Landschaft unter sich ziehen. Aber die Unmittelbarkeit fehlte.

Sie schüttelte den Kopf. Sie durfte sich nicht in ihrer Wehmut verlieren. »Einen Feuervogel habt ihr vielleicht noch nie gesehen«, gestand sie zu. »Aber ich hätte eine Raubkatze werden können, oder? Für Beliar wäre das übel ausgegangen. Gut möglich, dass ich ihn zerfleischt hätte.«

»Er sollte Euch vorher etwas zu essen geben. Satte Raubtiere greifen nicht an, es sei denn, man reizt sie.«

Daher der Korb … offenbar hatte der Lustsklave noch mehr als den Wein dabeigehabt. »Riskant«, urteilte Eivora. »Mir scheint, Beliars Tod hätte keine große Trauer bei dir ausgelöst.«

Eligon schwieg.

»Ein Sklave ist wohl entbehrlich«, gestand Eivora zu. »Aber dennoch musst du dir einen Nutzen davon versprochen haben, dass ich mich in ein Tier verwandele.«

»Es sollte geschehen, damit Ihr fühlt …« Sein Blick suchte nun doch ihre Augen. »… damit Ihr fühlt, dass Unrecht ist, was der Baron von Euch verlangt.«

»Unser Kontrakt?« Eivora spürte Aglix' Füßchen auf ihrem Hals. Der Feuersalamander kroch unter der Rüstung hervor. »Bist du etwa ein Kannibalenfreund?«

»Es geht nicht um die Wilden.« Das erste Mal vergaß er seine Furcht, mit seiner Handbewegung schien er etwas wegwischen zu wollen. »Die Stämme sind untereinander uneins. Ein Chaos, das niemand versteht.« Eindringlich sah er sie an. »Uns geht es um den Urwald. Er ist heilig. Wirklich heilig.«

»Was ist in diesem Wald? Meine Avatar spricht von einem Herzen des Waldes.«

Entsetzen zeigte sich auf seinem Gesicht. »Niemand darf dorthin! Der Wald duldet nicht, dass man sein Mysterium entweiht.«

»Also haben es schon welche versucht.«

Er starrte sie an, wandte den Blick dann aber mit einem Seufzen ab. »Kein Mensch kann hoffen zu verstehen, was dort vor sich geht. Der Urwald übersteigt unseren Verstand. Er existiert seit einer Ewigkeit, und es wird ihn noch geben, wenn unsere Urenkel längst vergessen sein werden. Unvorstellbare Weisheit hat er angesammelt … über das Leben, das Sein … Ihr habt es gespürt, nicht wahr?«

Eivora konnte nicht leugnen, dass sie sich nie so lebendig gefühlt hatte wie als Feuervogel. Sie netzte ihre Lippen und beugte sich vor. Dadurch zeigte die Armbrust nicht mehr auf Eligon, aber seine Feigheit würde ihn ohnehin von Dummheiten abhalten. Jetzt war ihr wichtiger, dass Nirto nicht mithörte. »Hast du Traumsaft hier?«, flüsterte sie.

»Die Wilden handeln nicht mehr mit uns.« Sie hörte den Schmerz in seiner Stimme. »Unsere Vorräte sind erschöpft.«

»Ich könnte dieses Haus auseinandernehmen lassen«, knurrte sie. »Und wenn sie hier nichts finden, könnte ich meine Söldner in die Tunnel schicken, die ihr unter eure Stadt gegraben habt. Sie können sehr gründlich sein, das Plündern liegt ihnen im Blut.«

»Ihr würdet nichts finden«, sagte Eligon ernst. »Unsere Quellen sind versiegt. Früher umgab uns der Wald, wir standen im Austausch mit ihm. Jetzt ist Baron Horold hier. Die Wilden sind unsere Feinde, und was die Günstlinge des Barons mit Gewalt nehmen, behalten sie für sich.«

Eivora atmete durch und lehnte sich zurück. Leider war diese Geschichte glaubwürdig. Hier würde sie keinen Traumsaft finden. Sie musste woanders danach suchen. Und dabei würde ihr bestimmt keine frömmelnde Ehrfurcht im Wege stehen.

Nartim biss in die Gänsekeule und kaute mit sichtlichem Vergnügen.

»Erstaunlich, wie unbekümmert die Söldner essen«, meinte Midalin.

Der Krieger aus den Salzzacken besah sich seine Speise, schluckte den Bissen hinunter, den er noch im Mund hatte, und zuckte mit den Achseln. »Sie werden die Aussicht auf den Tod gewohnt sein.«

Midalin sah von den Kolben, Phiolen und Tiegeln auf, die sie auf dem Tisch vor sich angeordnet hatte. So schlagfertig war Nartim selten, meist machte er einen eher tumben Eindruck. Er saß auf einer Truhe mit vielen Schubladen, die Midalin von ihrem Meister geerbt hatte. Na ja, eigentlich hatte sie das gute Stück nach seinem Ableben, an dem sie entscheidend beteiligt gewesen war, an sich genommen. Er brauchte es ja ohnehin nicht mehr, und es war ungemein praktisch zum Verstauen von Ingredienzien.

»Ich bin lieber vorsichtig.« Sie betrachtete den dunklen Honig, den sie sorgfältig von den Trauben geschabt hatte, nahm einen Spatel und strich ein wenig davon in ein Tonschälchen mit Milchtreu, das sie auf ein kleines Dreibein über einer grüngelben Flamme stellte. Diese Substanz war in Faarinar schwierig aufzutreiben, dafür hatte sie sich stundenlang die Hacken abgelaufen! Je nachdem, wie das Gift die weiße Flüssigkeit färbte, könnte sie ein unterschiedliches Pulver verwenden, um ihm auf die Spur zu kommen.

»Hast du nicht gesagt, dein Vogel könnte das Gift riechen?«, fragte Nartim schmatzend. »Wo ist er überhaupt?«

»Manchmal fliegt Bratz durch die Gegend. Vielleicht ist er auf der Suche nach einem Beomädchen.« Die Vorstellung eines ganzen Nestes voller rotschnäbeliger Küken, die Bratz' Garstigkeit geerbt hatten, beunruhigte sie für einen Moment. »Aber auf ihn können wir uns sowieso nicht verlassen. Er kann nicht überall sein, und wenn jemand auf die Idee kommt, einen Braten zu vergiften, taugt er ohnehin nichts. Er interessiert sich nur für Früchte und Insekten.«

»Für ›Bienchen‹.« Nartim grinste.

Midalin betrachtete ihre Handschuhe. Vom Honig war nichts darauf gekommen. Zufrieden schwenkte sie einen Kolben mit einer Probe von Orils Blut und stellte sie zurück. Das Pfeilgift musste man anders analysieren als den Mörderhonig. Es gelangte auf andere Weise in den Körper, sicher handelte es sich um verschiedene Substanzen. Immerhin war Oril jetzt wieder auf den Beinen.

Nartim kam zum Tisch und legte den abgenagten Gänseknochen auf einen leeren Zinnteller. »Nächste Woche feiert man in Faarinar das Mittwinterfest. Es wird lustig, man verkleidet sich. Wollen wir uns unter die Menge mischen? Wir könnten tanzen.«

Midalin überlegte, welche Bedeutung der Winter für Klataal hatte. In dem warmen Klima schneite es sicher nicht, aber es mochte sein, dass man froh war, die Hälfte der Zeit überstanden zu haben, in der man nichts ernten konnte.

»Du meinst, wir sollen vortäuschen, dass wir ein Paar sind?«

Er sah zur Seite und tat, als müsste er etwas am Gehänge seiner Sichel prüfen. Verdunkelte sich etwa sein Gesicht?

»Was sagt Iskala dazu?«, fragte Midalin. »Gibt es besondere Informationen, die wir beschaffen sollen?«

»Ich weiß nicht. Ich werde sie fragen.«

Es ist seine eigene Idee. Es gefiel Midalin, dass sie das Interesse von Männern erregte, auch wenn sie es in diesem Fall nicht erwiderte.

Bei Gonter dagegen … In einem Töpfchen kochte eine Salbe mit einem Duft, auf den die Kurtisanen schworen, die bei ihrem Meister eingekauft hatten. Man erhitzte die Mischung, bis sie so dick war, dass man sie wie Wachs kneten konnte. Dann formte man Kügelchen daraus, die man in einer geeigneten Frisur oder unter der Kleidung verbarg. Die Körperwärme schmolz sie langsam, wobei sie über Stunden frischen Duft freigaben.

Midalins Blick kehrte zum Schälchen mit dem vergifteten Honig zurück. Darunter brannte ein Stein, der zwar unangenehm scharf roch, aber ein gleichmäßig heißes Feuer erzeugte. Das war jedoch nicht die einzige Verwendung dafür.

»Weißt du, ob es hier irgendwo einen Vulkan gibt?«, fragte sie Nartim.

»Ich glaube nicht.« Er legte die Stirn in Falten. »Wieso? Willst du zu den Feuerdämonen beten?«

Midalin lachte auf. »Unsinn.« Manchmal merkte man, dass er nicht aus Rorgator stammte. »Aber an Vulkanen findet man ein paar Zutaten, die ich jetzt gut gebrauchen könnte.«

Vor allem ging es ihr um ein süßlich riechendes Gas, das an den Hängen rund um Rorgator ab und zu austrat. Ihr Meister hatte ihr ein paar Stellen gezeigt, wo sie es finden konnte, aber sie würden sich nach einiger Zeit schließen, und Midalin wusste nicht, wie sie ohne seine Hilfe neue aufspüren sollte. Dabei war dieses Gas ausgesprochen nützlich! Sie brauchte es zusätzlich zu den Brennsteinen, um die Flüssigkeit herzustellen, mit der sie das Betäubungstuch tränkte. Leider wusste sie nicht, wie gut es noch gesättigt war, viel hatte sich bestimmt bei seinem Einsatz gegen den Kerl im Keller des Imkers verflüchtigt. Sie wagte auch nicht, es nachzuprüfen, denn immer, wenn sie die Tasche öffnete, entwich etwas.

Nartim kam um den Tisch herum. »Was ist mit dem Tanz?«

»Welchem Tanz?«

»Auf dem Fest.«

Vielleicht würde sie Gonter dort treffen. Sicher hatte er als Prinz zu tanzen gelernt. »Wir werden sehen …« Sie lächelte.

»Raubtiere respektieren einander.« In Baron Horolds Stimme lag etwas Beschwörendes. Der dürre Mann sprach leiser als auf dem Weg durch den Palast, wo er die Kunstwerke in der Sammlung des verschwundenen Stadtfürsten gepriesen hatte. Statuen von bocksbeinigen Fabelwesen, die nackte Schönheiten umtanzten. Bilder mit Feen, die in Blütenschlössern hausten. Filigrane Jadeschnitzereien.

Selten hatte Eivora etwas so ermüdet, aber die Leoparden waren imposant. Man hielt sie nicht in Käfigen, vielmehr hatte man den Boden eines Saals mit Stroh ausgestreut und die getupften Raubkatzen mit langen Ketten gesichert. Sie endeten an Ringen, die man offensichtlich nachträglich und mit wenig Rücksicht auf deren Schönheit in den Säulen verankert hatte. Die Eisenstangen, die sie hielten, hatte man brutal durch den Stein getrieben und auf der anderen Seite mit Bolzen fixiert.

Die auf Horolds rotes, bodenlanges Gewand genähten Jadesplitter klackten leise, wenn sie gegeneinanderschlugen, während er über das raschelnde Stroh schritt. Bestimmt wusste er, wie weit die Ketten reichten, und kannte daher einen sicheren Pfad durch den Saal. Eivora hielt sich neben ihm.

Er spreizte die Arme leicht ab, als wolle er die Huldigung seiner Untertanen entgegennehmen. Außer ihnen beiden und den fünf Leoparden waren jedoch nur drei Wachen hier. Eivora hatte die klataalschen Krieger inzwischen mit den Gliederwaffen üben sehen. Bei den meisten war die mittlere Stange aus Eisen gefertigt, sodass sie einer Klingenwaffe standhielt, wenn man parierte. Die äußeren bestanden aus Holz, das machte sie leichter und schneller.

Draußen tobte eines der Unwetter, die in Klataal so häufig waren. Die Raubkatzen beunruhigte das Donnern nicht. Sicher wussten sie, dass die Stürme hier ebenso plötzlich gingen, wie sie kamen. Manchmal gab es zwei oder gar drei davon an einem Tag.

Ein Leopard erhob sich, als Eivora und Horold sich näherten. Kraftvoll bewegten sich die Muskeln unter seinem Fell, als er mit lauernd gesenktem Haupt auf sie zukam. Helle Zähne schimmerten im leicht geöffneten Maul. Eivora überlegte, ob er es wohl so weit aufreißen könnte, dass ihr Kopf hineinpasste. Jedenfalls würden seine Pranken mit ihrer Rüstung fertigwerden, das Leder würde ihnen wenig entgegensetzen, und die weiten Ringe boten zu viel Freiraum, um die langen Krallen abzuhalten.

»Sie erkennen verwandte Seelen.« Ein Lächeln zog Falten in Horolds lichten Bart.

Eivora erkannte keine Ähnlichkeit zwischen den Raubkatzen und dem Baron. Sein dürrer Körper ähnelte einer Holzpuppe, die Schultern fielen nach vorn, das blonde Haar wuchs schütter, die Augen lagen so tief im Schädel, als hätten sie das Interesse daran verloren, was außerhalb seines Kopfes vor sich ging. Die vielen Muttermale hatten keine Ähnlichkeit zu den dunklen Ringen im Fell der Katzen. An diesem trüben Tag fehlte auch der gezackten Jadekrone jede Pracht. Hier in der Halle sah sie nicht grün aus, sondern bleigrau.

Eivora entschied, dass sie jetzt lange genug höfliche Konversation mit ihrem Dienstherrn getrieben hatte. »Es kommt zu immer mehr bedauerlichen Zwischenfällen.« Sie war gespannt, ob er etwas von ihrem Besuch bei Eligon sagen würde.

»Das Volk vermag selten zu erkennen, was ihm guttut.« Er machte eine Handbewegung, als wolle er etwas wegwischen.

Offenbar war Nirtos Ansprache, als sie das Haus des Imkers verlassen hatten, überzeugend gewesen. Eligon hatte wohl darauf verzichtet, sich an die Obrigkeit zu wenden.

Der Leopard, der ihnen am nächsten stand, folgte Horolds Geste, indem er den gesamten Kopf schwenkte. Es war ein mächtiger Schädel. Ein Bolzen aus der kleinen Armbrust, die Eivora am linken Unterarm trug, hätte vom Knochen abprallen können.

»Noch viel weniger«, fuhr Horold fort, »kann jemand, der tagein, tagaus den Boden beackert, Holz hobelt oder Steine klopft, Wichtiges von Unwichtigem zu scheiden.«

»Von Unwichtigem wie einem Lustsklaven?«, fragte Eivora.

»Oder ein paar harmlosen Beschimpfungen«, versetzte Horold.

Die Barthaare des Leoparden zitterten, als er witterte.

Eivora beneidete das wilde Tier um seine scharfen Sinne. Sie selbst fühlte sich dumpf. Immer mehr Fragmente der Erinnerung an den Flug in Gestalt eines Feuervogels tauchten in ihrem Gedächtnis auf. Der Verlust schmerzte, sie sehnte sich nach dieser Erfahrung zurück. Nichts hatte sie aufhalten können, sie war vollkommen frei gewesen, hatte den Wind unter ihren Flügeln gespürt, jede Kleinigkeit gesehen, die das Feuer ihrer Federn beschienen hatte. Sie hatte den Humus gerochen, die Bäume, den Rauch aus den Häusern.

Sie schüttelte den Kopf. Sie durfte sich nicht von der Erinnerung ablenken lassen.

»Es sind mehr als ein paar geflüsterte Verwünschungen. Es gibt Aufläufe vor dem Schuldturm, wo dieser Urlim sich selbst verbrannt hat.«

»Man berichtet mir, dass Ihr damit zurechtkommt.«

»Prekestas Eingreifen hat zu Verletzten geführt.«

Stirnrunzelnd sah er sie an.

»Wir haben gegen niemanden die Waffen erhoben«, stellte Eivora klar. »Aber in der Panik sind einige gestürzt, man ist über sie getrampelt.«

Horold zuckte die Achseln. »Es wird ihnen eine Lehre sein.«

»In den Wirtshäusern werden unsere Leute noch immer angepöbelt«, widersprach Eivora.

»Ich bin es nicht gewohnt, mich mit Nichtigkeiten zu befassen.« Die matte Stimme nahm der Zurechtweisung die Schärfe.

»Wenn es wirklich belanglos wäre, was das Volk denkt, hättet Ihr zugestimmt, dass mich Fiafila-Ignuto in Euren Palast begleitet.«

»Sie ist eine sehr markante Erscheinung …«

»… die Ihr nicht in Verbindung mit Euch gebracht wissen wollt. Es kommt vor, dass sich Kriegsherren von den Söldnern distanzieren, die sie angeheuert haben. Aber dann sollten wir nicht in Faarinar bleiben.«

»Euer Kampfherr Atirion meint, es sei der beste Ort, um alles zu koordinieren.«

»Das trifft zu, solange es eine sichere Basis ist. Wenn die Unruhen anwachsen und sich die Bürgerschaft ernsthaft gegen uns stellt, haben wir eine weitere Front. Eine, die Euch keinen Gewinn bringt.«

»Und wenn Ihr abzieht und die Wilden einen Appetit für die Bürger von Faarinar entwickeln, wärt Ihr nicht hier, um sie zurückzuschlagen.«

»Es ist eine Abwägung.«

Aglix hatte wohl entschieden, dass die beiden Menschen für eine Weile am Ort bleiben würden. Er nutzte die Gelegenheit, um durch das Stroh zu rascheln. Eivora fragte sich, ob der Feuersalamander klug genug war, um sich von den Leoparden fernzuhalten – oder ob diese um sein Gift wussten. *Wilde Tiere besitzen einen Sinn für Gefahr.*

»Ah, da kommt der Wein!« Horold winkte zu seinen Wächtern.

Feilas, derjenige mit dem ergrauenden Haar, trug ein Tablett mit einer Flasche und zwei Zinnbechern. Er näherte sich auf dem Pfad, den auch sie zwischen den Raubkatzen hindurch genommen hatten.

Die Art, wie er ging – kontrolliert, die Knie nie ganz durchgestreckt –, erinnerte daran, dass er kein Schankjunge, sondern ein Krieger war. Die Jadestücke an der Brust seines roten Wamses mochten Verdienste anzeigen, die er im Kampf erworben hatte, auch wenn Eivora keine Narben sah. Über seiner linken Schulter ragte die zusammengelegte Gliederwaffe auf, er konnte sie ziehen wie ein Schwert.

»Ihr nehmt doch auch einen Becher?« Baron Horold schenkte ein. »Ich trinke ungern allein.«

Eivora nahm das Trinkgefäß mit der rechten Hand. Das war zwar die Seite, mit der sie das Kurzschwert führte, aber sie hatte lieber die Linke frei. Die Armbrust war gespannt, ein Bolzen eingelegt. Sie traute sich zu, jedes Ziel im Saal zu treffen, das wenigstens die Größe einer Melone hatte.

Der Wein mundete ihr gefährlich gut. Vielleicht war es nur eine Einbildung, die daraus resultierte, dass sie von Beliar und

Eligon wusste, dass man manchmal Traumsaft hineinmischte, aber sie hatte den Eindruck, dass ihre Sinne in dem Moment, in dem sie schluckte, wacher wurden. Ein sehr kurzes Empfinden, es währte nur, solange der Wein in ihrer Kehle war. Deswegen konnte sie auch nicht entscheiden, ob es Wirklichkeit war oder nur die Sehnsucht, wieder so scharf zu sehen, so intensiv zu riechen, so deutlich zu hören wie bei ihrem Flug. Umso stärker empfand sie den Verlust.

»Wieso wolltet Ihr meine Raubkatzen sehen?« Horold spreizte den Zeigefinger der Hand, die den Becher hielt, ab und zeigte auf die Tiere.

»Mir wurde viel Interessantes von ihnen erzählt.«

»Ihr habt sie eine Mahlzeit gekostet«, tadelte Horold. »Die Feiglinge, die Ihr für Euch gefordert habt.«

In Gedanken stimmte Eivora ihm zu, dass Erl tatsächlich kein besonders mutiger Mann war. »Ich hatte gehofft, auch den größten zu sehen. Den Panther.« Sie nahm noch einen Schluck, beobachtete Horolds Gesicht aber genau. »Lor heißt er, nicht wahr?«

Seine Augen verengten sich. »Ihr seid gut unterrichtet.«

»Lor erfreut sich einiger Prominenz.«

Baron Horold gab Feilas seinen Becher zurück, obwohl er noch nicht ausgetrunken hatte.

Der Krieger stellte ihn zusammen mit Tablett und Flasche auf den Boden. Er verschränkte die Arme und sah Eivora fest in die Augen.

»Was soll das werden?«, fragte sie. Die Kleidung verbarg viel von Feilas' Gestalt. Sie konnte nicht erkennen, ob sich unter den schwarzen Ärmeln kräftige Muskeln regten. Sein Blick jedenfalls sprach dafür, dass er keine Auseinandersetzung scheute. Das mochte ebenso an Erfahrung wie an Dummheit liegen.

»Macht er Euch nervös?«, fragte Horold mit mildem Spott. »Wie der Pöbel, wenn er lärmt? Dabei ist Feilas doch ganz ruhig.«

Eivora schnaubte. »Was ist mit dem Panther?«

Horold machte eine Bewegung, als würde er ein Schnupftuch

über die Schulter werfen. »Meine Diener führen ihn herum. Lor sehnt sich nach dem Wald. Er stumpft ab, wenn er sich immer nur in der Stadt aufhält.«

Eivoras Herz schlug schneller. Auch sie sehnte sich nach der Luft der Wildnis.

Sie nahm noch einen Schluck Wein und streckte den Becher dann Feilas entgegen.

Der Wächter regte sich nicht.

Sie trat einen Schritt von ihm zurück und stellte ihn selbst auf den Boden. Mit einem Schnipsen lockte sie Aglix an. Der Feuersalamander huschte herbei und kletterte ihren Arm herauf.

»Ich sehe keinen freien Ring«, Eivora stand auf und strich dabei unauffällig die Sicherungsschlaufe ihrer Armbrust zurück, »an dem ihr den Panther anketten könntet.«

»Dein Tonfall gefällt mir nicht!«, fuhr Feilas sie an. »So redet niemand mit dem Baron.« Er griff über seiner Schulter nach der Gliederwaffe.

Aglix krabbelte in Eivoras Kragen. Er hatte wirklich einen gesunden Gefahreninstinkt.

Sie hob die Linke und löste die Armbrust aus. Die Sehne knallte hell, der Bolzen schlug vor Feilas' Hals in seinen Oberarm.

Der Krieger schrie, fasste an das Geschoss und taumelte zurück. Hinter ihm brüllte der Leopard. Feilas machte einen weiten Schritt von ihm weg.

Dummheit, nicht Erfahrung, urteilte Eivora. »Ihr müsst entschuldigen, Baron. Ich mag es nicht, wenn man mich nervös macht.«

Mit offenem Mund starrte Horold sie aus seinen tief liegenden Augen an.

»Das kann ich überhaupt nicht leiden.« Ruhig spannte sie die Armbrust neu. Klickend rastete die Sehne an der Nuss ein. »Außerdem sollten wir uns wirklich nicht mit Unwichtigem abgeben, da bin ich ganz Eurer Meinung.« Sie zog einen Bolzen aus dem Köcher an ihrem rechten Oberschenkel und legte ihn ein.

»Bitte, Herr!«, wimmerte Feilas. Er hielt den rechten Arm krumm und umfasste mit der Linken den Bolzen. Nur wenig Blut sickerte zwischen den Fingern hindurch. »Ich bin verletzt!«

»Verschwinde!«, befahl Horold.

»Und bring mir meinen Bolzen zurück, wenn du ihn rausgezogen hast!«, rief Eivora ihm nach. »Mach ihn vorher sauber!«

Mehrere Blitze zuckten in schneller Folge herab und erhellten die Fenster. Der Donner folgte sofort.

Feilas lief denselben Pfad zurück, den er gekommen war. Die beiden anderen Wachen sahen unschlüssig zu ihnen herüber.

Eivora hätte ihren Herrn in aller Ruhe töten können.

Der Baron tat gut daran, echte Krieger unter Kontrakt zu nehmen.

»Jetzt, da wir unter uns sind«, raunte Eivora zu ihm hinauf, »lasst uns über die Wahrheit hinter der Lüge reden. Wenn Ihr in den Urwald vorstoßt, geht es Euch doch nicht um Jade!«

Schweigend sah er sie an. Seine dürre Gestalt erschien ihr so zerbrechlich wie ein vertrockneter Ast.

Eivora seufzte, ob aus Mitleid oder aus Erschöpfung, wusste sie selbst nicht. »Erzählt mir vom Herzen des Waldes. Bei unserer ersten Begegnung spracht Ihr davon, dass im Urwald all unsere Träume auf uns warten würden ... Damit meintet Ihr doch keine wertvollen Steine.«

Horold streckte den Rücken durch. »Lasst uns allein!«, rief er zu den Wachen hinüber. Feilas war bereits verschwunden.

Erwartungsvoll folgte Eivora dem Baron zum Ende des Saals. Der Regen peitschte gegen die Fenster. Draußen war es jetzt so dunkel wie bei fortgeschrittener Dämmerung.

Dennoch war die Flüssigkeit in dem Flakon, den der Baron an einer Lederschnur um den Hals trug und nun unter seinem Gewand hervorzog, von einem hellen Grün. Sie leuchtete von innen heraus so hell, dass sie sogar den andächtigen Ausdruck auf seinem Gesicht beschien. »Das hier ist das wahre grüne Gold des Waldes«, hauchte er. »Feenblut.«

Midalin eilte durch die Gassen der Altstadt vom Tuchmarkt zu jenem Gebäude, in dem das Sturmbanner Quartier bezogen hatte. Was für ein Unglück, dass Kampfherrin Eivora so plötzlich den Marschbefehl für ihre Einheit erteilt hatte! Wenn man in Faarinar das Mittwinterfest beging, würde Gonter längst im Urwald sein. Sie hatte sich so schön ausgemalt, wie er mit ihr getanzt hätte. Dabei wäre zweifellos mannigfaltige Gelegenheit für unauffällige Berührungen entstanden, und Midalin hätte den verführerischsten Duft getragen, den sie jemals angemischt hatte. Sie war sich jetzt vollkommen sicher, dass sie diesen Mann wollte. Er war so stark, sah so gut aus, und er war ein echter Prinz! Wenn auch ohne eigenes Reich. Aber man hatte schon von Söldnern gehört, die sich mit dem Schwert in der Faust einen Thron erobert hatten. In Midalins neuem Tagtraum saß sie würdevoll neben ihm, während er Recht sprach oder Gesandte empfing, und danach ritten sie zusammen über saftig grüne Wiesen.

Das konnte noch wahr werden, nur kam das Mittwinterfest eben nicht mehr als Anfang dieser Romanze infrage. Aber das bedeutete keinesfalls, dass Midalin darauf verzichten würde, den ersten Schritt zu unternehmen!

Im Moment führten sie ihre Schritte allerdings erst einmal über Faarinars schlammverschmiertes Katzenkopfpflaster. »Sternensehnen!«, schrie Bratz über ihr. Mal fiel er ein paar Schritt zurück, dann flatterte er wieder ein Stück voraus und ließ sich in einem Fensterrahmen oder auf einem Dach nieder. Er hatte es gut, er blieb sauber.

Midalin dagegen musste ihr Kleid raffen. Auf dem hellen Blau sah man jeden Spritzer. Sie ärgerte sich, eine so unvorteilhafte Farbe gewählt zu haben. Außerdem durfte sie nur kurze Schritte machen, sonst lief sie Gefahr auszurutschen. Und mit dem Degengehänge war auch irgendetwas falsch, die Waffe geriet ihr ständig zwischen die Beine. Jetzt hatte sie den Riemen, der sie hielt, knapp unter dem Busen geschnürt und die Lederscheide auf ihren Rücken geschoben. Dadurch behinderte der Degen sie weniger, aber sie durfte nicht zu tief ausatmen, sonst rutschte das Gehänge hinunter auf ihre Hüfte, und die Waffe schlug auf den Boden. Ziehen konnte sie die Klinge aus dieser Position natürlich auch schlecht, aber das wäre ohnehin kaum möglich gewesen. Schließlich brauchte sie ihre Hände, um das Kleid vor dem Dreck zu bewahren, und außerdem musste sie noch das Päckchen mit ihrem Einkauf festhalten.

Auf dem Markt hatte sie ein Tuch erstanden, das Gonter im Urwald an sie erinnern sollte. Eine Art Pfand, obwohl es für ein Liebesgeständnis natürlich noch viel zu früh war. Eilig hatte sie es mit Duftwasser beträufelt, bevor die Händlerin es eingepackt hatte. Vielleicht hätte sich Midalin mehr Zeit nehmen sollen, um es gleichmäßiger zu verteilen, aber die Zeit drängte. Gleich zwei Kaufleute hatten abgelehnt, ihr etwas zu verkaufen! Beim ersten hatte sie lange gefeilscht. Sie waren sich einig geworden, aber dann hatte jemand mit dem Finger auf Midalin gezeigt und verraten, dass sie zu den Söldnern gehörte, und plötzlich hatte ihr Geschäftspartner ihr Silber nicht mehr gut genug gefunden. Der zweite hatte das mitbekommen und sie gleich abgewiesen. Das hatte wertvolle Zeit gekostet, und das Tuch, das sie Gonter nun schenken würde – falls er noch nicht fort wäre –, war leider nicht das schönste. Eine einfache Arbeit, aber wenigstens war es blau. Diese Farbe war sicher ungewöhnlich im Wald.

In der Stadt sah man sie im Moment allerdings häufig, die Bürger schmückten die Häuser für das Fest. Bunte Bänder flatterten an Schnüren über der Straße, auf einer davon ließ sich Bratz gerade nieder. Ein Schuster bemalte das Schild vor seinem Laden mit frischen Farben. Hoffentlich glaubte Gonter nicht, sie hätte sich bei der Auswahl ihres Geschenks keine Mühe gegeben und einfach das erstbeste Tuch genommen!

Sie musste sich auf den Weg konzentrieren, sonst würde sie sich noch verlaufen und den Abmarsch des Sturmbanners verpassen – dann hätte sie die Gelegenheit vertan, Gonter etwas mitzugeben, das ihn an sie denken ließ! Midalin machte nun doch größere Schritte. Sie lächelte zuversichtlich, rutschte dann aber weg und stürzte nur deswegen nicht aufs Pflaster, weil jemand geistesgegenwärtig ihren Unterarm griff und sie festhielt.

»Habt Dank!« Sie richtete sich auf. »Bin ich auf dem rechten Weg zum Sturmbanner?«

»Zum Klingenrausch?« Der Mann war wohl ein Adliger, er trug Samt, ein gelbes Wams, und einen Hut mit langem Zipfel, den er wie einen Schal um den Hals gelegt hatte. »Den Söldnern?«

»Ja, ganz recht«, bestätigte Midalin.

»Bist du auch eines von diesen Schwertweibern? So siehst du gar nicht aus.«

»Doch, Jehl, schau nur! Sie trägt einen Degen auf dem Rücken.«

Der Sprecher war ähnlich gekleidet, nur war sein Wams braun. Die spitzen Enden der Schnabelschuhe waren bei beiden mit Fäden an den Fußgelenken festgebunden, damit sie sich schön nach oben bogen.

»Ich habe es eilig«, entschuldigte sich Midalin und wollte ihren Weg fortsetzen.

Ein dritter Jüngling trat ihr in den Weg. Er schwankte leicht, aber wohl nicht wegen des unsicheren Untergrunds. Alkoholdunst trieb in seinem Atem. »Wir mögen euch nicht«, stellte er klar. »Wir kommen gut ohne euch aus. Verschwindet zurück in den Dämonenpfuhl, dem ihr entstiegen seid!«

»Bienchen!«, rief Bratz von seinem Aussichtspunkt auf einem Relief an einer Hauswand, das einen Reiter auf prächtigem Ross zeigte. Natürlich dachte der Beo gar nicht daran, sich selbst in Gefahr zu bringen, um ihr beizustehen.

»Bitte, ich will keinen Ärger.« Die Gasse war drei Schritt breit, sicher konnte sie an einem Betrunkenen vorbeischlüpfen.

Tatsächlich wäre ihr das wohl gelungen, wenn nicht Jehl, der Mann, der sie vor dem Sturz bewahrt hatte, plötzlich in ihrem Weg gestanden hätte. Und er zog seine Waffe, die aus drei Metallstäben bestand, die kurze Ketten verbanden. »Außen so hübsch und doch innen nichts als eine hässliche Totschlägerin«, spie er ihr entgegen.

»Hört zu, wir sind nur hier, weil …«

Im letzten Moment sah sie das Blitzen auf der Klinge des dritten Gegners.

Entsetzt sprang sie von ihm fort.

Sein Säbel schlitzte das Paket mit dem Halstuch auf. Midalin ließ es fallen.

Ihr Degen! Sie musste den Degen ziehen. Und in Kampfstellung gehen. Die Füße auseinander, die Hüfte abgesenkt … hektisch fummelte sie am Waffengehänge herum. Wie konnte man nur so dumm sein, einen Degen dort zu tragen, wo man ihn nicht zu ziehen vermochte?

Sie musste einen lächerlichen Anblick bieten. Der Betrunkene prustete los, und die anderen beiden fielen ein. Trotzdem zog sich Midalins Magen bei dem Gedanken zusammen, dass der harte Stahl des Säbels in ihren Bauch stoßen oder eine der Metallstangen der Gliederwaffe ihren Schädel zertrümmern könnte.

»Hilfe!«, rief sie. »Zur Hilfe!«

»Hört ihr? Das Mäuschen bekommt es mit der Angst zu tun!« Jehl breitete die Arme aus und drehte sich, als spräche er zu einem Theaterpublikum. Dabei hielt er seine Waffe am linken und am mittleren Glied, das rechte ließ er kreisen wie einen Windmühlenflügel, was ein summendes Geräusch verursachte. Die Passanten blieben stehen, und an den Fenstern zeigten sich Männer und Frauen. Niemand machte Anstalten, für Midalin Partei zu ergreifen.

Immerhin erlaubte die Verzögerung ihr, den Degen doch noch so weit nach vorn zu zerren, dass sie ihn ziehen konnte.

»Pass auf, dass du dich damit nicht stichst, Kleine!«, johlte der Besoffene, der nun ebenfalls eine Gliederwaffe in den Händen hielt. Seine war aus Holz gefertigt, aber Midalin zweifelte nicht daran, dass er ihr damit dennoch die Knochen brechen könnte.

»Pass auf, Gurim.« Der mit dem Säbel hielt ihn mit einer Hand auf dem Arm zurück. »Denk daran, sie ist eine Söldnerin.«

Gurim spie aus. »Das ist bestimmt so eine Hexe! Treibt es bei Neumond mit den Dämonen, die ihr dafür zu Diensten sind. Aber jetzt sind sie nicht hier, da muss sie mit dem Degen vorliebnehmen. Schaut euch nur an, wie sie ihn hält! Wie eine Bratpfanne!«

Der Griff lag zu locker in ihrer Hand, das merkte Midalin selbst. Wohl, weil sie keine Handschuhe trug. Die waren in ihrer Kammer in der Kiste unter dem Bett verstaut. Warm und trocken. Und sicher. Im Gegensatz zu ihr. Übelkeit stieg auf.

»Guckt mal! Ist das ein Knochen, aus dem ihr Handschutz gefertigt ist?«, fragte der Säbelfechter angewidert.

»Sieht aus wie das Schulterblatt eines Menschen«, lallte Gurim voller Ekel.

»Genau!«, rief Midalin. »Das ist von dem Letzten, der sich mit mir angelegt hat!«

»Da hört ihr es!«, rörte Gurim. »Eine Dämonenmetze!«

Er drang mit hohen Hieben auf sie ein, wobei er die hölzerne Waffe so hielt, dass nur ein Glied frei schwang.

Sie versuchte, an Itenas Lektionen zu denken. Ihre Oberschenkel brannten jetzt schon. Ihr einziger Vorteil bestand darin, dass der Betrunkene sich so träge bewegte. Sie sah seine Schläge früh kommen und konnte sie leicht parieren, indem sie den Degen quer vor ihren Kopf hielt. Die Hiebe waren hart, das Holz schien so starr wie Metall, aber Midalin hielt eisern fest. Sie wusste, dass ihr Leben davon abhing.

Itena hatte ihr auch eingeschärft, dass man nicht immer nur abwehren konnte. Irgendwann kam ein Angriff durch. Also musste man selbst den Kampf beenden, bevor man getroffen wurde.

Midalin stach zu, aber sie war sehr aufgeregt. Nie hatte sie versucht, einen Menschen zu verletzen. Der Gedanke, sein Blut könnte ihr ins Gesicht spritzen, machte sie schwindelig. Sie schloss die Augen, als sie den Degen nach vorn rammte.

Sie traf auf Widerstand, und Gurim schrie. Die Menge raunte.

Midalin zwang sich, die Augen aufzureißen.

Sie hatte ihn am Bauch getroffen, ein kleiner dunkler Kreis verunzierte dort das braune Wams. Oder war der vorher schon dort gewesen?

Sie sah auf ihre Degenspitze. Sie war blank. Also hatte sie doch nicht getroffen? Oder hatte der Stoff den Stahl beim Herausziehen abgewischt?

Gurim funkelte sie zornig an. Er hielt jetzt etwas Abstand, der Gliederstab schleifte über das Pflaster.

»Hat sie dich angepikst?« Der Gegner mit dem Säbel lachte. »Dieses kleine Ding? Du hast wirklich zu viel getrunken!«

Breitbeinig kam er auf sie zu. Jehl näherte sich weiter rechts mit seinem metallenen Gliederstab.

»Gerade eben hast du mir noch geholfen!«, rief Midalin. »Und jetzt willst du mich totschlagen?«

»Das mit dem Helfen war ein Versehen«, knurrte er. »Blut ist geflossen. Dafür prügele ich dir ein Andenken in dein hübsches Gesicht.«

»Genau!« Gurim kam jetzt auch wieder dazu. »Eine breite Furche, von Ohr zu Ohr. Wie gefällt dir das?«

»Ihr seid Feiglinge!«, schrie Midalin.

»Feigling!«, kreischte Bratz über ihr. »Feigling!«

Niemand half ihr.

Sie schluckte. Die drei kamen auf sie zu, und Itena hatte ihr nicht gezeigt, wie man gegen mehrere Gegner gleichzeitig kämpfte. Wahrscheinlich war ihr sogar jeder Einzelne von ihnen überlegen.

Sie warf einen schnellen Blick über die Schulter. Die Schaulustigen versperrten die Gasse und würden sie sicher nicht hindurchschlüpfen lassen. Nach ihren schadenfrohen Mienen zu urteilen, hätten sie eher Vergnügen daran, sie festzuhalten, während ihre Gegner die angedrohte Verstümmelung vornahmen.

Sie sah gerade rechtzeitig wieder nach vorn, um vor dem vereinten Angriff der drei zurückzuweichen. An einen tiefen Stand, die Handhaltung am Griff, das Strecken der Arme oder den Winkel, in dem die Füße stehen sollten, war gar nicht mehr zu denken. Midalin hastete rückwärts und versuchte verzweifelt, mit ihrem Degen die gegnerischen Waffen von sich weg zu halten. Die Schläge auf die Klinge schmerzten in ihrem Handgelenk. Durfte sie es wagen, die Hand zu wechseln? Die Runen leuchteten jetzt orangerot, der Knochenschutz hatte wohl ein paar Treffer eingesteckt.

Sie wich zurück, immer weiter parierend, erinnerte sich an

Itenas Lektion und schlug zu, traf aber entweder zu schwach oder nicht mit der Schneide, jedenfalls drang sie nicht durch das Wams und konnte froh sein, dass Gurims Hieb sie verfehlte. An ihrer Stelle traf er beinahe einen Mann mit einer Lederschürze.

»He, bleibt mir vom Leib!«, rief dieser und stieß Midalin grob von sich weg, auf die beiden anderen Gegner zu.

Zu spät merkte sie, dass sie dadurch in Gurims Rücken kam und ihn hätte erstechen können. In diesem Kampf passierte alles so schnell! Jetzt wirbelte er schon herum, und sie hatte auf zwei Seiten Männer, die sie verstümmeln wollten. Ob sie sich vielleicht sogar zurückhielten? Weil sie gar nicht vorhatten, sie umzubringen, sondern ihren grausamen Spaß mit ihr zu treiben?

Sie atmete heftig.

Die Männer verständigten sich mit Blicken.

Sie wusste, dass ihr Nachteil anwuchs, je länger sie zögerte. Die anderen würden eine gemeinsame Strategie entwickeln, und dann wäre es um sie geschehen. Sie musste angreifen, um wenigstens einen auszuschalten. Aber sie stand wie gelähmt. Die Vorstellung, sich zu einer Seite zu wenden und dann einen Schlag in den Rücken zu bekommen, gegen den sie sich nicht wehren konnte, ließ sie sich beinahe vor Angst übergeben. Was, wenn ihr Rückgrat splitterte? Wenn sie nie wieder ihre Beine fühlte? Sie kannte solche Bettlerinnen …

Ob sie einfach die Waffe wegwerfen und sich ergeben sollte? Vielleicht würden ihre Gegner ihre Drohung nicht wahr machen …

Wieso hatte sie nur das Tuch mit dem Betäubungsduft im Zimmer gelassen! Das hätte ihr jetzt helfen können.

Jehl schrie unartikuliert.

Das war das Zeichen zum Angriff.

Midalin fiel nichts Besseres ein, als sich auf das harte Pflaster zu werfen. Der Aufprall schmerzte an den Armen. Verbissen hielt sie den Degen fest.

Über ihr zischten die Waffen durch die Luft und krachten gegeneinander.

Sie verdrängte den Schmerz und rollte sich auf den Rücken. Sie schlug einen Bogen, der unvollendet blieb, weil sie in ein Bein hackte.

Immerhin belohnte sie wütendes Gebrüll, aber es schien ewig zu dauern, bis sie ihre Klinge wieder freibekam.

Als verginge die Zeit langsamer, sah sie einen Stiefel auf sich zukommen. Sie konnte sich nicht mehr rechtzeitig wegdrehen, er traf sie an der Stirn. Ihr Hinterkopf schlug auf die Steine. Ihr wurde schwarz vor Augen.

Blind stieß sie ihren Degen aufwärts.

Die Menge rief lauter.

Midalin hielt in Erwartung des Todesstoßes den Atem an.

Dann erkannte sie, dass das wohl das Dümmste war, was sie tun konnte. Verschwommen kehrte ihre Sicht zurück. Sie stach und stach und stach und rutschte gleichzeitig auf dem Gesäß rückwärts.

Ein Schlag traf ihren Degen. Er vibrierte durch ihre Elle.

Ich muss wieder auf die Beine kommen, sonst bin ich zu unbeweglich!

Sie wollte aufspringen, trat aber auf ihr Kleid und fiel zurück. Vielleicht war das ihr Glück, ein Gliederstab zischte knapp über ihr durch die Luft.

Sie wusste selbst nicht, wie es ihr gelang, aber mit ihren verzweifelten Paraden und auf dem Boden rutschend schaffte sie es, mit dem Rücken an eine Hauswand zu kommen. Sie drückte sich hoch.

Was hatte sie diesen Menschen eigentlich getan? War sie etwa nicht hier, um sie gegen ihre Feinde zu verteidigen? Und jetzt kamen sie ihr so!

Midalins Furcht wandelte sich in Wut. Sie schrie, und das fühlte sich gut an. Es war kein Laut der Angst, sondern des Zorns.

Der Säbel stieß auf sie zu.

Sie schlug ihn zur Seite und sprang vor. Ihr Kleid war zerrissen, es wickelte sich um ihre rechte Wade, aber das war ihr jetzt auch egal. Noch einmal schrie sie, als könnte sie dadurch den Degen zwingen, den Kerl vor sich zu durchbohren.

Plötzlich flammte ihre Klinge auf. Vom Handschutz ausgehend, liefen rote Flammen über den Stahl. Schnell brannten sie höher.

Midalin war verblüfft, aber das nahm nichts von ihrer Wut. Jetzt wollte sie den Angreifern zeigen, dass sie kein Püppchen war, mit dem man seine Späße trieb! Der Degen zischte nicht mehr, das Feuer prasselte, wenn sie damit zuschlug. Sie benutzte ihn wohl eher wie ein Schwert, aber endlich war sie in der Offensive. Die drei wichen zurück.

Sie lachte und schrie und schlug und stach und rückte vor.

Ihre Gegner versuchten nun zu entkommen, aber die gedrängte Menge war auch für sie ein Hindernis.

Midalin stach einem von ihnen in den Oberschenkel und drehte die Klinge in der Wunde.

Er schrie jämmerlich.

Sie spie ihn an und holte erneut aus.

Endlich öffneten die Menschen einen Durchgang für ihn, er stolperte davon. Auch seine Kumpane flohen.

»Was glotzt ihr so?«, schrie Midalin den Gaffern entgegen.

Mit oft verlegenem, manchmal erschrockenem Ausdruck auf den Gesichtern zerstreute sich die Versammlung.

Midalins Degen brannte herunter. Bald leckten nur noch Flämmchen um den Stahl, dann erloschen auch diese. Nur die Runen im Knochen leuchteten noch.

Weinend vor Erleichterung, hob sie das Paket mit dem Tuch auf, das sie für Gonter gekauft hatte. Den Degen behielt sie in der Hand.

Auf dem letzten Wegstück trat sie mehrfach auf ihr zerrissenes Kleid, wodurch der Stoff noch weiter aufriss. Es spielte keine Rolle mehr. Sie sah ohnehin aus wie ein Gossenmädchen.

Das Sturmbanner stand bereits auf der Straße, sauber angetreten nach Rotten und Gruppen, immer ein Weibel vor fünf Kriegern, ein Rottmeister vor vier Gruppen, Eivora neben dem schwarzen Banner, das in Grün eine Faust zeigte, die einen Turm zertrümmerte. Ein prächtiger Anblick. Nur zwei Gassen entfernt hatte der Überfall stattgefunden, und ihre Kameraden hatten nichts davon geahnt! Noch immer weinte Midalin.

Bratz landete auf ihrer Schulter. Seine Krallen pikten in ihre Schulter, ein Schmerz, über den sie jetzt lachte. Ihr Blick suchte Gonter.

Dort stand er, vor seiner Rotte. Besorgt sah er zu ihr herüber.

Sie hob das Paket mit ihrem Geschenk, sah, wie stark es beschädigt war und wie zerrissen und dreckig ihr Kleid war, ließ die Hand wieder sinken und schluchzte.

»Rechts um!«, befahl Eivora, die mit dem Rücken zu Midalin stand. »Marsch!«

»Aster, du übernimmst die Rotte«, hörte Midalin Gonter sagen.

Eine eiblonde Weibelin mit Bronzeringen im Haar nickte bestätigend und trat neben die Marschformation. »Eilan! Rück gefälligst auf!« Sie meinte einen Krieger, der ein weißes Tuch um den Helm trug, das über seine Schultern fiel. Davon gab es zwei in der Rotte.

Gonter eilte zu Midalin.

Er kam wirklich. Das war schön.

»Was ist geschehen?« Er legte seine starken Hände an ihre Oberarme.

Sie wollte sich nur nach vorne an seine breite Brust sinken lassen, aber sie kam sich so hässlich vor. Alles war falsch, nichts war gelungen, wie sie es sich vorgenommen hatte! Sie weinte so heftig, dass sie zitterte.

»Bist du verletzt?«, fragte er besorgt.

»Nein.« Sie wischte mit dem Gelenk der Degenhand über ihr Gesicht. Dabei hielt sie die Waffe so ungeschickt, dass die Klinge gegen Bratz stieß.

»Feigling!«, kreischte der Beo.

Midalin lachte, und Gonter fiel ein.

»Das ist für dich.« Sie hielt ihm das Paket hin.

Zu ihrem Bedauern löste er seinen Griff und nahm es ihr ab. Da das Pergament ohnehin zerfetzt war, hatte er das Tuch schnell davon befreit.

Das Blau fand Midalin noch immer hübsch, aber auch hier hatte die gegnerische Klinge ganze Arbeit geleistet. Der Schnitt ging durch alle Lagen, was den Schaden vervielfachte.

Fragend betrachtete Gonter den Fetzen.

»Das soll dich im Urwald an mich erinnern«, erklärte Midalin. Es kam ihr so absurd vor, dass sie loslachte.

Gonters Lachen war laut und frei. Er beugte sich sogar dabei vor, was Midalin urkomisch fand.

»Es duftet äußerst lieblich«, befand er.

Sie hielt sich den Bauch und stach den Degen zwischen zwei Pflastersteine, um sich darauf zu stützen. Bratz wurde das zu unruhig. Er flatterte davon.

»Ein wirklich«, Gonter japste, »sehr schönes Tuch.«

Noch einmal wischte Midalin die Tränen ab, obwohl sie sie jetzt nicht mehr störten. Auch über Gonters Wangen kullerten welche.

»Du musst los«, sagte sie sanft. »Sonst schimpft deine Kampfherrin mit dir.«

»Ja.« Er gluckste noch einmal, sah aber seiner Einheit nach. »Wir marschieren.«

»Gonter!«, rief sie ihm nach, als er seine Kameraden beinahe erreicht hatte.

Er drehte sich um.

Sie winkte mit dem Degen. »Sehen wir uns wieder?«

»Sicher!« Er drückte das Tuch an seine Nase und atmete tief ein.

7. Gier

Eivora kam sich vor, als hätte ihr jemand einen Sack über den Kopf gezogen.

Sie konnte sehen, aber die Farben erschienen ihr blass. Das fahle Licht der Talgkerzen beschien den aus groben Bohlen gezimmerten Tisch im Lagerhaus in Grinhoff. Darauf beschwerten leere Becher, ein Dolch und ein Hammer die Kanten des Pergaments, auf das Torbun, der Bannerherr der Hellebardiere, ihre Lage skizziert hatte. Dicke Striche für die Befestigungen, dünnere, um Senken, Hügel, Bäche und Baumriesen anzudeuten. Die vier Rottmeister des Sturmbanners sahen aus, als hörten sie aufmerksam zu, aber auch ihren Erscheinungen fehlte die Farbe. In Bronos gewachsten Locken glänzte der Kerzenschein, und trotzdem wirkte auch er, als wäre er mit feiner Asche bestäubt. Igrul und Trabien waren ebenfalls hier und taten, als würden sie aus Torbuns Ausführungen etwas Neues lernen, obwohl sie die Schanzknechte befehligten, die alles befestigt hatten.

Sie konnte hören, aber die Geräusche klangen dumpf. Nirtos Kettenhemd klirrte verhalten, als er die Hand hob, um über seine aschblonden Bartstoppeln zu streichen. Salvayas Schwert stieß gegen ein Heringsfass. Trabien nahm einen Schluck aus seinem Horn und stellte es zurück in die Halterung. Igrul stützte sich so schwer auf den Tisch, dass die Bohlen ächzten. Sein dichter Bart fiel beinahe bis zu den Ellbogen, als er sich vorbeugte.

Sie spürte die Maserung des Holzes unter ihren Fingern, aber ihre Kuppen fühlten sich taub an. Sie schmeckte das Bier, das Trabien zu ihrer Begrüßung ausschenkte, aber es schien abgestanden. Sie roch den Weizen, der hier lagerte, die Leinensäcke, die Küchenkräuter und das Öl, aber all dem fehlte die Intensität.

Als wäre das Lagerhaus in Wirklichkeit leer, und der Geruch wäre nur ein Nachwehen dessen, was man hier früher aufbewahrt hatte.

Eivora schloss die Augen und drückte ihre Nasenwurzel. Auch das Denken fiel ihr schwer. Als würde sich ihr Verstand so mühsam bewegen wie jemand, der durch hüfttiefes Wasser watete. Sie hatte den Verdacht, dass ihre Erinnerungen davontrieben oder dass sie sich auflösten, wie Zucker in einer Tasse. Diesen Verlust spürte sie besonders. Dieses Erleben, dieses Sein als Feuervogel … war das ihre eigentliche Existenz, jenseits der Beschränkungen, die sie fesselten und niederhielten?

Mürrisch betrachtete sie den Becher mit dem Bier. Wieso hatte sie nicht wenigstens etwas Wein aus Faarinar mitgenommen? Sicher, nur noch Spuren von Traumsaft waren darin, ein Glas des grünen Goldes auf ein Fass. Aber es hätte zumindest geholfen, die Tür zur Fülle ihrer Sinne einen Spalt weit aufzudrücken.

Eivora stellte den Becher ab und schob ihn zur Seite. Sie war übereilt aufgebrochen. Eigentlich hätte ihr zugestanden, Traumsaft aus Baron Horolds Vorrat zu fordern! Mit welchem Recht hätte dieser Schwächling ihr den Wundertrunk vorenthalten wollen? Schließlich kämpfte sie für ihn! Da sollte er alles tun, um sie so einsatzbereit wie möglich zu machen. Was könnte sie mit den geschärften Sinnen vollbringen!

Ihr Blick wanderte über die müden Gesichter der Offiziere.

Der Gewaltmarsch hierher hatte Brono, Nirto, Salvaya und Gonter gezeichnet. Aber Eivora dachte gar nicht daran, Rücksicht darauf zu nehmen. Wenn sie ohne Traumsaft marschieren konnte, dann konnten ihre Krieger das auch.

Was wäre, wenn sie das gesamte Sturmbanner mit Traumsaft versorgen würde? Oder gar den ganzen Klingenrausch? Mit derart gesteigerten Sinnen wären die Bogenschützen unvergleichlich treffsicher, und auch im Nahkampf …

Sie kniff die Augen zusammen. Sie musste vorsichtig sein. Niemand wusste, wie viele Feen im Urwald lebten. Das Herz des Waldes war noch nicht gefunden. Was, wenn der Vorrat nur für wenige reichte? Viertausend Krieger zu versorgen, könnte den Traumsaft rasch erschöpfen.

Nein, sie müsste die Würdigsten aussuchen. Es galt, ganz besondere Sorgfalt darauf zu verwenden, wer die Vorräte bewachte. Horold behauptete, dass die Feen nur in Arzulan leben konnten, aber vielleicht log er. Ließen sie sich züchten, wenn man es geschickt anstellte?

»Hast du verstanden, Eivora?«, fragte Brono eindringlich. Der beleibte Rottmeister sah sie mit gerunzelter Stirn an.

Sie blinzelte. »Natürlich! Ich bin ja nicht taub.«

Auf dem Pergament waren die Orientierungspunkte vermerkt, die den Weg der Expedition in den Urwald markierten. Angeblich suchten die Klataaler nicht nach dem Herz des Waldes, aber Eivora glaubte, dass sie dieses Ziel nur verheimlichten. Eine ›besonders ergiebige Jademine‹ an einem Wasserfall! Sie schnaubte.

Eine zerbrochene Schnalle von einer Lederrüstung markierte die Position, an der sie vermutlich gerade lagerten. Fünfzehn Meilen tief im Wald, geschützt von Xanixta und ihren einhundert Hellebardieren. Sie rechneten also mit dem Widerstand der Menschenfresser.

»Grinhoff ist demnach gesichert.« Gonter sprach ungewöhnlich akzentuiert, als unterstellte er Eivora, dass sie sonst nichts mitbekäme. Ihr war klar, dass er die Lage ihretwegen zusammenfasste, auch wenn er den Blick auf die Zeichnung gerichtet hielt.

»Ja.« Igrul strich mit seinen Wurstfingern über seinen Bart. »Uns braucht man hier nicht mehr. Jetzt seid ihr ja da, die Garnison ist auch ohne die Schanzknechte stark genug. Die Palisaden stehen, an den besonders empfindlichen Punkten haben wir sogar zwei Reihen gezogen. Mit deiner Erlaubnis, Eivora, verlegen wir unsere Banner zurück nach Faarinar.«

Wenigstens der Bannerherr erinnerte sich noch daran, dass sie die einzige Kampfherrin in Grinhoff war.

»Ein bisschen Erholung in der Stadt von der Plackerei«, quasselte er weiter, »und dann mal sehen, was Oraneta für uns zu tun hat.«

»Nein!« Ihre Ablehnung hätte hart wie ein Peitschenknall kommen sollen, aber in ihren eigenen Ohren klang sie gedämpft. Immerhin sahen sie jetzt alle an, sie hatte die allgemeine Aufmerksamkeit. »Man bezahlt uns nicht, damit wir uns erholen.«

Für einen Moment herrschte Schweigen.

Igrul versicherte sich mit Blicken, dass die anderen nicht vorhatten, das Wort zu ergreifen. »Aber die Schanzknechte haben hier doch nichts mehr zu tun.« Er nickte zu Torbun. »Ein Banner Hellebardiere steht in Grinhoff …«

»… und einhundert sind da draußen«, schnitt Eivora seine aufsässige Rede ab. »Wir verstärken Xanixta.«

Xerohn disziplinierte seine Hellebardiere, bis sie fünfunddreißig, in günstigem Gelände sogar vierzig Meilen am Tag zurücklegen konnten, und das eine Woche lang. Aber der Wald war kein günstiges Gelände, und vor allem hatten sie die Klataaler dabei, die höchstens die Hälfte schafften. Das Sturmbanner konnte sie einholen.

»Vielleicht kommen sie morgen ja schon wieder«, überlegte Gonter vorsichtig. »Dann können wir entscheiden, ob wir …«

»Wir brechen sofort auf«, entschied Eivora.

»Mitten in der Nacht?«, fragte Brono zweifelnd.

»Bist du schwerhörig oder bist du blöde«, fuhr Eivora ihn an, »dass du nachfragen musst, wenn ich einen Befehl gebe?«

»Wir haben einen strammen Marsch hinter uns«, erinnerte Brono beherrscht. »Die Krieger brauchen Zeit, um ihre Füße zu versorgen und die Ausrüstung zu richten.«

In der Tat war die Erschöpfung bei Elitetruppen nicht der wichtigste Faktor, der die Reichweite begrenzte. Auch ein noch so ausdauernder Marschierer lief irgendwann seine Füße durch. Blasen konnte man ignorieren, aber wenn man auf rohem Fleisch ging oder die Knöchel anschwollen, sank die Kampfkraft.

Eivora wusste das, doch sie fühlte, wie sie immer mehr von der Kraft verlor, nach der sie sich sehnte, wie ein verdurstendes Pferd. Das einzige Wasser, das ihr die Stärke zurückzugeben vermochte, war der Traumsaft, und den beanspruchte diese Expedition für sich. *Bestimmt sucht sie das Herz des Waldes! Ganz sicher! Und wenn die Klataaler die Feen finden, werden sie sie für sich behalten.* Der Rausch würde selbst Xerohns Hellebardiere auf ihre Pflicht vergessen lassen. Sie würden nicht zurückkehren, sondern nehmen, so viel sie tragen konnten, alles andere zerstören und sich in die Tiefen des Urwalds absetzen. *Ich würde nie wieder ein Feuervogel sein!*

»Die Krieger sollen tun, was man ihnen befiehlt!« Ein Krächzen stahl sich in ihre Stimme. »Was *ich* ihnen befehle!«, präzisierte sie. »Ich bin ihre Kampfherrin. Sie sollen sich nicht so anstellen wegen ihrer Füße. Wir sind der Klingenrausch! Und das Sturmbanner!«

Aglix kletterte an ihrem Hals empor und zupfte an ihrem Ohrläppchen.

Ja, Winzling, du musst mir mal wieder Glück bringen. Selbst wenn alle anderen zurückbleiben – du wirst immer bei mir ausharren. Wir holen uns das Feenblut!

»Wenn wir im Dunkeln marschieren«, Bronos tiefe Stimme wirkte träge, »brauchen wir mehr Fackeln.«

Eivora lachte. »Willst du, dass der Gegner uns von Ferne kommen sieht?«

»Ich will, dass wir Licht machen können, wenn das nützlich für uns ist. Und wir brauchen einen Führer, der sich im Wald auskennt. Schon auf dem Weg hierher sind wir einen Umweg gelaufen.«

»Holt mir Erl her«, forderte Eivora.

Torbun sah sie fragend an.

»Erl. Den Gefangenen, den ich aus Faarinar mitgebracht habe. Den Klataaler.«

»Der schon schlottert, wenn er nur von den Wilden hört, weil er denkt, sie wollen ihm das Mark aus den Knochen lutschen?« Torbun knackte mit seinen überlangen Fingern.

»Hol ihn her. Und ihr anderen stellt Marschbereitschaft her. In einer Stunde geht es los.«

»Eine zu kurze Rast ist unklug«, meldete sich Nirto zu Wort.

Er sah wütend aus, wie immer, aber Eivora glaubte, dass sie im Moment einen ähnlichen Ausdruck auf dem Gesicht hatte.

»Du kannst mit den Fußlahmen zurückbleiben, wenn du willst«, flüsterte sie gefährlich leise. »Da draußen kann ich keine Weichlinge gebrauchen.«

Er knirschte mit den Zähnen, schwieg aber.

»Eine Stunde«, wiederholte Eivora fest.

Midalin wirkte verändert, überlegte Fiafila-Ignuto, und das hatte nichts mit dem Kostüm zu tun. Sie stellte eine Hexe dar, trug mehrere alte Röcke übereinander, einen hohlen Ast als Krummnase und einen breitkrempigen Hut, der sich im regnerischen Wetter des heutigen Tages als nützlich erwies. Eine übergroße, aber kaum gefüllte Tasche hing quer über ihre Schulter. Ihr Meisterstück war der Degen. Er steckte in einem gedrehten Holzstab, und sie benutzte ihn als Gehstock. Der knöcherne Handschutz wirkte, als sei er gedacht, um sich darauf abzustützen. Nur der nach oben ragende Griff war verräterisch, aber die Metallstreben, die den Fingern besonderen Halt gaben, waren mit einem bunt gestreiften Lappen umwickelt. Bratz saß auf dem Buckel, den sie mit einem Kissen auf dem Rücken nachahmte, und mimte den Raben der Hexe.

Aber all das war nur eine kurze Scharade, eine Verkleidung, wie sie zum Mittwinterfest jeder in Faarinar trug. Es ging nicht darum, die wahre Identität zu verbergen, sondern um den Schabernack. Trotzdem wunderte sich keiner der Bürger, wenn er sein Gegenüber nicht sogleich erkannte. Iskala hatte den Kriegern des Zauberbanners aufgetragen, sich in Verkleidung unter das Volk zu mischen und herauszufinden, was in den Gassen und auf den Plätzen über die Söldner geredet wurde.

Fiafila-Ignuto trug ihre Rüstung, was ihr auch ermöglichte, den Homunkulus unter der eisernen Schutzglocke zu verbergen. Immer wieder lösten sich einzelne Fasern von dem Bast oder einige der bunten Strohhalme, mit denen sie sich umwickelt hatte, um den Eindruck eines wilden Dämons zu erzeugen. Ihr Gesicht war mit Stoff verhüllt, auf dem ebenfalls Stroh klebte. Sie roch es bei jedem Atemzug.

Nartim führte sie durch die mit farbigen Bändern und ulkigen Figuren geschmückten Gassen zu einem Treffpunkt, an dem möglicherweise der Waldkult feierte, auf den Midalin beim Imker gestoßen war. Man rief dazu auf, dort dem »König des Waldes« zu huldigen. Das war nah genug am »Herz des Waldes«, um sich die Sache anzusehen. Immerhin schienen in Arzulan mystische Kräfte am Werk. Die Avatar betrachtete es als ihre Pflicht, möglichst viel von diesen Dingen zu verstehen.

»Ist es dort?« Midalin hob ihren als Stock getarnten Degen und zeigte damit auf eine von Efeu überwucherte Ruine ein paar Dutzend Schritt hangabwärts.

Sie hatten den Stadtrand erreicht und standen zwischen den letzten Häusern. Der Bauherr der vor ihnen liegenden Villa hatte wohl nicht geglaubt, dass der Grund hier unsicher wurde. Offenbar hatte er sein schönes Haus mit in die Wände integrierten Statuen noch errichten können, bevor der Hang abgerutscht war und das Mauerwerk aufgerissen hatte. Der Spalt in der Mitte der Westmauer ließ sich auch durch die bunten Tücher nicht verbergen, die heute darübergebreitet waren.

»Ja, dort müsste die Feier stattfinden«, bestätigte Nartim. Er trug den traditionellen Helm seines Volkes mit einem weißen Schultertuch, das er heute so vor seinem Gesicht befestigt hatte, dass nur noch die Augen frei blieben. Hier in Klataal erkannte sicher niemand einen Krieger aus den Salzzacken. Allerdings fand Fiafila-Ignuto, dass der Helm nicht zu einem Waldarbeiter passte, wie Nartim ihn darzustellen versuchte. Er trug eine schwarze Fellweste, darunter ein kariertes Hemd und eine Lederhose. Die klobige Axt musste er in der Hand halten.

»Dann los.« Mit festem Schritt ging Midalin voran.

Sie ist ernster geworden, überlegte Fiafila-Ignuto. *Aber auch entschlossener.*

Jenseits der Siedlung spürte sie den Regen stärker, der Wind trieb die Tropfen in Wirbeln. Obwohl es nicht kalt war, schauderte sie. Die Schutzglocke hielt den Homunkulus trocken, aber dieses Wetter missfiel ihm trotzdem.

An einem anderen Tag hätte man die Flöten, Trommeln und Lauten, die im Innern der Villa gespielt wurden, wohl schon früher gehört. Während des Mittwinterfests war jedoch ganz Faarinar von ähnlichem Lärm erfüllt. Diese Geräusche mussten sie zunächst hinter sich lassen, sodass Fiafila-Ignuto die Klänge des Fests zu Ehren des Waldkönigs erst wahrnahm, als sie das Gebäude beinahe erreicht hatten.

Statt eines Tors aus Holz verschloss nur ein dunkelblaues Tuch das Hauptportal. Träge wie ein loses Segel bewegte es sich im Wind. Dahinter standen zwei bullige Kerle mit hölzernen Masken, die Fiafila-Ignuto durch ihre Schlitzaugen und die geschuppte Oberfläche an Echsen erinnerten.

Sie ließen Nartim den Vortritt. »Wir wünschen, dem König des Waldes unsere Aufwartung zu machen«, sagte er.

»Und wer seid ihr?« Die Stimme des Mannes hallte in der Maske. Bis auf Lederstulpen an den Unterarmen war sein massiger Oberkörper nackt. Auf seiner Brust wucherten Haare wie Schweineborsten.

Nartim stieß einige grunzende Laute aus, die in ein helles Schreien übergingen.

Fiafila-Ignuto fand diese Imitation eines Affen nicht unbedingt gelungen, war aber froh, dass Midalin und sie dieses Spektakel nicht zu wiederholen brauchten. Man ließ sie als Gruppe ein.

Der Gebäudeflügel, in dem sich das Portal befand, war nur wenige Schritt tief. Rechts und links führten kleine Türen ins Haus, aber der Festlärm drang aus dem Innenhof. Über diesem spannten sich rote, gelbe und blaue Stoffbahnen wie Sonnensegel, die an diesem grauen Tag jedoch den Zweck erfüllten, den Regen von den Feiernden abzuhalten.

Auch hier klaffte der Riss in der Westseite. Man hatte sich noch nicht einmal die Mühe gemacht, das herabgefallene Geröll beiseitezuräumen. Moos bedeckte den ockerfarbenen Stein, und auch an der Fassade des Hauptflügels, der dem Portal gegenüberlag, zogen sich grüne Schlieren empor. Durch mehrere Dutzend Fensteröffnungen auf allen Seiten sah Fiafila-Ignuto, dass man auch in den Obergeschossen feierte. Scheiben gab es nicht. Eine gut geformte Frau mit einer Vogelmaske beugte lachend ihren entblößten Oberkörper ins Freie und wackelte mit den Schultern, was ihren Busen in Bewegung versetzte.

Eine Gruppe in gestreifte Felle gekleideter Jünglinge unten im Hof johlte beifällig und winkte zu ihr hinauf.

Ein Männlein mit dürren Beinen vollführte tolle Sprünge. Über ein Dutzend Feiernde, die hinter ihm in einer Reihe standen, versuchten es ihm gleichzutun. Das wurde dadurch erschwert, dass sich jeder an den Schultern des Vordermannes festhielt.

An anderer Stelle huldigte man dem Wein. Ein fülliger Mann, dessen spärliche Bekleidung nur aus Blumenranken bestand, schritt eine Reihe von zwei jungen Damen und vier Herren ab, deren aus bunten Samtrauten genähte Kostüme Silber und Edelsteine zierten. Sie hatten die Köpfe in den Nacken gelegt und die Münder weit geöffnet. Aus einem armlangen Horn goss er purpurroten Wein hinein, bis der Bedachte den Kopf wegzog. Erst dann ging er zum Nächsten.

Ob auch dieser Trunk mit dem Traumsaft versetzt war, von dem Eivoras Lustknabe berichtet hatte?

»Und wo ist jetzt der König des Waldes?«, fragte Midalin.

Nartim zeigte durch das Gewimmel der unterschiedlichen Gruppen zu einem auf Fässern errichteten Podest. Dort standen zwei Fidler und drei Flötenspieler.

»Willst du damit sagen, er ist gar kein Mensch?« Midalin stieß den umhüllten Degen auf eine der Steinplatten, mit denen der Hof ausgelegt war.

»Ich glaube, es ist diese Figur, der sie hier huldigen«, meinte Nartim.

Zwischen den Musikanten lehnte eine doppelt mannshohe, gewundene Wurzel an der Wand. Im oberen Bereich konnte man tatsächlich so etwas wie ein lang gezogenes Gesicht erkennen. Jemand hatte zwei Zinnteller so angebracht, dass sie wie

Augen aussahen, die allerdings schief im Kopf saßen. Efeu bildete einen Bart nach. Ein roter Fetzen hielt als Königsmantel her. Etwa auf der Hälfte der Wurzel gingen zwei Verästelungen ab. Im Ende der einen steckte eine Seerose, vielleicht als Zepter.

Midalin sah Nartim an. »Was soll denn dieser Unsinn?« Ihre hölzerne Hexennase wippte auf und ab, wenn sie sprach.

»Hier ist der Unsinn der einzige Sinn«, versetzte Fiafila-Ignuto trocken. »Wenn die Masken fest sitzen, werden die Sitten locker.«

Sie nickte zu einer Frau, die zwischen den Beinen eines Greises hockte. Von ihr sah man nur den sich vor- und zurückbewegenden Hinterkopf mit dem schön gelockten, schwarzen Haar, das über ihren Rücken fiel. Er dagegen rieb sich den Bauch, hielt die Augen geschlossen und grinste selig.

Bratz schlug mit den Flügeln. »Feigling!« Er riss den roten Schnabel weit auf und wippte mit dem Kopf auf und nieder, während er auf dem Kissenbuckel trippelte.

Fiafila-Ignuto sah in die Richtung, in die der Vogel mit dem Kopf wies. Von dort näherte sich eine Handvoll Männer. Entweder, sie hatten sich mit der Schminke viel Mühe gegeben, oder ihre Gesichter zeugten davon, dass sie keiner handfesten Auseinandersetzung aus dem Weg gingen. Fiafila-Ignuto sah krumm verheilte Nasen, eine Narbe, wo eine gespaltene Lippe schief wieder zusammenwucherte, ein Ohr, bei dem die halbe Muschel fehlte, und ein Auge, das sich in einem zerdrückten Schädel wohl nie wieder ganz öffnen würde. Vor allem aber sah sie die Beile, das Brecheisen und den nagelgespickten Knüppel. Nichts wirkte wie eine Attrappe, auch wenn die Männer ansonsten mit Federn, Fellstücken und buntem Filz so verkleidet waren, dass sie auf das Fest passten.

»Das sieht nach Ärger aus.« Sie zog ihre Dolche. Die Klinge des längeren war wie eine Flamme geformt, er war eigentlich für Zeremonien gedacht und hatte keine Parierstange. Den anderen hatte sie gemeinsam mit Nirto ausgesucht, der sie im Nahkampf unterrichtete. Er war leicht und dünn und aus so hartem Stahl geschmiedet, dass er mit genügend Wucht auch ein Kettenhemd durchdringen konnte, wenn er im richtigen Winkel auftraf.

Sie hatte sich nicht in den Männern getäuscht. Die Kerle beschleunigten ihre Schritte und holten mit den Waffen aus. Der, bei dem das halbe Ohr fehlte, brüllte unartikuliert, wobei Speicheltropfen aus seinem Maul sprühten.

»Vorsicht!« Nartim hob die Axt und stieß Midalin zur Seite.

Mit einem protestierenden Schrei fiel die als Hexe verkleidete Söldnerin zwischen die Feiernden. Bratz rief noch einmal »Feigling!« und flatterte den bunten Stoffbahnen entgegen, die sich über dem Hof spannten.

Die Angreifer hatten es wohl vor allem auf die Avatar abgesehen. Waren sie ihnen durch die Stadt gefolgt, oder hatten sie gewusst, dass sie sich den König des Waldes anschauen würden?

Fiafila-Ignuto riss den Arm schützend über ihren Kopf.

Das Brecheisen krachte auf die Panzerung an der Elle.

Die Wucht drückte ihren Unterarm herunter, sie hatte Glück, dass die Dornen ihrer Rüstung nicht ihre Stirn ritzten.

Entschlossen stieß sie den Dolch in der anderen Hand vor.

Sie glaubte nicht, dass sie durch die Felle drang, die ihr Gegner am Oberkörper trug, aber der Treffer war wohl dennoch schmerzhaft. Er ächzte.

Sie setzte nach und schlug ihm den Handrücken ins Gesicht. In diesem Angriff lag kaum Kraft, doch die Stacheln rissen Striemen in die Wange.

Er stolperte zurück, aber zwei andere waren schon heran.

Eine Axt fing sie ab, wobei sie beinahe den Dolch verloren hätte, aber die andere schlug in ihre Seite. Ihre Rüstung hielt. Trotzdem würde der Hieb ihr einen blauen Fleck einbringen.

Nicht nachdenken, erinnerte sie sich an Nirtos Lektion, *austeilen!*

Sie drückte sich zur Seite dessen ab, der sie getroffen hatte, und rammte ihm den Ellbogen in den Leib. Sofort stieß sie den Dolch hinterher. Diesmal drang die Klinge ein, es hörte sich an, wie wenn man einen Getreidesack durchbohrte.

Gurgelnd wich der Axtschwinger zurück. Er ließ seine Waffe fallen und drückte die Hände auf die Wunde.

Fiafila-Ignuto wollte ihm den Rest geben, aber ein Schlag an den Kopf erinnerte sie, dass sie es mit mehr als einem Gegner zu tun hatte.

Sie wirbelte herum und riss gleichzeitig die Arme hoch. Etwas Hartes prallte darauf, und auch am Rücken wurde sie getroffen. Die Wunde, die Wilania-Pressito ihr im Schwertfeuer geschlagen hatte, brannte. Jemand trat gegen ihre Wade, beinahe wäre sie gefallen.

Austeilen!

Wild schnitt sie durch die Luft vor sich, traf aber niemanden.

Die Menge schrie.

Die Nagelkeule traf sie in die Seite und fetzte Flachs von ihrer Verkleidung. Der Stoff vor Mund und Nase machte ihr das Atmen schwer. Das Brecheisen näherte sich in einem Bogen. Sie hielt beide Dolche in die Bahn. Der Aufprall krachte fürchterlich. Wieder traf sie etwas im Rücken. Zischend sog sie die Luft ein. Sie warf sich herum und stach die Klingen nach vorn. Sie schlitzte einen Ärmel auf und ritzte wohl auch die Haut darunter. Hell klang die Glocke, die den Homunkulus schützte, unter einem Treffer. Eine behandschuhte Hand griff ihren Arm.

Sie wollte zustechen, erkannte jedoch, dass Nartim vor ihr stand. »Raus hier!«, rief er. »Hier lang!«

Fiafila-Ignuto folgte ihm zum Hauptflügel. Hinter der Tür sprangen sie eine Treppe hinauf. Überall schrien die Festgäste, auf den Stufen hörte sie die Verfolger.

Sie rannten einen Gang entlang. Nartim zog sie in eine Kammer. Ein schmales Fenster ging nach außen, dahinter wogten die Nebelschlieren im Tal unter Faarinar. In der Ferne machte die Wolkendecke einem blauen Himmel Platz, dort spannte sich ein Regenbogen.

»Hier kommen wir nicht weiter!«, rief Fiafila-Ignuto.

Etwas Hartes traf sie im Rücken und stieß sie hinein. *Immer mein Rücken!* Ob sich die von Wilania-Pressito geschlagene Wunde wieder geöffnet hatte?

Nartim wandte sich zu den Verfolgern um. Nach dem Lauf atmete er heftig, er hielt die Axt in beiden Händen.

Fiafila-Ignuto wahrte Abstand zu ihm. Sie traute ihrer eigenen Kampfkunst wenig zu und wollte ihn nicht mit einem ihrer Dolchstöße verletzen.

»Das wäre auch noch schöner, wenn wir diesen Kerlen die Arbeit abnähmen!«

Wenn du eine gute Idee hast, wie wir den Abend noch erleben: Ich höre.

Siegessicher betraten ihre Verfolger den Raum. Sie waren nur noch zu viert, einer hatte wohl die Lust verloren. An einem Axtblatt schimmerte Blut.

War Fiafila-Ignuto verwundet, ohne dass sie es bemerkt hatte? Oder stammte es von jemand anderem? Midalin vielleicht?

Mit einem schnellen Blick überzeugte sie sich, dass Nartim unverletzt war.

Die vier bildeten einen Halbkreis vor ihnen, ließen sich aber Zeit.

»Was wollt ihr?«, fragte Fiafila-Ignuto. »Silber? Das werdet ihr nicht kriegen, wenn ihr uns umbringt. Überhaupt bringt euch das nur Ärger. Aber die Legion braucht immer Tagelöhner. Ich kann euch da etwas beschaffen …«

Ein in schwarzen Samt gekleideter Mann kam in den Raum. Zwei bauschige Federn wippten an seinem Hut, Juwelensplitter verzierten seine weiße Maske, auf die ein spitzer Bart gemalt war. »Ah, die Dämonenmetze bettelt«, erkannte er vergnügt. Lässig stellte er seine zusammengelegte Gliederwaffe auf den Boden und legte die Hände darauf ab. »Ich bitte Euch, macht weiter, das klingt lieblicher als die schönste Musik.«

Wieder sah Fiafila-Ignuto zu Nartim hinüber. Wegen des Tuchs war sein Gesicht nicht zu erkennen, aber er machte einen ruhigen Eindruck. Er stand aufrecht, die Axt hielt er in beiden Händen quer vor sich. Offenbar sammelte sich der erfahrene Krieger vor dem Kampf. Ob er so gut wie Nirto war? Dann könnten sie diese Kerle vielleicht wirklich überwinden.

Laufende Schritte näherten sich über den Flur, dann tauchte

Midalin in der Tür auf. Den Degen hatte sie vom Holzüberzug befreit, aber die nackte Klinge hatte sie unter den Gürtel gesteckt. In den Händen hielt sie ein ledernes Etui.

»Was machst du denn hier?«, rief Nartim. »Flieh!«

Die Kerle wandten sich halb zu Midalin um.

Sie öffnete die Lederhülle. »Luft anhalten!« Sie atmete tief ein.

Fiafila-Ignuto tat es ihr gleich.

Und dann ... warf Midalin ein Taschentuch in den Raum!

Das weiße, bläulich schimmernde Stück Stoff flatterte durch die Luft und landete zwischen den Gegnern auf dem Boden.

»Was soll das?«, fragte Ignuto.

Die Kämpfer sahen sich an. Einer lachte höhnisch, die anderen fielen ein. Sie vermuteten wohl ein Missgeschick, aber Fiafila-Ignuto war sich da nicht so sicher. Midalin war unerfahren, aber nicht dumm ...

Die junge Frau im Hexenkostüm winkte heftig zu sich hin, was ulkig aussah, weil sie wegen der angehaltenen Luft dicke Backen machte.

Irgendetwas hat es mit dem Tuch auf sich.

Fiafila-Ignuto rannte los. Sie fürchtete, die Männer würden sie aufhalten, aber sie ließen sich erstaunlich leicht aus dem Weg rempeln. Einer fiel sogar hin.

Midalin zog den Degen und lief zur Treppe. Fiafila-Ignuto folgte ihr.

In der Anstrengung ging ihr schnell die Luft aus. Ihre Lunge brannte, Funken tanzten vor ihren Augen. Aber erst, als Midalin auf der letzten Stufe aufschrie, wagte sie, wieder zu atmen.

Der Mann, den Fiafila-Ignutos Stich getroffen hatte, versperrte ihnen den Weg. Er hatte die Waffe gewechselt, jetzt benutzte er ein Hackmesser, mit dem man mühelos einen Arm durchtrennen konnte. Vor allem, wenn diesen keine Rüstung schützte. Midalin trug nur ihr albernes Kostüm!

Dennoch ging sie den Mann mit ihrem Degen an.

»Sie ist eben dämlich! Machen wir, dass wir wegkommen.«

Nicht dämlich, korrigierte Fiafila-Ignuto. *Tapfer.*

Schon beim ersten kurzen Schlagabtausch erkannte sie, dass der Gegner kein geübter Fechter war. Er benutzte das Messer für wuchtige Hiebe, wie einen Knüppel, mit dem man einen geangelten Fisch erschlug. Er besaß nichts von Nirtos katzenartiger Eleganz.

»Sonst wäre Midalin auch schon erledigt.«

Die Kameradin nagte mal wieder auf ihrer Unterlippe. Man sah ihr an, dass sie sich an ihre Lektionen zu erinnern versuchte. Wie sie den freien Arm abwinkelte und wie sie einen tiefen Stand suchte, wirkte verkrampft.

Fiafila-Ignuto warf sich zwischen sie und den Mann.

»Bist du wahnsinnig?«

Vielleicht. Vor allem bin ich gerüstet.

Sie fing das Hackmesser mit gekreuzten Armen ab. Zu ihrem Glück verkantete es sich zwischen den Dornen. Sie klemmte es ein und drehte sich um die eigene Achse.

Mit einem Schrei ließ der Mann die Waffe fahren.

Fiafila-Ignuto stieß ihm den gewellten Dolch tief in den Unterleib.

Gurgelnd brach er in die Knie.

»Da kommen sie!« Midalin sah die Treppe hinauf, wo der nobel gekleidete Herr die Männer aus dem Zimmer anführte. Sie alle taumelten wie Betrunkene.

»Raus!« Fiafila-Ignuto riss die lästige Stoffumhüllung von ihrem Kopf.

Vier maskierte Edle, der Gestalt nach junge Männer, erwarteten sie auf dem Hof. Zwei führten Degen, die beiden anderen Gliederstäbe. Sie trugen gutes Schuhwerk und samtene Handschuhe, aber auch sie waren verkleidet. Besonders lächerlich erschien Fiafila-Ignuto ein Frosch mit faustgroßen Kugelaugen auf dem Kopf.

»Lachen können wir, wenn wir in Sicherheit sind.«

Ohne zu zögern, stürzte sich Midalin auf die Männer. Mit ungelenken Schlägen griff sie zwei gleichzeitig an.

Von dieser wilden Attacke waren sie wohl überrascht. Sie wichen zurück.

Auch Fiafila-Ignuto kümmerte sich nicht um Eleganz. Mit dem Dolch in der Hand rannte sie mit voller Wucht gegen einen der Edlen. Die beiden äußeren Segmente seines Gliederstabs schlugen gegen ihre Rüstung, hatten aber zu wenig Wucht, um ihr zu schaden. Die Dornen auf der Panzerung zerstachen seinen Bauch und seine Brust. Er kreischte heiser.

Neben Fiafila-Ignuto loderten Flammen auf.

Das war Midalins Degen! Rotes Feuer umhüllte die stählerne Klinge. Die Kameradin lachte triumphierend.

Wie hat sie das gemacht?

»Nicht sie. Der Degen.«

Spürst du ihn?

»Ich spüre das Feuer.«

Heftig atmend traten ihre Verfolger aus dem Haus. Gemeinsam mit den Edlen kreisten sie die beiden Frauen ein. Niemand kümmerte sich um denjenigen, den Fiafila-Ignuto gerammt hatte. Er kniete wimmernd neben der Plattform, auf der sich der König des Waldes erhob.

Bis auf die Kämpfer hatte sich der Hof weitgehend geleert. Nur für wenige war die Sucht, sich am blutigen Spiel zu ergötzen, unwiderstehlich.

»Wir können noch immer eine Lösung finden, bei der niemand mehr verletzt werden muss!«, rief Fiafila-Ignuto.

»Du träumst«, warf der Homunkulus ihr vor. *»Sie haben alle Vorteile auf ihrer Seite.«*

Nein, dachte Fiafila-Ignuto grimmig. *Wir haben das Feuer.*

Sie konzentrierte sich auf Midalins Degen.

Fauchend fuhren die roten Flammen auf. Sie leckten über die nassen Tücher, die sich über den Hof spannten.

Bratz, der dort oben Zuflucht gesucht hatte, kreischte auf und flog davon.

Midalin war sichtlich erschrocken.

»Halt den Degen gut fest«, riet Fiafila-Ignuto.

Der König des Waldes war nicht gerade gastfreundlich zu uns. Die Flammen bogen sich zur Seite. Sie erfassten die Wurzelfigur. Sofort entbrannte sie.

Midalin schrie.

»Sie ist die Hitze nicht gewohnt.«

Fiafila-Ignuto löste den geistigen Griff um das Degenfeuer. Sofort fiel es wieder zu kleinen Flämmchen zusammen. Den Brand des Waldkönigs dagegen fachte sie an. Sie riss an den Flammen, lenkte sie den Gegnern entgegen.

Das gefällt dir, nicht wahr?

»Du bist wunderbar!«

Ihre Gegner schrien. Einige suchten Zuflucht im Hauptgebäude.

Wie dumm von euch.

Die Avatar peitschte die Flammen durch die Fenster. Sie drückte sie hinein und zwang sie höher. Sie prasselten so laut, dass sie die Schreie übertönten. Aus dem Haus antwortete ihnen das Holz des Gebälks, das nun ebenfalls Feuer fing.

Ignuto schmeckte die Angst der Eingeschlossenen. Das waren nicht nur die Angreifer, sondern auch Menschen, die hier gefeiert hatten. Ihr Schmerz war köstlich.

»Wunderbar …«

Fiafila-Ignuto lachte aus vollem Hals. Sie merkte, dass sich das Feuer nicht nur von Holz und Tuch nährte, sondern auch von ihr. Es zog an ihrer Kraft, aber es ließ sie auch seine Kraft erfahren. Es war wie ein Tier, das Beute suchte, es schlug und fraß. Doch dieses Tier kannte keinen Schmerz, war durch keine Waffe verwundbar. Es hetzte seine Opfer durch das Haus und zog dabei eine Spur aus Hitze und Rauch hinter sich her. Vor ihm lag Verzweiflung, hinter ihm Zerstörung. Krachend brach eine Zwischendecke ein.

Ausgerechnet in diesem erhabenen Moment zerrte eine mindere Kreatur an Fiafila-Ignuto.

Sie holte aus, um ihr den Panzerhandschuh ins Gesicht zu schmettern.

Sie erkannte Midalin. Die Kameradin rief etwas.

Zum Bedauern des Homunkulus drängte Fiafila-Ignuto ihren Rausch zurück. »Was willst du?«

»Nartim ist noch da drin!«

»Ein Sterblicher.«

Ein Kamerad.

Fiafila-Ignuto nickte. »Hol ihn raus.«

»Ich?«, rief Midalin.

Stumm sahen sich die Frauen an.

»Na gut.« Midalin schluckte. »Ich.«

Fiafila-Ignuto breitete die Arme aus und zog die Flammen nach oben. Hell schlugen sie aus den Dächern. Hier unten aber, am Eingang zum Haupthaus, und darüber, auf dem Weg zu dem Zimmer, in dem ihre Verfolger sie eingeholt hatten, zog die Avatar sie ab. Sie zwang sie unter ihren Willen, erstickte sie.

Midalin drückte ein Stück Stoff gegen ihr Gesicht und lief ins Haus.

Brennendes Tuch regnete neben Fiafila-Ignuto auf den Boden des Hofs. Sie fachte die Hitze im Ostflügel an, bis der Stein knackte und sprang.

»Was für ein Genuss!«

Ja …

Menschen schrien. Einige entkamen, andere verbrannten oder erstickten am Rauch. Keinerlei Gerechtigkeit lag darin.

Fiafila-Ignuto setzte denen, die es aus dem Haus schafften, nicht nach. Sie fühlte sich großmütig.

Midalin kam mit Nartim auf den Hof. Beide husteten.

»Er ist …« Midalin keuchte. »Er war ohnmächtig. Mein Tuch …«

Erschöpft gaben Fiafila-Ignutos Beine nach. Kraftlos fiel sie zu Boden.

Trotzdem lächelte sie. Das Feuer … sein Prasseln klang wie eine Fanfare, die eine Königin willkommen hieß.

Gonter wusste, dass Eivora das Sturmbanner niemals so hätte antreiben dürfen, dass es erschöpft in den Kampf ging.

Er wusste aber auch, dass sie zu spät gekommen wären, wenn sie die Nacht in Grinhoff gerastet hätten.

Außerdem vertrieb die Aufregung des Gefechts die Mattigkeit aus den Gliedern. Schreiend rammte Gonter das Schwert durch den Pelz der Kreatur vor ihm, wirbelte herum und riss die Waffe gerade rechtzeitig frei, um einen Keulenhieb zu unterlaufen, die Klinge in einen hohen Bogen zu schlagen und so beide Arme seines Gegners knapp hinter den Handgelenken zu durchtrennen. Blut schoss aus den Stümpfen. Dennoch rammte Gonter ihm den Schwertknauf gegen die Schläfe. Der Schädel krachte, der Mann brach zusammen.

Er wirbelte zu seinem vorigen Gegner herum und hob dabei das Schwert mit beiden Händen über den Kopf. Die Kreatur presste die Tatzen auf die Stichwunde und brüllte ihn hasserfüllt an.

Bei ihrem Eintreffen hatte Gonter die bärenartigen Erscheinungen für Tiere gehalten, aber das waren sie nicht. Sie gingen aufrecht, waren etwas größer als er, ihre mit Reißzähnen bewehrten Schnauzen sprangen vor, und die stark behaarten Unterarme liefen in Tatzen aus. Doch schon im Rumpf mischten sich Merkmale eines Bären mit denen eines kräftigen Mannes, und die Beine waren, obwohl sehr muskulös, eindeutig menschlich. Diese Wesen trugen sogar Hosen, meist aus dunklem Leder, und auch wenn die Tatzen keinen Griff halten konnten, waren sie bewaffnet. Mit Ledergeschirren hatte man ihnen Klingen aus Gelbjade umgeschnallt. Auch Gonters Gegenüber führte einen solchen Stoßdolch, den er jetzt auf ihn ausrichtete. Zugleich schnappte der Mannbär brüllend nach Gonters Gesicht.

Mit einem weiten Schritt rückwärts brachte er sich außer Reichweite und schlug gleichzeitig zu. Tief hackte das Schwert in den Übergang zwischen Hals und Schulter.

Das Monstrum verharrte inmitten der Bewegung, als müsse es überlegen, ob es noch lebte oder schon tot war. Dann sackte es schlaff zusammen.

Gonter riss die Klinge frei. Bei solchen Gegnern konnte er den Vorteil der vielen Zacken und kleinen Schneiden nicht ausnutzen. Sie griffen blindwütig an, es war unmöglich, sie mit geschickter Fechtkunst zu entwaffnen. Im Gegenteil, das Schwert verhakte sich oft und hing wertvolle Zeit im gegnerischen Fleisch fest. Ohne seine Kraft, die ihm ermöglichte, es immer wieder freizuziehen, hätte Gonter es aufgeben müssen.

Heftig atmend sah er sich um. Er gönnte sich, das Tuch, das Midalin ihm überlassen hatte, ein Stück unter dem Ärmel hervorzuzupfen und daran zu riechen. Der süße Duft stand in tröstlichem Gegensatz zur Härte des Gefechts.

Wahrscheinlich hatte die Sonne ihren höchsten Stand noch nicht erreicht, im grünen Halbschatten des Waldes ließ sich das nicht bestimmen. Es regnete, aber auch das bekam man hier unten nur indirekt mit. Die Tropfen prasselten auf die Blätter, und in vielen Rinnsalen stürzte das Wasser aus den Kronen zu Boden.

Für gewöhnlich kämpften die Hellebardiere aus Xanixtas Banner in geraden Schlachtreihen, eine hinter der anderen, wobei bis zu drei Reihen gleichzeitig mit den langen Stangenwaffen ins Gefecht eingriffen. Hier, in den grünen Schatten des Urwalds, konnten sie froh sein, dass sie auch andere Formationen eingeübt hatten. Die Gegner kannten keine Schlachtordnung, sie kletterten auf Bäume und sprangen von ihnen herab, sie stürmten in Horden an, sie kamen von allen Seiten, und sie hetzten ihre wolfsartigen Kreaturen auf die Söldner. Die Hellebardiere reagierten darauf, indem sie sich in Quadraten aufstellten. So konnten sie in jede Richtung kämpfen, und in der Mitte einer solchen Formation blieb Platz für Verwundete. Oftmals waren diese Klataaler, die sicher zur Expedition gehörten.

Die Hellebardiere versuchten, ihre Karrees zu vereinigen. Das war eine defensive Taktik, da sie den großen Block bei einer Bewegung in einem unwegsamen Gelände nicht beibehalten konnten. Zu oft stünden ihnen Bäume im Weg, an denen sie sich teilen müssten. Ihr Plan bestand also darin, sich nicht weiter zu bewegen, sondern auszuharren und den Gegner an ihren Klingen verbluten zu lassen.

Das Sturmbanner unterstützte sie dabei, indem es half, den Weg zwischen den drei Gruppen von Hellebardieren – einer von zwei Rotten und zweien mit jeweils noch etwa zwanzig Kriegern – freizukämpfen. »Sammeln!«, rief Gonter seinen Leuten zu.

Itena, Aster und Mehol führten ihre Gruppen heran, Bol befand sich durch das Kampfgeschehen zu weit abseits. Gonter sah ihn nicht, hörte seine tiefe Stimme jedoch im Wald rufen. Gern hätte er ihm beigestanden, aber Eivoras Befehl lautete anders. Er musste auf Bols Erfahrung vertrauen.

»Zwei Verletzte!«, meldete Mehol.

Er selbst war einer davon, Blut rann aus seiner über dem rechten Oberschenkel zerfetzten Hose das Bein hinunter.

»Kümmert euch darum und kommt nach, sobald ihr könnt!«, befahl Gonter. »Der Rest – mir nach!«

Zu dreizehnt warfen sie sich erneut in den Kampf. Auf verdrehte Weise war Gonter froh, dass die Gefahr seinen Verstand davor bewahrte, sich allzu sehr mit den widernatürlichen Kreaturen zu beschäftigen, gegen die sie vorgingen. War in den wolfsartigen Wesen nicht auch etwas von Keilern zu erahnen? Hatte man sie ebenfalls gezüchtet? Funkelte in ihren Augen gar Intelligenz?

Wenn Gonter zuschlug, hackte er nicht nur auf die Bärenmänner, die klauenbewehrten Krieger und die Wilden mit dem Jadeschmuck und den angefeilten Zähnen ein, sondern auch auf seine Angst und seine Zweifel. Er schrie, er stach, er wich zurück und drückte vor, und bei alldem wusste er seine Kameraden um sich. Auch Mehol stieß wieder zu ihnen, und gemeinsam trieben sie eine Horde von zwanzig Gegnern in die wirbelnden Hellebarden der zwei Rotten, die Xanixta persönlich befehligte. Koordiniert fuhren die Stangenwaffen nieder, wurden zurückgezogen und stießen waagerecht vor. Keine Bewegung erschien willkürlich oder überflüssig.

Selbst die sich wahnsinnig gebärdenden Kannibalen erkannten, dass sie gegen diese geschlossene Front nicht bestehen konnten. Sie versuchten zu fliehen.

Gonter setzte ihnen nach. »Macht sie nieder!«

Die meisten Wilden waren schneller als die Söldner, weil sie keine Eisenrüstungen trugen und es gewohnt waren, sich im

Wald zu bewegen. Einer jedoch hatte Probleme mit seinem Knie. Als Gonter fast nahe genug für einen Schwertstreich war, wirbelte der Mann herum und stach mit seinem Speer zu.

Die Attacke kam so schnell, dass die Gelbjadespitze Gonter beinahe im Gesicht getroffen hätte. Gerade noch rechtzeitig riss er den Kopf zur Seite, der Stoß schrammte über den Helm.

Itenas Degen zuckte vor, stach durch den violett bemalten Bauch des Wilden und trat am Brustkorb wieder aus.

Gurgelnd brach der Mann zusammen.

Itena lachte erleichtert. »Für einen Moment dachte ich, er hätte dich erwischt.«

Gonter grinste. *Merkwürdig, wie lebendig man sich ausgerechnet auf einem Schlachtfeld fühlt.* »Keine Sorge, ich …«

Schreie ließen ihn aufmerken. Ein markerschütterndes Gebrüll war darunter, das unmöglich ein Mensch ausgestoßen haben konnte.

»Das ist Asters Gruppe«, meinte Itena.

Tatsächlich war sie in der Verfolgung weiter vorgedrungen, sie musste sich hinter der nächsten Anhöhe befinden. »Sehen wir nach.« Gonter warf noch einen letzten Blick auf den Wilden, den Itena erstochen hatte, dann rannten sie los.

Auf der Kuppe mussten sie erkennen, dass sich das Schlachtenglück gewendet hatte. Die Söldner waren in Bedrängnis. Die Wilden und selbst die Bärenmänner stellten das geringere Problem für Asters Leute dar. Ihnen machte ein riesiger Affe mit feuerrotem, zotteligem Fell zu schaffen. Er brüllte so laut, dass es in den Ohren schmerzte, und wenn er seine Faust auf den Boden schmetterte, bebte die Erde. Er war an die acht Schritt groß, und seine Arme waren ebenso lang. Einige Pfeile steckten in seiner Brust, schienen ihn jedoch nicht zu stören, und mit Schwertern oder Äxten war ihm nicht beizukommen.

Gonter hätte den Rückzug befehlen können, aber hinter dem Affen lagen drei verletzte Söldner auf dem Boden. Eilan erkannte er an dem weißen Nackentuch, Okko am Kampfschild mit den beiden Hörnern, vom dritten sah er nur die reglosen Beine, der Rest lag hinter einem Gebüsch.

Er würde sie nicht aufgeben! Gonter streckte sein Schwert empor und wollte schon den Sturmlauf befehlen, aber Itena hielt ihn zurück.

»Hier sollten wir geplant vorgehen«, riet sie. »Meine Gruppe rechts herum, Mehol links. Wir lassen den Affen ins Leere laufen und nehmen die anderen in die Zange. Wenn wir mit denen fertig sind, kümmern wir uns um das Biest.«

Gonter nickte. »So machen wir es!«

Itena führte ihre fünf Krieger den Hang hinunter. Mehol verstand ohne Erklärung und nahm die andere Flanke.

Gonter überlegte, wem er sich anschließen sollte. Itenas Ausführungen machten Sinn, aber Aster war in echten Schwierigkeiten. Mit ihren letzten beiden Kriegern versuchte sie, zu den Verwundeten durchzukommen, doch der Affe stand im Weg, und die anderen Gegner setzten ihr an der linken Seite zu. Sie konnte jede Verstärkung gebrauchen. Gonter rannte zu ihr.

Er kam gerade noch rechtzeitig, um einem schon am Boden liegenden Gegner die Krallenkeule aus der Faust zu treten, die er mit letzter Kraft gegen Iskon schwang. Sie hätte dem Krieger eine Wade aufgerissen. So flog die Waffe harmlos ins niedergetretene Gras. Gonter stach sein Schwert in die Kehle des Wilden. Die Kette aus Jadeplättchen bot keinen Widerstand.

Iskon bemerkte nicht, welchen Dienst Gonter ihm erwiesen hatte. Er war vollauf mit einem Bärenmann beschäftigt, der mit weiten Tatzenhieben auf ihn eindrang.

Gonter fasste Iskons Gürtel und riss ihn zurück.

Wo der Krieger eben noch gestanden hatte, donnerte die Faust des Affen auf den Boden. Sie streifte den Bärenmann, der benommen zur Seite taumelte. Unwillig brüllte der Affe, wobei sich die Lippen weit von den spitzen Hauern zurückzogen. Er konnte den Kiefer in einem weiteren Winkel öffnen, als es einem Menschen möglich war. Dieses Maul vermochte einen ausgewachsenen Mann zu verschlingen!

Jetzt schlug jedoch ein Speer in den Gaumen. Die Augen des Ungeheuers quollen vor. Es grunzte ungläubig.

Mit einem trotzigen Ausdruck starrte Aster zum Affen hinauf. Sie wechselte einen zweiten Speer in die rechte Hand. Offenbar hatte sie die Waffe den Wilden abgenommen, das trübe Licht des Tages schimmerte auf der gelben Spitze aus gebrochenem Jade.

Der angeschlagene Bärenmann forderte Gonters Aufmerksamkeit ein. Er stapfte erneut auf ihn und Iskon zu. Aus mehreren Schnitten blutete er an der Brust und am rechten Bein. Speichel troff von seinen Lefzen.

Gonter griff mit einem schrägen Spalthieb an, doch der Gegner war beweglicher, als die massige Gestalt vermuten ließ.

Er pendelte zur Seite und schlug das Schwert weg. Das Maul schloss sich um Gonters Schulter. Das Kettenhemd knirschte. Er spürte den Druck, als steckte er in einem Schraubstock, und die Stiche, wo die längsten Zähne durchdrangen. Gegen das Gewicht und die Kraft konnte er nicht standhalten, er stolperte zurück und versuchte, auf den Füßen zu bleiben.

Ein Ruck ging durch seinen Gegner, als Iskon die Sichel zwischen die Schulterblätter des Bärenmanns schlug.

Gonter gelang es, trotz der Nähe die Schwertspitze auf den Leib auszurichten. Dafür musste er die Hand weit zurücknehmen und hatte nur noch wenig Kraft für einen Stoß. Bei einem menschlichen Gegner hätte das keine Rolle gespielt, aber die Haut des Bärenmanns war zäh wie Leder, obwohl sein Oberkörper dem eines Menschen glich. Gonter presste die Zähne zusammen. Er drückte das Schwert mehr in seinen Kontrahenten hinein, als dass er es gestoßen hätte. Seine Schulter knirschte im malmenden Biss des Bärenmauls.

Wieder schlug Iskon zu, und endlich wich die Kraft des Gegners.

Gonter löste sich. In der Rückwärtsbewegung schwang er das Schwert unter die Schnauze und trennte dabei den Unterkiefer ab.

Iskon schlug die Sichel mit der Spitze voran in den Brustkorb. Das trieb das Leben aus dem Monstrum.

Gonter betastete seine Schulter. Sie pochte und blutete, aber anscheinend ging die Wunde nicht allzu tief. Einige Ringe des

Kettenhemds waren verbogen, doch die Struktur der Rüstung hielt. Sie würde ihm nicht vom Arm rutschen.

Iskon war schon wieder mit dem nächsten Gegner beschäftigt. Aster entdeckte Gonter nicht, aber der Affe schien genug zu haben. Er wandte sich ab.

Gonter wollte schon Iskon beispringen, als das turmhohe Monstrum nach dem verletzten Eilan griff. Die langfingrige Pranke vermochte den Mann an der Brust zu umfassen. Der Affe hob ihn hoch.

Wollte er ihn etwa fressen?

Gonter schrie. »Hier bin ich, du Biest! Stell dich!«

Der Affe setzte sich. Die Beine waren vergleichsweise kurz, der Oberkörper aber so lang, dass der Kopf zwischen die Baumkronen aufragte. Mit einer Hand stützte sich das Tier auf dem Boden ab, die andere hob Eilan zur Schnauze, aus der jetzt zwei Speere ragten, die wohl verhinderten, dass sich das Maul vollständig schloss. Die Zähne blieben dennoch tödliche Waffen. Sie konnten den Kopf des bewusstlosen Kriegers mit einem Ruck abtrennen.

Um die Aufmerksamkeit des Affen auf sich zu lenken, schlug Gonter das Schwert aus vollem Lauf in seine Fußsohle.

Auch wenn er keinen echten Schaden anrichtete, zuckten die Zehen. Für das Ungeheuer mochte es sich anfühlen wie für einen Menschen, der barfuß in eine Scherbe trat.

Schreiend holte Gonter nochmals aus. Diesmal zielte er auf eine Zehe. Er legte den Schwung aus einer Körperdrehung in den Hieb. Die Klinge schnitt durch ledrige Haut, Fleisch, Knochen und Sehnen, trennte den kleinen Zeh ab und schlug tief in den nächsten.

Dunkles Blut quoll aus der Wunde. Der Affe brüllte und ließ Eilan fallen, der dadurch vier Schritt in die Tiefe fiel. Sein Glück war, dass er nicht auf den Boden prallte, sondern auf das Bein des Monstrums, dank des langen roten Fells eine vergleichsweise weiche Landung.

Nun jedoch griff die Pranke nach Gonter.

Parieren konnte er diesen Angriff nicht, und auch an Weglaufen war nicht zu denken. Also schlug er zu und schnitt zwischen Daumen und Zeigefinger in die Hand.

Wieder brüllte das Ungeheuer, packte aber dennoch zu und hob Gonter an. Der Griff quetschte Gonter die Luft aus der Lunge, das Kettenhemd knirschte, seine Rippen knackten.

Zischend presste er die Zähne zusammen. *Ich muss mein Schwert festhalten!*, dachte er. *Meine Waffe ist meine Freiheit!*

Seine Beine strampelten in der Luft, er wurde hochgehoben. Der Affe zog ihn am Maul mit den beiden darin steckenden Speeren vorbei vor die Nüstern, die sich in der runden Schnauze öffneten. Wenn er Gonter noch ein wenig weiter anheben … vor die Augen … damit er einen Stich …

Aber diesen Gefallen tat ihm das Ungeheuer nicht. Es beschnüffelte ihn. Der faulige Atem schlug Gonter ins Gesicht.

Er konnte nur flach Luft holen. Bald würde er die Besinnung verlieren. Oder der Affe drückte fester zu und zermalmte seinen Brustkorb. Oder er würde die Zähne zur Hilfe nehmen, um ihm den Kopf abzureißen.

Gonter musste sofort handeln. Mit aller Kraft stieß er das Schwert tief in ein Nasenloch.

Brüllend riss der Affe den Kopf in den Nacken. Das Schwert hing mit den Widerhaken fest und entglitt Gonters Griff.

Wie angespitzte Pfähle einer elfenbeinernen Palisade ragten die Zähne vor Gonter auf. Dahinter öffnete sich der finstere Schlund. Die Pranke hielt ihn unbarmherzig in ihrem Griff und schob ihn der Dunkelheit entgegen. Die feuchte Wärme des Mauls umfing ihn.

Mit beiden Händen fasste Gonter den Schaft eines der beiden Speere, die im Gaumen des Ungeheuers steckten. Er stieß die Waffe aufwärts.

Asters Wurf war kräftig genug gewesen, um den Knochen zu durchdringen, auch wenn der Speer dann stecken geblieben war. Nun aber gelang es Gonter, die Waffe den entscheidenden Schritt weiter hinaufzutreiben – ins Hirn der Bestie.

Der Affe röchelte. Er kippte zur Seite, und der Griff um Gonter löste sich.

Der Krieger ruderte mit den Armen und fand Halt im zotteligen Fell, was dem Aufprall etwas von seiner Wucht nahm. Er keuchte.

Die erste Sorge galt seinem Schwert – *meine Rüstung ist mein Leben, meine Waffe ist meine Freiheit.* Als er es aus dem Fleisch des toten Riesen befreit hatte, wandte er sich Eilan zu.

Der Kamerad war bewusstlos, atmete aber noch. Der Eisenharnisch hatte ihm das Leben gerettet, doch jetzt bedrohte er es. Der Affe hatte den Brustkorb nicht zerquetschen können, aber seine Finger hatten tiefe Dellen ins Metall gedrückt. Bestimmt waren einige Knochen gebrochen, und jetzt behinderte das Eisen das Luftholen.

Gonter zog seinen Dolch und zerschnitt die Schnallen, die den Harnisch hielten. Auch die Scharniere hatten sich verzogen, er ließ sich nicht mehr leicht aufklappen.

Itena näherte sich mit in den Hüften wiegendem Gang, als hätte nicht gerade noch ein gnadenloses Gemetzel um sie herum getobt. Den Degen hatte sie lässig auf der Schulter abgelegt.

Gonter sah sich um.

Die Schlacht war vorbei. Von den Kannibalen waren nur noch Leichen zu sehen, die anderen waren geflohen. Die Söldner fanden zusammen und kümmerten sich um ihre verwundeten Kameraden.

Anerkennend wanderte der Blick aus Itenas gesundem Auge über die gewaltige Leiche, die hinter Gonter lag. »Hammerschlag!«, befand sie grinsend.

»Hammerschlag«, bestätigte Gonter den Kampfruf des Klingenrauschs.

»Soll ich dir damit helfen?«, fragte sie.

Er nickte.

Sie hockte sich neben ihn. Gemeinsam hebelten sie den Harnisch auf. Das wattierte Gewand darunter hatte sich an der linken Seite mit Blut vollgesogen.

Gonter beugte sich vor und schnitt es auf.

»Halt still!«, forderte Itena.

Er erstarrte. »Was ist?«

»Du hast so einen Pfeil im Hals. Wie dieser Weibel von den Schanzknechten.«

»Zieh ihn raus!«

»So einfach ist das nicht.« Sie zog ein kleines Messer. »Du weißt doch, die Widerhaken … nicht bewegen!«

Mit spitzen Fingern griff sie etwas außerhalb seines Sichtfeldes, und er spürte einen Stich. Da steckte wirklich ein Giftpfeil in seinem Hals!

Itena fasste das Messer an der Klinge, um die Spitze präzise führen zu können. Er spürte ihren Atem auf der Haut und kurz danach einen Schnitt.

»Na komm schon …«, murmelte die Kameradin.

Er sah nur die linke Seite ihres Gesichts und auch diese nur am Rande seines Blickfelds. Die Augenklappe ähnelte der dunklen Höhle in einem Totenschädel.

»Na also.« Itena richtete sich auf und hielt ihm den Pfeil hin. »Da ist er.«

»Ist das Gift schon in der Wunde?«

Sie fing die Hand ab, mit der er an seinem Hals tasten wollte.

»Besser, wir holen es raus.« Sie zwinkerte ihm zu, was seltsam aussah, weil sie nur ein Auge hatte. Dann beugte sie sich vor.

Warm und weich spürte er ihre Lippen auf seiner Haut und den Sog, mit dem sie die Flüssigkeit aus der Wunde holte.

Ob Gift dabei war, konnte er nicht erkennen. Als sie ausspuckte, sah er nur Blut. Noch dreimal saugte sie die Wunde aus, beim letzten Mal spürte er den zärtlichen Druck ihrer Zunge.

»Denkst du, das reicht?«, fragte er.

Sie grinste keck. »Was meinst du?«

Er räusperte sich. »Wir müssen uns um Eilan kümmern.«

Sofort wurde sie ernst. »Ja, du hast recht.«

Sie entdeckten, dass mehrere Rippen gebrochen waren. Eine davon war durch die Haut gestochen, daher kam das Blut. Gonter legte einen Verband an, während Itena mit einem Kameraden eine Trage baute. Damit transportierten sie den noch immer bewusstlosen Eilan über den Hügel zurück zur Haupttruppe.

Das Wetter verschlechterte sich in der Zwischenzeit. Der Regen wurde stärker, Blitze zuckten, und Donner rollte zwischen den Bäumen.

Die Hellebardiere stellten Posten auf, während Xanixta das Schlachtfeld abschritt. Es ging darum, Verwundete zu finden und Ausrüstung zu bergen. Keine leichte Aufgabe in diesem unübersichtlichen Gelände.

Das Sturmbanner sammelte sich bei seinem Feldzeichen. Gonter war der letzte Rottmeister, der eintraf. Die anderen hatten ernste Gesichter, auch Eivora.

»Gut, dass du kommst«, begrüßte sie ihn. »Bring deine Rotte in Marschbereitschaft. Wir müssen weiter.«

»Was?«, entfuhr es ihm.

Blitze krachten, ein Baum ging in Flammen auf.

Eivora lachte. »Das ist unser Wetter! Die Wilden werden nicht damit rechnen, dass wir uns den Traumsaft zurückholen, den sie den Klataalern abgejagt haben.«

Der Angriff des Klingenrauschs fand die Nachhut der Wilden – wenn man diesen disziplinlosen Haufen denn so bezeichnen wollte – vollkommen unvorbereitet. Während eine Rotte Hellebardiere bei den verwundeten Söldnern und den Klataalern zurückgeblieben war, formte Xanixta die anderen drei zu sechs kompakten Kampfformationen. Diese Einheiten waren agil genug, um rasch zwischen den Bäumen vorzurücken. Dennoch konnten sie mit jeweils etwa zehn Kriegern ausreichend Schlagkraft entwickeln, um die Bärenmänner und die Wilden zu zerlegen, die sich in kleinen Gruppen an den Leichen gütlich taten. Für Eivora war es ein erhebender Anblick zu beobachten, wie rasch diese Blöcke aus Hellebardieren schwenkten, wendeten, die Gegner aufeinander zu trieben und mit den Stößen und Hieben ihrer Stangenwaffen niederstreckten. Die jetzt in schneller Folge niederkrachenden Blitze leuchteten auf Klingen und Helmen, der Donner übertönte die Todesschreie.

Die vier Rotten des Sturmbanners hatten das Kampffeld vorher umstellt und sorgten dafür, dass sich die Gegner nicht zu einem massiven Flankenangriff formierten. Nur im Osten ließen sie eine Lücke, um diejenigen, die fliehen wollten, entkommen zu lassen. Ohne eine solche Möglichkeit musste jeder Gegner bis zum Tode kämpfen, und das trieb die eigenen Verluste in die Höhe. Die Rottmeister setzten ihnen jedoch weit genug nach, um sicherzustellen, dass sie sich nicht für einen Gegenangriff zusammenfanden.

Eivora bezweifelte, dass sie das überhaupt vorhatten. Sie schritt den Hang hinunter, um das Schlachtfeld hinter den Hellebardieren abzugehen. Erl blieb an ihrer Seite, für ihn hatte sich keine andere Rolle im Gefecht gefunden.

»Sind sie fort?«, fragte er.

Der Wehrbauer hatte jetzt eine bessere Axt als jene, die er für seinen Herrn geführt hatte. Das Blatt war mit einer langen, gebogenen Schneide versehen, auf der gegenüberliegenden Seite erlaubte ein gerader Dorn, eine Panzerung zu durchdringen. Schwarze Haare klebten auf dem blutigen Eisen.

»Wir haben sie überrascht«, meinte Eivora, »und sie waren träge. Diejenigen von ihnen, die noch leben, tun gut daran wegzubleiben.«

Leichen lagen zwischen den Bäumen. Die Kronen hielten den starken Regen nicht mehr zurück. Er wusch die Körper sauber, was oft keinen schönen Anblick offenbarte. Hellebarden schlugen tiefe Wunden, manchmal trennten sie Gliedmaßen ab, manchmal hing ein Bärenarm auch noch an ein paar Fasern und etwas Pelz. Dennoch boten diejenigen, die unter den Waffen des Klingenrauschs gefallen waren, einen weniger verstörenden Anblick als die Opfer, die die Wilden gefordert hatten. Einem Söldner hatte eine Pranke das halbe Gesicht weggerissen, einem anderen hatte ein Schlag auf den Kopf trotz des Helms den Schädel zermalmt. Wer dem ersten Aufeinandertreffen der Kannibalen mit den Hellebardieren und den Klataalern zum Opfer gefallen war, den hatte es am schlimmsten getroffen. An ihnen hatten sich jene gütlich getan, die sich nicht der Verfolgung angeschlossen hatten. Bei manchen konnte man sich wenigstens noch einreden, dass die tierischen Gefährten der Wilden ihren Hunger gestillt hatten. Wenn etwa ein Bauch aufgerissen und ausgeweidet war oder wenn Bisswunden in einem Hals klafften. Aber bei anderen hatten die Menschenfresser eindeutig Werkzeug verwendet. Ein Unterschenkel war abgetrennt und das Schienbein der Länge nach gespalten worden, um das Mark herauszukratzen. Die Steinklinge, die man dafür benutzt hatte, lag sogar noch daneben. Eivora hockte sich hin und hob sie auf.

»Was wollt Ihr damit?«, fragte Erl.

Im Regen war er eine besonders traurige Gestalt. Sein Helm war zu groß, er stopfte ihn mit einem Tuch aus, dessen Zipfel nass über beide Wangen hingen. Da er wegen des Buckels leicht vorgebeugt stand, lief die Nässe nicht nur in seinen Nacken, sondern fiel auch in dicken Rinnsalen von seinem Kopf zu Boden.

Eivora lachte. *Beinahe, als würde er weinen wie ein angestochener Wasserschlauch.*

Verständnislos sah er sie an.

Sie stand auf, warf das Steinwerkzeug hoch und fing es wieder auf. »Ich versuche, unseren Gegner zu verstehen. Vollkommen primitiv, unorganisiert, keine Vorstellung von Strategie … und doch ist er uns auf manchen Gebieten überlegen.«

»Wir kämpfen nicht gegen Männer und Tiere«, sagte Erl düster. »Es ist dieser ganze Wald, der gegen uns steht. Es stört ihn nicht, wenn wir einen Feind erschlagen oder auch hundert. Er gebiert immer neue und speit sie uns entgegen.«

»Bist du sicher, dass du ein Bauer bist und kein Philosoph?« Er redete wie Imker Eligon.

Nachdenklich betrachtete er seine Axt.

Eivora schob die Finger in ihren rechten Ärmel und kratzte sich am Unterarm. Gern hätte sie das auch an der anderen Seite getan, aber dazu hätte sie die Armbrust abschnallen müssen. Sie konnte an keine Stelle ihres Körpers denken, ohne dass sie juckte.

Sie hatte ihre Kleidung seit mehreren Tagen nicht abgelegt, aber so etwas brachte ein Feldzug mit sich, und früher hatte sie sich zwar dreckig gefühlt, aber nicht, als ob sich Ameisen in ihren Sachen eingenistet hätten. Die Ursache dafür lag darin, dass ihre Sinne verrücktspielten. Anfangs war sie sich nur betäubt vorgekommen, inzwischen kamen die Schübe, in denen sie völlig aufgekratzt war, in kurzen Abständen. Dann erschienen ihr einzelne Farben grell, mal Gelb, mal das Blau von dem Fetzen, den Gonter neuerdings mit sich herumtrug. Besonders schlimm war es, wenn es das Grün betraf. Dann konnte sie nur mit gesenktem Blick durch den Wald marschieren. In solchen Momenten der Überempfindlichkeit fand sie schon den sanften Druck von Aglix' Füßchen auf ihrem Hals unangenehm, und die Baumrinde stank so sehr, dass es ihr den Atem raubte. Nur mit ihren Ohren hatte sie kein Problem, der Gewitterdonner war beinahe angenehm.

Erl und sie folgten weiter den Hellebardieren. Xanixtas Formationen kamen schnell vorwärts, nur noch wenige Gegner leisteten Widerstand. Auf dem Schlachtfeld lagen auch Tragegeschirre, Säcke und Taschen, erschlagene Lasttiere mit Packsätteln und Kisten mit Tragestangen. Vergeblich hielt Eivora Ausschau nach Wasserschläuchen. *Wo ist der Traumsaft?* Das grüne Gold würde ihr Linderung bringen, das wusste sie. Der Flug des Feuervogels war eine ferne Erinnerung, er kam ihr wie ein Märchen vor. Doch das war er nicht. Sie hatte den Wind unter den Flügeln gespürt, und so würde es wieder sein!

Ein Grollen ließ sie zusammenzucken.

Der Bärenmann, der unter einem geknickten Baum lag, war gar nicht tot! Er hatte zwar eine so tiefe Wunde über dem rechten Ellbogen empfangen, dass der Arm darunter nur noch nutzlos baumelte, aber das hatte seinen Kampfesmut nicht erstickt. Er kam auf die Beine und wankte ihnen entgegen.

Eivora riss ihr Kurzschwert aus der Scheide.

Mit unerwarteter Schnelligkeit schlug die gesunde Pranke gegen das Metall und riss die Waffe aus ihrer Hand. Verdutzt sah Eivora ihr nach, während sie sich im Regen überschlug und auf einen Stein prallte.

Erl schrie mit kippender Stimme. Er sprang neben ihr vor. Seine Axt krachte auf den Bärenschädel. Sie drang nicht ein, trennte aber ein Ohr ab.

Blut quoll hervor. Der massige Gegner umarmte Erl, zog ihn an sich und brüllte mit aufgerissenen Fängen in sein Gesicht.

Eivora zog den Sicherungsring fort, hob die Linke und löste die Armbrust aus. Als Nahkämpferin war sie schlecht, aber auf diese Entfernung brauchte sie nicht einmal zu zielen, um den Bolzen ins Auge des Bärenmanns zu jagen.

Mit einem dumpfen Geräusch fiel der Gegner auf den Boden.

Die Zeit für den Schuss wäre ihr ohne Erls Eingreifen nicht geblieben. »Danke«, sagte sie.

Er tastete über seine Brust, als müsste er sich überzeugen, dass er unverletzt war. »Du bist fürchterlich«, stammelte er. »Dein kaltes Herz … aber besser als die da bist du allemal.«

Eivora betrachtete den toten Tiermenschen. *Bin ich nicht auch wie sie?* Schließlich sehnte sie sich danach, wieder ein Tier zu werden. Zwar kein blutrünstiger Bär, sondern ein Vogel … aber sie bezweifelte nicht, dass dieselbe Kraft, die sie in einen Feuervogel verwandelte, auch diese Chimären geschaffen hatte. Möglich, dass Erl der Wahrheit nahekam, wenn er in Arzulans Urwald eine große, böse und zugleich lockende Kraft vermutete. Hinter der Verehrung Eligons und seines Zirkels mochte mehr stecken als ein Hirngespinst.

Darüber könnte sie nachdenken, wenn sie wieder vollständig Herrin ihrer Sinne wäre. Nach dem nächsten Schluck Traumsaft. Einmal wollte sie diesen Rausch noch erleben.

Sie spannte die Sehne. »Du bist tapfer«, lobte sie Erl. »Ich bin sicher, es gibt in Rorgator Einheiten, die dich akzeptieren würden. Nicht der Klingenrausch, aber wenn ich ein gutes Wort für dich einlege … bei den Feuerrossen oder den Eisernen Gefährten könntest du viel Silber verdienen.«

»Ich will nur heim«, erwiderte er trocken. »Weg aus diesem Land. Zurück auf meinen Hof.«

Nachdenklich nickte sie. »Ich kümmere mich darum.«

In seinem Blick lag die Frage, ob sie das ernst meinte.

Das tat sie. Er hatte wirklich tapfer gekämpft und eine Belohnung verdient. Aber es war nicht gut, wenn man einfache Krieger zu sehr lobte. Sie legte einen neuen Bolzen ein, sicherte ihn, nahm das Kurzschwert auf und setzte ihren Weg fort.

Gonter brachte einen Klataaler zu ihr. »Er hat sich auf einen Baum geflüchtet.«

Das war eine beachtliche Leistung, wenn man berücksichtigte, dass sein linker Unterarm angefressen war. Er hatte sich mit einem straff angezogenen Riemen vor dem Verbluten gerettet. Dumm war er nicht, aber zumindest vorerst hinüber. Stumpf starrte er aus einem bleichen Gesicht in den Regen.

»Wer bist du?«, fragte Eivora.

Er reagierte nicht, aber Gonter räusperte sich.

Erst jetzt sah sie den gelben Adler auf dem verdreckten und zerrissenen Wappenrock. »Torias von Kaltmühl? Seid Ihr das?«

Er hob den Blick und bewegte die Lippen, aber kein Laut verließ seinen Mund.

Ja, jetzt erkannte sie ihn wieder. Das regennasse Haar, der Ausdruck des Schreckens auf seinem Gesicht, die zerlumpte Kleidung … das hatte ihn verändert, aber er war es. Derjenige, der schon einmal einen Trupp in den Urwald geführt hatte. Gonter hatte ihn herausgehauen, damals war er unverletzt geblieben. Dennoch musste er eine ergiebige Quelle für den Traumsaft kennen, wenn er in den Wald zurückgekehrt war.

»Wo ist das grüne Gold?« Eivora netzte ihre Lippen. »Wo habt Ihr den Traumsaft?«

Er redete noch immer lautlos.

Sie tätschelte seine Wange. »Wo ist er? Habt Ihr ihn wieder in Weinschläuche gefüllt?«

»Lass ihn.« Gonter zitterte. War ihm etwa kalt? »Du siehst doch, wie mitgenommen er ist. Sein Arm …«

»Seit wann braucht man einen Arm, um zu antworten?«, fuhr Eivora ihn an.

Sie strich das Haar aus Torias' Gesicht. »Wo habt Ihr den Traumsaft?«

Er konnte noch immer nicht sprechen, sah aber hinüber zu einem halb aufgefressenen Maultier, auf dessen Lastsattel ein Dutzend kleiner Fässchen geschnallt war.

»Ah, du bist wach. Gut. Es wurde Zeit.«

Fiafila-Ignuto stöhnte. In ihrem Mund war der Geschmack von Rauch, und in ihrem Kopf pochte ein Schmerz, als schlüge ein Zwerg von innen einen Hammer gegen ihre Stirn.

Sie hörte eine Flüssigkeit gluckern. »Steh auf. Wir haben etwas zu bereden.«

»Das ist Iskalas Stimme, und sie klingt unfreundlich. Besser, du tust, was sie sagt.«

Widerwillig schlug Fiafila-Ignuto die Augen auf. Über ihr sah sie eine Decke aus unverputztem Stein, was die Vermutung nahelegte, dass sie sich in ihrem Quartier im Schuldturm befand.

»Das Feuer im Palast wird zu einem Problem.« Eine Frauenhand mit heller Haut und spitz gefeilten Fingernägeln erschien in ihrem Blickfeld. Sie hielt einen Zinnbecher. Der Arm verschwand in einem weiten roten Ärmel.

»Können wir nicht später darüber sprechen?«, brachte Fiafila-Ignuto mühsam hervor.

»Oh, natürlich kann ich mich jederzeit nach deiner Bequemlichkeit richten«, versicherte Iskala. »Ich bin ja nur eine Kampfherrin. Was spielen meine Wünsche schon für eine Rolle? – Moment, vielleicht trage ich ja die Verantwortung für eine Legion? Und möglicherweise kommt diese Legion allmählich in Schwierigkeiten, weil unser Dienstherr zunehmend bedrängt wird, unseren Kontrakt zu beenden? Aber bestimmt kannst du mir jemanden empfehlen, der eher gewillt und in der Lage ist, diese Dinge mit mir zu besprechen. Wie wäre es mit deiner Magd?«

Fiafila-Ignuto wischte über ihr Gesicht. Sie drückte sich hoch, schob die Beine über die Bettkante und setzte sich auf. Ihre Vermutung bestätigte sich, sie befand sich in ihrer Kammer. Sie trug nur ihre Wäsche, die Rüstung hing auf dem Gestell.

»Also, was gibt es?« Sie nahm den angebotenen Becher.

»Ich will wissen, ob sich unsere Avatar noch unter Kontrolle hat.« Selten sah man Iskala so wütend. Meist schwebte sie über den Dingen, allenfalls genoss sie es, andere zur Weißglut zu treiben. Jetzt aber zog sie die Brauen über ihren roten Augen zusammen, sodass sich die Haut um den in ihre Stirn eingesetzten Rubin kräuselte.

Fiafila-Ignuto nahm einen Schluck. Es tat gut, den Rauchgeschmack wegzuspülen. »Man hat uns angegriffen.«

»Fünf Adlige und siebenundzwanzig Bürger haben euch nach dem Leben getrachtet?«

»So viele Bürgerliche waren es nicht. Eine Handvoll Schläger und ...«, Fiafila-Ignuto überlegte, »... sechs Edle, glaube ich.«

»Trotzdem sind fünf Adlige und siebenundzwanzig Bürger gestorben.« Iskala verschränkte die Arme. »Was hast du dir dabei gedacht?«

Es missfiel der Avatar, zu ihrem Gegenüber aufzusehen, aber sich in einem Untergewand vor sie zu stellen, wäre auch nicht besser gewesen, und um sich anzukleiden, fühlte sie sich zu matt.

»Noch einmal: Hast du deine Fähigkeiten unter Kontrolle?«, fragte Iskala streng.

»Vor allem besitze ich Fähigkeiten«, murrte Fiafila-Ignuto.

»Oh ja, dieses Feuer war wunderbar! So etwas wird Iskala in ihrem ganzen Leben nicht zustande bringen. Die alte Quacksalberin!«

So alt ist sie noch nicht. Knapp vierzig.

»Mit dem Schwert könnte sie nicht mehr dienen.«

»Wer ist Wilania-Pressito?«, wollte Iskala wissen.

»Woher kennst du diesen Namen?«

»Du hast ihn im Schlaf genannt. Klingt nach einer Avatar.«

»Verrate ihr nichts von unseren Schwierigkeiten!«

Sie wird es ohnehin herausfinden. Spätestens, wenn wir das Schwertfeuer in einer Schlacht nutzen wollen.

Fiafila-Ignuto nickte. »Sie war eine Avatar, ja. Hat mich in einige Dinge eingeführt. Aber dann gab es Ärger mit ihr.«

»Was für eine Art von Ärger?«

Fiafila-Ignuto machte eine wegwerfende Handbewegung. »Das hat sich erledigt. Aber wir haben ihren Geist benutzt, um Kester an das Schwertfeuer zu binden.«

Iskala blinzelte ungläubig. »Um unseren letzten Flammenbringer an unser wichtigstes Artefakt zu binden, benutzt du den Geist von jemandem, der Ärger macht? Bitte sage mir, dass du nicht so dumm bist!«

»Freiwillige sind rar, wenn es darum geht, sich für eine Ewigkeit in Ruhelosigkeit und Dienst zu binden!«, fauchte Fiafila-Ignuto.

»Lass mich raten: Es funktioniert nicht so, wie du es dir gedacht hast.«

»Nein«, brummte Fiafila-Ignuto. »Wilania-Pressito macht immer noch Ärger. Im Schwertfeuer hat sie Kraft, und sie vereitelt meine Bemühungen, wenn ich mit ihm arbeite.« Sie überlegte, ob sie die Verletzung an ihrem Rücken erwähnen sollte, entschied sich aber dagegen. Yra wechselte den Verband zweimal am Tag, die Wunde heilte gut.

»Was wirst du deswegen unternehmen?«

»Ich weiß noch nicht.« Fiafila-Ignuto drückte ihre Nasenwurzel. »Ich muss mich erst kundig machen.«

»Ich hoffe, das gelingt dir«, versetzte Iskala schneidend. »Hier haben wir keine Dämonentempel, in denen du Schriften zu Geistern und Beschwörungen finden kannst.«

»Aber es gibt einen Kult, der sich mit Geistern beschäftigt.«

»Vielleicht«, schränkte Iskala ein. »Wir wissen nicht genau, womit sich diese Verehrer des Waldes befassen. Tiere, Traumsaft, die grünen Schatten der Baumriesen … das ist alles wirr.«

»Gib mir ein paar von ihnen, und ich finde alles heraus, was sich von ihnen erfahren lässt.«

»Das hier könnte länger dauern.« Iskala griff sich einen Stuhl, knallte ihn einen Schritt vor dem Bett auf den Boden und setzte sich. »Offenbar hast du immer noch nicht begriffen, dass wir Probleme mit unserem Dienstherrn haben. Gut möglich, dass wir unsere Basis in Faarinar aufgeben müssen. Dann dürfen wir es uns in unseren Zelten gemütlich machen. In einem Land, in dem es ständig neblig ist, zweimal am Tag regnet und einmal alle zwei Tage stürmt.«

»Da ist mehr dran an diesem Kult. Eivora meint …«

»Eivora«, unterbrach Iskala scharf, »spricht sich mit niemandem mehr ab und rennt kopflos in den Urwald. Ich hoffe, du willst sie nicht nachahmen.«

»Nein.« Entschieden schüttelte sie den Kopf. Der Homunkulus erhitzte sich, sie spürte es auf der linken Seite ihres Gesichts. Gemessen daran, dass sie ein Mensch war, respektierte er Iskala, doch diese Behandlung wollte er nicht hinnehmen. »Aber wenn wir diese Kultisten verhören, können wir herausfinden, …«

Iskala beugte sich vor und starrte Fiafila-Ignuto direkt in die Augen. »Noch mal ganz langsam: Wir werden nur beobachten, und das, wenn irgend möglich, unbemerkt. Wir werden niemanden mehr provozieren. Insbesondere werden wir keinen Brand mehr legen, in dem jemand umkommt, den der Baron vermissen könnte, der uns bezahlt.« Sie lehnte sich wieder zurück. »Wir sind Söldner. Wir brechen keinen Konflikt vom Zaun. Wir schlagen die Schlachten derjenigen, die uns bezahlen. Wenn wir uns mit diesem Kult anlegen, bringt das kein Silber.«

Fiafila-Ignuto drängte ihre Wut zurück. »Ich verstehe.«

»Das freut mich. Und ich hoffe, dass deine Gelüste nie wieder über deinen Verstand triumphieren.«

Sie stand auf und begab sich zur Tür. Mit der Klinke in der Hand drehte sie sich um. »Ich erwarte, dass du das Problem mit dieser Wilania-Pressito löst. Wir brauchen das Schwertfeuer voll einsatzfähig. Es wäre lästig, wenn wir eine andere Avatar für den Klingenrausch anfordern und dich austauschen müssten.«

»Dazu habt Ihr kein Recht!«, protestierte Torias von Kaltmühl. Ein Feldscher hatte seinen linken Arm versorgt, und in der Ausrüstung seines Trupps hatte er ein frisches Gewand gefunden. Es zeigte zwar nicht das Adlerwappen, war aber sauber und unbeschädigt. Unter dem Stumpf war der Ärmel ordentlich zusammengelegt und festgesteckt. Dennoch musste er ein härterer Mann sein, als es auf den ersten Blick den Anschein hatte, wenn er so kurz nach einer solchen Verletzung bereits wieder auf den Beinen war.

»Das zu beurteilen, ist nicht meine Sache«, erwiderte Gonter. »Ich habe einen Befehl auszuführen.«

»Der Baron wird das missbilligen.« Dafür, dass er beinahe seinen Verstand auf dem Schlachtfeld gelassen hätte, war Torias schon wieder beeindruckend klar. Keine zehn Stunden waren vergangen, die Nacht war noch nicht alt, auch wenn die Dunkelheit unter den Baumkronen schnell kam.

Gonter ging an ihm vorbei zu der kleinen Pyramide, in der die Fässchen gestapelt waren. Klugerweise stellte sich Torias ihm nicht in den Weg. »Es steht Euch frei, bei Baron Horold Klage zu führen.« Er nahm das oberste Fässchen an sich. Wie erwartet, wog es etwa so viel, als wäre es mit Wein gefüllt. Man konnte es unter einem Arm tragen.

Torias starrte den Söldner an.

Gonter nickte ihm zu. »Ich führe nur einen Befehl aus. Und das meiste bleibt Euch.«

»Noch«, presste Torias hervor. »Wer weiß, was Eurer Herrin als Nächstes in den Sinn kommt?«

Das konnte Gonter allerdings auch nicht beantworten. Eivora wurde immer merkwürdiger. Aber sie hatte den richtigen Riecher gehabt, wie auch die anderen Rottmeister eingestanden. Wären sie langsamer marschiert, hätten sie die Klataaler nicht retten können, und auch für die Hellebardiere wären sie zu spät gekommen.

Immerhin zeigte Eivora jetzt ein Einsehen mit der erschöpften Truppe. Dreieckige Zelte aus schwarzem Leinen standen zwischen den Bäumen, jeweils eines für jeden Weibel mit seiner Gruppe. Manche davon würden in dieser Nacht beinahe leer bleiben, der Klingenrausch hatte ebenfalls Verluste erlitten, wenn auch bei Weitem nicht so hohe wie die Klataaler.

Obwohl das Fass leicht war, schwitzte Gonter. Das mochte an der Feuchtigkeit liegen, die nach den Regenfällen des Tages aus dem Boden dampfte. *Oder daran, dass doch etwas von dem Pfeilgift in mein Blut gelangt ist.* Midalin hatte dafür gesorgt, dass sich Oril wenig bewegt hatte. *Ich werde mich auch bald hinlegen.*

Eines der Privilegien der Offiziere bestand darin, dass die Krieger die Zelte für sie mit aufbauten. Er würde also sein Nachtlager vorbereitet finden.

Wenn Eivora ihre Unterkunft selbst hätte aufstellen müssen, hätte sie wohl ein paar Stunden dafür gebraucht. Auf dem Marsch hatte sie auf leichtem Gepäck bestanden, aber aus der Ausrüstung der geretteten Klataaler hatte sie die Unterkunft eines Edlen requiriert. Das Zelt hätte als Schlafplatz für zehn getaugt. Die acht Planenwände spannten sich zwei Schritt senkrecht zwischen in den Boden gerammten Pfählen, darüber schloss sich eine Kuppel an. Der helle Stoff erschien grau in der Dunkelheit, mit Ausnahme der Lichtflecken von den Fackeln des Wachkreises. Sie steckten im Erdreich, die Krieger, die für den Schutz des Lagers sorgten, standen nicht in ihrem Schein, um keine Ziele abzugeben. Weiter draußen, in den Schatten der Nacht, dröhnten die Trommeln.

Gonter schlug die Plane zurück und trat ein.

Eivora erwartete ihn stehend. Ein paar Decken und ein Wolfsfell waren zu einem Nachtlager auf dem Boden ausgelegt. Eine heruntergedrehte Laterne gab einen schwachen Lichtschein ab, der aber ausreichte, um ein paar Fliegen anzulocken. Bewegungslos lauerte Aglix ihnen auf.

»Hast du es?« Eivora machte einen Schritt auf ihn zu. Sie trug ein leichtes Gewand, eine Mischung aus Umhang und Kleid, nur zusammengelegt und von einem Gürtel gehalten, aber mit einer Borte versehen. Es war ihr zu lang und schleifte über den Boden. Wahrscheinlich ein weiteres Stück aus der Ausrüstung eines Klataalers, dessen angefressene Überreste im Feuer verbrannt waren.

Gonter stellte das Fässchen vor ihr ab.

Sie faltete die Hände, hob sie zum Mund und hauchte hinein. »Ich vertraue nur dir.«

»War es das?«, fragte er. »Ich würde mich gern schlafen legen.«

»Bleib.« So, wie sie es aussprach, war ihm nicht klar, ob sie es als Bitte oder als Befehl meinte.

»Wozu?«, fragte er vorsichtig.

Sie hielt den Blick gesenkt, löste den Gürtel, öffnete das Gewand und ließ es von den Schultern gleiten.

Er konnte sich nicht dagegen wehren, ihren nackten Körper

zu betrachten. Sie war zierlich, aber ohne verzärtelt auszusehen. An Oberarmen und Schenkeln regten sich die Muskeln einer Kriegerin, über den flachen Bauch zog sich die lange Narbe, die von der Wunde geblieben war, die sie beinahe das Leben gekostet hatte. Er erinnerte sich, wie sich der weiche Flaum an ihrer Scham anfühlte und wie die Knospen ihrer kleinen Brüste, wenn sie unter seinem Streicheln erhärteten.

»Weißt du …« Er räusperte sich. »Ich … wir haben doch herausgefunden, dass es eine schlechte Idee war.«

Bin ich jetzt wieder der Trottel?, fragte er sich.

»Ist das Zelt geschlossen?«

Er sah über seine Schulter. Die Plane blähte sich träge im Wind.

»Knöpfe es zu.«

Er ging zum Ausgang.

»Von innen«, fügte sie an, und jetzt lag eindeutig die Schärfe eines Befehls in ihren Worten.

Er sah seinen Fingern zu, wie sie die Knöpfe suchten und durch die Löcher steckten, während seine Gedanken rasten. Eivora … Wäre er ihr nicht begegnet, hätte er zum Wohle der väterlichen Pläne vorteilhaft geheiratet, er wäre eine Puppe in den Spielen anderer gewesen. Sie hatte ihm gezeigt, dass ein anderes Leben möglich war. Er entschied jetzt selbst, was er tat und was er unterließ.

Und er hatte sich entschlossen, sich von Eivora zu trennen. Er wollte nicht im Schatten der Kampfherrin stehen, sondern sich aus eigener Kraft beweisen. Aber was, wenn sie das nicht akzeptierte?

Er konnte nicht leugnen, dass sie eine reizvolle Frau war. War es nicht Irrsinn, so viele Gedanken daran zu verschwenden, was kommen mochte? Jetzt und hier war er in einem Zelt mit einer Schönheit, die wohl nichts anderes vorhatte, als sich gemeinsam mit ihm zu vergnügen.

Aber er wollte mehr von seinem Leben! Er wollte es mit seinem Geschick und seiner Klugheit zu etwas bringen. Nicht, weil er seiner Offizierin zu Gefallen war!

»Pass auf mich auf, Gonter!« So flehentlich hatte Eivoras Stimme noch nie geklungen.

Konnte wahr sein, dass sie sich vor ihm erniedrigte? Er kannte sie als Frau, die vor niemandem kniete. Was machte dieser Feldzug nur mit ihr? Scham stieg in Gonter auf.

Er prüfte die Knöpfe, sie waren alle geschlossen. War er nun gefangen?

»Befehle haben Grenzen, Eivora«, meinte er im Umdrehen. »Du kannst nicht nach Belieben über mich verfügen.«

Sie hielt einen Becher in der Hand. Der Korken, der die Öffnung verschlossen hatte, lag jetzt neben dem Fässchen. Aglix schnupperte daran.

Eivora schmunzelte, aber Gonter hatte das Gefühl, dass sie durch ihn hindurchsah. Sie hob den Becher an die Lippen, legte den Kopf in den Nacken und trank in mehreren Schlucken. Dann ließ sie das leere Gefäß fallen, breitete die Arme aus und schloss die Augen.

Was geht hier vor? Was erwartet sie von mir?

Eivora schien eine Fremde geworden zu sein.

Sachte bewegte sie die Arme auf und nieder. Ihre Finger zitterten, als streichelten sie etwas, das sie mit den Kuppen gerade noch erreichte.

Stirnrunzelnd kam Gonter näher.

Eivoras Bewegungen wurden größer. Sie gingen von den Schultern aus, übertrugen sich in die Ellbogen, die Handgelenke … Das erinnerte Gonter an Flügelschläge.

Die Helligkeit im Zelt nahm zu, obwohl niemand in der Nähe der Laterne stand und sie auch nicht höher brannte.

Ein Schaudern lief durch Eivoras Körper. Und da war noch mehr …

Gonter kniff die Augen zusammen.

Auf Eivoras Haut zeigten sich kleine Erhebungen, Tausende davon. Sie verschwanden und kehrten zurück. Als drückten Nadeln aus dem Innern ihres Körpers heraus.

»Was geschieht mit …?«, setzte Gonter an.

Das waren keine Nadeln – es waren Federn! Nun schoben sie

sich durch die Haut. Einige waren beinahe weiß, andere blutrot oder gelb wie glühender Stahl. Eivoras Arme verursachten ein Rauschen, weil die Federn an ihnen besonders lang sprossen. Die Hände waren nicht mehr als solche erkennbar, die Finger verschmolzen. Auch ihr Gesicht verschob sich, die Augen wanderten auseinander, das schwarze Haar zog sich zurück, dafür kam gelbes Gefieder zum Vorschein.

Gonter suchte Halt an seinem Schwert.

Noch einmal schlug Eivora mit den Flügeln, und das beschleunigte die Verwandlung so sehr, dass die Federn aus ihr herauszuspritzen schienen wie brennendes Öl aus einer Lampe, die auf dem Boden zerplatzte. Was mit ihrem Unterkörper geschah, sah Gonter nicht, zu rasch ging es vonstatten, aber plötzlich waren dort rote Vogelbeine mit langen Krallen, und sie falteten sich unter den Bauch.

Der gelbrote Vogel flog eine Kreisbahn durch das Zelt. Er war wunderschön, mit prächtigen Schwanzfedern, die allein schon beinahe einen Schritt maßen. Die Augen waren schwarz wie Kohlen, der ockerfarbene Schnabel gebogen wie bei einem Adler. Der Feuervogel, den das Volk über Faarinar gesehen hatte, war Wirklichkeit! Das war keines der hundert Gerüchte, die Iskala in Umlauf gebracht hatte, um die monströsen Gefahren des Urwalds darunter zu verbergen.

Gonter versuchte, dem Vogel mit den Augen zu folgen, aber er war zu schnell, und er änderte abrupt die Richtung. Schließlich aber landete er auf dem Wolfspelz. Funken wanderten über die Federn wie Insekten. Noch erreichten sie das Fell nicht.

Aglix huschte Gonters Bein hinauf.

Er hielt dem Lurch die Hand hin und hob ihn auf seine Schulter. Dort saß er bei Eivora auch am liebsten.

Eivora … die sich vor seinen Augen in einen Feuervogel verwandelt hatte. Es war unglaublich!

Gonter ging in die Hocke und näherte sich dem Vogel, der über das Fell stakste wie ein Krieger durch eine Wiese mit hohem Gras. Worum hatte Eivora ihn gebeten? *Ich soll auf sie aufpassen …* Vorsichtig breitete er die Arme aus.

Der Vogel stieß einen hellen Schrei aus. Er flatterte auf, heiße Flammen fauchten aus seinen Federn.

Gonter sprang auf und brachte sich mit zwei schnellen Schritten in Sicherheit, soweit die Begrenzung des Zelts es zuließ. Wie konnte er Eivora helfen? Was wollte sie von ihm?

Der Vogel kreiste unter dem spitzen Dach. Es dauerte nicht lange, bis seine Flammen die Plane entzündeten.

Gonter nahm eine Decke und versuchte, sie über das Tier zu werfen.

Mit einem zornigen Kreischen wich der Vogel aus.

Ein Stück brennendes Leinen fiel aus dem Zeltdach. Gonter hustete wegen des Rauchs.

Der Feuervogel schrie noch lauter. Das Loch, das der Brand fraß, war nun groß genug. Mit schnellen Flügelschlägen flog er hinaus und verschwand aus Gonters Blickfeld.

8. Klarheit

»Siehst du etwas in den Flammen?«

Midalin war froh, dass Iskala nicht mit ihr, sondern mit Fiafila-Ignuto sprach. Eine Drohung schwang in der Frage der Kampfherrin mit. Wenn Midalin die Anzeichen richtig deutete, sollte die Avatar auf die Probe gestellt werden.

Eine Magierin, dachte sie ehrfürchtig. *Kampfherrin Iskala hat noch nicht einmal vor mystischen Kräften Respekt.* Midalin wusste nicht, ob ihr das gefiel. Im Moment empfand sie vor allem Verwirrung.

Fiafila-Ignuto stützte sich auf das Schwertfeuer und studierte die vielfarbigen Flammen. Die Lache aus Leichenöl bedeckte mehr als die Hälfte des unebenen Eisentischs. An einigen Stellen brannte es grün, an anderen violett oder gelb. Viele winzige Flämmchen züngelten empor.

Die Avatar schüttelte den Kopf. »Ich muss mich konzentrieren.« Der Homunkulus hatte die Ohren weit entfaltet. Die Wülste über den schwarzen Äuglein zogen sich zusammen. Obwohl er keinen Mund hatte und die Mimik seines steingrauen Gesichts deswegen eingeschränkt war, strahlte es eine fremde Bosheit aus.

Von draußen wehte der Regen durch die noch leeren Fensteröffnungen. Der Rundbau gehörte zu den neuen Gebäuden in der Stadt, tagsüber arbeiteten die Metzen daran. Er hatte noch keine Einrichtung. Nartim hatte herausgefunden, dass er als Handelsplatz dienen sollte. In dem fünfzehn Schritt durchmessenden Hauptraum würden sich Kaufleute treffen und über Warenlieferungen feilschen. Er hatte auch von den Verzierungen erfahren, die der Grund für ihr Hiersein waren. Ein in die Wand gemeißeltes Schmuckband zeigte verschlungenes Blattwerk und darin Tierköpfe: Füchse, Bären, Wölfe, einen Luchs. Sie ähnelten den Malereien, die Midalin beim Imker gesehen hatte. Der Verdacht, dass auch hier der Tierkult aktiv war, lag nahe.

Ich muss mich konzentrieren, dachte Midalin. *Mir darf nichts entgehen.* Aber ihr Herz klopfte in der Brust. Ob Iskala so selbstverständlich mit der Avatar umging, weil sie selbst magischen Kräften befahl?

Manche munkelten davon. Schon allein der Rubin in ihrer Stirn ... Andere starben an einem kräftigen Schlag auf den Schädel, und ihr hatte man einen Edelstein dort eingesetzt. Konnte man so etwas überleben, ohne mit mystischen Kräften im Bunde zu stehen?

Bratz hockte neben dem Portal auf dem Boden. Das Schwertfeuer schien ihm nicht geheuer, aber er hatte wohl auch keine Lust auf das Unwetter draußen. Er schüttelte sein Gefieder aus, was einen Sprühregen in alle Richtungen schickte und die Kerze, die neben ihm stand, auslöschte. Damit fiel der Ausgang ins Dunkel.

Sie benutzten nur wenige Lichter. Midalins Öllampe war so schwach, dass sie Mühe hatte, die Einzelheiten des Reliefs zu erkennen. Keiner hatte ihnen verboten hierherzukommen, aber Iskala bevorzugte es, möglichst wenig Aufmerksamkeit zu erregen. Dabei half ihnen das Unwetter; sie waren niemandem auf den Straßen begegnet, durch die sie den Ochsenkarren mit dem Schwertfeuer hierhergebracht hatten. Die kräftigen Söldner, die den Eisentisch in den Hauptraum gewuchtet hatten, sorgten nun in der Vorhalle dafür, dass sie nicht überrascht wurden. Dennoch wäre es am besten, wenn niemand käme, um nach dem Rechten zu sehen. Darum sollte möglichst wenig Licht aus den Fensteröffnungen scheinen.

»An den Fugen müssen sie noch arbeiten.« Missmutig betrachtete Midalin das Wasser, das an einer Wand herunterlief. Draußen zitterte ein Blitz und leuchtete so hell in den Raum hinein, dass Midalin sein volles Ausmaß bewusst wurde.

»Ich hörte, dass die Kuppel erst heute fertig wurde.« Iskalas Blick zuckte vor und zurück über die figürlichen Darstellungen.

Man sah ihrem kahlen Schädel förmlich an, wie der Verstand darin nach Verknüpfungen suchte und Schlussfolgerungen zog.

Yra zündete die Kerze wieder an, die Bratz gelöscht hatte. Der Beo hackte nach ihrer Hand. Sie verscheuchte ihn mit einem Tritt, was er mit einem empörten »Feigling!« beantwortete. Sein Kreischen hallte in der leeren Kuppel nach.

Midalin sah nach oben. Die Decke verlor sich beinahe in der Dunkelheit, durch Kerzenschein und Schwertfeuer waren nur einige graue Schattierungen zu erahnen. Man hätte sie für Wolken halten können.

Iskala senkte ihre Lampe, um Midalins Degen zu beleuchten. »Ist das die flammende Klinge?«

Der lauernde Ton in der Stimme der Kampfherrin mahnte zur Vorsicht. »Ja ... aber ich weiß nicht, wie man die Magie darin weckt.«

»Überlasse sie mir. Ich kenne mich besser mit solchen Dingen aus.«

Die roten Augen machten Midalin Angst. Man sagte, dass Iskala etwas hineinträufelte, um die Iriden zu färben. Aber was, wenn das auch nur eine Geschichte war, die sie förderte? Vielleicht hatte sie einen Pakt mit den Feuerherren geschlossen, und die unnatürliche Farbe war ein Siegel, das dieses Abkommen bezeugte? Midalin hatte erlebt, dass sich Menschen mit Feuer verstümmelten, um den Dämonen zu gefallen. Das war sicher nicht die einzige Möglichkeit, sie zu erfreuen.

Midalin schluckte. Sie legte die freie Hand auf die Schnalle des Gehänges, das sie erst heute angepasst hatte, damit es nicht immer so schlackerte und den Degen hoch genug hielt, sodass die Spitze nicht über den Boden schleifte. Die Scheide war jetzt nicht mehr unmittelbar unter dem Griff befestigt, sondern eine Handbreit tiefer.

Ein dünnes Lächeln zog Iskalas Mundwinkel kaum wahrnehmbar nach oben.

Midalin nahm die Hand von der Schnalle. »Die persönliche Ausrüstung gehört dem Söldner, nicht der Legion«, wagte sie vorzubringen.

Iskalas Lächeln wurde breiter. »Es kann gefährlich sein, ein mächtiges Artefakt bei sich zu haben. Stell dir vor, es entflammt in der Nacht, wenn du schläfst. Du könntest ein Opfer des Brandes werden.«

Midalin hob das Kinn ein Stück an. »Besser, das widerfährt einer einfachen Söldnerin als einer Kampfherrin. Ich behalte meinen Degen.«

Iskala lachte leise.

Midalin fragte sich, was sie davon halten sollte.

Der Regen setzte dem Dach immer stärker zu. Jetzt rann das Wasser nicht bloß an den Wänden herab, es fiel schon in einem Rinnsal in den Raum und plätscherte auf den Boden. Bratz hüpfte heran und beäugte die Pfütze.

»Du kaust ständig auf deiner Unterlippe, wie ein kleines Mädchen«, stellte Iskala fest. »Mach weiter damit. So unterschätzt man dich.«

Hatte sie sich verhört? War das wirklich ein Lob? Von Iskala? Es hatte beinahe zärtlich geklungen.

Die Kampfherrin wandte sich so heftig zu Fiafila-Ignuto um, dass die Zöpfe in ihrem Nacken von einer Schulter zur anderen flogen. »Was ist jetzt mit dem Schwertfeuer? Kannst du damit herausfinden, ob hier eine mystische Kraft am Werk ist?«

Die Avatar antwortete nicht. Noch immer stützte sie sich auf den Eisentisch. Fiafila-Ignuto wirkte versunken. Noch nicht einmal von dem Rinnsal, das unmittelbar neben ihr niederging, ließ sie sich ablenken.

Der Wassereinbruch wurde wirklich immer schlimmer. Im Licht eines Blitzes sah Midalin, dass wenigstens vier kleine Wasserfälle durch die Kuppel kamen, alle in der Mitte, in der Nähe des Schwertfeuers.

Stirnrunzelnd ging sie darauf zu.

»Was hältst du vom Relief?«, fragte Nartim. Heute trug er wieder die rote Kutte, genau wie Midalin und Iskala.

Sie warf einen Blick auf die umlaufende Wand mit der Darstellung, aber der nächste Blitz lenkte ihre Aufmerksamkeit zurück auf das eindringende Wasser. Es stand jetzt beinahe überall auf dem Boden.

Nartim legte ihr einen Arm um die Schultern und drehte sie zur Wand. »Glaubst du, das da ist ein Affe?«

»Was sollte es sonst sein?« Sie rekelte sich, um seinen Arm abzustreifen.

»Vielleicht einer von den Wilden.«

»Dafür ist die Nase zu groß und die Stirn zu flach.« Sie wandte sich wieder dem Schwertfeuer zu.

Sie sah einen Blitz durch die Risse in der Decke scheinen. Ja, das waren echte Spalten! Eckig, verzweigt – drei Geflechte von Rissen.

»Vorsicht!«, rief Midalin. »Die Decke! Sie …«

Ein lautes Knacken drang von oben herab und bestätigte ihre Befürchtung.

»Die Decke stürzt ein!«

Fiafila-Ignuto hörte sie nicht.

Midalin wollte zu ihr eilen, aber Nartim hielt sie fest.

Yra dagegen rannte zur Avatar. Die Dornenrüstung wagte sie nicht anzufassen, also zog sie am Hals, und als auch das Fiafila-Ignutos Aufmerksamkeit nicht erregen konnte, schlug sie mit der flachen Hand den Homunkulus. Flämmchen schossen aus den Augen der dämonischen Kreatur und verbrannten sie.

Aber Fiafila-Ignuto sah sich jetzt um.

»Die Decke!« Noch immer wurde Midalin festgehalten. »Weg da!«

Die Avatar blinzelte, der Homunkulus sah nach oben. Seine zuvor ausgebreiteten Ohren fielen zusammen. Die Frau warf den Kopf in den Nacken.

In einem Blitz sah Midalin, dass einer der Quader in der Mitte der Kuppel absackte. Er hatte sich bereits drei Handspannen gesenkt, jeden Moment würde er den Halt verlieren.

Fiafila-Ignuto rannte.

Der Brocken fiel. An der Stelle, wo die Avatar gerade noch gestanden hatte, krachte er auf den Eisentisch.

Midalin hätte damit gerechnet, dass er das Artefakt zermalmte, aber das Schwertfeuer hielt stand. Stattdessen zerbrach der Quader und fiel in zwei Teilen zu Boden.

Damit war es jedoch nicht überstanden. Weitere Steinbrocken stürzten wie übergroße Hagelkörner nieder.

Alle rannten zum Ausgang.

Midalin rutschte auf dem nassen Boden aus und schlug lang hin. Schmerzhaft prallte ihr Kinn auf. Sie sog die Luft ein, schluckte aber Wasser und musste husten.

Nartim half ihr auf die Beine und zog sie mit hinaus.

Iskala folgte kurz hinter ihnen. Midalin rang noch nach Luft.

Die Wachen sahen sie besorgt an. »Was ist geschehen?«, fragte Harjim mit gezogenem Schwert.

Iskala hob beschwichtigend die Hand. Sie sah zurück in den Raum. Steine fielen jetzt nicht mehr. »Fiafila-Ignuto?«, rief sie. »Alles in Ordnung?«

»Mir geht es gut!«, kam die Antwort aus dem Dunkel. »Aber Yra ist ohnmächtig. Ich glaube, ein Brocken hat sie gestreift.« Es klang ehrlich besorgt, eine Regung, die Midalin bei der Avatar verblüffte.

»Wir kommen!«, entschied Iskala.

Midalin stand auf. Bratz flog heran und setzte sich auf ihre Schulter, als hätte er sich um sie gesorgt. *Eine Nacht voller Überraschungen …*

Sie wunderte sich auch, dass die Kuppel einfach so nachgab. Sicher, es regnete ungewöhnlich stark … Hatten die Baumeister nicht mit solchem Niederschlag gerechnet? War ihr Mörtel noch nicht ausreichend gehärtet? Vielleicht hatte ihr Dienstherr sie so sehr angetrieben, dass sie keine Verzögerung gewagt hatten …

Sie folgte Iskala in den Raum hinein. Nartim zog seine Sichel und stellte sich in den Eingang, als erwarte er einen Angriff von Bürgern, die sie für das Unglück verantwortlich machten. Aber hier waren nur Söldner gewesen, niemand sonst war geschädigt.

Während Iskala nach Fiafila-Ignuto und Yra sah, betrachtete Midalin die Trümmer. Das Schwertfeuer war unbeschädigt, soweit sie erkannte. Midalin atmete aus, sie merkte, wie ihre Schultern absackten. Die Erleichterung war körperlich zu spüren.

Nicht auszudenken, wenn das Artefakt Schaden genommen hätte! Sie verstand die Kräfte nicht, die in ihm wirkten, aber indem sie es beobachtete, konnte sie wenigstens am Mysterium tasten.

Bruchstücke von Quadern lagen in den bunten Flämmchen, die noch immer brannten, obwohl der Regen nun in den Raum fiel. Er durchnässte auch Midalin. Seltsam, dass er so salzig schmeckte. Sie spuckte aus.

Aber auch in diesem Land regnete es doch kein Meerwasser! Vielleicht nahm der Niederschlag nur den Geschmack an, wenn er durch den Stein sickerte?

Sie legte den Kopf in den Nacken und öffnete den Mund. Tatsächlich, der Regen war geschmacklos.

Iskala und Fiafila-Ignuto berieten miteinander, ob sie Yra aufwecken oder aus dem Raum tragen sollten.

Midalin hockte sich hin, tauchte die Fingerspitzen ins Wasser auf dem Boden und leckte sie ab. *Salzig.*

Sie sah zu Nartim hinüber. Die Wachen hatten ein paar Laternen entzündet, sein Schattenriss stand vor dem Licht. Die Sichel sah monströs groß aus. Wenn er mit Wucht zuschlug, konnte er eine dünne Frau wie Midalin so gründlich durchbohren, dass die Klinge nicht nur am Rücken wieder austrat, sondern durch die Wölbung auch zwischen den Schultern wieder eindrang. Er könnte sie daran unter der Decke aufhängen wie die Schinken, die an Haken auf dem Dachboden ihres Meisters gehangen hatten. Sie schluckte.

Ihr Herzschlag pochte in den Schläfen, aber sie versuchte, ihre Schritte ruhig und unauffällig zu setzen, als sie zur Kampfherrin hinüberging. »Wir müssen reden«, raunte sie Iskala zu.

Die Offizierin wandte ihr das Gesicht zu, Einzelheiten konnte Midalin wegen der Dunkelheit nicht erkennen. Iskala stand jedoch auf und fragte ebenso leise: »Was gibt es?«

Verstohlen blickte Midalin zur Tür. »Du weißt, dass Nartim aus den Salzzacken stammt?«

»Ich habe dort gegen seine Leute gekämpft.«

»Gonter hat mir etwas über sein Volk erzählt. Ich kann mich

nicht mehr genau an seine Worte erinnern, aber es ging darum, dass sie süße Speisen meiden. Bei ihnen gibt es ein wirksames Gift, das sehr süß ist.«

Iskala lachte verhalten. »Bei Fiafila-Ignutos Honig haben sie damit recht behalten.«

Im Licht eines Blitzes sahen sich die beiden Frauen an. Es war lange genug hell, um zu erkennen, wie Iskalas Lächeln schwand.

»Ich schmecke Salz im Wasser auf dem Boden.« Midalin sprach hastig, sie sah Nartims Schatten nicht mehr, er stand nicht mehr in der Tür. »Salz ist fest, solange es trocken ist. Aber im Wasser löst es sich auf.«

»Wie im Regen …«, führte Iskala den Gedanken fort.

»Wenn die Bauleute Salz verwendet haben, um die Blöcke in der Kuppel zu befestigen …«

»… dann wussten sie, dass sie sich beim nächtlichen Regen lösen würden.«

»Und Nartim hat darauf bestanden, das Schwertfeuer genau in der Mitte der …«

Der Krieger trat zu ihnen. Er hielt die Sichel noch immer in der Hand. »Kann ich helfen?«

»Ja«, sagte Iskala laut. »Midalin bringt etwas völlig Absurdes vor. Ergreife sie!«

Midalin erstarrte.

Nartim zögerte kurz, fasste dann aber umso fester ihren rechten Oberarm.

Konnte sie mit der Linken den Degen ziehen?

Enttäuscht schrie sie auf. Was sollte das? Sie konnte sich denken, dass Nartim gemeinsame Sache mit dem Waldkult machte. Er hatte sie schließlich auch in diese Villa geführt, in den Hinterhalt. Das ergab plötzlich einen ganz neuen Sinn! Aber steckte etwa auch Iskala mit ihnen unter einer Decke? Warum? Was hatte sie zu gewinnen?

Nartim grunzte.

Er fasste an seinen Nacken.

Zwei Herzschläge, dann sackte er kraftlos zusammen.

In einem Blitz sah Midalin einen Stachel aus Iskalas Fingerring ragen.

»Allmählich lerne ich dich zu schätzen, Midalin.« Die Kampfherrin klappte den hohlen Schmuckstein über die Nadel.

Midalin fasste an ihr Herz. Sie sah zum reglosen Nartim hinab. »Ist er …?«

»Er schläft. Kein Verräter stirbt einen leichten Tod.«

Eivora spürte die Dornen, die ihre nackte Haut aufrissen, und die scharfkantigen Steine unter ihren Fußsohlen mit einer Intensität, als würde man sie mit Glasscherben foltern. Aber auf eine verdrehte Art genoss sie es. Sie bedauerte sogar, dass sie wahrzunehmen glaubte, wie sich diese Empfindungen abschwächten. Es bedeutete, dass auch ihre Augen, die jetzt jede noch so kleine Bewegung erfassten, hundert Schattierungen sahen, wo zuvor nur ein einziges Grün gewesen war, stumpfer wurden. So wie alle Sinne. Sie war nicht länger ein Feuervogel, das gesteigerte Empfinden für das eigene Selbst und die gesamte Welt verflüchtigte sich wie das Wasser aus einem Topf auf der Kochstelle.

Mit ihrem Zorn versuchte sie, sich vom Verlust abzulenken. Dieser verdammte Urwald verhöhnte sie! Ein Dutzend Mal hatte sie schon geglaubt, nur noch zehn Schritt von Grinhoff entfernt zu sein. Stets war jedoch hinter einer Kuppe nur eine weitere von Bäumen bestandene Senke erschienen, hinter einem Riesenbaum undurchdringliches Buschwerk, hinter einem Felsen ein Bach, an den sie sich nicht erinnerte. Sie hatte ein Reh gesehen und sich darauf gestürzt, aber das Gras hatte ihren Lauf gebremst, das Tier war ihr entkommen. Einmal hatte sie sogar eine Fee erspäht, eine winzige Frau, nicht größer als eine Handspanne, mit Libellenflügeln. Doch es war nur ein seltsam geformtes Blatt gewesen.

Und ständig diese Trommeln! Sie waren überall.

Erl mochte recht damit haben, dass sie den Nebel brachten. Die Schwaden krochen zwischen den Bäumen.

Verärgert schlug Eivora die Faust gegen eine Eiche. Die raue

Rinde riss ihre Haut auf. Sie leckte das Blut ab. Es schmeckte nach Eisen.

Trommeln, immer diese Trommeln … als wollten sie ihren Kopf mit enervierendem Gedröhn zum Platzen bringen.

Moment!

Die Wilden durchstreiften den Urwald. Die Trommeln mochten nicht nur der Beschwörung des Nebels dienen, sondern auch dazu, die Stämme zu sammeln. Das konnten sie überall im Umkreis von zwanzig Meilen tun – nur nicht in Grinhoff. In Grinhoff stand der Klingenrausch. Die Kannibalen mochten die Ortschaft einkesseln, aber aus dem mit einer Palisade bewehrten Ort selbst würden keine Trommelschläge klingen.

Eivora grinste. Wenn sie sich also von diesen Klängen fernhielt und sich in die Richtung bewegte, wo sie nicht ertönten, war die Wahrscheinlichkeit am höchsten, nach Grinhoff zu finden.

Mit neuer Kraft setzte sie ihren Weg fort, und tatsächlich erreichte sie etwa eine Stunde später die Rodung, die sich als Ring um die Siedlung zog. Das letzte Tageslicht vermochte den Nebel kaum zu durchdringen, aber sie erahnte die Palisade. Zuversichtlich schritt sie aus.

Sie hörte jetzt auch das Klirren von Metall, ein Schmied war bei der Arbeit. Ein Ochse brüllte, Hunde kläfften, und ihre im Vergleich zu denen eines normalen Menschen noch immer scharfen Ohren hörten eine Doppelstreife nahen. Eivora wich ihr aus und schlug einen Bogen zum Haupttor.

»Hammerschlag!«, schrie sie in den Nebel, damit man sie nicht für eine Wilde hielt und über den Haufen schoss.

»Wer naht?«, rief die Wache.

»Kampfherrin Eivora vom Sturmbanner des Klingenrauschs!«

»Den Göttern sei Dank!«

Grinsend wartete Eivora, während auf der Innenseite des Tors polternd der Sperrbalken entfernt wurde. Das war Gonters Stimme. Außerdem hätte jemand, der ein paar Jahre unter Rorgators Söldnern lebte, eher Dämonen als Götter angerufen.

Der rechte Torflügel wurde aufgeschoben, und Gonter trat

heraus. Er sah, dass sie nackt war, löste seinen Umhang und legte ihn um ihre Schultern.

»Immer noch der Prinz mit den feinen Hofsitten.« Sie lachte.

Der Stoff war feucht vom Nebel und so lang, dass er über den Boden schleifte, wie bei der Schleppe einer Königin.

»Wo hast du gesteckt?« Er sah ehrlich besorgt aus.

Sie ging voran. »Ich war lebendig, Gonter.«

Hinter ihnen schlossen die Söldner das Tor.

»Ich wurde geboren«, versuchte sie zu erklären. »Dieser Traumsaft …« Eivora raffte den Stoff mit einer Hand und schob die andere aus dem Umhang, weil sie ihre Rede mit Gesten unterstützen musste, um sie begreiflich zu machen. »Man kann oft geboren werden. Viele Male! Und dann erwacht man. Ich war wach, Gonter. Wirklich wach!« Schmerzlich wurde ihr bewusst, wie rasch ihre Sinne wieder abstumpften. »Für einen Moment …«

»Lass uns hier entlanggehen.« Gonter wies in eine Gasse.

Grinhoffs Wege bestanden aus festgetretenem Erdreich, nur auf der größten Straße, die den Ort von Südwesten nach Nordosten durchschnitt, waren Rindenstücke gestreut. Hier nicht. Eivora trat auf einen Kiesel und bedauerte, wie wenig er schmerzte.

»Ich hatte viele Fechtlehrer«, erzählte Gonter. »Einer davon, Patirio, war der Sohn eines Stallknechts. Einer unserer Ritter nahm ihn als Pagen, als sein Vater starb. Patirio hatte Glück, dass sein Herr sein Talent erkannte. Dieser Ritter schickte ihn auf eine Fechtschule, aus reiner Güte. Er hatte keinen Vorteil davon.«

Sie wusste nicht, wieso sie das interessieren sollte, aber sie hörte zu, während sie weiter durch Grinhoff gingen.

»Patirio wurde eine Berühmtheit, schon in jungen Jahren. Mit den dünnen Klingen war er unübertroffen. Er entwickelte einen Ausfall mit sechs aufeinanderfolgenden Sprüngen. Sechs Sprünge und natürlich die passenden Schläge dazu!« Gonter deutete mit dem Arm an, wie die Hiebe zu erfolgen hatten. »Ein Neider höhnte, mit seinen Degen könnte Patirio gefällig fuchteln, aber keine Rüstung durchdringen. In einem Krieg sei diese eitle Kunst sinnlos. Patirio ließ sich eine harte Klinge schmieden. Er übte zwei Monde lang damit, und danach konnte er einen Harnisch durchstoßen.« Begeistert stieß Gonter den Zeigefinger vor.

Sie kamen an einem Söldner vorbei, der seine Stirn in gleichmäßigem Takt gegen einen Türpfosten schlug. Der linke Ärmel seiner Tunika hing schlaff herab. »Gefressen!«, klagte er. »Sie haben ihn gefressen!«

Ein Kamerad versuchte, ihn zu beschwichtigen. »Du lebst. Der Sud wird dein Fieber ...«

Gonter beachtete die beiden nicht. »Im Allgemeinen war Patirio sehr beliebt. Nicht nur ich habe viel von ihm gelernt. Er hatte viele Freunde.« Er machte eine Pause, bevor er fortfuhr. »Auch falsche.«

Sie erreichten das Lagerhaus, in dem die Offiziere ihre Besprechungen abhielten. Eivora befürchtete schon, sich eine Predigt von den Bannerherren anhören zu müssen, aber sie waren allein. Gonter entzündete eine Laterne und drehte sie hoch, um das fahle Licht zu unterstützen, das noch durch die Fenster fiel.

»Ständig ließen sie Patirio hochleben und gaben Feste für ihn«, erzählte er weiter. »Er fand Gefallen daran.«

»Verständlich.« Eivora faltete den Umhang und legte ihn auf ein Heringsfass.

»Deine Sachen sind da vorne.« Gonter zeigte hinter ein Regal.

Sie nickte anerkennend. Ihre Rüstung war ordentlich auf ein Gestell gehängt, das Untergewand lag gefaltet auf einer Truhe.

»Aglix!«, rief sie.

Der Lurch hockte auf ihrer Tunika.

»Patirio feierte gern. Zu gern.«

»Wie lange geht deine Geschichte eigentlich noch?«, fragte Eivora.

Gonter presste die Zähne aufeinander. »Also gut, ich mache es kurz. Patirio verlor alles. Er kam zu spät in seinen Unterricht, dann gar nicht mehr.«

Eivora vermutete, die Predigt würde am schnellsten überstanden sein, wenn sie ihn einfach reden ließ. Sie suchte ein Schurztuch heraus und stieg hinein.

»Am Ende hat er sogar seine Waffen gegen Wein getauscht. Ich habe miterlebt, wie es ist, der Trunksucht zu verfallen!« Gonter hob die Stimme. »Eine Weile luden diejenigen, die er für seine Freunde hielt, ihn noch ein. Er brachte sie zum Lachen, wenn er herumtaumelte und mit einem Bratenspieß zeigte, wie man die sechs Sprünge vollführte. Dabei sah er aus wie ein Bock, den eine Wespe gestochen hatte.«

Eivora konnte sich das ganz lustig vorstellen, aber Gonter erzählte voller Abscheu davon.

»Das letzte Mal sah ich Patirio in der Gosse. Ich habe ihn kaum erkannt, er war verdreckt, hatte die Hälfte seiner Zähne verloren, und in seinem Arm lag eine Weinflasche. Er wandte sich von mir ab, als wollte ich sie ihm wegnehmen.«

Eivora legte eine Tunika an und zog sie zurecht.

»Ich weiß, was die Trunksucht stolzen Menschen antut«, sagte Gonter tonlos. »Pass auf dich auf, Eivora.«

»Wenn ich einen Rat von dir brauche«, versetzte sie kalt, »lasse ich es dich wissen.«

Sie streckte Aglix die Hand hin. Der Feuersalamander stupste seine spitze Schnauze gegen ihren Mittelfinger, sprang hinauf und huschte über den Arm auf ihre Schulter.

»Wo ist der Traumsaft?« Eivora wollte die Frage beiläufig aussprechen, aber ihre Stimme zitterte in der Vorfreude.

»Ich habe ihn mit den Schanzknechten unter Igrul nach Faarinar geschickt.«

Sie fuhr zu ihm herum.

Fest erwiderte er ihren Blick. In diesem Moment wirkte er wie ein Held, der entschlossen war, einem Drachen gegenüberzutreten. Eivora ging ihm gerade mal bis zur mit einem Kettenhemd gerüsteten Brust. Seine Schultern waren doppelt so breit wie ihre, und mit dem Schwert, auf dessen Knauf seine Hand ruhte, konnte er besser umgehen als jeder andere Söldner.

»Dann gehen wir auch nach Faarinar«, knirschte sie. »Ruf die Rottmeister zusammen. Wir müssen Marschbereitschaft herstellen.«

»Du kannst Grinhoff nicht verlassen!«, rief er aufgebracht. »Du hörst doch die Trommeln! Vielleicht werden die Wilden schon in dieser Nacht angreifen.«

»Damit müssen die Hellebardiere fertigwerden.«

»Wir können Grinhoff doch nicht …«

»Nimm dich in Acht!«, donnerte Eivora.

Ihre befehlsgewohnte Stimme zeigte Wirkung. Gonter erstarrte und schwieg.

»Du hast mir nichts zu befehlen«, knurrte sie. »Ich habe dich zum Rottmeister gemacht, und ich kann dich auch aus der Legion werfen, wenn ich es für richtig halte. Dich – und jeden anderen genauso.«

Die Wut arbeitete in seinem Gesicht, aber er sagte nichts.

»Ich habe dir einen Befehl erteilt«, erinnerte Eivora. »Wegtreten und ausführen!«

Die Kette rasselte, bis die metallene Gondel auf dem Boden im Keller des Schuldturms aufsetzte. Midalin stieg aus.

Nartim war der einzige Gefangene. Trotzdem brauchte sie eine Weile, bis sie ihn fand. Sie dachte schon, man hätte ihn bereits fortgebracht, aber bei ihrer zweiten Runde an den Zellentüren entlang fiel der Schein ihrer Laterne weit genug ins Dunkel, um einen Teller mit unberührtem Essen und einen Zinnbecher zu beleuchten.

Midalin hob die Lampe. Jetzt erkannte sie auch ein Bein, eine sitzende Gestalt … und eine Laterne, die nicht brannte.

»Ich bin hier.«

Nartims Worte waren so laut, dass Midalin erschrak.

»Herz des Waldes!«, schrie Bratz vom Rand der Gondel herüber.

Midalin fasste an ihren Degen und wartete ab, dass sich ihr Herzschlag beruhigte. »Hast du kein Öl mehr?«

»Ich habe die Lampe gelöscht.« Nartim sprach fest, mit unterdrückter Wut, wie es Midalin schien. »Die Dunkelheit entspricht meinem Gemüt.«

Midalin räusperte sich. »In dieser Villa ... beim König des Waldes ...«

»Was war da?«

»Du hättest Fiafila-Ignuto töten können. Du hattest es gut vorbereitet, sie in diesen Raum gelockt, aus dem sie nicht mehr entkommen konnte. Aber du wolltest mich in Sicherheit wissen.«

»Du hast mich aus dem Feuer geholt«, sagte er barsch. »Wir schulden einander nichts.« Er lachte bitter.

»In dieser Kultstätte ... oder was immer es ist ... Du hättest Iskala, Yra und mich erschlagen können. Fiafila-Ignuto war völlig ins Schwertfeuer versunken. Du hättest sie erwischen können. Dein Plan wäre aufgegangen.«

»Ich wollte mehr.« Seine Stimme verlor etwas von ihrer Schärfe. »Ich wollte sie alle. Alle Offiziere, jedenfalls wenigstens die aus dem Zauberbanner und dem Sturmbanner. Zuletzt Eivora.« Diesen Namen sprach er voller Verachtung aus.

Midalin wusste nur wenig von der Kampfherrin des Sturmbanners. Sie war auffällig klein, wirkte aber nicht schwach. Sie führte ihre Krieger wohl immer selbst in einen Einsatz, und mit einer Armbrust konnte sie meisterlich umgehen. »War sie es nicht, die euch gestattet hat, nach Rorgator zu kommen? Den Kriegern aus den Salzzacken, meine ich?«

»Denkst du, wir sind freiwillig hier?« Er schnaubte. »Du weißt nichts von den Salzzacken.«

»Dann erzähle mir davon«, bat sie.

Eine Weile schwiegen sie.

Nartim zog die Beine an, stand auf und kam ans Gitter.

Vorsichtshalber machte Midalin einen Schritt zurück, damit seine Hände sie nicht erreichen konnten.

»Die Salzzacken ...«, er umfasste die Eisenstäbe, »... sind meine Heimat. Meine Großmutter hat meine Zukunft aus den Schatten gelesen, die die Felssäulen auf den weißen Sand werfen. Ich würde immer für die Freiheit meines Volkes kämpfen, sagte sie. Niemand könnte mich beugen. Große Siege würde ich für die Meinen erringen. Mein Vater sagt, unsere Sippe hat eine ganze Woche lang gefeiert, als sie diese Prophezeiung hörte.«

»Und wieso kämpfst du nicht mehr für die Salzzacken? Habt ihr gesiegt?«

Spöttisch lachte er auf. »Nein, unser Feind hat triumphiert. Wegen des Klingenrauschs.«

Midalin schüttelte den Kopf. »Ich verstehe nicht.«

»Eine Grafschaft unterdrückt seit Generationen meine Heimat. Die fremden Herren fordern das Salz für sich. Sie nennen es das weiße Gold. Uns schicken sie in die Minen, schon unsere Kinder, und tief hinein in die Wüste, wo die reinsten Vorkommen liegen. Wir sollen das Salz holen, in Blöcken oder feinkörnig in Truhen und Säcken. Doch den Reichtum behalten sie. Wir sind ein Volk von Sklaven und Bettlern.«

»Und Rebellen«, vermutete Midalin.

»Nicht mehr.« Nartims Blick hob sich und wanderte in die Ferne. »Eilan hat uns geführt. Aber dann hat er diesem Handel zugestimmt. Mit Eivora.« Er spie den Namen aus. »Wir konnten entweder in den Kerkern des neuen Grafen verfaulen oder Söldner werden. Die meisten von uns gingen nach Rorgator, weil wir dachten, dort wären wir frei. Doch was ist das für eine Freiheit, wenn andere die Befehle geben? Und was taugt sie, wenn man ein Fremder ist?«

»Aber wenn du lieber tot wärest – wieso bringst du dich nicht um?«

»Ich wollte sie nicht ungestraft lassen.«

»Wenn ich es richtig verstehe, hat Eivora doch nur einen Kontrakt erfüllt.«

»O nein!«, rief er. »Sie hat nicht nur das Gold eines Tyrannen genommen, um unter seinem Banner in die Schlacht zu ziehen. Sie hat es auch genossen. Rabbon und ich waren Freunde von Kindesbeinen an, und sie hat ihn nicht nur einfach für ihre ungerechte Sache getötet. Sie stand neben ihm und hat sich an seinem Leid geweidet. Ich konnte ihm nicht helfen … Prinz Gonter ist der Einzige unter ihnen, der Ehre im Leib hat. Er hat gegen

Eilan gekämpft, in einem gerechten Duell. Aber wir ...« Nartims Fäuste krampften sich um das Gitter. »... die Heimat wurde uns verboten.«

Er tat Midalin leid. Er war ein stolzer Kämpfer, und er war furchtlos. Für das, was er für richtig hielt, hatte er ein Leben in der Sicherheit der Einheit aufgegeben. Er musste gut mit der Sichel umgehen können, sonst hätte der Klingenrausch ihn nicht akzeptiert. Und er hatte Midalin vor Schaden bewahrt, in der Villa und auch im Unwetter.

Aber er hatte das süße Gift in den Honig gemischt und danach noch zweimal versucht, die Avatar zu ermorden.

»Sie werden dich hinrichten«, flüsterte sie.

»Ich weiß. Sie haben viele getötet, auch aus weniger edlen Motiven als Rache.«

Midalin räusperte sich. »Gibt es noch etwas, das ich für dich tun kann?«

Er drehte sich um und ging zurück in die Dunkelheit im hinteren Teil der Zelle. »Vergiss mich.«

Midalin senkte die Laterne.

Sie stieg in die Gondel und zog an der Lederschnur, die oben eine Glocke läutete. Heute war ein Zug bedeutender Leute in Faarinar eingetroffen. Die Gemahlin des Barons war darunter, sein Vater und der Hofschamane, auf den Midalin besonders gespannt war.

Als die Gondel oben ankam, hörte Midalin mit, was die Männer sprachen, die am Eingang des Turms Wache standen. »... völlig zusammengeschlagen. So habe ich das Sturmbanner zuletzt nach dem Angriff auf ihr Lager am Schimmersee gesehen!«

Gonter!, dachte sie und sprang aus der Gondel.

»Die Kunst besteht darin, das hier zu bewahren.« Der alte Zausel tippte gegen seine Schläfe.

Eivora versuchte, in dem Greis die Macht zu erkennen, die ihm innewohnen mochte. Oder war der Hofschamane nur ein Scharlatan, so wie die angeblichen Magier des Zauberbanners? Doch auch diese besaßen verborgene Fähigkeiten. Sie waren

Spione, Giftmischer oder außergewöhnlich scharfsichtig. Was steckte in diesem alten Mann, dessen Haar sich in einen weißen Kranz zurückgezogen hatte, von dort aus aber in wilden Strähnen abstand, die der Schwerkraft trotzten? Sie sahen aus wie erstarrte Tentakel.

Eivora behielt den Schluck Traumwein im Mund. Nur eine Spur Traumsaft war darin, aber selbst das war besser als nichts. Und sie hatte nicht vor, Baron Horold um mehr anzubetteln. Sie würde lernen, sich zu bescheiden. Bis zu dem Zeitpunkt, da sie eigene Vorräte besaß. Vielleicht einen Kellerraum unter ihrem Turm in Rorgator, neben dem Hort mit den Silbermünzen …

»Sie machen einen verrückt, die kleinen Feen.« Die Finger Mandruas, des Hofschamanen, tanzten durch die Luft. »Auch ihr Blut verwirrt uns, wenn wir es nicht unter unseren Willen zwingen. Man braucht einen eisernen Willen. Nicht nur einen eisernen Panzer.« Der Alte befingerte einen Ring von Eivoras Rüstung und kicherte wie ein Kind.

Eivora schluckte hinunter und löste seine Hand. »Um meinen Willen braucht Ihr Euch keine Sorgen zu machen.«

Wieder kicherte er. »Aber wisst Ihr ihn auch einzusetzen, Söldnerin? Man muss ein Schwert am Griff fassen, nicht an der Spitze, sonst nützt es im Kampf wenig.«

Eivora sah zu Horold hinüber. Der Baron saß an einem edlen Tisch und studierte die Schreiben, die aus der Hauptstadt eingetroffen waren.

»Ist er immer so?«, fragte Eivora.

Horold sah auf und zuckte mit den Achseln. »Ihr wolltet mit ihm sprechen.«

»Was bereitet Euch Kummer, Kind?« Mandruas Hand näherte sich ihrem Gesicht.

Seine Fingernägel waren ordentlich gefeilt und gereinigt. Überhaupt sah man, dass sich Leibdiener um seine Erscheinung kümmerten. Die Kette aus Jadeplättchen lag auf einem sauberen Gewand aus rotem Samt, auf den Stücke aus Tierfellen genäht waren. Einige stammten von Leoparden, eines sah nach einem Bärenpelz aus, ein weißes mit roter Zeichnung vermochte Eivora nicht zuzuordnen.

Sie lehnte sich zurück, damit er ihr nicht über die Wange streichen konnte. »Wieso verwandelt sich Horold in einen Panther, während ich zu einem Feuervogel werde?«

»Ein Feuervogel?« Mandruas Augen weiteten sich. »Was ist das? Davon habe ich noch nie gehört. Jeder wird zu dem Tier, das in ihm steckt. Und jeder bleibt in dem Tier, zu dem er wird. Die meisten sind nur Sklaven, hinterher ist für sie alles wie ein Traum. Nur die Stärksten beherrschen das Tier.« Er kicherte. »Sogar, wenn sie keinen Traumsaft nehmen. Fressen, saufen, schlafen, sich fortpflanzen – versprecht den Menschen, dass sie das für den Rest ihres Lebens haben können, und Ihr werdet feststellen, dass die meisten nach nichts anderem streben.«

»Aber bei Euch ist das nicht so?«, fragte Eivora.

»Einstmals war ich anders.« Der belustigte Ausdruck auf seinem Gesicht wechselte zu Trauer. »Ich konnte ein Jaguar sein. Eine Boa. Ein Bär. Und doch blieb ich immer Mandrua. Aber heute nicht mehr.« Seine Augen zuckten. »Das Alter macht uns schwach … auch hier.« Er wedelte vor seiner Stirn.

Eivora überlegte, wie es wäre, ein Feuervogel zu sein und zugleich ihren menschlichen Verstand zu behalten. Sie würde die Freiheit spüren, die vielfach gesteigerte Schärfe ihrer Sinne genießen – und planen können, entscheiden, sich ihres Glücks voll bewusst sein. Die Vorstellung ließ sie noch stärker fühlen, wie die Taubheit wieder von ihren Augen, ihren Ohren, ihrer Haut Besitz nahm. Sie trank einen weiteren Schluck Traumwein. Auch das war eine Enttäuschung. Sie erinnerte sich an den unverdünnten Traumsaft, das Feenblut, das in den Adern kochte, nicht nur in der Kehle brannte …

»Erzähle mir vom Herzen des Waldes«, forderte sie.

Lachend winkte Mandrua ab. »Das ist nichts für dich, Kind.«

»Warum nicht?«

Diesmal ließ sie zu, dass sich seine Hand ihr näherte. Aber ihr Gesicht war gar nicht sein Ziel. Sein Finger tippte unter Aglix' Kinn. »Einen treuen Gefährten hast du da.«

»Das Herz des Waldes«, erinnerte sie.

»Nicht für dich!«, fuhr er sie an. »Nur für die Toten.«

»Ich bin gut vertraut mit dem Tod«, knurrte Eivora. »Er hat mich oft besucht, und ich habe viele in sein Reich geschickt.«

»Aber du selbst bist seiner Einladung nie gefolgt.« Schneller, als sie es ihm zugetraut hätte, fasste er an ihren Bauch. Sein Daumen fuhr ihre Narbe nach, obwohl er sie weder sehen noch durch die Rüstung fühlen konnte.

»Du nimmst Gold, Silber und Jade, um für andere zu kämpfen. Jetzt kämpfst du für Klataal.« Der Alte lachte und stand auf. »Aber du bist keine von uns, Söldnerin.« Er nahm seinen knorrigen Stab, tippte noch einmal unter Aglix' Kinn und ging zum Ausgang.

Eivora erhob sich ebenfalls. Statt Mandrua aufzuhalten, setzte sie sich zu Horold an den Tisch.

Der Baron seufzte. »Ein Junker, der wünscht, dass ich seinen Neffen als Erben bestätige. Ein anderer, der eine Garantie will, dass er sein Gut zurückerhält, falls ihm im Wald kein Glück beschieden sein sollte. Und einer, der meint, dass der Steuerschätzer ihm zu viel abgenommen hat.« Er schlug mit der flachen Hand auf den Pergamentstapel. »Es ist mühselig.«

Eivora verschränkte die Hände hinter dem Nacken, womit sie Aglix von ihrer Schulter verscheuchte. Der Lurch krabbelte ihren Oberkörper hinunter auf ihren Schoß.

»Wieso gebt Ihr Euch mit solchen Dingen ab?«

»Es gehört zum Herrschen.«

»Nein«, widersprach sie, »zum Regieren. Ich habe viele Fürsten kennengelernt, Könige, Grafen. Man kann einen Kanzler einsetzen. Oder, wenn Ihr keinem Einzelnen traut, einen Rat.«

Er nahm seine Krone ab, drehte sie in den Händen und betrachtete den Jade, der so dünn geschnitten war, dass das Kerzenlicht des zehnarmigen Leuchters hindurchschimmerte. »Die wichtigen Dinge muss man selbst unter Kontrolle halten. Aber mir fehlt die Erfahrung, das Wichtige vom Unwichtigen zu scheiden. Was, wenn ich diesem Edlen sage, er soll die festgesetzte Steuer zahlen? Wird er sich mit Unzufriedenen zusammentun und meinen Sturz betreiben? Aber wenn ich ihm einen Teil erlasse – wird ihn das ermuntern, künftig noch weniger zu zahlen? Und was werden die anderen Edlen sagen? Werden sie ebenfalls fordern, kein Silber mehr abzugeben? Womit soll ich dann Euch entlohnen, Söldnerin?«

»Vergesst das.« Eivora beugte sich vor und stützte die Ellbogen auf den Schreibtisch. »Lasst uns in Arzulans Urwald ziehen. Die gesamte Legion. Und Eure besten Truppen. Gemeinsam können wir das Herz des Waldes erobern.«

Aber mit einem habt Ihr recht, fügte sie in Gedanken an. *Die wirklich wichtigen Dinge muss man selbst unter Kontrolle halten. Wieso sollten wir nach Rorgator zurückkehren, wenn wir den Quell des Traumsaftes besitzen? Weshalb soll ich als Söldnerin leben, wenn ich auch die Königin dieses niemals endenden Rausches sein kann?*

Sie nahm einen tiefen Schluck vom Wein und spürte der Enttäuschung darüber nach, wie wenig er dem Traumsaft glich.

9. Gericht

»So also richtet ihr in den Salzzacken Verräter hin«, erkannte Gonter.

»Ich bin kein Verräter!«, protestierte Nartim.

Nur noch sein Kopf ragte aus dem Boden, sogar sein Hals war eingegraben. Zwei Krieger des Zauberbanners traten das Erdreich um ihn herum fest. Nartim stand aufrecht, aber gefesselt darin. Es hatte lange gedauert, das Loch auszuschachten, sie waren auf zähe Wurzeln gestoßen. Anfangs hatten die beiden Söldner noch versucht, ihre roten Kutten zu schonen. Inzwischen waren sie verdreckt.

»Doch, du bist ein Verräter.« Eilan hockte auf einem Knie neben dem Verurteilten. »Sie sind unsere Kameraden.«

»Sie sind unsere Feinde!«

Eilan hielt den Oberkörper seltsam schief. Man merkte ihm an, dass seine Rippen nach der Behandlung, die der Riesenaffe ihnen hatte angedeihen lassen, noch schmerzten. »Es war unsere Entscheidung, mit ihnen zu kommen, nicht ihre.«

Nartim spie aus. Der Speichel flog zwei Handspannen weit und landete dann auf der festgestampften Erde. »Wenn wir im Grafenkerker verrottet wären, hätten wir unserer Heimat auch nicht mehr dienen können.«

Eilan nickte. »Aber in Rorgator war es deine Entscheidung, dich dem Klingenrausch anzuschließen. Du hättest es bei jeder anderen Einheit probieren können.«

Nartim mahlte mit den Zähnen.

Eilan stand auf und klopfte den Dreck von seiner Hose, auch das eine unbeholfene Bewegung.

»Wie lange wird es dauern?«, fragte Gonter halblaut.

»Bei uns in den Salzzacken gräbt man sie vor der Morgendämmerung ein.« Eilan blinzelte in den Himmel. Die Sonne stand kurz vor dem höchsten Punkt ihres Tageslaufs. »Die Tapferen halten die Augen offen und lassen sich vom salzigen Sand blenden, um für ihr Vergehen zu büßen. Die meisten sterben am ersten Tag.«

»Hier ist die Witterung milder.« Das Sturmbanner war nicht in die Stadt eingerückt. Die schwarzen Zelte standen in der Senke eine Meile vor Faarinar. Gonters Rotte war dem Platz, den sie für Nartims Hinrichtung bestimmt hatten, am nächsten. Trotz des leichten Nebels erkannte man ihr Lager gut.

»Aber hier gibt es Ameisen«, gab Eilan zu bedenken.

Die ersten sechsbeinigen Kerbtiere erkundeten bereits Nartims Gesicht. Sie waren so klein, dass man ihre Körpersegmente nicht unterscheiden konnte, wenn man stehend auf sie hinabsah. Gonter fragte sich, ob ein paar Hundert oder Tausend von ihnen einem Menschen gefährlich werden konnten.

»Das wird interessant«, meinte Tegla.

Da Nartim dem Zauberbanner angehörte, befehligte eine Rottmeisterin dieser Einheit die Hinrichtung. Ihre Leute hatten den Verräter eingegraben, und sie würden auch Vorübergehende einladen, sich das Geschehen anzusehen. Je mehr die Folgen des Verrats mitbekamen, desto besser entfaltete sich die Abschreckung.

»Ein Axthieb, und die Sache wäre erledigt.« Gonter fand keinen Gefallen an Quälereien.

»Für ihn wäre es eine Demütigung, wenn er seine Tapferkeit nicht ein letztes Mal beweisen dürfte«, erklärte Eilan.

Tegla zuckte mit den Achseln, wodurch die bunten Schnüre tanzten, die sie in ihr Haar geknotet hatte. Man sah ihr das Alter an, doch ihr Gesicht zeigte keine Anzeichen dafür, dass die Jahre sie boshaft gemacht hätten. Gonter hatte bisher wenig Kontakt mit ihr gehabt, glaubte aber nicht, dass sie zu den Feuerjüngern gehörte, die sich an Folter weideten und die Dämonen mit dem Schmerz kleiner Tiere erfreuten. Ihr Interesse am Geschehen rührte wohl eher von der generellen Faszination her, die Neues in ihr weckte.

Ein schwarzer Vogel landete vor Nartim. »Sternensehnen!«, schrie er.

»Bratz!«, rief Gonter erfreut und hielt Ausschau nach Midalin. Sofort hellte sich seine Stimmung auf. Die zierliche Blondine näherte sich auf dem Weg von der Stadt. Sie trug wieder ein blaues Kleid, das schien ihre Lieblingsfarbe zu sein.

»Sie soll mich nicht so sehen!«, rief Nartim. »Halte sie fort von diesem Ort, Prinz, ich bitte dich!«

»Bienchen!«, schrie Bratz.

Gonter eilte ihr entgegen. Von dieser grausamen Hinrichtung brauchte sie nichts mitzubekommen.

Midalin sah ihn zunächst etwas unsicher an, lächelte dann aber über das ganze Gesicht. »Ich dachte schon, du meidest mich!«, klagte sie. »Da fand ich, ich sollte mal nach dem Rechten sehen.«

»Ein ausgezeichneter Einfall.«

Er wechselte einen Blick mit Tegla.

Die Rottmeisterin nickte knapp. »Wir haben alles im Griff.«

Midalin und Gonter schlenderten zum Lager. Bratz hüpfte um sie herum.

»Man sagt, ein Giftpfeil hätte dich getroffen?«, erkundigte sich Midalin.

»Ja.« Er rieb seinen Hals. »Eine lästige Sache. Noch heute Morgen bin ich in meinem Schweiß aufgewacht.«

Midalin lüpfte eine Braue. »Hast du ein Zelt für dich allein? Als Rottmeister, meine ich?«

Unter seinem prüfenden Blick errötete sie.

»Ich meine … es wäre gut, wenn sich jemand deine Wunde ansieht, der etwas davon versteht.«

»Du, zum Beispiel.«

Ihr Gesicht wurde dunkler.

Schmunzelnd führte er sie in das Ausrüstungszelt, in dem auch sein Feldbett stand. Er entzündete eine Laterne, schloss den Eingang und setzte sich auf die Kiste mit Fackeln, die der Tross vor zwei Stunden gebracht hatte.

Midalin sah sich um, als sei sie eine Zeremonienmeisterin,

die einen Festsaal inspizierte. Dabei war das Zelt gerade einmal drei auf fünf Schritt groß, die senkrechten Planen reichten eineinhalb Schritt hoch, dann begann die Schräge. Zwei Pfosten stützten das Dach.

»Wo ist Bratz abgeblieben?«, fragte Gonter.

Wie zur Antwort landete draußen etwas geräuschvoll auf der Plane, eine Delle drückte sich durch.

»Er hat in den letzten Tagen ein wenig viel gefuttert«, sagte Midalin entschuldigend.

Gonter lachte.

»Wurdet ihr im Feld auch gut versorgt?«, erkundigte sich Midalin.

Gonter dachte an die Gewaltmärsche, mit denen Eivora sie unerbittlich vorangetrieben hatte. »Es hätte besser sein können.«

Midalin kam zu ihm, ihr süßlicher Duft stieg in seine Nase. Er bildete sich sogar ein, die Wärme ihres Körpers zu spüren, obwohl sie einen halben Schritt Abstand hielt. Das Kleid hatte sie sorgfältig angelegt, ihre Brüste wölbten sich gefällig im runden Ausschnitt.

»Stimmt es, dass du im Zelt deiner Kampfherrin geschlafen hast?« Ihre Stimme zitterte, als fürchte sie sich vor der Antwort.

»Das war früher …« Midalins Duft berauschte ihn. »Als ich in die Legion kam. Es ist vorbei.«

Sie lächelte. »Gut. Und was ist nun mit deiner Wunde?«

Gonter runzelte die Stirn. Wollte sie sich wirklich als Heilerin betätigen? Missdeutete er ihre schüchterne Freundlichkeit?

Er legte den Kopf schräg, um ihr die Stelle zu zeigen, an der ihn der Pfeil getroffen hatte. »Itena hat sie sofort ausgesaugt.«

Sanft tasteten Midalins Finger über seinen Hals. »Ich kann mir nicht vorstellen, dass sie das richtig gemacht hat …«

Sie beugte sich vor. Ihr Duft drang noch intensiver in Gonters Nase, und ihre Lippen schmiegten sich warm auf seine Haut. Er spürte den sanften Sog und den spielerischen Druck von Midalins Zunge an seinem Hals.

Nach einem langen Moment löste sie sich. Ihre grünen Augen baten um Zustimmung. Ihre Haut schimmerte im warmen Laternenschein wie Bronze.

»Möglicherweise habe ich noch weitere Pfeile abbekommen«, meinte er mit rauer Stimme. »In der Hitze des Gefechts kann man so etwas nicht ausschließen.«

Midalin lächelte wieder ihr breites Lächeln. »Und so klein, wie sie sind, könnten sie leicht durch ein Kettenhemd dringen.«

Ungeduldig löste er die Schnallen und zog seine Rüstung über den Kopf.

Erfreut lachte sie auf, als das Tuch, das sie ihm geschenkt hatte, unter dem Ärmel zum Vorschein kam. »Du hast es immer bei dir gehabt!«

Er wusste nicht, was er darauf sagen sollte. Eigentlich wollte er überhaupt nicht mehr reden.

»Das verdient eine Belohnung«, befand Midalin.

Sie trat dicht vor ihn, zog sein wattiertes Untergewand hoch und befreite ihn davon.

Er küsste, was der Ausschnitt von ihrem Busen freiließ, und zog die Verschnürung ihres Kleids auf.

Sie hockte sich zwischen seine Beine und löste seine Gürtelschnalle.

Er schob den Stoff über ihre Schultern. Ihre Haut war wunderbar warm und weich, und ihr Duft ... wohlig stöhnte er auf.

Verschwörerisch sah sie ihn an, als er ihren Oberkörper entblößte. Zärtlich strich er über die kleinen festen Brüste mit den rötlichen Warzen.

Mit sanfter Kraft drückte sie seine Hände zurück, bis er sich auf der Kiste abstützte. Dann öffnete sie mit kundigen Fingern seine Hose.

»Ich habe einen Pfeil gefunden«, flüsterte sie mit schalkhaftem Lächeln. »Aber klein ist er nicht.« Ihre Hand umfasste seinen Schaft.

Er stöhnte, als ihr warmer Mund ihn umfing.

»Ich will mich nicht in die Art mischen, wie Ihr diesen Krieg für mich führt«, versicherte Baron Horold mühsam beherrscht. »Aber Grinhoff ist gefallen, kaum, dass Ihr abgezogen seid, und die Wilden haben sich die Bäuche mit dreihundert meiner Untertanen vollgeschlagen!« Er wedelte mit dem gesiegelten Pergament in der Luft und knallte es auf den Tisch.

»Dann nutzt den Hass Eures Volkes!«, schrie Eivora ihn an. »Fähige Herrscher tun das! Wenn der Zorn so heiß brennt, braucht man ihn nur auf das richtige Ziel zu lenken. Lasst die Witwen der Gefressenen durch die Straßen ziehen. Macht die Überlebenden zu Helden. Bezahlt ein paar Verarmte, damit sie sich unter die Menge mischen, wo immer sie sich versammelt, und lasst sie nach Rache schreien.«

Horold stützte sich schwer auf den Tisch. »Glaubt Ihr, Ihr seid nun die Herrscherin an des Herrschers statt?«

Eivora ballte die Hände zu Fäusten, um das Zittern in ihren Armen zu unterdrücken, aber sie tat es hinter dem Rücken. Die anderen Kampfherren würden missbilligen, dass sie sich mit ihrem Dienstherrn anlegte. Vor allem Xerohn brächte kein Verständnis dafür auf, er würde sogar eine Bestrafung fordern. Er war so diszipliniert, dass er ebenso gut eine hohle Rüstung hätte sein können.

»Ihr zahlt nicht nur für unsere Klingen, sondern auch für unseren Rat«, brachte Eivora heraus. »Verzeiht, wenn ich ihn zu forsch vortrage.«

Horolds Blick schweifte über die Stapel von Schriftstücken. Seufzend nahm er die Jadekrone ab und legte sie auf einige Pergamente. »Ihr habt recht, was das Herz des Waldes angeht. Ich habe darüber nachgedacht. Es hat schon jetzt Besitz von mir genommen, ich werde unruhig sein, solange es nicht mein ist. Und seine Eroberung mag auch alle Schwierigkeiten beseitigen, die mir Arzulans Urwald zu bereiten droht. Aber ich glaube nicht, dass wir übereilt vorgehen können. Wenn wir Hitzköpfe mit dem Ruf nach Rache in den Nebel schicken, werden sie auf immer zwischen den Bäumen verschwinden.«

»Das muss kein Nachteil sein«, gab Eivora zu bedenken.

»Wenn man die Richtigen an die Spitze stellt, löst das Probleme – und vielleicht erweisen sich die faulen Früchte als unerwartet nützlich.«

Horold dachte nach. »Ich würde schwach erscheinen, wenn ich mich von den Forderungen des Pöbels treiben ließe.«

»Es muss nicht nur der Pöbel sein«, lockte Eivora. »Setzt ein paar Edle an die Spitze, die Ihr lenken könnt. Sie sollen sich mit kühlem Kopf empören.«

Er lachte auf. »Wie soll denn das aussehen?«

»Nun ...« Sie brachte eine Hand nach vorne, um damit zu gestikulieren, und ärgerte sich sofort über das Zittern. Diesmal war es schlimmer als nach der ersten Verwandlung. Die Erinnerung an ihren Flug als Feuervogel war intensiver und das Gefühl des Verlusts stärker. Sie trank zu viel Wein, um die Sehnsucht zu dämpfen. »Nun, die Edlen könnten Verständnis für den Wunsch nach Rache äußern, der im Volk auflodert. Zugleich führen sie weitere Argumente an. Sagtet Ihr nicht, der Fürst, der diesen Palast bewohnte, sei im Urwald verschwunden?«

»Ja«, bestätigte der Baron vorsichtig.

»Ausgezeichnet. Streut das Gerücht, man sei seiner ansichtig geworden. Eine unserer Streifen könnte dafür gut sein, vielleicht ist sie auf ein Lager der Wilden gestoßen und hat ihn als Gefangenen gesehen.«

»Und wenn man Eure Krieger befragen will?«

»Dann muss man sich zur Front begeben, wo sie Dienst tun. Dabei kann man gleich eine Horde Überflüssiger mitnehmen, und wenn sie erst einmal dort sind, befinden sie sich bald im ersten Gefecht. Einige ihrer Kameraden werden fallen. Das ändert alles. Man will sie zu Helden machen, sie sollen nicht vergeblich gestorben sein. So erschafft man Sinn und Rechtfertigung im eigenen Kopf.«

»Wo habt Ihr gelernt, so perfide Pläne zu schmieden?«, fragte er mit einer Mischung aus Bewunderung und Abscheu.

»Tut nicht so selbstgerecht!«, brach es aus ihr heraus. »Was ist denn mit Euren Mahlzeiten? Denen, die Ihr nicht in menschlicher Gestalt einnehmt? Wissen Eure Untertanen, wer der Panther wirklich ist, der die Verurteilten verschlingt?«

Mit den Fingerspitzen nahm Horold die Krone auf und setzte sie sich wieder aufs Haupt. »Mein Gehör lässt nach. Ich glaubte gerade zu verstehen, dass Ihr mir droht.«

Sie starrte ihn an. Wie konnte ein Herrscher nur so zaudern, wenn die Lösung all seiner Probleme offen vor ihm lag? Und die Belohnung für ein Minimum an Wagemut war das Herz des Waldes! Dieser Begriff, diese Verheißung, ging Eivora nicht mehr aus dem Kopf. Sie träumte von einem See aus Traumsaft, in dem sie baden konnte. Mandrua behauptete, er könne sich in viele Bestien verwandeln und sich an alle Einzelheiten erinnern. Wie wäre es, einer jener riesigen Alligatoren zu sein, denen Eivora in einem Sumpf begegnet war? Ein Leopard? Ein Falke? Ihr Mund wurde trocken.

»Ihr müsst entschlossen handeln«, sagte sie beinahe schon flehentlich.

»Ich muss mich besinnen«, versetzte er. »Lasst mich jetzt allein.«

Mit äußerster Selbstbeherrschung brachte Eivora eine Verbeugung zustande. Sie pflückte Aglix von der Schulter, als sie aus dem Raum ging, und ließ ihn über die bebenden Finger von Hand zu Hand krabbeln.

Mit einem tiefen Seufzen schloss sie die Tür hinter sich.

Neben der Treppe lehnte ein Mann an einer Säule, dessen tropfender Umhang verriet, dass er während des Regens auf der Straße gewesen war. Eine Kapuze verbarg sein Gesicht.

Eivora setzte Aglix zurück und spannte die Armbrust an ihrem Unterarm. Sie sah keine Ausbeulungen, die auf ein Schwert unter dem Umhang hingedeutet hätten, aber ein Dolch ließ sich leicht verbergen und konnte ebenso tödlich sein.

»Keine Sorge, Kampfherrin.« Er schlug die Kapuze zurück. »Ich bin es.«

Sie brauchte einen Moment, um Junker Welmon zu erkennen. Dann aber erinnerte sie sich an das Blutschwämmchen auf seinem kurz geschorenen Haupt.

Eivora wollte aus dem Palast hinaus, hier war ihr alles zu eng. Welmon schloss sich ihr an und ging neben ihr die Stufen hinunter.

»Wenn Ihr wegen dieses Lustknaben verärgert seid, der sich vor dem Schuldturm verbrannt hat …«

»Urlim war nur ein Sklave und Beliar schweigt«, beschwichtigte er. »Wir sollten uns mit Wichtigerem beschäftigen.«

Etwas in seiner Stimme ließ sie innehalten und sich ihm zuwenden. »Und was könnte das sein?«

»Das sollten wir woanders besprechen. Wie wäre es in Euren Räumlichkeiten, möglichst ohne viele Ohren?«

Sie wurde nicht schlau aus seiner Miene. »Worum geht es?«

Er beugte sich vor. »Ich war im Urwald und bin gescheitert«, raunte er ihr zu. »Aber das muss nicht die letzte Antwort auf die Sehnsucht sein, die wir teilen. Erl hat mir berichtet, dass Ihr nach dem Herzen des Waldes sucht.«

»Ich werde es erobern«, flüsterte sie.

»Sehr gut. Lasst mich dabei an Eurer Seite sein. Nichts als ein paar Wilde steht uns im Weg, ein paar Feiglinge vertrödeln hier in Faarinar ihre Zeit. Dies ist unsere Stunde.« Welmon hob die Linke und ballte sie zur Faust. »Zeit für entschlossenes Handeln.«

»Ich habe viertausend Krieger«, behauptete sie, obwohl ihr nur einhundert davon unterstanden und Verluste die Legion dezimierten. »Was könnt Ihr bieten?«

Er grinste wölfisch. »Ich kenne jemanden, der uns an unser Ziel führen kann.«

»Es hätte mir selbst einfallen können!«, schimpfte Eivora. »Stattdessen muss ich darauf warten, dass mich jemand wie Welmon auf das Offensichtliche stößt!« Sie nahm einen Zug. Als sie absetzte, zitterte die Weinflasche in ihrer Hand.

Der Homunkulus schmeckte, wie aufgekratzt sie war. Für Fiafila-Ignuto fühlte es sich an, als hätte sie Sand im Mund, solange sie die Kampfherrin ansah. Eivoras Blick war fiebrig, er zuckte über den Hofschamanen, über die Riesenulme, an deren

Brettwurzeln er gekettet war, und hinaus in die Dunkelheit. Wieder sah sie auf die Flasche, zwang sich aber, ihren Arm sinken zu lassen. Sie hatte bereits so viel getrunken, dass sie schwankte.

Trotzdem ist sie eine wichtige Verbündete, dachte Fiafila-Ignuto. *Wir können eine Kampfherrin auf unserer Seite gebrauchen. Vor allem, wenn Prekesta nur Spott für uns übrig hat und Iskala uns ihre Unterstützung entzieht.*

Die Befehlshaberin des Zauberbanners hatte sie zwar vor Nartims Mordplan gerettet, aber sie hatte auch sehr deutlich gemacht, dass sie keinen Wert in einer Avatar sah, der die Kontrolle über das Schwertfeuer entglitt. In jenem Gebäude, das Nartim als Falle genutzt hatte, musste ihr das Ausmaß von Fiafila-Ignutos Problemen klar geworden sein. Wilania-Pressito hatte sie auch dort wieder so in Beschlag genommen, dass sie ihr Umfeld vollkommen vergessen hatte. Ein Mädchen mit einem Küchenmesser hätte sie erledigen können.

»Aber wird Eivora uns wirklich nützen?«, fragte der Homunkulus in ihren Gedanken. *»Schau sie dir an! Sie ist eine Trinkerin.«*

Unmerklich schüttelte Fiafila-Ignuto den Kopf. *Der Wein ist nur ein Ersatz. Ihr fehlt etwas anderes. Etwas Magisches.*

Sie betrachtete den Schamanen. Mandrua war ein alter Mann, wie seine faltige Haut jetzt schonungslos offenbarte, da er nackt und bewusstlos an den Ketten hing, die seine Handgelenke hielten. Sein Kopf war auf die Brust gesunken, der wirre, helle Haarkranz fasste die fleckige Beinaheglatze ein. Dunkle Brandspuren verunzierten seinen Körper. Zum Teil machten sie die Hautbilder unkenntlich. In einer seiner Erinnerungen hatte Mandrua bereits offenbart, wie man sie ihm mit langen Dornen und farbigen Säften gestochen hatte.

»Ich glaube nicht an Magie. Auch in dem hier spüre ich Geistermacht, keine Zauberei.«

Viele würden darin keinen Unterschied sehen.

»Aber du begreifst ihn. Ein Magier zwingt die Welt entgegen den Regeln der Natur unter seinen Willen. Dieser Schamane vermag das nicht.«

Vermutest du.

»Er ist besessen. In seinem Körper hausen Wesenheiten, deren Möglichkeiten nicht an die greifbare Welt gebunden sind, weil sie ihr nicht entstammen.«

Der Effekt ist derselbe.

»Nein.« Ignuto lachte in ihrem Kopf. *»Dieser Mann zwingt die Welt nicht unter seinen Willen. Im Gegenteil, es muss anderen zu Gefallen sein.«*

Und was ist mit Midalins Degen? Ist das auch keine Magie?

»Lass dich von der kleinen Schlampe nicht verwirren!«

Yra kam hinter einer der Brettwurzeln, die wie Wände in die Höhe ragten, zum Vorschein. Sie kehrte mit zwei gefüllten Wassereimern vom Fluss zurück. Die in den Boden gesteckten Fackeln beleuchteten die Anstrengung im Gesicht der Magd, aber sie ließ sich nicht unterkriegen. *Sie ist stärker, als sie scheint.*

Einen Eimer stellte sie ab, den zweiten schwenkte sie vor und zurück. Als sie genug Schwung hatte, entleerte sie ihn auf den Gemarterten.

Prustend kam Mandrua wieder zu Bewusstsein.

»Macht weiter!«, rief Eivora sofort.

Fiafila-Ignuto sah sich um. Sie befanden sich in einer Senke, und der riesige Baum stand so, dass er den Fackelschein Richtung Lager zusätzlich verbarg. Es war eine knappe Meile entfernt, und der Fluss rauschte davor, also gab es eigentlich keinen Grund, eine Entdeckung zu fürchten. Dennoch fühlte sie sich beobachtet.

»Für das hier ist Eivora uns wirklich etwas schuldig«, meinte der Homunkulus.

Besser, wir bringen es schnell hinter uns.

Yra zog bereits eine Fackel aus dem Boden.

Fiafila-Ignuto nickte ihr zu und trat näher an den Gefangenen. Knisternd spreizte der Homunkulus die Ohren.

Mandruas Wimmern steigerte sich zu einem Schreien, als Yra die Flammen über seine Brust lecken ließ. Die Haare waren dort schon lange abgesengt, und die Jadeplättchen, die seine Brustwarzen zierten, waren schwarz vom Ruß.

»Wie finden wir das Herz des Waldes?«, wiederholte Fiafila-Ignuto die Frage, die Eivora so dringend interessierte.

Der Homunkulus schmeckte nicht nur die Angst und die Verwirrung, die Mandrua erfüllten, sondern auch Yras widerstreitende Gefühle. Da war Ekel vor ihrer eigenen Tat, etwas in ihr sträubte sich dagegen, den Greis zu quälen. Aber sie genoss es auch, und vor allem war sie stolz auf die Macht, die sie über ihn hatte. Solange die beiden anderen Frauen sie nicht zurückhielten, war er der Vierzehnjährigen ausgeliefert.

»Wer hätte gedacht, dass sich das Gör noch einmal so macht?« Ignutos Zufriedenheit war deutlich zu schmecken.

Du brauchst gar nicht so selbstgefällig zu sein. An ihrer Kraft hast du keinen Anteil.

»Wer hat sie denn aus ihrem kleinen elenden Leben gerissen?«

Das willst du dir anrechnen? Du hast einen Knaben dazu gebracht, sie zu schänden! Wut wallte in Fiafila-Ignuto auf.

Aber die Regung entglitt ihr, als würde jemand anderes sie ihr entziehen.

»Das Herz des Waldes!« Eivora drohte dem Angeketteten mit ihrer Flasche. »Beschreibe uns den Weg dorthin!«

Yra stieß die Flamme in den Bauch des Mannes.

Er schrie auf.

Ignuto sah eine Erinnerung, die er an seine Trägerin weitergab. Einen Arm, ganz nah … war es der eigene?

Ja … darauf war das Hautbild zu sehen, das Mandrua auf seinem rechten Unterarm trug, ein Skelett, aber kein menschliches. Der Schädel lief in einer langen Schnauze aus, spitze Zähne spickten das Maul. Die Zeichnung war grün, nur ein wenig heller, als sie jetzt schien. Vielleicht war sie nachgedunkelt, oder die Erinnerung trog.

Mandrua hielt den Ärmel seines Gewandes zurück, sodass er das Bild ungehindert betrachten konnte. Er drehte sich ein wenig nach links, dann wieder zur anderen Seite. Bäume waren zu erkennen und Schlingpflanzen, die sich um die Stämme rankten, mit rot-weißen Blüten, aber nur undeutlich. Mandruas Aufmerksamkeit richtete sich auf seinen eigenen Arm.

Das Hautbild veränderte sich! Fleisch wucherte über die Knochen. Es sah aus wie ein Leichnam, in den Dutzende Buschmesser gehackt hatten, sodass er eine einzige Wunde war. Sehnen, Adern … an einigen Stellen wucherte auch Schuppenhaut über den Körper, in dem Fiafila-Ignuto jetzt ein Krokodil erkannte. Während der Arm schwenkte, nahm auch das Fleisch ab oder wucherte stärker. Wenn er verharrte, veränderte sich das Hautbild nicht.

Es gibt also keine Magie?

»Das ist Geisterwirken«, behauptete Ignuto.

Das Krokodil öffnete sein schreckliches Maul, als wollte es Mandruas Faust verschlingen. In seinen Augen glühte unmenschliche Bosheit. Es war beinahe gänzlich wiederhergestellt, die Verletzungen in seinem Schuppenpanzer wurden zu Narben, wie Veteranen sie mit Stolz trugen.

Mandrua hielt den Arm still. Er hob den Blick, suchte eine Wegmarke und fand sie in einem überwucherten Felsen zwischen den Bäumen. Er ging los, die Erinnerung verblasste.

»Ein Wegweiser«, murmelte Fiafila-Ignuto.

»Was sagst du?« Eivora kam zu ihr, eine beinahe schon verzweifelte Hoffnung in ihren fiebrigen Augen. »Hast du etwas entdeckt?«

Fiafila-Ignuto horchte in sich hinein, hielt Zwiesprache mit dem Homunkulus.

»Ein Geist … in der Farbe … gebannt unter Mandruas Haut. Am Arm, das Krokodil. Dieser Geist … sieht … das Herz des Waldes. Ständig. Er findet immer den Weg.«

Eivoras Blick ruckte in die Dunkelheit jenseits des Fackelscheins.

Fiafila-Ignuto brauchte einen Moment länger, um Prekesta zu bemerken. Die Heroldin des roten Risses trat gemessenen Schritts in den Lichtschein. Sie trug die Kutte des Zauberbanners, ein Schleier verhüllte sie bis auf die Augen. »Hier steckt ihr also.«

Yra verneigte sich grinsend.

»Bestimmt hat die Metze uns verraten. Sie war zu lange fort, als sie das Wasser geholt hat.«

Prekesta nahm Yra die Fackel ab. »Hat euer Gast auch Freude an dieser kleinen Feier?« Sie betrachtete Mandrua aus der Nähe.

Der Alte stöhnte.

Prekesta hob die Linke und löste den Schleier.

Fiafila-Ignuto sah sie nur von hinten, Mandrua musste jedoch nun in das verschmorte und doch auf so seltsame Art bewahrte Antlitz blicken.

Der Homunkulus schmeckte seinen Schrecken sofort, aber der Greis brauchte eine Weile, bis er schrie. Interessanter waren allerdings die anderen Nuancen, die Ignuto wahrnahm. Er glaubte, dass sie von den Geistern kamen, und auch sie empfanden Furcht. Das war seltsam. Vermochte Prekesta ihnen etwas anzutun, wo das Feuer sie nicht erreichen konnte?

In wahnsinniger Angst riss Mandrua an seinen Ketten. Es gelang ihm sogar, eine davon aus dem Holz zu zerren, sie rasselte zu Boden.

Fiafila-Ignuto trat einen Schritt zurück, um aus seiner Reichweite zu kommen, falls er sie wie eine Peitsche schwingen würde.

Prekesta dagegen blieb nicht nur stehen, sie hob sogar sein Gesicht an und beugte sich vor. Küsste sie ihn etwa?

Mandruas Schreie gellten hinaus in die Dunkelheit. Er zappelte und zog an der noch befestigten Kette, doch diese hielt.

Der Homunkulus schmeckte die Vielfalt an Emotionen. Angst dominierte, aber auch verschüttete Sehnsucht brach sich Bahn, Gier, Scham, Hass und Dutzende Empfindungen mehr. Fiafila-Ignuto konnte sie nicht auseinanderhalten, sie wurden zu einer berauschenden Melange.

Ohne hinzusehen, streckte Prekesta die Fackel zur Seite. Yra nahm sie zurück.

Mit den in schwarzen Samthandschuhen steckenden Fingern fuhr die Heroldin des roten Risses über die Haut des Gefangenen.

»Nein, nicht über die Haut. Sie betastet die Tätowierungen.«

Einmal schrie Mandrua noch auf, dann sackte er kraftlos zusammen. Er hing mit ausgestrecktem Arm an der Kette wie ein Schwein am Fleischerhaken.

Prekesta legte ihren Schleier wieder an und entfernte sich einige Schritte.

Aglix huschte an Eivora hinunter und über den Boden zum Baum. Der Lurch schien zu versuchen, sich einen Reim auf das Geschehen zu machen.

»Sollen wir die Kette noch einmal festmachen, bevor wir ihn wieder aufwecken?«, fragte Eivora.

»Den kannst du nicht mehr wecken«, sagte Fiafila-Ignuto. »Er ist tot.«

Eivora schürzte die Lippen. Sie blickte von der Avatar zum Schamanen und dann zu Prekesta, die ihre Hände in die Ärmel der Kutte schob.

»Was machst du eigentlich hier?«, fragte die Kampfherrin die Heroldin des roten Risses.

Prekesta zuckte die Achseln. »Ich trage die Botschaft der Dämonen in die Welt. Zwietracht, Hass …« Sie lächelte. »Alles, was ihnen gefällt.«

Eivora musterte sie skeptisch. Ob sie abwog, wie weit sie ihr trauen konnte?

»Überhaupt nicht«, urteilte der Homunkulus. *»Aber sie darf sie auch nicht verärgern. Prekesta weiß zu viel, und die Kampfherren respektieren sie, weil sie den Dämonen nahesteht. Außerdem kann sie eine mächtige Verbündete sein.«*

Aber wenn ihr nicht zu trauen ist …

»Ihr nicht, aber ihren Gelüsten schon«, gab Ignuto zu bedenken. *»Sie sagt doch, was sie will: die Botschaft der Dämonen in die Welt tragen. Solange Eivoras Vorhaben das fördert, wird sie ihr helfen. Oder zumindest interessiert zuschauen, ohne sie zu behindern.«*

Zweifelnd betrachtete Fiafila-Ignuto den toten Schamanen.

»Wir hätten ihn ohnehin nicht laufen lassen können«, meinte der Homunkulus. *»Er hätte seinem Baron erzählt, was wir heute Nacht getrieben haben. Er musste sterben.«*

»Die Leiche muss verschwinden«, flüsterte Yra gerade laut genug, dass man sie verstand. »Wollen wir sie zum Fluss tragen?«

»Ich kann sie verbrennen«, bot Fiafila-Ignuto an. »Das ist gründlicher.«

»Hauptsache, du steigerst dich nicht wieder so sehr hinein, dass wir danach einen ganzen Tag lang ohnmächtig sind.«

»Das ist zu wenig.« Eivora sah die Weinflasche an und stellte sie mit einem Ausdruck des Bedauerns ab. »Man wird ihn vermissen und Fragen stellen. Die Stimmung in Faarinar wird immer feindseliger. Wir sollten sofort in den Urwald aufbrechen.«

»Dich verlangt es doch nur nach dem Traumsaft«, unterstellte Fiafila-Ignuto.

Eivora starrte sie an, blieb ihr jedoch eine Antwort schuldig.

»Ich will auch etwas davon«, forderte Fiafila-Ignuto.

»Von dem Traumsaft?«, schnappte der Homunkulus. *»Bist du wahnsinnig? Du siehst doch, zu was für einem Wrack dieses Zeug Eivora macht!«*

Vielleicht bin ich verrückt, aber ich habe eine Idee ... Und ich bin nicht sie. Ich habe dich.

»Es wird genug für uns alle da sein«, versprach Eivora, wich aber ihrem Blick aus.

»Bevor ihr ihn verbrennt ... den Arm sollten wir behalten.« Prekesta streckte Eivora mit fordernder Geste die Hand hin. »Dein Kurzschwert, bitte!«

10. Feuer

Eivora hätte auch mit geschlossenen Augen gewusst, dass sie zurück im Urwald war. Die Trommeln dröhnten mal weit entfernt, mal so nah, dass man hätte glauben können, die Wilden stünden hinter den ersten Bäumen, die die Lichtung begrenzten. Aber das war unmöglich, eine doppelte Postenkette sicherte das Marschlager.

Teile der Pikeniere, der Hellebardiere, der Schanzknechte, der Bogen- und Armbrustschützen, der gesamte Tross, das Sturm- und das Zauberbanner – dreitausendeinhundert Söldner waren bereits vereint. Zelte schlugen sie jetzt, zur Mittagsstunde, nicht auf, aber überall brannten Feuer, eines pro Rotte. Eivora hasste diese Verzögerung, aber die anderen Kampfherren waren ohnehin schon wütend, weil sie sie zum Marsch auf das Herz des Waldes zwang. Eivora durfte sie nicht noch weiter reizen, indem sie wieder einmal die Regeln eines Feldzugs ignorierte.

»Wir sollten Kundschafter aussenden, um einen Lagerplatz zu finden, den wir befestigen können«, meinte Xerohn mit seiner Fistelstimme. »Dort warten wir auf die anderen.«

»Dann können wir gleich nach Grinhoff zurückkehren«, schlug Pirlitu vor. »Dort finden wir feste Häuser vor.«

»Ein Drittel davon ist nach dem Angriff der Wilden baufällig.« Atirion schabte mit seiner Messerhand über seine rechte Wange.

Eivoras gereizte Sinne nahmen das Knistern der Bartstoppeln wahr, als stünde er direkt neben ihr. Dabei standen Xerohn und Razonn zwischen ihnen.

Nur Nomiron fehlte noch, alle anderen Kampfherren waren bereits eingetroffen. Gemeinsam mit Baron Horold hatten sie sich am Rand der Lichtung unter der weiten Krone einer Rieseneiche versammelt.

»Wir wären ohnehin zu viele«, stellte Eivora fest. »In Grinhoff leben neunhundert Menschen …«

»Jetzt nicht mehr!«

Sie überhörte Jakenas Bemerkung. Die Kampfherrin der Bogenschützen genoss jeden Fehler, den Eivora machte, und der Abzug aus Grinhoff gehörte sicherlich dazu.

»… also wird dort kein Quartier für drei- oder gar viertausend Söldner sein.«

Überall um sie herum waren die Geräusche des Lagers zu hören. Es erstreckte sich weit in den Wald hinein, Eivora war noch nicht einmal klar, ob die Nachhut bereits aufgeschlossen hatte. Auf der gegenüberliegenden Seite der Lichtung brannte das Schwertfeuer, sein bunter Schein war durch die heute nur dünnen Nebelschleier zu erkennen. Ob die Trommeln ihre Kraft verloren?

»Ihr könnt nicht nach Grinhoff«, sagte Horold.

Er hatte einhundert Krieger dabei, seine Leibgarde. Auch Feilas befand sich darunter. Er trug den Verband um den Oberarm wie eine Auszeichnung. Eivora hätte ihm besser in den Kopf geschossen.

»Beim Volk seid Ihr nicht mehr wohlgelitten«, fuhr Horold fort. »Ich habe schon Schwierigkeiten, die Abgaben für Euren Unterhalt einzutreiben.«

»Auch die Versorgung wird ein Problem, je tiefer wir in den Urwald vorrücken«, erklärte Atirion. »Die Marschverpflegung reicht für eine Woche, länger nicht.«

»Könnt Ihr nicht jagen?«, fragte Horold.

»Es verlangsamt uns, und selbst dann nährt der Wald keine ganze Legion. Für ein Dorf braucht Ihr auch Äcker. Die haben wir hier nicht.«

»Was folgt daraus?«

»Am besten würden wir Versorgungslager entlang der Strecke einrichten, auf der wir marschieren. Mit Kommandos, die sie bewachen, bis die Haupttruppe eintrifft.«

Die Blicke richteten sich auf Prekesta, die auf der Lichtung stand und sich mit Mandruas am Ellbogen abgetrenntem Arm drehte. Eivora fragte sich, ob Horold etwas vom Schicksal seines Hofschamanen ahnte. Er erkundigte sich nicht, doch das mochte Berechnung sein. Es ging um das Herz des Waldes, jenen geheimnisvollen Ort, von dem niemand wusste, was den Eroberer dort erwartete …

Das Blut rauschte in Eivoras Ohren. An diesem Tag kamen ihr alle Geräusche unnatürlich laut vor, beinahe schmerzhaft!

»Wir sollten so schnell wie möglich vorrücken«, sagte sie. »Die Wilden vor uns hertreiben. Eine Entscheidung erzwingen, bevor sie eine wirksame Abwehrstrategie entwickeln.«

»Wir wissen noch nicht einmal, wie dieses Herz des Waldes aussieht!«, rief Atirion.

»In jedem Fall müsst Ihr die Kräfte der Wilden binden.« Horold verschränkte die Arme. »Meine Truppen beziehen die Stellungen in den Siedlungen, die Ihr verlasst, aber einem massiven Angriff könnten sie nicht standhalten. Deswegen habe ich Euch ja auch unter Kontrakt genommen.«

»Gut, dass Ihr das ansprecht«, fiel Asliva ein. »Offensichtlich hat sich unser Auftrag geändert. Es geht nicht mehr um Garnisonsdienst, sondern um die Erstürmung einer Festung.«

»Wir wissen nicht, ob das Herz des Waldes befestigt ist«, wandte Eivora ein.

»Und wir sollten nicht verhandeln, solange noch nicht alle Kampfherren hier sind«, gab Oraneta, die untersetzte Befehlshaberin der Schanzknechte, zu bedenken.

»Das wäre kein Problem«, säuselte Xerohn. »Wir haben vereinbart, dass jeder Kampfherr für die gesamte Legion sprechen darf. Zu neunt können wir jede Änderung des Kontrakts siegeln.«

»Es wird Euer Schaden nicht sein!«, beteuerte Horold. »Was immer wir im Herzen des Waldes finden, werden wir teilen.«

»Und wenn es dort nichts von Wert gibt?«, hakte Jakena nach. Ihr Harnisch schimmerte im fahlen Tageslicht.

»Das werden wir sehen, wenn wir dort sind«, meinte Eivora.

»Falls wir überhaupt dort ankommen«, knurrte Atirion. »Sie wechselt ständig die Richtung.« Er nickte zu Prekesta. »Gut möglich, dass wir im Kreis laufen.«

»Sie findet die beste Strecke«, behauptete Eivora, »nicht die kürzeste. Leider sind wir keine Vögel, die schnurgerade durch die Luft fliegen.«

In der Tat war der Weg, den die Heroldin des roten Risses bislang geführt hatte, gut gangbar. Trocken, nicht zu dicht bewachsen, mit maßvollen Steigungen. An diesem ersten Vormittag hatten sie bestimmt bereits mehr als zehn Meilen zurückgelegt. Für einen vollen Tag auf guter Straße rechnete man fünfundzwanzig, bei einem Gewaltmarsch bis zu fünfunddreißig. Nur Xerohns Hellebardiere schafften mehr.

»Kundschafter wären dennoch gut«, murrte Atirion.

»Da kommen schon welche zurück.« Eivora klaubte Aglix vom Stamm der Rieseneiche, verließ den Kreis der Kampfherren, ohne deren unwilliges Geraune zu beachten, und ging Nirto entgegen, der am Rand der Lichtung auf sie zukam.

Sie hatte seine Rotte mit Junker Welmon ausgeschickt. Ihr Auftrag umfasste allerdings nicht die Erkundung des Weges, aber das brauchte Atirion nicht zu wissen. Nirto trug einen abgedeckten Korb, und Welmon sah zufrieden aus. Vorfreude brannte in Eivoras Adern.

Gerade noch beherrschte sie sich, den beiden nicht entgegenzurufen, sondern zu warten, bis sie leise miteinander sprechen konnten. »Habt ihr welche gefunden?«

Welmon grinste breit. »Sie mögen diese weißen Blumen, die klingeln, wenn man ihre Blüten berührt, und im Dunkeln leuchten. Überall, wo die wachsen, gibt es auch Feen.«

Nirto lüpfte das Tuch.

Aglix nutzte die Gelegenheit und sprang in den Korb. Darin saßen fünf Geschöpfe, die ebenso klein waren wie der Feuersalamander. Das war allerdings ihre einzige Ähnlichkeit. Wenn man flüchtig hinsah, konnte man sie für winzige Frauen halten. Die Proportionen gaukelten einen Kopf, die Andeutung weiblicher Brüste, runde Hüften und lange Beine vor. Diese Beine waren jedoch zusammengewachsen, und die Arme dieser Wesen saßen mittig am Oberkörper, nicht an den Schultern. Das Gesicht erinnerte mit den großen, dunklen Knopfaugen und dem zusammengerollten Rüssel an einen Schmetterling.

»Sie haben gar keine Flügel«, wunderte sich Eivora.

»Bevor wir sie gefangen haben, hatten sie welche«, bemerkte Nirto trocken.

»Sie sollen uns ja nicht wieder davonschwirren.« Welmon grinste.

Eivora runzelte die Stirn. Behutsam nahm sie Aglix aus dem Korb, bevor der neugierige Lurch nach den Feen schnappte. Wahrscheinlich war ihre Ähnlichkeit zu Frauen irreführend. Es waren nur Tiere. Und dennoch taten sie ihr leid. Aber der Traumsaft … sie schluckte, weil sich ihr Mund trocken anfühlte.

»Ich habe eine spezielle Presse dabei«, erklärte Welmon. »Damit geht nichts von ihrem Blut verloren.«

»Sehr gut«, befand Eivora, aber die Worte hörten sich falsch an.

Nirto schlug das Tuch wieder über den Korb. »Das sieht nach Ärger aus.« Er zeigte auf das Schwertfeuer. Von dort eilten Meldeläufer in verschiedene Richtungen, auch zu den Kampfherren und zu Eivora.

»Sie kommen!«, verkündete Worran. Der am gesamten Körper tätowierte Mann war ein guter Kundschafter, aber Iskala achtete darauf, dass die Krieger des Zauberbanners viele Rollen ausfüllten. Das hielt sie geistig beweglich. So musste auch Worran manchmal die Botschaften der Avatar überbringen.

»Ich nehme das.« Eivora griff sich den Korb mit den Feen. »Wie viele Gegner?«, fragte sie Worran.

»Das weiß ich nicht.«

Ihr gefiel es, wenn ein Krieger nicht herumschwafelte. Unhaltbare Spekulationen führten nur zu Fehlentscheidungen, und die luden eine Niederlage ein.

»Aber sie kommen von drei Seiten. Ich soll das zweite Hellebardierbanner alarmieren.«

Eivora entließ ihn mit einem Nicken und eilte mit schnellem Schritt zum Schwertfeuer, ebenso wie die anderen Kampfherren.

Fiafila-Ignuto schien sich ihrer Sache sicher. Sie befahl, die Posaunen zu blasen.

Die Söldner an den Lagerfeuern auf der Lichtung hatten bereits aufgemerkt, als die Meldeläufer abgeschickt worden waren. Jetzt setzten sie die Helme auf und griffen ihre Waffen.

In der Mitte des Schwertfeuers züngelten orangefarbene Flämmchen in einem annähernd ovalen Bereich, der beinahe die gesamte Eisenplatte einnahm. Im Westen, Norden und Osten brannte das Feuer rot und grün. Die Farben hatten nichts mit der Truppenzugehörigkeit zu tun, sie zeigten die Emotionen der Kämpfer an. Rot und Grün standen für Hass und Angriffslust, das Orange für unterdrückte Aggression. Noch bewahrten die Söldner des Klingenrauschs einen kühlen Kopf.

Gehilfen versuchten, mit verkohlten Stäben die Geländeformationen auf das Eisen zu zeichnen. Das war eine schwierige Aufgabe, weil sie nur anhand der Truppen, die sie sahen, entscheiden konnten, wo sich deren Entsprechung in den Flammen befand. Kartenzeichnungen auf Pergament sollten ihnen helfen, aber der Fokus des Schwertfeuers konnte sich verschieben, und manchmal entsprach ein Zoll zehn Schritt, manchmal aber auch einhundert. Ständig mussten die Kohlestriche korrigiert werden, um den Kampfherren eine einigermaßen sichere Orientierung zu erlauben.

Fiafila-Ignuto stützte sich auf den Tisch und starrte in die Flammen. Vermutlich würden einige von ihnen gleich Figuren ausbilden, Krieger, wie sie dort draußen kämpften, Hellebardiere, Pikeniere, Armbruster, auch Wilde. Momenteindrücke, die eine kurze Weile bestanden und dann wieder in sich zusammenfielen. Noch aber gab es auf dem Schwertfeuer nur unterschiedlich hohe Flammenzungen, wie zu Chastro-Ignutos Zeiten. Fiafila-Ignutos Vorgänger hatte das Artefakt bei Weitem nicht so umfassend beherrscht.

»Pass auf!«, schnauzte Eivora Midalin an, weil sie mit dem Zeichenstab beinahe Aglix von ihrem Arm ins Feuer gewischt hätte. Die Blondine war Gonters neue Liebelei, und sie hatte einen Vogel, der andauernd enervierend schrie. Eivora hasste sie.

Befehle hallten über die Lichtung und aus dem Wald. Stahl klirrte. Auf dem Eisentisch züngelte eine grüne Flamme eine Handspanne hoch auf, was normalerweise bedeutete, dass an der bezeichneten Stelle jemand starb. Prasseln kündete von Schmerz. Figuren bildeten sich noch immer nicht aus.

»Die Schanzknechte nach Osten«, schlug Xerohn vor. »Die Pikeniere in ein Hufeisen, fünfzig Schritt entfernt von der Lichtung. Meine Hellebardiere verstärken im Norden.«

»Auflaufen lassen, bis sie sich zu einem massiven Pulk zusammendrängen«, nahm Jakena den Faden auf. »Dann zurückfallen. Erst langsam, dann schneller Rückzug über die Lichtung. Wenn die Wilden nachrücken, haben meine Bogenschützen bestes Schussfeld.«

»Wir dünnen sie schon im Wald aus«, verkündete Pirlitu ihre Strategie für die Armbruster.

Die Kampfgeräusche wurden lauter und zahlreicher. Viele Flammen flackerten im Schwertfeuer, die grün brennende Angriffslust breitete sich immer weiter aus.

»Was hast du mit dem Sturmbanner vor?« Xerohn blickte Eivora aus seinen tief liegenden Augen an.

Sie schwitzte, sie stand nah am Schwertfeuer. *Wo hat Welmon die Feen gefunden?*, fragte sie sich. Wieso hatte sie sich nicht sofort danach erkundigt?

Nirto und er waren von Süden auf die Lichtung getreten, aber waren sie direkt von der Fundstelle gekommen?

Ich habe keinen besseren Anhaltspunkt. »Süden.«

»Wieso Süden?«, fragte Xerohn. »Alle vier Rotten? Vielleicht solltest du zwei in den Wald …«

»Süden!«, rief sie scharf.

Sie bückte sich und hob den Korb auf.

Fiafila-Ignuto, die zuvor vertieft in das Schwertfeuer gewesen war, sah auf. »Sind das Feen?«, fragte sie.

Alle Blicke richteten sich auf Eivora.

Die Kampfherren warteten darauf, dass die Avatar ihre besonderen Fertigkeiten entfaltete und das Schwertfeuer Figuren von Kämpfern ausbildete. Dass sie ins Schlachtgeschehen eindrang und genaue Informationen in Erfahrung brachte, die sie für ihre Taktik verwenden würden. Fiafila-Ignuto wusste das. Aber ihr war auch klar, dass Wilania-Pressitos Geist darauf lauerte, dass sie sich ins Schwertfeuer gleiten ließ.

Für den Moment lenkte ihre Frage die Aufmerksamkeit der Versammelten auf den Korb. Fiafila-Ignutos Interesse hatte er bereits erregt, als Eivora ihn unter den Eisentisch geschoben hatte. Der Homunkulus schmeckte Angst und Verzweiflung und zugleich eine unendlich naive Hoffnung, dass sich alles wundersam zum Guten wenden würde. So intensiv nahm er Gefühle eigentlich nur wahr, wenn jemand mit Feuer gefoltert wurde. Das faszinierte ihn.

Jetzt begreifst du, dass hier doch eine Kraft wirkt, die jenseits des Greifbaren agiert, dachte Fiafila-Ignuto mit leisem Triumph.

»Diese Kraft erscheint mir geisterhaft«, verteidigte sich der Homunkulus. *»Ich bezweifle, dass es eine Magie ist, die von einem Wesen ausgeht, das gänzlich in der greifbaren Welt existiert.«*

Und was ist mit dem Feuerdegen?

Auch die Nähe von Midalins Waffe spürte der Homunkulus jetzt. Früher war das nicht der Fall gewesen. Er war wohl besonders achtsam, seit er wusste, welche Macht die Runen bargen.

Eivora setzte an, sich ohne Antwort abzuwenden.

»Lass sie mir hier«, sagte Fiafila-Ignuto schnell. »Ich brauche sie.«

Eivora erstarrte.

»Sie werden mir nützlich sein.«

»Bist du wahnsinnig? Was willst du ausgerechnet jetzt mit diesen Feen? Willst du sie auspressen und ihr Blut trinken?«

Genau das. Ihr Blut ist der Traumsaft.

»Du willst dich jetzt betrinken? Mitten in der Schlacht? Dafür werden sie uns verbrennen!«

Dann achte besser darauf, dass ich bei Besinnung bleibe, mein treuer Gefährte.

»Mach schon, was sie sagt!« Atirions Geste hätte etwas Bedrohliches haben können, weil er sie mit der Rechten ausführte, an der eine geschliffene Klinge die Hand ersetzte. Er stand jedoch auf der anderen Seite des breiten Tisches, die Flammen züngelten zwischen den beiden. »Die Avatar soll kriegen, was sie haben will. Wir brauchen ihre Kraft.«

»Das gehört mir.« Eivora drehte sich ein Stück weg, als wollte sie den Korb mit ihrem Körper schützen. Der Homunkulus schmeckte ihre Furcht vor dem Verlust.

»Eivora!«, donnerte Iskala. »Das reicht! Deine Eskapaden gehen zu weit. Gib ihr den Korb, und dann kümmere dich ums Sturmbanner. Deine Krieger stehen hier untätig herum, während ihre Kameraden kämpfen.«

Ignuto schmeckte Zorn. *»Verletzter Stolz.«*

»Eivora wird weitere besorgen, dort, wo diese hergekommen sind«, sagte Fiafila-Ignuto. »Für sie wird das kein Problem sein.«

»Natürlich nicht!«, schnappte Eivora.

»Dann kannst du ihr ja diese überlassen«, befand Atirion hörbar genervt.

Unentschlossen stand Eivora neben dem Tisch.

Iskala griff den Korb. »Lass los, Eivora.« Ihr roter Blick bohrte sich in die Augen ihres Gegenübers, im Stirnrubin loderte der Widerschein des Schwertfeuers. »Es reicht.«

Eivora gab den Korb frei. »Ich habe keine Zeit für solche Kindereien!« Ignuto schmeckte ihren Trotz, als sie eilig davonschritt.

Fiafila-Ignuto winkte. »Yra.«

Die Magd nahm Iskala den Korb ab und brachte ihn zur Avatar. Vorsichtig öffnete sie die Verschnürung und lüpfte das Abdecktuch.

Sie sehen tatsächlich so aus, wie man sich Feen vorstellt!, erkannte Fiafila-Ignuto überrascht. *Winzige, zierliche Frauen.*

»Siehst du die Wunden auf dem Rücken?«

Eines der kleinen Wesen kroch von Fiafila-Ignuto fort. Es bewegte sich wie eine Raupe, offenbar hatte es keine richtigen

Beine, sondern nur einen gekerbten Unterleib. An seinem schmalen Rücken klebten zwei unförmige, halb durchsichtige Klumpen, wie grünliches Harz.

Fiafila-Ignuto griff in den Korb und hob eine Fee heraus. Sie war so leicht wie ein leerer Becher.

Man hat ihnen die Flügel ausgerissen.

»Willst du nicht ihr Blut trinken?«

Wieso bist du auf einmal so begierig darauf?

Der Homunkulus brauchte nicht zu antworten. Fiafila-Ignuto schmeckte seinen Willen zu zerstören und seine Gier auf die Macht, die im Blut der Feen lag. Er widersetzte sich nicht länger dieser Erkenntnis.

Fiafila-Ignuto überlegte, ob der Homunkulus etwas vor ihr zurückhielt. Erkannte er mehr in diesen Wesen, als er ihr mitteilte?

Da war eine Ahnung … Kam sie aus ihr selbst, oder spürte sie in sich etwas von Ignutos Wissen? Die Fee in ihrer Hand schien ihr … eine Hitze auszuströmen wie ein Klumpen zähflüssigen Magmas. Aber sie verbrannte sich nicht, und das lag wohl kaum daran, dass sie ihren dornenbewehrten Handschuh trug. Diese Hitze wirkte nicht auf den Körper, sie brannte in einer anderen Sphäre.

»Nun mach schon!«, drängte der Homunkulus.

Als sähe sie einer anderen zu, beobachtete sie, wie sie die Fee über ihre Lippen hob. Sie legte den Kopf in den Nacken und öffnete den Mund. Fiafila-Ignuto nahm die zweite Hand dazu und drückte.

Das zappelnde Wesen ließ sich leicht zerquetschen, wie ein Schmetterling. Aber es war viel saftiger. Das Blut hatte ein helleres Grün als die Haut. Es spritzte auf Fiafila-Ignutos Zunge.

Achtlos ließ sie die tote Fee fallen. Der Traumsaft schmeckte zuckersüß. Er kribbelte in ihrem Hals, ihrem Bauch, ihren Adern. Mit beiden Händen hielt sie sich an der eisernen Kante des Schwertfeuers fest.

Halt mich! Halt mich in meinem Körper!

Das Blut und mit ihm der Traumsaft strömte durch die Adern

der Frau auch in den Homunkulus. Seine Ohren entfalteten sich, er zitterte.

Bleib bei mir! Halte uns!

Einer der Kampfherren rief etwas.

Sie konnte sich nicht damit befassen. Sie starrte auf die bunten Flammen des Schwertfeuers und tauchte hinein.

Sie schien zu schrumpfen. Die eingeschmiedeten Schwerter ragten auf wie die Steilhänge einer Schlucht, die Flämmchen wurden zu einem Feuersturm. Jenseits davon sah sie die blauen durchscheinenden Körper der Geister, die an das Artefakt gebunden waren. Einige erschienen nur als lang gezogene Bahnen, die sich in der Ferne verloren. Sie beobachteten das Kampfgeschehen und weideten sich an Schmerz, Hass und Tod. Andere wuchsen mit dem Rumpf aus dem Eisen. Sie trugen gedrehte Hörner, spitze Zähne ragten aus ihren Mäulern, Schlitzpupillen betrachteten sie gehässig. Einige waren bizarre Gestalten, bei denen die Fänge den gesamten Kopf ersetzten, denen Tentakel aus den Schultern wuchsen oder deren Pranken aus Hornplatten bestanden.

Wo steckte Wilania-Pressito?

Fiafila-Ignuto schrumpfte weiter, bis die Feuerwände ein Labyrinth formten.

»Sei auf der Hut!«

Jetzt ist die falsche Zeit für Vorsicht.

Sie schritt durch die flammenden Schluchten, folgte ihren Verzweigungen. Von Wilania-Pressito fand sie keine Spur.

»Warum kümmern wir uns nicht um die Schlacht?«

Das ist ein kluger Gedanke, lobte sie. *Entweder, wir bringen die Leistung, die die Kampfherren von uns erwarten, oder Wilania-Pressito versucht, uns daran zu hindern. Dann haben wir sie.*

»Ich hoffe, dass ich den Traumsaft beherrschen kann.«

Du wolltest ihn doch auch schmecken. Macht dein eigener Mut dir jetzt Angst?

»Was hast du dir nur dabei gedacht?«

Das wirst du merken, wenn wir ihr gegenüberstehen. Sie wunderte sich, dass der Homunkulus ihren Gedankengang nicht erfasste.

Das bewies, dass es noch immer Bereiche ihres Verstandes gab, die ihm verschlossen waren.

Sie blieb mit ihrer Wahrnehmung im Artefakt, wandte sich aber an die Geister. »Zeigt mir mehr! Ich will Einzelheiten. Ich will spüren, was dort draußen geschieht.«

Sie war sich ihres Körpers bewusst, der unbewegt an den Eisentisch geklammert stand. Zugleich sah sie sich in der Feuerschlucht, und nun kam eine dritte Wahrnehmung hinzu. Sie war ein Pikenier inmitten seiner Kameraden. Die lange Stangenwaffe hatte sie vorgestreckt, die Spitze befand sich drei Schritt vor ihr. Damit stocherte sie gegen die Horde kreischender Wilder. Dunkles Blut klebte auf ihren violett bemalten Körpern, aber das schreckte sie nicht. Einige hackten sich mit Keulen und Äxten aus Gelbjade heran, waren schon so nah, dass der Pikenier sie nicht mehr erreichen konnte. Die Versuchung war groß, die Hauptwaffe loszulassen und stattdessen den Dolch zu ziehen, um sich damit zu verteidigen. Aber das hätte eine Lücke in die Kampfreihe gerissen, durch die die Wilden hätten vordringen können wie Wasser, das durch einen Deich brach. Er starrte auf seinen näher kommenden Gegner, auf seine weit aufgerissenen, blutunterlaufenen Augen, die Jadeplättchen in den Wangen, auf die rot gefärbten Zähne. Er hörte sein Kreischen. Die Axt schlug nur knapp vor den Fingern des Pikeniers gegen den Schaft. Eisern hielt er fest und stieß zu, traf irgendwo, wo er es nicht sah, weil er nur Augen für den nahen Tod hatte. Und dann rettete ihn ein Kamerad. Aus der dritten Reihe stieß eine Pike vor und durchbohrte die Brust des Wilden. Fiafila-Ignuto stöhnte in Triumph und Erlösung.

Kurz wurde ihr schwindelig, dann war sie eine Bogenschützin. Sie sah Nirto vor sich, der aschblonde Rottmeister hatte seinen Helm verloren und rang am Boden mit einer Chimäre, halb Mensch, halb Wolf. Sie sah nicht, wie das ausging, denn die Bogenschützin wandte den Blick einem anderen Ziel zu. Ein Bärenmann brüllte mit erhobenen Pranken. Sie zielte auf den Bauch, der ihr die verwundbarste Stelle zu sein schien, weder durch Pelz noch durch einen harten Schädelknochen geschützt.

Bevor sie miterleben konnte, wie der Pfeil losschnellte, traf Fiafila-Ignuto ein harter Schlag in die Seite. *Sie* wurde geschlagen, nicht die Bogenschützin.

Ihre Wahrnehmung kehrte vollständig in die Feuerschlucht zurück. Da war sie: Wilania-Pressito! Blau und durchscheinend stand sie vor einer Flammenwand, das Haar fiel auf die rechte Schulter, links hockte ihr Homunkulus, in dessen Augen die Bosheit loderte, die er im Verlauf seiner langen Existenz angesammelt hatte. Und jetzt, als Geist, konnte er noch Jahrhunderte bestehen, immer böser und mächtiger werden … War das der Plan der anderen Avatar? Das Schwertfeuer, an das sie gebunden war, zu ihrem Königreich zu machen? Sich die anderen Geister zu unterwerfen, hier zu herrschen und die Kraft des Artefakts nur noch dem zur Verfügung zu stellen, der mit seinem Dienst dafür zahlte?

»Das Schwertfeuer gehört dem Klingenrausch«, knirschte Fiafila-Ignuto.

»Verschwinde von hier, oder ich werde deinen Verstand zerfetzen!«, drohte Wilania-Pressito. *»Du wirst eine sabbernde Idiotin werden.«*

»Deine Zeit ist vorbei«, gab Fiafila-Ignuto zurück. »Du wirst dich unterwerfen. Für jetzt und für alle Zeit.«

»Durch deinen Zorn schlägt dein Herz schneller«, stellte der Homunkulus fest.

Gut.

»Nein. Dadurch dringt der Traumsaft rascher in dein Fleisch. Bald kann ich nicht mehr zurückhalten, was er zu tun versucht. Wir werden uns in ein Tier verwandeln!«

Fiafila-Ignuto lachte, was Wilania-Pressito offensichtlich verwirrte. Sie blieb stehen, obwohl sie die Arme bereits ausgebreitet und die Hände zu Fäusten geballt hatte.

Einen Magmastrom kann man nicht aufhalten, dachte Fiafila-Ignuto. *Aber man kann ihn leiten. Bring die Kraft des Traumsaftes hierher, zu mir, und wir werden Wilania-Pressito verbrennen!*

»In das Schwertfeuer?«, zweifelte Ignuto.

Ja. Und lass die Verwandlung zu. Bewahre nur unseren Verstand. Konzentriere dich darauf, dass unsere Instinkte uns nicht überwäl-

tigen. Sonst zerstören wir mehr als nur Wilania-Pressitos Aufsässigkeit.

Ihre Gegnerin wirkte wie eine wirbelnde Fackel, verwischte kurz mit einem Prasseln, um unmittelbar vor ihr wieder Gestalt anzunehmen. Ihre in blauem Feuer brennende Faust schlug in Fiafila-Ignutos Bauch. Nicht *dagegen*, sondern *hinein*. Die Hitze wütete in ihren Gedärmen.

»Ich kann nicht mehr … zurückhalten …«

Fiafila-Ignuto krallte sich in die Schultern ihrer Gegnerin. Ihre Hände verschmorten.

Wilania-Pressito lachte.

»Wir müssen fliehen!« Der Homunkulus versuchte, ihren Verstand zurück in ihren Körper zu ziehen.

Nein! Wir weichen nicht! Fiafila-Ignuto starrte in das zähnefletschende Gesicht ihres Gegenübers, das immer deutlichere Züge annahm, und wandelte ihren Schmerz in Wut. Sie ließ sich nicht nur in den Zorn fallen, sie stürzte sich hinein, ganz und gar. *Achte auf unseren Verstand und lass alles andere los! Gib mir die Macht des Traumsafts!*

Am Rande ihrer Wahrnehmung spürte sie, wie ihr fleischlicher Körper zitterte. Die Dornenpanzerung wurde eng, besonders am Rücken.

In der Feuerschlucht wuchs Fiafila-Ignuto. Ihr Brustkorb schwoll an und füllte sich mit Hitze. Sie breitete die Arme aus und zog sie nach hinten, bis ihre Schulterblätter aneinanderstießen. Aber auch dort bekam sie im Anwachsen weiteren Raum, sie konnte die Arme weiter nach hinten ziehen, bis sie auf ihrem Rücken angelangten. Die Ellbogen zogen sich näher zum Körper heran, die Finger schossen in die Länge, und ledrige Haut spannte sich zwischen ihnen.

Mit offenem Mund stolperte Wilania-Pressito zurück.

Fiafila-Ignutos Sichtfeld veränderte sich. Ein roter Schleier legte sich darüber, als würde sie die Welt durch ein Feuer betrachten, und es erweiterte sich zu den Seiten hin. Aus ihrem Gesicht wuchs etwas nach vorn, breit und lang, mit Schuppen bedeckt. Die Nasenöffnungen wurden zu Nüstern, die oben auf der Schnauze lagen, die Zunge spaltete sich und wurde länger als ein Arm. Hitze sammelte sich in den Feuerdrüsen in ihren Wangen.

»Ein Drache! Wir werden zu einem Drachen!«, jubelte Ignuto.

Behalte unseren Verstand im Griff!

Fiafila-Ignuto drehte den Kopf, der inzwischen auf einem schlangenartigen Hals saß, nach links und erblickte dort ein zweites Drachenhaupt mit schwertlangen Reißzähnen. *Ein zweiköpfiger Drache. Fiafila und Ignuto.* Die beiden Hälse wuchsen aus demselben Leib. Kräftige Beine trugen ihn, schwarze Krallen bogen sich aus gewaltigen Tatzen. Die Arme waren zu Flügeln geworden, und die Versuchung war groß, sich in die Luft zu schwingen, um die Welt zu verbrennen.

Fiafila-Ignuto brüllte und spie einen Feuerstrahl, der ein Haus hätte umhüllen können, in den Himmel. Der zweite Kopf hob sich und spuckte ebenfalls Flammen. Vereint wuchs das Feuer zu einem Ball an wie die Krone eines Riesenbaums.

Halte uns!

Die Wut blieb stark in ihr. Sie stampfte auf, der eiserne Grund bebte. Vor ihr zitterte Wilania-Pressito auf ihren Knien.

»Sie war immer nur lästig. Dumm war sie nie.«

Sie erkennt, dass sie verloren hat.

Der Drache hätte sie mit dem Fuß zermalmen können. Er hätte sie mit den Krallen an den Flügeln oder mit den Zähnen zerreißen können. Er hätte sie mit seinem Feuerodem zu Asche machen können.

Nein. Sie soll uns dienen.

Fiafila-Ignuto brüllte. Sie wusste, dass Wilania-Pressito sie auch ohne artikulierte Worte verstand. *Du wirst dich unterwerfen!*

»Ja, Herrin. Auf jetzt und ewig.« Echte Ehrfurcht klang in ihrer Stimme.

Geh und sammle Informationen auf dem Schlachtfeld!

Wilania-Pressitos Aufbruch glich einer Flucht. Wieder verwischte ihre Gestalt wie eine Flamme, die ein Windstoß in die Länge zog. Sie eilte durch die Feuerschlucht davon.

Fiafila-Ignuto gönnte sich zu fliegen. Zwei Schläge mit den

Schwingen, dann lösten sich ihre Füße vom Eisen. Sie ermahnte sich, nicht zu weit aufzusteigen, und genoss das Flammenmeer unter sich. Sie sah die Kampfherren, die mit erstaunten Gesichtern um den Eisentisch standen. Sie erschienen verzerrt, außerhalb des Artefakts nahm ihre Wahrnehmung ab.

Wie wäre es wohl, sich in der greifbaren Welt zu verwandeln? Zu einem körperlichen Drachen zu werden? Über Gebirge, Wälder oder Städte zu fliegen, Schrecken in die Herzen der Menschen zu tragen, Bäume, Wiesen und Häuser zu verbrennen?

»Schau!«, forderte der Homunkulus.

Sie folgte dem Blick des anderen Drachenkopfs. Zwischen den Kampfherren stand eine Gestalt, die sie klar erkennen konnte. Dennoch sah sie nicht, wer es war, denn sie trug eine Rüstung, die sie vollständig verhüllte. Dieser Panzer – Harnisch, Schulterstücke, Helm, Handschuhe, Armschienen – bestand aus Gebeinen. Als hätte man Knochen aus Oberarmen, Schenkeln und Fingern verschmolzen und den Schutz daraus geformt. Es gab einen Sichtschlitz, doch die Augen dahinter lagen in tiefem Schatten.

»Ist das Prekesta?«

Das glaube ich nicht. Erinnerst du dich an die Knochenburg, als die uns Midalins Degen erschienen ist?

»Midalin? Dieses unreife Früchtchen soll ein solcher Krieger sein?«

Du wirst sehen.

Mit großem Bedauern löste Fiafila-Ignuto ihren Fokus aus dem Drachen und zog sich in ihren fleischlichen Körper zurück. Der Verlust ließ sie würgen und trieb Tränen in ihre Augen. *Wie lange liegt es eigentlich zurück, dass ich geweint habe?*

»Trauere nicht der Schwäche nach.«

Die Kampfherren sprachen aufgeregt miteinander. Fiafila-Ignuto sah sie noch immer durch einen roten Schleier. Nur Xerohn sah unbewegt auf das Schwertfeuer. Neben ihm stand Midalin, an der Stelle, an der sie den Krieger mit der Knochenrüstung wahrgenommen hatte.

Siehst du?, dachte sie selbstzufrieden. *Der Degen schützt sie.*

»Ich sehe etwas anderes.«

Ein zweiköpfiger Drache, etwas größer als eine Hand, flog über den bunten Flammen, in denen sich ein Dutzend Figuren ausformten. Ein abgeknieter Armbruster, ein Schwertkämpfer, der weit ausholte, ein Bärenkrieger, der sich krümmte. Vermutlich steckte eine Waffe in seinem Bauch, aber die sah man nicht.

»Woher hast du gewusst, dass wir zu einem Drachen werden würden?«

Fiafila-Ignuto grinste. *Der Schamane hat uns doch verraten, dass man sich in das Tier verwandelt, das ohnehin im eigenen Wesen liegt. Eivora etwa in den Feuervogel, Horold in den Panther. Ich habe mich an die Nacht mit Alw erinnert. Als ich den mit Traumsaft versetzten Wein getrunken habe, habe ich das Fenster aufgerissen und wollte fliegen.*

»Und wieso hast du nicht damit gerechnet, zu einer Wildgans zu werden? Immerhin ist sie das heilige Tier des Gottes, dem du die längste Zeit deines Lebens gedient hast.«

Eine Wildgans faucht nicht.

»Ein bisschen wenig, um solch ein Risiko einzugehen.«

Ich bin eben nicht so schüchtern wie du, versetzte sie. *Außerdem sind wir eins, du und ich. Was würde besser zu einem Geschöpf der Feuerdämonen passen als ein Drache, der Feuer speit?*

Die Kampfherren schickten Melder mit ihren Befehlen. Xerohn erregte Fiafila-Ignutos Aufmerksamkeit, indem er auf eine grüne Flammenzunge zeigte, die sich ungewöhnlich rasch aus dem Osten näherte – viel schneller, als ein Krieger das Gelände selbst im Laufschritt bewältigen konnte. »Was ist das?«

Fiafila-Ignuto beugte sich weit über den Tisch und genoss die aufsteigende Hitze. »Zeigt es mir«, forderte sie die Geister murmelnd auf.

Das Grün kam nicht nur näher, es breitete sich auch aus. Das musste eine ganze Truppenformation sein, und sie behielt ihre irrwitzige Geschwindigkeit bei.

Eine Figur formte sich aus. Eine Chimäre. Ein Mann mit einem Spieß. Er trug einen Harnisch, was für die Wilden ungewöhnlich war. Vor allem aber wuchsen ihm Schwingen aus dem Rücken. Sie mussten eine Spannweite von wenigstens sechs Schritt haben.

Yra ging wie eine Schlafwandlerin vom Schwertfeuer fort. Sie sah in den Himmel.

Fiafila-Ignuto hörte das Rauschen von mehreren Hundert Flügeln.

Nur wenige Pfeile trafen die Ziele. Viele kamen durch Zweige aus der Bahn oder verzitterten in Ästen. Die Adlermänner vermochten unglaublich schnell ihre Richtung zu ändern, und ihre Körper waren biegsam wie Weidenruten. Sie brauchten ihre braun gefiederten Schwingen nicht voll zu entfalten, um sich in der Luft zu halten. Das erlaubte ihnen, auch zwischen den Stämmen zu fliegen.

Midalins Faust krampfte sich um ihren Degen. Sie verlor den Überblick. Fiafila-Ignuto, deren Schutz oberste Priorität hatte, schlug sich irgendwo hinter ihr durch das Unterholz. Einige Krieger des Zauberbanners bewachten die Avatar in unmittelbarer Nähe, darunter Kampfherrin Iskala persönlich. Sie hatten auch die Überreste einer Rotte Pikeniere eingesammelt, ein paar blitzende Spitzen sah Midalin über dem Buschwerk. Sie sollte die Ostflanke decken, aber das fiel schwer, wenn sie nicht genau wusste, wo sich die Hauptmarschgruppe befand. Sie blieb bei den anderen Söldnern. Auf die Bogenschützen, die verzweifelt versuchten, die drei Adlermänner zu erwischen, waren sie zufällig gestoßen. Und wo war Bratz? Der Beo musste doch hier irgendwo stecken!

Eine der Chimären stürzte sich mit den Krallenfüßen voran auf einen Bogenschützen. Der Kettenpanzer ließ sich nicht so leicht durchdringen, aber die Kreatur klammerte sich daran fest und flatterte heftig. Die Flügel schlugen dem Söldner ins Gesicht. Er ließ den Bogen fallen und stach mit dem Pfeil in der Hand nach dem Gegner. Er traf auch, aber die Spitze drang wohl nicht durch, sie ritzte nur ein paar Schrammen in die Haut am Bauch. Immerhin war der Adlermann unbewaffnet, seine beiden Kameraden führten lange Stoßspeere. Aber aus seinem ansonsten menschlichen Gesicht ragte ein monströs großer gebogener Adlerschnabel, mit dem er auf den Söldner einhackte.

Midalin schauderte bei dem Gedanken, dass dieser Schnabel Fleisch aus ihrem Körper reißen konnte. Zu sterben war eine Sache, aber gefressen zu werden …

Und dennoch! Dieser Adlermann war unbewaffnet. Wenn sie sich nicht traute, gegen ihn vorzugehen – was war sie als Söldnerin dann wert? Sie schrie, um sich Mut zu machen, und rannte vorwärts. Der Lederpanzer, den sie unter ihrer Kutte trug, war zwar so leicht, dass sie das Gewicht kaum spürte, engte aber die Beweglichkeit ihres Oberkörpers ein. Sie stolperte beinahe, als sie über einen umgestürzten Baumstamm sprang.

Ein anderer Adlermann glitt aus einer Baumkrone heran und stieß mit einem Speer nach ihr. Er verfehlte sie nur, weil ein Pfeil ihn traf und aus der Bahn drückte.

Worran, ein über und über tätowierter Krieger, der auf den Schutz von einem Dutzend Amuletten vertraute, rannte an ihr vorbei und half dem Kameraden, der mit der Chimäre rang. Worran kämpfte mit Dolchen, in jeder Hand hielt er einen, und in einem Gurt, den er quer über der Brust trug, steckten weitere. Er stach eine Klinge in den Oberschenkel des Adlermanns.

Dieser kreischte, breitete die Schwingen aus und machte einige kräftige Flügelschläge. Er deckte Worran mit Fausthieben ein, was ihm Schnitte an den Unterarmen einbrachte.

Midalin eilte zum Geschehen, aber bevor sie mit ihrem Degen eingreifen konnte, hob der Adlermann ab und zog den Bogenschützen mit sich in die Höhe.

Worran warf einen Dolch, verfehlte die Kreatur jedoch.

Offensichtlich hatte der Gegner Schwierigkeiten mit seiner Last, er flatterte heftig. Als seine Flügel gegen die Äste einer Baumkrone stießen, ließ er den schreienden Söldner fallen.

Hart schlug der Mann auf dem Boden auf, Midalin hörte Knochen knacken. Blut brach aus dem Mund des Söldners. Midalin wurde übel.

»Kannst du ihn tragen?«, rief Worran ihr zu.

Pfeile zischten an ihnen vorbei.

»Ich?« Midalin blickte auf ihre dünnen Arme, als müsste sie sich selbst ihrer zierlichen Gestalt versichern.

»Verfluchte Dämonenpestilenz!« Worran steckte die Dolche in die freien Scheiden, schob die Arme unter den Achseln des Verwundeten durch, fasste seinen Unterarm und zog ihn rückwärtsgehend mit sich.

Midalin stolperte zurück, als ein Adlermann auf sie zuschoss. Der Kreatur steckten bereits zwei Pfeile in der Schulter und ein weiterer im Flügel, aber den hasserfüllten Augen nach zu urteilen, stachelte das nur ihre Wut an.

Midalin streckte ihr den Degen entgegen, damit sie sich darauf aufspießte, wenn sie sich auf sie stürzte. Sie umfasste sogar mit der Linken ihr Handgelenk, um zusätzliche Kraft in den Griff zu bekommen. Mit der Fechtkunst, die Itena lehrte, hatte dieses Hauen und Stechen schon lange nichts mehr gemein.

Die Runen im Knochen des Handschutzes blieben braun, sie glühten nicht. War ihre Zauberkraft etwa erschöpft?

Irgendwie kam der Adlermann an der Klinge vorbei. Sein Spieß schlitzte die Kutte über Midalins Brust auf, drang aber nicht durch den Lederpanzer, sondern rutschte daran ab. Die Wucht des Stoßes warf Midalin um.

Ihr Gegner kreischte triumphierend. Der Schnabel öffnete sich so weit, dass Midalin nicht daran zweifelte, dass er ihren Hals zerdrücken könnte. Sie riss den Degen quer zwischen sich und ihn.

Drei Piken stießen über ihr auf den Adlermann zu. Zwei erwischten seinen Unterleib, die dritte streifte einen Arm.

Der Schrei des Gegners kippte. Er schlug wild mit den Flügeln, taumelte aber in der Luft.

Worran sprang ihn an und rammte einen Dolch in seinen Oberschenkel. Dunkles Blut spritzte heraus. Der Adlermann stürzte ab.

Midalin ließ sich von Worran aufhelfen. »Ist er tot?«

»Unwichtig.« Er küsste eines seiner Amulette, es zeigte eine Klaue, die einen roten Edelsteinsplitter umfasst hielt.

Der Adlermann wälzte sich auf den Boden, aber die anderen Söldner kümmerten sich nicht mehr um ihn. Sie schlugen einen Pfad durch das Gebüsch, um zurück zur Haupttruppe zu gelangen. Midalin schloss sich ihnen an.

Zu ihrer Erleichterung entdeckte sie Bratz auf einem Ast. Der rote Schnabel war weit geöffnet, der Beo schrie wohl etwas, aber es ging im Kampflärm unter.

Iskala beriet sich mit Aros. Trotz seiner Blindheit schien der Rottmeister keine Schwierigkeiten zu haben, sich im Wald zu orientieren.

»Wir kriegen sie nicht unter Kontrolle!«, rief die Kampfherrin.

Sie sprach laut, um die Schlacht zu übertönen. Nervosität war in ihrer Stimme nicht zu hören. Dafür bewunderte Midalin sie.

»Wie dicht sind die Baumkronen hier?«, fragte Aros.

Hulon, der Blindenjunge, hob furchtsam den Blick. Der Wind bewegte die Äste. Jederzeit konnten weitere Adlermänner hindurchbrechen.

»Sie bilden eine geschlossene Decke«, berichtete Iskala. »Aber unsere Gegner halten sie dennoch nicht ab. Im Gegenteil, sie behindern die Bogenschützen.«

»Also zurück auf die Lichtung?«, fragte Aros.

Midalins Aufgabe bestand nicht darin, dem Gespräch ihrer Offiziere zu lauschen. Sie stellte sich zu den Pikenieren, die Fiafila-Ignuto beschützten. Die Avatar wirkte abwesend. Ihre Arme hatte sie in einem seltsamen Winkel nach hinten und oben gestreckt, als wollte sie die Flügel der Adlermänner nachahmen. Wirklich unheimlich waren aber die körperlichen Veränderungen. Ihre Augen waren vollständig rot, nicht nur die Iriden, wie bei Iskala, und ihre Pupillen waren jetzt senkrechte Schlitze. Schuppen überzogen Ignutos Körper.

»Worran!«, rief Iskala. »Nachricht an Xerohn: Lichtung freikämpfen! Wir holen uns das Schwertfeuer wieder.«

Den schweren Eisentisch hatten sie beim Zurückweichen vor dem Angriff aus der Luft zurückgelassen, in der Annahme, der Gegner könne ihn nicht wegbewegen. Die Kraft der Adlermänner ließ jedoch anderes befürchten.

Bedauernd sah Midalin Worran nach. Er war ein guter Kämpfer und hatte sie vorhin wahrscheinlich gerettet. Vielleicht wäre aber auch noch ein anderer Söldner rechtzeitig zur Hilfe gekommen, oder sie hätte mit ihrem Degen einen glücklichen Treffer landen können. Dieses Gefecht war so unübersichtlich! Es hatte nichts, aber auch wirklich gar nichts mit Itenas Unterricht zu tun, mit dem Winkel, in dem man die Füße stellen sollte, mit dem Absenken des Schwerpunkts, dem Abspreizen des freien Arms … all diese Lektionen erschienen Midalin so absurd, dass sie lachte.

»Achtung!«, schrie ein Pikenier mit einem feuerroten Muttermal auf der rechten Wange.

Midalin wirbelte herum. Sie sah nach oben, doch diesmal erfolgte der Angriff auf dem Boden. Kreaturen, die Wölfen ähnelten, aber auch etwas von Keilern hatten, hetzten geifernd auf sie zu. Die Pikeniere bildeten vor Fiafila-Ignuto eine Reihe, Midalin stellte sich an den Rand, um die Formation nicht zu stören.

Sie hatte keine Zeit, um darüber nachzudenken, ob sie sich an der richtigen Stelle befand. Die Bestien waren heran. Eine war so schnell, dass sie die Piken unterlief, noch als diese sich senkten. Die gebogenen Hauer rammten durch die lederne Hose eines Pikeniers und wohl auch tief in den Oberschenkel, wie das hervorquellende Blut und sein heller Schmerzensschrei vermuten ließen.

Eines der Monstren schlug einen Haken. Es wich den vorstoßenden Piken aus und kam auf Midalin zu!

Endlich flammte ihr Degen auf. Rotes Feuer schoss aus dem Stahl.

Die Flammen schienen das Biest zu ängstigen. Es quiekte wie ein Schwein, warf sich herum und verschwand im Unterholz.

Die Pikeniere machten das Tier nieder, das ihren Kameraden anging. Ein Mann aus dem Zauberbanner zog ihn hinter die Kampflinie zurück, schob ihm ein Holz zwischen die Zähne und verband seinen Oberschenkel. Bogenschützen kümmerten sich um die restlichen Tiere, eines erlegten sie, die beiden letzten flohen.

Iskala sprach mit Fiafila-Ignuto. Die Avatar hatte die Arme wieder gesenkt, sie schien in die greifbare Welt zurückgefunden zu haben.

Melder wurden geschickt oder kehrten zurück. Auch Worran war darunter, er lief sofort mit neuem Befehl wieder los. Midalins Degen erlosch. Die Truppe sammelte sich und marschierte zur Lichtung.

»Bienchen!«, schrie Bratz. Er flog neben ihnen von Ast zu Ast.

»Ich spüre sie«, hörte Midalin Fiafila-Ignuto sagen. »Nicht die Wilden, aber die Chimären. Sie ... tragen Magie in sich.« Die Avatar wirbelte herum und zeigte schräg zwischen die Baumwipfel. »Dort!«

Vier von Midalins schnellen Herzschlägen später brach eine Gruppe Adlermänner durchs Geäst.

Die gewarnten Bogenschützen empfingen sie mit Pfeilen. Viele Geschosse wurden von der Vegetation abgelenkt, aber zwei Gegner stürzten getroffen zu Boden. Die restlichen prallten mit Wucht in die Söldner, und weitere kamen nach.

»Ihr!« Iskala zeigte auf einen Trupp Pikeniere. »Verstärken!« Sie deutete auf das Handgemenge. »Die anderen – weiter zum Schwertfeuer!«

Midalins Blick huschte ständig über das Buschwerk. Überall mochten sich Gegner verbergen, die ihr nach dem Leben trachteten. Wenn die Avatar nur die Mischwesen spürte, konnten sich die violett bemalten Menschen unbemerkt nähern. Und was war mit diesen Kreaturen, die wie eine Mischung aus Wildschwein und Wolf aussahen? Konnten auch sie jeden Moment in die Flanke der Marschkolonne brechen?

Midalin sah sich vergeblich nach Worran um. In seiner Nähe hätte sie sich sicherer gefühlt. Er war doch nicht gefallen? Und wo steckte Gonter jetzt wohl?

Sie schalt sich für diese Gedanken. Ihr Befehl bestand im Schutz der Avatar. Die Legion konnte nur siegen, wenn jeder seine Aufgabe erfüllte. Statt sich um die eigene Sicherheit oder die von Kriegern zu sorgen, die zweifellos auf sich selbst aufpassen konnten, musste Midalin darauf achten, dass kein Gegner an Fiafila-Ignuto herankam.

Noch bevor sie die Lichtung erreichten, hörten sie lauten Schlachtlärm. Die Hellebardiere standen in Vierecken. Midalin hatte diese Einheiten auf einem Feld vor Faarinar ihre Formationen einüben sehen. Normalerweise kämpften die vorderen drei Reihen, die Kameraden dahinter erholten sich, und Verletzte wurden nach hinten durchgereicht.

In diesem Gefecht gab es jedoch für niemanden Ruhepausen. Die außen Stehenden schlugen auf Gegner ein, die am Boden kämpften, während die Krieger in der Mitte der Aufstellungen nach oben hin abwehrten. So bewegten sich die Formationen über die Lichtung, die bereits mit Leichen und Sterbenden bedeckt war.

»Das Schwertfeuer!«, schrie Iskala.

Was Midalin befürchtet hatte, geschah: Eine Horde Bärenmänner hatte die Söldner vom Artefakt abgedrängt, und ein halbes Dutzend Adlerchimären benutzte Ketten, um den Eisentisch anzuheben. Sie mussten erkannt haben, wie wertvoll das Schwertfeuer für die Legion war, und versuchten, es zu rauben.

»Bogenschützen!«, verlangte Iskala.

»Sie hängen noch im Wald fest«, meldete Rottmeisterin Tegla.

»Feuriger Dämonenschiss!«, fluchte Iskala. »Dann eben ihr!« Die roten Augen richteten sich auf die Söldner, bei denen Midalin stand.

Ihr Herzschlag setzte aus.

»Befreit das Schwertfeuer!«, befahl Iskala.

Die Pikeniere um sie herum kannten kein Zögern. Sie formierten sich. Ein bärtiger Söldner mit buschigen schwarzen Augenbrauen sah sie fragend an.

Midalin schluckte, hob ihren Degen und nickte. *Ich muss wahnsinnig sein.*

Die anderen schrien, als sie losrannten, und Midalin schrie auch und versuchte, mit ihnen Schritt zu halten. Als sie keine Luft mehr hatte, schnappte sie nach Atem und schrie wieder, noch lauter diesmal, sodass es in ihrem Hals schmerzte. Sie riss den Mund weit auf. Sie rannte und wusste nicht, wie sie dabei den Degen am besten halten sollte. Vielleicht mit der Spitze voraus, so, wie die Pikeniere ihre Stangenwaffen nach vorn richteten. Die waren bestimmt erfahren in so einem Sturmlauf.

Midalins Oberschenkel brannten. Sie hatten die Gegner jetzt beinahe erreicht. Von Nahem sahen die Bärenmänner noch viel größer aus. Sie verhöhnten die Söldner mit ausgebreiteten Pranken. Wenigstens zwei Schritt waren sie groß, und die Fänge konnten sicher einen Schädel knacken!

Aber die Pikeniere zeigten nichts von der Furcht, die Midalin erfüllte. Der Mann mit den buschigen Brauen hatte jetzt eine hochrotes Gesicht, bestimmt wegen der Anstrengung des Laufs und weil er so schrie. Midalin schrie auch.

Jetzt war ohnehin alles entschieden. Sie konnte nicht mehr zurück. Sie würde in den Nahkampf gehen. Gegen Bestien, denen schon das Blut von den Krallen tropfte. Die ihre Leiche auffressen würden, wenn Midalin unterlag.

Aber das würde sie nicht! Sie war jetzt eine Söldnerin, sie hatte eine Waffe, der sie vertraute, und an ihrer Seite standen die besten Kämpfer der Welt. Sie gehörte zum Klingenrausch. Wenn dieser Wahnsinn vorüber war, würde eine neue Merite das Feldzeichen schmücken, über dem Garallo, die eiserne Dämonenfigur, thronte.

Sie krachten in die Gegner. Einige Bärenmänner stürzten, manche durchbohrt von den Piken, andere hielten stand und warfen die anstürmenden Söldner zu Boden. Midalin rammte ihren Degen aus vollem Lauf in den Bauch einer Bestie. Der Stahl entflammte.

Ihr Gegner brüllte und streifte sie mit einem Tatzenhieb an der linken Seite. Das reichte, um Midalin von den Füßen zu fegen. Sie war froh, dass es ihr gelang, die Waffe festzuhalten, prallte aber so hart auf den Boden, dass der Atem pfeifend aus ihrer Lunge wich.

Um sie herum stampften Füße. Manche steckten in Stiefeln, andere waren nackt und mit Krallen versehen. Sie rollte zur Seite, um nicht zertreten zu werden.

Wo ihr Gegner war, konnte sie nicht mehr sagen, als sie hochkam, aber es spielte auch keine Rolle. Sie stach in den Rücken eines Bärenmanns. Die Runen im knöchernen Handschutz glühten hell, die roten Flammen an der Klinge loderten auf und versengten den Pelz an den Schultern des Gegners.

Brüllend fuhr die Bestie herum.

Midalin stolperte zurück.

Die meisten ihrer Kameraden drangen zum Schwertfeuer vor und stachen auf die Adlermänner ein. Die erste Kette entglitt den Chimären und rasselte zu Boden.

Um sie herum wurde gekämpft, aber Midalin war allein mit dem Bärenmann. Seine Pranke schlug von oben herab.

Midalin riss den Degen hoch.

Flammen fauchten zu den Seiten. Wie ein Feuerschild loderten sie vor ihr, die Hitze wehte ihr ins Gesicht.

Die Tatze drang in das rote Wallen ... und zuckte zurück!

Das Feuer erlosch so plötzlich, wie es gekommen war.

Midalin fehlte die Zeit, um sich darüber zu wundern. Sie musste angreifen! Beherzt stieß sie die Klinge vor.

Der Bärenmann schlug sie zur Seite und setzte sofort mit der anderen Tatze nach.

Schmerzhaft traf er Midalins Flanke. Mit Tränen in den Augen taumelte sie zur Seite.

Mit weit aufgerissenem Bärenmaul brüllte der Gegner sie an.

Ihr Arm war taub. Trotzdem brachte Midalin den Degen zwischen sich und ihn.

Er schlug ihr die Klinge aus der Faust. Sie hatte einfach kein Gefühl mehr in der rechten Hand!

Die Waffe überschlug sich in der Luft. Die Flammen erloschen. Die Spitze bohrte sich in den weichen Boden.

Wie gelähmt starrte Midalin in das halb menschliche und halb tierische Antlitz. Ihr Gegner schien ihr nicht mit den Krallen, sondern mit den Zähnen den Rest geben zu wollen.

Sie musste zu ihrem Degen! Sofort!

Aber sie konnte nicht. Vor ihrem geistigen Auge sah sie, wie dieses Maul in ihren Hinterkopf biss und den halben Schädel wegriss. Als wäre das schlimmer gewesen, als von vorn getötet zu werden! Aber sie vermochte sich nicht zu bewegen.

»Feigling!« Bratz stürzte sich wild flatternd in das Gesicht der Bestie. Sein Schnabel hackte auf den Kopf ein. Es hörte sich an wie ein Hammer, der in schnellem Takt auf Holz schlug.

Das löste Midalins Erstarrung. Sie sprang zu ihrem Degen und riss ihn aus dem Boden. Sie wirbelte herum.

Der Bärenmann war ganz mit dem wütend attackierenden Vogel beschäftigt.

Midalin rannte vor. Die Flammen an der Klinge fauchten. Mit aller Kraft rammte sie den Stahl in die breite Brust und stieß ihn durch das Herz.

Die Bestie brach in die Knie.

Bratz flog davon. »Bienchen!«

»Ja«, keuchte Midalin. »Du kriegst so viele Bienchen, wie du willst.«

Sie zog die Klinge aus dem Körper des Gegners.

Ein warmer Blutstrahl schoss aus der Wunde und traf ihr Gesicht.

Midalin übergab sich.

»Kester!«, riefen die Söldner über das Fauchen des Waldbrandes hinweg.

Der Ruf wanderte von Einheit zu Einheit. »Kester! Kester! Kester!«

Das Holz knackte, das Laub knisterte, Äste brachen, Stämme stürzten um. Jenseits des Flusses schlugen die Flammen hoch in den rauchdunklen Himmel. Zur gestrigen Schlacht hatten Atirions Krieger wenig beigetragen, aber den Auftrag, das Feuer für die Anrufung zu entfachen, hatten sie meisterhaft ausgeführt.

Stolz schrie Eivora den Namen ihres verstorbenen Vaters. »Kester!« Er hatte sich im Feuer unter den Bergen Rorgators bewährt, jetzt war er ein Dämon. »Kester!« Mehrfach war er ihr erschienen, in Gestalt seines Totenhelms und auch, als sie auf dem Schwertfeuer gelegen und Fiafila-Ignuto sie hatte opfern wollen. »Kester!«

Wo war die Avatar eigentlich? Das Feldzeichen der Legion, die Standarte mit dem brennenden Schmiedewerkzeug, schlug im Wind, der auf den Feuersturm zuwehte. Garallo war ein schwarzer Schattenriss vor flammendem Hintergrund.

»Kester!«

Iskala stand noch neben der Standarte, alle Kampfherren, auch Eivora, hatten ihr Blut gegeben. Fiafila-Ignuto hatte die Schnitte gesetzt. Aber wo steckte sie jetzt?

»Kester! Kester! Kester!«

Der Klingenrausch rief seinen ehemaligen Anführer an, den großen Flammenbringer, dessen Klinge nun auch im Schwertfeuer eingeschmiedet war. Dieses Mal hatten sie noch gesiegt, aber fliegende Gegner schufen eine völlig neue Lage. Horold war am frühen Morgen abgerückt oder eher geflohen. Er würde sich nach Faarinar zurückziehen, aber die Legion musste nun dringlicher als zuvor einen tödlichen Schlag gegen den Feind des Barons führen. Die Adlermänner vermochten nicht nur, bewährte Schlachtformationen zu umgehen. Sie konnten auch eine komplette Stellung überwinden, unerkannt hinter die Front vordringen und an jedem Punkt der Baronie zuschlagen. In Faarinar oder sogar in der Hauptstadt Klaaholt. Und es war unmöglich, alle diese Städte gleichzeitig zu schützen, selbst für eine ganze Legion.

»Kester! Kester!«

Also musste das Herz des Waldes fallen. Der Klingenrausch musste es möglichst rasch erreichen, es zerstören und hoffen, dass damit der Gegner in seiner Gesamtheit besiegt war. Obwohl diese Strategie auf bloßen Vermutungen fußte, eigentlich sogar auf blankem Unwissen, was das Herz des Waldes betraf – das konnten auch die Gefangenen der jüngsten Schlacht nicht beseitigen –, gab es keine bessere, also ging die Legion sie entschlossen an.

»Kester! Kester! Kester!«

Doch die fliegenden Einheiten des Gegners bereiteten den erfahrenen Offizieren Sorgen. Sie hatten beschlossen, den Feldzug einem Dämon zu weihen, und welcher Feuerherr wäre besser geeignet gewesen als Kester? Als Gegenleistung für seine Unterstützung würden sie den siebten Teil der Beute ihm zu Ehren in die Magmaseen unter dem Glühenden Tempel werfen.

»Kester!«

Der Ruf aus gut dreieinhalbtausend Kehlen übertönte das Prasseln des Feuers, das inzwischen das gesamte andere Flussufer erfasst hatte. Funken stoben durch den Rauch, als eine kräftige Brise in die Flammen fuhr. War das bereits das Zeichen, auf das die Söldner warteten?

Die Avatar hätte es wohl zu deuten gewusst. Aber wo steckte sie?

Aglix kletterte ihren Arm hinunter zu der Hand, deren Finger sie schon wieder krallenartig verkrampfte. Der Daumen war abgespreizt, Ring- und Mittelfinger drückten gegeneinander, als wollten sie zusammenwachsen. Vier Zehen … so war der Fuß eines Feuervogels gestaltet.

Eivora presste die Zähne aufeinander. Sie hatte vom Traumsaft getrunken. Nur wenig. Noch nicht einmal so viel, wie eine einzige Fee hergab. Sie wusste, dass sie damit haushalten musste, oder die Sehnsucht würde sie aushöhlen. Bis sie das Herz des Waldes erobert hätten, würde der Vorrat an Feenblut knapp sein.

Sie betrachtete das Flammenmeer, das sich auch weit die Hügel hinaufzog, und fragte sich, wie viele Feen darin verbrannten. Das Schreien der Tiere war verstummt, sie waren inzwischen tot oder geflohen. Nur einige graue Vögel flogen noch über den Flammen und jagten die Insekten, die dem Inferno zu entkommen versuchten.

Eivora sah sich beim Zauberbanner um, als Midalin auf sie zukam. Angeblich hatte sich die püppchenhafte Schlampe ganz ordentlich geschlagen. Jetzt war sie außer Atem, obwohl sie an der Anrufung Kesters gar nicht teilnahm.

»Ich war gerade mit Gonter zusammen …«

»Denkst du, das interessiert mich?«, fuhr Eivora sie an.

Die einfache Söldnerin besaß die Frechheit, ihr mit einer wegwerfenden Handbewegung zu antworten. »Darum geht es nicht. Wir haben Fiafila-Ignuto gesehen.«

Das allerdings war interessant. »Wo?«

»Sie ist ...« Midalin breitete die Arme aus. »... zu einem Drachen geworden. Mit zwei Köpfen. Wie gestern, im Schwertfeuer. Aber riesig, sie kann sogar das Schwertfeuer in ihren Klauen davontragen. Für sie schien es kein Gewicht zu haben. Und sie ist Richtung Grinhoff geflogen. Mit Prekesta auf ihrem Rücken.«

»Ihr müsst vollkommen wahnsinnig sein!«, schrie Gonter.

Mit fünf Pferden waren sie hierher galoppiert, er, Itena und drei Krieger aus ihrer Gruppe, die den Kampf gegen die Wilden leicht verletzt überstanden hatten: Zicharas, Tuhm und Worhild. Alle waren außer Atem, die Pferde zitterten und schwitzten. Das lag aber nicht nur am scharfen Ritt, sondern auch an der mörderischen Hitze des brennenden Grinhoff. Die Palisade, die Scheunen, jedes einzelne Haus schien in Flammen zu stehen. Das Feuer brüllte wie eine Herde wütender Stiere.

Nur Prekesta war die Ruhe selbst. Sie stand vor dem Inferno, Gonters gerade eingetroffenem Trupp gegenüber. Die Kapuze hatte sie zurückgeschlagen, den Schleier abgelegt. Die unversehrten Lippen in ihrem vollkommen verbrannten, von verkohlten Graten überzogenem Gesicht lächelten. »Eivora hat gesagt: ›Tut, was nötig ist, um die Unterstützung der Feuerdämonen zu gewinnen.‹ Genau das tun wir.« Sie zog ihre Handschuhe aus und ließ sie achtlos zu Boden fallen.

Gonter setzte zu einer Erwiderung an, prallte aber zurück, als sich Fiafila-Ignutos gewaltige Drachengestalt zwischen den Häusern erhob. Sie war schrecklich, sie war mächtig, und zugleich bewegten sich die beiden langen Hälse so elegant wie Tänzerinnen. Turmhoch reckten sie sich empor, gekrönt von den krokodilartigen Köpfen. Rauch quoll aus den Nüstern, in den roten Augen mit den geschlitzten Pupillen brannte purer Hass.

Gonter griff an sein Schwert. Nicht, um es zu ziehen, sondern, um sich daran festzuhalten. Er brachte kein Wort heraus, sein Hals fühlte sich an wie zugeschnürt, aber er konnte den

Blick unmöglich abwenden. Nur mit Mühe widerstand er dem Drang niederzuknien. Erblickte er einen Gott?

Beide Köpfe ruckten einige Schritt nach unten. Die Mäuler klappten auf und entblößten elfenbeinweiße Zähne. Feuersäulen, dick wie alte Baumstämme, brachen hervor.

Unglaublicherweise mussten inmitten der Feuersbrunst noch Menschen am Leben sein. Sie hatten die Entbehrungen einer Waldsiedlung überlebt, zwei erfolgreiche Kannibalenüberfälle und bisher auch den Brand. Nun drangen ihre Schreie durch das Prasseln herüber. Der Nieselregen verdampfte, bevor er die Flammen erreichte. Der Dunst vereinigte sich mit dem Rauch zu einer grauen Glocke, die schwer über den Häusern dräute.

Lachend löste Prekesta die Verschnürung ihrer Kutte. Das Gewand rutschte über ihre Schultern und fiel zu Boden. Ihre Haut war am ganzen Körper auf dieselbe Weise verbrannt, aber das kupferfarbene Haar war an allen Stellen unversehrt. »Entfacht die Flammen!«, rief sie mit plötzlicher Schärfe. »Treibt sie alle ins Feuer!«

Verständnislos sah Gonter sie an.

Prekesta lächelte wieder. »Hast du das schon einmal gehört?«

Gonter versuchte, sich zu erinnern, aber das Denken fiel ihm schwer. Der Drache verschwand hinter den Flammen, als er tiefer in die Stadt hineinwanderte.

»Du wusstest es doch«, sagte Prekesta mit unpassender Sanftheit. Ihr Blick glitt über die fünf Söldner. »Ihr alle wusstet es. Die Avatar tut, was nötig ist. Sie ist fähiger, als ich dachte. Die Dämonen erfreuen sich nicht allein am Feuer. Sie wünschen auch Pein.« Die Heroldin des roten Risses breitete die Arme aus und legte den Kopf schräg. »Hört ihr es? – Lauscht auf die Melodie der Qual.«

Tatsächlich waren immer wieder Schreie von Verbrennenden zu vernehmen, auch wenn das Rauschen und Prasseln des Feuers, das Brechen des Holzes und das Einstürzen der Palisade die meiste Zeit alles übertönten.

Und dann brüllte der Drache. Erst nur aus einem Maul, dann

fiel die zweite, etwas tiefere, Stimme ein. Der Laut drang durch Mark und Bein, und die Erde bebte.

Niemals war Gonter Zeuge eines so fremden Ereignisses geworden. War es schrecklich? War es grausam? Oder beging er eine Blasphemie, wenn er es mit menschlichem Maß abwog?

»Grinhoff ist keine feindliche Stadt«, brachte er heraus. »Dies hier ist … war … eine Siedlung unseres Dienstherrn.«

»Und niemand wird uns verdächtigen, wenn man euch nicht hier herumstehen sieht«, versetzte Prekesta. »Das hier«, sie deutete an, sich zum Feuer umzudrehen, »ist das Werk eines Drachen. Eines Monstrums, wie der Urwald sie ausbrütet und von denen er jeden Tag mehr ausspuckt.«

Noch einmal lachte sie.

Das hier ist falsch, dachte Gonter. *Ohne jede Ehre. Sogar ohne die Ehrlichkeit blanken Stahls.*

Prekesta wandte sich den brennenden Häusern zu und schritt erhobenen Hauptes in die Flammen.

In Gestalt des doppelköpfigen Drachen gelangte Fiafila-Ignuto zu einer völlig neuen Vorstellung davon, was *Macht* bedeutete. Sie genoss den Widerstand, als sie durch die hell lodernden Reste der Kapelle stapfte. Das Feuer wärmte ihren Bauch. Fiafila-Ignuto brüllte vor Vergnügen. Um sie herum brannte die Stadt. Grinhoffs Holzbauten boten den Flammen reichlich Nahrung.

Sie gewahrte eine Bewegung – dort rannten Menschen!

Einer ihrer Köpfe stieß hinab, sodass er beinahe den Boden berührte. Er wirbelte Asche auf, die er den Menschlein entgegenschnaubte. Die drei waren ohnehin schon schwarz vom Ruß. Einer war recht klein, wohl noch nicht ausgewachsen. Zurück konnten sie nicht, dort brannte das Feuer. An ihr vorbei kamen sie auch nicht.

Fiafila-Ignuto öffnete das Maul, um sie die schwertlangen Zähne sehen zu lassen.

Der kleinere Mensch drückte sein Gesicht an die Brust eines der anderen. *Ich bin das Letzte, was sie in ihrem Leben sehen werden,* dachte Fiafila-Ignuto. *Welche Pfade sie auch immer gegangen sind, was für Entscheidungen sie getroffen haben mögen – sie haben sie zu mir geführt, sie mir ausgeliefert.*

Fiafila-Ignuto schmeckte nicht nur Angst, sondern auch Ehrfurcht. Die drei wussten, dass der Tod sie gefunden hatte, und dennoch bewunderten sie den Drachen.

Dafür gewährte Fiafila-Ignuto ihnen ein schmerzloses Sterben. Sie hauchte sie an und öffnete ihre Feuerdrüsen. Die Flammen umhüllten sie, einen Herzschlag später riss die Hitze ihre Asche empor. Ob sie auch im Tod beisammenblieben? Oder wirbelten die Winde die grauschwarzen Flocken auseinander?

Basäon wird sich ihrer annehmen.

»Der Windgott hat hiermit nichts zu tun!«, schalt sie der Homunkulus. *»Wir tun es! Nur wir! Dies ist unser Wille.«*

Plötzlich zerbarst das Feuer. Zumindest wirkte es so, als brächen an mehreren Stellen um den Drachen herum Vulkane aus. Hellgelb und weiß spritzte das Feuer empor, wie Magma in einer Eruption.

Doch es gab kein Magma. Es gab nur Feuer, so rein, wie man es in der Welt niemals antraf. Es nährte sich aus einer anderen Wirklichkeit, und ein Donner, als schlügen eintausend Schmiedehämmer auf ihre Ambosse, begleitete es.

Kester, dachte Fiafila-Ignuto. *Er nimmt das Opfer an. Er ist gekommen.*

»Wir sollten ihn am Schwertfeuer begrüßen.«

Das Wissen um die Gegenwart einer weitaus mächtigeren Präsenz ernüchterte Fiafila-Ignuto. Nein, es war nicht nur ein *Wissen*, das sich aus der Beobachtung des Geschehens ergab. Die gleißenden Feuer – sie zählte dreizehn davon – formten Kegel, wurden so stabil, wie profanes Feuer es niemals sein konnte. Gleich Feldzeichen standen sie innerhalb der Feuersbrunst. Zudem *spürte* die Avatar den Dämon. Seinen Hass, seine Gnadenlosigkeit, seine Bosheit. Sie schmeckte das, was dieses jenseitige Wesen ausmachte, nicht über die Sinne des Homunkulus. Es ging tiefer. Die Nähe des Dämons, den sie gerufen hatte, durchdrang sie, brannte durch ihre Seele, nahm von ihr Besitz und forderte ihre Unterwerfung.

»Was haben wir nur getan?«, klagte Ignuto. *»Kester hat sich innerhalb der Feuerherren Respekt erzwungen. Dazu hat er nur ein halbes Jahr gebraucht! Wie können wir uns erdreisten, mit ihm zu schachern? Er wird uns unterwerfen, und wir werden seine Sklaven sein!«*

Ihm liegt am Klingenrausch, überlegte sie, aber sie wusste selbst nicht, ob sie das glaubte.

»Dämonen liegt nur an Qual, Zerstörung und Unterwerfung.«

Und genau das kann eine Elitelegion ihm bieten.

Trotz ihrer Zweifel war Fiafila-Ignuto klar, dass sie ihre Lage nur verschlimmerte, wenn sie Kester nicht sofort die Ehre erwies, die er einforderte. Sie breitete die Flügel aus. Die Luft, die sie bewegte, als sie sich emporschwang, fachte die Flammen neu an.

Kurz überlegte sie, ob sie weiter aufsteigen und fliehen sollte. In Arzulans riesigem Urwald gab es unzählig viele Bäume, die sie verbrennen könnte …

»Er wird uns finden. Wenn er seinen Hass auf uns richtet, werden wir ihn nicht abschütteln können. Wir werden nicht immer ein Drache sein.«

Diese letzte Aussage stach wie ein Stachel in ihr Herz. Der Homunkulus hatte recht … Oder gab es dort draußen genügend Feen? Im Herzen des Waldes vielleicht? Könnte Fiafila-Ignuto sie finden, solange sie ein Drache war?

Die Vernunft siegte. Sie landete vor dem Schwertfeuer auf dem zentralen Dorfplatz, wo Prekesta sie bereits erwartete. Die verbrannte Frau war nackt, ihre Kleidung hätte den Weg durch das Feuer niemals überstanden. Ihr Haar war jedoch auch dieses Mal auf mysteriöse Weise unberührt geblieben.

Mit einem wuchtigen Schlag riss Fiafila-Ignutos Schweif ein Haus ein. Flammen fauchten, Funken stoben auf, die Hitze zwischen ihren Schwingen jagte ein wohliges Schaudern durch ihr Schuppenkleid.

»Wir müssen uns zurückverwandeln, um Kester im Schwertfeuer zu treffen«, mahnte der Homunkulus.

Auf dem Eisentisch züngelte ein Teppich aus tiefroten Flämmchen. Der Hass des Dämons erfüllte das Artefakt, und diese Regung würde sich nur verstärken, je länger man ihn warten ließ.

Aber Fiafila-Ignuto sträubte sich innerlich dagegen, diesen machtvollen Körper aufzugeben. Sie redete sich ein, dass sie das gar nicht konnte. War nicht bereits erstaunlich, dass sie überhaupt klar zu denken vermochte? Eivora berichtete, dass sie sich völlig in der Existenz als Feuervogel verlor und erst ein betäubter Schlaf ihre alte Gestalt zurückbrachte.

»Aber sie hat mich nicht«, erinnerte der Homunkulus. *»Ich kann dir helfen, wenn du es zulässt.«*

Fiafila-Ignuto streckte einen Kopf in den verrauchten Himmel und brüllte. Sie wollte nicht … obwohl sie wusste, dass es ihre Pflicht war. Der Legion gegenüber. Eivora gegenüber.

Dieses Gefühl wuchs an. Es wurde zu echter Scham. Ihr Zaudern wurde ihr peinlich. Sie wollte stark sein? Sie war sogar zu schwach, das Nötige zu tun.

Prekesta lächelte sie mit ausgebreiteten Armen an.

Sie wagt es, meine Gefühle zu manipulieren!

»Sie hilft uns«, beruhigte Ignuto.

Zornig brüllte Fiafila-Ignuto nochmals. Sie benutzte die Feuerdrüsen nicht, aber ihr heißer Atem umwaberte Prekesta und zerrte an ihrem kupferfarbenen Haar.

Bestimmt kriechen noch irgendwo Menschen in den Trümmern. Ich hasse die Vorstellung, dass jemand überleben könnte!

»Nein, das gefällt mir«, widersprach der Homunkulus. *»Brandwunden heilen schwer, die meisten sogar niemals. Die Gezeichneten werden ewig von dem berichten, was sich hier zugetragen hat. Sie werden den Schrecken hinaus in die Welt tragen.«*

Dieser Gedanke besänftigte sie. Fiafila-Ignuto fügte sich. Ihr Körper schrumpfte zusammen, sie wurde wieder zu einer Frau, der ein Homunkulus aus der linken Schulter wuchs.

Sofort traf sie die Hitze des Brandes. Sie fühlte sich wie in einem Ofen. Ihr Haar verschmorte, die Haut rötete sich augenblicklich. Sie schrie auf, aber das anschließende Einatmen brachte solche Glut in ihre Brust, dass sie beinahe die Besinnung verloren hätte.

»Zurückdrängen«, ächzte sie. *Wir müssen das Feuer zurückdrängen, oder wir sterben jetzt und hier.*

Es gelang, wenn auch in begrenztem Maße. Es wurde gerade eben erträglich, die Luft ließ sich atmen, aber noch immer schienen flammende Hände ihre Oberarme zu wringen, und tief Luft zu holen, traute sie sich nicht. Zitternd suchte sie Halt am Schwertfeuer.

Und zuckte mit einem Aufschrei zurück. Der Eisentisch hatte lange im Feuer gestanden und war selbst so heiß, dass nicht mehr viel fehlte, um ihn zum Glühen zu bringen!

»Dein Schmerz ist jetzt gleichgültig.«

Du hörst dich an, als fändest du Gefallen daran.

»Ein wenig vielleicht. Aber wir haben eine Aufgabe zu erfüllen.«

Eivora trat nah an das Artefakt heran, achtete jedoch darauf, es nicht mit den Händen oder dem nackten Bauch zu berühren. Ihr Blick glitt über das unebene Metall unter dem Teppich aus roten Flämmchen. Sie fand die breite Klinge, die man zuletzt eingeschmiedet hatte. Kesters Schwert. Die Waffe, in der genug von ihm selbst steckte, um ihn an das Schwertfeuer zu binden, wenn auch nur mit einem kleinen Teil seiner Existenz. Sein Wesenskern weilte für gewöhnlich in den Feuerbergen Rorgators. Aber jetzt war der Dämon hier, gelockt von Brand und Schmerz und Anrufung.

Fiafila-Ignuto tauchte in das Schwertfeuer ein. Die Erhebungen im Metall wuchsen zu Schluchtwänden an, die roten Feuerzungen stiegen turmhoch auf. Wilania-Pressitos durchscheinend blaue Gestalt kniete auf dem Eisen. *»Mein Meister ist hier, Herrin.«* Demütig neigte sie den Kopf.

»Das weiß ich«, sagte Fiafila-Ignuto streng. »Führ mich zu ihm.«

»Ja, Herrin.«

Wilania-Pressito stand nicht auf, sie verwischte und nahm an der nächsten Abzweigung des Feuerlabyrinths wieder klar definierte Umrisse an.

Fiafila-Ignuto folgte ihr. Sie erreichten ihr Ziel schnell, Kester war tatsächlich in der Nähe seiner Schwertklinge materialisiert. In einer Art Hof, von aggressiv rotem Feuer umgeben, schwebte ein riesenhaftes Abbild seiner Totenmaske, so groß, dass sich Fiafila-Ignuto bequem aufrecht hätte hineinstellen können. Schmelzend tropfte das Gold von Wangenschutz und Dornenring, das gelbrote Metall lief an den wie Dolchklingen geformten Spitzen herab. Es bildete jedoch keine Lache auf dem Boden, sondern fiel durch das Eisen hindurch, ohne eine Spur zu hinterlassen. Auch nahm der Helm nicht an Substanz ab.

Wilania-Pressito wagte nicht, näher heranzugehen.

Fiafila-Ignuto warf sich auf den Boden. »Verehrung gebührt dir, Kester!« Ein Rest des Drachenstolzes regte sich in ihr. Sie hoffte, dass der Dämon es nicht bemerkte. »Wir rufen dich, weil der Klingenrausch vor einer Herausforderung steht, in welcher dein Rat unendlich wertvoll ist.«

»Ich beobachte, was mit meiner Legion geschieht«, dröhnte seine Stimme in ihrem Kopf.

Sie wusste nicht, was er über die Verbindung wahrnahm, die das eingeschmiedete Schwert ihm bot, und beschloss, das Gespräch so zu führen, wie sie es in Gedanken vorbereitet hatte. Wilania-Pressito war nur deswegen an das Artefakt gebunden, weil der Dämon Eivora dieses Schicksal hatte ersparen wollen. Er hatte nicht geduldet, dass ihr Blut die Bindung herstellte. Ihm war an ihrem Wohl gelegen. Das konnte ein Einstieg sein, der ihn milde stimmen würde.

»Deiner Tochter geht es gut«, sagte sie vorsichtig.

»Du lügst!«, donnerte er. *»Gift kreist in Eivoras Adern und in ihrer Seele!«*

Fiafila-Ignuto erschrak. Kester war kein Geist, keine Wesenheit, die sie zu beherrschen vermochte. Er war ein Dämon. Bei den anderen, die an das Artefakt gebunden waren, handelte es sich um die Seelen verstorbener Helden. Sie bezweifelte, dass jemals einer von ihnen Kesters Macht besessen hatte. Jedenfalls war ihre Wahrnehmung begrenzt. Deswegen war es für Fiafila-

Ignuto auch leicht, sie zu verführen. Die Erkundungen während einer Schlacht mit all dem Schmerz und Hass gehörten zu den interessantesten Erlebnissen ihres Daseins.

Fiafila-Ignuto beschloss, bei Kester keine Täuschung zu versuchen. »Wir brauchen deinen Rat und deinen Schutz, Flammenbringer. Wir ziehen gegen fliegende Gegner.«

»Ja … ich sehe …«

Was tat er? Vorsichtig setzte sie sich in eine kniende Position auf.

Noch immer schmolz der Totenhelm. Vom Rinnen und Fallen der Goldtropfen abgesehen, bewegte er sich nicht. Dennoch glaubte Fiafila-Ignuto, in der Schwärze hinter den Augenöffnungen eine Bewegung zu sehen. Als suchte dort eine finstere Wesenheit mit hasserfülltem Blick nach etwas … oder jemandem …

Flammen krochen in den bislang freien Bereich um den riesigen Helm. Sie veränderten ihre Farbe, aus Rot wurde Gelb, Weiß und Purpur. Fiafila-Ignuto sah Gestalten im Feuer, wie Spiegelungen. Die Wilden. Bogenschützen des Klingenrauschs. Mischwesen aus Mensch und Bär, die mit Pikenieren rangen. Die Adlermänner.

Abbilder der Schlacht, die wir im Schwertfeuer beobachtet haben.

Aber auch andere Dinge erschienen dort. Sie sah sich selbst und Wilania-Pressito, wie sie miteinander rangen, bis die andere ihr den Rücken aufriss, und die Knochenburg.

Er kann alles erkennen, was mit dem Schwertfeuer erforscht wurde.

»Mindestens«, meldete sich der Homunkulus. *»Von Eivoras Sucht muss er auf anderem Wege erfahren haben.«*

Immer mehr Adlermänner erschienen in den Flammen. Wie sie in Schwärmen angriffen. Wie sie von Pfeilen getroffen abstürzten und am Boden niedergemacht wurden. Wie sie mit Fängen, Schnäbeln und Stoßspeeren Söldner zerfetzten, geschickt zwischen den Bäumen flogen und mühelos über Abwehrreihen hinwegsetzten.

»Es gibt eine Möglichkeit«, verkündete Kester, *»doch ich fordere einen Preis.«*

Als wäre ich in der Lage, ihm etwas verwehren zu können, dachte Fiafila-Ignuto.

»Mit Dämonen muss man verhandeln«, mahnte der Homunkulus. *»Wer sofort nachgibt, den sehen sie als Opfer. Wie ein Raubtier, vor dem man wegrennt.«*

»Haben wir dir noch nicht genug Vergnügen bereitet?« Sie bemühte sich um eine feste Stimme. »Der Wald brennt, eine Stadt geht in Flammen auf. All der Tod, all die Qual …«

»Das ist angenehm«, gestand Kester zu. *»Deswegen bin ich gekommen. Aber ich will mehr. Mit diesem albernen Rat, der meine Legion befehligt, muss Schluss sein. Macht lässt sich nicht teilen. Ich will, dass wieder ein Flammenbringer mein Feldzeichen führt.«*

Er betrachtete die Legion offenbar als sein persönliches Eigentum.

»Eivora könnte zu schwach sein, um sich durchzusetzen«, gab sie zu bedenken.

»Bist du wahnsinnig?«, schnappte Ignuto. *»Willst du ihn etwa reizen?«*

»Das ist ohne Bedeutung«, befand Kester jedoch. *»Meine Tochter soll diese Würde erobern – oder einem Stärkeren dienen!«*

Fiafila-Ignuto nickte. »Und wie unterstützt du unseren Sieg gegen die fliegenden Gegner, wenn wir deiner Forderung entsprechen?«

11. Festung

Nirto kehrte mit seiner Gruppe vom Erkundungsgang zurück. Eivora sah den Kriegern ihren Unwillen an. Ob ihr Rottmeister sie aufhetzte? Auf dem Weg hierher – eine Woche hatten sie gebraucht, um die Festung des Feindes zu finden – hatte er deutlich gemacht, was er von diesem Feldzug hielt, nämlich gar nichts. Er gehörte zu denen, die den Kontrakt am liebsten für beendet erklärt hätten. Der Garnisonsauftrag bestand tatsächlich nicht mehr, und auch unter den Kampfherren gab es einige, die einer Änderung der Mission gern eine Absage erteilt hätten und nach Rorgator zurückgekehrt wären. Sie fragten sich, was

Das Herz des Waldes

es hier im Urwald zu gewinnen gab. Sie verstanden gar nichts. Allein, weil Eivora die Legion gegenüber Baron Horold in eine solche Verpflichtung gebracht hatte, zogen sie mit. Nach außen hin wahrten sie die Ehre des Klingenrauschs, von seinem Ruf, unbesiegbar zu sein, hing der Elitestatus ab. Und damit auch die Höhe der Soldzahlungen in den kommenden Kontrakten.

Eivora hatte auch auf den schnellen Vormarsch gedrängt, um die Zweifler nicht zur Ruhe kommen zu lassen. Wer herumsaß, kam ins Grübeln. Und er sprach mit anderen darüber. Feigheit und rebellischer Geist waren wie Fäulnis: ansteckend und verderblich.

Aber selbst im Sturmbanner ... Es ekelte Eivora an, sogar in ihrer eigenen Einheit auf diesen Schimmel zu stoßen. Dabei waren sie gut vorangekommen. Prekesta handhabte den abgetrennten Arm des Schamanen mit großer Sicherheit, ungeachtet der Tatsache, dass sein Fleisch inzwischen faulte.

Ja, die Scharmützel auf dem Weg hierher hatten Verluste gebracht. Aber welcher Feldzug tat das nicht? Die Legion brauchte das, es sonderte die Schwachen aus. Jetzt stand der Klingenrausch mit dreitausend kampffähigen Elitekriegern vor dem Herzen des Waldes. Diese Wilden würden Eivora nichts vorenthalten!

Ein quadratisches Brett diente als Unterlage für die Karte, die sie vom Herzen des Waldes anfertigten. Nirto zeigte auf eine leere Stelle auf der eingespannten Leinwand. »Im Osten sind die Hänge genauso steil«, berichtete er. »Zwei Zacken, der nördliche ist länger. Ragt einhundertfünfzig Schritt in die Senke hinein.«

Das Herz des Waldes war letztlich ein unnatürlich geformter Fels. Wenn sie ihn von oben hätten betrachten können, so wie die Adlermänner, die ständig aus den hundert kleinen und größeren Öffnungen in seinen Flanken flogen oder dorthin zurückkehrten, wäre er ihnen wohl als Stern erschienen. Eivora kannte Festungen, die so gestaltet waren. An den Spitzen der Zacken boten sie kaum Angriffsfläche. Begab man sich aber dazwischen, war man immer an zwei Flanken angreifbar. Nutzte man

Sturmleitern, um eine Wand zu erstürmen, bot man unweigerlich seinen Rücken den Verteidigern auf der anderen Seite dar. Auch für Katapulte waren die schrägen Wände schwer zu durchdringen, ihre Geschosse rutschten viel leichter ab, als wenn sie senkrecht auftrafen.

Wortlos reichte Eivora das Kohlestück an Nirto weiter, damit er die neu erkundeten Umrisse einzeichnete.

Sie blickte zwischen den Ästen, die ihre Stellung verbargen, auf die Felsenfestung. Sie stand auf einer leichten Anhöhe. Nicht nur Adlermänner verteidigten sie, ringsum befanden sich Lager aus Hütten, die die Wilden aus gebogenen Zweigen errichtet hatten. Nebelschwaden trieben umher, sodass man niemals einen vollständigen Überblick hatte, aber offenbar handelte es sich um unterschiedliche Stämme. Manche kleideten sich mit Federn, andere in Felle. Bei allen gab es Chimären. Bärenmänner waren besonders häufig, aber es gab auch Krieger, die Züge von Raubkatzen trugen, und einen hatte sie erspäht, dessen Kopf einer Kobra glich, mit Fangzähnen wie Dolchen.

Der Auftrag des Sturmbanners lautete, das Ziel zu erkunden. Eivora fand, dass sie das zur Genüge getan hatte, aber sie wusste, dass ihre Rottmeister anderer Meinung waren. Zögerlichkeit war in ihre Herzen gekrochen!

In Eivoras Adern dagegen kribbelte das Verlangen nach dem Traumsaft. Wenn ihre Rottmeister hätten nachfühlen können, wie das Feenblut das Bewusstsein erweiterte ... keiner von ihnen hätte noch gezaudert! Aber dazu hätten sie weiteren Traumsaft erbeuten müssen ... Und Eivora hätte ihn mit den anderen teilen müssen ... Wo enden? Bei den Rottmeistern? Was war mit den Bannerherren der anderen Einheiten? Oder gar den Kampfherren? Momentan hielten sie Eivora für verantwortungslos, weil sie die Legion in diesen Einsatz führte, der kaum Silber einbrachte. Aber das war besser, als wenn sie nach dem Traumsaft gegiert hätten.

Wie viel davon mochte sich im Herzen des Waldes befinden? Eivora versuchte, ihre Erwartungen zu zügeln, um nicht enttäuscht zu werden. Lebten tausend Feen dort? Oder weniger?

Wie vermehrten sie sich? Schlüpften sie aus Eiern? Konnte man sie züchten?

Gern hätte sie diese Fragen mit Fiafila-Ignutos Hilfe ihren Gefangenen gestellt. Aber der Avatar traute Eivora noch weniger als den anderen. Sie hatte ihr schon einmal ihre Feen weggenommen, und jetzt wusste sie um die Macht des Traumsaftes. Bestimmt wollte sie ihn für sich selbst!

Missmutig sah Eivora Aglix zu, wie er über einen bemoosten Stamm kletterte. Nirto zeichnete akribisch den sternförmigen Umriss weiter. Sie unterdrückte ein Lachen. Was sollten all diese Erkundungen bringen?

Eivora wollte die Festung mit Entschlossenheit erstürmen. In diesem Land waren Gewitter häufig, sie könnten den Blitzstein einsetzen, der Blitze anzog und Breschen schlug. Und dann würden die Söldner in den Nahkampf gehen und die Wilden niedermachen. Inzwischen hatten sie Erfahrung darin, wie man gegen die Chimären kämpfte, und eiserne Rüstungen hatten sich als guter Schutz gegen Waffen aus Gelbjade erwiesen. Sogar gegen die Giftpfeile aus den Blasrohren hatten sie ein Mittel gefunden. Ein Krieger aus dem Zauberbanner war in einen Hinterhalt geraten und hatte überlebt, weil die winzigen Geschosse im Stoff seiner übergeschlagenen Kapuze stecken geblieben waren. Seitdem führte jeder Söldner Tuch oder sogar Leder mit, um die bloßen Hautstellen zu bedecken.

Eivora tat, als prüfe sie ihre Armbrust. In Wirklichkeit drückte sie ihren Unterarm. Das half manchmal, das Kribbeln zurückzudrängen. Es war zum Verrücktwerden! Das Gefühl von Ameisen in ihren Adern war heute besonders stark.

Gonter traf ein. Er befahl seinen Leuten, zu trinken und ihre Ausrüstung zu richten. Erst dann kam er zur Karte. Auf den ersten Blick sah Eivora den Groll in seinem Gesicht.

»Nun auch noch du?«, fuhr sie ihn an.

»Was?«, blaffte er zurück.

Feindselig starrte sie ihn an. Er hielt sie für so etwas wie eine Säuferin. Eine Frechheit, wie er ihr von diesem Versager erzählt hatte, der in der Gosse geendet war! Eivora war ein Feuervogel, kein sabbernder Idiot, der sich den Verstand weggesoffen hatte. Sie sollte ihm das Gesicht verbrennen! Ja, das würde sie mit Genuss tun. Wenn sie erst im Herzen des Waldes war … wenn das Feenblut durch ihren Hals ränne …

Gonter ließ seinen Rucksack zu Boden fallen. »Itena ist auf einen Riesenbaum geklettert. Von dort aus hat sie gesehen, dass die Festung oben flach ist. Und geschlossen. Bis auf ein paar Ausgänge, aber es gibt keinen Innenhof oder so etwas. Wir werden keine Brandgeschosse hineinkatapultieren können, das ist alles Fels. An ein paar Stellen flimmert Hitze aus dem Innern.«

Eivora sah zu Itena hinüber. Das Gesicht wirkte gleichmütig, wie meistens. Sie fettete ihre Lederrüstung. Damit war sie gewissenhaft, wie Eivora es von einer Söldnerin des Klingenrauschs erwartete. Trotz des feuchten Klimas zeigte sich kein Schimmel darauf.

Vielleicht hätte Eivora besser die Frau mit der Augenklappe an Gonters Stelle zur Rottmeisterin ernannt. Itena machte sich genug, aber nicht zu viele Gedanken. Sie hätte bestimmt nicht infrage gestellt, wie Eivora das Sturmbanner führte.

Ein Frösteln durchlief Eivoras Körper. Die Kälte kroch von innen nach außen. Sie entstand in ihrer Brust, wo beim Feuervogel das heiße Herz pumpte.

Sie musste endlich an den Traumsaft kommen!

Eivora presste die Zähne zusammen. *Nein, ich muss gar nichts. Ich kann selbst entscheiden. Meine Rüstung ist mein Leben, meine Waffe ist meine Freiheit. Das ist die Art, wie ich lebe. Mein Wille ist stärker als der Traumsaft.*

»Hast du verstanden?«, fragte Gonter. »Ich sagte: Dort oben haben sie keine Geschütze. Keine Ballisten. Aber da liegen Steinbrocken, die sie herunterschleudern könnten, wenn wir gegen die Steilwände vorrücken.«

»Dann ist es ja gut!«, schnappte Eivora.

Was spielte es schon für eine Rolle, wie stark der Traumsaft ihr Sehnen bestimmte, selbst wenn er einen Teil ihres freien Willens nahm? Das war unwichtig, solange beides in dieselbe Richtung wies. Wie bei einem Schiff, das Ruder und Segel demselben

Ziel entgegenbewegten. Sie *wollte* den Traumsaft. So, wie andere nach Reichtümern verlangten. Nach Silber …

Eivora dachte an ihren Hort in Rorgator. An die vielen verschiedenen Münzen und wie sie sie nächtelang umsortiert hatte, mal nach Form, mal nach Gewicht, mal nach der Prägung.

Wie armselig! Weshalb habe ich meine Zeit damit vertan, meinen Verstand in solche belanglose Eintönigkeit zu pressen, wo er doch so unglaublich weit sein kann?

Ein Tropfen fiel von einem Blatt auf Aglix' Köpfchen. Der Feuersalamander wippte auf und nieder, dann setzte er seinen Weg fort. *Tiere kennen keine Sorgen.*

Junker Welmon setzte sich zu ihnen. Der klataalsche Edle fürchtete sich nicht vor der Gefahr, sich mit dem Sturmbanner so nah am Feind zu bewegen, obwohl alle seine Landsleute furchtsam in ihre Siedlungen zurückgekehrt waren.

»Ihr habt den Mut, Eure Träume zu erobern«, raunte Eivora ihm zu.

»Träume … ja.« Mehr brauchte er nicht zu sagen. In seinen fiebrigen Augen spiegelte sich ihre eigene Sehnsucht.

Werde ich auch so enden?, fragte sich Eivora mit einem mulmigen Gefühl. *Ausgezehrt wie ein Skelett, nicht mehr selbst handelnd, sondern darauf vertrauend, dass andere meine Träume wahr werden lassen?*

Nein! Ich habe gelernt zu erobern, was ich begehre!

Mit einem zitternden Lächeln sah er zur Felsenfestung hinüber. »Glaubt Ihr, das ist das Herz des Waldes?«

»Zweifelt Ihr daran?«, fragte sie misstrauisch.

Er strich mit der flachen Hand über den kurz geschorenen Kopf, womit er den Großteil des Blutschwämmchens verdeckte. »Für mich sieht es aus wie ein Panzer, der etwas viel Weicheres schützt.«

Eivora hielt den Atem an. Was für ein Gedanke! Lag das eigentliche Geheimnis im Innern dieser wuchtigen Feste verborgen? Gab es noch mehr zu entdecken?

Sie mussten so rasch wie möglich angreifen! Eivora musste die Kampfherren überzeugen, sich aus den bedeutungslosen

Scharmützeln zu lösen und endlich den entscheidenden Schlag zu führen.

Sie stand auf, sank aber sofort zurück. Ihre Sicht verschwand hinter hellen Flammen. Unwillkürlich breitete sie die Arme aus und bewegte sie auf und ab, und sie schrie ihre Lust an der Freiheit hinaus, wie ein Feuervogel es tat. Aber es war ein zorniger Schrei, denn niedere Kreaturen erdreisteten sich, ihr den Zugang zum Traumsaft und damit zu ihrem wahren Selbst zu verwehren.

Midalin fühlte sich, als hätte sich ihr Verstand von ihrem Körper gelöst, sodass sie sich von außen beobachtete. Sie *wusste*, dass die andauernden Paraden ihren rechten Arm taub werden ließen, dass ihre Beine von der Anstrengung brannten, dass ihr Kleid durch den Schweiß zwischen ihrem Rücken und dem Lederharnisch festklebte, aber sie *empfand* es nicht. Ein Stoßspeer hatte ihren linken Ärmel aufgeschlitzt und die Haut geritzt. Sie blutete, aber die Wunde schmerzte nicht. Der Adlerkrieger, der sie ihr beigebracht hatte, war tot, und sie lebte, und das war das Einzige, was für Midalin zählte. So hatte es Itena sie auch gelehrt: »Überleben und siegen. Das ist der Zweck von allem. Wenn es etwas gibt, das dazu beiträgt tu es.«

Jetzt kämpfte Itena an Midalins Seite. Oder eigentlich kämpfte Midalin in Itenas Gruppe, gemeinsam mit Worhild, Zicharas und Thum. Aber wenn man nach allen Seiten stach und hackte und blockte und sich wehrte, wenn man über die Leichen der Gegner stieg und versuchte, den Stoßspeeren zu entgehen, dann spielte keine Rolle mehr, wer Weibelin war und wer einfacher Krieger.

Kreischend schoss ein Adlermann auf Midalin nieder. Der gebogene Schnabel war weit aufgerissen, die Augen funkelten, die Flügel waren angelegt, und den Speer hielt er in beiden Fäusten gefasst.

Midalin sah sich selbst dabei zu, wie sie die Waffe ihres Gegners mit ihrem neuen Degen abwehrte. Funken stoben, als die Speerspitze an die Klinge klirrte, daran entlangrutschte und hell gegen die Glocke schlug, die ihre Hand schützte. Midalin wirbelte um die eigene Achse, um die Wucht des Angriffs ins Leere zu leiten. Aus der Drehung konnte sie nicht zustechen, sie war zu nah am Adlermann, und alles ging zu schnell, also führte sie einen Schlag. Nur wenig Kraft lag dahinter, aber sie traf den Kopf.

Offenbar war das schmerzhaft. Ihr Gegner kreischte, schüttelte sich und stieg mit kräftigen Flügelschlägen auf.

Zicharas schleuderte seine Wurfaxt, die er gerade erst aus der Schulter eines anderen Kontrahenten gezogen hatte. Dessen Blut spritzte sogar noch von der sich überschlagenden Waffe.

Tief drang das Beil in den linken Flügel.

Der Adlermann taumelte in der Luft und stürzte ab.

Midalin sprang vor. Sie hatte keine Angst mehr, das war vorbei, zumindest für diese Schlacht. Hundertmal hätte sie heute schon sterben können, und vielleicht würde sie das noch, und dieser Schrecken betäubte ihre Furcht, wie ein andauerndes, lautes Geräusch die Ohren taub machte, bis man gar nichts mehr hörte. Sie trat den Stoßspeer aus dem Weg und tötete den Gegner mit einem tiefen Degenstoß in den Brustkorb.

Sie verharrte zwei kostbare Herzschläge lang, weil sie darauf wartete, dass sich die Klinge entzündete.

Midalin schalt sich eine Närrin. In ihrer neuen Waffe steckte keine Magie. Das hier war meisterlich geschmiedeter Stahl, mehr nicht. Sie zog den Degen aus der Leiche.

Thum hackte auf einen am Boden liegenden Adlermann ein, der anscheinend nicht totzukriegen war, aber auch keine Bedrohung mehr darstellte. Der Speer war ihm entfallen, der Schnabel gebrochen.

Zicharas holte seine Wurfaxt zurück.

Itena und Worhild fochten am Rand der Klippe gegen drei Adlermänner, die bereits aus mehreren Wunden bluteten. Midalin eilte zu ihnen. Sie spürte ein Stechen in der Seite, aber das rührte von der Anstrengung. Anders als Zicharas, der zwei Finger verloren hatte, war sie unverletzt, wenn man von dem Kratzer an ihrem Arm absah. Den Gegnern war es schlechter ergangen, ein halbes Dutzend von ihnen lag erschlagen im Gras.

Die verbliebenen drei sahen ein, dass sie hier nichts ausrichten würden, und flogen davon, zurück in Richtung Felsenfestung.

Midalin betrachtete ihr gedehntes Spiegelbild auf der Glocke des Degens. Ihren alten hatte sie weggegeben und dafür Forderungen gestellt. Unter anderem, dass Gonters Rotte abkommandiert wurde, um das Schwertfeuer während der Schlacht zu schützen. Sie wollte sich nie wieder fragen, wie es ihm ging und ob er noch lebte. Sie wollte ihn in der Nähe haben. Das war er jetzt wohl auch, obwohl sie ihn gerade nicht sah. Der Gegenangriff hatte Itenas Gruppe, der auch Midalin vorübergehend zugeordnet war, bis zu dieser Klippe geführt.

Wie konnte ich nur meinen magischen Schutz aufgeben?

Midalin gab sich selbst die Antwort: *Iskalas rote Augen und eine Avatar mit einem Homunkulus, aus dessen Augen grüne Flammen schießen, können sehr überzeugend sein.*

Heftig atmend stellte sie sich neben Itena. Vor ihren Füßen fiel die Klippe zwei Dutzend Schritt ab, danach ging der Hang sanfter in die Senke über, wo die Einheiten des Klingenrauschs die Wilden vor sich hertrieben. Niemals hatte Midalin eine solche Schlacht gesehen.

Kunststück, vor diesem Feldzug war ich ja auch noch nie in einer Schlacht, dachte sie selbstironisch. Aber sie hatte es sich nicht als einen solch überwältigenden Ausbruch von Gewalt vorgestellt. Wenn man nicht genau hinsah, wirkten die Helme und Klingen, als flutete ein Meer aus Stahl gegen den sternförmigen Felsen an und drückte dabei die brüllenden Massen violett bemalter Kannibalen vor sich her.

Je mehr sich ihr Atem beruhigte, umso schneller schwand auch Midalins traumartige Losgelöstheit. Die Spannung wich, ihr rechter Arm zitterte. Sie spürte den Schmerz der Überanstrengung in den Muskeln.

Die anderen reinigten ihre Waffen. Midalin putzte die Degenklinge mit ihrem Kleid ab. Das Blut ihrer Gegner hinterließ purpurne Flecken auf dem hellblauen Stoff. Es spielte keine Rolle. Sie lebte.

Mit mehr Glück als Verstand, warf sie sich vor. *Wie konnte ich nur so dämlich sein und ein so gefährliches Leben wählen?*

Dass sie für ihren Degen noch eine weitere Bedingung gestellt hatte – nämlich die, jeden Einsatz des Sturmbanners bis zur Eroberung des Herzens des Waldes zu begleiten –, war ihre eigene Dämlichkeit.

Itena nestelte am zerschnittenen und vollgebluteten Ärmel über Midalins Schnittwunde. »Besser, wir verbinden das.«

Sie schob den Degen in die Scheide und winkelte den Arm ab. »Ich habe mir eine Schlacht nie so groß vorgestellt«, sagte sie, während die Weibelin eine Leinenbahn über den Schnitt wickelte.

»Es steht nicht gut«, meinte Itena.

Midalin runzelte die Stirn. »Aber wir rücken doch vor.«

»Nur hier im Osten.« Itena zeigte mit ihren blutverschmierten Fingern auf die linke Seite der Felsenfestung. »Dort sollten eigentlich zwei Banner Pikeniere durchbrechen. Siehst du die?«

Da war nur ein übersichtliches Gewimmel violetter Leiber zu erkennen, die nach Süden drängten. »Nein.«

»Eben. Ein Schwarm Adlerkrieger ist in diese Richtung geflogen. Ich nehme an, sie machen Razonn zu schaffen. Und ob die Aufteilung der Bogenschützen eine kluge Entscheidung war, muss sich auch noch weisen.«

Normalerweise kämpften die Bogenschützen in kompakten Einheiten und verschossen Salven, die einen gegnerischen Sturmlauf brutal zum Halten bringen konnten, wie Midalin aus den Gesprächen an den Lagerfeuern wusste. Heute hatte man sie rottenweise aufgeteilt und den Nahkämpfern zugeordnet, damit jede Einheit den fliegenden Gegnern etwas entgegenzusetzen hatte. Aber tatsächlich nahm man sie dadurch kaum wahr, jedenfalls nicht von der Klippe aus. Überall flogen immer wieder Pfeile auf, aber so weit verteilt, dass von einer durchschlagenden Wirkung nichts zu sehen war.

»Dort in der Mitte sind wir weit vorgedrungen.« Midalin

streckte den Hals, als könnte sie dadurch besser erkennen, was sich vor der Festung tat. »Sind das die Hellebardiere?«

»Ja. Ungerührt wie immer. Sie befolgen ihre Befehle oder sie sterben. Vor Kampfherr Xerohn haben sie mehr Angst als vor dem Tod. Aber allein werden sie sich nicht mehr lange halten. Siehst du, dass die Wilden sie von drei Seiten angehen?« Itena selbst schaute gar nicht hin. Sie verknotete den Verband. »Sie brauchen dringend Pikeniere, die den Druck von ihren Flanken nehmen.«

Midalin versuchte, im Gewimmel zu erkennen, was die Weibelin beschrieb. Vielleicht war genau das ein Problem: Es sah aus wie ein heilloses Gewimmel, mit wenig Ähnlichkeit zu den ordentlichen Marsch- und Manöverübungen, die sie bei den Einheiten beobachtet hatte. Konnten sie ihre Pläne nicht umsetzen? – Das lag dann sicher an den Schwärmen von Adlermännern, die immer wieder niederstießen und sich nicht durch eine saubere Kampflinie abhalten ließen.

»Genug ausgeruht«, befand Itena. »Zurück zum Schwertfeuer!«

Zicharas nahm den Spieß eines toten Adlerkriegers auf. Er war kürzer und dicker als sein eigener Speer, aber dessen Schaft war gebrochen. Er ließ ihn zurück.

Bratz hatte den Kampf aus sicherer Entfernung auf einem Ast hockend beobachtet. Jetzt flog er ihnen voraus.

Das Schwertfeuer stand in einer Höhle, was es gegen Angriffe von oben schützte, aber nur begrenzten Platz für die Umstehenden ließ. Gonter ging gerade die Stellungen seiner Rotte ab, die den Eingang in einem Halbkreis sicherte. Ein ausgetrocknetes Flussbett kerbte den Hügel, sodass man den Nordostteil der Felsenfestung und die davor kämpfenden Truppen sehen konnte.

Midalin freute sich über sein erleichtertes Seufzen, als er sie bemerkte. Sein Blick streifte ihren Verband, sie bewegte den Arm, um zu zeigen, dass es keine schwere Verletzung war. Kurz tätschelte seine kräftige Hand ihre Seite, was sie leider wegen des Lederharnischs kaum spürte. Für mehr Zärtlichkeit war jetzt nicht die rechte Zeit. Gonter hörte sich Itenas Einsatzbericht an.

Der vielfarbige Flammenteppich auf dem Eisentisch beleuchtete Fiafila-Ignuto. Es war seltsam, den Glanz des Schweißes auf der rechten Hälfte ihres Gesichts zu sehen, während die linke grau und trocken blieb. Die Steinsalbe und die Hitze des Homunkulus hatten die Poren wohl geschlossen. Überhaupt schien sie unempfindlich gegen Feuer. Nach der Rückkehr aus Grinhoff war sie von Brandblasen bedeckt gewesen, aber davon war nichts mehr zu sehen. Binnen einer Woche war eine Verletzung, die andere ihr Leben lang entstellt hätte, spurlos vergangen. Ein weiterer Beweis für die Magie, die im Körper dieser Frau wirkte.

Midalin hatte mitbekommen, dass die Kampfherren den Vorschlag beraten hatten, die Avatar könne sich wieder in einen Drachen verwandeln und so gegen die Festung vorgehen. Die Adlermänner wären kaum ernst zu nehmende Gegner, und die steilen Wände des Sterns hätte sie mit ein paar Flügelschlägen überwunden.

Gonter glaubte, dass die Kampfherren letztlich abgelehnt hatten, weil sie um ihre Macht fürchteten. Ihre hohe Stellung verdankten sie den Truppen, die sie befehligten. Der Drache aber entzog sich ihrer Kontrolle. »Und nicht nur ihrer«, hatte Gonter gesagt und war in brütendes Schweigen verfallen. Er redete nicht darüber, was er in Grinhoff gesehen hatte.

Jedenfalls wäre es unmöglich, mit Fiafila-Ignuto als Drachen das Schwertfeuer einzusetzen. Gerade dem hatten die Kampfherren jedoch diesmal eine noch größere Bedeutung zugedacht als in vorigen Schlachten.

Inmitten der Flammen, in denen erstarrte Krieger Gestalt annahmen, lag Midalins Degen. Sie würde ihn wohl nie zurückerhalten, und wenn doch, dann ohne magische Kraft. Diese würde durch das Ritual aufgezehrt, das die Avatar zu wirken beabsichtigte. Damit wäre der Handschutz nur noch ein alter Knochen, der beim ersten harten Treffer splittern würde.

Ihre Finger strichen über den kalten, runden Schutz ihrer neuen Waffe. Sie war etwas schwerer als die alte, aber Midalin fand, dass sie sich bislang dennoch gut damit schlug. Ganz anders als bei den Fechtübungen, aber auch das, was sie von Itena gesehen hatte, hatte nichts mit penibel gesetzten Füßen und elegantem Gleiten zu tun.

Nun, da sie inmitten von Kameraden stand, ohne unmittelbare Bedrohung, stieg Stolz in Midalin auf. Sie hatte ihren Degen nicht einfach hergegeben, sondern Bedingungen gestellt. Sie war keine willenlose Puppe, mit der die Offiziere verfahren konnten, wie ihnen beliebte.

Lächelnd schaute sie zu Gonter hinüber. Er sah so gut aus! Daran änderten auch die Delle in seinem Helm und die Blutspritzer auf dem Kettenhemd nichts.

»Du wirkst zufrieden«, flüsterte Itena ihr zu. »Dazu hast du wenig Grund.«

Midalin runzelte die Stirn. »Stimmt etwas nicht?«

Itena rieb mit dem Zeigefinger unter ihrer Augenklappe. »Hast du schon einmal überlegt, dass du den Kampfherren nun, da dein magischer Degen fort ist, kaum noch etwas zu bieten hast? Jetzt bist du entbehrlich. Pass auf dich auf.«

Midalin schluckte.

Itena klopfte ihr auf den Rücken. »Du schlägst dich ganz ordentlich. Wäre schade um dich.«

Ratlos sah sie der Weibelin nach. Sollte sie sich zu ihr und den Kameraden setzen, mit denen sie gerade noch gekämpft hatte?

Bratz landete vor ihr und hüpfte auf sie zu. »Bienchen!«

»Ich habe leider nichts für dich«, bedauerte sie.

Skeptisch legte der Beo den Kopf schräg.

Midalin ging zum Schwertfeuer. Sie stellte sich neben Yra, so, dass sie den eintreffenden und abgehenden Boten nicht im Weg stand. Atirion und Iskala waren die einzigen Kampfherren, die keine Einheiten im Feld kommandierten. Eivora hatte sehr ungeduldig gewirkt, als sie das Sturmbanner mit Ausnahme von Gonters Rotte in die Schlacht befohlen hatte.

In einer Zunge aus gelben Flämmchen verblasste ein hockender Hellebardier, der seine Waffe schräg nach oben stieß. Eine Armbrusterin tauchte aus dem Feuerteppich auf, das Grün zeigte ihre Angriffslust. Sie stand aufrecht, den Kopf so geneigt, dass sie entlang der an ihre Schulter gedrückten Waffe zielen konnte. Ein Bärenmann fletschte die Zähne und holte mit der rechten Tatze aus, während er mit der linken zuschlug.

Atirion beriet sich mit Iskala. »Sie kommen«, hörte Midalin ihn sagen. »So schnell bewegen sich nur fliegende Truppen.« Die Flämmchen spiegelten sich in seiner Klingenhand.

»Kannst du das bestätigen?«, wandte sich Iskala an Fiafila-Ignuto.

Trotz der Hitze stützte sich die Avatar auf den Eisentisch und schloss die Augen. Als sie die Lider wieder öffnete, nickte sie. »Adlerkrieger, etwa dreihundert. Die meisten davon kleiner als die, mit denen wir es bisher zu tun hatten. Vielleicht jünger. Gut möglich, dass das alle sind, die sie noch haben. Sie wollen die Pikeniere an der Nordflanke zerschmettern, schätzen die Geister.«

Iskala sah Atirion an, der zustimmend nickte. »Du weißt, was du zu tun hast«, sagte sie zu Fiafila-Ignuto.

Midalins Herz schlug schnell. *Echte Magie.* Jetzt würde die Avatar den Zauber, der dem Degen innewohnte, mit Kesters dämonischer Macht verbinden.

Von einem Augenblick auf den nächsten entflammte der Himmel. Rotes Feuer füllte ihn über den kämpfenden Truppen. Es übergoss alles mit blutigem Licht. Die Hitze brauchte einen Moment, um den Hügel und den Höhleneingang, in dem Midalin stand, zu erreichen. Dann brannte sie auf ihrer Haut, selbst auf diese Entfernung noch. Schnell zog Midalin den Stoff vor das Gesicht, der eigentlich als Schutz vor Giftpfeilen gedacht war.

Es gab nichts, was das Feuer genährt hätte, aber es loderte dennoch mit einer Wut wie ein angeschossenes Raubtier. Sicher verbrannte es die Adlerkrieger, aber über seinem Fauchen waren die Todesschreie nicht zu hören.

Midalin sah auf das Schwertfeuer. Prasselnd schlugen die Flämmchen hoch, teilweise einen halben Schritt. Die Runen im Handschutz ihres Degens gleißten.

»Du musst Lücken lassen«, mahnte Iskala.

»Niemand soll entkommen«, widersprach Fiafila-Ignuto mit einem boshaften Grinsen.

»Das sind unsere Leute unter dem Feuer! Sie brauchen Luft zum Atmen.«

»Schwächliche Kreaturen«, quetschte die Avatar verächtlich hervor.

Iskala trat zu ihr und schlug ihr ins Gesicht.

Midalin hielt den Atem an.

Fiafila-Ignuto fauchte. Ihre menschlichen Augen glühten rot auf, die Pupillen zogen sich zu senkrechten Schlitzen, und über den Körper des Homunkulus raschelte ein Schuppenkleid.

Die Kampfherrin hielt dem zornigen Blick der Avatar stand. »Öffne die Flammendecke!«, verlangte sie. »Du verbrennst nicht nur unsere Gegner, sondern raubst auch die Atemluft unserer Krieger.«

Fiafila-Ignuto knurrte. Dabei zog sie die Lippen von plötzlich langen, spitzen Zähnen.

»Du wirst tun, was ich befehle«, sagte Iskala gefährlich ruhig, »oder ich werde dich im Fluss ertränken wie eine aussätzige Katze.«

Wütend starrte die Kreatur, die in diesem Moment noch weniger Mensch war, als ohnehin schon die Kampfherrin an.

Iskalas Hand schoss vor und schloss sich um Fiafila-Ignutos Kehle. »Glaube nicht, dass du mich einschüchtern kannst! Spürst du das an deinem Hals? Das ist ein vergifteter Dorn. Wenn der Klingenrausch stirbt, wirst du mit ihm vergehen, das verspreche ich dir.«

Fiafila-Ignuto atmete röchelnd. Offenbar drückte Iskala wirklich zu.

Die drachischen Merkmale verschwanden, der Zorn blieb im Gesicht.

Midalin wandte sich zur Schlacht um. Das Feuer flammte jetzt sehr viel tiefer. Es musste diejenigen Adlermänner, die es nicht bereits verbrannt hatte, in die Reichweite der Söldnerwaffen gedrückt haben.

Nun riss es auf. Lange Schneisen bildeten sich.

Kein Rauch, erkannte Midalin. Was immer dort brannte, es erzeugte keinen Qualm. Das mochte den Menschen unterhalb dieses Infernos das Leben retten.

Dass sie noch lebten, bezeugte das Klirren ihrer Waffen.

Bald wurde es von den Siegesschreien übertönt. »Hammerschlag!«, dröhnte es aus mehreren Tausend Kehlen.

Die Wunde in Midalins Arm pochte.

Das Krachen der Wurfgeschütze mischte sich in den Gewitterdonner. Gonter hatte beobachtet, wie die Schanzknechte das Belagerungsgerät vor Ort zusammengebaut hatten. Für den Transport durch den Urwald wäre es viel zu sperrig gewesen, bei manchen Katapulten diente ein kompletter Baumstamm als Wurfarm.

Die anderen Truppen griffen die Festung von allen Seiten gleichzeitig an. Bei einer Attacke auf einen einzelnen Punkt konnte der Gegner wegen der Sternform des Bollwerks jederzeit Überlegenheit herstellen, aber durch die Daueroffensive aus allen Richtungen verteilten sich seine Kräfte dünn, und die ständige Gefahr musste die Verteidiger zermürben. Die schwierigste Aufgabe der Angreifer bestand in der Dunkelheit des Unwetters darin, rechtzeitig die vermuteten Einschlagstellen der Katapultgeschosse zu räumen. Das gelang oft, aber nicht immer.

Gerade jetzt trafen vier große Steinbrocken dicht nebeneinander eine Wand eines nach Südwesten ragenden Zackens. Gesteinssplitter brachen aus dem Fels, auch große Brocken, und fielen in eine kompakt stehende Rotte Pikeniere.

Der nächste Blitz offenbarte ein klaffendes Loch in sieben Schritt Höhe.

»Na los!«, brüllte Eivora. »Worauf wartet ihr Hunde?« Mit ihrem Kurzschwert zeigte sie die Richtung an.

»Hammerschlag!«, rief das Sturmbanner und setzte sich in Bewegung.

Ihre Laufschritte schmatzten im regennassen Boden. Gonter achtete darauf, seine Rotte zusammenzuhalten. Sie war auf zwanzig Söldner zusammengeschrumpft, Prekesta mitgezählt, deren Schutz seine spezielle Aufgabe war. Sie führte den faulenden Schamanenarm mit. Ein Vorteil des Gewitters lag darin, dass sich der Gestank nicht so weit verbreitete wie bei trockenem Wetter. Prekesta trug wieder Kapuze und Schleier, aber das war diesmal nichts Besonderes. Sie alle hatten sich verhüllt, um den Giftpfeilen aus den Blasrohren der Wilden kein Ziel zu bieten.

Midalin war der Heroldin des roten Risses als persönliche Leibwächterin zugeordnet, aber jeder wusste, dass sie allein ein schwacher Schutz gewesen wäre. Es war Gonter jedoch sehr recht, dass er durch seinen Auftrag, auf Prekesta aufzupassen, auch ein Auge auf Midalin haben konnte. Wenn sie sich denn schon dem gefährlichsten Einsatz der Schlacht anschließen musste …

Sie hatte ihren Rock zerrissen, um schneller laufen zu können. Gonter hätte sie gern umfangreicher gepanzert als nur mit einem Lederharnisch und einem Helm, aber Itena sprach sich dagegen aus. Die einzige Art, auf die Midalin zu kämpfen gelernt hatte, setzte auf Beweglichkeit.

Bis jetzt hielt sie sich tapfer. Sie klagte nicht, geschweige denn, dass sie um Rücksichtnahme gebeten hätte. Auch, als sie einander auf die Schultern stiegen, um den Bruch in der Mauer zu erreichen, biss sie die Zähne zusammen und ertrug den Schmerz, den ihr die Verwundung an ihrem Arm zweifellos beim Klettern bereitete. Nur Bratz hatte sie beim Schwertfeuer zurückgelassen, trotz des Protestgeschreis, das der Beo in seinem Käfig veranstaltet hatte.

Sie sah Gonter offenbar an, dass ihm dennoch unwohl war, als er ihr hinter sich in die gegnerische Festung half. Mit versteinerter Miene zog sie ihren Degen und ging voraus.

Sie trafen nicht unmittelbar auf Widerstand, aber im benachbarten Zacken bemerkte man sie. Aufgeregte Alarmrufe schollen herüber. Die Söldner bewegten sich sofort ein Stück hinein, um von der Bruchkante wegzukommen. Tiefer im Fels wurde der Boden holzig, als handele es sich um eine Mischform aus Stein und Baum, und Ranken schlängelten sich über die Decke und die Wände des Ganges, in dem sich die Söldner wiederfanden. Aus den weißen Blüten dieser Pflanzen sickerte milchiges Licht.

Bronos Rotte transportierte den Blitzstein. Er hing in einem Eisenkäfig an einer Tragestange, damit zwei Krieger die Last gemeinsam schultern konnten. Am Sammelpunkt setzten sie das Artefakt mit einem dumpfen Geräusch ab. Im Gewitter war es nass geworden, aber solange es nicht mit dem Blut von jemandem benetzt wurde, der die Festung halten wollte, und man die drei mit Runen beschrifteten Ringe nicht in die richtige Position brachte, war er harmlos. Dann allerdings zog er Blitze an. Auf diese Weise hatte er sogar in die titanische Stadtmauer von Ygôda eine Bresche gesprengt.

»Mein Leben lang habe ich nach echter Magie gesucht.« Midalin sah das aus geometrischen Formen zusammengesetzte Artefakt an. Nicht nur auf der Nässe schimmerte der Schein aus den Blüten, sondern auch auf den silbrigen Einschlüssen im grauen Material. Vier würfelförmige Elemente waren mit dem zentralen Diskus verbunden. »Hier finde ich mehr davon als in meinem gesamten bisherigen Leben.« Sie sah zu ihm hoch. »Ich bin genau da, wo ich sein will, Gonter. Dies ist meine Entscheidung.« Sie drückte seine Hand.

Er lächelte sie an.

Prekesta hielt den abgetrennten Unterarm in beiden Händen und pendelte damit hin und her, wobei sie die grüne Tätowierung betrachtete, die das Krokodil zeigte. Auf dem inzwischen schwarzgrauen Fleisch war sie nur noch schwer zu erkennen, mal ein Skelett mit Muskelfetzen und ein paar Sehnen, dann wieder eine Bestie, deren ganze Gestalt gnadenlose Bosheit ausdrückte. »Es funktioniert anders als ein Kompass«, murmelte die Heroldin des roten Risses. »Es zeigt nicht direkt zum Ziel, sondern weist einen passierbaren Weg.« Sie hob den Kopf und sah den Gang entlang. »Erst einmal weiter.«

Das Innere der Festung bestand aus emporgewuchertem Stein oder versteinertem Holz, das konnte Gonter nicht unterscheiden. Jedenfalls sahen die Strukturen gewachsen aus, aber sie waren hart und unnachgiebig. Die Ranken mit den leuchtenden Blüten schoben sich aus Spalten und verschwanden in anderen.

Die erste Weggabelung, die sie erreichten, erinnerte an sich verzweigende Adern. Prekesta orientierte sich kurz an der Tätowierung und wies dann nach links. Wenn Gonter sich nicht irrte, führte sie das in den Zentralbereich, wo sich alle Zacken trafen. Grimmig sah er auf sein Schwert, sicher gäbe es etwas für die Klinge zu tun. Würden sie bald auf die Feen stoßen, auf den nie versiegenden Quell von Traumsaft, den Eivora sich erhoffte?

Sie schien damit zu rechnen. Beinahe kopflos führte sie das Sturmbanner vorwärts. Nur Nirtos Umsicht war es zu verdanken, dass Späher vorauseilten und verhinderten, dass sie in einen Hinterhalt gerieten.

In einer Art Saal, geformt wie ein gebogenes Oval, verlegten die Verteidiger den Söldnern jedoch den Weg. Ein halbes Dutzend Wilder erwartete sie mit Keulen und Spießen, aber gefährlicher waren sicher die zwanzig Bärenmänner. Gonter gehörte zu den kräftigsten Söldnern der Legion, doch diese Chimären hätten ihn bestimmt niedergerungen. In den bisherigen Gefechten waren sie ihnen oft allein mit Zähnen und Klauen gegenübergetreten, aber diese hier waren alle bewaffnet. Man hatte ihnen aus Gelbjade gebrochene Stoßklingen an die Tatzen geschnallt, ähnlich geformt wie jene, die Kampfherr Atirion als Handersatz diente.

Da ihre Gegner zwar geiferten und knurrten, aber zunächst abwarteten, nahmen die Söldner des Sturmbanners Aufstellung. Gonter beobachtete mit Sorge, dass Prekesta vor die vorderste Schlachtreihe trat und Midalin sie mit gezogenem Degen begleitete. *Ich hätte ihr einen Schild geben sollen.* Zwar kämpfte er selbst auch ohne einen solchen Schutz, aber sein Schwert war ein Anderthalbhänder, und Gonter war ein Meisterfechter. Außerdem trug er ein Kettenhemd. Sein Hals wurde eng.

Die Bärenmänner schienen besonders kräftige Exemplare zu sein. Ihre Arme waren so muskulös, dass sie Midalin auseinanderreißen könnten, wenn sie ihr erst die Krallen in den Leib schlugen. Wenn sie mit voller Wucht träfen, würde der dünne Lederpanzer sie nicht daran hindern.

Midalin soll Prekesta schützen. Sie befolgt ihren Befehl.

Er erinnerte sich daran, wie sehr ihn die Hänseleien der Kameraden gestört hatten, als er neu in der Legion gewesen war. Sie hatten Gonter damit aufgezogen, dass Eivora ihn schonte. Deswegen hatte er sich von ihr getrennt. Und er hatte sich vorgenommen, niemals wieder eine Liebelei mit einer Frau in seiner Befehlskette zu beginnen, gleich, ob sie über oder unter ihm stand. Bei Itena war ihm das gelungen, aber in Midalins Fall hatten sich die Dinge anders gefügt.

»Seht eure tiefste Furcht.« Prekesta löste ihren Schleier.

Es dauerte einen Moment, bis der erste Wilde begann zu wimmern. Ein weiterer zitterte, dann schrien die Krieger und rannten davon.

Die Bärenmänner jedoch reagierten uneinheitlich. Einige ergriffen ebenfalls die Flucht, aber etwa ein Dutzend trieb die Furcht in einen blindwütigen Angriff.

»Vor!«, befahl Gonter.

Seine Rotte warf sich vor Prekesta und damit auch vor Midalin. Gonter duckte sich unter einen Tatzenschwinger und schlug sein Schwert in einen Oberschenkel, um es dann mit Druck frei zu ziehen, sodass es tief durch den Muskel schnitt.

Brüllend brach der Bärenmann in die Knie.

Gonter versetzte ihm einen Tritt gegen die Brust, um ihn auf Abstand zu bringen.

Die an die Tatze gebundene Klinge ratschte harmlos über sein Kettenhemd.

Er setzte einen Stich in den Hals.

Gurgelnd fiel sein Gegner auf die Seite.

Ringsum kämpften Söldner und Bestien im Handgemenge. Gonter konnte sein Schwert nur mit Vorsicht einsetzen, um keinen Kameraden zu treffen. Hauptsächlich verließ er sich auf Stiche.

Als jedoch ein Bärenmann zu Prekesta durchbrach, ließ Gonter die Vorsicht fahren und hackte seine Klinge durch die Schulter in den Rücken.

Doch das Leben wollte nicht aus dem Monstrum weichen. Es brüllte, was in dem Saal schaurig hallte, und zappelte am Stahl, schlug aber weiter mit beiden Tatzen auf Prekesta ein.

Diese wich mit erstaunlicher Gewandtheit aus, aber eine Klinge schlitzte dennoch ihre Kutte auf.

Gonters Schwert verhakte sich, er bekam es nicht frei. Deswegen ließ er es los und fasste von hinten unter die Schnauze des Bärenmanns, um den Kopf zurückzureißen. Einige Schritte taumelten sie gemeinsam, dann hatte Gonter seinen Dolch an den Hals des Gegners gebracht und durchschnitt seine Kehle. Warm quoll dunkles Blut über seinen Arm und in den Handschuh.

Er zerrte das Schwert aus dem toten Bärenmann.

Der Kampf verlagerte sich in die Richtung, in der die Wilden geflohen waren. Weitere Monstrositäten verstärkten die Gegner, unter anderem eine Art Krebs mit hart aussehendem Körperpanzer und zwei unterschiedlich großen Scheren, aber auch menschlichen Zügen. Diese Bestien bildeten einen kompakten Haufen. Eivora befand sich mit einigen Söldnern auf der anderen Seite, machte jedoch keine Anstalten, sie zu bekämpfen, sondern wollte offenbar tiefer ins Innere der Festung vordringen.

Gonters Blick fiel auf die Klingen des Bärenmanns, den er gerade besiegt hatte. Sie glänzten dunkel.

Ist das Blut?

Dann hätte der Gelbjade vorher schon einen anderen Söldner geschmeckt haben müssen. *Aber der Kampf währt noch nicht lang.*

Gonter hockte sich hin und betastete die Flüssigkeit. Dunkelgrün klebte sie an seinem Handschuh.

»Gift«, murmelte er. Sein Blick suchte Prekesta. Der Schnitt klaffte über der Seite ihres Brustkorbs.

»Midalin!«, rief er.

Die zierliche Frau drehte sich zu ihm um. Zwar hielt sie den Degen kampfbereit, war aber gerade in kein Gefecht verwickelt. Mit fragendem Blick eilte sie zu ihm.

Er zeigte ihr die Flüssigkeit auf dem Handschuh. »Sieh dir Prekesta an. Sie hat etwas davon abbekommen.«

Tiefer in der Halle dauerte der Kampf an. Drei verletzte Söldner wurden nach hinten durchgegeben. Gonter suchte nach demjenigen seiner Weibel, der am wenigsten involviert war.

»Itena!«, rief er. »Hilf Eivora! Sie ist dort entlang!« Von der Kampfherrin und ihrem Gefolge war nichts mehr zu sehen, aber er zeigte der Weibelin den Gang. Sie befolgte den Befehl gemeinsam mit den drei Kriegern ihrer Gruppe.

Gonter dagegen stürzte sich ins Handgemenge. Er kämpfte jetzt mit dem Schwert in der einen und dem Dolch in der anderen Hand. Er stach und schlitzte, schnitt und blockte, und wenn er abwehrte, trennte er dabei oft eine Gliedmaße ab. Die ganze Wucht des Schwertes brauchte er, um den Krabbenpanzer zu knacken. Darunter zuckte rosafarbenes Fleisch, in das er den Dolch viermal bis zum Heft hineinrammte.

Als der Kampf gewonnen war, sammelte Nirto die Truppe und rief die Rottmeister zusammen. Gonter, Salvaya und Brono fanden sich bei ihm inmitten der sichernden Krieger ein. Mit einem schnellen Blick überzeugte sich Gonter, dass Midalin mit der Versorgung von Prekestas Schnitt zufrieden war. Sie nickte ihm zu.

Aber …

»Wo sind Eivora und Itena?«, fragte er.

Niemand wusste etwas über den Verbleib der beiden Söldnerinnen.

12. Geist

Eivora konnte nicht atmen. Sie versuchte es, aber es fühlte sich an, als hätte ihr jemand einen Knebel zu weit in den Mund gestopft, sodass er den Hals blockierte.

Erschrocken riss sie die Augen auf.

Ein Grünschleier lag vor ihrem Sichtfeld, alles dahinter war verschwommen. Eine Höhle … groß wie die Kontrakthalle in Rorgator … nur wenige Menschen darin … geschmückt mit Fellen und Federn … sie trugen die Schädel von Raubkatzen und Bären als Helme … und sie sprangen umher, wobei sie Trommeln schlugen.

Noch immer bekam sie keine Luft. Sie hob die Hände zum Hals, die Bewegung war träge. Eivora tastete über ihr Gesicht. Sie konnte den Mund öffnen und hineinfassen, auch vor ihrer Nase war nichts. Dennoch konnte sie nicht atmen.

Das brauche ich auch nicht mehr.

Ein seltsamer Gedanke.

Aber er traf zu. Sie hatte nicht das Gefühl zu ersticken.

Verwirrt sah sie an sich hinunter. Sie war nackt. Und sie schwebte.

Nein, sie schwamm. Sie trieb in einer grünlich trüben Flüssigkeit.

In einer Kapsel, wusste sie, wenn ihr auch nicht klar war, woher.

Sie tastete vor sich und traf auf eine halb durchsichtige Haut. Sie ließ sich ein Stück nach außen drücken. Wo die Membran gedehnt wurde, ließ sich deutlicher erkennen, was dahinter war. Die tanzenden Männer … und eine Gruppe, die um eine Art kleinen Teich im Boden saß, aus dem sie violette Farbe schöpfte, um sich zu bemalen.

Schamanen. Sie sind mit dem Herzen des Waldes verbunden, deuten seinen Willen und tragen ihn in den Schatten der Bäume.

Woher wusste Eivora das?

In unmittelbarer Gefahr schien sie sich nicht zu befinden.

Im Gegenteil.

Sie war sicher. Behütet. Hier, in der Kapsel, wo das Herz des Waldes für sie sorgte. Noch nicht einmal zu atmen brauchte sie. Sie wurde auch genährt, auf eine spezielle Weise, die sie auf die Vereinigung vorbereitete.

Vereinigung? Womit?

In ihr wohnte der starke Wunsch zu fliegen. Das würde sie tun. Prächtige Flügel würden aus ihrem Rücken wachsen. Ihre Füße würden sich verändern, sie würde festen Halt auf jedem Ast finden. Krallen hätte sie, und einen harten Schnabel, um den Feinden des Waldes das Fleisch aus dem Leib zu reißen und es zu verschlingen. Ein Gedanke, von dem sie glaubte, dass er ihren Ekel hätte auslösen sollen, aber das tat er nicht. Die alten Grenzen verloren ihre Bedeutung, jetzt, da sie das Größere spürte. Den Wald. Die Gemeinschaft der … Seelen?

Viele Seelen, eine Seele – das war ein bedeutungsloser Unterschied. Seelen wanderten, vereinigten sich, spalteten sich auf, erfuhren sich selbst. Der Wald lebte, und hier, im Sternenfelsen, war sein Herz. Die Schamanen verstanden das. Deswegen duldete das Herz des Waldes sie bei sich, beantwortete ihre Fragen und erfüllte einige ihrer Wünsche. Im Moment wünschten sie sich gute Krieger. Dafür waren die gefangenen Söldner bestens geeignet. Aber es gab noch bessere.

Bessere Krieger als die Söldner des Klingenrauschs?, begehrte Eivora auf.

Sie spürte eine Präsenz, die sie weder sehen noch berühren konnte, und diese Präsenz war belustigt.

Eivora würde eine Adlerkriegerin werden. Das lag in ihrem Streben. Andere wurden zu Bärenmännern. Aber nur wenige waren bereit, die Verbindung mit einer Kobra einzugehen. Es bedeutete, alles von der Wärme hinter sich zu lassen, die ein menschliches Herz so liebte. Das war erst mithilfe der Schamanen gelungen. Sie hatten Kinder genommen, die noch nicht wussten, was es ausmachte, ein Mensch zu sein, sie von ihren Eltern getrennt und hier aufgezogen, im Herzen des Waldes, abgeschieden von der Welt, sogar vom Urwald. Sie würden die perfekte Waffe sein. Eigentlich hätten sie noch zwei Monde gebraucht, aber nun, da die Söldner die Festung stürmten, würde eben genügen müssen, was bislang erreicht war. Sie wurden in ihr neues Leben geboren, gerade jetzt, in diesem Moment. Wenn Eivoras Umwandlung abgeschlossen wäre, in einem halben Jahr vielleicht, hätten sie den Wald längst von allen Feinden befreit und wohl auch diese hochmütige Baronie Klataal überrannt. Eivora würde die Macht des Waldes weiter in die Welt hinaustragen. Oder sie würde jene strafen, die Widerstand leisteten. Diese Aufgaben fielen ihr und ihren Kameraden zu. Jedenfalls denen, die die Schlacht um den Sternenfelsen überlebten. Das Fleisch der anderen diente dazu, die Krieger zu stärken.

Mit einem unguten Gefühl richtete Eivora ihre Aufmerksamkeit wieder in den Saal. Was immer diese Präsenz war, sie zeigte ihr einen Haufen, auf dem Ausrüstung lag. Schilde, Klingen, Speere, Rüstungen. Auch Leichen. Tote Wilde, erschlagene Söldner. Itena lag ebenfalls dort, Eivora erkannte sie am Narbengeflecht über der linken Augenhöhle. Die Todwunde konnte sie nicht entdecken, aber der gesamte Brustkorb war blutverschmiert.

Sie fand auch Welmon. Der Kopf mit dem Blutschwämmchen war unversehrt. Er lag nicht auf dem Haufen, sondern inmitten einiger Wilder und zweier Bärenmenschen. Sie fanden seine Schenkel wohl schmackhafter als die anderen Körperteile. Gelbjademesser zerteilten das Muskelfleisch, von dem sie auch ihren halb tierischen Gefährten zu fressen gaben.

Würgend wandte sich Eivora ab, ahnte jedoch, dass sie sich in dieser mit Flüssigkeit gefüllten Kapsel ebenso wenig übergeben konnte, wie sie imstande war zu atmen. Außerdem missgönnte sie dieser Wesenheit, die sie gefangen hielt, die Genugtuung, sie so schwach zu erleben. *Itena kannte die Gefahr*, redete sie sich selbst ein. *Sie hat ein gefährliches Leben gewählt, so wie ich, so wie wir alle.*

Trotzdem versuchte sie, an etwas anderes zu denken als an den Tod der Kameradin und an die Schändung, die ihrem Körper noch bevorstand. Sie nahm die Hände von der Haut, um die Schamanen und die Tierkrieger nicht mehr sehen zu müssen.

Ist dies der Quell des Traumsaftes?, fragte sie in Gedanken. *Werden die Feen hier geboren – im Herzen des Waldes?*

Eivora schloss die Augen. Die Antwort kam nicht in Worten, sondern in Bildern und Wissen, eine direkte Vermittlung, ohne den Umweg der Artikulation.

Sie sah eine Ranke, die machtvoll in die Wirklichkeit drängte, wie andere Pflanzen sich dem Licht entgegenreckten. Diese aber wurzelte, wo die Wesenskerne trieben. Die Seelen des Lebens, das im Wald miteinander rang und spielte, das Feindschaft und Liebe erforschte. Was immer hier, in Arzulans Wald, starb, fand sich in jener Sphäre wieder, löste sich auf, vereinigte sich, spaltete sich und kehrte zurück. Hier, an diesem Ort, dem Sternenfelsen. Die Ranke folgte diesem Strom der Seelen, sie wuchs, wucherte durch den Felsen, durchdrang ihn wie ein Pilzgeflecht. Sie bildete Stränge aus, manche so dick wie ein Baumstamm, andere dünn wie ein Haar. Weiße, leuchtende Blüten trieben aus und erblühten, und Schamanen kamen, um ihre Samen zu nehmen und in den Wald zu tragen.

Dort wuchsen sie in der Wirklichkeit heran, in jener Welt, die nicht den Seelen gehörte und die auch für die Ranke neu war. Doch die Samen bargen auch Seelensplitter, und wenn sie keimten, wuchsen diese mit ihnen heran, gewannen Gestalt in der Wirklichkeit. Solche Bruchstücke aus den Seelen der Toten liebten es, die Welt unschuldig zu erleben, ohne die Last der Unterscheidung, der Bewertung, des Verstandes – sie wollten einfach nur sein. Aus den weißen Blüten dieser Ableger schlüpften die Feen, deren Blut der Traumsaft war, nach dem es Eivora so sehnlich verlangte.

Doch die Ranke vermochte mehr. Sie konnte auch Körper vereinen, verändern, formen. Dies hatten die Schamanen erst in jüngerer Zeit entdeckt – wenn man bedachte, wie viele Jahrhunderte bereits vergangen waren, seit die Ranke in die materielle Welt vorgedrungen war. Sie umschmeichelten das Herz des Walds mit Gesängen und Opfergaben, und die Ranke öffnete ihre Kapseln. Die ersten Chimären hatten sich freiwillig darauf eingelassen, ihre Menschlichkeit zu überwinden. Neugier hatte sie geleitet, das Verlangen, der Welt der Seelen näherzukommen, und auch der Wunsch nach Kraft und Macht. Inzwischen war Freiwilligkeit unwichtig. Schamanen und Ranke hatten voneinander gelernt. Ihr Wille bestimmte nun, nicht mehr jener der Erwählten.

Nur die Schlangenkrieger weckten Bedenken in der Ranke. Lange hatten die Schamanen sie umwerben müssen, damit sie dieses grauenvolle Werk zuließ. Ihr Gift war so schrecklich … Eine Waffe, die alles Leben vernichten konnte. Schon ein Tropfen davon war tödlich, sie hatten es auf Pfeilen erprobt. Die Ranke liebte wucherndes Leben, nicht den Tod. Das Gift war ihr unheimlich.

O ja, die Söldner würden hervorragende Kämpfer für den Wald werden. Bedenkenlos würden sie ihre alten Kameraden erschlagen. Ihr Verstand wäre klar genug, um über alles zu verfügen, was sie auf ihren Kriegszügen gelernt hatten, doch ihr Sehnen wäre jenes des Herzens des Waldes und der Schamanen, die in der Welt seinen Willen taten.

Die Erkenntnisse stürzten auf Eivora ein und erschöpften sie. Sie öffnete die Augen.

Auf der trüben Haut der Kapsel hockte etwas, das ein wenig kleiner war als ihre Hand. Sie sah den Schatten. Besonders dunkel war er an vier zerlaufenden Punkten und darunter in einem Strich. Eivora dehnte die Haut. Sie erkannte den Umriss und lächelte.

Aglix, bist du das?

Ja, so musste es sein. Der Feuersalamander war in Freiheit und hockte außen auf der Kapsel.

Du hast mich gefunden, Winzling.

Vor Rührung wollte Eivora weinen, aber auch das war hier

drin unmöglich. Doch sie spürte noch eine andere Regung, und die ließ sie erschrecken: *Hunger*. Sie ertappte sich bei der Frage, wie Aglix wohl schmeckte. Von einigen Feldzügen wusste sie, dass das Fleisch von Reptilien dem von Geflügel ähnelte, wenn man es briet. Aber ihr Verlangen richtete sich nicht auf zubereitete Speisen … Eivora wollte rohes Fleisch. Sie wollte ihren Schnabel in etwas schlagen, das zuckte, sodass das Blut in ihre Kehle spritzte.

Ich habe keinen Schnabel. Um sich zu versichern, tastete sie in ihrem Gesicht. Es war unverändert. *Ich bin ein Mensch!*

Menschenfleisch … auch das musste köstlich sein. Sicher schmeckte es noch viel besser als jedes Tier.

Eivora erschrak erneut.

Die Präsenz beruhigte sie. *Kannibalismus ist eine häufige Folge des Genusses von Traumsaft – ein Preis, den es zu entrichten gilt. Der Appetit des Raubtiers bleibt, auch wenn der Körper in die alte Form zurückkehrt.*

Nein, das durfte nicht sein! So wollte Eivora nicht werden! Sie versuchte, die Haut zu zerkratzen, und strampelte mit den Füßen. Sollte sie auch ihre Zähne benutzen? Sie hatte keine Fänge, aber vielleicht half es, wenn sie in die Haut biss.

Die Präsenz wurde stärker. Sie zwang die Panik zurück. Rationale Überlegung gewann die Oberhand, Eivoras Körper wurde träge.

Ich werde eine Adlerkriegerin sein. Ich werde in die Lüfte steigen, und ich werde stark sein. Dagegen sollte ich mich nicht wehren.

Stark, ja. Aber niemals frei. Sie sehnte sich nach dem Flug des Feuervogels.

Eine Welle des Widerwillens schwappte durch ihr Herz.

Der Feuervogel ist eine Kreatur der Flammen, ein dämonisches Wesen. Zwischen den Seelen und den Dämonen gab es nur Hass. Alle Dämonendiener mussten aus dem Wald getrieben werden. Am besten, man erschlug jeden Einzelnen von ihnen. Besser noch: Man fraß sie. Das wäre die größte Demütigung für ihre Herren.

Das Feuer, das die Avatar beschworen hatte, war eine Katastrophe gewesen. Und die Söldner hatten eine große Waldfläche verbrannt, um ihren … Kester herbeizurufen.

Der Präsenz fiel es schwer, das Wissen aus Eivoras Verstand zu ziehen. Auch, weil sie sich auf etwas anderes konzentrierte.

Tief im Felsen gebar das Herz des Waldes die Mischwesen aus Menschen und Speikobras. Die Elitekrieger gierten danach, für die Schamanen in die Schlacht zu ziehen.

»Was ist da im Westen los?« Der Rubin in Iskalas Stirn loderte im Widerschein des Schwertfeuers, das auch die Höhlenwände in farbiges Licht tauchte.

Draußen lagerten zwei Dutzend Melder. Bis vor ein paar Augenblicken hatte die Schlacht entschieden geschienen. Außerhalb des Felsens gab es nach ein paar kläglichen Ausfällen keinen Widerstand mehr. Die Katapulte schwiegen, weil an allen Wänden Sturmleitern standen. In jeden Zacken waren die Söldner des Klingenrauschs eingedrungen, man kämpfte im Inneren des Felsens.

Viel mehr vermochte Fiafila-Ignuto auch im Schwertfeuer nicht zu erkennen. Die sternförmige Struktur war von einem irrlichternden Wechsel einer Unzahl von farbigen Flämmchen erfüllt. Die Festung hatte mehrere Stockwerke, den Gefangenen zufolge sogar noch unterirdische. Der Flammenteppich lag jedoch flach auf dem Eisentisch, weswegen sich die Empfindungen von verschiedenen Einheiten wild mischten.

Aber an der von Iskala bezeichneten Westspitze drängten die Verteidiger die Söldner offensichtlich zurück ins Freie. Dort zeigten sich vermehrt bläuliche Flammen. Diese Farbe stand für Angst.

Oder sind es die Wilden, die so empfinden? Sind sie auf der Flucht?

»Befragen wir die Geister.«

Ausgerechnet in diesem Moment überkam Fiafila-Ignuto wieder eine dieser Erinnerungen an ihre Existenz als Drache, und zwar mit solcher Wucht, dass sie drohte, ihr Denken zu zertrümmern. Feuer raste durch ihre Adern, ein roter Schleier legte sich vor ihre Augen. Sie riss den Kopf in den Nacken und fauchte, während sie sich gleichzeitig an der eisernen Tischkante festkrallte. Flämmchen schossen aus den Augen des Homunkulus.

Nicht jetzt!, dachte sie verzweifelt. *Halte unseren Verstand fest!*

»Ich kann nicht!«, ächzte Ignuto in ihrem Geist. *»Nicht so. Nicht hier.«*

Sie wusste, was er meinte. Wenn sie sich in das Artefakt begab, schwächten sich ihre körperlichen Empfindungen ab. Das würde auch das Verlangen reduzieren, die Schwingen wieder zu spüren, sich in die Luft zu erheben und die Sterblichen mit ihrem lodernden Atem zu verbrennen.

Wir müssen die Schlacht gewinnen!

Fiafila-Ignuto nahm all ihren Willen zusammen, riss sich an den Eisentisch heran und beugte sich so tief darüber, dass die Hitze in ihr Gesicht biss. Sie fletschte die Zähne und zischte ihre Wut hinaus.

Sie tauchte in die Welt aus Eisen und Flammen ein, aber hier war sie ein Drache. In einer Mischung aus Stolz und Scham darüber, dass sie sich nicht besser unter Kontrolle hatte, breitete sie die Schwingen aus. Sie schrie aus beiden Mäulern und flog durch die Feuerwände, die ihr in dieser Gestalt nichts anhaben konnten.

Ihre Wut nahm zu. Hier brannte bereits alles, und das in Magie geschmiedete Eisen widerstand selbst ihrem Zorn. Noch nicht einmal ein doppelköpfiger Drache wie Fiafila-Ignuto vermochte in dieser Umgebung etwas zu zerstören. Sie sah Figuren, die sich in den Flammen bildeten, Krieger mit Piken, Äxten und Schwertern, aber das waren nur Trugbilder. Sie konnten kein Leid empfinden, und daher konnten sie dem Drachen kein Vergnügen bereiten.

Brüllend flog sie an einer stählernen Schluchtwand hinauf, die in einer anderen Welt nur eine eingeschmiedete Schwertklinge war. Der Drache brach durch einen purpurfarben lodernden Flammenwald – und sah eine menschenähnliche Gestalt. Der blaue, durchscheinende Körper wuchs mit der Hüfte aus dem Eisen, aus beiden Ellbogen ragten Sporne, das Kinn war gespalten, und ein Kranz aus Hörnern krönte den Schädel.

Ein Geist, vielleicht seit Jahrhunderten an das Artefakt gebunden.

Ein Leben, das sie töten konnte!

Noch ehe er begriff, was geschah, stürzte sie sich auf ihn. Was machte er überhaupt hier, mitten im Schwertfeuer? Sie hatte doch allen Geistern befohlen, die Schlacht zu beobachten! Jetzt bekam er ihren Zorn zu spüren.

Durch Feuer wäre ihm nicht beizukommen, also schnappte sie mit beiden Mäulern zu. Die Zähne fanden wenig Widerstand. Er war nicht völlig wie Luft, aber doch wie Nebel, den man zwar spürte, aber nicht greifen konnte. Enttäuscht riss sie die Hälse hoch.

Sie wirbelte jedoch etwas von der Substanz des Geistes fort, gleich Rauch, den man mit einer wedelnden Hand in Bewegung brachte. Das bereitete ihm sichtlich Schmerzen. Er verzog sein Gesicht und schrie.

Das gefiel Fiafila-Ignuto. Erneut schnappte sie zu.

Da sie den Geist nicht halten konnte, entzog er sich ihr und floh in die Flammen.

Der Drache setzte nach. Ein drittes Mal schlug sie die Zähne in den durchscheinenden Körper. Sah sie jetzt Striemen? Wunden?

Triumph erfüllte sie.

Doch da war auch etwas anderes.

Hatte sie nicht eine Aufgabe zu erfüllen?

Der Klingenrausch … da war eine Schlacht … und dort geschah etwas Unerwartetes.

Was hatte Iskala noch gewollt?

Ein Teil von Fiafila-Ignutos Aufmerksamkeit kehrte in ihren Körper zurück. Sie musste vor dem Schwertfeuer zusammengesackt sein, anders war ihr Blickwinkel nicht zu erklären. Ihre Augen befanden sich auf der Höhe von Iskalas Bauch.

»… verdammte Metze!«, brüllte die Kampfherrin. »Willst du wohl endlich aufhören, Drache zu spielen, oder muss ich dich erst blenden, damit du merkst, dass du mir besser gehorchst?«

Ihre rechte Wange schmerzte. Sie kannte diese spezielle Art

von Pein, das war eine Verbrennung. Hatte Iskala ihren Kopf etwa gegen den heißen Eisentisch gedrückt?

»… will nicht …«, stammelte Fiafila-Ignuto.

»Niemanden interessiert, was du willst!«, schrie Iskala. »Du wirst deinen Dienst tun wie alle anderen Söldner auch, oder ich reiße dir die Augen aus und verfüttere sie an Midalins Vogel!«

»Dem schmecken doch nur Bienchen.« Fiafila-Ignuto wunderte sich, dass ihr ausgerechnet dieser nebensächliche Gedanke kam, aber er half ihr, gänzlich vom Drachen abzulassen und in ihren Körper zurückzukehren.

»Ah, die Dame spricht wieder mit uns!« Iskala packte ihren Hals und schüttelte sie. »Sehr freundlich. Wenn du dich jetzt noch bequemen könntest herauszufinden, was in der Festung vorgeht, lasse ich dir vielleicht dein Augenlicht.«

Fiafila-Ignuto blickte in ihr Gesicht. Der Rubin sah wie das dritte Auge eines wütenden Dämons aus.

Die Avatar nickte, schob die Hand von ihrem Hals fort und stand auf.

Inzwischen züngelten deutlich mehr bunte Flämmchen außerhalb des Umrisses, den die Gehilfen mit Kohlestäben auf das Eisen gezogen hatten, um die Festung zu markieren. Grüne Angriffslust und roter Hass waren darunter, aber das Blau der Furcht war ungewöhnlich häufig – vor allem, da es sich bei den Söldnern des Klingenrauschs um Kämpfer handelte, die dem Tod oft gegenübergestanden waren. Und doch waren sie es, wie die Gestalt annehmenden Figuren verrieten. Pikeniere, Armbruster … es wurde gestorben, wie die Avatar aus dem vielfachen Aufflackern schloss.

Sie konzentrierte sich auf das Schwertfeuer, drang aber nicht erneut ein. »Zeigt mir unsere Gegner«, forderte sie die Geister auf. »Wer steht gegen uns? Lasst sie mich sehen.«

Mit einem Schlag wechselte ihre Sicht. Sie war eine Armbrusterin, der ein Bolzen entfiel, während sie ihn in vollem Lauf einlegen wollte. Sie stoppte, hockte sich auf ein Knie nieder und klaubte das Geschoss auf. Das Bild schwankte, die Kriegerin musste heftig atmen. Ein Fauchen ertönte hinter ihr. Sie wandte sich um, den Bolzen wie eine Stoßklinge in der Faust.

Ein Mann ohne Hals stand ihr gegenüber. Nein, das war nicht richtig, wie sie im Licht einer Folge von Blitzen erkannte. Er hatte einen Hals, aber die aufgespannte Haut verlieh ihm scheinbar die Breite der Schultern. Der Schlangenkopf tänzelte einen halben Schritt höher. Zwei Fangzähne bogen sich aus dem Oberkiefer.

Weitere wie er kämpften gegen Söldner, dazu auch Bärenkrieger. Mehrere Kameraden des Klingenrauschs wälzten sich auf dem Boden. Sie hatten ihre Waffen fallen lassen. Statt sich damit zu verteidigen, pressten sie die Hände vors Gesicht.

Auch die Armbrusterin griff nicht an. Ihre Hauptwaffe hatte sie wohl schon verloren, jetzt stieß sie sich mit den Füßen ab und rutschte auf dem Gesäß vom Schlangenmann fort.

Sie war zu langsam. Sein gesamter Oberkörper und auch der lange Hals schossen in einer wellenförmigen Bewegung vor. Er schnappte jedoch nicht zu, sondern spie ihr einen grünen Strahl ins Gesicht.

»Schlangen …« Fiafila-Ignuto blinzelte.

Sie sah durch die Augen eines anderen Söldners, und das nur sehr undeutlich. Erst dachte sie, der Geist, der dieses Bild übermittelte, sei nachlässig, aber dann begriff sie, dass die Sicht des Mannes getrübt war. Ständig lief Schweiß in seine Augen, die Blitze blendeten ihn, und wenn keiner niederging, war es stockdunkel. Immerhin erkannte sie, dass er ein Kettenhemd trug und einen großen Dolch in der Hand hielt. Solche Klingen benutzten die Hellebardiere, wenn sie ihre Hauptwaffe verloren hatten.

Der Mann taumelte und stürzte. Er hustete schwer, drückte sich hoch und fiel erneut.

»Gift«, erkannte Fiafila-Ignuto. »Die Schlangen spucken Gift.« Bei solchen Mengen zeigten die Überzüge, die das Gesicht gegen die kleinen Blasrohrpfeile schützten, natürlich keine Wirkung. Und das Gift schien sein Werk schnell zu verrichten.

Ein Schlangenmann ragte vor dem Söldner auf.

Dieser nahm seine letzte Kraft zusammen, kam halb hoch und stieß dem Gegner den Dolch in die Eingeweide.

Die Kreatur brüllte und versetzte ihm einen Schlag gegen den Kopf. Schlimmer war jedoch das Blut, das aus der Wunde quoll und hinter dem Handschuh unter das Lederhemd gelangte, das der Mann unter dem Kettenpanzer trug. Es brannte wie Feuer. Der Krieger schrie.

»Rückzug!« Fiafila-Ignuto löste sich und starrte Iskala an. »Keinen Kontakt mehr! Sie vergiften uns, und selbst wenn wir sie aufschlitzen, tötet uns ihr Blut! Unsere Truppen müssen fliehen, so schnell sie können.«

Ernst sah Iskala sie an. Was die Avatar ihr berichtete, passte wohl zu dem, was die abgehetzten Melder an Nachrichten brachten. »Nein«, entschied die Kampfherrin. »Jetzt schlägt die Stunde der Fernkämpfer.«

Gonter fing die Klinge des brüllenden Bärenmanns in den Zacken seines Schwerts. Blitzschnell verkantete er die Waffen und drehte sich um die eigene Achse.

Der eigentliche Zweck, zu dem man ein solches Manöver für gewöhnlich einsetzte, war nicht zu erreichen. Er konnte seinem Gegner die Stoßklinge nicht entreißen, sie war mit einem Geschirr an der Tatze festgebunden. Aber er konnte den Mann umwerfen. Hart schlug er auf den geriffelten Steinboden.

Vom eigenen Schwung mitgerissen, fiel Gonter auf ihn.

Einem menschlichen Gegner hätte das Gewicht des Hünen in seinem Kettenhemd zu schaffen gemacht, möglicherweise sogar ein paar Rippen gebrochen. Der Bärenmann schlug jedoch kraftvoll zu.

Gonter verlor den Griff um sein Schwert, eine Stoßklinge rammte gegen das Kettenhemd über seinem Bauch, er würgte. Die andere Tatze donnerte an seinen Helm. Sein Kopf wurde zur Seite gerissen.

Er schlug die Faust unter die Bärenschnauze und tastete gleichzeitig nach dem Dolch. Im Handgemenge war das Gehänge verrutscht, er fand die kurze Waffe nicht sofort.

Der Bärenmann wälzte sich herum, sodass er jetzt oben zu liegen kam.

Gonter brauchte beide Arme, um den weit aufgerissenen Fang von sich wegzuhalten. Warmer Geifer troff auf sein Gesicht, das Gebrüll schmerzte in seinen Ohren.

Midalin stach ihren Degen in die Flanke von Gonters Gegner. Dadurch vernachlässigte sie ihren eigenen Widersacher – einen Wilden, der ihr prompt die Krallenkeule in den Rücken schlug. Gonter sah nicht, was weiter mit ihr geschah, sie stolperte fort, und er brauchte seine gesamte Aufmerksamkeit für den nun noch wütenderen Bärenmann.

Hass sprühte aus den blutunterlaufenen Augen über der Schnauze. Gonter überlegte, ob er die Finger hineinstoßen sollte, aber er wusste nicht, ob er sie erreichen konnte. Zudem brächte er dadurch seinen Arm noch näher an die Zähne, und auch wenn das Kettenhemd sie wohl abgehalten hätte, reichte die schiere Kraft dieses Mauls sicher aus, um die Knochen darunter zu brechen.

Gonter blieb beim Hals, drückte nun aber beide Daumen in die Kehle.

Aus dem Gebrüll wurde ein Röcheln. Aber der Bärenmann war nicht ausschließlich ein wildes Tier, sondern verfügte auch über die planerische Klugheit eines Menschen. Er änderte seine Taktik und holte mit dem rechten Arm weit aus. Die Spitze der Gelbjadeklinge an der Tatze zeigte auf Gonters Gesicht. Sie war nicht glatt geschliffen wie ein Dolch aus Metall, sondern wies viele kleine Dellen auf. Gonter bezweifelte dennoch nicht, dass sie scharf und hart genug war, um seinen Schädel zu spalten.

Er bezähmte seine Angst und wartete, bis der Bärenmann zustieß. Erst im letzten Moment gab er seinen Druck gegen den Hals auf. Stattdessen riss er den Gegner nach links und brachte die eigenen Schultern und den Kopf so weit wie möglich nach rechts.

Die Überraschung gelang. Die Klinge verfehlte seinen Kopf, ratschte über das Kettenhemd an seiner Schulter und krachte auf den Steinboden.

Zugleich fiel nun jedoch das gesamte Gewicht des massigen Körpers auf ihn und trieb ihm die Luft aus der Lunge.

Gonter tastete mit beiden Händen an seiner Hüfte. Da war der Dolch! Er riss ihn aus der Scheide.

Der Bärenmann biss nach seinem Kopf. Der Helm hielt den Großteil dieser Attacke ab, aber einige Zähne rissen in Gonters Wange. Fest fasste er den Dolch und rammte ihn bis zum Heft in den Leib seines Gegners.

Ein Zucken durchlief den Bärenmann.

Gonter drehte die Klinge.

Nach dem lauten Gebrüll klang das Ächzen kläglich.

Grimmig grinste Gonter. Er schob den Gegner von sich herunter, zog den Dolch aus der Wunde und stieß nochmals zu, besser gezielt diesmal, unter den Brustkorb und mit aufwärts gerichteter Spitze. Der Stahl durchtrennte Adern und traf die Lunge, vielleicht sogar das Herz.

Blut brach aus der Bärenschnauze.

Gonter löste sich vom Gegner, stand auf und holte sein Schwert. Es lag zwei Schritt entfernt, neben einem Kameraden, der sich heftig schwitzend auf dem Boden wand. Er hieß Janz, Gonter kannte den Mann mit der hellen Lederrüstung als guten Späher. Er hätte ihm gern geholfen, aber noch war das Gefecht in vollem Gange.

Der Schamane, der ihre Gegner befehligte, schien nicht gewillt, weiter zurückzuweichen. Er schwenkte seinen federgeschmückten und mit Tierfiguren beschnitzten Stab und intonierte unverständliche Worte. In seinem Mund funkelten spitze, kupferüberzogene Zähne, seine Augen quollen aus den Höhlen. Durch die Brauen hatte er Jadeschmuck gebohrt.

Vor ihm blockierten Chimären den Gang, der sich etwas weiter verzweigte. Dort bog sich auch eine dieser Ranken, die immer häufiger wurden, je weiter sie ins Innere der Festung vordrangen, aus dem Fels und wieder zurück hinein. Kleinere Stränge zogen sich unter der Decke entlang. Hier gab es so viele von den weißen Blüten, dass ihr Licht beinahe taghell das grausige Schlachten beleuchtete.

Überall war Blut, auf dem Boden, den Wänden, an der Decke, auf den Schilden, den Rüstungen, es klebte im Fell der Bärenmänner und schimmerte in Streifen auf dem Panzer eines Krebsmenschen. Abgetrennte Gliedmaßen lagen herum, und Janz war nicht der Einzige, der sich am Boden wälzte. Aber die Gegner zahlten den höheren Preis. Tibea, Rastor und Seulek setzten ihnen mit Pfeilen zu, und die Sichel von Iskon, dem Krieger aus den Salzzacken, brachte eine schreckliche Ernte ein. Zu Gonters Erleichterung war auch Midalin noch auf den Beinen. Sie deckte die Bogenschützen.

Gonter fing einen Wolfskeiler ab, der sich auf Brono stürzen wollte. Der andere Rottmeister wandte ihm den Rücken zu, weil er mit seinem Hammer einen Bärenmann bearbeitete.

Als Gonter mit dem Tier fertig war, brach Iskon gerade durch den Verteidigungsring und schlug die Spitze seiner Sichel in den Bauch des Schamanen.

Mit einem gellenden Schrei fiel der gegnerische Anführer. Vielleicht hatte er die Chimären auf mystische Weise koordiniert, jedenfalls wirkten sie jetzt kopflos. Die Söldner drangen vor und machten viele von ihnen nieder.

Gonter hielt inne. Was war das dort an der Wand für ein Tier? Doch nicht etwa ein Feuersalamander?

Er nahm sich die Zeit näherzutreten.

Doch, das war ein Feuersalamander – und nicht nur irgendeiner. Er kannte die gelbe Zeichnung auf der schwarzen Haut genau. »Aglix! Was machst du denn hier?«

Bedeutete das, dass sich auch Eivora in der Nähe befand?

Er wollte den Lurch auf seine Hand nehmen, überlegte es sich aber anders. »Solange gekämpft wird, bist du an der Wand sicherer.«

Gemeinsam mit den anderen folgte er den Chimären in einen der Gänge, die dort abzweigten, wo der schwer verwundete Schamane lag. Er hallte von den Trommelschlägen, die aus dem Innern der Festung herüberdröhnten, und war so eng, dass nur zwei Krieger nebeneinander kämpfen konnten. Das gab ihren Gegnern die Möglichkeit, ihn zu blockieren.

Das Sturmbanner kannte sich mit solchen Situationen aus. Es gab ein Verfahren, die Kämpfer ganz vorn auszutauschen, ohne zu viel Grund preiszugeben. Gonter bereitete sich darauf vor nachzurücken. Jemand drückte ihm einen Schild in die Hand.

Vor ihm trat Jenuna in die Kampfreihe, eine breitschultrige Kämpferin. Ihr gegenüber stand eine Chimäre mit einem Schlangenkopf, der auf einem so hohen Hals saß, dass er beinahe die Decke berührt hätte. Sie stieß mit dem Schwert nach dem Schlangenmann.

Aber etwas anderes fesselte Gonters Aufmerksamkeit. Ein blaues Licht flog zwischen den Gegnern heran. Es war wie ein kurzer, aber armdicker Wurm geformt, wobei seine Gestalt an den Seiten ausfaserte. Für ein Wurfgeschoss bewegte es sich zu langsam, es erschien eher wie ein Tier, das durch die Luft kroch.

Was für ein Zauberwerk ist das?

Die beiden aktiven Kämpfer waren zu beschäftigt, um der Erscheinung Beachtung zu schenken. Nirto dagegen, der hinter Gonter stand, schleuderte sein Wurfbeil danach.

Die Waffe traf das Wesen, drang aber nicht ein, sondern glitt davon ab und prallte gegen den Schlangenmann, der wütend fauchte. Aus der Erscheinung zog das Beil dabei eine Spur von Licht, wie Farbe, die verwischte. Das schien zu reichen, um sie zu vertreiben. Sie zog sich zurück.

Der Schlangenmann spie Jenuna einen grünen Strahl in das von einem Tuch bedeckte Gesicht.

Die Kriegerin schrie auf, stieß aber dennoch erneut ihr Schwert vor.

Die Klinge drang tief ein. Dunkles Blut spritzte aus der Wunde. Auf dem Kettenhemd zischte es und warf Blasen.

Der Schlangenmann war zäh. Die Verletzung setzte ihn nicht außer Gefecht. Er schlug mit einer Gelbjadeaxt zu und schleuderte Jenuna zurück, gegen Gonter.

»Hier kommen wir nicht weiter!«, rief Nirto. »Rückzug!«

Er war im Rang Gonter gleichgestellt, hatte ihm also nichts zu befehlen, aber er verfügte über wesentlich größere Erfahrung.

Zudem sah auch Gonter, dass der Gang vor ihnen dicht mit entschlossenen Gegnern gefüllt war.

»Rückzug!«, stimmte er ein.

Auch die Chimären schienen kampfesmüde, sie ließen sie ziehen. Die Söldner sammelten sich an der Abzweigung, die Rottmeister riefen ihre Leute zusammen. Wachen sicherten den Gang, aus dem die Trommeln immer lauter dröhnten.

Gonter hatte noch zehn kampffähige Krieger. Was mit Itenas Gruppe war, wusste er nicht, sie war mit Eivora verschwunden. Midalin ging es gut, und ihre Behandlung hatte bei Prekesta angeschlagen. Zwar zeugte der Schnitt in ihrer Kutte vom Angriff des Bärenmanns, aber das Gift, das Gonter auf der Klinge gefunden hatte, entfaltete keine Wirkung. Jetzt kümmerte sich Midalin um Jenuna. Sie vermutete, dass der Schlangenmann ebenfalls Gift gespuckt hatte.

Gonter suchte nach Aglix, fand den Lurch aber erst nach einer Weile. Er saß nicht mehr an der Wand, sondern hockte in einem der Gänge, die von der Abzweigung aus weiterführten. Er fiel tiefer in den Felsen ab.

Gonter hielt ihm die Hand hin, aber Aglix huschte zwei Schritt weit in den Gang hinein, drehte sich um und wippte mit dem Köpfchen auf und ab.

»Wenn wir so nicht durchkommen«, dröhnte Bronos Bass, »dann sprengen wir ihnen eben die Decke über dem Kopf weg! Ganz bestimmt haben sie da drin etwas Wichtiges zu beschützen. Ich frage mich, was das ist.« Er trat dem schwer verletzten Schamanen auf die Hand. »Ob du uns das wohl verrätst?«

»Hör auf damit«, bat Gonter. »Er ist weggetreten.«

Die Augenlider des Verwundeten flatterten, blutige Bläschen quollen zwischen seinen Lippen hervor, und er verlor viel Blut durch die Bauchwunde.

»Der hört dich nicht«, stimmte Nirto zu.

»Und doch kann er uns noch helfen«, stellte Brono fest. »Bringt den Blitzstein!« Um Zustimmung heischend, sah er die anderen Rottmeister an.

Gonter verstand, was der beleibte Offizier vorhatte. Der Blitzstein brauchte das Blut von jemandem, der die Stellung unbedingt verteidigen wollte. Wenn man dann die Symbole an den Ringen richtig einstellte und der Regen auf das Artefakt fiel, zog es Blitze an. Brono würde es bereit machen und dann einen aufwärts führenden Gang suchen, um es oben auf der Festung in Stellung zu bringen. Dort würden die Blitze den Fels zertrümmern. Das allein mochte schon zerstören, was immer in seinem Innern gehütet wurde. Auf jeden Fall öffnete es den Söldnern einen Angriffspfad, mit dem ihre Gegner nicht rechneten.

Gonter sah zu Aglix. Der Feuersalamander wippte auf und ab.

»Ich glaube, der Winzling will uns etwas sagen.« Gonter zeigte auf den Lurch. »Eivora könnte in dieser Richtung sein.«

Nirto hockte sich neben ihn. »Bist du sicher, dass das Aglix ist?«

»Kein Zweifel.«

Midalin kam zu ihnen. Gonter sah, dass Jenuna bewegungslos lag. Ernst schüttelte Midalin den Kopf.

»Und du meinst, dass Eivora da unten ist?«, fragte Nirto. »Kann das Viech jetzt etwa schon sprechen? Oder kannst du seine Gedanken lesen?«

»Es ist nur ein Gefühl«, gestand Gonter zu.

Nirto schnaubte. »Das Sturmbanner hat Befehl, den Blitzstein so zu positionieren, dass diese Festung fällt. Das war auch *Eivoras* Befehl.«

»Ich weiß.«

»Denkst du, sie hat uns gut geführt? Mit Umsicht? Hat den Überblick behalten? Uns dem Sieg nähergebracht? Oder ist sie nicht doch kopflos drauflosgestürmt, sobald sie dachte, dass sie Feen herumflattern sieht?«

»Da kann ich dir nicht widersprechen.«

Nirto fingerte den Schleifstein aus dem Täschchen und schärfte die Schneide seiner Axt. »Ich kenne sie länger als du, Gonter. Eivora ist nicht mehr die, die sie einmal war. Dieses Zeug, der Traumsaft, hat sie von innen zerfressen. Wie einen morschen Stamm.«

»Willst du, dass wir sie aufgeben? Und Itena und ihre Gruppe gleich dazu?«

Der Schleifstein ratschte hell über das Metall. »Sie alle haben auf das Sturmbanner geschworen, und das Sturmbanner hat einen Befehl. Ich halte Bronos Plan für gut.«

»Das ist er«, stimmte Gonter zu. »Ihr solltet den Blitzstein nach oben bringen.«

»*Ihr*?« Die Zornesfalten auf Nirtos Stirn hatten nichts zu bedeuten, er war immer schlecht gelaunt. »Und was ist mit dir?«

»Ich gebe euch meine Leute mit. Aber da unten sind ebenfalls Leute von mir. Die gehe ich holen.«

Midalin stellte sich so dicht vor ihn, dass ihr Duft in seine Nase stieg. Er wunderte sich, dass er ihn unter all dem Schweiß und Blut und den anderen Gerüchen des Kampfes überhaupt noch wahrnahm, aber das tat er.

»Du tust das nur für Eivora, oder?« Mit einem Tuch tupfte Midalin die Wunde an seiner Wange ab. Die Berührung brannte.

Er sah in ihre blauen Augen und wusste nicht, was er sagen sollte. Natürlich hatte sie recht, er würde sich niemals verzeihen, wenn er Eivora ihrem Schicksal überließe.

»Ich verdanke ihr viel«, versuchte er eine Erklärung. »Sie hat mich befreit. Zu dem gemacht, der ich bin. Aber …«

Vorsichtig strich er die blonden Locken aus Midalins Gesicht und küsste sie.

Sie sah ihm tief in die Augen. »Ich bleibe bei dir.«

»Aber du …« Er wollte sie nicht mit in die Gefahr nehmen, doch wenn er das zugab, würde sie darauf bestehen, dass auch er den Wahnsinn unterließe, allein in der gegnerischen Festung herumzuspazieren. Natürlich stand sie im Rang unter ihm, er bräuchte ihre Meinung nicht zu beachten. Aber damit würde er sie verlieren. In der Liebe spielten Ränge keine Rolle.

»Du musst doch Prekesta beschützen!«, fiel ihm ein.

»Oh …« Die Heroldin des roten Risses näherte sich mit dem faulenden Arm in den Händen. »Ich komme mit euch. Den Kameraden mit dem Blitzstein bin ich von geringem Nutzen.« Sie hob die abgetrennte Gliedmaße hoch. »Und zum Herzen des Waldes geht es nach unten.«

Vertrauen. Darum ging es, wenn man liebte.

Midalin vertraute Gonter, und das umso mehr, da er zugestimmt hatte, dass Prekesta und sie ihn begleiteten.

Und sie liebte ihn. Das wurde ihr besonders bewusst, wenn sie ihn kämpfen sah. Es war schrecklich, wenn er sein Schwert in den Körper eines Gegners schlug. Seine Attacken kamen plötzlich, ohne Vorwarnung konnte er die Richtung wechseln und unmittelbar auf einen anderen Bärenmenschen oder Wilden losgehen. Gnadenlos riss er die vielfach gezackte Klinge aus dem Fleisch seiner Kontrahenten, das Blut spritzte und Fleischbrocken blieben am Stahl hängen. Er wankte nicht, wenn Hiebe ihn trafen, obwohl sie trotz des Kettenhemds schmerzen mussten. Dies alles war so brutal, erforderte so viel Kraft und Mut – und doch gab Gonter ihm etwas Tänzerisches.

Gerade noch rechtzeitig löste sich Midalin von ihren unpassenden Gedanken, um den Degen hochzureißen und die Keule eines Wilden abzuwehren, der kleine Knochen als grausigen Schmuck durch seine Wangen gesteckt hatte. Blut klebte an seinen spitzen Zähnen. Midalin fürchtete, dass er sich an den menschlichen Leichen gelabt hatte, die in diesem Raum lagen.

Sie wandelte ihren Ekel in Zorn, schrie den Wilden an und machte drei schnelle Schritte vorwärts. Diesmal führte sie die Bewegung sogar so aus, wie sie es bei Itena gelernt hatte – so weit der unebene Steinboden das zuließ.

Dieses Manöver schien den Wilden zu verwirren. Er hatte zwar seine Keule neuerlich erhoben, glotzte sie aber nur an, statt zuzuschlagen.

Das war der letzte Fehler seines Lebens. Voller Befriedigung stieß sich Midalin mit dem hinteren Bein ab, streckte den Körper und den Arm und rammte die schlanke Klinge so weit durch seine Brust, dass sie am Rücken wieder austrat.

Der Nachteil daran war, dass sich der Stahl zwischen den Rippen verkeilte, als der Mann umfiel, und der Griff ihrer Hand entglitt. Hektisch fasste sie nach und versuchte, die Waffe freizuziehen.

Gonter trieb derweil zwei Bärenmänner vor sich her, und

Prekesta stand vor einem Hügel aus Leichen und Rüstungsteilen. In diesem Raum hatten sie eine Gruppe von einem Dutzend Männern überrascht, die Midalin wegen ihres Schmucks für Schamanen hielt. Drei hatten sie erschlagen, die restlichen waren geflohen und hatten ihnen die Chimären auf den Hals gehetzt. Jetzt schlugen sie sich mit Bärenmännern, einem Krebs-Wesen, Wolfskeilern und einigen Wilden herum.

So wurde das nichts mit dem Degen! Midalin trat auf die Brust der Leiche, um sie zu fixieren, fasste Griff und Glocke mit beiden Händen und lehnte sich zurück, während sie zog. Endlich bewegte sich die Klinge in der Wunde. Sie sah über die Schulter, aber zu ihrer Erleichterung nahte im Moment kein Gegner.

Ihr Blick huschte über die Wände des weiten Saals, in den sieben Gänge mündeten. Durch den grauen Fels wucherten grüne Ranken, aus weißen Blüten sickerte kaltes Licht. An einer Wand waren die Pflanzen dick wie Baumstämme, und sie wölbten sich aus. Es sah ähnlich aus wie bei reifen Erbsen, bei denen die enthaltenen Samen in der Schote zu erahnen waren. In diesem Fall waren die Kugeln menschliche Körper, man erkannte es an den Schatten.

»Genug jetzt.« Prekesta löste ihren Schleier und trat in die Mitte des Raums, wo jeder sie sehen konnte. »Ihr Bärenkrieger … sprengt die Zügel eurer Wut! Seid ihr es nicht, die in der ersten Reihe kämpfen und die Siege erringen? Es ist doch euer Blut, das für das Herz des Waldes vergossen wird! – Und ihr Wilden, sollt ihr etwa hinter euren Schöpfungen zurückstehen? Was bilden sich diese Chimären ein, ihren rechtmäßigen Platz infrage zu stellen? Zeigt ihnen, dass sie unter euch stehen!«

So hetzte die Heroldin des roten Risses ihre Gegner gegeneinander auf. Sogar Midalin spürte eine unbändige Wut in sich aufsteigen, obwohl Prekesta sie gar nicht ansprach.

Das mit dem Degen ging viel zu langsam! Sie stampfte auf den Toten und jubelte, als die Klinge endlich freikam.

Die Gegner flohen mit Grauen in den Gesichtern, oder sie fielen übereinander her. Gonter zog sich zu Midalin zurück, es gab keinen Grund, sich jetzt noch zu gefährden. Die verkrusteten Schrammen in seiner Wange sahen besonders wild aus, aber sie stammten nicht aus diesem Kampf, sondern aus dem vorigen.

Midalin achtete darauf, die Frau in der roten Kutte nicht direkt anzusehen. Stattdessen kehrte ihr Blick zum Leichenhügel zurück. Schon beim Hereinkommen hatte sie bemerkt, dass auch Itena dort lag. Man hatte sie entkleidet, sie war auf erniedrigende, entstellende Art nackt. Midalin sah ihre Sachen im Haufen. Die Lage erlaubte wohl nicht, ihre Fechtlehrerin gänzlich wieder anzukleiden, aber sie verschnürte wenigstens die Klappe über der eingefallenen, von einem Narbengeflecht überzogenen Augenhöhle. Dann suchte sie den größten Umhang heraus und breitete den regennassen Stoff über die Leiche. Der tote Körper fühlte sich kalt und hart an, und das geronnene Blut klebte.

Gonter nickte zustimmend.

»Sie hat mich gelehrt, dass ich die wesentlichen Dinge richtig gemacht habe, wenn ich nach einem Kampf noch lebe«, sagte Midalin tonlos. »Sie muss etwas falsch gemacht haben.«

»Aber wir leben noch.« Gonter beobachtete, wie Aglix über die zerstückelten und teils angefressenen Leichen huschte. Der Feuersalamander kletterte die Wand hoch, aus der sich die besonders dicken Ranken mit den Fruchtkörpern wölbten.

Gonter zog seinen Dolch und durchquerte den Saal mit festen Schritten.

Midalin folgte ihm ein wenig zögerlich. Was, wenn es sich um eine fleischfressende Pflanze handelte? Dann mochte Eivoras Leib bereits zersetzt sein, wie in einer Säure, und ihnen würde ein völlig entstellter, halb verdauter Körper entgegenfallen. Von außen sah man nur einen Schatten.

Gonter setzte den Schnitt weit oben an. Die Pflanzenhaut erwies sich als zäh, sie dehnte sich und ließ sich nur schwer schneiden. Eine grünliche Flüssigkeit quoll ins Freie. Sie roch nach Heu.

Hustend kippte Eivora ihnen entgegen. Sie war es tatsächlich, nackt und nass und zitternd, aber sie war es eindeutig! Gonter fing sie auf, und Midalin spürte ihre Erleichterung. Aglix flitzte herbei, kletterte auf Eivora und schnupperte an ihrem Hals.

»Kümmere dich um die anderen«, bat Gonter und drückte Midalin den Dolch in die Hände.

Er hatte recht, sie mussten sich beeilen, die Gegner konnten jeden Moment zurückkehren! Prekesta empfand es wohl dennoch als unter ihrer Würde, die Kameraden freizuschneiden, und so blieb diese Aufgabe an Midalin hängen. Drei weitere Kapseln galt es aufzutrennen, und das dauerte eine Weile. Midalins Freude darüber, dass die drei Eingeschlossenen noch am Leben waren, schwand, als sie den Pelz sah, der auf Worhilds Schultern wucherte. Die Kameradin befühlte das dichte Haar und weinte hemmungslos.

Eivora dagegen war schon wieder auf den Beinen. Ihr Blick war starr, aber sie suchte ihre Ausrüstung aus dem Haufen und legte ihr Untergewand an.

»Brono positioniert den Blitzstein«, berichtete Gonter gerade. »Wir wollen die Festung aufsprengen, um dorthin vorzudringen, wo sich die Schamanen verschanzen.«

»Das ist gut«, knurrte Eivora. »Erschlagt sie alle.« Sie drückte ihm ihre Rüstung in die Hände, damit er sie hielt, während sie hineinschlüpfte. »Das ist euer Kampf.«

»Und was ist deiner?«, fragte Gonter.

Eivora zog das Kettenhemd über dem Lederpanzer zurecht. Sie nickte zu den Söldnern, die Midalin befreit hatte. »Die haben genug getan. Bringt sie hier raus.«

»Eivora!«, rief er. »Was hast du vor?«

Sie schnallte ihre Armbrust an den linken Unterarm und prüfte die Sehne und die Wurfarme. Dann sah sie erst ihn an, bevor ihr Blick zu Midalin wanderte. »Ihr bringt euch in Sicherheit. Ich will, dass ihr überlebt.« Ein Lächeln zuckte auf ihren Lippen. »Das ist ein Befehl.«

Es tat Midalin weh zu sehen, wie Gonter mit sich rang.

Aber der Wahnsinn war Eivora anzusehen. Was immer sie vorhatte – mit einem verantwortungsvollen Plan, der auch die Sicherheit der Söldner bedachte, die ihr folgten, hatte es bestimmt nichts zu tun. Sich Eivora anzuschließen, schien der Weg in den sicheren Tod.

Midalin würde Gonter jedoch auf keinen Fall allein gehen lassen. Sie zog ihren Degen, ging zu ihm und nahm seine Hand.

»Hast du etwas an den Ohren?« Eivoras Stimme gewann an Festigkeit, ihr Blick bohrte sich in Gonters Augen. »Ich habe dir einen Befehl erteilt, Rottmeister.«

Er schlug die Faust vor die Brust. »Jawohl, Kampfherrin«, sagte er gepresst.

»Und was ist mit mir?« Prekestas Frage klang unbeschwert, beinahe belustigt.

Wahnsinn flackerte in Eivoras Augen, als sie sich der Heroldin des roten Risses zuwandte. »Willst du etwas Einzigartiges töten?«

Hatte man die Bogenschützen und die Armbruster bislang zur Verstärkung der Nahkämpfer eingesetzt, die innerhalb der Festung gekämpft hatten, so hatte sich die Aufstellung in der vergangenen Stunde vollkommen umgekehrt. Die Schlacht fand auf offenem Feld statt, auf dem zerstampften und aufgeweichten Untergrund rund um den Sternenfelsen, wo die Bäume nur locker standen, und sie reichte sogar in den umgebenden Wald an den Hängen hinein. Die Fernkämpfer fanden sich zu schlagkräftigen Einheiten zusammen und wählten vor allem die Schlangenkrieger als Ziele. Die übrigen Verbände schützten sie, wobei sich die Schanzknechte besonders hervortaten. Sie nutzten zerlegte Katapulte und gefällte Bäume, um Sperren zu legen, die den Gegner behinderten. Langsame Ziele waren leichte Ziele, und selbst das Wetter schien sich auf die Seite des Klingenrauschs zu schlagen.

Ringsum klarte der Himmel auf, was für eine vergleichsweise gute Sicht sorgte. Nur über dem Sternenfelsen dräuten beinahe schwarze Wolken gleich einer Faust, aus der ununterbrochen Blitze herunterkrachten. Der durch die Senke rollende Donner schwoll mal an, dann wieder ab, verklang aber niemals.

In der Höhle war es dagegen ruhiger als zuvor. Das Schwertfeuer prasselte nicht mehr so heftig, und die Flammen brannten meist niedrig. Der wilde Zusammenstoß der Streitmächte war vorüber, es wurde weniger gestorben. Fiafila-Ignuto spürte das Bedauern der Geister darüber, obwohl sie bereits am Leid vollgefressen waren.

»Wir haben gewonnen«, meinte der Homunkulus. *»Der Gegner ist weit auseinandergezogen. Unsere Truppen werden die Versprengten nach und nach zur Strecke bringen. Das mag noch bis Sonnenuntergang dauern, dann steht der finale Sturm auf das Herz des Waldes an. Dort können sich kaum noch Krieger aufhalten, es wird uns wie eine reife Frucht in den Schoß fallen.«*

Die Aufmerksamkeit der Avatar richtete sich auf das Abbild der Feste im Schwertfeuer. Natürlich sah man eigentlich nur die verschiedenfarbigen Flämmchen, die für die Emotionen der dort Kämpfenden standen, aber das reichte, um den Umriss auszumachen.

»Weiß?«, fragte Fiafila-Ignuto. »Wofür steht Weiß?«

»Für nichts«, behauptete der Homunkulus, aber Fiafila-Ignuto schmeckte, dass er log.

Neugierig fixierte sie die weißen Flämmchen inmitten des Sterns. Sie befanden sich an der Stelle, wo die Blitze einschlugen, aber der Blitzstein hatte niemals so ausgesehen. Außerdem waren es mehrere, und sie bewegten sich. Alle entstanden am selben Ort, verteilten sich jedoch in unterschiedliche Richtungen. Wegen der Geschwindigkeit vermutete Fiafila-Ignuto, dass sie flogen.

Sie reckte den Hals und sah aus der Höhle hinaus, erkannte auf die Entfernung aber nichts.

»Ist etwas?« Man merkte Iskala keine Erschöpfung an, obwohl sie sich wenig Schlaf gönnte und bereits den gesamten Tag die Melder koordinierte. Die Blätter, die sie kaute, mochten die Kampfherrin des Zauberbanners wachhalten.

»Ich bin mir unsicher, was da vorgeht«, murmelte Fiafila-Ignuto.

»Gar nichts!«, schnappte der Homunkulus. *»Da ist nichts!«*

Jetzt wollte sie es erst recht wissen und wandte sich an die

Geister. Die Hälfte von ihnen schwebte über der Schlacht, was bedeutete, dass ihre mit dem Schwertfeuer verbundenen Körper sehr in die Länge gezogen waren und als durchscheinende blaue Bänder erschienen.

»Finde heraus, was es mit den weißen Flämmchen auf sich hat!«, forderte sie einen der anderen auf.

Der Geist hatte einen dicken Kugelbauch und einen runden Kopf, aus dem zwei lange Hörner wuchsen. Er blinzelte träge.

Hast du gesehen, was ich mit deinem Kameraden gemacht habe? Der Geist, den sie in ihrer Drachengestalt angegriffen hatte, stierte nur noch apathisch vor sich hin. Stücke lösten sich aus seinem Körper und zerfaserten wie Nebel in einem Luftzug. Sie bildeten sich neu, sodass die Gestalt erhalten blieb, aber er wurde immer durchscheinender. Die Sporne an den Ellbogen sah man kaum noch.

Diese Aussicht gefiel demjenigen, dem sie den Befehl erteilt hatte, offensichtlich nicht. Er zog hinaus zur Feste.

»Ich begreife nicht, wieso du dich mit diesem Unsinn beschäftigst«, maulte Ignuto. *»Wir haben schließlich eine Schlacht zu leiten.«*

Meintest du nicht gerade noch, die Schlacht sei bereits gewonnen?

Die »Hammerschlag!«-Rufe übertönten immer häufiger das Donnergrollen.

Der Geist übermittelte den Eindruck dessen, was er sah. Fiafila-Ignuto stieg zwischen Trümmern und Blitzen nach oben. Hier peitschte der Regen, aber er traf die helle Gestalt nicht, sondern fiel durch sie hindurch. Sie hatte wunderschöne Flügel, wie ein Schmetterling, nur größer. Zartes Silbergrau zeichnete Muster in ihr Weiß. Neben ihr schwebten andere wie sie. Schmetterlingsähnlich, aber mit kugelförmigen Hauptkörpern. Das Erste, was Fiafila-Ignuto mit diesen im Sturm schwebenden, aber vom Wind unbeeindruckten Erscheinungen verband, war *Unschuld*. Und die Priesterin, die sie einmal gewesen war, erkannte, was sie vor sich sah: *Das sind Seelen!* Tränen stiegen in ihre Augen, sogar in das linke, dem Homunkulus zugewandte, mit dem sie lange nicht mehr geweint hatte.

Ignuto sagte etwas, aber sie hörte nicht hin. Diese Seelen

waren so … *rein*. Sie verspürte einen großen Verlust in ihrem Herzen.

Zum ersten Mal, seit sie das Schwertfeuer benutzte, wurde sie entdeckt. Oder der Geist, der ihr Kundschafter war. Die Seele verharrte, sie bemerkte, dass sie beobachtet wurde, und sah ihrerseits Fiafila-Ignuto an.

»Weg!«, kreischte der Homunkulus. *»Löse dich von ihr!«*

Aber sie fühlte sich nicht bedroht. Im Gegenteil, sie fühlte sich … *verstanden*.

»Das ist eine List! Flieh!«

Doch die Seele kam ihr zuvor. Die Avatar wusste nicht, auf welche Weise es ihr gelang, aber sie folgte dem eine Meile weit gedehnten Körper des Geistes und befand sich plötzlich in der Höhle, wo Fiafila-Ignuto sie in zwei Gestalten sah. Über dem bunten Flammenteppich schwebte die weiße Schmetterlingskugel, die beruhigend langsam mit den Flügeln schlug. Und gleichzeitig, am selben Ort, lag ein armlanger, blauer Zylinder mit abgerundeten Enden in der Luft.

Iskala schrie auf und zog ihr Schwert.

»Nein!«, flehte Fiafila und streckte ihr die Hand entgegen. Die Rüstung war so schwer, das machte ihre Bewegung plump. Überhaupt, dieser Panzer … all die Dornen, das harte Eisen … er war hässlich, nicht nur, was das Aussehen anging, sondern auch, was seine Ausstrahlung betraf. Diese Rüstung war gemacht, um Furcht zu verbreiten und Schmerz zuzufügen.

Fiafila spürte, wie die Seele in ihr Herz blickte. Sie fühlte das Mitleid, das diese Erscheinung ihr entgegenbrachte, und es trieb ihr die Tränen aus den Augen. Die Seele war so rein, so voller Unschuld, und Fiafila selbst war so erbärmlich niederträchtig.

Schmerz … Sie hatte so viel Schmerz über die Welt gebracht! Der Homunkulus hatte sie missbraucht. Die Folterungen … der alte Hofschamane … und erst Grinhoff! Wie viele Menschen waren qualvoll im Drachenfeuer gestorben? Fünfhundert? Tausend? – Sie erinnerte sich nicht, zu sehr hatte der Rausch der Gewalt und der Macht ihren Verstand benebelt. Sie hatte in Leid gebadet wie andere in duftendem Wasser. Fiafila zitterte vor Selbstekel.

Die Seele begriff, dass sich Fiafila – die echte Fiafila – im Griff der Dämonen wand. Sie war verführt worden, auch wenn die Seele nicht verstand, wie das hatte geschehen können. Fiafila war doch solch ein guter Mensch gewesen … hilfsbereit … freundlich. Und respektiert, ein Vorbild für die Priesterinnen des Windgottes, eine Tempelvorsteherin gar. Wie hatte sie zu dieser bösen Frau werden können?

»Das bin ich nicht!«, schluchzte sie. »Ich bin es nicht. Er ist es!«

Sie spürte den Druck von Ignutos Wurzeln um ihr Herz. Es schmerzte, aber dieser Schmerz war nichts im Vergleich zu ihrer inneren Pein. Immer neue Erinnerungen stiegen in ihr auf, eine widerlicher als die andere. Sie hatte Eivora umbringen wollen, diejenige Frau, die in ihrem neuen Leben einer Freundin am nächsten kam … Sie hatte zugesehen, wie Yra immer weiter in den Sog des Dämonenkults geraten war …

Ihr tränenverschleierter Blick richtete sich auf die Magd. »Verzeih mir!«

Die junge Frau sah sie verwirrt an.

O nein! Sie ist verloren! Ich habe zugelassen, dass sie in die Finsternis fällt!

Sie streckte die Hände der Seele entgegen, als könnte Fiafila von diesem reinen Wesen Vergebung erfahren. Stand nicht in den heiligen Schriften, dass es immer einen Weg zurück zur Reinheit gab?

»Aber diese Seelen sind nicht rein«, spottete Ignuto.

Schweig, Verderber!

»Wieso? Hast du Angst vor der Wahrheit?«

Du sprichst nur Lügen!

»Wenn das so ist, dann frage diese Seele, ob auch sie immer nur heilt, jedem immer nur Gutes will und den Frieden sucht.«

Trotzig sah Fiafila die Kugel an. »Erkläre es ihm!«, bat sie. »Er kann nicht begreifen, dass Unschuld existiert.«

Sie bemerkte Iskalas verständnislosen Blick, aber die Seele

war so viel wichtiger. Wenigstens ließ die Kampfherrin sie in Ruhe.

»Merkst du, dass sie nicht antwortet?«, fragte der Homunkulus genüsslich.

»Sag es ihm!«, flehte Fiafila. Sie wollte nicht glauben, dass auch diese Seele ihre Unschuld nur heuchelte. Sie wollte, dass es etwas Reines in der Welt gab. Das hätte ihr Hoffnung gegeben, dass auch sie, Fiafila, ihre Reinheit zurückerhalten könnte. Auch, wenn sie nicht wusste, wie sie den Homunkulus von sich trennen sollte.

Die Seele schwieg, und Fiafilas Empfindung, von ihrem wärmenden Mitgefühl umfangen zu sein, verebbte.

Was stimmt hier nicht?

Ignuto lachte. *»Du lässt dich so leicht täuschen. Heilungen ... Verständnis ... ein Vorbild sein im Guten. Das ist nichts für Wesenheiten dieser Macht. Was denkst du, wen die Schamanen der Wilden beschwören? Wem huldigen sie, wenn sie in ihren Ritualen Menschenfleisch fressen? Wer schändet die Natur, um Chimären zu erschaffen?«*

Du meinst, diese Seele ...? Fiafila war verwirrt.

»Diese und andere wie sie. Sie hält dich zum Narren. Sie hat kein Mitleid mit dir, sie will nur siegen, und deine Schwäche ist ihre beste Möglichkeit, das zu schaffen.«

»Nein!« Fiafilas gepanzerte Faust schlug auf den Eisentisch. »So kann es nicht sein!« Sie fühlte sich hintergangen, betrogen im innersten Kern, in dem sie ihr altes, ihr unschuldiges Leben bewahrt hatte.

Ignuto zeigte ihr die Bilder der angefressenen Söldnerleichen, die sie im Schwertfeuer gesehen hatte. Selbst während der Schlacht hatten manche Tiermenschen nicht an sich halten können und waren ihren niederen Trieben nachgegangen. *»So sieht deine bewunderte Unschuld aus.«*

»Ist das wahr?«, schrie Fiafila-Ignuto die Seele an. »Ist das wahr?«

»Was ist denn hier los?«, rief Iskala.

Die weiße Gestalt mit Kugelkörper und Schmetterlingsflügeln verblasste, die armlange, zylindrische Form blieb. Fiafila-

Ignuto zitterte noch immer, aber jetzt vor Wut. »Dieses … Biest wollte mich verführen! Töte es! Töte es sofort!«

Iskala schlug mit ihrem Schwert zu. Die Klinge durchdrang die zylindrische Gestalt wie Nebel. Sie richtete nicht viel aus, riss aber immerhin einen Teil der Substanz mit sich.

Das schmerzte die Seele.

Lachend breitete Fiafila-Ignuto die Arme aus. Das Schwertfeuer loderte empor und hüllte die Seele ein. Die dämonischen Flammen verbrannten sie.

Kreischend versuchte sie zu entkommen, aber die Höhle war zu eng. Fiafila-Ignutos Gehilfen flüchteten nach draußen, während die Seele so dumm war, zur Decke aufzusteigen. Auch dort erreichten die Flammen sie.

Ihre Existenz verrauchte jedoch nicht. Fasziniert beobachtete Fiafila-Ignuto, dass die Seele ihre feste Form verlor, aber nun von außen gehalten wurde.

Wovon …?

Von den Flammen? Hatten sie die Kraft dazu?

»Mehr!«, dröhnte eine Stimme durch Fiafila-Ignutos Verstand. Das war nicht der Homunkulus, das war …

»Kester!« Fiafila-Ignuto kniete nieder.

Die Flammen rückten auf dem Eisentisch zusammen. Sie loderten noch immer bis zur Decke auf, formten jetzt aber den Totenhelm des verstorbenen Flammenbringers.

»Ich huldige dir, mächtiger Dämon!«

Offenbar konnten auch die anderen ihn sehen. Sie fielen vor der Höhle auf die Knie, sogar Iskala.

»Ich will mehr!«

Fiafila-Ignuto sah nach draußen, wo die Gewitterwolken noch immer über der Festung standen. Aber in dieser Schlacht ging es nicht länger darum, einigen Wilden eine Lehre zu erteilen. Es ging um etwas viel Größeres.

Sie erhob sich und marschierte nach draußen. Dort nahm sie das Feldzeichen der Legion an sich. »Kester!«, rief sie.

Rotes Feuer erschien aus dem Nichts und loderte um Garallo, die eiserne Figur, die auf der Standarte hockte.

Iskala stand auf. »Was hast du vor?«, raunte sie der Avatar zu.

Fiafila-Ignuto hielt den Schaft des Feldzeichens mit beiden Händen. »Kester will, dass wir einen neuen Flammenbringer bestimmen«, erinnerte sie flüsternd. »Wenn du das werden willst, solltest du dem Dämon die Seelen des Waldes zuführen, nach denen er dürstet.«

Iskalas Lider zuckten.

»Du hast sie«, schwärmte Ignuto. *»Du bist so wunderbar!«*

»Entfacht die Flammen!«, brüllte Fiafila-Ignuto. »Treibt sie alle ins Feuer!«

Eivora folgte Prekesta in die Tiefe. Über ihnen rollte der Donner durch die Festung, sie hörte, wie der Fels wieder und wieder brach, wie die Brocken polterten und aufschlugen. Die Stufen zitterten unter ihren Füßen, aber auch hier glich das Material borkig gewachsenem Stein, rau und griffig. Es bestand keine Gefahr auszurutschen.

Auf Gegner trafen sie nicht. Eivora vermutete, dass dies ein heiliger Bereich war, den nur wenige betreten durften, um das Herz des Waldes zu verehren. Oder man hatte alle Krieger abgezogen, um sie gegen den Klingenrausch zu schicken. Eivora grinste. Sie vertraute ihren Kameraden. Die Hellebardiere, die Armbruster und die anderen Einheiten würden diesen Schlangenkriegern einen Empfang bereiten, der für die Gegner zum letzten Erlebnis auf dieser Welt werden würde. Der Klingenrausch hatte oft geblutet, war aber nie in die Knie gebrochen, und auch diesmal, da war sie sicher, wäre das Ergebnis des Feldzugs eine neue Merite auf der Standarte.

Ob Eivora und Prekesta diese würden bewundern können, war jedoch eine andere Frage. Der Legion war ewiger Ruhm bestimmt, doch ihre Krieger waren sterblich.

Prekestas Blick wechselte zwischen der Hautzeichnung des Krokodils auf dem verfaulten Arm und der Ranke, die neben der Treppe aufstieg. Eivora nahm an, dass sie sich wenigstens fünfzig Schritt unter der Erde befanden. Das grüne, mit leuchtenden weißen Blüten besetzte Gewächs hatte einen Durchmesser, der eines Baumriesen würdig gewesen wäre. Bestimmt zwanzig Schritt, genau konnte man es nicht erkennen, weil die im Scherenschnitt abwärts führende Treppe auf einer Seite blieb und die Ranke ungleichmäßig geformt war. Eivora fragte sich, ob die aufgeplatzten Kapseln wohl die Schlangenmänner beherbergt hatten.

Vielleicht auch andere Chimären. Es spielte keine Rolle. Sie kämpften und starben nun draußen oder oben in der Festung. Eivora schlug jetzt eine andere Schlacht.

Immer weiter führten die Stufen hinab. Bald wurde der Donner so leise wie eine ferne Erinnerung. Sie hörten sogar ihre eigenen Schritte.

Prekesta beugte sich über den Rand der geländerlosen Treppe auf die Ranke zu und betrachtete eine noch geschlossene Kapsel. Die schattenhafte Gestalt darin erschien Eivora klein, etwa wie ein zehnjähriges Kind. Der lange Hals und der Kobrakopf waren zu erkennen.

»Es empfindet bereits.« Prekesta sah Eivora an, als erwarte sie eine Bestätigung. Sie hatte den Schleier gelöst. Dennoch barg ihr Anblick keinen Schrecken mehr für Eivora.

Wortlos gingen sie weiter.

Eivora fand das monotone Treppensteigen angenehm, obwohl ihre Waden brannten. Es brachte sie zur Ruhe wie ein Raubtier, das die Gewissheit hegte, dass seine Beute ihm nicht mehr entkommen würde. Schmunzelnd ließ sie Aglix über ihre Finger krabbeln und wechselte ihn dabei von einer Hand in die andere. *Wir halten immer zusammen, Winzling, nicht wahr?*

Hinter der nächsten Kehre leuchtete Licht von unten an der Ranke empor. Zunächst war es nur schwach, und es flackerte, aber es wurde beständig stärker. Eivora war neugierig, ob es von einem Feuer ausging. Aber dafür erschien es zu hell, bläulichweiß, nicht gelb oder rot.

Die Ranke wurzelte nicht in einem Feuerbecken, sondern in etwas, das aussah wie klares Wasser. Die bewegte Oberfläche brach das Licht. Wenn es wirklich eine Flüssigkeit war, war sie so durchsichtig wie Luft; nur vereinzelte Strudel und die Wellen verzerrten die Sicht. Bis tief hinab konnte man die Wurzeln sehen, wie sie sich immer weiter teilten. Dort unten war alles hell erleuchtet, obwohl Eivora weder Blüten noch sonst eine sichtbare Lichtquelle ausmachte.

Das Krokodil im Hautbild des verfaulten Arms schloss das Maul. Seine Schuppenhaut war nun unverletzt, alle Narben verschwunden. »Mir scheint, wir sind am Ziel.« Prekesta legte die Gliedmaße auf den Boden. »Und wir sind nicht allein.«

Eivora brauchte einen Moment, um zu erkennen, was sie meinte. Was sie für Strudel gehalten hatte, waren in Wirklichkeit schemenhafte Gestalten. Arme, Beine, Flügel, Köpfe ließen sich nur erahnen, als bestünden sie aus Luft, wie sie über Magma flimmerte.

Sie suchte oberhalb der Wasseroberfläche nach solchen Erscheinungen, fand sie jedoch nicht. Hier war alles materiell. In den Kapseln regten sich die heranwachsenden Schlangenkrieger.

Prekesta gluckste. »Sie empfinden ... alle ... auch die da unten. Ich kann sie fühlen ... Ich kann sie umfangen ... Ich kann ihre Angst entfachen ... kann sie zu Wut machen ...«

Die Schatten in den Kapseln regten sich. Bald wurden ihre Zuckungen heftiger, sie schlugen aus.

Die Heroldin des roten Risses lachte. »Sie werden sich gegenseitig zerreißen! Alles zerfetzen werden sie hier! Sie werden ...«

Eivora stellte sich hinter die andere Frau, zog ihr Kurzschwert und schlug den Knauf mit voller Wucht in die Beuge zwischen Prekestas Hals und ihrer rechten Schulter.

Ohnmächtig sackte sie zusammen.

»Mit diesem Kampf hast du nichts zu tun.« Eivora stieß die andere mit der Fußspitze an, aber sie regte sich nicht. »Danke, dass du mich hergeführt hast.«

Nachdenklich betrachtete Eivora die Ranke. Die Kobrakrieger kamen wieder zur Ruhe, und die Schlieren zogen nun auch gemächlicher um die Wurzeln. Nach dem, was sie erfahren hatte, war sich Eivora sicher, dass unter der bewegten Oberfläche die jenseitige Welt lag, in der die Seelen der Toten des

Waldes existierten, wo sie sich teilten, vereinten und neu kombinierten, drauf lauernd, in die greifbare Welt aufzusteigen.

Sie ließ sich in den Schneidersitz nieder und sah Aglix zu, wie er über den Boden huschte. Er machte einige rasche Schritte, erstarrte und rannte dann weiter.

Traumsaft. Sie schloss die Augen und ließ die Erinnerung daran zu, wie es war, als Feuervogel über die Häuser und die Bäume zu fliegen. Stark, frei, ohne Sorgen. Auch ohne bewusste Gedanken. War überhaupt erstrebenswert, was der Hofschamane ihr versprochen hatte? Dass man bei klarem Verstand bleiben konnte, auch wenn man ein Tier wurde?

Sie lachte beim Gedanken an das, was das Herz des Waldes für sie vorgesehen hatte. *Eine Adlerkriegerin.* Die Ranke hatte sich tatsächlich eingebildet, Eivora würde es als Ehre betrachten, für sie in den Kampf zu ziehen. Sie schüttelte den Kopf. Für einen Klataaler wäre das denkbar gewesen. Oder überhaupt für jemanden, der Dingen wie einem Land, einem Baron oder einem Gott die Treue hielt. Sie aber war eine Söldnerin. Der Krieg war für sie ein Geschäft, und welchen Gewinn könnte sie daraus ziehen, für diese Ranke zu kämpfen? Oder für die Seelen, vielleicht war das dasselbe.

Traumsaft wäre eine verlockende Belohnung, vielleicht. Die Ranke war so riesig, dass es kein Problem darstellen konnte, einen einzelnen Menschen auf immer im Rausch zu halten. Wenn sich Eivora in besonderer Weise verdient machte … zum Beispiel, indem sie half, den Klingenrausch abzuwehren … dann ließ sich bestimmt ein Kontrakt schließen.

Schnaubend stand sie auf. »Ich entscheide über mein Schicksal. Ich selbst, kein Gott, kein König, keine Ranke!«

Sie benutzte ihr Kurzschwert am langen Arm, um eine Kapsel aufzuschlitzen, die einen Kobramann beherbergte. Wie erwartet spülte die grüne Flüssigkeit einen Halbwüchsigen heraus. Er wäre ins Wasser gefallen, wenn es sich bei der bewegten Oberfläche um Wasser gehandelt hätte. Aber sie trug sein Gewicht.

Behutsam drückte Eivora mit der Klingenspitze dagegen. Auch hier erwies sich das Material als unnachgiebig, bis sie so viel Druck aufbaute, dass ein Schnitt entstand. Der Stabilität in der Umgebung tat das jedoch keinen Abbruch.

Sie stellte einen Fuß auf die durchsichtige Oberfläche, dann ihr gesamtes Gewicht. Sie musste zwar vorsichtig gehen, um auf dem schwankenden Grund nicht zu stolpern, gelangte aber zu der jungen Kreatur, die sich nach Luft schnappend zu orientieren versuchte.

Eivora erstach sie und zog sie auf den Steinboden am Fuß der Treppe. Etwas von dem grünen Blut kam auf ihre Rüstung und verätzte einen Eisenring, und auch die Klinge nahm Schaden.

Es war eine gefährliche Arbeit, aber Eivora zögerte nicht. Bald lag ein Dutzend dieser Kinder der Ranke vor ihr. Offensichtlich waren sie noch zu schwach entwickelt, um sie in den Kampf zu schicken, aber für Eivoras Zwecke brachten sie alles mit, was sie brauchte.

Sie legte das verätzte Kurzschwert beiseite, spannte die Armbrust und zog einen Bolzen aus dem Köcher. »Ihr kommt gleich an die Reihe«, murmelte sie mit Blick auf ihre toten Streiter. »Für den ersten Schuss gebührt die Ehre jemand anderem.«

Sie lockte Aglix mit einem Zungenschnalzen. Vorsichtig führte sie die Spitze des Bolzens an den Giftdrüsen hinter den Gehöröffnungen des Feuersalamanders entlang. »Vielen Dank, Winzling.«

Die anderen Bolzen stieß sie den Erschlagenen in den Schlangenrachen. Sie brauchte mehrere Versuche, und sie verätzte einige Geschosse, bevor sie die Giftdrüsen zuverlässig fand.

Prekesta war noch immer ohnmächtig, aber ihr Brustkorb hob und senkte sich. Bestimmt wäre sie gern Zeugin des kommenden Schauspiels geworden, aber das ging sie nichts an. Sie hatte der Traumsaft nicht zu einer lächerlichen Possenreißerin gemacht, die ihre Pflicht vergessen hatte. Ihr hatte die Ranke nicht die Ehre gestohlen. Sie war keine hilflose Gefangene gewesen.

Eivora fasste ihr Kurzschwert mit beiden Händen und rammte es senkrecht in die bewegte Oberfläche, die die greifbare Welt vom Refugium der Seelen trennte. Sie schlitzte, bog und hebelte, und schließlich brach die vom Schlangenblut zerfressene Klinge ab. Bis dahin hatte sie jedoch eine gut einen Schritt durchmessende Öffnung vor sich.

Was wohl passierte, wenn sie hindurchsprang?

Aber das wollte sie gar nicht herausfinden. Sie legte den Bolzen mit Aglix' Gift in eine Führungsrille, zielte auf die Hauptwurzel und schoss. Mit einem schmatzenden Geräusch drang der Bolzen bis zur Befiederung ein. Sofort verfärbte sich die Trefferstelle braun.

Sie grinste, spannte neu und legte den nächsten Bolzen ein. »Meine Waffe ist meine Freiheit«, flüsterte sie.

Der nächste Schuss zeigte dieselbe Wirkung. Eivora hatte befürchtet, die Ranke könnte gegen das Schlangengift immun sein, aber das war nicht der Fall. Sie züchtete diese Kreaturen, aber sie waren kein Teil von ihr, und Eivora hatte ihre Angst vor der Zerstörungskraft des Gifts gefühlt.

Sie weinte und grinste zugleich, während sie Bolzen um Bolzen in die Ranke jagte. Die braunen Stellen dehnten sich aus, während die Pflanze das Gift durch ihren Körper transportierte – ganz wie bei einem Menschen, bei dem sich der Wundbrand durch die Adern fraß, nur viel schneller.

»Ich weiß nicht, was du bist, und ich werde es niemals verstehen«, schluchzte Eivora, »aber ich kann dich töten.«

13. Ordnung

Gonter blieb mit der Standarte des Sturmbanners stehen. Der Wind zog zum Waldbrand, der hinter dem Feldzeichen des Klingenrauschs tobte, und bewegte den schwarzen Stoff, auf dem eine Faust einen Turm zerschlug.

Eivora ging die letzten Schritte zu den Gestalten, von denen gegen die Helligkeit des Feuers kaum mehr als Schattenrisse zu erkennen waren. Natürlich erkannte sie sie trotzdem. Prekesta und Fiafila-Ignuto, die für die Dämonen den Treueschwur bezeugen würden. Yra und Midalin, die ihnen zur Hand gingen. Und die neue Flammenbringerin, die nun Eivoras Gehorsam einforderte. Im Näherkommen wurden auch ihre erwartungsvollen Gesichter erkennbar, als tauchten sie aus dunklem Wasser auf. Die Hitze trieb den Schweiß aus den Poren, Eivora schmeckte ihn auf den Lippen.

Sie grüßten einander mit der Faust an der Brust.

Eivora zog den Handschuh ab und streckte die Hand vor.

Fiafila-Ignuto benutzte einen Dolch mit wellenförmiger Klinge, um einen Schnitt zu setzen.

Er schmerzte erst, als Eivora sich Garallo zuwandte. Die eiserne Dämonenstatuette saß nicht oben auf der Standarte, sondern in einem Kohlebecken. Die orangeroten Flammen beschienen ihr spitzzahniges Grinsen.

Fiafila-Ignuto sah verändert aus. Das lag nicht nur an der Brandwunde im Gesicht und daran, dass ihr Haar abgesengt war – der Haarschnitt, mit dem der Künstler in Faarinar sie verschönert hatte, war ruiniert. Ihre Züge waren härter geworden. Und auf ihren malvenfarbenen Augen lag ein roter Schimmer. War das nur der Widerschein des Feuers?

»Nun?«, fragte die neue Flammenbringerin streng.

Eivora schloss die Hand zur Faust. Zischend traf ein Rinnsal ihres Blutes auf die heiße Eisenfigur.

»Beim großen Kester und allen Dämonen!«, rief Eivora so laut, dass auch die hinter ihr angetretene Legion ihre Worte vernahm. »Ich schwöre dir Treue, solange du den Klingenrausch führst. Du bist meine Flammenbringerin, und niemals werde ich deinen Befehl infrage stellen. Mein Schwert, mein Mut, mein Verstand – für dich, Iskala!«

Die hochgewachsene Frau nickte mit einem grimmigen Lächeln. Der Blick aus ihren roten Augen war nicht zu deuten, der Rubin in ihrer Stirn funkelte.

Mehrere Kampfherren hatten Eivoras Kopf gefordert, und Iskala hatte sie zum Tode verurteilt. Sie hatte den Klingenrausch gefährdet und zudem einen eigentlich ruhigen und einträglichen Kontrakt in ein unvorteilhaftes Geschäft gewandelt. Hätten Jakena oder Xerohn den Befehl über die Legion erhalten, hätte sich Eivora wohl als lebende Fackel inmitten des Waldbrandes wiedergefunden, statt noch einmal vor das Feldzeichen zu treten.

Sie konnte von Glück sagen, dass Iskalas Erfahrung im Umgang mit den mystischen Verbündeten des Klingenrauschs und die Rolle, die sie bei der Eroberung der Felsenfeste gespielt hatte, den Ausschlag gegeben hatten. Sie hatte nicht nur bewiesen, dass sie die Avatar unter Kontrolle halten konnte, sondern auch die Truppen in ihrer Gesamtheit vom Schwertfeuer aus geführt, während alle anderen Kampfherren ihre jeweiligen Einheiten im Feld befehligt hatten.

Eivora schlug die Faust gegen die Brust, machte kehrt und ging zur angetretenen Formation zurück. Gonter schloss sich ihr an. Es fühlte sich gut an, ihn an ihrer Seite zu wissen.

Sie lächelte, als sie die Füßchen auf ihrer Haut spürte. Aglix hatte sich unter ihre Rüstung zurückgezogen. *Ja, dich dabeizuhaben, fühlt sich auch gut an, Winzling.*

Eivora stellte sich vor das Sturmbanner. Die Reihen waren dezimiert. Itena fehlte, und nicht nur sie.

In der Hosentasche betastete Eivoras Linke den Jebolontaler.

Sie liebte diese Silbermünze mit der Prägung aus konzentrischen Ringen, die an Wellen in einem Teich erinnerten, in den man einen Stein warf. Waren nicht alle Entscheidungen, die man im Leben traf, die glücklichen wie die unglücklichen, solche Steine?

Sie entschied gern. Wer furchtsam abwartend stillhielt, schlug keine Wellen. Er trocknete den Teich aus.

Iskala hatte sie nicht nur für ihre Verfehlungen zum Tode verurteilt, sondern die Strafe gleich darauf auch wieder abgemildert, weil sie anerkannte, dass Eivoras Aktionen dem Klingenrausch einen weiteren Sieg gebracht hatten. Und sie hatten der Legion einen mächtigen Verbündeten verschafft: Kester. Nachdem er die Seelen des Waldes getrunken hatte, bekannte sich der Dämon nun rückhaltlos zu seiner alten Legion.

Trotzdem, ohne Strafe ging diese Sache nicht ab. Den Jebolontaler würde Eivora nur noch kurze Zeit besitzen. Sie musste ihren gesamten Silberhort abliefern. Eine demütigende Aussicht. Dennoch fand Eivora diese Entscheidung gerecht. Sie hatte eine noch größere Verfehlung begangen, als die Legion zu gefährden; die Söldner waren keine Kinder, die man behüten musste, sondern Elitekrieger, die auf sich aufpassen konnten. Aber auf sich selbst hatte Eivora zu wenig geachtet. Sie hatte dem Traumsaft erlaubt, ihr Denken und Fühlen zu beherrschen. Sie hoffte, dass sie der Schmerz, wenn sie sich an ihren verlorenen Hort erinnerte, davor bewahren würde, nochmals einen solchen Fehler zu begehen.

Der Waldbrand loderte auf mehreren Hundert Schritt Breite und verdunkelte den Himmel mit seinem Rauch. Der Rückmarsch nach Rorgator stand an, und dort würde sie bettelarm sein, obwohl sie für Silber kämpfte, seit sie zwölf Jahre alt gewesen war. *Die Hälfte meines Lebens habe ich für das Schwert gegeben.* Ob ihr Vater enttäuscht von ihr war, weil man nicht sie, sondern Iskala zu seiner Nachfolgerin an der Spitze der Legion gemacht hatte?

Nein. Sie lächelte. Eivora hatte den Klingenrausch in einen neuen Sieg geführt, und für Kester war der Ruhm der Einheit immer das Wichtigste gewesen.

Ich werde mir neuen Reichtum erobern, dachte sie zuversichtlich. *Wir sind die besten Söldner der Welt.*

Sie sah zu, wie Xerohn mit seinem Blut auf Garallo schwor und Iskala seine Treue gelobte.

Der glühende Pfad liegt vor uns.

Glossar

Armbrust: Eine moderne Bolzen verschießende Fernkampfwaffe.

Arzulan: Ein wildes Land, von wucherndem Urwald bedeckt.

Avatar: Ein Doppelwesen, die Verbindung aus einem Homunkulus und einem menschlichen Träger.

Banner: Eine militärische Einheit mit einer Sollstärke von einhundert Kriegern.

Bannerherr: Der Befehlshaber eines Banners.

Blitzstein: Ein Artefakt, das Blitze anzieht.

Bolzen: Ein kurzer, kompakter Pfeil.

Bontan: Der Fluss zwischen Klataal und Arzulan; wurde nie als feste Grenze akzeptiert.

Faarinar: Eine von der Baronie Klataal ursprünglich als Außenposten gegründete Stadt. Durch die Expansion erlangt Faarinar größere Bedeutung.

Flammenbringer: Der höchste Offiziersrang Rorgators, üblicherweise Befehlshaber einer Legion.

Geist: Eine sphärische Wesenheit. Geister können beschworen werden und unter bestimmten Umständen die Welt der Lebenden beeinflussen.

Glühender Tempel: Die größte Verehrungsstätte für die Dämonen Rorgators und Sitz des Meisters der Qualen.

Grinhoff: Eine vorgeschobene Siedlung der Baronie Klataal im Urwald von Arzulan; dient dazu, die Schätze des Waldes zu sichern.

Gruppe: Eine militärische Einheit aus fünf Kriegern und einem Weibel.

Hellebarde: Eine Stangenwaffe, die in einer Beilklinge, einer Stoßklinge und einem Reißhaken ausläuft.

Hellebardier: Ein Krieger, der eine Hellebarde führt.
Homunkulus: Eine aus dämonischem Samen gezüchtete Wesenheit, die oftmals Besitz von ihrem Träger ergreift.
Kampfherr: Ein hoher Offiziersrang, kommandiert in der Regel eine Kampfeinheit aus mehreren Bannern.
Klaaholt: Hauptstadt der Baronie Klataal.
Klataal: Eine Baronie, in der man feine Sitten und grünen Jade schätzt.
Klingenrausch: Eine ruhmreiche Söldnerlegion aus Rorgator.
Kontrakt: Ein Vertrag, der die Dienstbedingungen und die Bezahlung einer Söldnereinheit sowie die Verpflichtungen ihres Auftraggebers regelt.
Legion: Eine große Söldnereinheit, die mehrere Tausend Krieger umfasst und meist von einem Flammenbringer befehligt wird.
Meile: Ein Längenmaß, entspricht einem Kilometer.
Pike: Eine Stangenwaffe, ein schwerer Spieß.
Pikenier: Ein Krieger, der mit einer Pike kämpft.
Rorgator: Eine Söldnermetropole, geschützt von den schlagkräftigsten Legionen der Welt, Vulkanen und dämonischen Mächten.
Rotte: Eine militärische Einheit mit einer Sollstärke von fünfundzwanzig Kriegern.
Rottmeister: Ein Offiziersrang, befehligt eine Rotte.
Salzzacken: Eine von der Grafschaft Iljuga beherrschte, aber nach Unabhängigkeit strebende Provinz.
Schanzknecht: Ein Krieger, der auf Pionierarbeiten wie den Bau von Brücken und Katapulten oder das Graben von Belagerungstunneln spezialisiert ist.
Schritt: Ein Längenmaß, entspricht einem Meter.
Schwertfeuer: Ein dämonisch-magisches Artefakt in Form eines Eisentisches, auf dem Geister die Empfindungen von Kämpfern während einer Schlacht in farbigen Flammen darstellen.
Steinsalbe: Eine graue Paste, die vor Verbrennungen schützt.
Weibel: Der Befehlshaber einer Gruppe von fünf Kriegern.

Dramatis Personae – Hauptfiguren

Eivora (w, 25): Eine Söldnerin, die von ihrem Vater Kester, dem Befehlshaber des Klingenrauschs, gelernt hat, Besonnenheit und Entschlusskraft zu vereinen. Eivora ist auffällig klein und eine schlechte Nahkämpferin, aber sehr gut mit der Armbrust.

Eivora wuchs in der idyllischen Küstenstadt Ebilion auf, bis diese von Piraten überfallen wurde. Dabei kam ihre Mutter zu Tode. Ihr Vater nahm seinen früheren Beruf als Söldner wieder auf und kehrte nach Rorgator zurück. Mit zwölf Jahren begleitete Eivora ihn erstmals auf einem Feldzug, mit vierzehn tötete sie ihren ersten Gegner, als die Marschkolonne überfallen wurde.

Eivora wurde zunächst bei den Bogenschützen eingegliedert, später bei den Armbrustern. Mit zwanzig wurde Eivora durch einen Stich schwer verwundet. Das Eingreifen der Kameraden rettete ihr Leben, sie ist jedoch seitdem unfruchtbar. Eine lange Narbe am Bauch und eine kleinere am Rücken zeugen von dieser Verletzung.

Nach dem Tod ihres Vaters stieg Eivora zur Kampfherrin des Sturmbanners auf. Sie führte die Einheit in Ygôda, wo sie die als unüberwindbar geltende »Titanenmauer« brach, und auf dem Marsch über den Pilgerweg von Iljuga. Inzwischen ist sie im Führungsrat des Klingenrauschs etabliert.

Eivora liebt den Glanz von Silbermünzen. Sie ist immer auf der Suche nach besonderen Formen und Prägungen. Sie bewunderte ihren Vater und teilt seine Faszination für das Söldnertum und den Klingenrausch. Nach seinem Tod sieht sie es als ihre Pflicht an, die Legion zusammenzuhalten.

Fiafila-Ignuto (w, 29): Eine Avatar, ein Mischwesen aus einer Frau und einem Homunkulus.

Die Frau war bis zum Abidia-Feldzug des Klingenrauschs eine Priesterin des Windgottes Basäon.

Die Tochter von Teppichknüpfern zeigte schon als Kind ungewöhnliche Weisheit in Gesprächen mit Erwachsenen. Von ihren Spielkameraden wurde sie häufig gebeten, Streit zu schlichten und für die gerechte Verteilung von Süßigkeiten Sorge zu tragen.

Nach dem Tod von zwei Brüdern gaben die Eltern Fiafila mit zehn Jahren am Abschluss einer Pilgerreise nach Abidia in die Obhut des dortigen Basäontempels – ein Vorschlag, den das Mädchen selbst vorbrachte. Diese Opfergabe sollte das Leben des dritten, damals fünfjährigen Bruders schützen.

Auch innerhalb der Tempelgemeinschaft fielen Fiafilas Verständigkeit und ihr ausgleichendes Wesen auf. Viele Gläubige wünschten, bei den heiligen Riten von ihr betreut zu werden. Bereits mit fünfundzwanzig Jahren wurde sie zur Tempelvorsteherin bestimmt.

Ignuto, der Homunkulus, wechselte nach dem Tod seines vorigen Trägers Chastro auf Fiafila über und bringt einen Großteil seiner Erinnerungen aus dieser Zeit in die Verbindung ein. Er entstand aus dem Samen des Dämons Harnastes und fürchtet, dass sein Herr sein Leben nun zurückfordert. Der sichtbare Teil von Ignutos Körper ist etwa eineinhalb Handspannen groß, er wächst mit der Hüfte aus der linken Schulter seiner Trägerin. Der Homunkulus ist von steingrauer Farbe und strahlt Hitze aus, was der ihm zugewandten Hälfte des menschlichen Gesichts schadet.

Ignuto besitzt keinen Mund, aber unverhältnismäßig große, fächerförmige Ohren. Aus seinen von Wülsten beschatteten Augen schießen immer wieder Flammen. Er kann menschliche Gefühle schmecken und manchmal Gedankenfetzen sehen, vor allem dann, wenn der Beobachtete leidet. Der gehörnte Kopf ist unbehaart. Die Wurzeln des Homunkulus reichen in die Brust seiner Trägerin.

Fiafila-Ignuto hält sich besonders aufrecht und hat eine edle Gestalt. Als Avatar zeigt sie eine große Begabung, sie geht intuitiv mit den jenseitigen Mächten und ihren übersinnlichen Kräften um. Zunehmend entwickelt sie eine Faszination für die Welt der Geister, in die sie so weit vordringt, dass es selbst dem Homunkulus mulmig zumute wird.

Gonter (m, 26): Den Großteil seines Lebens verbrachte Gonter als Prinz im sich ständig ausdehnenden Reich seines Vaters. Diesen sah er jedoch vergleichsweise selten, weil König Harlef häufig Krieg führte.

Hoch gewachsen und breitschultrig, war er ein Thronfolger nach dem Geschmack seines Vaters, der sich selbst als Kriegerfürst stilisierte. Daher ließ er seinen Sohn neben den feinen Hofsitten auch den Umgang mit Frauen, die Verwaltung und die Fechtkunst studieren. Gonter hatte viele Lehrer, beherrscht mehrere Kampfstile und gilt als exzellenter Fechter, verfügt jedoch nur über begrenzte Kampferfahrung.

Bei der Belagerung von Ygôda verliebte er sich in Eivora. Zudem wurde ihm klar, dass er aus dem Schatten seines Vaters treten wollte. Als dieser den Söldnern ihre Bezahlung verwehrte, stahl er die Krone und setzte sich nach Rorgator ab, wo er den Eid auf das Feldzeichen des Klingenrauschs schwor. Obwohl die Beziehung zu Eivora zerbrach, machte sie ihn zu einem Rottmeister des Sturmbanners.

Trotz seines kämpferisch geübten Körpers gilt Gonter als sanftmütig. Er sieht sich in der Pflicht, die Menschen zu beschützen, die sich ihm anvertraut haben. Durch seine harte Erziehung hat er jedoch auch gelernt, sich gewaltsam durchzusetzen, um seine Ziele zu erreichen.

Midalin (w, 22): Midalin konnte Kampfherrin Iskala überzeugen, sie für den Klingenrausch zu rekrutieren – aber nicht wegen ihrer Kampffertigkeiten, sondern weil sie ihren Meister auf sehr geschickte Weise vergiftete. Dem Duftmischer wurde zum Verhängnis, dass er sie den Umgang mit gefährlichen

Dämpfen lehrte. Für solches Talent hat das Zauberbanner stets Bedarf.

Midalin hatte zwar eigentlich nicht im Sinn, Söldnerin zu werden, aber der Blondine schmeichelt, dass man an ihr Qualitäten wahrnimmt, die nichts mit ihrem puppenhaften Äußeren zu tun haben. Ihr Meister setzte sie lieber hinter dem Verkaufstresen als im Laboratorium ein. Nun will sie sich auf einem Feld beweisen, wo Schönheit nichts zählt und ihre Handlungen Gewicht haben. Als Söldnerin wird sie über Leben und Tod entscheiden – für sich selbst und für andere.

Zudem hofft sie, im Zauberbanner echte Magie zu finden. Die schwarze Kunst erscheint ihr als ultimative Möglichkeit, Macht und Einfluss zu gewinnen. Deswegen ist sie auch manchen Dämonenzirkeln Rorgators auf den Leim gegangen. Dass Gonter einen davon zerschlug, macht ihr jedoch nichts aus. Im Gegenteil: Zu diesem Zeitpunkt wurde ihr bereits bewusst, dass sie Scharlatanen aufgesessen war.

Ein schlechtes Gewissen hegt sie gegenüber Bratz, einem alten Beo, den sie im Zuge eines sinnlosen Rituals mit einem Brandeisen traktieren ließ. Obwohl sich der Vogel meist garstig verhält und sie ständig in Schwierigkeiten bringt, kümmert sie sich nun um ihn.

Dramatis Personae – Nebenfiguren

Aglix (m, 2): Ein anhänglicher Feuersalamander.

Alw (m, 23): Ein Lustsklave, der zu erfreuen sucht.

Aros (m, 30): Ein Rottmeister des Zauberbanners, der wegen seiner Blindheit oft unterschätzt wird.

Aster (w, 28): Eine Weibelin im Sturmbanner.

Atirion (m, 35): Der Kampfherr der Stabsabteilung des Klingenrauschs.

Beliar (m, 26): Ein Lustsklave, der die Kunst der entspannenden Hände beherrscht.

Bol (m, 27): Ein kräftiger Söldner im Sturmbanner.

Bratz (m, 15): Ein Beo mit feiner Zunge.

Brono (m, 27): Ein sehr beleibter Rottmeister im Sturmbanner.

Eilan (m, 28): Ein ehemaliger Rebell, der für die Freiheit der Salzzacken gekämpft hat.

Eligon (m, 50): Der Inhaber einer gut gehenden Imkerei in Faarinar.

Erl (m, 40): Ein klataalscher Wehrbauer, der seinem Junker in den Urwald folgen musste.

Feilas (m, 33): Der Anführer der Leibgarde des Barons von Klataal.

Garallo: Die Standartenfigur des Klingenrauschs, hat die Gestalt eines grinsenden Dämons.

Gilion (m, 40): Ein Haarkünstler, der unter den Edlen Klataals hohes Ansehen genießt.

Gort (m, 27): Ein kräftiger Söldner im Sturmbanner, der auch Schmiedearbeiten übernimmt.

Gurim (m, 24): Ein klataalscher Edelmann, der niemals einen guten Tropfen ablehnen würde.

Harjim (m, 26): Ein Söldner im Zauberbanner.

Hinar (m, 33): Ein Söldner bei den Armbrustern des Klingenrauschs.
Horold (m, 28): Der Baron von Klataal und Dienstherr des Klingenrauschs.
Hulon (m, 11): Ein Sklavenjunge, der Rottmeister Aros als Führer dient.
Igrul (m, 36): Ein Bannerherr mit Befehl über einhundert Schanzknechte.
Irik (m, 25): Ein abenteuerlustiger Klataaler.
Iskala (w, 39): Die Kampfherrin des Zauberbanners, Befehlshaberin der Magier und Spione.
Iskon (m, 26): Ein Söldner, der aus den Salzzacken stammt.
Itena (w, 27): Eine Söldnerin im Sturmbanner, einäugig, mit ihrem Degen tödlich.
Jakena (w, 38): Die Kampfherrin der Bogenschützen.
Janz (m, 25): Ein Späher im Sturmbanner.
Jehl (m, 24): Ein klataalscher Edelmann, der den Söldnern skeptisch gegenübersteht.
Jenuna (w, 23): Eine breitknochige Schwertkämpferin im Sturmbanner.
Kalein (m, 28): Ein Rottmeister im Zauberbanner.
Kester: Eivoras Vater, ehemals gerühmter Flammenbringer des Klingenrauschs. Nun ein Dämon.
Kolbert (m, 18): Ein Hirte, dessen Erfahrung sich auf den Umgang mit Schafen beschränkt.
Leter (m, 34): Ein Söldner bei den Armbrustern des Klingenrauschs.
Lor (m): Ein riesenhafter Panther, Haustier des Barons.
Mandrua (m, 98): Der Hofschamane von Klataal.
Mehol (m, 24): Ein Schwertkämpfer im Sturmbanner.
Nartim (m, 27): Ein Söldner, der sich nach Freiheit für seine Heimat sehnt.
Nirto (m, 26): Ein Rottmeister des Sturmbanners, Axtkämpfer, für trickreiche Taktiken bekannt.
Okko (m, 27): Ein Söldner im Sturmbanner, der seinen Schild offensiv einsetzt.

Oril (m, 28): Ein Weibel bei den Schanzknechten und das erste Opfer eines Giftpfeils.

Pirlitu (w, 32): Die Kampfherrin der Armbruster im Klingenrausch.

Prekesta (w, 28): Ehemals eine Söldnerin, nach ihrer Initiation im Glühenden Tempel die Heroldin des roten Risses. Sie trägt die Botschaft der Dämonen in der Welt, weckt Hass, Neid und Zorn in den Menschen.

Quatina (w, 24): Eine Söldnerin im Sturmbanner.

Rastor (m, 26): Ein Bogenschütze im Sturmbanner.

Salvaya (w, 29): Eine Rottmeisterin des Sturmbanners, bekannt für ihre aggressive Kampfweise.

Seulek (m, 19): Ein Bogenschütze im Sturmbanner.

Tegla (w, 49): Eine Rottmeisterin im Zauberbanner, spezialisiert auf Geheimschriften.

Tibea (w, 24): Eine Bogenschützin im Sturmbanner.

Torbun (m, 28): Ein Bannerherr bei den Hellebardieren mit spinnenhaften Fingern.

Torias von Kaltmühl (m, 30): Ein klataalscher Adliger, der im Urwald sein Glück sucht.

Trabien (m, 33): Ein Bannerherr der Schanzknechte.

Urlim (m, 23): Ein Lustsklave mit furchterregender Kundschaft.

Wareno (m, 23): Ein Heiler auf der Soldliste des Klingenrauschs.

Welmon (m, 30): Ein klataalscher Junker, dem grünen Gold verfallen.

Wilania-Pressito: Ehemals eine Avatar, nun ein an das Schwertfeuer gebundener Geist.

Worran (m, 24): Ein Kundschafter des Zauberbanners, der auf Zauberzeichen vertraut.

Wurota (m, 25): Ein Söldner des Klingenrauschs, als Melder eingesetzt.

Xanixta (w, 32): Eine Bannerherrin mit Befehl über einhundert Hellebardiere.

Yra (w, 14): Die Magd der Avatar Fiafila-Ignuto.

ENTDECKE
NEUE WELTEN
MIT PIPER FANTASY
Mach mit und gestalte deine eigene Welt!
PIPER
www.piper-fantasy.de